U0500200

栾世君 著

XUE
YU
FANGFEI

雪雨芳菲

知识产权出版社
全国百佳图书出版单位

图书在版编目(CIP)数据

雪雨芳菲 / 栾世君著. — 北京：知识产权出版社，2019.2(2019.9重印)
ISBN 978-7-5130-6108-7

Ⅰ.①雪… Ⅱ.①栾… Ⅲ.①长篇小说 – 中国 – 当代 Ⅳ.①I247.5

中国版本图书馆CIP数据核字(2019)第029934号

内容提要：

小说以主人公柳依依的人生经历为线索，反映了一代人的生活、爱情及时代的变革。故事从女儿柳叶子考上大学后，柳依依带女儿回农村祭奠她的父亲讲起，二十年的时间，让当初的农村和故人都发生了天翻地覆的变化……作品感情细腻，紧扣时代脉搏，展示了在祖国发展建设中的一代人平凡却多彩的生活。

责任编辑：阴海燕　　　　　　　　　　　　　　责任印制：刘译文

雪雨芳菲

栾世君　著

出版发行：知识产权出版社有限责任公司	网　址：http://www.ipph.cn
电　话：010-82004826	http://www.laichushu.com
社　址：北京市海淀区气象路50号院	邮　编：100081
责编电话：010-82000860转8693	责编邮箱：laichushu@cnipr.com
发行电话：010-82000860转8101	发行传真：010-82000893
印　刷：北京建宏印刷有限公司	经　销：各大网上书店、新华书店及相关专业书店
开　本：710mm×1000mm 1/16	印　张：30
版　次：2019年2月第1版	印　次：2019年9月第2次印刷
字　数：432千字	定　价：78.00元
ISBN 978 - 7 - 5130 - 6108 - 7	

——谨以此篇献给曾拥有知青年华的朋友们

目 录

上篇

1 一九九六年夏 某日

柳依依终于有机会回到她二十年来一直魂牵梦萦的地方。

女儿柳叶子的北京大学录取通知书,在全家人的期盼中如约而来。全家人在楼外楼大酒店为柳叶子举行了庆祝晚宴。正当欢快祝愿的气氛达到高潮时,柳叶子忽然提出,明天要妈妈领她去爸爸的墓地祭祀。

柳依依的心骤然紧张起来。这是自己的父母尤其是母亲心头上一块不能触动的伤疤。在这个场合提出来,她担心母亲谢玉萍会立刻阻拦。

谢玉萍瞧一眼满脸兴奋的外孙女,低头夹了一口青菜,没有吭声。柳晓飞和栗天舒的目光都转向了柳依依。柳鹤年忙解围:"叶子,你学习好了,就是最好的祭祀。那地方偏僻,别去了!"

柳叶子撒娇地说:"妈妈以前就这么说。现在我考上了你们给我设计好的大学和专业,也该满足一下我的要求了吧。再说了,妈妈以前也承诺过我,说我考上了就领我到爸爸坟上去祭祀,也看看他们下乡的青年点。"

谢玉萍脸色沉下来:"那地方有什么好看的!"

柳叶子知道,这么多年,家里说什么往事都可以,只要谁一提到妈妈和舅舅下乡的青年点,姥姥立刻就变脸,满脸阴云,再说下去就变成疾风暴雨。所以,家里人谁也不提她的身世。她只知道,自己未曾见过面的爸爸,葬在遥远的雪帽山下。

"叶子,你舅妈单位要去南方旅游,你跟着去旅游吧。"柳晓飞看到母亲阴沉的脸色,忙编个理由,同时向栗天舒使个眼色。

栗天舒心领神会:"叶子,跟我去旅游吧,四川九寨沟风景可美了!"

柳叶子脸色润红,声音坚定:"妈妈,你不领我去,我自己去!宁可耽误上学,也要去雪帽山下看看爸爸!"

说完,柳叶子的眼泪无声地流下来。

全家人的目光都落到谢玉萍的脸上。谢玉萍的心像被针扎了一下，十八年前女儿柳依依身怀六甲离家出走，十八年后依依的女儿又演这出戏，这倔强劲儿也在遗传！

谢玉萍满腹不悦，还是僵硬地笑笑说："小姑奶奶，谁敢阻拦你啊！你这个北大学子，未来的国家栋梁之材，谁惹你谁不摊上事儿啊！"

全家人哄地笑起来。

柳叶子破涕为笑："我就知道姥姥一定能支持我的行动！"

柳依依内心真的感谢女儿柳叶子争取来机会，让她可以回二十年前下乡的农村走一趟。那是她永远抹不掉记忆的地方，那里有她的亲人长眠在青山脚下。

柳依依谢绝了弟弟柳晓飞开车送他们母女去农村的提议，她要和女儿安安静静地走一趟，兑现高考前对女儿的承诺，也了却她二十年来的夙愿。

列车在许屯车站停下，柳依依领着女儿走出车站。拉脚的摩托车、三轮车堵在出站口。她俩跟随下车的旅客走出站口，一下子就被围住，那些拉脚的都争抢着问："你们去哪儿？坐我的车送你们！"

柳依依选择了一个憨厚的小伙，问："你的是三轮车吗？我们去龙泉汤，多少钱？"

那小伙点头："带遮阳棚的三轮车，晒不着你们。你们到龙泉汤汤子边是五元，往里走加一元。"

柳依依和女儿坐上三轮车。司机小伙扭过头大声说："一看你们俩就是海连市来的，拉脚的都把你们围上了。你们选择坐我的车就对了。我开得稳当，车况还好。我慢点开啊，你们别着急。快了颠得慌，你们受不了！"

柳叶子好奇地打量她们的坐骑。这样的载客车，在市里是绝对见不到的，这是她第一次坐。

柳依依不知是激动还是紧张，越接近龙泉汤，心跳越加速。二十年前，父母亲送她和弟弟来青年点时坐的是伏尔加轿车。走在这条土路上，车尾扬起灰尘，久久不散。现在这个小三轮车载着她和女儿，颠簸在二十年前曾无数次走过的土路上，此时有一种别样的滋味涌上柳依依的心头。她看一眼坐在对面的女儿柳叶子，没有一点好奇和兴奋挂在脸上。从柳叶子懂事后，姑姑叶雪莲将她的身世告诉了她，她就没有再跟妈妈要爸爸。柳叶子知道妈妈把她带到这个世上，付出了心血和代价。这次要到爸爸的墓地来祭祀，也是柳叶子为妈妈在姥姥面前争得的一次机会。漫长而又短暂的二十年，柳依依曾几次要回到雪帽山脚下看看长眠在那里的叶雪松，都被母亲谢玉萍阻止了。想起这些，柳依依的眼睛湿润了……

柳叶子抬眼看看妈妈，柳依依忙把脸转向车外。柳叶子从包里抽出纸巾，无声地递给妈妈。

柳依依擦干眼泪，微笑地说："叶子，咱俩谁也不准哭啊！"

柳叶子"嗯"了一声，也把脸转向车外。

2　雪帽山下

三轮车在村口停下。

"到汤子边了，还往村子里走不？"司机小伙跳下车问。

柳依依探出身子往外看，路边已经建起一排房子，她辨别不出原来的汤子在哪儿，问："原来的汤子在哪儿了？"

司机小伙抬手一指："那不，大牌子写着'龙泉汤大众浴池'。没有野汤子了，早被人承包了。把水抽到屋里，洗澡要钱了。"

柳依依又问："去四队的路在原来的汤子边，现在还有吗？"

司机小伙摇头："四队是碾盘沟，这个我还真不知道怎么走。你去碾盘沟吗？我去问一下路吧。"

柳依依说："不用了，你从大队部走，我顺便看一下卫生所。"

司机小伙笑了："大姐，你是老长时间没有来农村了吧？哪儿还有大队部，现在叫村委会。龙泉汤有没有卫生所我不知道，别的村子的卫生所早黄了！"

柳依依心里感到压抑。她想起了卫生所的沈大夫，五十多岁的人了，没有了卫生所，他能做什么？柳依依说："到卫生所吧，不管有没有了，我看一眼。我给你加车钱。"

三轮车突突地跑起来，不一会儿就到了村部门前停下。柳依依付完钱，三轮车开走了。

卫生所四周围起了大墙，墙边是一排笔直的杨树，四间土房掩映在绿树中。柳依依领着柳叶子走进院子里。门口挂的牌子还在，尽管已经斑驳陆离，字迹依稀可辨——龙泉汤大队卫生所。柳依依暗叹，卫生所还在。可她四处一瞧，满院子变成了菜园子，一个头戴草帽的人正蹲在菜地里拔草。

柳依依轻声问："请问沈大夫在吗？"

那人站起身，摘下草帽，惊疑地打量着柳依依。

柳依依惊喜："沈大夫？你不认识我了？"

大沈皱起眉头，觑觑眼，猛然眼睛一亮，伸出双手，紧紧地握住柳依依的手，惊喜万分："柳依依？柳医生！"

柳依依眼眶湿润了："是我，你还认识我！"

大沈异常激动，浑浊的眼睛滚出泪水："柳医生，你没老啊！还是二十年前的模样，可比那时更有气质了！这些年你可好？你看我老的，头发全白了，眼睛也花了，写不了字了。"

大沈苍老了，说话的声音也变得浑厚了。柳依依拉着柳叶子的手，说："沈大夫，这是我女儿柳叶子。叶子，叫沈舅舅。"

柳叶子甜甜地说："沈舅舅好！"

大沈啧啧地赞叹："哎呀，和你妈一般高！长得和你妈年轻时一样的漂亮。水灵灵的大眼睛，苗条的个头儿。你们娘俩儿走在大街上，肯定都以为你们是姐俩儿！"

"沈大夫还是这样幽默。"柳依依轻笑一下，又问，"卫生所怎么样？还有医生吗？"

大沈叹气："进屋里说吧！"

走进屋里,柳依依抬头看见墙上挂着一张一尺大的照片。木质相框和照片都已经发黄。下面一行楷书小字:欢送我所医生柳依依上大学留念。

柳依依凝视半天。尽管那时叶雪松已经离世,更多的忧伤袭遍全身,但在照这张照片时,她还是勉强露出一丝微笑。青春在这张发黄的照片中得到了永恒。柳依依心中涌出深深的感慨。

柳依依对柳叶子说:"叶子,妈妈从事医生工作就是从这里开始的,那时叫赤脚医生。二十年过去了,这里还是老样子。"

大沈又叹了口气:"柳医生,可赶不上以前了。咱村子的卫生所半死不活还在,这是因为我这个中医大夫还能给抓几服药。要没有我啊早黄了!村委会把卫生所承包给我,自负盈亏。我也没有钱进中成药,山上的草药,我去采回来自己加工。我都快六十岁了,眼睛也不好使了,这两年也不能上山了,来我这儿抓药的人也少了。"

柳依依看大沈的眼睛浑浊,好像有斑块,尤其右眼,很严重,便走上前,说:"沈大夫,我看一下你的眼睛。"

柳依依轻轻地扒开大沈的眼皮,认真地看了一会儿,放下手,说:"沈大夫,你双眼有白内障症状,尤其右眼,很重。你抓紧时间去镇上医院看看,不然会越来越重。"

大沈无奈地说:"镇上的医院也是半死不活的。改革开放二十年了,我们这农村还是缺医少药啊!"

柳依依拿起桌上的笔和纸,写下自己的电话号码和工作单位,递给大沈,说:"沈大夫,我在海连医大附属一院眼科,你找时间去海连,我负责给你治眼病,费用我出。"

大沈又握住柳依依的手,激动地说:"谢谢你,柳医生!有你这句话,我就知足了!"

柳依依和大沈寒暄一阵,领着女儿离开卫生所,向沟上走去。

青年点的房屋面貌依旧。柳依依在大沈那儿知道,这个院子让赵大鹏买下了。柳依依走进院子,鼻子发酸,二十年前她和弟弟第一次踏进这个院子的情景历历在目。

赵大鹏在院子里劈柴,看到进来客人,扔下斧头,忙迎上去。没等柳依依说话,他迟疑地问:"你是柳医生?"

柳依依点头:"我是柳依依。您好,大嫂和孩子都好吧!"

赵大鹏忙大声喊:"冬生,你快出来,你的恩人来了!"

从屋里跑出一个敦实的小伙子,穿着背心,上面印着大红字:瓦县第十八中学。赵大鹏拉过儿子的手,说:"冬生,这是你柳姨。大雪天给你接生的就是她!她是你的恩人啊!为了接你出生,叶……"

柳依依忙打断赵大鹏的话:"大哥,那是我的工作,不要这么说。"

赵冬生"扑通"一声跪在柳依依面前:"谢谢柳姨!"

柳依依把赵冬生扶起来,问:"冬生也应该考大学了吧?"

赵大鹏瞧了眼儿子,叹气:"儿子高中学习成绩挺好,可家里条件不行啊。她妈长年有病,我们家分的十几棵苹果树,还不够给他妈看病吃药的。冬生这孩子懂事,这高中刚毕业,没有参加高考,准备过几天出去打工。"赵大鹏说完,愣愣地看着柳叶子,问:"这个女孩儿是谁?"

柳依依拉起柳叶子的手:"这是我女儿柳叶子,我们要去她爸爸的坟上看看。"

赵大鹏惊讶:"长这么大了!好啊,我领你们去!"

柳依依立刻说:"不用麻烦你了,让你儿子冬生陪我们去就行了。大哥,我和女儿在这儿住一晚上,明天到镇上坐车回海连。"

赵大鹏高兴地说:"好,太好了!我在家给你们做午饭,收拾屋子。你大嫂瘫在炕上,什么也不能干了!"

上山的路依旧那样坑洼不平。走在这条路上,柳依依浮想联翩。叶雪松留下多少足迹,她已记不清楚了。但是那天早上,他把两个狼崽子装进土筐里,大步走向雪帽山的背影,她记忆犹新。柳依依站住,想把这件事情讲给柳叶子,可转念一想,决定还是继续对她隐瞒爸爸的死因。过去没告诉她实情,是因为她年幼,担心她恐惧。柳叶子的姑姑叶雪莲告诉她的时候,只含糊其词地说爸爸是为了救人死的。现在虽然女儿已经长大了,可她要继续上学,不能给她留下阴影。毕竟与狼搏斗死亡的事情,谁听起来都会毛骨悚然。

柳叶子看到妈妈欲言又止,问:"妈妈,你要说什么?"

柳依依在女儿面前极力保持平静：“这条上山的路，你爸爸生前常走。”

柳叶子惊疑地问：“爸爸为什么常走？爸爸是在这条路上遇难了？”

柳依依边走边说：“你爸爸那时是看护茧房的，住在山里的一个小石屋里。经常回青年点，有时取点粮食和蔬菜，有时回来参加点里的活动。你爸爸是在大山里救人不幸遇难的。”柳依依看一眼身后的赵冬生，“那个小石屋还在吗？”

赵冬生快赶几步，说：“柳姨，山上不放蚕了，茧房空了多少年，房子早就塌了。”

柳叶子显得很激动：“妈妈，我要到爸爸住过的房子去看看！”

柳依依也想去看看让她终生难忘的小石屋。那年她跟叶雪松的妹妹叶雪莲来给他收拾遗物时曾想过，有机会一定要再回到这个小石屋看一眼。这里留给她的深情的记忆，是永远也不会淡忘的！那个风雪夜晚，时常在梦中出现。每次梦到，她都泪洒枕巾。

走到石桥，柳依依看到小石屋依然耸立在荒山坡上。走近一看，房顶坍塌，门窗没有了，唯有房前那棵槐树还枝繁叶茂。柳依依看到塌陷的土炕，有一种悲凉的感觉。那晚的激情过去十八年，今天得以慰藉的是，身边的女儿已经出落成一个亭亭玉立的少女。柳依依在心里默默地说，雪松，你的女儿来看你了！我没有为自己那夜的激情而后悔！

柳叶子拿出相机照了几张相，惊奇地说：“爸爸自己在个僻静孤独的小屋里画画，过着田园牧歌般的生活。我真佩服爸爸的胆量！”

柳依依心想，女儿，你还不知道爸爸背着画板去大山里遇到狼，给狼写生的事情呢。那个胆量不是谁都具备的。

他们离开小石屋，向雪帽山走去。在山脚下的土坡上，一个荒冢凸显在青草丛中。一块墓碑立在坟前，上面的字迹依然清晰：舍己救人好青年叶雪松之墓。落款是：许屯人民公社立于一九七八年二月。

“叶子，这就是你爸爸的坟墓。”柳依依静默片刻，低沉地说，“雪松，我和女儿来看你。我们的女儿柳叶子考上了北京大学医学院。我知道，你一定非常高兴！”

柳叶子从包里拿出一束用保鲜膜包裹的白色菊花,双手捧着放到墓碑前。柳依依看到柳叶子要跪下,忙拿出一个塑料袋铺在地上,怕把柳叶子的黑色牛仔裤弄脏了。可柳叶子把妈妈铺的塑料袋拿开,一下子跪在坟前。柳叶子的泪水无声地流下来,柳依依的双眼也模糊起来。

柳依依望着郁郁葱葱的雪帽山,依旧那样巍峨、深沉。深藏着多少人间的悲欢离合,其中就包括她的爱情。她不会忘记,在这大山怀抱里生活的日日夜夜;她更不会忘记,她爱的人长眠在这大山脚下。把他们的女儿培养成人,这是她一生中对叶雪松最好的怀念!

柳依依把女儿扶起来。她们默默地走下山。

赵大鹏已经把屋子收拾好,是原来青年点男生的小屋,现在改成了赵冬生的房间。柳依依进到原来男生住的大屋子,房间格局已经改变。赵大嫂躺在炕上,看到柳依依进来,哇哇地叫,不住地挥手。赵大鹏说,她说不出来话,可心里明白,她认出你了!

柳依依握住赵大嫂的手,安慰她说:"大嫂,你慢慢养着。我给你买些药邮来。"

赵大嫂枯槁变形的脸上,露出扭曲的笑容,眼角滚出泪水。柳依依把赵大嫂在县医院诊断的病例看了一下,说:"农村缺医少药,又没有康复条件。你还是送大嫂去海连进行康复治疗吧!"

赵大鹏伤感地摇头:"柳医生,我家没有那个条件啊!去县医院看病,还没看出怎么样,两万元没了,现在还欠孩子他舅八千元。"

柳依依心酸地看一眼赵大嫂,说:"我尽量给大嫂多寄一些药!你们别上火,国家将来会有农村医疗政策的。"

赵大鹏深深地叹口气:"但愿有一天我们农村人也能像你们城里人一样,看病不愁了!"

柳依依说:"一定会的,改革开放这么多年,一切都会发生变化!"

柳依依拉着女儿的手,来到原来女生住的大屋。原来从厨房进屋的门堵死了,改成了直接从院子里进屋。赵冬生告诉柳依依,这屋子是他哥哥结婚的新房。哥哥和嫂子在沈阳打工,每年春节能回来住几天。

屋子面目全非,没有记忆中的一点影子了。柳依依还是激动不已,似乎青春的影子还依然在这里闪现。

柳依依指着原来那个小屋的位置,告诉女儿:"这儿原来是个小屋,我和你何璐阿姨就在这儿睡觉。有一次你舅妈要到小屋睡,你何姨还跟我们吵起来了。"

柳叶子揶揄地说:"何姨总是那么凶,在哪儿都霸道!"

晚饭非常丰盛。赵大鹏宰了个小公鸡,用山上采来的红蘑炖的,一股浓香扑鼻而来。烀苞米、茄子拌土豆、大葱黄瓜蘸大酱,满桌子农家菜。柳叶子感到十分新鲜,吃得津津有味。

柳叶子好奇地问:"妈妈,你们青年点就吃这饭菜吗?"

柳依依看着女儿天真的眼神,轻笑:"那时虽然也是农家菜,可没有这么细作,小鸡炖蘑菇很少吃。大锅饭大锅菜,玉米饼子、碴子粥。记得我第一次在这儿吃饺子,还是男生暗中打赌,赌注是我和你小舅在青年突击队能干多少天活。结果董明输了,他自掏腰包买了二斤猪肉,我们女生一下午不用去生产队干活了,在青年点里包饺子。"

柳叶子惊奇地说:"妈妈,你们是有很多故事吧?我要听你们在那个年代的故事。"

柳依依沉默了一会儿,缓缓抬起头:"叶子,妈妈答应你,你大学毕业后,再来祭祀你爸爸的时候,我一定讲给你听。让你思考下我们那个年代的成长、追求和爱情。"

柳叶子隐约知道自己的身世跟别人不一样,所有的亲人都避讳跟她说。她很想听妈妈讲一讲她和爸爸在青年点的事情,可妈妈总是回避,用学习和长大搪塞。这又一下子支到她大学毕业。柳叶子此时也只好点头顺从妈妈。

山区的夜晚,异常的静谧。幽暗的山村,更显空旷。树林里栖息的夜鸟偶尔发出一声惨淡的鸣叫,四周草丛中发出唧唧虫鸣声,细语弥漫,时断时续。

柳叶子望着璀璨的夜空:"山区夜晚真好!"

她们在院子里坐了很长时间,看头上明亮的星星,看远处黛色的大山。母女俩相对无语。柳叶子看到妈妈陷入沉思,她不愿意打破妈妈此时的心情,自己默默地回屋睡觉。

入夜,柳依依没有一丝困意,环视院里,她仿佛感觉远去的岁月重现在眼前。叶雪松、金曙光、何璐、董明、柳晓飞、栗天舒、柴笑梅、杜大哥和郭烙、疙瘩榔都在这个院子里出现……

3　一九七六年夏　某日

乳白色的伏尔加轿车,驶出海连市北驼岭的时候,司机老宫忽然把车停在路边。柳鹤年诧异地瞧了一眼老宫,不知道他为什么把车停了下来。坐在后排座位上的柳晓飞机灵地问宫师傅:"是车胎扎了吧?"

老宫点下头:"是,前左轮胎瘪了。我去那边把胎补上,一会儿就回来。柳院长,你们稍等一下。"

谢玉萍拉下身边女儿柳依依的手,欲言又止。

柳鹤年和儿子柳晓飞下车看老宫换备胎。谢玉萍对柳依依动情地说:"依依,现在改变主意还不晚,我还是那个意见,不希望你下乡!"

柳依依瞥一眼谢玉萍:"妈,你别为我担心！我不在晓飞身边,你能放心他吗?"

谢玉萍看一眼车外的柳晓飞,内心一阵酸楚。要不是担心柳晓飞到那个地方闯出什么祸来,她是不会让女儿柳依依到农村青年点的。柳晓飞今年从海连市师大附中毕业,按照市知青办的规定,全市卫生系统的职工家属的应届毕业生子女,应该到溪河县的胡峪山公社接受贫下中农再教育。那个地方山高路远不说,晚上都要点煤油灯。她去考察了两天,回来全身起湿疹。谢玉萍说什么也不让儿子去那个鬼地方。按照下乡政策,柳晓飞是必须要走的。早他一年毕业的姐姐柳依依已经留城,他要是不走,全院职工家应届毕业的子女,都要打退堂鼓了。柳鹤年刚恢复原职半年时间是绝对不能允许偌大个中心医院出现这种状况的。

就在谢玉萍一筹莫展之时,医院来了个农村女病人。这个病人和农村来的病人不同之处,就是病人的丈夫手里拿着市革委会副主任丁希青写的条子,来找柳鹤年。介绍病人住院的条子,柳鹤年没少见,而市领导飞来的条子,他官复原职后第一次接到。柳鹤年不敢怠慢,立即安排到干部病房。柳鹤年还亲自主刀,给病人做了胃切手术。病人的丈夫叫丁德财,一个粗墩墩的中年男人,说话不多,憨厚朴实。他媳妇恢复了半个月,要出院时,他扛着一笼子苹果,走进桃园街52号柳鹤年的日式建筑的小楼里,来答谢柳鹤年对他媳妇的照顾。这时的谢玉萍正在跟一个同事通电话,请他给儿子联系个青年点,条件要好一些,离家远近都可以。

丁德财擦把汗,等谢玉萍打完电话就说:"大姐,你儿子要去青年点,就去咱村里的青年点。我大哥丁德发是大队书记,说话好使,将来回城,就我大哥一句话的事儿。"谢玉萍问他是哪个县的哪个公社哪个村子的。丁德财告诉她,是芙县许屯公社龙泉汤大队。"咱大队可有钱了,我哥出门都坐大解放,能跑六十迈。"谢玉萍想了一下,问他病人什么时候出院。丁德财说:"明天出院,这不是来感谢柳院长,拿笼咱村产的海棠、黄奎苹果,都是些伏果,秋天再给你们送国光、红元帅苹果。"谢玉萍对苹果不感兴趣,她感兴趣的是那个地方。她打电话给柳鹤年,让他下班早点回来,有事儿商量。

柳鹤年回来,听说是龙泉汤,他兴奋地说,那是个好地方。一九四八年二月,国民党暂编五十八师师长王家善率部在营口起义,当时柳鹤年就在部队的卫生连,上级命令他所在的部队急行军进入营口时,曾路过那个地方。那个地方有一个四季温水长流的汤子。他所在的卫生连里的几个特殊病号,有幸在那个村子外的野汤子里洗了几次澡。那是在寒风中,光着身子,迎着清冷的月光,沐浴着温热的泉水,浸润着疲惫身躯的洗浴,是他终生难忘的。现在提起那个地方,他立刻想起了烽火连绵的岁月,更想起了那短暂的难忘的一次野浴。柳鹤年同意儿子去那个地方,并且说女儿依依去也好,可以经常泡泡温泉,对她身上不明病理的瘙痒症有疗效。谢玉萍说要去考察一下,尤其是女儿去,更要看准那个地方,不然是绝不能让柳依依下乡的。第二天,谢玉萍坐着柳鹤年的车,拉着丁德财和他媳妇，到距离市区三百公里外，海连市最北端的龙泉汤考察。一次走马观花，谢玉萍感到这个地方不错，就同意让姐弟俩到这里来。尽管谢玉萍很满意这个地方，但在女儿要离开她的时候，她还是难以割舍。

"我就不放心你啊！长这么大，你还从没有离开过家。"谢玉萍紧紧握住女儿的手，眼睛湿润了。

"妈，你放心，我会照顾好弟弟和我自己的。妈，那个大队书记不是答应你，保送我上大学吗？有这样美好的前程，你还担心我啊？"柳依依眨动着黑亮的眼睛，神情炽热地看着母亲谢玉萍。柳依依做梦都想到农村去，可是，当她的同学们坐着汽车，举着红旗离开学校和父母的时候，她却和那些身体有残疾或者是独生子女的同学一样，享受着留城的待遇。母亲在医院开一张诊断书，就像公共汽车上的售票员撕张车票那么容易。医生提笔看着谢玉萍，不知道写什么病。谢玉萍让医生写皮肤病，女儿身上经常出现瘙痒这是事实。谢玉萍拿着这张诊断书，到市知青办就给女儿办好了留城手续。可是，柳依依留城一年，两次分配工作，父母和她都感到不满意。柳依依待得寂寞，母亲就把她安排到医院做见习护士，等指标下来，就转为正编，再有机会就送到高等院校进修。

然而，谢玉萍到龙泉汤走一趟，回来把情况对柳鹤年一说，柳鹤年执意要女儿柳依依和柳晓飞一起走。谢玉萍拗不过柳鹤年，就说这事儿让女儿自己决定。柳依依回到家，谢玉萍把农村艰苦的情况说得极其严重，把好的地方说得轻描淡写。虽然那里有个野汤子，可是伤风败俗，大白天就有人光着身子在洗浴。柳鹤年说，野汤子就是那个性质，和伤风败俗挨不上边。柳依依在父亲期待的目光中，看到了一种鞭策和鼓励。柳依依坚定地告诉母亲，和弟弟一起去。

"那个丁书记说话不着边，我看他就是个滑头。不能指望他，我要在上面找个靠山，能在关键的时候说上话。"谢玉萍凝视着车窗外，丁德发那下巴翘起，眼窝深陷的样子，让谢玉萍总觉得不舒服。

那天，谢玉萍坐着伏尔加轿车，把丁德财夫妻送回村子，在龙泉汤引起一番轰动。丁二爷坐着轿车从海连市回来了，就像乘坐的是皇帝的八抬大轿子，乡亲们看得直咋舌。大队书记丁德发在大队的小食堂招待了谢玉萍。丁德发知道，只有十三级以上的干部才能坐上轿车。他对送弟弟回家的谢玉萍要另眼看待。尽管有市革委会副主任丁希青堂兄的关照，但也不至于开着轿车把他的兄弟送到家门口。丁德发心中狐疑，一定是有所求，无利不起早。果然，他从弟弟的嘴里知道，市最大医院的院长夫人是来为自己儿子下乡选择青年点的。丁德发喜出望外，这是他结交市内上层人物的好机会。虽然有堂兄的光环在他头上罩着，但他觉得自己进入那个城市里就有孤独感，办点什么事情都要找堂兄，搞得堂兄一次比一次冷淡。是官当大了，还是确实太麻烦人家了？反正丁德发不想有点小事就烦恼堂兄了，因此，在大队的四个青年点中，极力寻找有靠山背景的知青。可是，这些人大多都是海连钢厂的子弟，父母亲都是普通的工人。有几个是文化局系统的子弟，父母亲不是跳舞唱歌的，就是弹拉吹打的，没有多少利用价值。这个大医院院长的公子要是来到他的大队，可是他这块宝地的幸事。因此，没有等谢玉萍开口，丁德发就直言表态，柳院长的儿子，要是到龙泉汤来，大队党支部保证把他培养成革命事业可靠的接班人，按照要求锻炼两年后，当兵还是上大学任意选择。谢玉萍当时听了很兴奋，可回到家里就觉得，这个书记是不是言过其实了？党支部至少三个人组成，怎么开口就代表了组织？现在，谢玉萍心情异常复杂，既担心女儿柳依依在农村吃苦，又感觉为儿女铺平回城的路是艰难曲折的。

"妈，姐，下车。千斤顶再有劲儿，也顶不起来你俩这一吨重啊！"柳晓飞拉开车门，潇洒地向身后一挥手。

"晓飞，说下车就说下车，不要添加些附加语。到农村去了，一定要多加注意！"柳鹤年听着儿子的话就不顺耳，不失时机地教育着儿子。

柳晓飞一吐舌头，算是接受了教育，而脸上依旧挂着兴奋的笑容。

不大一会儿，宫师傅就把车胎换好了，重新上路。柳依依看着渐渐远去的海连市，内心涌出丝丝眷恋之情。

4 龙泉汤的夜宴

宫师傅前十天走过一次,非常熟悉路程。在李官公社下了202国道,车子就上了坑洼不平的乡路。路面像个绵长的洗衣板,车行驶在上面,就像小船在波浪中颠簸,好在时间不是很长。柳晓飞坐不住了,要张嘴说话的时候,谢玉萍指着前面的大山告诉他,那黑乎乎的山脚下就是了。看到那蜿蜒起伏的大山,柳晓飞兴奋了。在他的记忆里,他还是五年级学生的时候,学校组织他们到过城南的白玉山,参观日俄战争史。那千株古树环山群抱的白玉山,从山脚下到山顶,不足三百米,登上山顶六十多米高的白玉塔,才感到一览群山小。站在高高的塔上,望着云雾中的军港,心像海面上海鸥一样的飞翔。看到眼前这座暮色中朦胧的大山,柳晓飞的心仿佛飞到了山顶。不由得赞叹道,好气派,好巍峨啊!

"爸,你打仗的时候,爬没爬上那座山?"柳晓飞问前面坐的柳鹤年。

柳鹤年沉思了一会儿,说:"这个高山没有爬过。我记得在这西北面不远,是长大铁路经过的小车站,叫许屯(车站)。小镇后面有座不高的山,叫青龙山,当年我们部队在那里打过仗,我们卫生连上去十一个人,最后就回来六个人。有一个女兵比依依要小个两三岁,扎两个羊角辫,穿着肥大的军装。她上去了,再没有回来。我们去打扫战场时,我看到她躺在血泊里,手里还死死攥着一个木框镶边的半片镜子。木框上刻着一排歪歪扭扭的小字:送给米香香纪念。战友,大柱。那个大柱叫孟大柱,也是我们连的。看到镜框上面的字,我们才知道他俩是恋人。孟大柱是在米香香前面上去的,也牺牲了。我们在安葬他们的时候,特意把他俩紧靠在一起。生不能相伴,死可以相依了。"

"爸,他们安葬在哪儿?"柳依依难受了,声音沙哑地问。

"就地安葬在青龙山。把你们安顿好了,明天要有时间,我和你妈去青龙山,看看长眠在那里的战友。"柳鹤年闭上眼睛,头紧靠在靠背上,陷入战火纷飞的回忆中。

宫师傅把车停下:"院长,到野汤子了。"

在路的东侧有一条缓缓流淌的小溪,河道狭窄,杂草丛生。涓细的溪水从一个高坎处跌落到下面的一个大坑里。如果形象地比喻,小溪就是人的食管,通着下面的胃,就是那个水坑,从水坑里淌出的细流,就是人的肠子。其貌不扬,破烂不堪,不是想象中那么诱人和美好。

"依依,这个地方你能来洗澡?妈能放心吗?"谢玉萍不满地瞥了一眼前座的柳鹤年。

"妈,没事!我姐来洗澡,我给站岗,谁也不敢靠边。"柳晓飞攥起拳头,挥动几下。

"你姐来不来这儿洗澡,也不能让你惹祸!"谢玉萍瞪一眼柳晓飞。

"我记得那个温泉汤子是在偏僻的地方,四处是树林,没有车道啊。"柳鹤年摇下车窗,望着不远处的汤子。

"这条道是前几年修的省道,从省城到海连市的。院长,汤子里现在没有人,把车开过去看一下?"宫师傅问柳鹤年。

"快到大队部吧,丁书记他们一定等急了。这个破汤子没有什么好看的,走吧。"谢玉萍发话了。

车在一片树林中的土路前行。天色临近黄昏,寂静的树林被汽车的马达声打破。成群归巢的鸟,在车经过的时候,惊飞四处,喊喊喳喳。柳晓飞摇下车窗,好奇地观看着,嘴里不住地嘟囔,把气枪带来好了。

龙泉汤大队部,灯火通明。

丁德发带领大队的班子成员,迎候在大队部门口。柳鹤年的车一进来,一群孩子就乱哄哄地围了上来。柳鹤年一家人下车。丁德发疾步上前,仿佛是接多年不见的老首长,双手紧紧握住柳鹤年的手,诚惶诚恐地说:"欢迎,欢迎柳院长光临!"

大队部是一排青砖瓦房,涂着蓝色油漆的门窗,在灯光的映照下,显得十分气派。柳鹤年一家人被热情地让进队部的食堂兼会客厅里。一条长桌子上已经摆满了饭菜,有鱼有肉,尤其是中间的大盘子里摆着五只金黄色的小鸡,浓烈的香味,直扑鼻子。

"柳院长,谢主任,你们把孩子放到我们大队,就一百个放心。我们大队班子成员今天都在这里,可以向你们保证,一定把你们的孩子培养成可靠的无产阶级革命事业接班人！"丁德发端起装满果酒的小饭碗，激情四溢。

柳鹤年也把装满果酒的小饭碗端起来。这种散装的果酒，在商场里不用供应票就可以买到，但是，柳鹤年没有喝过。他知道这种果汁和酒精色素勾兑出来的红果酒，喝下去就会头疼。可是面对丁德发的热情，他无奈地把这碗酒喝下："谢谢诸位领导了，两个孩子刚出校门，不明事理，你们就费心了！"

"柳院长，你亲自为德财的媳妇做手术，咱们村里人都感动了。这么大的院长，亲自掌刀，真不容易啊！那么大的医院，每天有多少人看病，院长要是都给看到，那院长你还不得累个好歹啊。咱们知情知义，要感谢，得感谢您和谢主任。"大队妇女主任高桂花一脸笑容，柳鹤年亲自动刀为丁德财媳妇做手术，最为感动的便是她。因为那个躺在手术床上的病人是她的亲妹妹。

谢玉萍上次来考察兼送丁德财夫妇回来，没有见到这位妇女主任。高桂花看出谢玉萍眼里的疑问，又接着说："谢主任，你上次来，我正在大寨参观，没有见到你。这次连你的女儿和儿子一遭都看到了。谢主任，你的两个孩子长得多好啊！女儿白白净净的，一双大眼睛像含着水似的。咱大队的女青年，没有一个长得比你女儿好看的。"

柳依依脸颊绯红。她垂下眼帘，放在嘴里的一口青菜，都不敢嚼动了。

"柳依依身体不太好，本来已经留城了，在医院作见习护士快一年了。这次到你们大队来，是想接受贫下中农的再教育。思想教育好了，有机会就送到工农兵大学里再接受文化教育。晓飞爱当兵保卫祖国，就叫他到解放军大熔炉锻炼去！"谢玉萍扬起眉头，满腹希冀在眉宇间展露。

丁德发瘦削的脸上淌下汗珠。可他头上那顶绿色的军帽却不摘下来。他正要从兜里摸东西擦汗的时候，门口进来一个女人，手里拎着一条湿乎乎的毛巾，无声地递到他的面前。那个女人神情自若，漫不经心地丢下个傲慢的眼色，转身要走。

"春萍！"高桂花喊一声，"你别走，我给你介绍一下。"

那女人回过身，圆圆的保养精细的脸蛋上立刻泛起红润。

"柳院长，这是我侄女，叫高春萍，大队广播员。春萍，你二姑就是柳院长亲自给做的手术。这是谢主任，这是柳依依和弟弟柳晓飞，他们姐弟下乡到咱大队了。"高桂花饱含热情，逐一介绍。

高春萍面露微笑，轻轻地冲着柳鹤年点下头："谢谢柳院长！"

"春萍，你也坐下吃吧。"一直没有说话的大队支部副书记宋家祥挪了一下身子，示意让她坐过来。

高春萍嫣然一笑，转身走了。

"来，不管她，咱们吃。"丁德发擦完汗，又开始劝酒。

柳依依看一眼母亲，从母亲眼色中，看到她和母亲是一样的诧异的心态。在这个穷乡僻壤的农村，一个农村姑娘穿着海连市街面刚流行的乔其纱上衣，而且是少有的黑色面料，下身是笔直的黑色涤纶面料筒裤，勾勒出她婀娜多姿的腰身。柳依依穿的这件白色的乔其纱上衣，是谢玉萍领她到秋林百货，犹豫再三，才决定买下面料，到裁衣店做的。谢玉萍不是买不起二元二角钱一尺的面料，而是觉得柳依依穿着这件衣服，到农村去怕影响不好。谢玉萍让柳依依去报到那天可以穿一天，回海连的时候再穿，平时在青年点就不要穿了。箱子里的工作服和军服，可以轮换着穿。可是，柳依依和谢玉萍母女俩似乎感到，这个偏僻的农村里，也有凤凰再现。而且，一点儿不比柳依依这个城里的姑娘逊色。高春萍衣服的前胸飘着两条黑带，随意打个结，就是胸前一只蝴蝶。而柳依依的衣服上，没有这个飘带，相形之下就没有动感。在做衣服时，裁缝师傅提议要留下一根飘带，显得有活力。谢玉萍不同意，说这是奇装异服，贫下中农们会用斜眼看的。现在，谢玉萍的认识，被高春萍的出现给颠覆了。

"丁叔叔，这是什么鸡？这么香！"柳晓飞上桌就抓起一只鸡，啃了起来，把一条腿啃干净了才说话。

"野鸡，也叫雉鸟。是用炭火烤的，是丁书记亲自动手烤的。这是丁书记拿手活，只有上级领导来了，才给上这道菜。"大队治保主任周庆友马上插话。他站起身子，把盘子里剩下的四只烤鸡分别送给他们，说，"每人一只，尝尝丁书记的手艺和我们雪帽山的野味。我们常吃，你们吃吧。"

"啊,雪帽山上什么都有,太好了,我可以到山上打猎吗?"柳晓飞兴奋起来,忘了自己是初来乍到。

"除了老虎豹子没有,长白山有什么,雪帽山就有什么。山上还有狼呢,你可不能乱上山啊!"周庆友像吓唬小孩子一样瞪起了眼睛。

"晓飞,你一定要遵守纪律。到这里是来锻炼的,不是游山玩水消遣来了。"柳鹤年训斥儿子几句,又说,"丁书记,各位领导,你们一定要严格要求我的孩子。让他们和广大青年一样,到最艰苦的地方锻炼!"

"柳院长啊,你不愧是大医院的领导,就是有觉悟!"丁德发拿起酒碗,和柳鹤年的酒碗碰了一下,他一仰脖,把满碗酒喝下去了。

"丁书记,人家柳依依可是在大医院做过护士,咱们的卫生所不是缺个赤脚医生吗,我看让依依干吧。"高桂花端详着对面的柳依依,文静甜美的神态,温柔娴雅的举止,清秀姣好的脸蛋上透着红玉苹果般的红润,一双黑亮的眼睛像雪帽山冰湖水那样深邃。

"啊,可以,可以。不过他们姐弟俩都要到青年突击队去锻炼一段时间,才能从事大队部其他工作。这是规矩,直接留下影响不好。这也是为以后发展打基础。"丁德发撩起厚重的眼皮,不易觉察地瞪一眼高桂花,嘴尖舌快,莫大的人情,让她送给柳院长一家,他心里觉得不舒服。

"谢谢丁书记及在座的各位领导,我们柳家一定要感恩答谢的!"谢玉萍激动不已。她已经很清楚,女儿和儿子在他们这儿,是一定能够实现来这里的初衷的。

5　四队青年点的惶恐

四队的青年点,在雪帽山下的碾盘沟里,离大队部有四里地。青年点院子和小队部一墙之隔。一排宽敞明亮的青石瓦房,堪比龙泉汤大队部的建筑。这个亮亮堂堂的二十间大瓦房,是海连钢厂为自己的子弟建筑的众多的青年点的其中一处。

青年点里有五十名知青。他们大多是七四届到七六届的。有一位是六八届的营口市老知青,是食堂厨师。还有一个是吉林长春市知青,七四届的。他本应该随本市应届毕业生下乡到呼伦贝尔草原去的,他的一个姨夫是许屯公社革委会副主任,就把他办了过来。其他的知青都是海连市的,大多是海钢子弟,也有几个是文化局的子弟。

尽管文化局子弟人少,但是掌握青年点里的大权。点长柴笑梅就是文化局的子弟,也是青年点里唯一的党员,七四届的毕业生,在校是学校红代会主任。红得发紫,不管是在什么运动中,她都是冲锋陷阵的。薄薄的嘴唇,像刀片似的,没有谁能够把她辩论倒。在校入党,来到农村,无可争议地就任青年点点长了。柴笑梅对柳依依姐弟的到来,没有一点担心害怕。因为,他们威胁不到她。她是七四届的,年底有任何一个名额回城,只要柴笑梅愿意走,就非她莫属。而真正感受到威胁的是比他们姐弟俩早来一个多月的七六届这些毕业生。他们看到一台伏尔加轿车,把姐弟俩送到青年点,父母护送,大队副书记和妇女主任陪伴。这些刚出校门的,回城还是个遥远而神秘的理想,就被这样的场面罩上了一层惶恐的阴云。新来的二十名应届毕业生,个个都感到心里压抑。

柴笑梅把点里的管理委员会的人,找到女生的寝室开了个碰头会。这是四队知青的传统。在柴笑梅接任点长的时候,那个被推荐上大学的老点长,语重心长地告诉接任者,当好一个点长的诀窍,就是利用好青年点里的管理委员会,不要把它当作是种形式。用好了,是回城激烈竞争中的制胜法宝;用不好,就是身边的炸弹。关键时候,有一个人站在对立面,你为之努力的一切都要前功尽弃,最后满盘皆输。道理就这么简单,却很难做好。柴笑梅接任点长有两年了,还没有感到难做在什么地方。

可是,今天她就感到难做了。

四队青年点的管理委员会有三个人。除了点长之外,还有伙食长董明,学习和生活管理员金曙光。这两个人都是七五届的,潜存着严重的利害关系。因此,他们平日在青年点里关系微妙,似乎都在戒备着对方。用青年点唯一尚在的六八届老青年绰号"杜鲁门"的话说,你们这茬学生,比我们那届鬼道多了。刚来农村,就开始想到竞争。我们六八届干了五六年,还想的是广阔天地大有作为,视点里的同学为兄弟姐妹。你们掌上的老茧还没有磨出来，就开始戒备了，真是太不可思议。

"柳依依姐弟俩来点里，我们是不是也得开个欢迎会，再来次会餐？"柴笑梅开门见山，她说话很少绕圈子。

金曙光眼睛豁然一亮，痛快表态："太应该了！都是来自海连的，应该团结。"

"我不同意！"董明说话爱歪着脑袋，眼睛望着房梁。据说他们班级的同学都有这个毛病，说话时把目光投在前方四十五度角的地方。这样的举止，是他们讲数学课的班主任老师陶醉在公式中的经典动作。他们班级的数学课，个个都叫得响，可是说话时的眼睛却要投向锐角处。尤其是发表反对意见时，连余光都没有了，整个聚焦在远处，好像那儿有什么答案。

"为什么？"柴笑梅长年裸露在阳光下的脸，粗糙得像榆树皮，只是那双眼睛闪着犀利的光，很有点长的威严。

董明把脸转过来，换了个角度，望着窗外："七六届的刚来几天，一顿欢迎会，把伙食上攒了半年的钱都吃进去了。没有钱搞这些形式了。再说，他们父母有能耐，搞特殊化，我们没有必要去迎合。刚来这帮同学，看到他们姐弟俩到咱们点，哪个不心里慌张，好事还不都是他们的！"

"董明，你这样认识是错误的！他们的父母有能力，不把他们俩留城，反而送到农村来锻炼，就说明他们是有觉悟的。请问，你爸要不是钢厂工人，是个当官的，你能下乡吗？你能有他们的觉悟吗？"金曙光穿一件白色衬衣，任何时候都是掖在裤腰里，腰上系着一条街面上很少见的棕色自动扣皮带。说话带有很重的膛音，本来是有批判口吻的话，听起来也很悦耳。

"我没有那个觉悟，你同样也没有！"董明就地反击。

"我有没有不说，但我不嫉妒人家！"金曙光蔑视瞪眼的董明。

"好了，你们俩吵什么。让别的同学听到，传进柳依依姐弟俩耳朵里，显得我们老知青多没有样儿啊！"柴笑梅严肃地看着他俩。

"他们来是有目的的，是把这儿当块跳板。说是来广阔天地锻炼，你们看他们能不能到队里干活，别说到青年突击队了。这样的人欢迎什么？所以我不同意开什么欢迎会,会餐就是土豆大白菜,顶多蒸锅混面馒头。"董明站起来不耐烦地要走。

"你主观意识太强！武断地下结论不利于点里同学们的团结！"金曙光的声音依然响亮,他不顾及外面的人能否听到。他想,最好柳依依能够听到,他在默默地为他们姐弟争口袋。

"行了,别为这点儿事情拌嘴了。过几天再说吧。"柴笑梅已经控制不住他们了,无心为这点儿事而得罪任何人。

"我武断？金曙光,咱俩打个赌。要是柳依依和柳晓飞能到突击队干上十天活,我自己出钱,去镇上买五斤猪肉,给大家包顿饺子。要是他们姐弟俩做不到,你给我买条大前门烟,带过滤嘴的。"董明眨动着一对小眼睛,扫下金曙光,露出狡黠的目光,转而又得意地望着窗外。那神态像是他已经发了意外之财,一条香烟揣进了兜里。

"可以,点长你给当证人！"金曙光犹豫不定,但还是接受了赌注。

6 青年突击队

柳依依的蚊帐没有掖好,夜里进来几只蚊子,在她耳边嗡嗡作响。时而腿部和手臂被叮咬得像猫抓似的又痛又痒。她不敢用力去拍打蚊子,只能轻轻地去挠身体痒痒处。她把毯子蒙在头上,可一会儿就感到闷热,只好又掀开。她这样来回折腾到大半夜,根本没有睡意。身边是点长柴笑梅,另一侧是何璐,她们和外屋炕上的二十多位女同学都已经进入梦乡。柴笑梅那无规律的时强时弱的呼噜声和何璐重重的鼻息声,像她小时候去姥姥家在河边看到的破旧的老水车一样,吱扭吱扭地发着奇怪的声音。外屋传来一声沉闷的响屁,吓得柳依依打了个冷战。她把毯子盖到头上,可是,捂了一会儿,就气喘吁吁。

集体生活是这样的难熬,仅仅第一个夜晚,柳依依就难以支撑了。她望着半截窗帘上方那片灰蒙蒙的,闪着寥星的夜空,想起遥远的家和妈妈,想起她精心呵护的温馨的寝室。她眼角的泪水,无声地滴落到枕头上。她不知道到什么时候,能够回到自己的房间,什么时候能躺在铺着压花毛毯的松软的床上。她在八岁的时候就独自住在一个屋里,不知道夜里还有各种嘈杂声,甚至都不知道女人还有打呼噜的。她只听妈妈说过,爸爸的呼噜声是地动山摇的。可是,妈妈又说没有这呼噜声还睡不着觉。柳依依现在感到奇怪,无论如何这夜晚的呼噜声也不能成为催眠曲。

"啪"的一声,头上的白炽灯泡亮了。柳依依麻溜把毯子盖在身上。

"依依,你怎么还没睡啊?"柴笑梅睡眼惺忪地从她的蚊帐里钻出头。

"有蚊子咬,我没睡着。"柳依依擦下眼角的泪珠,坐起来看一下手和脚,都起了红疙瘩,摸下脖子和脑门也有几个小包。白色蓝格的睡衣,敞开的胸口处,也被蚊子叮咬了。

柴笑梅钻进柳依依的蚊帐里,帮助她抓蚊子。四个蚊子,已经撑得飞不动了,趴在蚊帐上尽情地享受肥美的盛宴。柴笑梅两个手掌迅速一拍,一只蚊子粉身碎骨。她两掌一晾,鲜红的血点子残留在上面。

"再进来几个,就把你的血吸干了!"柴笑梅打完蚊子,手上已经血迹斑斑。她掏出炕席下面的手纸,揩了一下手,又给她掖好蚊帐。动作娴熟、麻利。

"谢谢大姐!"柳依依很感激地看着柴笑梅。她睡觉不穿睡衣,胸罩在前面挂着,象征性地罩着两个苹果似的乳房。相形之下,柳依依感到脸红。她睡衣里那对坚挺的发面馒头,松开了乳罩的束缚,从敞开的睡衣胸口处,颤巍巍探出头来。她赶忙双臂抱在胸前。

"看把你吓的,我又不是男同学。依依,你的胸和皮肤真好!我看了都羡慕,男的看到了还不得发疯啊!"柴笑梅说了一句自己都感到意外的话,脸红一下,马上钻进自己的蚊帐里,顺手关掉灯,说,"睡吧,明天还要去突击队干活。"

柳依依再次躺下就感到舒服了。她瞧一眼柴笑梅那朦胧的身影,内心真的充满感激。本来她应该到大屋里睡,一个大通铺,一溜排着二十来个行李。而这个小屋虽然有门不关,跟大屋只是隔着一道墙壁,但在这个大车店似的宿舍里,已经属于高间了。这个小屋睡四个人,有些挤巴,睡两个人就太宽松了。可是进这个小屋里,也要论资排辈的,不管哪届的点长必须是要进来的,而另一个何璐是七五届的。这个绰号"何尖尖"的女人,泼辣得像油炸的辣椒,小屋里倒开位置,她就把行李搬了进来。柴笑梅都不敢说个不字。原因是没有理由拒绝谁到这儿来睡,论资排辈只是老辈知青留下的不成文的潜规则,在何璐这儿就打破了。既然打破了规律,柳依依就可以搬进来睡。这个建议是柴笑梅向何璐提出来的。她看柳依依文静得就是个才出校门的羞怯的女生,总比那些在广阔天地摸爬滚打几年,说话大声大气的女生强。再说,柳依依家境很好,日后也许能有求于人。何璐二话不说,去大屋就把柳依依刚打开行李卷的铺盖,一股脑儿地搬到小屋里。那些睡在大铺的女生,尤其是有资历的老知青,干瞪眼睛说不出什么。

柳依依一睁眼,柴笑梅已经起炕出去了。何璐把蚊帐掀到一边,仰面躺着,眨动着眼睛,像是在回味昨夜的梦。

"你爸妈有势力,怎么大队也叫你去'扒皮队'干活?"何璐不解地皱着眉头问。

"我要求去的!"柳依依第一次听到青年突击队是"扒皮队"的称呼,禁不住哆嗦一下,可她的嘴还是挺硬的。

"你傻啊!今天去一次,你就得累趴下。你去找高二队长,求他把你留在小队干活,就是果园打药,也比'扒皮队'轻快。"何璐起身了,留着齐耳的短发,衬托着她圆圆的脸蛋,显得很精神。

"你在哪儿干活?"柳依依问。

"我在小队啊!你看窗前那片谷子地,轰家雀,不让家雀老吃谷子。活轻快,但工分低,一天才给六分。你们'扒皮队'男的是十二分,女的是十分。你呀才去,老火车头就能给你记八分。"何璐穿上衣服,边叠被子边说。

柳依依迷惑了。她不知道工分是什么意思,一天给八分钱?她对钱的概念,并不是很强烈的。父亲每月一百多元工资,母亲每月五十多元的工资,她从小到大没有缺钱花的印象。父母的钱都在书柜的抽屉里放着。她和弟弟需要,都不用跟父母说,拽开抽屉就可以拿。花剩了,再放进去。在初中要毕业的时候,学校组织各班级乘船去威海的刘公岛参观中日甲午海战纪念馆。她的好同学田娟因家境困难没有报名,她就从书柜抽屉里拿出十元钱,给田娟报上名了。事后她才告诉母亲,而母亲没有责怪她,只是说了句,再帮助人的时候,要事先跟父母说一声。不是怕花钱,而是怕上当受骗。

"我不明白,男的挣一毛二分钱,为什么叫十二分?"柳依依也叠着被子问。

何璐趴在卷好的行李上笑得前仰后合:"你个傻妹子,'分分救命根',是到年底才能算钱的工分!"

柳依依还是懵懂,但她不能再问了,免得再惹出让她见笑的话来。早晨的洗漱都在院子里进行。院子很开阔,在院子的东北角,有一个用木杆做的双杠,和一个水泥面的乒乓球台子。柳依依出来的时候,大部分同学都已经洗漱完了,到宿舍西侧的食堂去打饭。柳依依端着一盆清水,站在院子里感到茫然。这样的洗漱,她真的不习惯,不知道该怎样来洗脸刷牙和梳头。

柳晓飞从男宿舍出来,手里拎个木凳,放在柳依依面前。"姐,他们都蹲在地上洗漱,你把盆子放到凳子上洗脸,以后这个凳子就是你的了,谁也不敢动。"柳晓飞一夜工夫就适应了新的环境,说话的口气挺大。

"你把谁的凳子拿出来了? 快送回去,我也蹲着洗漱,会习惯的。"柳依依把盆子放下,牙缸放在旁边,蹲下身子,双手捧起一把清水,就往脸上泼。

柴笑梅从小队部上来,肩上扛着两把铁锹。她来到柳依依面前,把铁锹往墙边一放:"依依,这是你和晓飞的工具,保管好啊,丢了就要自己花钱买。快点洗吧,人家都去吃饭了,你还没有洗漱完,要跟不上趟了。"柴笑梅去食堂给柳依依打饭。

早餐是一碗苞米碴子粥、一块玉米饼子和半碗咸菜。柳依依皱着眉头,喝了几口,就咽不下去了。何璐端着饭碗,在屋里乱窜,谁有格外的小菜,她都伸出筷子夹几口,放到自己的饭碗里。有几个老青年,和小队的几家社员关系处得很好,社员就把自家腌的小咸菜送给青年吃。自家腌的小咸菜,总比青年点做的咸菜花样多,爽口味美。何璐不知在哪儿弄了两筷头子腌渍的小茄子和黄瓜纽,回到小屋里,把她碗里的小咸菜拨到柳依依的碗里,说,好吃下饭。

柳依依望着碗里那黏糊糊的咸菜,已经没有食欲了。她喃喃道,这就是集体生活啊!

上工的哨声从小队部传过来。知青们扛着自己的工具,陆续走出青年点。

在小队干活的人进院里,去青年突击队干活的人,跟着队里的叫王明志的走。他是小队在青年突击队的领队。老青年们都叫他"王明白",而且是当面喊,从不避讳。王明白四方大脸上有一对小眼睛,看上去就是贼眉鼠眼的样子。他和本地社员不一样的地方是,梳个大分头,头发浓黑铮亮,穿件掉了颜色的浅蓝中山装,挽着裤脚,趿拉着布鞋。一把磨得成了月牙形的铁锹,夹在胳肢窝,嘴上叼着自己卷成的旱烟,走在前面。几个老青年围着他在闹哄。他斜眯着眼睛回头看一眼柳依依和柳晓飞,不知那对小眼睛里深藏着什么目光。

青年突击队是龙泉汤大队老书记的创举,在丁德发担任书记后,得以发扬光大。龙泉汤的青年突击队,在许屯公社是响当当的一支队伍,为龙泉汤大队和丁书记争到不少荣誉。大队部会议室的墙上,挂着的奖状和锦旗,大部分都是青年突击队得到的各级革命委员会的奖励。最高的一面锦旗是团中央颁发的,上面烫金大字:青年突击队学大寨先进集体。这是龙泉汤大队的荣耀,更是丁德发的荣耀。丁德发把这个青年突击队视为自己的脸面,把它变成争得政治荣誉的嫡系部队了。他靠着青年突击队得到的荣誉,也在公社和县里,争来不少好处。公社拨给每个大队一台二十二马力拖拉机,龙泉汤大队就得到三台,七十五马力东方红推土机,每个大队一台,龙泉汤大队也有三台。每个小队还有一台手扶拖拉机。这些机械化设备,全部武装到青年突击队。他利用大队的公积金,逐步给青年突击队增添了一百多台独轮车。在靠肩挑马拉的年代,"丁德发这支队伍,就如同当年老蒋用美式装备武装起来的嫡系七十四师"。王明白含沙射影地对青年们说,可是就不敢公开比喻。丁德发对这支队伍的建设,也有个硬性规定,不管哪个青年下乡到龙泉汤大队,都要到青年突击队锻炼。这个规定是任何人违反不得的。因此，那晚在欢畅的酒桌上，他没有答应高桂花送出的人情，让柳鹤年的女儿柳依依去卫生所，搪塞的理由，就是这规定从来没有破过的先例。

走过一条弯曲的山路，就来到青年突击队干活的工地。一面红旗在一块平整的梯田最高处猎猎飘扬。"龙泉汤青年突击队"几个大字，格外醒目。一百多人都聚集在这面红旗下，开始每天早晨的学习。

说来也怪，青年突击队的掌门人却不是想象中的风华正茂的年轻人，而是一个年过五旬的老者，人称"老火车头"的郑全祥。他是地道的本村成长的土改干部，曾当过四小队队长。他领着社员在四小队的荒坡沟壑、丘陵上岗，长年坚持挖坑栽果树苗。现在，四队每年二百多万斤的苹果产量，在"统购统销"的政策下，也给四队社员和大队带来了丰厚的收入。全国农业学大寨运动开始，郑全祥去大寨参观。看到大寨一层层梯田，他茅塞顿开，把果树林子修成梯田，既防止了水土流失，又能在梯田上种些农作物。回到大队后，他找到当时的大队书记，主动请缨要求大队组建一个基建队，他担任队长，领着这支队伍负责全大队果树和农田梯田的建设。他的理由是，以小队各自为战，牵涉精力大，不能把劳动力都投入到修梯田中，而扔掉种地、剪枝、打药等各种其他农活。大队书记觉得他说得有道理，集中优势兵力，打歼灭战，是当年毛主席打江山的战略方针，现在也适合学大寨修梯田的战役中。那时，正好是六八届的知识青年上山下乡开始，到龙泉汤大队来了一百五十名青年，全都交给了郑全祥。从此一面"青年突击队"的旗帜，在雪帽山下飘扬起来，这一飘就是八年。突击队队员走马灯似的换，可这个掌门人却像那面不倒的旗帜，龙泉汤的沟沟坎坎，他走到哪儿，那面旗帜就在哪儿飘扬。

读报纸的是副队长李细枝。这个年轻时曾在省城做过印染店账房先生的外地户，跟着"老火车头"干了八年，就是靠他念过几年私塾，身上有点墨水，当过几年账房先生，算盘扒拉得麻利，才赢得了"老火车头"的信任。郑全祥没有文化，当初他在选副手时，就避讳给自己配备的人是下乡青年。他感到，那些青年都是些飞来的候鸟，迟早要飞走的。他选择了六四年从省城精简下放，回到老丈人门上的李细枝。他不愧"老火车头"看上的人，读报、写个大批判稿和标语，是他拿手好戏。而"老火车头"更看重他的是，他把人员出出进进走马灯的"突击队"最难管理的出工的工票记得清清楚楚，从没有出现过差错。张三李四哪天出勤，哪天干半天活，哪天没有完成定额，只要翻开他的账本，一目了然。他深得"老火车头"的重用。

现在的"青年突击队"，在下乡青年们眼中是"扒皮队"。而在本大队的社员们眼里，却是一块风水宝地。推着独轮车，抢阵镐头，挥舞铁锹，算什么重活？除了四小队的社员不愿意来，其他三个小队的年轻社员争先恐后要到"青年突击队"。原因只有一个，工分比小队的高，而且，年底算账时，取的是全大队的最高分值，那就是四小队的分值。因此，工分不值钱的三个小队的社员，都争着抢着到这儿来。每年新来的青年，干上两三个月，立马就换成本队的社员。而四小队的社员却不愿意来，在队里悠荡着干活，也是挣那么多钱。所以，在"青年突击队"里，四小队的下乡青年最多，有二十人是知青，其中有五个人是老青年。

李细枝读完人民日报元旦社论《世上无难事　只要肯登攀》。他把报纸叠好，放进一个黄书包里，又从包里拿出一本工票，开始点名。点到最后，没有柳依依和柳晓飞的名字。王明白在人群中喊道："李队长，咱队里又来了两个新青年。一个叫柳依依，一个叫柳晓飞。把工票给立上啊！"

"哪两个？"两个队长都站在梯田高处。李细枝戴着花镜，押着脖子往下面瞅。

王明白指着柳依依和柳晓飞："就是他们姐弟俩！"

上百人的目光唰地集中在他们姐弟俩的身上。柳依依脸颊通红，羞怯地低下头。

柳晓飞一个箭步登上梯田的高处，和两个队长并肩站在一起，落落大方地用手一指自己的鼻子："我叫柳晓飞，柳依依是我的姐姐。大家多照顾啊！"

"你就是柳大飞，也不能飞到这上面来啊，下去！"李细枝嗔怒地瞪了一眼柳晓飞。

下面的人哄地大笑起来。柳晓飞冲着大家做个鬼脸，晃荡着身子走下去。

"这小子挺隆兴,干活也要有这个闯劲啊!"郑全祥黝黑的脸上,皱纹纵横,像一张老树皮贴在上面。他说话时的眼睛盯在地上,偶尔抬起眼皮撩一眼人群,声音洪亮地说,"刚才报上也说了,世上无难事,只要肯上去啊。昨天下点小雨,耽误了进度,今天要撵出来。咱们社员劳力,你别偷懒,独轮车,小青年们推不好,一车土说翻就翻,耽误事。小青年要是愿意学推车,歇气儿时,你自己装车土,去练去,别用大家的时间练。各小队带队的,把自己的人看好了。干活!"

"老火车头"一声令下,百十号人呼啦一下散去,铁锹拖在地上的声音哗哗响起。

柳依依跟着四小队的人,来到一个土岗前。他们的任务就是把这个土岗拿掉,变成一块梯田。

柳依依和柳晓飞都穿套黄军装,这是他们的工作服。可在青年们当中,这套服装就是奢侈品。柳依依从兜里掏出一副白线手套,还有一个雪白的口罩。这都是母亲给准备的。柳依依看眼那些女同学,没有戴口罩的,也没有戴手套的。她就不好意思把口罩往耳朵上挂了。她把手套戴上,拿着铁锹,站在旁边,等待王明白的安排。

"小柳,你把手套摘下来!'老火车头'要是看到了,你能扛住他骂吗?他最烦娇生惯养的青年了!"王明白那双小眼睛不住地眨动,但没有大声喊叫,而是温和地对柳依依说。

柳依依的脸一阵绯红。

7 军　帽

柳晓飞融入集体生活中,就像从小学升入初中时的感觉。那时,几所学校的学生,汇聚海连市师大附中,十个班级,四五百名新生,柳晓飞都不感到陌生。新学期开始一个星期,初一年级没有不知道柳晓飞这个人的。初中三年,他已经是全校闻名了。他出名的原因不是他能制造什么花边新闻,或是招惹什么是非,而是他的闯劲儿和大方。他不知道什么是羞涩和胆怯,多大的舞台,他都敢上。一次全校在大礼堂搞文艺会演,他们初一六班的一个诗朗诵节目,在临近上台时出了问题。老师一向看重的男生,临阵脱逃。女老师抓耳挠腮,节目单已经报上,要撤掉必须找校领导。女老师犹豫再三,决定让班长去后台申请撤掉节目。这时候柳晓飞站出来,为了班级的荣誉,他愿意上台去表演朗诵节目。老师问他,你会吗?他们朗诵的那首《战斗正未有穷期》的长诗,背了半个多月。柳晓飞说不会。老师说那你怎么表演节目?柳晓飞从那个女生手里拿过诗歌单子,说看一眼朗诵一句,不会差的。救场如救火,老师怀着忐忑的心,让柳晓飞上台了。柳晓飞把诗歌单子叠好,攥在手里,落落大方地和那个女生走上台。那个女生已经头冒虚汗,而柳晓飞则安慰她别慌。"握锤的手,拿起笔!"柳晓飞瞄一眼,大声朗诵第一句。"挥锄的手,拿起笔!"女生跟进第二句。"我们,战斗正未有穷期!"两人一起高声朗诵。柳晓飞还做个前进的动作,女生配合挥手前进。五分多钟的朗诵,柳晓飞瞄着单子,顺了下来,并且赢得了全场的掌声。那个女生已经满头大汗,下台都不会走路了。而他大摇大摆地回到座位上,就像刚才去了一趟卫生间。

现在,柳晓飞在男生宿舍,没有几天,就已经和他们打成一片了。比他先来一个月的七六届那十几个人,像比他晚来半年。他俨然是个老青年,可以指手画脚地指使人了。

可是,他有些狂妄了,把蜗居在青年点里的一条鳄鱼给惹着了,自己还全然不知。

男生宿舍是两面大通铺,一溜住着十多个人。夏天的时候,炕头是没有人愿意睡的,厨房的火灶连着大炕,躺在上面像烙饼似的。因此,两铺炕的炕头空着很宽位子。炕席头还用一根短木棒支起来,那上面已经有几块烤煳的痕迹。晚来的柳晓飞,自然就得把行李安放在炕头了。头一天晚上,他就难以入睡。闷热的屋子里,透进来的山野的清风也不觉得凉快。柳晓飞更是燥热难当,身子像锅里烙的肉饼,翻来覆去地滚动。

好容易熬到天亮,柳晓飞第一个蹦下地,挨个查看还在睡梦中的那些人。这些埋在蚊帐里的人,个个都穿着一个小裤头,光膀裸腿,四仰八叉地睡。柳晓飞很是来气，自己折腾了一夜，他们却睡得如此舒服和甜美。柳晓飞拿起自己的搪瓷脸盆，用力往水泥地面一摔。"喤啷"一声，那些人猛地惊醒，腾地坐起身，迷迷瞪瞪不知道发生了什么事情。

"地震了快跑啊！"柳晓飞大喊一声，跑出门外。

十几个人慌忙跳下地，光着身子跑出门，有几个人从窗户蹦出去。疙瘩榔是从窗户跳出去的。他铺位前的窗下是口大缸。这口缸是点里秋季腌酸菜用的，现在不用的时候，疙瘩榔把它当作鱼缸了。他领着孟大个儿、郭烙，到大队的小水库里偷着捞鱼，然后放到水缸里养着。隔三岔五嘴馋的时候，他们就开个小灶，炖鱼吃。满满一缸水，里面养着七八条都在二斤多重的鲤鱼和草鱼。疙瘩榔迷迷糊糊从蚊帐里钻出身子，听到柳晓飞的大叫，他从敞开的窗户就往外跳。"咕咚"一声掉进了大缸里，咕噜咕噜喝了两口水。他从缸里爬出来，肩膀子蹭掉一块皮，鲜血顺着胳膊往下淌。

男宿舍炸窝了，女宿舍也跑出几个女生。柳依依也跟着跑出来。柳晓飞蹲在地上，笑得前仰后合。柳依依不知道是弟弟的恶作剧，但她看到这个场面，已经料到是柳晓飞闯的祸。几个女生穿着裤头，披着外衣，看到男生的狼狈相，又都跑回宿舍。柳依依穿着睡衣，没有回去。她要上前去问柳晓飞，可一抬头看见孟大个儿和郭烙正把疙瘩榔从水缸里搀出来，臂膀上流着血，她就跑回宿舍，打开自己的箱子，找出母亲给准备的小急救箱，迅速跑出来。

满脸怒气的疙瘩榔，这时那个大鼻头已经涨得通红，像个红灯亮了似的。他瞪一眼还在哈哈大笑的柳晓飞，没有说话。郭烙要过去打柳晓飞，他一把拽住郭烙，使个眼色，他看到柳依依正向他跑来。

柳依依熟练地给疙瘩榔包扎。疙瘩榔看着柳依依那纤细白嫩的手指，和低垂的忽闪着长睫毛的眼睛，睡衣里面那若隐若现的乳沟，闻到她身上那股芬芳的香气，他心中的怒火消退了，甚至感到柳晓飞的恶作剧给他带来了机遇。他湿漉漉的裤头里面那蔫了吧唧的东西，竟然来了活气，像脸上那个大鼻子一样，膨胀起来。

"你弟弟真是太能耍怪了，睡毛愣了吧，喊地震了。"疙瘩榔没有了怒气,露出媚笑。

柳依依没抬头,认真地给他涂抹上碘酒消毒,然后抹上红药水,麻利地用白纱布包扎好:"好了。原谅我弟弟,我向你表示歉意了!"柳依依把急救箱收拾好,回头看眼柳晓飞,他已经收敛了笑容,感到自己的恶作剧产生了后果,冷眼看着姐姐给疙瘩榔包扎伤口。柳依依扬起脸,冲着眼前这个她还不知道名字的男生微微一笑。

"没事,是吧,郭烙!你们姐弟俩儿,以后有事儿吭一声好使!"疙瘩榔的脸红了,不由得蹲下身子。

"我哥在明家街一带有号,提起疙瘩榔没有不给面子的!"郭烙的声音很大,是说给柳晓飞听的。

柳晓飞听得清楚,心头一惊。明家街是海连市靠近郊区的一条街道,在那条街上居住的大多都是海钢的家属。他还是在初二的时候,就听到过明家街有两伙流氓火拼,一伙的头儿叫"大刀片",一伙的头儿叫"疙瘩榔"。最后"大刀片"那伙人,没有砍倒"疙瘩榔",却被榔头打跑了。由此明家街在海连市出名了,"疙瘩榔"更是那条街道上有名气的人物,明家街也在海连市成了名街。还有首歌曲曾经广为流传:"长长的马路,低矮的房,明家街的痞子马子排成行……"海连市分片的势力范围,哪儿有打仗斗殴的,只要提起是"疙瘩榔"的朋友,哪伙人都得给点面子。柳晓飞万没有想到,竟是和他一个青年点,而且,还把他耍了一把。柳晓飞有点胆怯了,他喊道:"姐,你回屋吧!"

柳依依过去拉起柳晓飞,一起回屋了。

疙瘩榔难以咽下这口气,可是,在柳依依面前他忍下了,为的是给这个女生留下点好感。他见到柳依依的第一眼,心里就开始躁动。青年点来了这么一个漂亮的女生,无论如何也要弄到自己的手里。疙瘩榔叫李国忠,本来应该是七六届毕业的,可他七五年就下乡了。学校不能再容忍他继续混到毕业了。为了这个学生,校长没少受到区领导批评。长头发、喇叭裤,成天晃荡在校园寻衅滋事,更要命的是,区里哪个学校有斗殴打群仗的,都有他的影子。他的父亲是海钢工人,几年前在钢厂一次大火中救人牺牲,市里追认为烈士。他是家里老三,两个哥哥都得到照顾,从学校毕业就到海钢工作。学校和企业协商能否让老三再留厂上班,海钢领导明确答复,已经照顾两个孩子了,第三个就要跟海钢子弟一起下乡了。学校只好劝退,让他提前离校。来到农村一年多,他虽然没有像在学校那样惹是生非,但他也没有老实,只不过是换种形式在胡作非为。偷鸡摸狗的事,他没少干;欺男霸女的事,他没少干。可是,他很诡秘,很少在自己的大队和青年点干这些事情。用他的话说,兔子不吃窝边草。其实,回城之心,人皆有之。他是想在本点和村里留下个好印象,能早点回城。因此,他经常去串点。许屯公社各个大队的青年点,他基本都去过。哪个点里都有他的朋友,一住多少天。鸡鸭鹅狗,逮着什么吃什么。下乡青年个个瘦得像条干鲅鱼,而他却撑得肚圆脸胖,硕大的红鼻头格外地发亮。

疙瘩榔好几天没有去青年突击队了。他出不出工,没有人管,纯是自己决定。去年坚持出工的青年,全年能挣三四千工分,年终分红的时候,都能拿些钱回家。可是他没挣上三百工分。一算账,他还欠点里伙食的钱。因为,他经常跟伙食长董明借钱。柴笑梅和董明都不想招惹他,每次他张嘴,都能借个三元五元的,积少成多。到年终,点里伙食的钱,他就占用三百多元,搞得点里伙食越来越差劲儿。可是,老青年们满肚子怨气,谁也不敢说。

疙瘩榔被柳晓飞的闹剧给忽悠到水缸里呛了两口水,而且还臂膀挂彩,非但没激怒,还要去青年突击队出工,这让点里的男生们感到诧异。

绰号"大个儿"的孟良辰是点里个子最矮的人,只有一米五五。一张猴子般的瘦脸,冷眼看就是个小学生,只是额头过早地出现抬头纹,才使人感觉出来他是个成年人。他是七五届的,来到青年点那天,他就成了疙瘩榔的勤务兵。端洗脚水、洗衣服、打饭、叠被的活都是孟大个儿干。点里的人没有敢欺负他的,而且还经常得到疙瘩榔"赏赐"的好烟好吃的。在点里疙瘩榔吃小灶的时候,孟大个儿是必须参加的,跑前跑后的伺候。孟大个儿去疙瘩榔的箱子里找出一条裤衩,送给疙瘩榔,又把换下来的裤衩拿到外边去洗。

郭烙则拿着毛巾,给疙瘩榔擦身子,裤裆下都给擦得干干净净。

出工的哨子响了，青年们懒洋洋地拿起铁锹走出门。

王明白看到疙瘩榔，也显得很客气。疙瘩榔掏出一盒大生产牌香烟，塞到他的兜里，悄声地说："大哥，到工地安排活时，把柳依依和他弟弟分开，我要收拾柳晓飞。"

王明白龇牙一笑，没有吭声。

青年突击队学习时间一结束，郑全祥又嘴冒沫子地发顿火。说有的人三天打鱼两天晒网，不愿意干赶快回小队去。老青年尤其是四队的青年，都听出来是冲着疙瘩榔来的。疙瘩榔叼着烟卷，满脸讪笑，一副无所谓的神态。

开始干活了。王明白把昨天分的组重新做了调整，柳依依和那些女生到土岗一侧去捡石块，准备砌梯田用，男生分两组继续撒土填沟。柳晓飞和疙瘩榔一组。

柳晓飞不知道这是他们的阴谋，但他很警觉。柳晓飞压低头上那顶草绿色军帽，把衣服的扣子全都扣好，紧紧握住铁锹把，随时准备迎战。

疙瘩榔根本就不干活，蹲在地上狠命地抽烟。王明白凑到他跟前，低声地说："别整出事儿啊，丁大爷儿是他家的靠山。"

"我不打他，我要他头上那个军帽。"疙瘩榔想好了，不能打他。打他就要伤害柳依依。伤害了柳依依，他想靠近她，恐怕一点机会都没有了。至于他们的靠山是谁，疙瘩榔不在乎。

郭烙直往柳晓飞跟前靠。他是疙瘩榔的打手。这小子是七四届的老青年，因为长得干巴瘦，而且发蔫，说话像断了气似的娘们腔，在青年点里什么好事也抢不上槽。夏天睡炕头，冬天睡炕梢。大家就送他个绰号"郭烙"。他的名字叫郭德江，家庭条件挺好，父母亲是铁路职工，尤其父亲是运输调度，私下办理进关里的车皮颇有道行。他兜里的小钱，比青年点里的任何人都丰厚，因此不在乎一年能挣多少工分，只是靠年限回城。他经常装病不出工。从疙瘩榔来到青年点，他像遇到了恩人。他用小钱把疙瘩榔哄得围着他转，他开始在点里扬眉吐气起来，把多年憋的一股怨气发泄出来。狐假虎威，开始欺负曾经给过他白眼，对他有过歧视举动的男生。连何璐说他像宫廷里的太监一句玩笑话，他都耿耿于怀。他找茬要收拾何璐，想在众人面前给她点难堪，可是始终没有想出什么好招。而何璐仍然以蔑视的目光看着他，别说你靠一个"疙瘩榔"给你撑腰，就是"疙瘩枪"又能怎么样，就是个二鬼子，跟在牛腔上乱哄哄。

疙瘩榔给郭烙递个眼神，郭烙就没有再往柳晓飞身边靠。

柳晓飞已经感觉到了身边的危机。郭烙和孟大个儿，他都没有放在眼里，可是，对这个满脸疙瘩，红红的大鼻头的老知青，他还真有些胆怯和畏惧。过去闻其名，而没见其人，总以为他称霸的凶器是一个榔头，而得名"疙瘩榔"。没想到是因其人长相而得其名。而更奇怪的是，任何人称呼他与其容貌相一致的丑陋的绰号时，竟像喊他的乳名似的，叫的自然，听的自然。可对自己形象都无所谓的人，能有什么好心眼。

柳晓飞在他从缸里爬出来的时候，就知道迟早有面对他的一天。

上午歇气的时间是在九点半开始的，休息十五分钟。李细枝掌握的是非常准确，基本分秒不差。累了半上午，人们都找地儿休息抽烟，女生闲不住的就到山坡上采几束野花。

疙瘩榔站起身，走到柳晓飞的跟前，低声地说："跟我到那个沟里，说点事儿。我不打你。"

柳晓飞很冷静，紧握锹把："在这说吧。"

"过去说完就没事儿了。不去，我们之间没有完！"疙瘩榔扔下话，领着郭烙和孟大个儿走了。

柳晓飞迟疑片刻，拎着铁锹跟过去。

这是一条不深的沟壑，两边有稀落的低矮的柞树。疙瘩榔站在沟底，郭烙和孟大个儿坐在半坡上，像是在放哨。柳晓飞犹豫了一下，是否下到沟里。郭烙站起来，忽然在他的后腰猛地踹了一脚，柳晓飞跌倒了，顺坡滚到沟底。柳晓飞爬起来，额头被树枝刮了一道细口子，鲜血顺脸淌下来。柳晓飞头上那顶军帽，掉到坡上。孟大个儿捡起来，送给疙瘩榔。柳晓飞的军帽里有块手帕，那是当时最流行的一种戴军帽的方法。

疙瘩榔把那个手帕拿出来，递给柳晓飞，厉声地说："把血擦了，是你自己骨碌下来的，是不是？"

柳晓飞用手帕捂着脑门，怒视着他。

"这个军帽,你赔偿我早晨掉缸里的事儿,咱俩就扯平了。要是不给,你把你姐介绍给我做朋友。"疙瘩榔狰狞地瞪着眼睛。

柳晓飞弯腰拿起一块石头,凶狠地吼道:"疙瘩榔,你敢动我姐一下,我跟你玩命!"

疙瘩榔猛然一惊,显得很慌张:"你小子,还敢跟我叫号?我看咱们是一个点的,不收拾你啦。你以后说不定还是我小舅子呢!"

疙瘩榔说完,就往坡上走。这时,柳依依跑过来。王明白看到他们下到沟里,感觉不好。疙瘩榔凶残,一旦把柳晓飞打个好歹,他这个领队的也有责任。他过去告诉柳依依:"你弟弟和疙瘩榔下沟里了,快去叫回来。"

疙瘩榔走上坡,和郭烙、孟大个儿往回走。见到柳依依气喘吁吁的样子,说:"你弟弟自己骨碌沟里了,我没动他一根毫毛。不信你问孟大个儿和郭烙。"

"晓飞的军帽,你拿来!"柳依依上前去夺。

疙瘩榔举起来:"这是他给我的补偿啊!"

"姐,不要了!"柳晓飞喊道。

柳依依下到沟里,看到柳晓飞额头划破的伤口,正渗出鲜血。她心疼地搂着弟弟,哭了。

8　野　浴

丁德财的家住在下沟。从老婆出院回来,他就没有脱开身过来看看柳家姐弟。他在三队,是保管员。小队的各种农资材料全都在他的库里,白天忙活队里的事,晚上忙活家里的菜园子。老婆病快快地直催促他去看看柳院长的孩子,在这儿也没有个亲人,咱们再不关照点儿,就对不起柳院长和谢主任了。

吃过晚饭,丁德财拿着一个小柳条筐,里面是三十多个咸鸡蛋和咸鸭蛋,来到了四队青年点。

这是一天当中知青们最轻松、最惬意的时刻。夕阳的余晖还没有完全散尽，山野的清风裹着青草绿树野花的芬芳，轻柔柔地扑在人们的脸上，沁人心脾。一天的疲劳没有了，一天的烦躁消退了，欢声笑语在青年点门前的院子里回荡着。

撂下饭碗的人，几乎都出来在院子里玩：木制双杠上，董明和几个人做着吊腕上杠动作；何璐和杜禄本打羽毛球；金曙光在做着义务劳动，用一块玻璃碴子刮铁锹把儿使其光滑。这把铁锹是柳依依的。他看到柳依依的铁锹把儿不光滑，知道一定会把手磨出血泡来。果然，他在柳依依打饭的时候，看到她白嫩的手指上已经起了血泡。他悄然盯住柳依依的铁锹，然后拿到外边无声地精心修理锹把儿。

柳依依不知道金曙光在为她做好事。

柳依依打盆水，准备洗头。过去在家里几乎天天洗头发。可现在她洗回头发，就像在这里吃口肉一样难。整个点里没有一只暖壶，没有一个人喝热水。洗头发，要在大锅里烧水。锅里是做饭炖菜的，怎样用心地把锅刷干净，烧出来的水上面都浮层细小的油花花。尽管她有一瓶点里女生都没有看到过的精美的洗发精，洗过后也感到头发不是那么清爽。那些女生都用凉水洗发她不习惯，必须要烧点温水才能洗头。杜禄本把锅台灶脑收拾得干净利落，那红松木板子对开的锅盖上的木纹，像雕刻的花纹一样清晰，白得洁净，红得鲜亮。尽管这样，柳依依还是把锅里锅外重新刷了一遍，才开始往锅里放水，灶台下点燃一把柴草。

柳晓飞闷闷不乐。额头的那个口子虽然不出血了，也不觉得疼了，但他感到还在流血和疼痛。他躺在炕上，听着半导体收音机，可音量再大，也没有压过后窗外面疙瘩榔和郭烙、孟大个儿在吃鱼锅的吵闹声。"火车呀火车呀，你慢慢地向前走，让我再看一眼里面的战友……火车一声长鸣，你我就分了手啊，我的眼泪往下流……"疙瘩榔嘶哑地唱着流行的知青歌曲。那得意的像狼嚎似的声音，刺得柳晓飞耳根子疼。他寻思如何报这一箭之仇，以解心头之恨。柳依依喊他帮她去外边的柴草垛拿把柴草，他没有听见。

柳依依只好放下烧火棍，自己出去抱捆柴草。

这时，丁德财走进院子里。

"小柳!"丁德财看到柳依依抱着一捆柴草忙喊。

院子里的人看到丁德财来了,都围了过来。这是大队书记的胞弟,人们都叫他"丁二爷"。能和这位皇亲国戚套上近乎,是大队知青们梦寐以求的。

丁德财认识各小队青年点的老知青,即使叫不出名字,也能对上是哪个点的。他不讨厌知青们对他的奉承和友好,尽管他从没有在"大爷儿"面前为哪个知青说过话,办过什么事儿,但是那种自豪感却从没有减退,依旧显得高高在上。憨笑的面孔带着威严,像他是大队书记来到很少光顾的青年点。

"二爷儿,手里拿着什么好吃的?"一个老知青显得很近乎,凑到丁德财的跟前,伸手要看筐里东西。

"去,有没有贫下中农给你送东西吃的?没有啊,就远点躲着。"丁德财见柳依依还愣在哪儿,就走过去,"小柳,这些天习惯了吗?你弟弟呢?"

柳依依听到丁德财在喊她,可她没有像那些知青那样凑到跟前,她站在远处没动。"还行,丁叔。晓飞在屋里了。"柳依依说话的时候,瞥一眼周围的人,感觉丁德财冷落他们,她有些不好意思。

丁德财和柳依依进屋了。柳依依去给灶膛添了把柴,就跟进到男宿舍。

柳晓飞接过丁德财的小柳条筐,拿出个咸鸡蛋,"啪"地磕破,扒掉蛋皮,去厨房橱柜里拿个玉米饼子吃起来,像晚饭没有吃,正饿着肚子。

丁德财笑了:"看,把这小子苟劳的!赶明儿个,你婶包菜包子,和你姐下去吃啊!"

柳晓飞点头答应。

柳依依第一次进到男宿舍,一眼就看到弟弟那只白色红花搪瓷脸盆,已经满目疮痍地扔在地上。她不知道柳晓飞摔盆子的事情,也不知道他的睡铺在滚烫的炕头。柳晓飞没有告诉姐姐,是怕姐姐为他担心。

丁德财看到了,而且还非常明白。新来的人,就得睡这个铺位。什么事情都有个先来后到。丁德财安慰道,不要紧,小队有一个木板钉的台面,是队里打农药摆药瓶子的。已经不用了,拿来垫在铺下,冬暖夏凉,这个铺子就是宝位了。

丁德财领着柳晓飞去下沟。柳依依看到锅里的水已经哧哧地响边了,可她没用水瓢去舀水,而是在等丁德财和弟弟回来。看到弟弟几天来睡在滚热的炕头上,而且还让老知青打了,她心里好一阵难受。她感到,刚刚开始青年点的生活,就没有照顾好弟弟,母亲要是来信问,她都不知道怎么跟母亲说了。

疙瘩榔领着郭烙和孟大个儿,吃完鱼锅,从后窗蹦进厨房。柳依依吓了一跳。

疙瘩榔见到柳依依在厨房,嬉皮笑脸地说:"依依,你看我胳膊上的伤好了没?是不是再上点儿二百二!"

柳依依身子起层鸡皮疙瘩,但她没有表现出憎恨,而是平静地说:"你去大队卫生所看一下吧,那里还能给消毒。"

"那好,不麻烦你了。哎,你烧水喝啊?看,咱点连个暖瓶都不买,哪天我弄两个回来。杜鲁门做饭时,让他把开水给灌满,省得你喝热水还得自己烧。"疙瘩榔僵硬的脸皮,露出讨好的笑。

"谢谢你,不用。"柳依依淡淡地回应。

丁德财和柳晓飞抬着一块木面板,进到屋里,把它放在炕上。丁德财又去找来四块砖头,把四角垫起来,铺板离开炕面,炕席铺上,柳依依把弟弟的行李铺好。柳依依很感激丁德财,但有疙瘩榔和几个人在场,她没有说什么。厨房锅里的水已经翻开,她又添了两舀水。

柴笑梅在小队部院里,看到丁德财和柳晓飞抬着铺板过去,立马回点里。

"二叔,你怎么闲着过来了?"柴笑梅的叫声很甜。

"啊,柴点长,我来看看柳依依姐弟。晓飞睡在炕头,像烙饼似的,我给拿块铺板垫上。人家在家睡的可是弹簧床,哪是这个样的大土炕。他们姐弟俩刚来,你得照顾一下啊!"丁德财忘不了进到柳家的时候,那种感受。红色的地板,走在上面咚咚地响。

"啊,二叔,您放心,依依的铺位就在我的小屋里。我也在给晓飞想办法呢。保管员把仓库打开,也没有这合适的铺板子。"柴笑梅的话不知真假,但是柳依依听了,感到心里暖乎乎的。

丁德财看到柳依依在烧水,就奇怪地问柳依依,怎么做起厨房的活来了?柳依依说是自己洗头,不能用凉水。丁德财说,你去下沟洗汤子啊。柳依依说自己不敢去。

"柴点长,你们女知青去洗汤子的时候,把依依带着。她初来乍到的,哪儿也摸不到头绪。"丁德财显得很细心。

"好,一会儿我就领她去下沟洗汤子。"柴笑梅愉快地接受了任务。

金曙光拎着柳依依的铁锹进屋,在丁德财的面前,把铁锹交给柳依依,说:"依依,这回锹把儿光溜了,再不能磨手了。"

这时的柳依依才感到青年点的温暖。

疙瘩榔和郭烙对下眼,瞪一眼金曙光无趣地走了。

七月的碾盘沟,夜色来得很早。雪帽山顶上的月亮,像没有吃饱肚子,佝偻着腰,僵硬地仁立在深邃的夜空中,周围繁星亮眼眨动,似乎在嘲笑饥饿得弯着腰的月亮。朦胧的夜色里,柴笑梅、柳依依、何璐、范红梅,还有七六届的栗天舒,在温热的汤子里嬉嬉闹闹。寂静的河谷里,只有她们的嬉笑声,像轻轻的薄雾弥漫在暮色中。

柳依依穿着蓝白相间的三角内裤和质地柔软的文胸。何璐惊讶地叫起来,这样的内裤,她没见过。晚上睡觉的时候,柳依依总是穿着睡衣,她还没有注意到柳依依穿着这样的内裤。

"依依,你真时髦啊!要是让男生看到,非把你吃了!""何尖尖"的绰号是叶雪松给叫出去的。来到青年点,就争强好胜,谁也不能比她强了。在她七五年刚来青年点的时候,点里会餐。有个女的老知青,端起一碗果酒就下肚了。她初生牛犊不怕虎,也端起一碗就跟着喝下,结果桌子还没有撤下来,她就跑到猪圈的墙上呕吐起来。这时大部分人还不知道她叫什么名字。一起来的同学喊道,她叫何璐。叶雪松随口来一句,这是"小荷才露尖尖角"啊。从此,"何尖尖"就成了她那次好胜得来的雅号。然而,何尖尖再怎么咬尖,柳依依的来到,无形之中就把她那个尖给削掉了。工人家庭和干部家庭出身的人,就是不一样。柳依依的睡衣,柳依依的精美的洗发精,这又看到她漂亮的精巧的内裤,遮在那隆起的三角地,露出的两条秀腿,显得修长和挺直,她都羡慕得直咋舌。

柳依依感到脸发热。她忙把自己的身子沉到水下,让那波起云涌的躯体,像天上那钩弯月,卷曲在夜一样朦胧的清热的水中。

"尖尖,你是嫉妒依依了吧!"柴笑梅从见到柳依依那天起,就觉得自己作为女人,哪块儿是缺陷了。在女生面前,她感觉自己像个男生;而在男生的堆里,她那种女人的味道,自己都感到发淡。在学校时,她是红代会的头儿。下乡劳动时,哪个男生不起炕,她敢去掀男生的被窝。在青年点里,穿着裤头的男生和她面对面说话,她的脸都不变颜色。疙瘩椰这样粗鲁的男生,光着膀子在她面前晃荡,她竟毫无反应。在柳依依面前,她懂得了羞怯和腼腆是女人的一种美,而这种美,在她的身上却显得那么轻描淡写。

何璐把柳依依精美的洗发精拿过来,开始洗发。嘴里却说:"点长,不是我嫉妒,是你在嫉妒吧。以后跟着依依学着做女人!"

"何璐,你别这样说,我在广阔天地里锻炼一段时间,也要像你们老知青那样,和大家打成一片。"柳依依总感到自己身上有缺陷,就怕别人把缺陷当作美来夸奖。

"依依姐,你怎么锻炼,也不能把天生的漂亮锻炼没了。"栗天舒在四队的青年点里,年龄是最小的,只有十八岁。她是海连市艺校的学生,弹得一手好琵琶。本来毕业就可以到各级文艺团体了,可是,在他们就要毕业的时候,班级里一对男女生恋爱,女生竟然怀孕生下了孩子。这是天大的丑闻,轰动了大半个海连市。市革委会领导一个指令,艺校应届毕业的六十多名学生,一个不留全部下乡锻炼。她的父母找到人,随着海钢子弟学校的应届毕业生一起来到这儿。她长得小巧玲珑,一双天真的大眼睛,看什么都是稀奇的。惹得老知青们都很喜欢她,洗汤子也把她带着。

"你个小丫头,'天生'就是宿命论。我们接受贫下中农再教育,就是不讲宿命论。"柴笑梅虽然是笑着说话,但给人的感觉还是一腔严肃的口气。

"我没有讲宿命论啊!"栗天舒吓得直辩解。

"好了,我的点长大姐,不要什么事儿都上纲上线了。把栗小妹吓坏了。点长,你弄点布票,我们也做件依依那样的睡衣和裤衩穿呗,显得多文明。"何璐拍着水花说。

柴笑梅愉快地答应,范围局限在今晚洗汤子的几个人。点里每年从公社知青办领回那点布票,是给点里女宿舍做窗帘用的。窗帘不能一年一换,用不着的布票,柴笑梅就给小队里的社员了。栗天舒马上表示她不要,她说在家里,她也和柳依依一样,睡觉时穿睡衣,也有三角裤头,可是,母亲不让她到农村穿,怕影响不好。

"你个傻丫头,点长都想穿,你怕什么。再说,除了我们女生谁能看到你穿什么内裤!我们穿也不是给他们看的。我和点长紧挨依依睡觉,都没有发现她穿什么。你不穿着满街跑,谁知道你穿什么。就是穿个裙子,里面光腚子都没人知道,你信不?"何璐说着自己笑起来,就像她曾那样做过似的。

"男生要是看到了怎么办?"栗天舒还是不敢像柳依依那样穿。

"你是傻,你穿着内衣内裤往男宿舍跑啊!"何璐往栗天舒身上撩水,吓得栗天舒往柳依依的身后躲。

一阵说笑过后,她们的头上都滚出了汗珠。柳依依把长长的头发洗干净,脱掉内裤,赤身站在池边擦身子。

夜色浓浓,微风习习。四周一片寂静,河边茂密的树林里,偶尔有夜鸟的低鸣声传过来;草丛里的不知名的小虫也在细声慢语地低吟。这山里的夏夜,这温馨的野浴,这放松的躯体,都让柳依依感到从没有过的舒心和惬意。她迎着微风,撩起湿润的秀发,舒展着身姿。

突然,一个黑影在她前面的树林闪动。柳依依惊叫一声,扑到汤子里。

"有个人!"柳依依畏缩地指着树林说。

何璐穿上裤衩,披上衣服,拿起一块石头,使劲扔到岸边的林子边,大吼道:"小×养的,老娘不怕你看,出来!"

那个黑影蹿出林子,猫着腰向上沟跑去。

柴笑梅领着她们穿好衣服,匆匆往回走。她要回点里查一下,哪个男生不在宿舍。走到小队部,柳晓飞正要去下沟接她们。

"晓飞,男生都谁没有在屋里?"柴笑梅问。

"都在。怎么啦?"柳晓飞疑问。

"有个人在汤子边看我们洗澡,那人往上沟跑了。"何璐说。

"疙瘩榔、郭烙、大个儿他们都在屋里,也没有谁出门啊。"柳晓飞说。

"你去老杜那小屋看一下,金曙光和董明在不?"柴笑梅说。

柳晓飞跑到宿舍东头一间屋子,那是一个单间,是点里的仓库改成的宿舍,住着"八年抗战"的老知青杜禄本、伙食长董明和金曙光。柳晓飞双手搭在窗台上,用力一蹦,双臂撑着身子,头探过半截窗帘,看一眼跑回来说:"他们三个人正在下棋。"

柴笑梅皱起眉头:"那是谁这么不要脸,看女人洗澡?"

"也许是别个点的,也许是社员吧。"何璐无所谓的样子。

"不会,是他们应该往下沟跑,这个人往上沟跑,就是咱小队的人。我一定要把这个人查出来!回屋吧,谁也不要说今晚的事儿!"柴笑梅冷冷地说。

柳依依进到屋里,那个精美的洗发精瓶子落在汤子边了。柳依依穿上衣服出来,站在厨房喊柳晓飞。柳晓飞刚躺下,穿上裤子和背心跑出来。姐弟俩打着手电筒,来到汤子边找了半天,也没有找到。

柳依依记得清楚,那个小瓶子,就放在她坐着的大石头上。

9　山坳里的小屋

叶雪松回到小屋里,立刻打开灯,拿出画板,凭着在夜幕中看到的那朦朦胧胧的轮廓,他迅速勾画出柳依依坐在汤子边的石头上,迎着微风,舒展身姿的素描画。尽管没有清晰的面目表情,甚至那双清澈明亮的眼睛,都是凭空想象的,但是,那风姿绰约的身躯,已经让他感到一种震撼心灵的美了。

直到深夜,叶雪松画了三张柳依依素描画。一张是坐在老崖头上的,一张是依偎在小屋后面那棵香椿树边的。这两张都是他臆想画出来的。所有的面目表情，都是他看到柳依依第一眼所留下的记忆。

那是几天前，他回到点里取粮食和蔬菜。

每次回点里，他都不去大屋，只是到杜禄本的小屋里待会。杜禄本把玉米碴、玉米面装进袋子里，有时背着董明，偷着抓几把白面和荞麦粉装进事先准备好的纸袋里。董明知道这两个老知青同病相怜，关系很好。因而，在叶雪松每次回来拿粮食的时候，他都装作无事的样子进行监督。点里的粮食都放在一间小仓库里，尤其每月从公社粮库领回的那点白面和荞麦粉，董明都把它锁到一个箱子里，像金粉一样保管起来。平时点里哪个知青患了感冒和身体不舒服时，点长和伙食长共同决定，是否给做点病号饭。要是看到确实不是装病，就安排杜禄本做碗面条，或是疙瘩汤吃。这是四队青年点在六八届老前辈们那儿，继承下来的传统。郭烙经常装病，要吃病号饭，杜禄本就用荞麦粉掺玉米面做疙瘩汤给他。他端着碗问怎么不是白面，杜禄本告诉他，白面已经吃没了，这是最好的病号饭了。疙瘩榔要吃面条，不用装病，明目张胆地要。他只试验过一次，得到满足后，就再不这样做了。他感到占大家的便宜，端着碗吃面条，却不顺溜。郭烙总装病，疙瘩榔都知道，老喊"狼来了"，就没人信了。郭烙从此不再装病要吃病号饭了，青年点里这项福利得到匡正，真正意义上的病号饭，才得以延续下来。

叶雪松躺在杜禄本的床上，不大一会儿，杜禄本拎着米袋子进来。

"'聊斋'看得紧，不敢多抓……抓面粉。"杜禄本说话有点结巴。"聊斋"就是董明。这是他俩背地里对他的称呼。董明满肚子鬼道，就像蒲松龄的聊斋满篇鬼神。

其实每次杜禄本给他偷着拿点细粮，叶雪松都不好意思。这个老大哥，就像他的亲哥哥似的关心着他。他是七四届的知青，而早于他六年来到农村的杜禄本，是那批知青中最后一个仍坚守在农村的。杜禄本家庭出身不好，由于他长相像个混血儿，高鼻梁，眼珠淡蓝深陷，嘴巴微尖，在学校的时候，同学们就把他的名字，念成谐音"杜鲁门"。他出身不好，说话又有点结巴，不爱跟人说话。从下乡那天起，就是点里的伙夫。每次招工指标一来，他都排名最后。六八届营口知青都陆续回城了，海连地区再没有接收过营口地区的应届下乡知青。在海连地区，营口知青所剩不多了。他已经到了八年了，回城还遥遥无期。

"杜大哥，不用费心了。让'聊斋'看到不好！"叶雪松从来到青年点，俩人就合得来。叶雪松到山上养蚕，那个小屋只有杜禄本经常光顾。点里改善伙食的时候，也是他跑上去喊他回点里吃饭，回不来，他就把好吃的给叶雪松留下来。

"我听金曙光说，这几天点里要包饺子吃了。金曙光和'聊斋'打赌，那个新来的姐弟俩，要是在青年突击队干十天，董明掏钱买肉，全点改善包顿饺子吃。要是干不上十天，金曙光给'聊斋'买大前门烟。现在已经六……六天了，那姐弟俩天天出工，我看一个月都能坚持下来。"杜禄本跟叶雪松话多，磕巴的频率能少许多。

叶雪松觉得很奇怪，七六届新来的知青有十五六个人，董明为什么要为这姐弟俩打赌？他好奇地问。

"听说他们的父……父亲是海连中心医院的院长，母亲是医院的政治部主任。来那天，大爷儿在大队部招待，五哥亲自给送到点里的。开着伏尔加轿车来的。点里都慌起来了，回城啊，上大学啊都是他们姐弟俩的了，剩下的才能是大家的！"杜禄本按理是很稳重的人，八年岁月的历练，已经很成熟了。可是，说起柳依依姐弟俩的时候，竟然眉飞色舞。

叶雪松听着新奇，就想看看引起点里震动的姐弟俩。他的好奇心是那些灵秀的山水、葱郁的树木和满山芳香的野花。可是，他看到柳依依的时候，那份好奇心立刻就变成了一种仰慕和渴望。

叶雪松自幼酷爱美术，在小学六年级的时候，他的一幅红小兵风雪中学雷锋的水彩画，被《长春日报》刊登。从此他就是学校里有名的小画家，黑板报、宣传画都是他画。到了初中后，学校更是重用他，宣传阵地的一块最大的黑板报是他担任版面设计，学校师生围在板报前，看的不是密密麻麻的内容，而是那报头的粉笔画和插图。每期都有几幅图画，期期不同，期期都是一幅美丽的画卷。他的理想是走进大学的美术殿堂。他没有机会实现这个理想，他和大多数青年命运一样，到广阔的农村锻炼。好在他母亲大伯家的姐夫是一个公社革委会副主任，他就投奔这个姨夫来到龙泉汤大队插队,而没有到偏远的地区插队。他有着绘画的天赋,又有姨夫这个支柱,来到农村后,在大队的青年突击队干了一个星期,就调到公社宣传组担任宣传员。可是好景不长,他姨夫与一个军人妻子暧昧的关系败露,以破坏军婚罪被判入狱。叶雪松也从象牙塔上跌落下来,回到青年点。在得知大队在山坳里育蚕苗的活儿没有人干时,他主动要求到山坳里干。他整日固守在山坳里那个寂寞的小石屋里,每天面对大山进行写生,晚上独守山坳里的小石屋。他很少回点里,就是老杜告诉他,点里有好吃的,他都不愿意回来。

叶雪松站在小屋窗前,点里在青年突击队下工回来的知青们,拖着沉重的懒散的步子,出现在院子。他看到一个穿着白色的确良半袖和军裤,脚下解放鞋,扎着两条短粗的辫子,一手拖着铁锹,一手拎着军服的女知青。他眼睛一亮,问杜禄本:"董明和金曙光打赌的人,是那个女人吧?"

杜禄本反问:"你怎么知道是她?"

"她是东方的维纳斯!如果给她画张肖像,一定是最美的!她的眼睛很有神,额头饱满光滑,眉清目秀,双肩圆润,身体修长,天生丽质,典型的东方美女啊!"叶雪松由衷地赞叹。

杜禄本惊疑地看着叶雪松,他痴迷地像在欣赏一幅画:"我……我给你叫进来,你们认识一下?"

"不,我要顺其自然地慢慢接触,不能轻易碰这个圣洁的艺术品。"叶雪松一直看到柳依依从他的视线消失。

从此,叶雪松就爱下山了。昨天晚上,夜幕降临,他禁不住内心的折腾,悄然下山。他不知道自己为什么控制不住自己,这么晚回到青年点里干什么。他走到院子,听见柴笑梅领着几个人从屋里嬉笑着出来。他躲到暗处,知道她们去洗温泉,其中就有柳依依。他的心在剧烈跳动,犹豫是否到汤子边看一眼柳依依。他想这样做是卑鄙的举动,可是柳依依的魅力,已经让他忘乎所以了。

叶雪松把画好的素描肖像,挂在屋里墙上,自我欣赏一阵。他突然感到,自己在这个小屋里很孤单、很可怜。这是他从没有产生过的感觉。

10　打赌的饺子宴

在夏季,青年点主要伙食是玉米饼子、碴子粥、烀苞米。蔬菜就是菜园里的时令菜。什么黄瓜、茄子、辣椒、西红柿等,得到什么做什么。杜禄本勤快,而且有丰富的厨房经验,把葱和辣椒、黄瓜和胡萝卜拌成小咸菜,调成各种花样,让没有多少油腥的饭菜,吃起来有点食欲。杜禄本最拿手的活,就是贴玉米饼。和好一大盆玉米面子,直径一米多的大铁锅里放点水烧开,锅边发热,杜禄本站在锅台边,从面盆里挖起一团面,面团在双手间不停地晃来晃去,晃到中间宽两头尖,形状已经像缩小的橄榄球了,这时候,用力往锅边一甩,一个厚实的大玉米饼牢牢地粘到锅里。一大盆玉米面,正好贴一大锅圈玉米饼。然后,再往锅里添几瓢水,盖上锅盖,灶下添柴,半个小时工夫,一锅金黄色的香喷喷的大玉米饼子就出锅了。

每位刚到青年点的人,都被杜禄本的精湛准确的动作迷住,都被这股甜香的味道所诱惑。可大米饭吃多了,也有反胃的时候。况且是粗茶淡饭,成天上顿下顿的玉米饼子碴子粥,土豆丝汤大葱蘸酱,老知青们吃得小脸灰突突的,像地里的灰菜。逢到节日,点里要是改善一顿伙食,头天晚上的饭就开始少吃或者不吃。这是老知青们的经验,就像喝粥时,头一碗必须盛半碗碴子粥——粥热,喝着烫嘴。半碗下去后,第二碗盛得满满的。这样才能多赚半碗粥。如果第一碗就盛满,吃完再去锅里盛饭,锅已经见底了。这样的抢饭经验,老知青们是不会传授给新知青的,只有在抢饭实践中靠自己的悟性了。

点里两个说话有分量的人打赌吃饺子的话题,已经在老知青们中间秘密地传开了。七六届刚来的知青和被当作赌注的柳依依姐弟俩,却全然不知此事。老知青们都在暗中观望柳依依姐弟俩,他们每天都按时出工,没有一点迹象能立马离开青年突击队。尽管,晚上的时候,柳依依偷偷地哭了两次,可是第二天又扛着铁锹出工了。何璐看到柳依依给母亲写信,但她告诉柴笑梅,就是她妈来到龙泉汤找丁大爷,立刻把她调到小队或是大队干活,时间也不赶趟了,这已经是第五天了。董明的饺子宴,是定输无疑了。

柴笑梅点头同意何璐的判断,但她让何璐到董明那儿吹风。董明一肚子心眼,说不定就反悔了。点里的人都出工走了,杜禄本在厨房准备午饭。男宿舍里只有疙瘩榔还躺在炕上,小屋里董明也没有起炕。何璐不敲门就进来了。董明穿着裤头四仰八叉地躺在那儿,眼望房梁不知想什么。

"缺德东西,把它盖上!"何璐抓起毯子,扔到董明的身上。

董明把毯子掀掉:"谁请你进来看了吗?"他们都是七五届的知青,在海钢子弟学校时,就是一个班级,说话很随便。

何璐站在门口,看到董明几乎赤裸的上身,竟然有些羞涩。董明平时衣着在身,看不出哪块儿有男人的魅力,就知道他眨动一双小眼睛,望着远处和人说话,像电影《金光大道》里面的弯弯绕,看不清眼珠子里闪出的是什么光。这会儿,她看清董明身上发达的肌肉,像个剽悍的男人。何璐脸红了,转身要走。董明一把拽住她。

"你来有什么事儿?说完再走!"

何璐甩掉他的手,立刻恢复镇静:"你和金曙光打赌的事忘了?柳依依还在青年突击队干,再干一个月都不能出来!"

董明跟何璐说话,眼睛不望别的地方了,直盯在何璐的脸上:"那算打什么赌,我只是气话。你们还当真的了!好,我听你的,你馋没馋饺子?你说馋了,明天晚上就吃饺子!"

"你管我馋不馋的,你说话必须兑现!"何璐避开他贪婪的目光。

"我对你好不知道啊?我不跟队长说话,你能干上这轰家雀的轻快活吗?一点不领情。"董明和小队队长高二、保管员和会计的关系都不错,这是他小恩小惠建立起来的。每个知青的口粮是六百斤,一年磨米下来的糠秕子,他都送给了队长、保管和会计。他在小队长面前说句话是起作用的。

"我还给你磕头不成?"何璐知道他在队长面前帮她说好话了。但他们是同学又是一个点的,这也是应该的啊。

董明起身一下把何璐搂在怀里,亲吻着她。何璐被董明突来的举动惊呆了。她挣脱出去,转身就跑出小屋。

董明也随之蹦下地,高兴地跳了一个高。尽管何璐跑了,但他取得了重大进展。"包饺子!"董明喊了一嗓子。

青年点这顿饺子宴,就像一股暗流,在老知青当中涌动。疙瘩椰看到董明坐着队里的手扶拖拉机去镇上,他就问杜禄本,伙食长是不是去买肉,要吃打赌饺子了。杜禄本点头说是。

"杜大哥,今天我为这顿饺子宴做点贡献,把缸里那五六条鱼都炖了,让大家吃。"疙瘩椰很大方,这是他从没有过的事情。

"饺子就鱼吃,也不对胃口啊!还是你自己留着吃吧。"杜禄本回绝他。他担心,疙瘩椰是另有图谋。用豆油炸玉米饼,用粮食去换鹅和鸡的事儿,他没少干。

"杜大哥,点长和伙食长开恩了弄顿饺子吃,还不得整两个菜,喝点酒啊!"疙瘩椰平时很尊重杜禄本,和谁瞪过眼睛,也没有和他瞪过。老杜那双蓝眼睛让人看到着实有点发慌,好像在青年点继续待下去,人都得变成这个模样。

杜禄本跟厌烦的人说话,就像和陌生人说话一样,嘴里就不利落:"我……我知道,弄两……两个凉菜,黄瓜丝和西红柿拌盐。"

疙瘩椰凑到杜禄本跟前,诡秘地说:"要吃就像点儿样子,为柳依依打赌,还不给她点面子,让大家都跟着借点儿光啊。大哥,你给我拿二十斤苞米,我去三道河村换两只鹅回来,炖锅土豆鹅肉,让大家吃个痛快!"

疙瘩椰说的三道河村和龙泉汤村隔个山冈。但是,那个村子却十分穷,缺粮少穿,每年吃国家返销粮。清凌凌的河水里散养着大鹅和鸭子,拿五斤苞米就能换一只七八斤重的大鹅,一斤饼干或是一盒带锡纸的大前门香烟,就可以抓走一只鸭子。疙瘩椰这事没少干,从点里偷些粮食,过去换只大鹅。郭烙和孟大个儿给收拾好,然后在青年点房后支起炉灶炖了吃。点里的知青三餐少油水,又要出工干活,个个肚瘪脸黄。而疙瘩椰的肚子鼓溜,脸上冒油,撅个炕席细篾棍当牙签儿,天天剔牙,就像牙缝里塞进的肉丝永远也剔不完似的。

杜禄本转身走了。他不能表态。说赞成,点里没有先例用粮食去进行交易。每个知青的口粮是国家必保的,不管怎么困难,知青的口粮都要一斤不差地发放到青年点。要是社员们知道青年点用粮食换家禽吃,那可是要惹祸。有的家里以菜充饥,知青们这样糟蹋粮食可不是小事。点长和伙食长都不敢答应的事,他更不能表态了。说不赞成,疙瘩榔又不是好惹的。他平时的所作所为,可以说点长和伙食长都是睁只眼闭只眼,不愿和这路人较真。杜禄本只好回避,但他没有把仓库的门锁上。以往疙瘩榔偷粮的时候,都是看到杜禄本不注意的时候,溜进仓库里,把两个衣服袖子一扎,装几把苞米就走。这会儿,他看到杜禄本走了,而且钥匙挂在仓库门上。他心领神会,把库门打开,找条袋子,装了半袋子苞米。郭烙和孟大个儿都出工了,他只好自己去三道河换大鹅。

董明把肉买回来,已经是中午时间。知青们端着一碗清水白菜汤,拿着玉米饼,东一伙西一撮地吃饭。董明站在厨房中间,对着男女宿舍喊道:"在小队干活的女生下午别出工了,在点里包饺子。"

"轰"的一声,大家欢呼起来。有人立刻放下饭碗,不吃了;有人把手里没有进肚的玉米饼扔掉了。

这时,疙瘩榔拎着两只大鹅进院里,那鹅押着长脖子在"哦哦"地叫。"点长,我在三道河弄的大鹅,今晚给大家炖吃了。郭烙、大个儿,你俩去把它收拾好。"

金曙光走到柴笑梅身边,悄声说:"点长,为柳依依姐弟打的赌,这也是借人家光了,还不把柳依依姐弟留下来,让他们休息半天。"

柴笑梅思忖片刻:"晓飞要去出工。都不去,'老火车头'要发火了。"

柴笑梅来到柳依依的身边。柳依依端着饭碗,还没有看明白同学们为吃顿饺子怎么狂欢到这个程度。

"依依,下午就不去出工了,我给你请假。"柴笑梅说。

"点长,青年点很少吃饺子吗?"柳依依问。

"这么多人包顿饺子吃很不容易。依依,没有人跟你说吧,为什么吃这顿饺子?是因为你们姐弟俩。"柴笑梅神秘地看柳依依。

"为我和弟弟?"柳依依疑惑了。

"是，董明说你们不会在青年突击队干上十天活，就得回到大队或者小队干上轻快活。金曙光说你们至少要干十天。董明输了就包饺子吃，结果你们现在干十天了。这顿饺子是你们赢来的，所以大家都非常高兴。疙瘩榔还拿回来两只大鹅，给大家吃，这是过去没有的事儿。"柴笑梅也很兴奋，在青年点美味对谁都具有诱惑力。

柳依依却茫然了。她和弟弟能给大家带来开心饺子，疙瘩榔还能贡献出大鹅。这样她和弟弟还有可能从青年突击队出来吗？金曙光是希望他和弟弟继续干下去，他好再为大家赌到好吃的。他们恨不得她和弟弟在青年突击队干上几年，他们都能欢呼着杀猪宰羊了。

一下午，柳依依心情沉重。

点里像过节日似的繁忙起来。杜禄本和了一大盆面，端到一个大圆桌子上。金曙光和另一个老知青在擀饺子皮，几个女生围在左右包出样式各异的饺子。芹菜和白菜两种馅，满满两个中等盆子。不知道董明买了几斤肉，馅子里零星能见到几个肉渣。何璐一反常态，低头专心包饺子，一声不吭。董明像个临场指挥官，坐在男宿舍的门槛上，歪着头抽烟，有时冒出一句，把皮儿捏住啊，别吃片汤了。

疙瘩榔和郭烙、大个儿在忙乎炖鹅和鱼。他一股脑儿把水缸里的鱼全捞出来，收拾干净，把锅里的油烧开，然后葱花爆锅，香味四起。把鱼放锅里后，他又到另一个大锅边，开始炖鹅。疙瘩榔动作娴熟，老知青们头次看到他这样无私而又勤快的形象，都觉得意外。

柳依依包饺子动作很慢，但是捏的形状最美观，像个金元宝似的。柴笑梅夸奖说，依依是心灵手巧。柳依依的脸颊泛起红晕，不敢抬眼，眼前擀皮儿的金曙光直往她手下扔皮儿。

"画家回来了！"孟大个儿的嚷嚷声在门口响起来。

柳依依不知道画家是谁。她侧脸瞥一眼，正与跨进门里的叶雪松的眼睛相遇。她迅速收回目光，专心地包她手中的金元宝。

"点长，我干点儿什么，不能吃闲饭啊！"叶雪松走到桌子前，面对着柳依依。

柴笑梅笑了："你还真有活，查饺子数，别数马虎了，分不过来，你的份儿就没有了。"青年点的惯例,吃饺子是分份的。男女平等,三一三十一,有余数再给饭量大的男生。

"点长,我提个建议,我们打破惯例,应该大家坐在一起吃,体现出集体主义精神。李同学做的鱼和鹅要分份没法分啊!别瞎了一片心啊!"叶雪松的普通话很标准,不像海连市的人,一张嘴就是海蛎子味。

疙瘩榔高兴起来:"画家就是有水平,我赞成!今晚咱们就像威虎山大摆百鸡宴那样,大摆饺子宴!"

"哪有那么些桌子和凳子?"董明站起身说。他看一眼何璐,如果她给他一个赞许的眼神,他就有办法解决。何璐没有给他眼神,而是扔过来一句话:"我们女生屋里有两个凳子和一个小桌子。"

"队里有木板子,我找保管要几块,做个长条桌子和长条凳子,放在院子里,以后吃饭就别端着饭碗到处打溜溜吃了。"董明说完,领着几个闲人到小队部,扛着几块长木板子回来。

杜禄本找出锯和钉子,和叶雪松叮当地把一个长条桌子做成了,摆在院子中。

青年点第一次真正的聚餐,在欢快的夜晚上演。而柳依依觉得很别扭,不知为什么,她总感觉身边有种异样的目光,在她的身上转悠。她和弟弟为大家赢来的饺子大餐,她和弟弟将要为此继续付出辛苦,还是大家在作弄他们姐弟俩,她想不明白。

柳依依看一眼弟弟柳晓飞。他正掏出一个鸭蛋,塞给身边的栗天舒。栗天舒抬眼看到柳依依,脸唰一下红了。

11　大会战

临收工时,郑全祥才宣布,明天参加公社在大岗寨大队举行的大会战。在青年突击队里的社员们都欢呼起来,而知青们却无精打采地垂下了脑袋。社员们参加会战,每人每天补助五角钱,而知青们没有这个待遇。理由是知青们口粮够吃,不需要补助了。知青们不是为没有这五毛钱补助沮丧,而是公社的大会战,像个战役一样。虽然没有枪林弹雨,但是拿下哪个山头,是用镐头、铁锹、人挑车拉搬走山头,削坡添沟,修建大寨梯田。每场会战下来,用副大队长李细枝的话说,都得拽着猫尾巴上炕。

这次公社组织的会战规模是历次最大的。各小队都要出动劳动力和运输车辆。点里在小队干活的人,除了何璐继续看谷子地外,所有知青都要参加会战。青年点下午接到大队的通知,柴笑梅和董明商量点里知青带午饭的问题。他俩都参加过公社的大会战,知道那份辛苦和劳累。为了让大家吃好午饭,点里决定做混合面馒头。用少量白面粉和玉米面掺和蒸出的比纯玉米面窝窝头能好吃点的馒头,每人两个。杜禄本立即开始和面,他把自制的发酵粉和在混合面里,蒸出的馒头个大而且发软。这是杜禄本的蒸馒头技术。

晚饭后,参加会战的知青们早早就躺下了。杜禄本和董明开始忙活明天的午饭。何璐来到厨房,帮助往灶膛里添柴火。董明嬉皮笑脸地和她搭话。何璐也不搭理他,时而抬起头瞪他一眼。而董明却不以为然,像占了多大便宜似的扬扬得意。趁杜禄本去菜地摘菜的时候,何璐用烧火棍捅董明一下,嗔怪地警告他,以后再欺负我,就用这烧火棍打你。董明嘘一声指指两边的男女宿舍,不让她说话了。

凌晨三点,小队部响起哨子声。知青们都紧张地爬起来,洗漱、吃饭。然后到杜禄本手里领两个馒头。柳依依把柳晓飞的馒头也领到手,用信纸包好,装进黄书包里。她打开柜子,把剩下的两个鸭蛋也装进书包里。丁德财送来的鸡蛋和鸭蛋,她分给屋里的人吃了一些,柳晓飞的早吃没了。中午是咸菜就馒头,没有别的菜,她和弟弟每人可以吃个鸭蛋。柳依依看到箱子里的急救包,犹豫下,拿出来装进书包里。她的军用黄书包,已经鼓鼓囊囊的了。

龙泉汤大队青年突击队的旗帜,在解放卡车厢前头竖立起来。尽管天黑,看不清上面的大字,但是旌旗猎猎,煞是威风。车上挤满了人,柳依依靠在车边的护栏上,书包斜挎在肩上,把书包放到护栏外边。这个位置是金曙光有意让给她的。金曙光只是侧下身子,她就领会到他的意思。本来她不想过去，可是想到包里那个急救包是个软布袋子，一旦拥挤，里面的红药水和碘酒瓶子破碎就麻烦了。她顺势挤过去，站到车护栏边。金曙光就站在她的身后，车减速的时候，她都能感觉到他重重的呼吸声。

一个小时的路程，柳依依觉得漫长。在要进入大会战工地的时候，车忽然停下。驾驶室的门开了，丁德发探出身子："一会儿后面的拖拉机都跟上来，一起进入工地。汽车上的人要带头大声唱歌，鼓起我们龙泉汤大队青年突击队的士气来！柴笑梅，你起头，大家跟唱啊！"

柴笑梅痛快地答应。她挤到车前面，大声说："大家要有战斗志气，唱歌时要有战斗精神。我们唱'学习大寨赶大寨'啊。丁书记，现在开始唱吗？"

丁德发说等四台拖拉机跟上来了一起唱。丁书记下车往后走，汽车驾驶室的门又打开，一个女人探出头来，朦胧夜色里，柳依依觉得很面熟，好像在哪儿见过。金曙光在她耳边轻声说，是大队广播员高春萍，来写战地报道的。柳依依想起来了，父母亲送她和弟弟来那天，在大队招待吃饭的时候，她给丁书记送过湿毛巾。

六台拉着工具和人员的拖拉机上来了，郑队长和李细枝都坐在拖拉机上。丁书记安排完，回到车里。柴笑梅开始起头唱歌。

"下定决心，不怕牺牲，排除万难，去争取胜利……"嘹亮的歌声，在夜幕中传得很远很远。

干了一大阵子活，天才放亮。满山遍野到处都是人；到处都是车辆的轰鸣声；到处都是红旗招展。山头上竖立硕大的标语牌子，广播里播放着激昂的歌曲。时而停下歌曲，传出广播员清脆的声音："许屯公社广播站，现在播送莺歌岭大队来稿，题目是'泰山压顶腰不弯，誓把任务提前完'！"

柳依依和四个人负责装车，而且是装拖拉机。这个活就算是轻快的活了。拖拉机是从一侧高处拉土，往低处运。卸车时间和往返时间，有二十分钟。这空当就可以喘口气了。负责装独轮车的就显得很紧张，几分钟一趟，喘气的机会都没有。柳晓飞和栗天舒都在装独轮车的组里。

本来王明白照顾他们姐弟俩，都安排在拖拉机组。可是，栗天舒在独轮车组，柳晓飞拎着铁锹就过去了。王明白瞪着小眼睛，似乎想明白了，年轻人爱往一块凑，那就让他们凑吧。

疙瘩榔、金曙光还有郭烙都是镐头组的。疙瘩榔知道参加大会战的表现，要比平时在队里的表现重要。这是"老火车头"每次大会战动员讲话时，都要重点强调的。疙瘩榔记住了这句话，每次大会战，他都参加，而且从不偷懒。他抡起大镐使出一股猛力，不一会儿白色的老头衫就湿透了。王明白会顺毛摸驴，越给疙瘩榔好话，他越来劲儿。几个男生已经开始偷懒，郭烙和装车的孟大个儿悄悄地溜走了。

金曙光挥镐刨了一阵，有点体力不支。这样高强度的劳动，他有很长时间没有参加了。在小队里，他是记工员，跟着小队长到处转悠。队长派完一天的活，谁在哪儿干活，他和队长过去检查。金曙光实际就是小队长的御用文书，小队长之所以选中金曙光干这样的活，就是因为他有一身帅气，说话办事稳当。不像其他知青，军帽里塞个手绢，戴在脑袋上像个鹅头，穿着喇叭裤。而金曙光一件白衬衣掖在裤腰里，一条洗得发白的蓝布裤子，裤线却笔直。黄胶鞋上从来没有泥点。按理说，大老粗出身的队长不应该得意这样不沾泥水的人。可是，金曙光很会来事，每次从家里回来，他都不空手见小队长。不是弄两盒好烟，就是拿瓶北京二锅头酒。弄得小队长有点迷糊，浅尝到小恩小惠的甜头，给金曙光的回报就是干点俏活。这次大会战，他只要吭一声，队里男劳力再紧张，也不会让他来的。金曙光没有吭声，反而还怕队长不让他来。金曙光之所以愿意参加这次大会战，其实就是为了能够和柳依依在一起。那天，他给柳依依的铁锹把磨得滑溜溜的，可是柳依依却觉得很自然。她一定以为老知青给新知青做这样的事情，是天经地义的。金曙光感到好事做得有点窝囊。但他不能去解释，只有和她继续交往，才能让她体会到，他那不能降温的一片炽热的心，是多么真诚和执着。他有这个信心，能和柳依依走得更近。青年点的岁月还很漫长，青春的火焰会越烧越旺。

柳依依跟的那台拖拉机，还在山坡那侧拉土。只有把那堆土拉完，他们才移到这边来。金曙光远远看到柳依依挥锹装车。车走后，她拄着铁锹站在那儿,不知想着什么。金曙光真想过去和她聊会儿。他们还没有单独在一起开心地聊过什么。青年点里,表面看似一潭静水,而深处却有旋涡在打转。只有到了你走我留的时刻,才能看到这个旋涡,把一潭静水搅得泛花。因此,像金曙光这样一心向上的知青,是很注意平时的形象的,很少在众目睽睽之下去做让贫下中农产生误解的事情。

郭烙和孟大个儿像小偷一样溜回来,每人的背心里装满了沾着泥土的花生。他俩到山下一个花生地里,拔出几把花生秧子,摘了一些尚未完全成熟的花生,装满了裤兜。柴笑梅看到他俩偷来的花生,吓得让他们赶快把花生埋在土堆里。丁书记和"老火车头"正开始检查各队的进度。

一台拖拉机陷在泥坑里,李细枝喊几个男劳力过去推车。金曙光扔下镐头跑过去。郭烙和孟大个儿让柴笑梅批评了一阵,悻悻地过去推车。

孟大个儿矮小,扛个长把铁锹,像扛根房梁,在拖拉机周围转悠。一伙人在王明白"一二三"的吆喝下,用力推车。孟大个儿看到拖拉机左大轮子下有块石头,他要用铁锹去铲。他挥动肩头上的铁锹,铁锹头一个弧线,从身后金曙光的额头划过。金曙光"啊"的惨叫一声,捂住额头,一股鲜血蒙住了他的眼睛。

丁德发和郑全祥领着报道员高春萍过来检查,看到金曙光满脸是血,都有些慌乱。丁德发要郑全祥赶快安排人,把金曙光送到山下。

柳依依听到这边有人受伤,她扔下铁锹,拿起放在地上的书包,就跑了过去。柳依依没有看清双手捂住额头的人,她也没有看到周围都有谁。她从包里拿出急救包,迅速打开,用碘酒擦伤口。金曙光咬着牙,没有吭出声。一个月牙形的伤口,还在往外出血。柳依依用红药水涂抹伤口,然后用纱布把伤口包扎起来,头上缠着一圈白纱布。柳依依动作迅速利落,不一会儿就把金曙光伤口处理完了。

"是小柳啊!你怎么有这些急救的东西?"丁德发惊奇地看着柳依依。

"我从家里带来的。"柳依依用镊子夹团酒精棉,擦拭金曙光脸上的血迹。

"这孩子心挺细的,手还麻溜儿。"不出事的时候,郑全祥都阴沉着脸,孟大个儿有前眼无后眼把人碰了,丁书记还正好遇到,他更是阴云浓重,双眉都要立了起来。可是,看到柳依依麻利地急救,他的脸上出现少有的笑容。

金曙光站起身,挺了一下笔直的腰杆:"丁书记,郑队长,我没有事儿,可以继续干活,一定和大家把今天的突击任务完成!"

"好,我们大家都听到了。小金是个好青年,头部意外受伤,却不下火线。知青们要向小金这样的好青年学习! 春萍,写篇报道,宣传小金轻伤不下火线的精神。"丁德发大声地赞扬一番。

高春萍整理一下脖颈上的红色的纱巾,打量一下金曙光。她认识这个知青,可是从没有注意过他。刚才他向丁书记说的几句话,感到他很有思想,是个要求进步的知青。高春萍回到解放汽车的驾驶室里,趴在座位上,充满感情地写了一篇战地报道。

工地广播里的嘹亮歌声停下,传出播音员的声音:"下面播送龙泉汤大队报道员高春萍来稿,题目是:轻伤不下火线,战斗冲锋在前。龙泉汤下乡知青金曙光高大魁梧,一直战斗在会战第一线……"

疙瘩榔大笑起来:"哈哈,咱点有个高大魁啊!"

郭烙也跟着叫起来,而孟大个儿却不敢随帮唱影了。

金曙光闷头干活,听到广播里表扬他,没有不自在的感觉。疙瘩榔叫他"高大魁",他有点受不住。高春萍写个轻伤不下火线的报道,怎么把"高大魁梧"的词都用上了,金曙光觉得太无聊了。

中午休息吃午饭了。柴笑梅带来的两饭盒小咸菜,摆放在地上。四点的青年都凑到一块吃。

挂了彩的金曙光,脸上洋溢着灿烂。他很感激孟大个儿,不早不晚正好在丁德发书记来检查的时候,给他来这么一下子,他才有次露脸的机会,同时也给了他与柳依依近距离的接触机会。当他模糊的眼睛,与柳依依的眼睛相遇的刹那间,他头部的疼痛似乎都没有了,当时就感觉,这点血流得太有意义,太是时候,太有价值了!

柳依依手里攥着鸭蛋,想送给金曙光。可是,周围有人就没好意思。过了一会儿,柳依依把急救包拿出来,来到金曙光身边,检查一下他头上的包扎绷带,把包扎时留下的一个线头剪掉。

"这个鸭蛋给你吃吧,你出了很多血,补一下营养。"柳依依把鸭蛋塞到金曙光的手里。

"谢谢你,依依!"金曙光眼睛一亮,感到很意外,就像她给他包扎头部的伤一样,是没有想到的事情。

疙瘩榔看到柳依依去金曙光身边,大声嚷嚷:"大个儿,你给我脑袋也来个口子,我头上也缠圈绷带,不也是'高大魁'了!"

12　叶雪松讲狼

青年突击队也有轻松的时候,那就是各小队分散行动的时候。这样的机会每年只有一两次,而且每次都是在队长郑全祥和丁书记去公社开会的时候,李细枝才敢决定这样做。

半下午,大队部来了通知,让郑队长明天和丁书记去县里开学大寨现场交流会,坐晚上的火车去县城。"老火车头"拍拍身上的泥土,告诉李细枝,他先回家收拾一下,就去大队部了。

郑队长的身影消失在山冈那边,青年突击队就像头羊没有了似的,轰地散开。一些人围到李细枝身边,听他讲隋唐演义。李细枝爱看点古书,平时休息的时候,就爱讲上一段。"老火车头"不让他讲,说那是些封资修的东西,别把小青年都灌输坏了。"老火车头"上纲上线,他就不敢讲了。可是他看完书,不讲出来,又憋得难受。只要有机会,他就咧咧几句。小青年们都围过来,他把缠着白胶带的眼镜框往上一推,立刻来了精神。

"李元霸在四明山匹马双锤,击败十八路反王二十三万大军,打死大将五十员。"李细枝爱讲李元霸,好像是他李家的荣耀,"他用铁锤轻轻一挡,'当'的一响,秦琼手里的八十斤虎头枪飞得不知去向,吓得秦琼下马告罪求饶;罗成挺枪来战,被元霸一锤把枪断成两段,震开虎口,回马便逃;裴元庆迎战李元霸,招架三个回合即惊呼:'果然厉害!'回马便逃。

李元霸大叫:'好兄弟,天下没有人挡得我半锤,你能接我三锤,也算是个好汉,饶你去吧!'如此威猛气势,舍元霸更有何人?"

李细枝讲得天昏地暗,太阳悄然下山了。王明白不爱听李细枝满嘴胡言,因为他眉飞色舞,嘴喷唾沫星的时候,王明白插不上话。他要是能插进话,也能玄乎一阵子。一瓶不满半瓶晃荡的人,表现的欲望更强烈。

"李队长,收工吧,什么时候了!"王明白打断李细枝滔滔不绝的话。

"欲知后事如何,且听下回分解。收工!"李细枝站起身喊道。

"李队长,明天怎么办?"王明白问。

"都喊你明白,我看你是糊涂!老办法,各小队分散活动,回本队突击干活一天。"李细枝精于算计,明天他可以在家里干点儿园子里的活。

王明白领着四小队的人往回走,临散时,他对大家说:"明天到沟里修路,中午每人交一元钱。不拿钱的,就不要出工了。"

老青年和社员们都高兴地蹦起来。

柳晓飞疑问道:"王领队,中午供饭吃啊?"

"明天你就等好吧!"三鸦鹭拍着柳晓飞的肩膀说。他是四小队民兵排长,几天来和柳晓飞处得很好。柳晓飞答应他,给他弄套军装。

"杀羊,喝羊汤。不要回去说啊,我们这些人知道就行了。"王明白嘱咐他们一句,就散开了。

尽管王明白要求保密,但是四点的人还是知道王明白的小组要宰羊喝羊汤。不在青年突击队干活的老青年们,每人也拿出一元钱,交给杜禄本。老杜把名单写在一张纸上,像赶人情随礼似的。除了疙瘩榔领着郭烙窜点玩去了,董明、何璐、柴笑梅、金曙光都参加了。何璐告诉柳依依,王明白每年都整把这事儿,领着大伙打平伙。有时是在社员家,有时在野外,可热闹了。这次是在里沟,就是在茧房打平伙。

早晨出工的时候,金曙光到柳依依面前,说:"依依,你的碗筷出工就不用拿了。中午我们过去时,给你带去。"

"谢谢你,我自己带吧,不用麻烦你了。"柳依依那次大会战,给他包扎了伤口后,感到金曙光对她有异样,时不时就得到他的关照。

柳依依把自己和柳晓飞的碗筷,都装进黄书包里,跟着大家来到里沟。

里沟是顺着青年点往上沟去。走到一座小石桥分叉：过桥往南，是四队的上沟；不过小石桥，往东去，才是里沟。到了山垭口，往北走是四队最偏僻的北草甸子，那里住着几户社员家。一直往前走，就看到半缓的山坡上有座小石屋，那就是叶雪松看护的大队茧房。顺着茧房下面的一条很窄的石板路，一直就走进了雪帽山怀抱里。

走进里沟，柳依依抬头看一眼雪帽山，感觉离得很近。巍峨绵延的雪帽山，夏季的时候，山头云雾缭绕；冬季一场大雪，山头皑皑白雪覆盖，到了初春季节，山头那儿的白雪迟迟不融化，像顶帽子戴在山头，因此得名为雪帽山。在大山的怀抱中，竖着大小五个笔直的石柱，像巨人的手掌耸立在那里。山峰下是一个大陨石坑，像巴掌心，里面有一汪湛蓝的山水，当地人叫冰湖。雨季里，山水涌满冰湖，一条水流从崖上飘落，恰似一根细细的银线穿在墨绿色的大山中间，银光闪烁，云蒸霞蔚。

通往山里的石板路，坑洼不平。每年秋季打秋柴的时候，各小队的马车和劳动力就顺着这条路到大山里打柴，然后由马车运下山，分给社员，再卖给山外一些厂矿企业。每年深秋，十多辆马车，从大山里拉出大柴，石板路磨出深深的痕迹，走在上面，给人一种沧桑的感觉。

叶雪松急切盼望柳依依的到来。去年秋天，王明白就要到茧房来打平伙宰羊，他没有同意。昨天晚上，王明白从沟里上来，和他坐在茧房外面的石凳上，喝着茶水闲聊半天，最后才说出实情，明天来这儿打平伙宰羊，叶雪松没有拒绝，爽快地答应。

一大早，叶雪松就把小屋收拾好。他将画的那张柳依依洗浴的素描像，从墙上拿下来，叠好放进箱子里。把几张山水写生，和几张动物的写生画，贴到墙上。炕上、桌子上散落的一些书籍都摆好，摆放在长条木桌上。这个桌子是他自己做的，虽粗糙，但结实，趴在上面看书，一股松香味直冲鼻子。他打开一本车尔尼雪夫斯基的《艺术与现实的审美关系》，放在桌子上。一切精心布置好，就像在迎接一个远道而来的尊贵客人。

王明白让三鸨鸶把每人的份钱，都收上来。何璐跟着他们先上来，她把杜禄本收的钱都交给了王明白："明白大哥，你别省钱，抓个羊羔子给大家吃啊！"

王明白嘴里叼着旱烟卷,数了一下钱,说:"小何,你们四点的老知青就是馋,跟着赶热闹来了! 今天得弄个大羊,人太多了。我去羊倌那儿赶羊,三鸦鹜和老叶把屋里大铁锅抬出来,到河边找个亮堂地儿,把灶支起来。小何、小柳,你俩负责把锅刷出来,把水烧开。其他人不要远走啊,更不能往山里去。在这山坡上玩会儿,放你们半天假。"

知青们哄一下散开了。柳晓飞、栗天舒跟着老知青,到山坡摘山枣去了。何璐和柳依依接到了刷锅的任务,站在小屋外,等着干活。

王明白领着一个社员找羊倌买羊。羊倌是大队的羊倌,放养大群山羊,母羊下羔子了,他就瞒报几只,队里有打平伙的,山外有来买羊的,二十元就卖一只。王明白很鬼头,有机会就领着他所管辖的小组打平伙。赚了一顿羊汤喝,大家都拥护他,还能富余十几元钱,打几斤酒喝。这样的事情,王明白和羊倌都乐意干。

叶雪松来到何璐和柳依依面前,看着柳依依说:"尖尖,这是我们点的新同学吧?"

"哎呀,画家,你真会装啊! 点里吃饺子你没回去吗? 这些天,你哪天不往点里出溜,还装不认识?"何璐爽快地笑起来,笑得柳依依有些不好意思。

"我认识她,可她不认识我。我的意思是你给介绍一下。"叶雪松脸红了。

"我不白介绍,你什么时候给我画个像,要你进入状态时画,糊弄我不行。"何璐认真地说。

"好啊,一定给你画个最漂亮的。"叶雪松瞟一眼柳依依,想说也给她画一个,但没有说出口,他不急于给柳依依画像。

"依依,他是我们点的,不,是我们公社所有青年点都没有的人才,大画家叶雪松同志。这位是大家闺秀柳依依同志。"何璐笑嘻嘻地看着他们俩。

叶雪松伸出手。柳依依迟疑一下,下意识地和他轻轻握了下手。

"尖尖和小柳进屋里吧,王明白安排你俩的活,我就干了。"叶雪松说完,吆喝三鸦鹜一声,把屋里的一口大锅抬到屋外。

这口大锅是队里秋天收茧时,用于煮茧的,煮好的茧送到大队的缫丝厂抽丝。屋外坎下是一条涓细的小溪,山水清澈,缓缓流淌。三鸦鸳搬来三块大石头,立在溪边,把大锅坐上去。叶雪松用瓢从小溪里往锅里舀水刷锅。三鸦鸳抱来干柴,开始点灶烧水。

何璐和柳依依进到屋里。这是三间小土房。外屋两间摆着木架子,像商店的货架子一样,只是空的。里屋是叶雪松的寝室,一铺小炕,一个长条木桌上摆放一些书籍。笔筒里插着毛笔和画笔。墙壁上有几幅写生画和一幅彩色山水画。有一幅是两只狼的写生画。一只狼坐立在一块大岩石上,另一只狼卧在那只狼的旁边。尤其是狼的眼睛,狰狞而又凶悍,瞄一眼都感到瘆得慌。柳依依没有在屋里多待一分钟,立刻走了出来。

叶雪松从坎下上来,看到柳依依和何璐站在屋外,他又让她俩进屋里坐。

"画家,你画的狼太可怕了,依依不敢进屋了。"何璐来过几次这个小屋,也看到了这张画,可她没有感觉。

"其实,动物也是我们人类的朋友。我去山里写生,就感到它们是有灵性的。你们看那个大崖头。"叶雪松抬手指一下北草甸子方向,一个陡峭的岩石,说,"雪帽山上可能仅存的几只狼,经常下山,站在那个崖头。西斜的余晖,照射在狼身上,给人一种不屈的顽强感受。黄昏时分,在柔和的光线中,狼深沉而又坚毅地站在崖头上,诱惑我拿起画夹,向那个崖头走去。那两只狼,纹丝不动,好像知道我在给它们画像。我站在崖下,支起画夹,就画了墙上那幅写生画。"

"你不害怕?"柳依依怯生生地问。

叶雪松莞尔一笑:"人的感情融入大自然里,就没有什么可怕的了!狼也是大自然的生灵,人不去伤害它,它不会伤害人的。有这样一个传说,很早很早以前,人类的祖先问造物主,为什么有的生灵都有同伴为伍,而唯独我是孤零零的。造物主说,那么就赐给你能与你一同行走、说话和嬉戏的生灵吧。于是,神把狼赐给了人类。狼与人从此结下了不解之缘,所以就有了人类与狼共舞。"

柳依依听得痴迷。她细打量一下,人们称为"画家"的人,中等身材显得瘦弱,大热的天,穿件蓝色的涤卡中山装和蓝布裤子,脚下是双有窟窿眼子的布板鞋。脸色黝黑,眉毛浓得像墨水描上去的;眼睛虽然不是很大,但看人的时候,目光却是炯炯有神。这是柳依依到青年点以来,第一次认真地打量一个男知青。

"不管怎么说,狼毕竟还是有野性的。"柳依依抬眼看到窗外的雪帽山,在灿烂的阳光下,葱郁得像硕大无比的绿宝石,熠熠生辉。

"是,狼和其他动物都有野性的一面,但也有很多优点。狼有很多和人类一样的优良素质。"叶雪松来了极大的兴致,眼睛露出少有的激情。

"得了吧,大画家,你不要美化一个凶残的动物,丑化我们人类!"何璐打断叶雪松的话。

"何尖尖,我说的是真话。我听村里的老人说,过去雪帽山上有东北虎、黑熊、豹子等食肉性动物。经过上百年的沧桑巨变,那些大型食肉动物都不知跑到哪里去了,只有身躯矮小的狼还留在我们身边。这说明狼具有很强的环境适应能力。我们人类社会同样存在着各种各样难以预料的恶劣环境,如果我们的祖先缺乏适应性,就不能在瞬息万变的竞争中求得生存和发展。在物竞天择、适者生存的自然界里,狼却依旧应付自如,寂寞、饥饿、寒冷,无论什么恶劣的环境都不能让它们屈服。我看书本才了解,在世界的每个角落,几乎都可以看到狼的踪影。狼以其首屈一指的适应性顽强地生存在我们这个地球上。雪帽山上都有它的影子,和我们同生存在这里,所以我是非常赞佩狼的。"叶雪松眼睛转向那崖头,好像那两只狼又出现在那儿。

柳依依听这番话,觉得叶雪松懂得很多,对他的话产生好奇:"雪帽山有狼,人们还敢进山吗?"

"我都进过山里,人多没有事儿。"何璐说。

"我自己经常到冰湖上去写生。"叶雪松说着,去炕上一个箱子里,拿出一本写生画,"这是我在山里的写生,你们看吧。"

柳依依接过画本,和何璐翻看起来。俩人不懂绘画,只是看着热闹。有山有水,有树木花草,有嶙峋怪石,有林中各种小鸟。有一张画叠着,没有钉在画册里。何璐打开,是一只长尾巴的鸟站在树枝上,翘首回眸,长长的嘴巴微张,好像在清脆地鸣叫。

"画家,这张画给我吧,我把它贴到宿舍的墙上。依依,你看好不?像真的鸟一样在叫。"何璐问柳依依。

柳依依觉得不好意思,说:"何璐,人家是保留的作品,别拿了。"

"何尖尖的眼睛真尖,没白送你个尖尖名字。这是一只吉祥鸟,叫喜鹊。这幅素描画,应该有个名字。"叶雪松拿起桌子上的毛笔,在墨盒上轻轻一蘸,不假思索地在画的上方写下四个遒劲的字:喜鹊登枝。

窗外,传来一阵山羊的咩咩叫声。随之也响起王明白的喊声:"老叶,出来帮个忙,别等吃现成的!"

叶雪松没有急着出去。他把画卷起来,交给何璐:"我以后给你俩画个油画,然后裱上送给你俩。"

"说话算数啊,画家。奇怪啊,你今天怎么不清高了?"何璐歪着头看叶雪松。

"有什么奇怪的,我们都是来自五湖四海的战友嘛!"叶雪松瞥眼柳依依,笑着对何璐说。

13　喜鹊登枝

疙瘩榔背着两个铁皮暖瓶,郭烙背着鼓鼓囊囊的马桶包,从百里之外的红海河公社青年点坐马车,又倒乘拖拉机,一路颠簸,总算回到点里。

杜禄本看到俩人回来了,就迎了过去。

"杜大哥,晚上给你割块驴肉吃,天上龙肉,地下驴肉。我和郭烙吃了两天,包子、饺子、驴三件都吃了。"疙瘩榔说着,一个饱嗝上来,带着浓烈的酒气。

"我不吃驴肉。你把暖瓶给我一个吧。我让董明去镇上给买,他说点里没有闲钱,不……不给买。"杜禄本盯着疙瘩榔后背两个用麻绳捆的暖瓶,暖瓶红红的颜色,显得很新。图案是几朵金色的葵花向着太阳绽放。上面写着一趟小字:社员都是向阳花。

疙瘩榔嘿嘿笑了下："大哥,对不起,不能给你。我答应给柳依依弄的。"

"这是两个,我要一……一个。"杜禄本说。

疙瘩榔的红鼻尖出汗了。他把暖瓶从肩上摘下来,口气有点急恼:"我答应给她两个。她三天两头烧热水洗头,你没看到吗?"疙瘩榔本来不想把话说得太透,可是杜禄本不知好歹,纠缠不放,他不得不明说了。

杜禄本惊讶了。粗鲁的疙瘩榔还这么细心,他感到是个奇迹。八年来,从杜禄本身边回城的知青近百人。在这寂寞枯燥的青年点,演绎着爱情悲喜剧的知青,不乏其人。而像疙瘩榔这样几乎臭名远扬的人,对一个文雅漂亮而又是干部家庭出身的女知青动起心思,还是头一次遇见。他不由得想起一句古老的谚语,癞蛤蟆想吃天鹅肉。杜禄本的话在喉咙眼里咕噜几下,没敢吐出来,转身回屋了。

金曙光听到疙瘩榔提起柳依依的名字,就从炕上爬起来,坐到窗台上往外看。他们在厨房门口说话,金曙光只能隐约听到他们的声音。

杜禄本进屋,金曙光忙问:"疙瘩榔答应给柳依依什么?"

杜禄本看一眼金曙光脑门上那块巴掌大的药布,这是昨晚柳依依来给他消毒,重新包扎的。他感觉到,金曙光似乎也对柳依依产生了好感。柳依依给他包扎伤口的时候,他斜一眼杜禄本,杜禄本明白他的意思,立刻往外走。而柳依依却把他喊住,要他帮忙摁住纱布,她腾出手撕几块胶布。杜禄本看到,柳依依已经裁好的几条胶布,就粘在她短袖衣衫襟上。这个小小的举动,杜禄本就看出,柳依依很注意自己与男知青的接触。

"暖瓶。这小子心……心挺细,知道小柳洗头用热水,给弄来两个暖瓶。"杜禄本嘴角露出讪笑。

金曙光一怔,疙瘩榔是个大咧咧的人。这会儿竟然关心起女知青的洗头事儿来。柳依依姐弟俩来点里的第一天,疙瘩榔就把柳晓飞的军帽讹走了。他明知道,柳依依姐弟俩是厌恶他的,可他还厚着脸皮去讨好柳依依,他是没有安什么好心肠。

金曙光急得乱转,问:"杜大哥,你说柳依依能接受疙瘩榔的东西吗?"

杜禄本想了一下:"能。你想啊,疙瘩榔不能直接把暖瓶给柳依依,疙瘩榔也有脑子,他也怕柳依依当面拒绝,给他个脸白。他会把暖瓶给柴笑梅,或是何璐的。"

"大哥,你分析错了。疙瘩榔肯定能直接给柳依依。我对他太了解了,他不能想到柳依依是否拒绝,他做事就一根筋,跟别人要东西,给也得给,不给也得给。他给别人东西也是一样,你要也得要,不要也得要。那样的话,柳依依就为难了。"金曙光皱起眉头,冷冷地说。

"其实,疙瘩榔给暖瓶也没……没有什么大惊小怪的。我看明白了,别说疙瘩榔这样的人,就……就是你金曙光想和柳依依处朋友,都不是件容易的事儿。她家庭地位在那儿,人又漂亮,咱点男知青,就别做梦了啊!曙光,听大哥的,别……别费心思了。想在点里交个女朋友,何璐、范红梅,还有七六届刚来的几个女知青都……都不错。"杜禄本看出金曙光的心思,直言不讳地说。

金曙光对老杜的话很反感,但他没有反驳,只是轻轻一笑。这个在点里待了八年的老知青,有点发愚了。他倒是很可怜老杜,处个女朋友早在三年前就回城进了纺织厂,仨月俩月见不到女友的一封来信。还满怀信心地梦想回城上班,骑着自行车,载着老婆,拿着两个饭盒,每天饭盒里有两个鸡蛋,中午坐在一起吃午饭,他把鸡蛋黄给老婆吃。可就是这样一个理想,却在一年一年的破灭。而他自己不知愁滋味,还在替别人担忧。

疙瘩榔和郭烙穿着背心和裤衩,拿着一团鱼挂子,抬着两个充气的汽车内胎,去水库挂鱼。走到老杜窗下,郭烙趴窗望了一眼,喊:"杜大哥,我们去水库了,晚上给留两个饼子!"

杜禄本应了一声,拎着筐到菜园子里去了。

金曙光坐卧不安。疙瘩榔要给柳依依暖瓶的事情,总在他的脑子里转悠。疙瘩榔把柳依依堵在厨房里,把暖瓶给柳依依。柳依依当场拒绝,疙瘩榔会恼羞成怒,他们姐弟俩说不定什么时候,就得被满肚子坏水的郭烙欺负一下;如果柳依依碍于面子,要这两个暖瓶,疙瘩榔在日后就会纠缠她。疙瘩榔两年前下乡时,口口声声地说不欺负本点里的人,有尿往外撒。兔子不吃窝边草的承诺,随着柳依依的到来,他要打破这个承诺了。柳晓飞的军帽已经戴在郭烙的头上了,柳依依再受欺负,是可忍,孰不可忍!

金曙光腾地蹦下炕,穿上鞋,来到大屋。大屋的窗户都敞开,清风穿堂而过,格外的凉快。零乱的大炕上,有的把被子叠得很整齐,有的就那么扔在炕上。疙瘩榔和郭烙的铺位,不知道什么时候挪到炕梢了。他们的箱子摆在中间,隔出两人的空间。箱子上面放着两个暖瓶,捆绑的麻绳没有解开。

金曙光拿起暖瓶,想给藏起来,可转念一想,不能那么做。青年点里丢东西了,想必要追查的。就他和老杜、何璐在点里,董明去镇上了,很明显就是在点里的人干的。弄不好是搬起石头砸自己的脚,落得个小偷的名声在身上。要阻止他把暖瓶送给柳依依,叫他送不出去,有苦难言。

金曙光灵机一动,把暖瓶的内胆都给拿出来,扔进猪圈后面的一个枯井里。然后,立刻离开点里,去下沟高大嫂家。她家院里的一棵海棠树硕果累累,是全村最好吃的海棠果。

晚上收工走到西山梁上,下了山坡就快到青年点了,这时大队的广播喇叭响起来,先播放一曲《太阳最红,毛主席最亲》。不是广播的时间,大队广播响起来,就是有什么重要通知。太阳已经落山,正是生产队收工的时间,老知青和社员都知道这个规矩,放慢脚步,等着喇叭里的声音。

曲子放完了,广播员高春萍的声音响起:"下面播送大队通知,四队青年点的柳依依同志,明天上午七点钟来大队部。再播讲一遍……"

柳依依愣住了。

"小柳啊,你是来好事了!"王明白笑呵呵地说。

"姐,是叫你名字。"栗天舒看到柳依依还愣在那儿,上前把柳依依的铁锹接到手里。

"姐,我知道是什么事了。"柳晓飞高兴地推一下柳依依说,"走吧,你可离开青年突击队了!"

"什么事?"栗天舒小声地问。

"小孩子不要乱问大人的事情,明天你就知道了。"柳晓飞一脸严肃的样子,弄得栗天舒满脸发红,伸手拍打柳晓飞,喃喃道,"你才是小孩子呢!"

回到点里,何璐第一个向柳依依表示祝贺:"依依,我把叶雪松的喜鹊登枝的画贴到墙上,你就来好运了。"

柳依依瞧一眼墙上那张画,脱下长袖衣服,换上半袖装:"要是那么灵验,你找画家多给你画几张,你早日回城啊!"

"依依,这是可遇不可求的事情。要是有目的地去做,就不灵验了。点长回来可别说啊,她好说咱俩讲迷信了。"何璐神秘地说。

晚饭中,柳依依调到大队工作,具体干什么成了大家猜测议论的中心话题。柳依依和弟弟都非常清楚,是下乡第一天酒桌上丁书记的承诺兑现了,到大队卫生所担任赤脚医生。可是姐弟俩嘴都严实,没有把准的事情,是不能乱说的,任凭大家瞎议论,有的说是小学的民办老师,有的说是公社文艺队。柴笑梅还是判断得很准确,说一定是卫生所的赤脚医生。

疙瘩榔和郭烙从水库回来,金曙光还没有回点里。他俩挂到几条小鱼,郭烙从窗户跳到房后,就开始忙乎炖鱼。疙瘩榔把湿透的背心裤衩换下来,扔给等在旁边的孟大个儿。疙瘩榔进院的时候,看到柳依依、柳晓飞和大家围着饭桌前闲聊。

疙瘩榔看一眼箱子上面的两个暖瓶,想什么时候给柳依依。对一个女生感兴趣,他过去脑子里没有这个概念。打仗斗殴的时候,他没惧怕过谁,而跟女生说话,鼻尖就发红、膨胀,越发感觉自己丑陋。从柳依依来到点里,他突然觉得应该讨好女生了,不应该莽撞得让女人都厌恶了。他不会用嘴去表白,就得干点实际事儿,来改变女生,确切地说是柳依依对他的印象。第一天就给柳晓飞来个下马威,但是,那不怨他,是她弟弟惹事在先。

疙瘩榔解开暖瓶上的麻绳,感觉不对劲儿,怎么这样轻?他拧开瓶盖,两个暖瓶都没有瓶胆。他呆住了。

"郭烙,你进来!"疙瘩榔大声叫道。

郭烙从窗外跳进来。疙瘩榔把暖瓶往炕上一摔:"这是怎么回事?

是老豆包熊我,给我两个空壳子?"

郭烙捡起暖瓶壳,看了一眼:"不可能,老豆包从女宿舍把暖瓶拿过来的时候,我还看见他把瓶里的水倒出来了。再说,你背了一路,空壳子你感觉不到吗?"

"是杜鲁门干的!他跟我要,我没给他,他使坏水。"疙瘩榔眼睛冒着凶光,要出去找杜禄本。

郭烙拉住疙瘩榔:"杜鲁门不傻也没这个胆,他把瓶胆偷走,这不一下子就怀疑他了。哎,我想起来了,我趴窗告诉杜鲁门留饭的时候,看到'高大魁'在屋里。你说给柳依依弄的暖瓶,他是不是听到了?他直往柳依依身边靠,讨好柳依依。你没看出来?"

"我知道这个小子,还给柳依依磨铁锹把儿。头部受点伤,大惊小怪的,三天两头让柳依依给换药。给他两个电炮,让他满地找牙!"疙瘩榔气势汹汹,说着就要往外走。

"你抓着他了吗?他能承认吗?得了,吃个哑巴亏吧。以后找机会再报复他。"郭烙把两个暖瓶壳扔到窗外,说,"鱼我都收拾好了,你炖鱼好吃,还是你动手吧。"

院子里传来一阵说笑声。小队部后面的一棵高大的杨树上,有两只喜鹊在拉着长音啼鸣。何璐告诉柳依依,那就是真正的喜鹊登枝。

14　相思湾惊魂

丁德发接到柳依依母亲谢玉萍一封信,说是两个孩子到青年点已经一个多月了,得到丁书记无微不至的关怀,特别表示感谢。字里行间没有提到给两个孩子特殊安排的事情,更没有提到柳依依去卫生所做赤脚医生的事。满页信纸,就是感谢的话。最后告诉丁书记,市中心医院支援农村卫生所对口单位,今年把龙泉汤大队报上去了。丁德发已经读懂了,就是催促赶快安排柳依依到卫生所的事情。

丁德发觉得很被动。柳依依在大会战的时候,给头部受伤的知青包扎伤口的镜头，一直在他脑子里萦绕。假如没有她父母这层关系，就是在青年点海选，也应该是柳依依，因为她有点基础。但是，大队班子对安排下乡知青做赤脚医生意见有分歧。培养一个赤脚医生需要时间，下乡知青迟早要回城的，没有培养价值，从长远看，要培养当地青年。丁德发最后拍板，柳依依先到卫生所做赤脚医生，然后再物色个本村的女青年，由她带着培养成赤脚医生。就这样，柳依依才有幸走进大队卫生所。

大队卫生所和大队部隔条土路，在东面的三间平房里。卫生所里有个中医叫沈复兴，基本上属于自学成才的，是六八届回乡青年，长得人高马大的，说话满口娘娘腔。没有人称他大夫，都管他叫大沈（婶）。打针、开西药方不太在行，就记住几个经典中药方。不管是感冒发烧，还是跑肚拉稀，就是那几个药方来回颠倒用。还有点接骨专长，村里伤筋动骨的都找他捏巴捏巴。原来的赤脚女医生跟军人丈夫随军走大半年了，卫生所显得很冷清。

大沈伸出肥大的手掌，握住柳依依纤细的手，声音真是邻居家大婶发出来的，柳依依身上都起了鸡皮疙瘩："小柳啊，我早有耳闻，你爸是市里的大医生大院长。我能跟你在一起工作，真是我的荣幸！"

"大沈，别把小柳的手指握断了。把所里的情况介绍一下。小柳才来，不明白的地方，多给指点指点。"大队副书记宋家强看到他握住柳依依的手不放，就半开玩笑地说。

"看你，五哥，小柳的手，贾宝玉早说过，是水做的，握不断的。五哥啊，我虽然不是所长，可我要负起所长的责任来。你放心，我一定好好带着小柳。"大沈显得很激动，柳依依的到来，给这个寂寞的卫生所带来了活力。

宋家强交代一下就回大队部了。大沈帮助柳依依把办公桌、药橱、医药箱都收拾一遍，又把屋子里外清扫干净。大沈把原来医生穿过的白大褂，递给满脸汗水的柳依依。

"小柳啊，这件衣服是原来冯大夫的，她要拿走，我没同意，是留给你的。白衣天使，就应该穿上白大褂啊。不要嫌脏啊，我给洗过了，一直放在这儿，就等你来穿的。"大沈梳着一个大背头，浓密的黑发闪着油光。

"谢谢你,沈大夫。"柳依依接过白大褂,不是很脏,但她没有穿,要回点里洗一下。

"小柳啊,你称呼我沈大夫,太让我感动了!这些没有教养的山野村夫,都喊我大沈。是姓沈阳的'沈',不是大婶的'婶',任凭他们怎么叫。小柳啊,你别理解错了。"大沈脸上的表情多变,像他那娘娘腔一样,抑扬顿挫。

柳依依低头轻笑起来,不敢抬头看他。柳依依觉得每天与他在一起工作,不知道会有多少可笑的事情。柳依依突然收敛了笑声,不能对他不尊重。从年龄和资历上都应该受到她的尊敬。柳依依抬起头,对大沈说,自己刚做赤脚医生工作,请沈大夫多多指教。大沈非常兴奋,以前辈自居,给柳依依上了一堂业务课。最后他总结出一套经验:赤脚医生最好干,全身疼痛止痛片,跑肚不止痢特灵,感冒发烧打吊瓶,磕了碰了二百二,疑难病症送医院。大沈说完问柳依依,记住没有?柳依依说,沈大夫总结得真好,基本就是我的行医指南了。听了柳依依的话,大沈哈哈大笑起来。大沈这样爽朗的笑声,还是第一次在卫生所里飞扬出来。

柳依依在卫生所上班不到一星期,就来了一次难得的学习机会。公社革委会紧急通知,各大队卫生所有接生新生婴儿的赤脚医生,务必安排到公社医院培训。培训时间视本人情况决定。原来东岗大队赤脚医生在给本村一孕妇接产时,出现难产现象,由于没有经验,造成孕妇死亡事故。柳依依听了有点胆怯,接生婴儿,她从来都没有想过。一个新的生命,从母亲的身体中分娩出来,充满了迷人的诱惑。柳依依不敢想象,一个生命,从她的手里接到这个世界的时候,她是什么心情。正是这种新奇和憧憬,她壮着胆子,来到公社医院,参加赤脚医生接生婴儿培训。

柳晓飞送姐姐去公社医院。柳晓飞扛着姐姐的行李,送到医院安排的宿舍。姐弟俩从离开父母到农村的一个多月里,还没有单独坐在一起吃过饭。小镇有两家国营饭店,姐弟俩选择一家比较干净的,进去吃午饭。柳依依离开点里,最不放心的就是弟弟。她知道,弟弟和疙瘩椰憋的这口气没有出来。柳依依叮嘱弟弟,不要跟疙瘩椰和郭烙他们一样的,千万不要招惹他们。柳依依告诉弟弟,在医院学习结束,她找机会回趟家里,让母亲打电话给丁德发,把他俩转到别的青年点。柳晓飞不以为然,说他俩没有什么可怕的,不要让妈去讨丁书记的脸子。大路朝天,各走半边,井水不犯河水,用不着躲他们。柳晓飞目光深沉,像是很成熟的样子。

柳依依给弟弟要了一盘圆葱炒肉,葱多肉少,这是饭店最好的一道菜了,又买了十五个菜包子。粉条馅的,没有肉,但特别好吃。姐弟俩从没有吃过这个馅的包子。拳头大的包子,柳晓飞吃了六个,柳依依吃了两个。柳晓飞把剩下的都装进马桶包里,从包里拿出一个蓝皮笔记本,给姐姐说,学习能用上。柳依依正想去买个笔记本,留作日记用。柳晓飞和姐姐分手,去商店给栗天舒买了一个两节手电筒。栗天舒晚上练琴时,为了不影响大家的休息,经常到点里的菜园子里去弹琴。有次栗天舒看不到乐谱,说句要是有个手电筒就好了。柳晓飞记住了这句话。

快吃晚饭的时候,栗天舒到井台上洗脸,才看到柳晓飞,清澈的眼睛看了他半天,就像他们分别了多日:"晓飞哥,你今天去哪儿了? 王明白给你记旷工了。"栗天舒从不避讳点里的知青们,不管在哪儿,只要和柳晓飞说话,张嘴就是"晓飞哥"。头上的两个又黑又粗的羊角辫,说话时不住地跳动。

柳晓飞满不在乎地说:"他爱怎么记,就让他记去吧。我坚持一个多月了,一天也没歇着,就不错了。这是我姐看着,不然我早就给他摔耙子了。"柳晓飞见院里没人,他悄声地说,"我给你带回来好吃的,别吃晚饭了,我在小沟叉子等你。"

小沟叉子在青年点南边小河的下侧。涓细的河流在一个山冈下面拐个弯,向北蜿蜒流去。在雨季中湍急的山水冲刷下,拐弯的山冈处,形成一个很大的水湾。水不深,但非常清澈,站在河边都能看清水底的鹅卵石和水里漫游的小鱼。河对岸陡峭的不是很高的山崖,上面是一簇簇矮小的柞树。河岸边一片歪歪扭扭的柳树,几块石板摆在河边,已经磨得非常光滑。青年点的女知青都爱来这地方洗衣服,可是却很少有男女单独到这儿来幽会。老知青们都知道,这个地方还有一个名字,叫"相思湾"。早在六年前,点里一个女知青被回城的恋人给甩了。那女知青成天坐在与男知青曾山盟海誓的地方发呆。点里的人就把这个地方叫作相思湾。那个女知青所有的信件都被一封一封退回来的时候，女知青崩溃了，在岸边一块大岩上坐了一夜，谁都劝不回去。第二天那个女知青回城去找那个男知青，结果那个女知青跳进辽河里。她母亲和妹妹来收拾她的遗物时，特意到这个地方来看看。点里有人在那个女知青坐了一夜的岩石上刻下"相思湾"三个字。新来的知青听到点里这个流传下来的悲惨故事，有人就在"相思湾"三个字的下面，又刻了三个字"想死湾"。从这三个字刻上后，点里就没有男女生再到这个地方来谈情说爱了，甚至都没有人单独来这儿闲情逸致了。尤其是女生，洗衣服不结伴在三四个人以上，就没有人来。

可是，柳晓飞和栗天舒都不知道点里曾经发生过的故事。三鸦鹜把这个地方叫小沟叉子。有天中午，三鸦鹜领着柳晓飞到这儿，他让柳晓飞在河边等着，他蹚过水湾，爬到悬崖上掏过野鸽子蛋。柳晓飞看到这块风景优美，闷热的天，在这里坐会儿，立刻感到清新凉爽。跳进浅湾里可以洗澡，比在水库洗澡要安全多了。出工时，柳晓飞告诉栗天舒，要领她到一个僻静、优美的地方玩。收工从山冈下来，柳晓飞指着崖下的柳树林说，那就是小沟叉子，山根底下一湾碧水，能看到里面游动的小鱼。

柳晓飞不让她吃晚饭，去小沟叉子玩，栗天舒乐得开始哼哼小曲。她把打到的饭菜，放到桌子上。从墙上把装着琵琶的琴盒摘下来，就往外走。何璐问她，不吃饭了就出去？栗天舒告诉何姐姐，一点儿不饿，好几天没有动琴了，出去弹会儿就回来。

栗天舒走出院子时，郭烙端着饭碗从厨房出来。他看到栗天舒往下沟走，他趿拉着凉鞋，端着半碗玉米碴子粥，尾随在后面。栗天舒下到河边，顺河走不远就到了小沟叉子。

柳晓飞坐在河边的大岩石上，把包子摆在信纸上。他来的时候，还到点里的菜地薅了几棵葱，在河里洗干净，放在石板上。这是他和栗天舒的晚餐。柳晓飞来到青年点，最使他感到有点兴致的事情，就是听栗天舒弹琴。这枯燥单调的日子里，只有和栗天舒在一起，才觉得有点乐趣。

"晓飞哥哥，你有什么好吃的？"栗天舒高兴地问。

柳晓飞拉住栗天舒的手，一下就把她拽到光滑的大岩石上。

"啊？包子！"栗天舒放下琴盒，拿起一个就吃。

柳晓飞中午吃多了，不觉得饿。他拿起一棵葱，递给栗天舒："包子是粉条馅的，你吃过吗？就葱吃吧，没有蒜酱。"

"没吃过，我不吃葱，有味。"栗天舒咬口包子，说，"你去镇上送姐了？"

"是啊，我在镇上还给你买个手电筒，晚上看琴谱用。"柳晓飞从兜里掏出手电筒，给栗天舒看。

"晓飞哥哥，你真好！"栗天舒激动得眼睛里闪着泪光。艺校毕业，被拉大网拉到农村来，她没有感到不幸，却觉得很有意思。临来农村的头天晚上，她高兴得难以入睡。而她母亲却流了一夜的泪，父亲抽了两盒烟。临上火车，父亲告诉她，不论农村如何艰苦，也不能把琴扔了。她记住了父亲的话，每天晚饭后，都到点里的菜园去练习一阵琴。

柳晓飞爱看栗天舒弹琴。第一次看到栗天舒坐在菜园墙头上，怀抱琵琶，神情专注地在弹奏一首曲子。他说不出是什么曲子，但他感到非常动听。在学校的时候，学校搞文艺会演，他从来都不感兴趣。邻居家一个女孩，每天早晨都站在她家的芙蓉树下拉小提琴。吱嘎吱嘎的像刮锅底似的。柳晓飞一听到这个声音，身上就起鸡皮疙瘩。然而，栗天舒的琴声，像磁石一样把他吸引住了。他爱看栗天舒弹琴时那神情怡然的清秀的脸庞，爱看她纤细的手指，拨弄琴弦时的跳跃。柳晓飞爱看她抱着琵琶，一副天真可爱的模样。把看栗天舒弹琴当作他的一种享受，是寂寞的生活中一曲动听的歌谣。

柳晓飞头枕着马桶包，仰面朝天。夕阳余晖洒满深邃的天空，几朵白云慢悠悠地在头上飘过。山冈上传来阵阵委婉的啼鸣，远处响起几声隐隐约约的驴的嗥叫。黄昏的山村，幽雅而又恬静。

栗天舒吃了两个包子，掏出手帕，擦了一下手，把琴盒打开，拿出琵琶。她把琴盒放到身边的时候，看到细细地刻在石面上的三个字：相思湾。

"相思湾，一九七〇年十月十一日。"栗天舒好奇地读出声。

柳晓飞探过身子瞧了一眼："那下面好像还有字！"

栗天舒往石面下挪下身,看到刻在石面上的另外三个字:想死湾。

"这是怎么回事?我害怕,咱俩回点吧。"歪歪扭扭的三个字,让栗天舒不寒而栗。

"有什么可怕的!一定是老知青刻的。要是这地方出现过什么意外,三鸦鸯领我来这儿掏鸽子蛋,就能告诉我。肯定与死无关,'想死'不是想去死,而是想到死的程度了,还没有想到手。将来我要是想你到死的程度了,还没有想到手,我就到这来死。把这个地方改为'飞死湾'。"柳晓飞说完又躺下,望着远处的云朵。

"晓飞哥,你胡说!"栗天舒用琵琶轻轻地碰了一下他的肩头。然后,拨弄一下琴弦,悦耳的琴声在这静静的河湾处响起来。

郭烙趴在河边的柳树林里窥视一会儿,悄悄地退回。他回到点里,告诉疙瘩榔。疙瘩榔和郭烙走出青年点,绕道来到山冈上,趴在柞树下,观察下面的柳晓飞和栗天舒。

"真是个挂鸯高手,来几天就搞上了。"疙瘩榔嘟囔一句。

"那个小丫头太天真了。柳晓飞要玩弄她,咱俩抓个现行,把他的军装要下来。"郭烙选择个最佳位置,往下看。

半天,栗天舒弹了一曲又一曲。柳晓飞躺在石板上,像是睡着了。

疙瘩榔没有耐心了:"柳晓飞不可能现在玩她,才来青年点,他现在还没有那个胆。往山下滚两块大石头,吓吓他们。"

"不能砸到他们吗?"郭烙担心地问。

"顺着坡轱辘就能砸到水湾里。"疙瘩榔探出脑袋,观察一下。

他俩抬来两块大石头,摆放在前面。然后坐在石块后面,把脚放在石头上,疙瘩榔轻声喊:"一、二,蹬!"

两块石头顺坡迅速滚落,跌落到水湾里,发出两声巨响。

栗天舒"妈呀"一声,惊恐万状,扔下琵琶,扑到柳晓飞的身边。溅起的水花,打透他们的衣服。

栗天舒在柳晓飞怀里瑟瑟发抖。

15　琵琶怨

栗天舒受到惊吓,躺在炕上三天没有出工,也没有弹琴。这个不满十八岁的姑娘,在平坦的人生路上,还没有碰到过什么挫折。如果不是学校的同学出现意外,惹恼了领导,把他们牵连到农村来锻炼改造,她现在已经在市级文艺团体或者是省级的歌舞团工作了。在艺校,她们乐器班的十多名琵琶手,老师最得意的还是她。她父母都是市文化局的干部,她和妹妹从小到大,没有吃过任何苦,是温室里长大的两棵水仙花。尽管到了农村后,感觉和原来想象的有很多不同,但是,她还是很兴奋,觉得每天过着这种集体生活挺有意思。特别是柳晓飞这个比她大两岁的哥哥,处处关心她,使她感到温馨和幸福。她很爱和柳晓飞在一起,从内心里接受柳晓飞这个哥哥。

突如其来的两声巨响,让她失魂落魄。一想到,委屈的眼泪就不住地往枕头上滴落。

柴笑梅把大沈请到点里,给栗天舒把脉。大沈把右手的两个手指摁在栗天舒的手腕上,闭目静思。柴笑梅和柳晓飞都屏住呼吸,看着大沈。

"脉象虚弱,气血略虚,元气耗损,惊吓血瘀。"大沈把手收回,又让栗天舒伸出舌头,仔细看了一会儿。

"沈大夫,严重吗?"柴笑梅担心地问。

"吃什么药?我回海连市去拿。"柳晓飞急切地说。

大沈没有回答他们的问话,瞧一眼柳晓飞问:"你是柳医生的弟弟啊?"

"谁?我是他儿子!"柳晓飞没有听到有人称他姐医生,还以为是指他爸爸。

"差辈儿了,我说的是你姐姐柳依依。你小子是个愣头青,没你姐稳当!"大沈嘿嘿一笑,十足的大婶相。

"是,他叫柳晓飞。沈大夫,你看小栗用吃点什么药?"柴笑梅接过话问。

大沈站起来,把药箱背在身上:"现在看不用吃药,也不要在炕上躺着啦。下地溜达,缓解一下情绪。深呼吸,伸伸懒腰,可以使紧张的身子放松。活动下手脚,使血液到身体最末端神经去,而不是积聚在大脑。这是我摸索出最实用的缓解精神紧张的非药物疗法。啊,小柳,你先回避一下,可以吗?"

柳晓飞迟疑地看着阴阳怪气的大沈,没有动弹。柴笑梅把柳晓飞推出屋。

"柴点长,这个小青年我看没有大碍。但是,我把脉的时候,感到她是月经不调。现在还不能下药,等她下月月经不正常了,再找我看看吧。先按照我刚才说的缓解精神紧张的办法,调节一下情绪。"大沈说完就走了。

柴笑梅知道栗天舒没有大事,放下心来。在青年点里,这位点长大姐,对点里的知青们日常生活表现出极大的关心热情,有点长的责任,而更多的是大姐的关爱。尤其是对七六届刚来的小弟弟、小妹妹们,更是关爱有加。

"天舒,还害怕吗?起来坐吧。大夫说没有事儿,明天就出工吧。"柴笑梅坐在栗天舒的枕头旁边,抚摸她的头发。对这个点里年龄最小的知青,她显得格外的负责任。

栗天舒这会儿也觉得一直哆嗦的心平稳下来。她坐起身,用手将把凌乱的头发。

"天舒,你怎么和晓飞去小沟叉子?那地方很偏僻,以后少去啊。"柴笑梅走过去,把宿舍门插上,回来问,"天舒,大姐问你,你是和晓飞谈恋爱了?"

栗天舒吃惊地看着柴笑梅:"恋爱?点长姐,你怎能想到那里了?我和晓飞哥就是在那儿闲坐,他看我练琴。谁知道从哪儿下来两个大石头,砸在水湾里,我吓得扑到晓飞哥的怀里了。我和晓飞哥什么都没有啊!"

柴笑梅微微笑一下:"没有就好。我是担心你把握不住自己,过早地谈恋爱。你年龄小,才到农村来,一要注意影响,别影响你的前途;再就是现在的男生胆子可大了,脑子一热什么事都敢做。咱们女生可要保护好自己。尤其你,长得漂亮,还会弹琵琶,就更要注意了。晚饭后,不要出点里的大院了。"

栗天舒明白了点长大姐的话，迷惘地看着点长："晓飞哥不是坏小子，他对我可好了。他……"栗天舒把柳晓飞给她买手电筒的事刚要说出来，又咽了回去，"他说，他爱看我弹琴。"

柴笑梅没有再说什么。眼前的栗天舒就是个天真的没有多少心眼的小女孩子，说多了，她能不能当趣事学给柳晓飞，柴笑梅充满担心。

栗天舒又恢复了往日的活泼。三天的病号饭，不是疙瘩汤，就是面条，吃得有点反胃了。吃个大饼子，感到很香。

柳晓飞也三天没有出工，看到栗天舒精神起来了，他眼睛也亮了。两块从天而降的大石头，砸在水湾里，要是落在他们俩坐的大石头上，他和栗天舒可都没有命了。是谁这样暗中下毒手，他想象不出来。柳晓飞问杜禄本，小沟叉子那块大岩石上刻着的六个字是怎么回事。

杜禄本噘着嘴说："搞对象的不能到那个地方去！你搞对象的时……时候，不能把女朋友领到那儿去谈情说爱。"

这天栗天舒收工回来，吃完晚饭，她又拎着琵琶到菜园子里，坐在矮矮的墙头上，开始练琴了。

郭烙和疙瘩榔的恶作剧过后，俩人暗中观察动静。栗天舒躺在炕上三天不出来，而且大沈还来给看病，他们俩有点害怕了，是不是真把栗天舒给吓着了。柳晓飞一点也没有怀疑是他们干的，他们若无其事地在点里晃荡。

郭烙看到栗天舒出工了，和柳晓飞如此的亲热，他开始嫉妒了。他这个七四届的知青，来到农村两年了，还赶不上新来的柳晓飞有能耐，几天就得到一个女生青睐。他下乡已经两年多了，还没有哪个女生和他关系亲近些，哪怕在一起说几句推心置腹的话也可以。是他形象猥琐，还是他性格孤僻冷漠，他感到都有了。从来到青年点那天起，他就卑微着做人，就像农家饲养的一群猪，总有一个抢不上槽的。那个抢不上槽的猪，准是又瘦又小。他瘦弱的身材，天生的发育不良，戴着柳晓飞的军帽，明显地比他的脑袋大了一圈，垫了一条大毛巾，才把帽子撑起来。在点里，他是唯一手腕上戴着上海牌24钻手表，用的是红灯牌半导体收音机的人，可是，也没有人关注过他，尤其是女生。他家生活条件在青年点里是属于上等的。父亲用手中的车皮指标,可以换来市面上很少见的任何商品。从永久自行车到熊猫缝纫机,从上海手表到过滤嘴凤凰香烟,几乎无所不能。因此,他下乡那天就没有想到什么时候能回城,没有想到在青年点里好好表现。他父亲告诉他了,关键时候,用这些紧俏的东西,就能敲开大队头头们的家门。可是,在青年点里受人冷眼和漠然的处境是难熬的。疙瘩榔的到来,他像得到一棵救命稻草。疙瘩榔嘴馋,他就投其所好,零花钱不断地投在疙瘩榔的肚子里。疙瘩榔也为他撑起腰来,在抢食的槽子里,给他占了一个位置,没有谁再敢欺负耍笑他了。

但是,郭烙狐假虎威地在点里开始像黄豆芽支棱起来的时候,却反而感到很失落。除了和疙瘩榔这样利用与被利用的关系外,再没有一个知心的朋友了。因此,他看到柳晓飞与栗天舒形影不离,妒忌难忍。他坐在窗台上,嘴里叼着当地的蛤蟆头旱烟卷,看到栗天舒拎着琴去菜园子,他趿拉着那双黑塑料凉鞋,若无其事地走出青年点大院,绕到小队部的房后,穿过一块果园,就来到点里菜园子。

郭烙蹲在黄瓜架下,远远看到栗天舒长长的黑发,用手帕扎成一束,高翘在脑后,随着栗天舒弹琴的动作在脑后不住地跳动。

四处静谧,只有这悠扬的琴声在回响。

郭烙猫腰向前挪动一下身子,他看清栗天舒上身穿着件浅色花布半袖衬衣,露着白皙的脖颈和浑圆的双肩。郭烙的心怦然跳动,脑子剧烈膨胀起来。他猛然产生一种难以抑制的渴望,女人的魅力和柔弱像磁石一样把他牢牢地吸住。他屏住呼吸,悄悄向前,一把搂住栗天舒。

栗天舒惊恐地大叫起来,琵琶掉到地上。她下意识地奋力挣脱,大呼救命。

柳晓飞在杜禄本的屋里,和他们三人打了一会儿扑克,隐约听到栗天舒的弹琴声,他就没有心思玩下去了。他告诉他们要给家里写封信,扔下牌,回到大屋里拿手电筒。那天突然出现意外,栗天舒没有拿手电筒。现在天虽然没有黑,栗天舒练会琴,就要用了。柳晓飞刚走到青年点房西头,就好像听到菜园子那面有喊叫声。柳晓飞跑过去,看到栗天舒在一个人怀里拼命挣脱。

"住手！"柳晓飞大声喊叫。

郭烙听到柳晓飞的喊声，松开了手，惊慌地转身就跑。他没跑几步就被地里的茄子秧绊倒了。柳晓飞冲上前去，拉起郭烙，照他的脸上就是一拳，又一脚把他踹倒。

郭烙"扑腾"下跪在地上，满脸哭相："晓飞，你饶了我吧，我再也不敢欺负你们了！"

"走，跟我去大队治保主任家，你耍流氓！"柳晓飞怒视着郭烙。

"我不是人，我不是人！你放我一马吧。说出去对栗天舒也没有好处，我就是摸一下她，也没把她怎么的……"

"住嘴！你以后再敢对栗天舒动邪心，今天的账和你一起算！滚！"柳晓飞又踹了郭烙一脚。

郭烙把军帽摘下来，扔给柳晓飞："晓飞，谢谢你，军帽还给你。"郭烙说完，顺着原道跑了。

栗天舒哆嗦地蹲在地上，脸上煞白，嘴唇发青。她站起身，扑到柳晓飞的怀里，失声痛哭起来。

"别怕啊，天舒，有晓飞哥保护你！"柳晓飞抓住她肩头上正在滑落的衣服，握住她冰凉的手。

16　指点迷津

大队党支部经过认真研究，决定从青年点抽调两名男青年到大队的治保组，充实治保队伍力量。

高春萍在大队支部委员还不知道会议主要内容的时候，就已经知道了。广播室和丁德发的办公室，一墙之隔。广播室在走廊的最里间，书记室在外间。丁德发的咳嗽声，就像在高春萍的床头上响起来的。有时把监听广播的声音关了，大队部六间大瓦房寂静的时候，她比正常播送广播稿子的声音小一些，躺在床上就能与丁德发隔着墙壁唠嗑。这样的唠嗑经常出现。丁书记工作废寝忘食，点灯熬油的时候比较多。高春萍转播完中央人民广播电台的晚间全国新闻联播，已经八点半了。夏天的时候还好，关掉播音机器，夜色虽浓，但清风凉爽，她经常溜溜达达就回家里。她家就在大队部后面不到三百米的地方。她毕业的中学操场的跑道，一圈四百米。学校开运动会，她代表班级，四百米跑了一分十秒，是当时学校女子组记录。而这三百米的路程，在冬季的时候，她实在不愿迎着凛冽的北风往家去。广播室也成了她的宿舍。归根结底，她凭自己的心情决定是否夜宿广播室。心情好，愿意住在广播室，躺在床上跟丁书记唠嗑；心情不好，更不愿离开广播室，捧本书，不知看没看进去，有一搭没一搭地和隔壁的丁书记说几句。这时候，丁书记一定知道大队的"喉舌"遇到心情不愉快的事了，会主动地拉开广播室的门，进来面对面地与这个"喉舌"谈心。高春萍就是在心情极度不好的时候，知道了大队要抽两名男知青到大队部工作的消息。

高春萍躺在床上，身上盖着粉色的线毯，露出圆润的肩膀。平时这个时候，高春萍脸色涨红，光滑的额头细汗涔涔。而现在脸色冷落，像刚才什么都没有发生过。丁德发了解清楚，床上躺着的美人，是有人给她介绍对象，家里逼她相亲。而她不甘心就这样一辈子留在农村。她父亲是海连市造船厂的工人，母亲想把接班的名额给她弟弟，而父亲却想让这个宝贝女儿接班。母亲非让她及早相亲，就是让她尽快出嫁，不让她和弟争夺进城接班。

丁德发嘿嘿一笑："给你出个万良之策！"

高春萍坐起来，用线毯挡住前胸："你能有什么好良策？快说！"

"你的思想挺落后的，五十年代的刘巧儿都反对包办婚姻，要自由恋爱。你不会自由搞对象吗？"丁德发点支烟，一个完整的计划，在他脑子里瞬间形成。

"我成天待在这小破屋里，我跟鬼去自由恋爱啊！"高春萍怨气十足，瞪一眼丁德发。

"哎，咱大队有百十来名男知青，你看好哪个？正好要抽调两个男知青到大队治保组，把他抽调上来，成天在大队部转悠，你就和他恋爱呗。你和他搞成对象了，把生米做成熟饭，招工名额来了，还不是我了说了算！你和他一起就进城了，你妈不同意你接班，也得同意！"丁德发眯笑地看着高春萍，吐出的一口浓浓的烟雾，直扑她惊呆的脸上。

高春萍如醍醐灌顶，大梦初醒。跟知青搞对象，她不是没有想过，只是没有把接父亲的班连在一起考虑。这主要是因为，在大队的所有男知青当中，她还没有看上哪一位。别看她是土生土长的村姑，但是，她天生就是一个美人坯子，不仅会打扮自己，而且还会保养，从来不让强烈的日光晒到自己，皮肤细润，脸蛋白里透红，像红元帅苹果一样鲜嫩。在本村子，她是有名的大美人，就是十里八村提起龙泉汤的广播员，也是响当当的。老实巴交的人，想都不敢想娶她回家做老婆；有些胆大的人请媒人来提亲，她高傲地眼皮都不眨动。中学毕业回村已经两年多了，同届的女同学有的都当妈妈了，可她却连一次正儿八经的对面都没有打过。为此，她并不着急，她有自己的打算，非要接父亲的班进到城里，做个城市人，改变自己的命运。她天生这副骨架和容貌就不该是农村的命。自己暗自与知青当中比较出众的柳依依相比较，不比她逊色。她为什么就要在农村结婚生子，了却自己的一生呢？她不甘心，极力在拼争。别说她父亲还在城里工作，有接班进城的机会，就是没有这个条件，她都会去争取。尽管母亲重男轻女观念严重，死活不让她接班进城，但是，她父亲特别倾向于这个宝贝女儿接班。因此，接班的主动权在他们爷儿俩这掌握。昨天邻家一个媒婆，给她介绍对象，对方还是镇上粮库开汽车的人。那个男人已经找了好几个媒人来提亲，大有不娶到手不罢休的劲头儿，烦得她不爱回家。大热儿的天，总在广播室住会引起人们的闲言碎语，可是她又郁闷，一番折腾，她像释放出一股闷气，身心显得很舒坦。

这会儿，她的脸更红了。丁德发的话提醒了她，为了自己的前途，应该先搭个桥，把母亲这关过去，才能顺利走进城里。

"哪有一个让我动心的！"高春萍不无遗憾地摇了一下头。

"柳院长的儿子柳晓飞怎么样？家庭条件好，小伙子也挺精神。"

"他才多大啊？我大他两届毕业，至少要大他两岁。不行，我可不能找个小的，看着就不舒服。"提起四队的知青，高春萍倒是想起大会战，头上缠着纱布的金曙光，试探地问，"哎，你说大会战头上受伤的那个知青怎么样?"

"嗨,对了! 真是踏破铁鞋无觅处,得来全不费工夫啊。你怎么不早说,那小伙子不错。我给你当媒人啊! 可我事先说好,你别有了他,就把我给晒到一边了啊!"丁德发眼神斜睐着,咧嘴笑起来。

这时,打更的老高头的咳嗽声从远处传过来。

"回来的不是时候!"丁德发还没说出下句,高春萍就让他走。

17　初露端倪

金曙光到大队部工作,感到很不自然。他从下乡那天起,曾幻想过能有一天到大队部工作。他听老知青们说过,只要混进大队部那个瓦房里,哪怕是一个打杂跑腿的,回城的日子就近在咫尺了。要是有上进心,临回城前入上党,前途无量。老知青们举出几个实例,让后生们听了确实动心。

可是,说是容易,进来难。柴笑梅在学校就已经入党,是个响当当的学生干部。可是,来到青年点也没有抽调到大队部工作,只是大队部遇到什么临时性的任务了,才把说和写都得心应手的柴笑梅调上来帮助忙乎几天。龙泉汤在丁德发书记的领导下,好像不缺少知青这样的人才。金曙光审时度势,连柴笑梅这样有才华的红人,都难以踏进大队部,他这个无名鼠辈,就别去做梦了。金曙光安心在生产小队干活,和小队的贫下中农打成一片,竟然混得也挺红。他有把握,只要有小队的贫下中农们来把关推荐这道程序,除了柴笑梅不能与之较量,董明也不在他的话下。董明维系的是小队的几个有分量的人,而他维护的是广大的社员。在给他们记工的时候,他在可能的情况下,都不是很刻薄。背着队长,他手下很留情。因而,他在小队的人缘很好。去谁家吃顿饭,都是座上宾。有咸鸭蛋不拿煮鸡蛋,有猪肉不吃豆腐。突然间抽调大队部工作,他还真有点恋恋不舍。点里的人都感到意外,大家分析,是孟大个儿的铁锹把金曙光横扫出来的。疙瘩榔大声嚷嚷道,孟大个儿的铁锹就是个吉祥物,不长眼色地来那么一下子,不但整出来个"高大魁",还搜出来个赤脚医生。柳依依不给金曙光包扎伤口,怎么能在丁德发面前显露出她有那么一手,又怎么当上大队的赤脚医生。

不管疙瘩榔怎么说,金曙光却感到柳依依到大队卫生所来了,他又随后到大队部来工作,这是天意啊!看到窗外不远的大队卫生所,金曙光忐忑的心竟平静下来。

和金曙光一起抽调上来的另一位是一队青年点的,叫张红兵,一队青年点的人都喊他张少帅。他父亲是海钢供销处的采购员,公社和大队需要钢材和平板玻璃,他父亲都如数地给弄到物资调拨指标。尽管他的身材瘦弱,像个高粱秆弱不禁风。但是,丁德发也得起用他。紧俏物资,不是谁都能弄来的。把他放到大队部,就是放着一个随时随地都可利用的仓库。

大队治保主任周庆友是倒插门的高家女婿。从最穷的到处都是盐碱地的海边小渔村,来到瓜果梨枣遍山的龙泉汤就像进了天堂。凭着脑瓜子的机灵劲儿,从山上的护林员,熬到大队治保主任的角色,可见他是煞费苦心的。手下来了两个兵,他就琢磨,张红兵的来历他是清楚的,靠的是他老子手里的紧俏东西。张红兵还答应年底前给他弄台飞鸽牌自行车票,所以,张红兵到大队部来工作理由充分,大队部的人都心知肚明。而金曙光抽调上来,他感到费解。就凭着大会战带着轻伤不下火线,就得到丁德发的重用,那是天方夜谭。丁德发就是雪帽山上的老狐狸,修行得已经开始炼丹了。他是不见兔子不撒鹰的茬儿,肯定金曙光这小子不是用三五牌座钟敲开丁德发家的门,最低也得是两条人参牌过滤嘴香烟。不然金曙光就凭着仪表堂堂的长相,走进大队部是绝对不可能的。按理说,丁德发是应该避讳把这样的男知青弄到大队部的。高春萍这枝红杏有缕春风就摇曳,就能探出墙头。丁德发不是不了解她的。连周庆友在丁德发面前,都不敢轻易去敲广播室的门,平时和这个本家小姨子说话,都避免开玩笑。丁德发要是见到了,脸上都能拧出水。周庆友瞪眼琢磨几天也没有琢磨出个所以然来。

周庆友领着两个新人,在治保组的办公室学习公社人保组下发的学习材料。治保组办公室在走廊西头。东头是广播室,高春萍播送稿子的声音,在西头的办公室也听得到。周庆友吭吭呀呀地念材料声音,高春萍侧耳听得很清楚。她在屋子里急得乱转,也没有办法马上接近金曙光。她站在广播室的窗前,看到金曙光出现在大门口,心就开始激动。以前没有仔细打量过金曙光,现在细看,真是让她心动。笔直的腰板,俊朗的面容,白的确良衬衣扎在裤腰里,干净利索,步履矫健,风度可人。周庆友念了半天,有点口干舌燥,端着水杯出来找水的时候,高春萍开门出去,像是无意中遇到。

"三姐夫,你要水啊?我这有一壶刚打来的凉水。"高春萍知道丁德发不在办公室,声音就爽快些。

周庆友端着茶缸子走过来了。周庆友进了广播室,一股胭脂味直呛他的鼻子:"真香啊!"他使劲吸两口,"老高家的女人怎么相差这么大呢?你三姐擦个雪花膏都迷糊,身上出了汗味,就闻不到别的味。"

"别埋汰三姐啊!你新来的两个兵怎么样?"高春萍把水壶递给了周庆友。

"好啊!都是知青中的精英。"周庆友不知道丁德发在没在办公室,故意大声说。

"你说谎话脸也不红了。那个瘦得像苞米秆子的也是精英?"高春萍讥笑地看他。

周庆友指一下隔壁,高春萍摇摇头。

"狗屁精英,那小子老子有能耐,还答应给我弄个自行车票。你需要什么,我跟他说一声。他爸是手表、自行车、缝纫机都能弄到。"周庆友声音大了起来,还大大方方地坐到高春萍的床上。

"这些我都有,不需要。"高春萍扬扬得意地说。

"啊,你结婚的嫁妆都准备好了?男的是谁?三姐夫给你把把关。"周庆友笑眼眯缝着。

"三姐夫,说正经的,四点来的那个知青,在你手下,要多关照些啊。有些得罪人的事儿,你不要让他往前上……瞅什么啊,和你说话呢!"高春萍看到周庆友发愣地看她,伸手拍了他肩头一下。

周庆友猛然惊醒,他一下子明白了,金曙光是怎么抽调到大队部的。刚才还纳闷的事情,他找到了答案。高春萍不急于搞对象的原因,是她把主意打在知青的身上。她真要攀附在知青的身上,飞出山沟。他感到高春萍不只是成天摆浪臭美,还长于心计。

"我明白了,小姨子,你放心,三姐夫一定把小连襟照顾好。我现在让他过来啊?"周庆友拎起水壶要出去。

"三姐夫,你别瞎说啊! 他还不知道呢。"高春萍脸上泛起红晕,羞怯地低下头。

"噢,单相思?"周庆友略有所悟地嘟囔一句。

"你真烦人,什么都要说透! 中午我不给你做饭吃了!"高春萍佯装恼怒,把周庆友推出屋外。

周庆友再看金曙光的时候,目光别样。他感到高春萍眼光很高,心思挺重。金曙光虽然没有和他过多的交往,但是看相貌就是一个诚实淳厚的人。听说他家庭条件也不错,从哪方面论,他都胜过高春萍。尽管高春萍脸蛋长得漂亮,又会打扮自己,但是,她毕竟是农村户口,相形之下是致命的缺陷。也许她能接班进城,这是在搭桥铺路。金曙光就是看上她漂亮的脸蛋和有进城的机会,并且能给他带来早日回城的希望,但是,他来到龙泉汤已经快两年了,能听不到她的闲言碎语吗?金曙光信也好,不信也罢,他都要经受一个抉择。利用好了,是块跳板,一跃出人头地;弄不好就是满手刺棘,破皮流血,还得陷在泥沼里。如果金曙光心存诡异,只是利用她作为一个回城跳板,然后转身一变,扔下高春萍,这也是有可能的。但是,高春萍不能想不到,既然能把他送回城,就有办法拴住他。站在高春萍身后的丁德发已经见到兔子了,放出的鹰就能捉住他。周庆友眉头舒展,看一眼金曙光,让高春萍满意的事,他这个三姐夫会做。

大队部的小食堂,其实就是临时炉灶,不是每天都开伙。丁德发在家的时候,有谁一捅咕,弄点水库鱼,或是周庆友手下的护林员弄到山鸡野兔子送来,大队部的人就忙乎一阵,中午或是晚上大家就在这儿撮一顿。今天在大队部里就有高春萍、周庆友和两个新人,书记、大队长、副书记、妇女主任、民兵连长以及大队会计都下到各小队去抓夏锄了。按理周庆友也应该领着两位新人,到各小队的果园、林场转悠一圈,让他俩熟悉一下治保组工作的范围。可是,高春萍要开火做中午饭,他就不敢走了。高春萍动手做饭,这是很少有的事儿。他明白,高春萍是醉翁之意不在酒,是给金曙光做饭。单相思阶段,就开始献殷勤,哪天是个头?周庆友心里默言道。

高春萍开始在小厨房忙乎了。她回家拿来一块咸猪肉、芸豆和土豆,走到高二娘家,正好赶上刚出锅的菜饼子,她要了四个。咸猪肉炖芸豆土豆,这是这个季节村子里最常吃的大锅菜。高春萍很自信,就是简单,也比青年点的伙食好,最起码能见到肉。

小厨房里传出响声,周庆友看着金曙光说:"高春萍开始为咱们准备午饭了,谁去帮助忙乎下?"

"我去,我最爱做饭了!"张红兵从椅子上蹿起来,头没有回就去小厨房了。

金曙光没有什么反应,捧本《红旗》杂志,像是看进去了。

周庆友嘿嘿一笑:"小金,在大队部工作就要像小张那样,什么事儿得抢前啊!"

金曙光抬头看一眼周庆友:"周主任,我明白。"

周庆友微微撇下嘴,心想,你明白个屁!其实你什么都不明白!

这时,院里传来一阵吵闹声。两个护林队员,押着一个年纪很大的男人进到走廊里。那人肩上扛根笔直的槐树干,手拎着弯把锯,哆嗦地被推进治保组办公室。

"又是你老朱头,你是履改履犯,跟广大贫下中农作对,又出来搞破坏了!"周庆友怒斥道。老朱头是大队戴帽子的四类分子,伪满时期在哈尔滨当过警察,六六年遣送回乡改造。光棍一个,爱在家偷偷摸摸做木匠活,几次偷树被抓游街,仍不悔改。

"周主任,我看到这个树已经死了,把它锯下要做个镐把。"老朱头抬一下眼皮,瞧一下屋里的人。

"你老实点!"张红兵和高春萍都出来了。张红兵厉声一吼,与他瘦弱的身子极不相称。

金曙光也被张红兵的一声震住了。周庆友刚教育他,在大队部工作,什么事都得抢前。他怯生生地刚要张嘴跟着喊一句,身后的衣襟被使劲拽了一下。

金曙光回头,看到高春萍妩媚的眼睛里流出柔情的光,冲他摇摇头。金曙光张开的嘴巴闭上了。他想,老朱头可能是她的亲戚吧。

18　跟跄三人行

几天来,金曙光就想找机会去趟公社。柳依依去公社医院培训已经有十几天了,他想过去看看她。他盼望她及早结束培训,他们可以每天一起上下班。

早晨金曙光来到大队部,丁书记已经在办公室了。张红兵比金曙光到得早,开始给书记的屋里打扫卫生。这小子长眼色,会来事儿,腿脚特勤快。原来扫地抹灰的活是妇女主任高桂花捎带干的。张红兵来了就不用高桂花了,他还要给高春萍的广播室收拾卫生,被高春萍拒绝了。丁德发把金曙光喊到他的办公室,告诉他,"经支部研究,你兼职做大队报道员,这是大队党支部对你的信任和重视。"金曙光愣住了,不知道怎么表决心,却张嘴来了一句,"我怕写不好稿子啊!"丁德发似乎没有反感他的话,耐心地说,"人不是生下来什么都会。虚心向广播员高春萍学习,她的战地稿子写得振奋有干劲儿,是你的好老师。公社宣传组今天上午八点开始,举办三天报道员学习班,报道员要时刻掌握和学习好革命理论。这个班应该高春萍去学习。她让给你了,说你有培养前途。看看人家的思想境界多高!"金曙光很惊喜。他惊喜的是,想找机会去镇上,机会就来了。他痛快地答应,却没有想谢谢让给他机会去学习的高春萍。金曙光要回点里准备一下,丁德发说不用了,高春萍已经给你准备好了。

金曙光迷惑不解,从丁德发屋里出来,看到高春萍在半开着广播室的门里招呼金曙光进去。

金曙光迟疑一下，踏进门里。

高春萍第一次单独的近距离地站在金曙光面前。她感觉金曙光很高大，像座山似的立在面前。她想象，依偎在他宽大的胸怀里是什么感觉呢？

"这个书包里有笔记本和钢笔，有牙具、毛巾。"高春萍从桌子上拎起一个洗得发白的军用黄书包，递给金曙光。

金曙光犹豫下，接到手里："多少钱？我现在兜里没有。"

高春萍嘻嘻地笑起来："不要钱，算我借你的。这是伙食费。这钱是我从会计那里给你借的，回来补助费就扣下了。"

金曙光把十元钱揣进兜里，感激地看一眼这个热心肠的广播员。金曙光迎风站在拖拉机车斗里，心情无比舒畅。来到农村一年多了，今天算是得到了重用。他感到前面的路，就像这拖拉机"突突"奔跑的路一样平坦而宽阔。

报道员学习举办地点在镇上的小学里。三十几个人的学习班，搞得声势很大，墙外张贴着大红标语：许屯公社报道员夏季学习班。学习班开课一上午，显得很紧张，就是一个劲儿地学习"两报一刊"上的文章。学校放暑假，食宿都在学校。把教室的几张书桌子拼凑起来，就是一张床。每人发了一件棉大衣当褥子，拿在手里一股发霉味直冲鼻子。

金曙光吃完晚饭，就去找柳依依。公社卫生院在小镇街里，几排青砖瓦房，显得很陈旧。走进门里，是几个医生的门诊室。已经是下班时间，门都关上了。在写着取药处的窗口里，有一个值班的男人。金曙光问，龙泉汤大队卫生所来培训的柳依依在吗？那人探出身子，说后面的宿舍里住着几个赤脚医生，不知道有没有你说的人。

金曙光来到后院。一圈瓦房围成一个很宽敞的院子，一排瓦房是住院部，晾衣绳上挂满白净的床单。在住院部对过的一趟小瓦房，门前的晾衣绳上，挂着女人的衣物。金曙光径直走过去。一个女人端着盆子从屋里出来，金曙光问："柳依依在吗？"

那女人冲着屋里喊声："柳依依，外面有人找！"

柳依依看到金曙光愣住了："这么晚了,你怎么来这儿?"

金曙光忙说:"依依,我也在公社学习,吃完晚饭没事了,过来看看你。"

柳依依让他等一会儿,就进屋了。再出来时,柳依依已经换上淡青色的百褶裙,半袖白衬衣,刚洗过的头发,用浅蓝的手帕扎着,散发着淡淡的清香。

他们沿着行人寥落的小街,缓慢走着。

"你学得怎么样?"金曙光先打破沉默。

"完全陌生的世界,这不是在接受培训,而是在经受生命的洗礼。我看到一个小生命从母体里分娩出来的时候,我不知道怎么回事,泪水流了出来。那个小生命哇的一声啼哭,真让我感到兴奋,可又难受。作为一个母亲真的不容易啊!"柳依依低垂着眼睑,深沉地说。

金曙光在极力想象,柳依依手中抱着那个呼吸到人间第一口空气的婴儿,是怎样一种心情。他忽然想到,如果她是一个母亲,抱着自己的婴儿,而且这个婴儿的父亲……金曙光感觉自己想得离题了。他忙收回思绪,迎合柳依依的话,应酬几句。

他们来到小镇的火车站。这是长大铁路上的一个小站,每天有几趟客车在此停留,小镇也因此显得很热闹。车站前的小广场上,有人偷着摆瓜果地摊。看到他俩过来,惊慌地拎起筐要跑。金曙光喊住他们,过去买点桃子等水果。金曙光问卖水果的女人,看到他为什么要跑?那女人说,公社干部看到摆地摊的就撵,还以为你是公社干部。要是你自己,俺们指定跑,看你领着媳妇溜达,心里在打鼓,你能不能管这事儿,你真的不管。那女人很兴奋。金曙光告诉那女人,他不是公社干部,身后的女人也不是他媳妇。摆摊女人啧啧道,你俩多般配啊!那女人冲着金曙光眨眼,早晚是你的媳妇。金曙光脸红了。他转身,看到柳依依也脸色红润起来。

"这个农村妇女封建,见到男女在一起就是搞对象。"金曙光不敢看柳依依,望着远处。

柳依依没有搭言。那女人的话,她都听到了,跟一个男生单独在一起溜达,她是头一回。这不是约会一起散步,柳依依显得有些矜持。那个女人的闲话，听了让她心跳。她不想跟金曙光溜达下去，虽然是夕阳西下，谁知道能不能遇到认识他们的龙泉汤人。

"我们回去吧。明天你还要学习，时间很紧的。丁书记这样信任你，要一心一意地学习好。"柳依依站住，瞥一眼金曙光。

"我们过铁道，到那边坐会吧，吃几个桃子。"金曙光诚恳地说。

柳依依犹豫一下，跟着金曙光过了铁道，到车站对过的沙场。堆满细沙的沙场，有一堵石墙，在墙洞里伸延出长长的皮带运输机。金曙光和柳依依坐在皮带运输机上面的石墙上。瓜果摆在他俩中间。

金曙光掏出手帕，擦着桃子，擦好一个递给柳依依。柳依依接过来，轻轻地咬了一小口。桃子清脆、甘甜。"这样好吃的桃子，公社干部怎么不让卖呢？"柳依依觉得奇怪问。

金曙光毕竟早来农村两年，这点常识还是了解的："自己卖东西就是资本主义的尾巴，要给割掉的。我刚来青年点那年春节前，赶上公社学习哈尔套'赶社会主义大集'。公社书记带头把家里的猪膀蹄拿出来，站在赶大集队伍前面。长长的队伍在街里游行了一圈，最后在车站前那条街上摆摊卖货。人们不是挎筐，就是挑担，拿着自己家的什么小鸡、兔子、粉皮、土豆地瓜的来赶集。咱点里也来赶集了。老知青真能耍怪，把一张羊皮披在身上，跟在赶集的队伍里。最后还真有人买，那张羊皮卖了三元钱。老知青全买肉了，回点里包饺子。那是我下乡吃到的第一顿饺子。"金曙光真想把他和董明打赌吃的那顿饺子的原因告诉柳依依。

一列客车在他们身后疾驰而过，呼啸的声音在他们耳边作响。恢复平静后，柳依依说："什么时候能坐火车回趟家？我和弟弟来到青年点还没有回过家呢。"柳依依像是自言自语，充满惆怅。

"想家了？你才离开家一个多月就想家。我才来青年点那年，一年没有回家。像我们这样的下乡知青，就很幸运了。听说下到北大荒和大草原的北京、上海、沈阳的知青们，几年都见不到父母亲，生活还非常艰苦。我们挺幸福的，真的依依，你还当上了赤脚医生，大家都非常羡慕你呢。"金曙光宽慰柳依依，望着她的侧脸，感到她脸色凝重。

"羡慕我？革命工作分工不同，你是大队的报道员，其他同学一样也要羡慕你啊！"柳依依侧目看一眼金曙光,从来到青年点,她感觉到这个早她两年来的男知青,对她很热心。用上那个光滑的铁锹把,她的手再没有磨出血泡。其实,她很感激他的,只是不愿把那份感激挂在嘴边。

"我们在大队部一定要干出成绩。我等你,咱俩一起回海连,到一个单位工作,相互帮助,共同进步好吗?"金曙光脸色红得像映照在前面一条小河里的夕阳的余晖,闪出了光亮。

柳依依惊诧地看他:"我回城遥遥无期,你都快两年了,我们怎么可能一起回城?"

"依依,我等你,真的! 我在大队多干几年,要是干出成绩来,有机会公社来了推荐工农兵大学生指标,我们说不定能上大学呢!"金曙光激动地说。

柳依依心率加快,金曙光第一次亲切地叫她"依依",她一下子想不起来,原来金曙光是怎么称呼她的。柳依依望着远处的青山,觉得金曙光很有理想。他的理想,似乎也鼓舞了她:"看不出你的理想很远大! 我们共同争取吧。"

身后又一趟火车,拉着装满货物的车厢,沉重地喘着粗气过去。

"后天你们学习班就结束了吧? 你要是有时间,陪我去趟镇后面的青龙山上的烈士墓,可以吗?"柳依依问。

"烈士墓?"金曙光疑惑地看她。

"我爸送我和弟弟来青年点那天,讲他当年在这一带行军打仗的时候,爸爸连队有个小护士叫米香香,牺牲时才十八岁,手里还拿个破碎的镜子框,是一个战友给她的。他们都牺牲了,都葬在这个山上。我总想找个机会和晓飞去看看。"柳依依站起身子,看着金曙光说。

金曙光愉快地答应。

高春萍掐着日子,盼望金曙光的学习班结束。第三天上午,大队有车去镇上拉农用物资。高春萍决定跟车去镇上,接金曙光回来。

高春萍临时出门,不用跟任何人请假。高春萍把广播室的钥匙交给姑姑高桂花,坐车来到镇上。

高春萍和公社宣传组的人很熟。全公社宣传战线的人，没有不认识龙泉汤大队这个广播员的。今天高春萍穿着一件黑色的半袖翻领衣服。这件原来是父亲穿的肥大的纱纺外套，经她自己动手改动，成了一件可身的半袖衣服。紧收的胸腰，隆起她高耸的前胸。前面的领口和领子，镶嵌一道白边，衬托白净肌肤和双臂的圆润。下身是一条蓝色的挺拔的筒裤，这也是她自己剪裁做的。裤腿瘦长，臀部浑圆。脚下一双拉带布鞋，露出白色的尼龙袜子。高春萍走在小镇的街上，显得很扎眼。高春萍对小镇非常熟悉，三年中学就是在这里念的，经常和同学们在街上闲逛。她在公社宣传组打听到学习班在小学，立刻来到学校。中小学是一个大院，走一个大门，只是小学在大门口，进院就是。一个教室门窗都开着，高春萍就直接奔过去。教室里的人都抻着脖子往外看。学习班负责人走出教室，认识高春萍。高春萍小声地说要找龙泉汤大队的金曙光。那人告诉她，金曙光请假，说是去公社医院了。高春萍急着问，他病了？那人摇头说，好像是去找人，说有青年点的人在医院。

　　高春萍脑袋嗡的一声膨胀起来，感觉盘在头上的发卷都脱下来了。她猛然想起来，四点的柳依依还在医院培训。金曙光竟然耽误学习，请假出去约会。高春萍急忙走出学校大门，直奔医院。

　　拐过一个小道口，就看到医院那趟青砖瓦房。再走近些，就看清楚医院大门出出进进的人。高春萍靠近医院房山头，她抬头看见大门口出现金曙光和柳依依的身影，立刻躲到房角。

　　金曙光和柳依依并肩走出小镇，向后山走去。看出他们对这儿的路不是很熟悉，走走停停，没有大声地说笑，但是也在细声慢语地说着什么。高春萍离得很远，跟在他们的身后。小镇后身这个连绵的青山，叫青龙山。山上刺槐、柞树、松树非常茂密。高春萍在镇上念中学的时候，学校每年秋天都组织各班级到山上打柴，准备过冬生火炉子的引火柴；每年清明节都组织全校到山上的那个烈士墓祭奠英烈。高春萍很熟悉这个山，毕业两年了，再没有来过，现在莫名其妙地又来爬山，她一点都不陌生。

　　金曙光和柳依依是摸索着往上爬，遇到难行的地方，金曙光拉住柳依依的手一起走。高春萍远远地跟在他们后面,一定要看他们到底要干什么。高春萍尽管从没有参加过体力劳动,是一枝温室里的鲜花,可她从小生长在山村,爬山过河不在话下。是一枝从山坳里移植到温室的鲜花,有耐力基础。而柳依依这枝从温室移到室外的鲜花,明显地出现差异。柳依依走了一会儿,汗水淋淋。金曙光脱掉白衬衣,穿着背心,拉着柳依依的手,往山上爬。高春萍很轻松地拉近了他们的距离。高春萍怕他们发现,借助低矮的柞树,悄然前进。

金曙光看到前面有条山路,从沟壑盘旋上来。金曙光兴奋地告诉柳依依,山下人指的小路找到了,过去顺路上去就是了。他们好不容易上了小路,继续往山里走。

高春萍看到他们上了小路,顿生迷惑。她知道,顺小路再走不远就是青龙山的烈士墓。他们到那儿干什么?就是约会也不该到这么远的地方来呀。山下哪块僻静的林子里都是约会的好地方,为什么还要往山上走呢?高春萍躲躲闪闪地跟在后面,就想看个究竟。她不知道金曙光和柳依依的感情能有多深。她回忆了一下,那天丁德发在大队部招待柳依依全家吃饭,到现在有一个多月时间。这么短的时间,他们就是相处了,能发展到什么程度?都说知青一届比一届胆子大,难道他们真的发展到了肌肤相拥的程度?高春萍愤恨地看着他俩,感到自己的梦想一下子破灭了。

前面寂静的山坳里,有一片高大挺拔的松树林。树下坐落着一座座坟冢,青草遮蔽,孤零肃穆。大石碑上刻着"革命烈士永垂不朽"几个大红字。在一座座墓前,立着一个个小石碑。有的刻着名字,有的刻着"无名烈士"。

柳依依找到刻着"米香香"烈士的墓。她在墓前伫立一会儿。她看到荒草丛中有野花,过去摘了两束,一束敬献在墓前,一束敬献在大石碑前。

他们驻足一会儿,就下山了。

"前面怎么有个人?是一个女人!"柳依依看到远处有个女人匆忙往山下走。

金曙光也觉得奇怪,寂静的山坳里,怎么出现一个女人的身影?

19　血

　　柳依依参加半月的赤脚医生培训结束后,没有回到青年点,而是在小镇车站买张海连市的车票回家了。她想把柳晓飞约出来一起回趟家,她实在是太想家了。可她属于擅自行动,怕弟弟再走,引起队里和点里人的注意,只好自己回家。

　　柳依依到家,谢玉萍非常惊喜,看到女儿又黑又瘦,心疼地掉下了眼泪。父亲柳鹤年倒是很欣赏女儿。女儿去烈士墓祭奠长眠在那里的他的战友,了却他多年的凤愿,感到很欣慰。柳鹤年同时对柳依依学习这么几天,就要接生胎儿,感到十分不安。谢玉萍却不以为然,过去农村妇女都可以自己接生,没见得哪个人出现什么危险。柳鹤年看着一向文静的女儿,竟然做起接生婆的活来,有些难以接受。他找些有关书籍,让女儿多学习。谢玉萍说,农村的赤脚医生其实就是个护士,头痛医头脚痛医脚。柳鹤年嘱咐柳依依,看病、拿药、接生千万要审慎,拿不准的要立刻给转院。记住自己没有什么医疗水平,就是个打针拿药的护士。柳鹤年的话很尖刻,说得柳依依脸红了。谢玉萍安慰女儿,没有什么大不了的,哪个人都不是傻子,有病自己就知道到哪儿去看了。谢玉萍心事重重,儿子晓飞还在第一线,她问柳鹤年,许屯公社一个副主任要来看病,怎么还没有来。柳鹤年说,他多大个官,别人那么说一句,你就往心里去了。晓飞吃些苦对他有好处,别麻烦大队干部了。两个孩子都不干体力劳动,知青们会有看法的。谢玉萍不言语,觉得老柳的话有点道理,儿子的事情慢慢来,女儿现在离开生产一线了,她的心就放下了。

　　柳依依把父亲给的专业书籍和母亲准备的食品都带上,第二天早上坐车回青年点。柳晓飞知道姐姐回家了,高兴得差点喊起来。

　　柳依依堵住弟弟的嘴:"你嚷什么?怕别人不知道吗?"

　　青年点的人谁回家带的好吃的,都要贡献出来,大家一起享用。这是老知青们留下的传统。可是,柳依依这次回家是偷着走的,她不敢把带回来的几盒罐头、腊肠拿出来,这些都是商场很少见的食品。女宿舍的人都在外院子里吃饭，说笑声不时传进屋里。柳依依换上衣服，没有急于吃饭，端盆要去洗漱。刚迈进厨房，金曙光从男宿舍出来。

"依依，你回来了?"金曙光很惊喜。

柳依依想起那天他陪她到山上的烈士墓，心里涌出感激，虽然仅仅是几天前的事儿，但她觉得欠人家的人情。"你来一下。"柳依依说完回到女宿舍。

金曙光跟进来。

"我培训班结束回海连了。这是从家里带回来的，不能拿出去给大家吃，给你一盒罐头和两根腊肠。谢谢你陪我上山去。"柳依依用张报纸把东西包好，塞到金曙光的手里。

金曙光没等说什么，柳依依就把他推出屋门，他们一起从女宿舍出来。站在后窗的疙瘩榔看到了这一幕，愤恨地瞪起眼睛。

疙瘩榔光着膀子和郭烙、孟大个儿在后院吃河鱼锅。他听到好像屋里有柳依依的说话声，就站到窗口往屋里看，正看到金曙光抱着什么东西从女宿舍出来，柳依依跟在他的身后。他明白了，金曙光和柳依依好上了。那两个暖瓶瓶胆莫名其妙地丢了，他就怀疑是金曙光干的。现在金曙光和柳依依关系不一般，才几天就发展到他们一起到大队部工作了，这一定是柳依依给办的。疙瘩榔眼睛瞪得血红，硕大的鼻头红胀起来。

"大哥，怎么了?"郭烙看到疙瘩榔的鼻头红了，就知道他一定有事。他从那天脑子发热对栗天舒下手，被柳晓飞打了一顿，不敢再狐假虎威地嚣张了。他有些后怕，如果柳晓飞不突然出现，后果不堪想象。他觉得对栗天舒这个小丫头有些操之过急，不应该匆忙下手，结果给了柳晓飞一次英雄救美的机会。

"'高大魁'把柳依依挂上了。那两个瓶胆就是他给偷走的。"疙瘩榔气恼地说。

"他偷那玩意儿干什么? 这小子没有理由坏大哥啊!"孟大个儿想不明白，他和金曙光是同学，关系不好也不赖。

"你知道个啥! '高大魁'想挂柳依依，怕我搅了他的好事。我说给柳依依弄的暖瓶，杜鲁门一定跟他说了。杜鲁门不能想出这个坏道，肯定是他，怕我挂上柳依依。郭烙，你说是吧！"疙瘩榔问。

"柳依依是什么人，你说挂上就挂上了，别想好事了！"郭烙被柳晓飞打了的事儿，他没有告诉疙瘩榔，只好打掉牙往肚里咽。至于他头上的军帽没有了，疙瘩榔还没有发觉。

"我沾不上边，我也不能让'高大魁'捡便宜！郭烙，'高大魁'不是爱玩双杠吗？明天你和大个儿偷着把双杠的杠杆锯个口子，'高大魁'跳杠上一悠，杠杆就折了，把他摔下子，解解恨！"疙瘩榔转动着诡谲的眼睛说。

"你怎么知道准是他去玩，要是别人怎么办？"郭烙不愿意干，找出理由。

"是，把别人摔坏了，于心不忍啊。"孟大个儿说。

疙瘩榔瞪一眼孟大个儿："你小子还挺善良的。明天你拿锯拉杠杆，别拉断，有个口子就行。晚上吃饭的时候，郭烙在杠杆旁边吃饭，慢点吃。别人去玩，你就把他引开。'高大魁'去玩，你赶快躲开。"

郭烙眨巴一下眼睛："柳晓飞要是去玩呢？"他真想柳晓飞能去玩双杠，借疙瘩榔之气来替他解恨。

"你傻吗？柳晓飞要是摔了，柳依依第一个怀疑的就是我做的手脚。你头上的军帽……郭烙，你军帽呢？"疙瘩榔才发现郭烙光着头，奇怪地问。

郭烙不敢说实话："洗了，挂在院里的晾衣绳上丢了。我没吵吵，想暗中观察是谁偷的。"郭烙看到柳晓飞也没有戴，随口编出这个理由。

"谁胆子这么大？点里人的东西也敢偷！我看可能是社员，你丢军帽时，三鸦鹜来没来点里？"疙瘩榔问。

"不知道，慢慢找吧。研究'高大魁'的事儿。"郭烙怕烧香引出鬼，把军帽的事再扯到柳晓飞身上，揪起他的事就麻烦了。那边是两个证人，弄个流氓罪回城就难了。

"研究什么，这是马尾巴的功能啊，还用研究吗？大个儿明个去社员家借个小锯。他拉的时候，郭烙给放哨，别让人看到。完事我领你俩去望海公社青年点吃大螃蟹，二和尚早捎信让我去。"疙瘩榔把半碗地瓜酒喝下去，呛得咳嗽起来。

郭烙和孟大个儿相互看一眼，低头不语。

柳依依和金曙光下班后，一起回青年点。

金曙光在大队部基本没有什么事情。张红兵被安排晚上巡逻，检查护林看果树园子的各个岗位。治保主任周庆友和他说话阴阳怪气的，金曙光摸不准是什么意思。金曙光感觉，他受周庆友和高春萍两个人领导。而高春萍没有记恨金曙光和柳依依在一起。那天他俩去镇上的烈士墓，不是约会，她放心了。和金曙光接触，有个过程，要让他从心里接受她，需要的是相处。成天在身边转悠，就不怕没有机会加深彼此的感情。高春萍对此充满信心，因此，她看到金曙光有意在等柳依依从卫生所出来，一起回点，她一点也没有感到失落。

路上，柳依依跟金曙光讲了第一天行医的感受。

"我的心跳都比患者的心跳快，脑子一片空白。还是沈医生有经验，开点药就给人打发了。经过实践，我觉得不适合做赤脚医生工作，做个护士还可以。"柳依依情绪低落，感到很茫然。

金曙光想起大会战她给他包扎头部伤口的情景，说："我看你还是具备做医生的潜质。胆大心细，见鲜血手不软。这是做医生最基本的要求。病理知识非常深奥，就是医学院的教授也不能什么都精通。你才干这行，在实践中慢慢学。毛主席说，从实践中来，再到实践中去。实践出真知嘛！医生为什么年龄越大技术越好，就是实践经验多嘛。"

柳依依笑了："那我成老太婆了，才能成为一个合格的医生？"

"你在农村这几年做赤脚医生，以后有机会公社保送你到医学院学习，就可以成为一个好医生。"金曙光认真地说。

"我的理想还真是想做一名'救死扶伤'的白衣战士。那你有什么理想？"柳依依怯生生地问。她还没有与男生谈过什么理想，也是第一次坦露自己的心声，连她父母都不了解她将来的打算。

"我爸爸是海钢的机械工程师，母亲是小学教师。我看好父亲的工作，将来做个工程师，成天在工作台上画图纸。蓝图出来，上面的框子里写着设计者的名字，工人们按照图纸造出机械，看了非常自豪！"金曙光说得高兴,眼里放光。

他们轻松地谈着,柳依依茫然的心情没有了,觉得金曙光说得对,在实践中慢慢学习。她感到,金曙光是有理想的人。

点里的晚饭是玉米碴子粥,西葫芦炒土豆片。郭烙端着饭碗在靠近双杠和单杠的一侧吃饭。疙瘩榔和孟大个儿在另一头和大家边聊天边吃饭。金曙光没有在外边吃,把饭打到小屋里,和董明在一起吃。

金曙光拿出柳依依给的午餐肉罐头和腊肠。董明诧异地问金曙光哪来的。金曙光没有说是柳依依从家拿出来的,告诉他是大队广播员高春萍给的。董明说,那个广播员靠脸蛋什么都能搞到。金曙光嘿嘿一笑,漂亮的脸蛋能出大米嘛! 就着香喷喷的午餐肉和腊肠,金曙光和董明都多喝了一碗粥,留下几块和半根腊肠给杜禄本。金曙光把他和董明的空饭碗就一起送到厨房。厨房刷碗的活是轮流干,今天是柳依依。金曙光要帮助柳依依刷碗,柳依依没同意。金曙光悄声告诉她,午餐肉和腊肠真好吃。柳依依说,我还有两盒,有机会再给你一盒。

金曙光穿着白色背心,上面印着一排红字,海连市二十七中。他走出屋子,院子里还有几个人在吃饭。柳晓飞和栗天舒已经吃完,饭碗没有送到厨房。金曙光嚷道,你姐正在刷碗,送进去,别让她等你们。柳晓飞白楞金曙光一眼,没有吭声。栗天舒拾起碗,进屋里了。那边的郭烙斜睐着眼睛看柳晓飞和栗天舒,从那天他骚扰栗天舒后,栗天舒好像更加依恋柳晓飞了。但他不敢再对她非礼了,甚至都不敢正眼看柳晓飞。

金曙光向双杠走去,像没有看到郭烙一样。郭烙看到金曙光要去玩杠,麻利端起饭碗回屋里了。

金曙光的单双杠,在学校的时候就很有名气。尤其是单杠,他敢做摇臂大轮回。但是,青年点的单杠双杠是土造的,没有安全系数,他从来都没有做过,甚至都很少上单杠上玩。双杠还能好一点,四条腿支着,能安全些。金曙光站在杠前,活动一下手腕,一个引体向上,纵身跃到杠上。双臂笔直地立在杠上。双腿紧绷,身体形成一条直线,然后一个俯冲,开始用臂力支撑身体,上下快速摆动。突然左手杠木断裂,金曙光一头从半空中栽下来。

屋里的人听到一声惨叫,都跑出来。金曙光躺在地上不省人事,头上的鲜血直流。柳依依惊呆了,她立刻抱起金曙光,查看到他的伤口是左头部有一个口子,鲜血直流。柳依依记得,在大会战的时候,他的头部被铁锹划破一个伤口。她看清那是在右侧的脑门处,依稀还见得一道疤痕。柳依依把钥匙交给何璐,让她去打开箱子,把急救箱拿出来。柳依依看到金曙光昏迷,她迅速实施急救。金曙光是头部撞到地上,撞得昏厥过去。柳依依把他头部包扎好,可是鲜血还止不住地流。急救箱里的药布都用上了,血还是往外渗。柳依依当即决定,金曙光必须转院到公社医院急救,进行伤口缝合。

柴笑梅安排几个男知青,用门板把金曙光抬到大队部。丁德发安排解放汽车,把金曙光送到公社医院。经过折腾,金曙光苏醒过来。但他开始疼痛地呻吟起来。在医院急救室,医生给他消毒缝针的时候,他的手紧紧攥着柳依依的手。

柳依依的白衬衣上染上通红的鲜血,像谁把血红的残阳撕下来一块摔在她的身上。

20　水落石出

金曙光的头部缝了十七针,左手腕处骨折,颈部不敢活动,医生怀疑颈椎受损。柳依依清楚,如果是医生说的那样,问题就严重了。柳依依到医院办公室,给父亲柳鹤年打个电话,问父亲,颈部骨折,能不能手术。柳鹤年问清楚情况后说,看现象颈部不是骨折,可以送到县城医院做 X 光检查。如果是骨折,可以做手术,但是术后恢复到未受伤之前的健康程度不可能了。这个人以后的工作生活都要受到影响。

柳依依心里有底了,她观察躺在床上的金曙光,感觉他的颈部虽然不敢动弹,但不是骨折那种触心的疼痛。他疼痛的重点是左手腕处的骨折。

柴笑梅在医院给丁德发打电话,把情况向丁德发汇报一下。丁德发大发一阵雷霆,青年点是怎么管理的。那个双杠是不是有人搞破坏的?柴笑梅说还没有来得及查杠木是怎么断的。如果是有人蓄意破坏,一定把人查出来。丁德发让柴笑梅、柳依依和大沈,去跟医生商量如何治疗金曙光的病。医疗费用,大队先给拿着。

公社医院没有骨科医生。大沈握住金曙光的左手腕,不住地发抖。他擦下额头上的汗珠子:"这个前途无量,丁书记亲自过问的革命青年,我接不了他的骨,还是到县城医院找骨科医生吧。"

几个人把金曙光放到担架上,又抬到解放车的车厢里。深更半夜赶到县城医院。X光片子确定,金曙光左手桡骨远端近关节骨折,颈部没有骨折,只是头部落地后,触动一下,静养几日就能恢复正常。当务之急是决定金曙光左手腕骨折处,是做手术还是保守治疗。柴笑梅跟医生说,还是听从医生决定。柴笑梅瞧一眼柳依依,柳依依点头同意。医生在看片子的灯光墙上,又详细端详片子,决定做手术接骨。金曙光被推进手术室的时候,柳依依流下了眼泪。

金曙光伤痕累累地回到龙泉汤大队,是第三天的下午。丁德发和大队部的人都在院子里迎接。金曙光像凯旋的战士,挂彩归乡了,就差锣鼓、彩旗和列队的小学生们了。金曙光躺在担架上,从车上抬下来,看到丁德发书记和大队的其他领导们,他禁不住哭了起来。高春萍麻利地塞到金曙光右手里一个白色的手帕,让他擦去激动的泪水。

"小金,你受罪了。治保周主任去现场看了,是有人破坏知识青年上山下乡运动的铁证!一定要把坏分子揪出来!"丁德发义愤填膺,怒不可遏。

"好,我一定把这个坏分子查出来!给广大知青们一个交代,给大队党支部一个交代!"周庆友攥紧拳头,向丁德发表态。

"柴笑梅,小金就在大队卫生所养伤吧,点里人多吵闹,不利于安心养病。点里也不用来人侍候了,小柳每天还要在卫生所工作,也没有时间照料,这个活就安排大队团支部来完成吧。小高,你们学雷锋做好事,这个工作就交给你们团支部了。把小金的伤养好了,能工作在第一线,就是你们的功劳啊!"丁德发煞有介事,声音高亢。

高春萍脸颊绯红,低头瞟眼金曙光。

"丁书记,谢谢你的照顾。我自己能动弹,不用麻烦别人啦!"金曙光费力地说。

"听从组织安排。大沈,小柳,你俩去把卫生所值班室的房间收拾一下,安排小金住下养伤。"丁德发严肃的面孔透着寒气,好像对金曙光刚才的话不太满意。

大沈和柳依依快速把值班室收拾好。值班室有床和火炕。现在天热,只好睡床。床上有现成的被褥,简单地收拾一下就可以入住。柳依依看到没有蚊帐,想回点里把金曙光的蚊帐摘下来。这时高春萍拿着一个蚊帐进来,柳依依感激地看一眼高春萍。高春萍扬着脸,好像没有看到柳依依似的,把蚊帐交给大沈,嘱咐他挂好了。

大沈看到高春萍走了,神秘地对神情发呆的柳依依说:"小柳,你们点的这个男知青,可是受到大队最高礼遇了。丁书记出面安排,广播员侍候,妙不可言啊!"

柳依依疑惑地看着大沈:"怎么是她侍候?丁书记不是说团支部来完成这个任务吗?"

大沈笑出的声音都是女人腔:"妹妹啊,说你傻吧,冤屈你了,说你鬼吧,瞪眼说傻话。团支部是谁?她就是大队兼职的团支部书记,手下没有一个兵。丁书记就是让她侍候那个金知青。小柳啊,大哥点你一下,除了正常地给他吃药打针外,离他们越远越好。"

柳依依迷惑了。

金曙光在张红兵的搀扶下,缓步走进卫生所。金曙光头上缠着白纱布,左胳膊缠着绷带,端在胸前,步履蹒跚,一副残兵败将相。金曙光进到屋里,看到柳依依,眼睛一亮:"依依,这两天你受累了!"

柳依依抬起眼睛,看到高春萍拎着暖瓶和枕巾进来,没有理会金曙光:"沈医生,患者的消炎药和消炎针,是不是都开出来?"

大沈在外屋说:"开好,写上病志,把每天服用的药量写清楚,让患者按时服药。"

柳依依拖着疲惫的身子回到点里。一天一夜没有眨下眼,现在已经难打起精神了。她回到点里时,周庆友和张红兵正在挨个找人谈话。柳晓飞刚从小屋出来,看到柳依依从下面走过来,急忙迎上前,把姐姐肩上的卫生箱接过来。

"姐,周主任和一队青年点的那个小子找我了。一队青年点那个小子还张牙舞爪地诈唬我,说有人看到是我把双杠给锯个口子。我让他们拿出证据来,他俩哑巴了。跟我来这套不好使!"柳晓飞愤愤地说。

柳依依站住,看着弟弟:"晓飞,肯定不是你搞的恶作剧?"

"姐,这玩命的事儿,我可不干!我能猜到是谁干的。"柳晓飞神秘地看看院里没人,贴近柳依依的耳边,"是疙瘩榔他们干的!疙瘩榔领着郭烙和孟大个儿跑了。"

柳依依神色紧张:"你别瞎说啊!我想,这不是丁书记分析的那样,是有人在破坏知识青年上山下乡运动。疙瘩榔他们是搞恶作剧,没想到把事情弄成现在这个样子。"

"姐,金曙光在卫生所养病,这不给你添麻烦了吗?跟柴点长说一声,让他家里来人侍候吧。"柳晓飞听周庆友说金曙光不回点里养伤,就有些怨气。成天在卫生所里躺着,就是姐姐的活。他也不是为人民服务受的伤,怎么还有功了?

"晓飞,丁书记已经安排人侍候他了,我就是给拿药打针。我们不管这些事儿。"柳依依推一下弟弟,走进屋里。

柳依依把药箱里那件带血的衬衣拿出来,准备去洗。昨天这件衣服沾满金曙光头部流出的鲜血。她没有来得及换件衣服就到公社医院。是柴笑梅慌忙中给她拿件衣服,在转往县城医院的时候,才抽空把身上的血衣服换下来。柳依依把弟弟要洗的衣服,一起放到盆子里。她端着盆子,还没有走出大院,柴笑梅从小屋出来,喊住她。

"柳依依,你先别去河边,周主任找你了解点情况。"

"我知道什么?还是找其他同学吧。"柳依依迟疑下,还要往外走。

"依依!"柴笑梅走过来,"别人不愿配合事件调查,你应该积极支持啊!你和金曙光都在大队工作,他受伤了,你一连两天陪护在身边……"

"点长,这是我赤脚医生的工作,换成谁受伤了,我都会这样做的。"

柳依依打断柴笑梅的话。她现在就怕别人把自己陪护金曙光看病的事情,与个人之间的事情联系起来。这种想法是在沈大夫点了她以后,看到高春萍基本形影不离金曙光面前的时候产生的。

"好了,谁也没有说你什么。金曙光在卫生所养伤,又是团支部负责护理,这是给我们点里减轻负担。要是在点里,你我还不是主力?侍候一个男病号,有多不方便。丁书记的安排太好了!我是很感谢书记的。"柴笑梅其实心里清楚,丁德发是在给高春萍一个机会。而她感觉,柳依依似乎不高兴。她想,柳依依这么短时间,不至于对金曙光有什么感情吧,顶多是好感而已。

柳依依猛然觉得自己有股醋意冒了出来。她暗自责怪,金曙光是你什么,组织上安排护理,与你有什么关系,你不是在自作多情吗?

柳依依笑了一下:"是,我也认为这样非常好,对病人恢复健康也有益。点长,他们在屋里吗?我进去。"

周庆友见柳依依进来,显得非常客气。张红兵更显殷勤,出去给柳依依端来一碗凉水,张口就叫柳姐。

柳依依不认识张红兵。柳晓飞刚才说的那个一队青年点的人,就是眼前这个瘦高的人。张红兵见到柳依依那股殷勤劲,让柳依依都感到发酸。

"小柳,金曙光意外受伤,是因为这个杠子被人锯了一个口子,你有没有看到是谁干的?"周庆友把那根断了两截的杠杆,递给柳依依。

柳依依拿在手里看了一下,有明显的锯口:"不知道。谁这么阴险?"

"有人在陷害我们知青!"张红兵愤愤地挥动拳头,愤恨地说。

"没有这么严重吧!可能是有人在搞恶作剧,不会是有心陷害我们吧。"柳依依扫眼张红兵,感到他有些张牙舞爪的,心里很厌烦。

"你知道是谁?怎么为这个人开脱罪责呢?"张红兵眼睛瞪了起来。

柳依依面露愠色:"你这个同学说话要负责任!你抓到那个人在犯罪了吗?我怎么为他开脱罪责了?不要随便就给人扣帽子!"

"小柳,我们是了解情况,至于是不是有人在搞破坏,现在谁也不能下这个结论。小张才干治保工作,没有经验,说话方头不方脑的,你别介意啊。"周庆友打着圆场,说,"小柳,你刚才说可能有人在搞恶作剧。你认为,搞恶作剧这个人是谁?"

"我怎么能知道是谁!"柳依依说。

"那你根据什么认为可能有人搞恶作剧呢?"周庆友又问。

柳依依怔住了,是啊,自己有什么根据认为不是有人在破坏,而是恶作剧。柳依依蹙眉:"我是猜测的。点里的同学们不能有搞破坏的坏思想,队里的贫下中农更不能来点里干这事儿。"

"小柳同志,什么都不能靠猜测的。到大队工作了,要好好学习,脑子要绷紧阶级斗争这根弦。好,你先忙去吧,以后要是知道什么情况,可以跟我说。"周庆友没有严厉地训斥柳依依,因为他知道柳家姐弟俩在丁书记心中是有分量的。

柳依依悻悻地来到河边洗衣服,感到金曙光的意外摔伤,竟然牵涉到她自己什么东西。冥冥之中感到非常失意,就像治保主任周庆友软中带针的话,扎在她的心里很难受。

第二天,柳依依要去卫生所上班的时候,她犹豫一下,还是把剩下的一盒午餐肉罐头装进药箱里。她来到卫生所,大沈已经到了,埋头在桌子上看书。柳依依放下药箱,要进里屋看一下金曙光。大沈抬起头,冲她摆一下手,示意不让她进去。

柳依依看到里屋门紧关,隐约听到里面有窃窃私语声。

"团领导在探视患者呢。"大沈压低声音,"搞破坏的人查出来没有?"

柳依依摇摇头,坐到自己的桌子前。

大沈咧嘴笑一下:"查不查出来都无所谓,现在已经是水落石出了!"

"沈大夫,什么水落石出了?你知道是谁搞的破坏?"柳依依声音低低地问。

大沈把头向前探了一下:"这二位感情上了,已经是水落石出了,你还看不明白?"

柳依依垂下眼帘:"谁看他们那些事儿。"可柳依依的手在药箱里碰到那盒罐头,却紧紧地攥着。如果大沈不在面前,她真想扔到窗外。

21　救　美

半夜里电闪雷鸣,暴雨倾盆如注。早晨出工的时候,雨量明显小了,但也影响出工,不用任何人通知,没有一个人走出屋。只有柳依依吃完早饭,戴上草帽,背起药箱,把裤腿一挽,冒雨去卫生所上班。

这样的天气,知青们是最喜欢的。大部分人吃完早饭,躺到炕上睡回笼觉。窗外细雨淋淋,屋里鼾声阵阵,这是烦躁的青年点最为安静的时候。

栗天舒悄悄走出女宿舍,站在门口,望着满天翻滚的雨云和门前流淌的雨水,心中郁闷。昨天她和柳晓飞定好,今天他俩去大岗寨大队青年点,去看她的同学范爽。栗天舒听说她去考省歌舞团,栗天舒也想去考,不知道招不招民族乐器的。范爽是拉小提琴的,到G调的时候,老师摇头告诉她,合奏时琴弓动而弦不出声。范爽迷惑地问,那不是滥竽充数了吗?老师阴着脸说,总比出来个怪音好啊。就是这样的琴手,要进省歌舞团,栗天舒听了心就动。

柳依依走了,柳晓飞还没出来。栗天舒等得着急。从金曙光在双杠上掉下来,疙瘩榔领着郭烙和孟大个儿不知躲哪了,点里就安静了。大家心照不宣,明知是疙瘩榔使的坏水,可是没有人敢直截了当地说。周庆友和张红兵调查了两天,逐个问,也没有个结果。周庆友心知肚明,离开点里的三个人应该是重点怀疑对象。可是,周主任和张红兵都不往上扯,圈子绕来绕去,谁也不往他画的圈里跳。知青们不爱得罪他们,土生土长的周主任好像也有点畏惧疙瘩榔。周庆友第三天就不来了,点里一切恢复正常。柳晓飞睁眼看不到他们,尤其是疙瘩榔,心情非常愉悦,睡觉都感觉轻松。

柳晓飞没有起来吃饭,翻个身继续睡的时候,突然想起栗天舒要去串点的事,揉下眼睛,就蹦下炕。有个男知青睁眼看到柳晓飞的举动,以为他睡毛愣了。告诉他,外面下雨不能出工了。柳晓飞穿着裤衩就走出宿舍。栗天舒看到柳晓飞出来了,欢快地跳起来。

"我是睡过头了？今天怎么没有吹出工哨子？"柳晓飞迷糊地问。

"下雨，晓飞哥，我们还能去吗？"栗天舒望望天，蒙蒙细雨连绵。

"去，我洗脸，穿上衣服下去找三鸦鸳，把自行车借出来就走。"

柳晓飞说完进屋，穿上衣服就出来，到锅台上一个大盆里拿块玉米饼子，又把挂在墙上的草帽摘下来两个，扣在栗天舒的头上，然后自己戴上，拉着栗天舒的手跑进雨中。

头几天，柳晓飞把郭烙还回的军帽，给三鸦鸳了。昨天下工时，柳晓飞让他借辆自行车，三鸦鸳痛快地答应。一大早就到他姐夫家，说谎去公社医院给妈拿药。下雨天，姐夫心疼这辆崭新的自行车。村子里很少有的这辆飞鸽牌自行车，这是他姐夫在村子学校老师中炫耀的资本。他看到老婆那冷冷的目光，满心不情愿也得把车子从里屋推出来，交给小舅子。

柳晓飞接过自行车，一个箭步跨上车，栗天舒跳坐到后座上，紧紧地搂住柳晓飞的腰，一路向镇上奔去。到了镇子，过了长大线，再行二十里，就到大岗寨青年点了。

过铁路横道时，迎面来辆拖拉机。栗天舒扭头看一下，车斗里站着几个人。她一眼就看到疙瘩椰光着头，站在车斗里。栗天舒忙把草帽压低，悄声告诉柳晓飞。柳晓飞弓腰用力，车子箭一样飞奔过去。

到了大岗寨青年点，柳晓飞和栗天舒像两只水鸭子，衣服湿涝涝地裹在身上。汗水和雨水顺着柳晓飞的脸往下淌。范爽看到栗天舒，非常兴奋。把自己的衣服找出来，让她换下湿衣服，又喊来一个叫眼镜的男知青。眼镜把柳晓飞领到男宿舍，找出一个大裤衩和背心，让柳晓飞换上。眼镜告诉他，他们点里有五十多人，男生三十几人，都挤在这个小屋里，满屋臭味，像个猪圈。

柳晓飞闻闻，确实是臭气熏鼻。这个青年点的居住环境，没有柳晓飞他们点好。房子矮小潮湿，还漏雨。炕上摆了几个接雨水的脸盆。吧嗒吧嗒的滴水声，听起来十分悦耳。柳晓飞把换下来的衣服交给栗天舒，他去一块菜地薅了几根葱，蹲在房檐下，吃葱啃玉米饼子，他感到饿了。

雨渐渐停了下来。栗天舒和范爽在园里的凉棚下坐着。范爽告诉栗天舒,省歌舞团招考小提琴手,是定向招的。她有个亲戚在省文化厅,录用的可能性比较大。栗天舒知道范爽在装深沉,从她那眯笑的眼睛里,栗天舒已经看出她志在必得。栗天舒很失意,一起到农村的同学不费力气就找到出路了,而自己连点影子都没有。栗天舒看到柳晓飞蹲在房下,狼吞虎咽地啃饼子,觉得对不起陪她冒雨来的柳晓飞。栗天舒站起来,要去换衣服往回走。范爽拦着不让走,怎么的也要在这儿吃午饭。范爽再三挽留,栗天舒只好坐下了。范爽看到栗天舒心里不悦,安慰她,我到团里知道有招演奏民族乐器的,一定帮忙把你办进去,就你这把手,别愁没有出路。听说公社要成立文艺宣传队,要是先到那儿干段时间,比在点里干农活强百倍。既可以练琴,又轻快。栗天舒不感兴趣,那地方能有什么意思。

"哎,天舒,你是舍不得那个小帅哥?"范爽贴到栗天舒的耳边喃喃道。

"什么呀,那是我晓飞哥。他对我可好了,在点里谁也不敢欺负我。"栗天舒自豪的神气挂在脸上。

"好啊,我们点就没有一个男生值得我和他在一起的,真羡慕你!"范爽好看的笔挺的鼻子,发出一声叹息。

"你们点里怎么没有多少人在家?"

"都出去找食去了。点里伙食都停了,没人做饭,粮食都偷着拿出去换鸡鸭鹅狗吃。"

"我和晓飞哥走吧,你到我们点去住几天。我们点可正规了,不管吃的怎样,一日三餐从没有断顿的时候。"栗天舒说。

"天舒,我能让你和那个帅哥饿着肚子走吗?我也不能去你们点,这两天我在等信呢。我去社员家买鸡蛋,我们中午吃煎蛋。"范爽说完把栗天舒扔下,就去社员家了。

栗天舒走过来,笑嘻嘻地看着柳晓飞:"刚才的吃相真好看。"

"还好看,把我饿坏了。我们走吧,早点把车子送给三鸦鹜。他是说谎借出来的车子,时间长了要露馅了。"柳晓飞显得不耐烦的样子。

"好吧,范爽回来,我们就走。我们去把衣服换上,潮乎乎的不能太干。"栗天舒去凉棚的衣服杆上,取下他俩的衣服,把柳晓飞的衣服递给他,她就去女宿舍了。

这个青年点的女宿舍和男宿舍不是连体房子,而是两处孤零的房子。没有院落,四处敞开,周围枯黄的玉米地。栗天舒拎着衣服就去女宿舍。女宿舍里没有人,她换上衣服就走出来。走出门,有两个男知青挡在门口。栗天舒吓得打个冷战。

"你是哪个点的?我们点怎么没有你这样漂亮的女生?"一个男的嬉皮笑脸地在栗天舒身上扫视。

"是啊,好看的女生都在别个点了,就范爽像点儿样,还名花有主了。别出去了,回屋里陪咱哥俩儿坐会儿。"另一个脸有凶相的男生,上前去拉栗天舒。

"滚开,我喊人啦!"栗天舒望一眼那边的男宿舍,看不到房门,只能看到房角。她想,柳晓飞应该是出来了,站在门口等她。栗天舒大声地说,"我和晓飞哥一起来的,你们别惹他!"

脸有凶相的男知青"嘿嘿"笑了两声:"别惹他?他是什么!在这个地盘上,我没有不敢惹的人!跟我搞对象吧,咱俩进屋谈谈。"那个男的上前就抱栗天舒。栗天舒声嘶力竭地喊叫,奋力挣脱他的怀抱。

柳晓飞推着自行车站在门口,听到女宿舍那边好像有栗天舒的喊声。他放好车子,就往那边跑,顺手捡起一个棒子。他看到一个男的搂住栗天舒往屋里拽,另一个男的帮助把门。柳晓飞挥起棒子,照着抱住栗天舒的那个男的脖颈子就是一棒子。那男的"妈呀"一声,倒在地上。把门那个男的撒腿就跑。

柳晓飞拉起栗天舒的手,跑到自行车跟前,推起车子。飞身上去,栗天舒跳了两下,蹦到车后座上。柳晓飞一气蹬了三十多里路。回到点里,双腿已经发软,躺在炕上就起不来了。

疙瘩榔他们躲了几天,听说金曙光没有大事,就回来了。柳晓飞慌里慌张地回到点了,像后边有人在追。疙瘩榔就问柳晓飞,是不是在哪儿惹祸了?

柳晓飞想了一下，说："大岗寨青年点有个男的欺负栗天舒，让我给打了。"

"大岗寨点？要是二疤的人，他们非找你算账不可。"疙瘩榔的眼里露出凶光，看一眼旁边的郭烙。

郭烙有点幸灾乐祸。他看明白疙瘩榔的意思，说："二疤最怕疙瘩榔，你想摆平这个事儿，就要疙瘩榔出头。"

柳晓飞闭上眼睛没再说话。他后悔把事情告诉他们了。他感觉，疙瘩榔想利用这个机会敲诈他。

栗天舒看到柳依依回来，就沉不住气了，把事情原委告诉柳依依。

"是不是把人打死了？"柳依依惊讶地问。

"抱住我那个人倒地了，我们也没看就跑了回来。"栗天舒浑身哆嗦，不敢看柳依依。

柳依依到男宿舍门口把柳晓飞喊出来，把他训斥一顿。"保护栗天舒是对的，但不能用棒子打人啊。现在不知道后果如何，要是重伤或是出人命了，怎么向爸妈交代，你这一生不就完了吗？"柳依依说着流出了眼泪。

柳晓飞低声嘟囔："我没打他的脑袋，可能打在他的后脖颈子上，他就倒地了。"

"那也得受伤。晓飞，你到处乱跑惹祸，再这样你就回家吧，我不管你啦！"柳依依愤懑地说。

"我也不是去玩，栗天舒是打听她同学考省歌舞团的事。她同学家里有人不用考就走了。栗天舒很着急，自己没有机会。她同学告诉她，公社宣传队要招弹拉说唱的人，可她不爱去。姐，你动员她，让她去考吧。在点里，看她小，老受欺负。我要不护着她，她早吃亏了。"柳晓飞看一眼男宿舍，郭烙没有露面，他真想把那天郭烙欺负栗天舒的事情告诉姐姐。

柳依依疑问："天舒为什么不去？"

柳晓飞低头喃喃："我问她，她说不愿离开我。"

柳依依轻笑一下："这个傻孩子。我打听一下公社宣传队是不是有这个事儿,要有这个事儿,我说服她去报考。明天我去大岗寨青年点,向你打的那个人赔礼道歉,送去钱给人家看病。"

"姐,你不能去。他们都是痞子,别搭理他们。"柳晓飞阻止柳依依的想法。

"我不去,也得找个人去当说客。不解开这个疙瘩,总是毛病。"柳依依想到疙瘩榔,求他去赔个不是,再给他几个钱,请他们喝顿酒,就可以化解冲突。

可是,柳依依想的好却没有来得及兑现。二疤领着一帮人,坐着拖拉机来四队青年点,找柳晓飞算账来了。

夜深人静,青年点大院里忽然吵闹声四起。多个手电光直往屋里闪。有人大声喊道:"叫柳晓飞的人,你出来,让爷给你一棒子,就完事!"

柳依依和柴笑梅穿上衣服就到厨房,她俩谁也不敢出门应对。疙瘩榔穿着大裤衩子,光着膀子。黑红的肚皮上,有两道疤痕。

"我就知道二疤非得领人来找柳晓飞算账。柳晓飞怎么不敢出来了?"疙瘩榔轻蔑地哼了一声,看一眼柳依依。

"疙瘩榔,别跟晓飞一样见识,我们都是一个点的,帮助讲和下吧。"柴笑梅笑呵呵地哄着疙瘩榔。

"是,你帮个忙吧,我给拿钱,你请他们回点里喝酒。"柳依依恳切地说。

"美的他们,他们得请我喝酒!"疙瘩榔瞪起眼睛,脸上充满杀气。

柳依依心里颤抖一下:"千万不要打架,我让晓飞出来给他们赔礼吧。"

"不行,现在就是叫爹,他们都不会答应的,就得跟他们来硬的。我能把他们镇住。你俩回屋,别在门口站着。"疙瘩榔说完,一脚把门踹开,站到门口,凝视着院子里黑乎乎的人群。

"哪位是二疤?我是明家街的疙瘩榔。有事儿跟我疙瘩榔说。这是我的点,到这来找事儿,就是找我疙瘩榔的事儿!"疙瘩榔赤手空拳,双手掐腰,不可一世。

"啊,我知道你疙瘩榔的大名,也知道你在这个点。今天来就是想在你手下,教训一下那个小子!给我和弟兄点面子,我二疤在海连给你摆桌酒席。"二疤的声音很大,俨然是有股气势要压过疙瘩榔。

疙瘩榔哈哈大笑："笑话！在我的地盘教训我的哥们儿，你是在耍我？我在海连市和这个地面上还怎么混？郭烙……"

郭烙原本趴在窗前，听到疙瘩榔的喊声后，迅速到炕边的席子底下拿出一把闪亮的大片刀，跑出去交给疙瘩榔。

"你们看到没有，这把大刀是海连街面上的人都认的刺儿沟'大刀片'的刀。我这肩膀子和肚皮上的大疤就是这把刀留下的。'大刀片'现在是我哥们儿，在海连我和'大刀片'算是对手！二疤，你想和我疙瘩榔较量吗？"疙瘩榔紧握大刀，眼睛蹦出火星，紧盯二疤的脸。

二疤打个冷战，后退一步："大哥，我没那个意思，我挨一棒子太窝囊了，就想找那个小子说道说道。"

"老弟，说道什么，我都问明白了，人家的女朋友，你也敢动手动脚的。要是我，给你的就不是一棒子了，非把你的脑袋拧下来！"疙瘩榔狠狠地说。

"二哥，看疙瘩榔的面子撤吧。"有人喊。

二疤就此下台："疙瘩榔，我给你面子，以后在海连低头不见抬头见，遇到蹩脚的时候，你还得给我点儿面子。"

疙瘩榔冷笑两声："好说，后会有期！"

22　尴尬三人汇

一场殴斗避免了。疙瘩榔的举动，被知青们传成神话。柳晓飞由衷佩服起疙瘩榔，开始靠近疙瘩榔，与他们走近了。

柳依依虽然感激疙瘩榔把弟弟惹的祸平息了，但是，她从心里惧怕疙瘩榔的为人。那晚他手里紧握寒光凛冽的大刀，她吓得话都说不出来了。要是疙瘩榔没有镇住场面，殴斗起来，出现伤亡，后果不堪想象。好在一切过去，她开始严格看管弟弟。她看到弟弟出工走了，才去大队卫生所。可她发现从那次事情出现后，弟弟和疙瘩榔热乎起来。柳依依担心弟弟再招惹什么祸端。

"晓飞,我不希望你与疙瘩榔、郭烙走得太近乎。我们跟他们是两路人!"柳依依背后叮嘱弟弟。

"姐,我知道,可要在这个点里和外面能不受欺负,就得与他们搞好关系。与狼共舞嘛,我也不能变成狼了。我有自己的底线,你放心吧。"柳晓飞很自信地挺起脖子说。

"不行,晓飞,你再不听我的话,我就回海连告诉妈妈,把你领回家。"柳依依生气地看着柳晓飞。

"偷鸡摸狗、打架斗殴的事儿,我肯定不干,和他们抽个烟喝顿酒未尝不可,你就别管了。哎,姐,你打听一下公社文艺队真要人吗?要真有这事儿,让栗天舒报名去。成天像个跟屁虫似的,我还得照顾她。"柳晓飞说。

柳依依答应给问一下。柳依依来到卫生所,金曙光在院子里溜达,头上的绷带已经拆下,伤口处贴着巴掌大的纱布,左手臂还是端在胸前。他看到柳依依,急忙迎上前。

"依依,我要回点里,不在卫生所里养伤了。"金曙光躺了七天,像蹲了七天监狱。高春萍无微不至的伺候,大米粥、鸡蛋、饺子越来越难下咽了。他从高春萍的眼神里,看出她的春心萌动,吓得要远点躲着她。

"你在哪儿养伤,我说了不算。"柳依依冷冷看他。

"依依,你是医生,怎么能说这话呢?"金曙光脸色阴沉下来。

柳依依没有再搭言,进屋里穿上白大褂。有几个社员来看病,柳依依挨个给看。有头疼脑热的,柳依依给开个药方。有个头总迷糊,不敢下地干活的社员,柳依依给量一下血压,建议他到公社医院去看看。大沈还没有来,药柜打不开,几个社员就在屋里等着。金曙光进来,柳依依像没有看到他一样,在继续忙乎着。

金曙光看到屋里社员好像用奇怪的眼神看他,他立刻躲进里屋的休息室。远处电线杆上的大喇叭声还没有停,他看一眼桌上的马蹄表,"今天第一次播音到此结束"的声音快要响起来了。广播声音一结束,十几分钟后,高春萍就过来给他送饭。这七天来,她在广播转播正常后,就回家取饭菜。这些天的饭菜都是高春萍的母亲给做的。取回饭菜,她本可以直接把饭菜送过来,那时卫生所里没有人。可是,她就等广播结束,卫生所的大沈和柳依依来了,有社员来看病了,卫生所里热热闹闹的时候,她才大大方方过来。她的举动似乎在向大家宣布,她和海连市来的知青搞上对象了。金曙光越来越害怕见到高春萍,尤其怕和她那双含情脉脉的眼睛相遇。他要躲开她,立即回到青年点,不能再让她伺候了。他把这个希望寄托在柳依依的身上。尽管柳依依不理他,但他相信,柳依依是能帮助他的。

金曙光拿起笔迅速写了一个纸条:依依,请你帮助我离开卫生所。高春萍一会儿来了,你就告诉她,我可以回点里养伤了。我不能在这里待下去了,这就是个监狱。有机会再向你解释,求你帮个忙。

金曙光看一下窗外,高春萍还没露面,他急忙到外屋,把纸条放到柳依依的桌子上,又回到里屋。

柳依依疑惑地打开,看完觉得很难受。她从大沈的嘴里,知道了高春萍殷勤的用意,可她为金曙光的处境而担心。金曙光为人比较耿直,又爱面子,高春萍是一个强势的女人,他们在一起不会有什么好结果的。尽管柳依依没有谈过恋爱,但她也看得明白。原来她以为金曙光会心甘情愿地躺在床上,接受高春萍悉心的照料,养得白白胖胖再回到点里。看到金曙光的纸条,她才知道,金曙光把这里当成了监狱。既然是"监狱",她就应该帮助"越狱",毕竟他们是一个青年点的,而且他还陪着柳依依爬山过岭地去烈士墓了。

高春萍拎着饭盒出现在院子里。这个没有围墙的大院里,从哪儿都可以走进门的。高春萍不走近道,每次都是从正门口方向进院的。步履轻盈缓慢,臀摆身摇,像踩着鼓点走进屋里的。

高春萍如入无人之境,径直进到里屋。

柳依依的脑子里在高速旋转,怎么能让金曙光"越狱"呢?现在当着高春萍的面告诉他,可以出"院"了,还是不用告诉高春萍,直接让他回点。她一时拿不准主意。她希望大沈这个时候出现,把金曙光的条子给他看下,他就能帮助她想办法。可是,她没有把大沈盼来,却把大沈的儿子盼来了。大沈的二儿子蹦跳地进屋,把药柜钥匙往柳依依桌子上一扔,说句"我爹有事下午来",就跑了。

柳依依打开药柜,给几个社员把头疼脑热的药拿走,屋里就静了下来。柳依依又扫一眼金曙光似乎SOS的救命纸条,她的头热了起来。柳依依起身,到里屋门口,尽管门没有关,她还是敲了两下。

"春萍,你出来一下,我跟你谈点儿事情。"柳依依第一次这样称呼高春萍,平时说话,她俩相互都没有称呼。

高春萍惊疑,下意识地看一眼低头吃饭的金曙光。然后扭搭着身子走出来,坐到大沈的椅子上,眼眉一动,像是在问什么事。

"金曙光恢复得很好,这是你付出辛勤劳动的结果。我想,他可以回点里休息一段时间就可以工作了。"柳依依没有绕弯子,直接说出目的。

"你的意思是他可以出院了?"高春萍真的把卫生所当成医院了,把自己当成患者家属了。

"是的,回点里也给你减少了麻烦。点里的同学们都可以帮助他日常生活。"柳依依看到高春萍保持白嫩的脸蛋立刻阴云涌起。

"麻不麻烦,是大队党支部交给我的任务。他出不出院,应该丁书记说了算。"高春萍从看到他俩去烈士山,就知道了自己的竞争对手是柳依依。这个比她有明显优势的女知青,在金曙光面前只要略露情愫,她就很难把金曙光征服了。

"丁书记怎么能管病人康复还是没康复呢?"柳依依奇怪地问。

"丁书记安排他在这养病,就得丁书记决定他能不能回青年点去。"高春萍的声音很大,也说给里屋不敢吭声的金曙光听。

柳依依没有被她一口一个丁书记所压倒:"金曙光可以回青年点休息,这是根据他身体恢复的状况决定的,不是领导的指示来决定患者的身体状况的。"

"你有什么权力决定?你以为你是医生?告诉你,这个赤脚医生的破活,我不愿意干,你才捡到手的!"高春萍嘴角露出嘲讽的笑容,起身要进里屋。

柳依依脸发热起来。她万没有想到高春萍是这样不讲理的人,看似妖艳清高的模样,但骨子里就是个泼妇。高春萍不放金曙光回青年点,拿丁书记的帽子来压她,就是要继续在金曙光面前献殷勤,夺得金曙光的爱慕。可是,她不知道金曙光已经把这里当成监狱了,言外之意,高春萍就是看监狱的警察了。这很可怜,自己献殷勤,非但没有得到回报,而且令人反感,这实在是令人心痛的事情。

"金曙光,你出来一下。"柳依依平静地喊了一声。

高春萍前脚跨进门里,就停了下来,站在门口,看一眼里屋的金曙光,再看一眼外屋的柳依依。金曙光能不能从她身边迈出门槛,在这短短的几秒钟就能见到结果。

金曙光迟疑一下,和高春萍冷冷的目光相遇,他迅速避开,从里屋走出来。高春萍的目光落在他的身上,他感觉不寒而栗。

"你现在身体感觉怎么样? 回不回点里,你自己决定。"柳依依站起身,眼望着窗外。

金曙光沉默一会儿,声音怯生而微弱:"我回点里。"

高春萍瞪了金曙光一眼,扭着肥臀走了。

23 《十面埋伏》

叶雪松很想到卫生所看望金曙光,可他最终还是决定不去了。金曙光留在卫生所里养伤,他感到是柳依依安排金曙光这么做的,目的就是要精心护理他。叶雪松心里很不是滋味,一连多少天也不下山回点了,每天背上画夹,走进雪帽山写生。袋子里没有米了,桌上画画的颜料也没有多少了。他必须得回点里拿粮,去镇上买两盒小学生上美术课用的颜料。一大早,叶雪松就下山回到点里。

董明见到叶雪松,惊讶地问:"这些天躲山里去套狼了?"叶雪松把袋子往董明眼前一晃动:"让杜大哥给我装满,省得老往回跑。"

"哎,晚上在点里吃吧。金曙光回来了,点长要给他接风。疙瘩榔主动给张罗好吃的。"董明说。

"他好了?"叶雪松问。

董明嘴巴露出神秘一笑:"好什么,你没听老农说,伤筋动骨一百五。这十天不到就好了? 胳膊还端着呢。他在卫生所里待不住了。"

"怎么待不住了? 有柳医生的照料还待不住!"叶雪松感到奇怪。"你呀,在山坳待得有点发傻了。全龙泉汤大队的人都知道,广播员看好老金了,要搞对象。成天大米粥、韭菜末煎鸡蛋,猪肉炖芸豆,准老丈母娘一日三餐不重样,弄得老金坐卧不安,跑了回来。"董明脸上仍然挂着神秘的笑。

叶雪松禁不住地问:"不是柳依依安排金曙光在卫生所住的吗? 广播员怎么插上手了?"

"好了,你是什么都不知道,我不跟你说,我还要去小队。广播员怎么插上手了,你去问问柳依依。"董明扔下话,就走出院子。

叶雪松愣在院里,原来他错怪了柳依依。好在他和柳依依接触不深,柳依依对他这个长年蜗居在山坳的老知青,还没有更深的印象,否则,自己的小心眼非得暴露无遗。叶雪松好像轻松了,手里摇着米袋子进了小屋。

金曙光躺在炕上,一脸憔悴,闷闷不乐。

"老金,怎么搞得一脸愁容。谁给你气受了?"叶雪松一反常态,说话很直白。

"你可以的啊,叶画家,回点来还不是特意看我,进屋就挖苦我。"金曙光挺起身子坐起来,"你帮我分析一下,是谁下的黑手,把我害苦了。杜大哥和董明都说是我倒霉,不是冲着我来的。你说是吗?"金曙光在卫生所躺着的时候,就想起惊魂动魄的那一瞬间。他隐约感到是疙瘩梆下的毒手。那两个暖瓶胆,疙瘩梆一定怀疑到是他做的手脚,对他的报复。

"治保主任来调查了好几天,说是阶级斗争的新动向。我看你是这斗争的牺牲品,自认倒霉吧。慢慢养伤,好了去大队上班。"叶雪松安慰道,"晚上为你接风,疙瘩梆大发慈悲,给你张罗好吃的,你的人缘不错嘛!"

"假慈悲! 我怀疑是他和郭烙干的。"金曙光在老杜和董明面前没有敢断言,而跟叶雪松说话却敢直言,因为叶雪松不爱接触点里的人。

"就是他们干的也不是冲你。世上没有无缘无故的爱,也没有无缘无故的恨。恨和爱都是有原因的。我想可能是他们的恶作剧,你不摔下来,就是别人从上面掉下来,算是你做出牺牲了。"叶雪松安慰他一番,就走出屋里。

叶雪松到厨房找杜禄本,把米袋子交给他。柳依依端着脸盆去井台上打水,见到叶雪松,打一下招呼。叶雪松很想找话说,但是一时语迟,柳依依已经从他身边过去。叶雪松告诉老杜,他去镇上一趟,回来再拿粮。叶雪松刚出门,老杜急忙出来把他喊住。

"雪松,去镇上捎个水舀子,要大一点的。兜里有……有钱没?你先垫上,董明回来给你钱。"

老杜的说话声惊动了在井台打水的柳依依。今天她也准备到镇上,去公社打听一下文艺队招演奏员的事情。栗天舒年纪小,和柳晓飞在一起容易出事。有机会让她去施展自己的特长,对她也是有好处的。听到叶雪松去镇上,她赶忙放下盆子,走过来。

"叶大哥,你去镇上?麻烦你给我办件事可以吗?"柳依依第一次称叶雪松为大哥。

叶雪松瞧一眼门口的老杜,老杜冲他吐下舌头进屋了。叶雪松忙问:"什么事?别客气。"

"听说公社宣传队要招演奏员,麻烦你到公社打听一下,招什么样的演奏员?"柳依依说。

"你要去?"叶雪松惊疑地看柳依依。

"我会什么乐器,连滥竽充数都不会。是小栗,栗天舒。"柳依依笑着说。

"那个弹琵琶的小女生,她弹得不错。你是在帮她?"叶雪松问。

"她年纪小,我们就得照顾下。有时间你给打听下吧,我替她谢谢你了!"柳依依诚恳地说。

叶雪松应道:"一定打听到准确的消息!"

叶雪松到镇子上的第一件事就是去公社。叶雪松心里有数,他到公社办事,比在大队,甚至是小队都感到轻松。如果他姨夫不犯破坏军婚罪,还在革委会副主任的位置上,他不但能在公社宣传组继续帮忙下去,而且现在也许已经回城或者是工农兵大学生了。在公社机关混过,基本对那个大瓦房里的人都认识,有的还有点交情。柳依依托他打听这点事,是举手之劳,甚至都可以帮忙办进来。但是,他很有城府,没有把握的事情,他是不会先吹出去的。柳依依能热心帮助别人,他也要热心帮助柳依依。走进公社大院,他就是准备按照办进来的标准行事的。

公社文艺宣传队是半业余性质的,每年七八月份开始,就从各大队抽文艺方面的人才上来,集中到公社排练节目。挂锄的时候到各大队演出,年底还要参加县里的文艺会演。各公社在县里会演,取得了好成绩,就是给公社这一年工作的成果争得了荣誉。因而各个公社都非常重视文艺宣传队,由公社的一名革委会副主任亲自抓。

叶雪松来到他熟悉的宣传组,见到熟人,一打听确有其事。新补充上来的演奏人员,正在铁路工区俱乐部进行演奏考试。叶雪松几乎小跑,来到小镇北头的工区俱乐部。俱乐部的台上有个男青年在敲打扬琴,台下坐了不少人在观看。叶雪松走到前面,看到第一排长凳子上坐的好像是评委。他看到公社革委会姚主任坐在那儿弯腰走到姚主任面前。

"姚主任,我是显词的妻侄儿,我在公社宣传组帮过忙写黑板报的小叶。"叶雪松低声说。

姚主任惊诧地看一眼叶雪松:"找我什么事?你姨让你来找我?"

"不是。我们青年点有个女知青要报名到宣传队,可是不知道今天考演奏。姚主任,我姨夫过去和你在一起工作,能不能照顾一下,让她来考一下。"叶雪松把姨夫搬出来了,尽管姨夫很丢脸地离开了工作岗位,但不是因为争权夺势倒的,能有点人缘。

姚主任和叶雪松的姨夫很有交情,现在还有时帮助叶雪松的姨做点事情,这个叶雪松是不知道的。

"那个女知青是摆弄什么乐器的?"姚主任问。

"琵琶,是海连市艺校的。弹得可好了。"

"啊,人在哪儿?让她进来吧,等最后再上台演奏看看吧。"

"姚主任,我刚到公社办事才知道。她还在青年点呢。"叶雪松急切地说。

"哪个大队的？……龙泉汤，那十一点前必须赶到。今年报名的不少，弹琵琶的有四个，就要一个，看她水平怎么样了。去找她来吧，还有三个小时，别耽误了。"姚主任看一下腕上的手表，很是耐心。

叶雪松跑出公社，借用电话，打到龙泉汤大队部，找到柳依依，把情况说清楚，告诉柳依依，要是准备来，就必须赶在十一点前到镇上。柳依依没有考虑，当下决定一定赶过去。

柳依依放下电话，回到卫生所，跟大沈借自行车。大沈问是自己还是载人。柳依依说载人。大沈又问多重。柳依依告诉她是个女孩。大沈这才放心，回家推出他刚买不久的永久轻便型自行车。柳依依头次张嘴，大沈实在不好意思拒绝。这台车子买来后，只骑过一次到镇上，一路上是扛的比骑的时候多。柳依依知道大沈心痛车子，可她管不了那么多了。接过车子，飞身上车赶到青年点，到女宿舍把栗天舒挂在墙上的琵琶盒子摘下来，背到身上，就去青年突击队干活的地方找栗天舒。

栗天舒像跟柳晓飞永别似的，恋恋不舍，眼泪吧嗒吧嗒地往下掉。柳晓飞当众红着脸把栗天舒拽到柳依依面前。

"天舒，这是个机会，你到宣传队里可以练琴。在点里干活，你辛苦学了多年的琴就生疏了。别的同学想找轻快活干都没机会。相信姐姐的话，去好好考着，快走吧，时间要不够用了，我把你的琴拿来了！"柳依依伸手擦掉挂在栗天舒脸上的泪珠，拉她的手往沟上走，自行车放在沟坎上。

"我中午下工就去镇上，你和姐先走吧。"柳晓飞推把栗天舒，让她跟柳依依上坡。

柳依依汗水淋漓，身上的白衬衣都湿透了。赶到镇上铁路工区俱乐部的时候，就剩一个拉二胡的人没有上台了。叶雪松赶快领着栗天舒到前面去见姚主任。

姚主任打量一下栗天舒，长袖的蓝色工作服，袖子未挽，盖过手背，下身是肥大的军裤，一双黄胶鞋沾满泥巴。头上扎着小辫儿，像两个羊角。圆脸蛋上没有笑容，嘴唇撅得老高，一脸不悦。

"你怎么，不愿意来啊？"姚主任问。

"刚从山上下来,累得气都没来得及喘。"叶雪松赶忙解释。他也纳闷,栗天舒像是勉强来的。

"好,一会儿上去弹首曲子,然后再弹首我们指定的曲目。去后面准备一下吧。"姚主任说。

他们来到俱乐部后面,柳依依也进来了。叶雪松问柳依依,栗天舒怎么不高兴,是不愿意来公社宣传队?柳依依笑着,瞅着栗天舒说,是不愿意来,嫌弃这个宣传队小,养不了她这条大鱼。

叶雪松啧啧道:"我们点还有这样的大人才,天舒,你要考上,我中午请你们吃包子,猪肉粉条的。"

栗天舒脸一仰:"真的吗?等晓飞哥来了,他吃多少,你买多少!"

叶雪松愉快答应:"只要不撑坏肚皮就行。"

栗天舒脱下外衣,里面是鸡心领的粉色半袖衬衣,衬出她纤细的腰肢。栗天舒抱着琵琶深鞠躬,落落大方地坐在台上,深吸一口气,沉静片刻,纤细的手指挥动。《十面埋伏》里的金戈铁马的肃杀之声,在会场激扬响起。栗天舒头上的两个翘起的羊角辫不住地颤动,弹琴的手指在琴弦上快速跳跃。栗天舒进入如醉如痴的状态,柳依依和叶雪松看得吃惊,会场的人都看呆了。余音未落,姚主任带头鼓掌。

"这是什么曲子?"姚主任惊喜地问。

"《十面埋伏》。"栗天舒站起身答。

"打国民党的,还是打日本鬼子的埋伏?很激烈啊!"姚主任笑呵呵地看着台上的栗天舒。

"是首古典曲子,描绘楚汉战争的胜利者刘邦威武的雄姿和金戈铁马的场面。"栗天舒像小学生一样在认真地说。

"这是歌颂帝王将相的曲子,是'四旧'啊!你弹这个曲子不算数,再弹个《扬鞭催马送粮忙》吧。"姚主任摆下手,脸上没了笑容。

"我没有乐谱,怕弹奏不完整。"栗天舒为难地看着姚主任。

"嗨,你们这些青年要在咱们农村认真改造世界观,歌颂社员送公粮的曲子不会,会弹帝王将相的曲子,这不思想有问题吗?刚才吹笛子那个小伙子不是有乐谱嘛,借给她用下。这个曲子弹不好,'四旧'的曲子弹得再好也没用!"姚主任大声嚷道。

那个小伙子上去把乐谱放到谱架上。栗天舒草草地看了几眼,开始弹奏起来。流畅的琴声在会场缭绕。柳依依紧张的心随着曲子的欢快声,渐渐放松了。琴声刚落,姚主任站起来鼓掌,会场上二三十人的掌声同时响起。

"我决定,录取这个女琵琶手了!"姚主任转身大声宣布。

栗天舒兴奋地向台下鞠躬,下台到柳依依和叶雪松面前,眼睛闪动激情:"谢谢依依姐,我找到感觉,愿意来了。"

"天舒,你弹奏得太好了! 你是靠实力取胜的,祝贺你! 叶雪松大哥不帮助你报名,就错过机会了,更要谢他!"柳依依内心也跟着感激叶雪松,帮人办事很认真。

"谢谢叶大哥,不用你花钱请吃包子了,我有钱,请你们吃。不过晓飞哥要是不来,我就以后请。"栗天舒认真地看着叶雪松说。

"不管你晓飞哥来不来,我都请,你留着吧。以后我和你依依姐到镇上的时候,你再请我们。"叶雪松感到这个与柳依依在一起的难得机会,他要留给自己表现。

24　一个小生命的诞生

为金曙光举行了接风晚宴,这个举动是疙瘩榔主张的。疙瘩榔看到金曙光端着受伤的手臂,一副残兵败将的模样,心里一阵好笑,你还"高大魁"不了? 给你嘚瑟的,全点里的男生,就你是"高大魁",我们都是小丑,女生都得围着你转! 疙瘩榔虽然心里解恨,扬扬得意,可外表却显得一副同情的样,甚至是一副怜悯的心肠。

"柴点长,金曙光也够倒霉的了啊! 头几天被孟大个儿来了一铁锹,额头的伤疤还没好,这额头又留下一道伤疤不说,胳膊还骨折了。好事往一个人身子集中,这坏事也往一个人身上跑,这就奇了怪了!"疙瘩榔煞有介事地说。

柴笑梅完全判断出,这场闹剧就是疙瘩榔策划干的。可周庆友在丁德发压力下,不得不装模作样地到四点来调查。谁心里都清楚,消失了三天的疙瘩榔领着郭烙和孟大个儿回来了,是看金曙光没有大事,才敢露面。可周庆友却连问都不问,显然是有意躲开不跟疙瘩榔这样的人纠缠。

柴笑梅瞥一眼疙瘩榔,绷紧脸,说:"破坏单杠的人,也许是出于恶作剧的心理来作弄一下金曙光,可他没有考虑后果。一旦金曙光从杠上掉下来,摔成重伤或死亡,那就不是大队治保主任象征性地来调查,公安局来破案,谁干的都跑不了。把搞破坏的人抓到,他一辈子都得蹲监狱,甚至偿命!"

疙瘩榔禁不住打个冷战,这样的后果,他真没有想到。疙瘩榔咧嘴龇牙:"这么说,'高大魁'没出大事儿对谁都是幸事儿啊!"

柴笑梅瞪眼疙瘩榔,低声地说:"谁干的?大家心里都清楚!我不想知道是谁干的。但我要告诉这个人,以后别在点里干损人不利己的事情!"

疙瘩榔被柴笑梅铿锵有力的警告震慑住了。疙瘩榔一脸愧色,这是他做了坏事很少出现的表情:"点长,这……这可不是我干的。要是点里人干的,除了郭烙没有别人!"

柴笑梅冷笑:"郭烙能有胆子干这事儿,也是有人借给他的胆儿!我说了,我不想知道是谁干的,以后别在点里继续干损人不利己的事儿,我既往不咎!"

疙瘩榔抹了把额头上的汗珠:"点长,你放心,我疙瘩榔领了你给我留面子的情,在点里,我就听你大姐的,不给你添乱了。我给金曙光接风,全点的人都庆祝一下万幸!你不反对吧?"

柴笑梅看出疙瘩榔心存悔意:"害人的被害的都是万幸,你别去偷鸡摸狗,把你水缸里的鱼贡献出来就行了。"

铁锅炖鱼、咸猪肉炖芸豆、西红柿拌白糖、茄子大葱大酱拌土豆。为金曙光回点接风晚宴,在似乎欢快实为沉默的气氛中开始了。

柳依依不想出来凑热闹。一是她不愿看到疙瘩榔做了坏事还装模作样的嘴脸，二是感到金曙光很可怜。她跟高春萍发生冲突，他才获得回来点里养伤的自由。柳依依隐约感到，金曙光要被一条无形的绳索捆绑住。

大家开始吃了。叶雪松没有看到柳依依，就问柴笑梅，柳依依怎么不出来吃饭。柴笑梅进屋，才把柳依依拉出来。

这时，大沈骑着自行车风风火火地闯进院子里。

大沈上气不接下气地说："柳，小柳，快……一队吕二媳妇要生了！"

柳依依刚端起饭碗，问："在哪儿？"

"卫生所，很危急！"大沈喘息着说。

柳依依撂下饭碗，跑进屋里拿起药箱，坐到大沈的自行车后座，往大队卫生所赶。

卫生所外面聚集十多个社员。柳依依从大沈的自行车上蹦下来，就往卫生所跑。柳依依让大沈把窗帘拉上，自己换上白大褂，急忙进到里屋。

吕二媳妇躺在床上痛苦地呻吟，看到柳依依来了，声音忽然提高，显得异常刺耳。柳依依握住孕妇的手，安慰她："我前天检查你的胎位是正常的，肯定顺产没有问题。"柳依依抬头问吕二："孕妇到预产期还有几天，怎么突然肚子疼了，她干什么活了？"

吕二光着膀子，满头大汗。黧黑的前胸还沾着一个苹果树叶子，像把他媳妇的肚子搞大了，获得个勋章挂在上面："我正给院子里的苹果树打药，缸里缺水了，她拿水桶去打水，突然就肚子疼了！"

柳依依本想说吕二，妻子都要临产了，还要做活，这是无知！可话到嘴边，柳依依咽了下去。面对分娩在即的孕妇，柳依依心存胆怯。吕二媳妇个头矮小，身体单薄。她在公社医院培训的时候，老师就曾说过，孕妇的身材在一定程度上决定分娩顺产和难产问题。这是她第一次独立进行接生，心里真没有底。

大沈进来，吕二恼怒起来，责问："我媳妇生孩子，你个大老爷们儿进来干啥？滚出去！"

大沈懵懂："你不认识我？我是沈医生啊！"

吕二蔑视一眼大沈："咱们是一个村子的我能不认识你吗？你不就是赤脚医生嘛，但我不相信你！我媳妇生孩子，你远点走着！"

大沈是想帮助柳依依打下手，他对柳依依的第一次接生感到担心。他老婆生了两个儿子。两个儿子出生都是村里的接生婆接生的，他都在跟前。在大儿子出生的时候，接生婆迷信，不让大沈在屋里，说是男人在屋里见到孕妇生产，会遭到血光之灾。大沈蹲在门外，专心倾听儿子的第一声哭啼。等了半天也没听到婴儿哭啼声，只听到媳妇痛苦的呻吟声。接生婆急切的喊叫，他家男人，你快进来！大沈进屋，接生婆告诉他，你媳妇盆腔狭窄，要难产。你抱住你媳妇，甚至让她咬住你的胳膊用力。儿子终于诞生了，可他的胳膊上却留下深深的牙痕。

柳依依看出大沈对她的担心，把大沈叫到外屋："沈医生，你是为我担心？说实话，我也忐忑不安。孕妇的胎位虽然很正，但她瘦小，恐怕不会顺利。"

大沈搓搓手："那就快送到公社医院吧！"

柳依依蹙眉："我也想把孕妇送走，可是一旦坚持不到镇上，在车上分娩风险更大了。"

大沈咋舌："这怎么办？柳医生，你可不能冒这个风险啊！这个吕二粗鲁无知，要是大人、孩子出现意外，你可有生命危险啊！"

柳依依瞧一眼屋里的吕二，深陷的眼睛，流出凶恶目光，像谁欠了他什么。看着这样的人，柳依依就感到厌恶。但她清楚，在留下还是送走的选择上，留下风险要小。柳依依抬头，眼里露出感激的目光："谢谢你的提醒！我既然做了赤脚医生，就是选择了风险。沈医生，我想这样办，你看可以吗？"

大沈"哎哟"一声："你跟我还客气啥！还有什么好办法？快说！"

柳依依轻声地说："我让丁书记安排车去公社医院把妇产科医生接来，我在这儿陪护产妇。如果临产我可以先接生，难产了公社医生就赶来了。我想还是这样安全。"

大沈一拍脑门："我的智商就是低，柳医生你真是聪明！我去找丁书记，我跟车去医院请医生！"

吕二看到媳妇疼得直叫喊,冲着柳依依喊:"你能不能想点办法,让她快点把孩子生出来!"

柳依依把高压消毒的接生包从高压锅里取出来,放到床头,又拿起血压计给孕妇测量血压。

柳依依平静地看着吕二:"办法有,但我们卫生所做不到,只能平产接生。"

吕二瞪眼:"你能保证我媳妇的安全吗?能保证我儿子顺利从我老婆肚子里出来吗?"

柳依依平静地说:"理论上说,任何医疗活动都存在风险。我不敢保证孕妇在分娩的时候不会出现什么意外。但我会认真去做,把风险降为最低!"

"你……你别跟我扯什么理论上,我不懂。我告诉你,你不懂别给我装懂,拿我媳妇来练手!赶快给我媳妇送公社医院,我不相信你!"吕二端着肩膀,摇头晃脑地说。

柳依依冷静地看着吕二,真想不承担风险,把孕妇一送了之。可她瞥一眼床上痛苦的孕妇,一种责任感又油然而生:"你相信不相信我,我都要为产妇负责。我告诉你,现在把你媳妇送到公社医院,在路上颠簸,可能就要在车上分娩,甚至造成大流血,那一定很危险。我已经安排沈大夫带车去公社医院请妇产科医生了,你放心吧,出现难产专科医生赶到也会处理好的。"

柳依依把病床前的布帘拉开,吕二隔在外面。柳依依检查产妇,发现产妇羊水已破。柳依依马上意识到,破水导致羊水大量流出,脐带可能会因重力作用而导致脱垂。一旦脐带脱垂就可能引起婴儿缺氧,组织器官坏死,甚至婴儿死亡。柳依依记得在培训班上,老师特别强调,产妇出现这种状况,就要注意防止细菌感染,尽快让产妇进入产程。

柳依依摆正产妇的躺姿,让她上身稍挺起靠卧姿势,做好胎儿出生准备。产妇一阵惨叫,柳依依安慰她,稳定她的情绪。

吕二冲进来看到媳妇的样子,本想要对柳依依发火,一下子就蔫了。他看到媳妇两腿劈叉,黑乎乎的一个东西从媳妇的下身冒出来。他意识到,是儿子出世了! 吕二既惊喜又恐慌,不知所措。

"快抱着你妻子,她能用上力!"柳依依冲着吕二喊。

吕二急忙搂住妻子。他妻子一把握住他的胳膊,用力地拧。吕二疼得直咧嘴,不敢出声。

胎儿在子宫里完成内旋转开始仰伸。这个时候是最关键的时刻,如果脐带缠身,就要采取剪断措施。婴儿完成仰伸,随后外旋转。柳依依担心的脐带缠身情况果然发生了,一条带着血色的脐带,缠在婴儿的脖颈上。柳依依有些慌乱,托住婴儿的手禁不住颤抖起来。柳依依极力回想培训班上老师讲的话和示范要领。柳依依渐渐地冷静下来。她观察到,脐带虽然缠绕在婴儿身上和颈部,但婴儿没有缺氧。柳依依立即拉住脐带,脐带不是缠得过紧。她决定不用钳夹剪断开,轻轻一拉,绕开肩部脱落下去。婴儿娩出前肩,然后娩出后肩。柳依依双手托住婴儿。

婴儿第一声啼哭,打破了深夜的宁静。

吕二急问:"是儿子还是丫头?"

柳依依把婴儿递给吕二看。吕二兴奋地喊:"媳妇,咱们的大儿子来了!"

柳依依望着婴儿红嘟嘟的脸,两行热泪滚落下来。这个小生命在她的手中诞生了……

25 媒妁之言

金曙光感觉手腕很疼,好像刚接上时候那样的疼。头上的伤口基本愈合,新伤旧伤在他光洁的脑门上都留下疤痕。大会战那铁锹留下的细小弧线,在新的疤痕重叠下,已经很难看出来了。但是,留在他心里的两次遭遇却深深地刺痛着他。他独自坐在河边,望着跳动的溪流,眼睛湿润了。

昨晚点里饕餮大宴,一片欢腾。疙瘩榔是讨好,还是良心上的发现,弄来鸡鸭像威虎山的"百鸡宴",全点人来个不亦乐乎。名义上是为他回来接风洗尘,而实际却是疙瘩榔欲盖弥彰、不打自招的行为。大家心中可能都这么认为，张三先去玩杠，张三掉下来；李四先去玩杠，李四先掉下来。偏偏金曙光先过去上杠玩，所以就倒霉。

但是，金曙光感觉到，不是这么容易的事儿。这样几乎要命的恶作剧，点里从来没有出现过。这次出现不是偶然的。金曙光知道，疙瘩榔是在报复暖瓶胆的事情。他想起来，那天郭烙趴窗看到他在小屋里。金曙光明知道是他背后下的毒手，但他说不出口。他没有心思享受这个所谓接风宴上的肥鸭硕鸡的美味。他暗中窥视，柳依依端庄地坐在那儿，既不兴奋又不低沉，平静得就像在家吃饭一样，几乎没看金曙光几眼。就是目光偶尔碰上，也淡的像丝白云飘过。金曙光心痛啊，为了阻止疙瘩榔向柳依依献殷勤差点把命丢了，可她却全然不知。而且他感到他们的距离似乎越来越远。尽管她帮助他从卫生所里搬出来，可他俩都心知肚明，高春萍是不会就此善罢甘休的，也许会有更强大的攻势在等待着金曙光。

几个女知青的嬉笑声从青年点方向传过来，金曙光麻利站起身，这是她们来河边洗衣服了，说不定柳依依就在里面。金曙光急忙躲到柳树林，绕道回点里。他不愿意让柳依依看到他惆怅的样子，更不能让柳依依知道他现在难堪的处境。他宁可舍弃在大队部工作的机会，也不愿意让柳依依疏远他。

金曙光刚进院，杜禄本从厨房出来告诉他，治保主任周庆友在屋里等他多时了。

周庆友是"奉旨"来看金曙光的。伤势好了，金曙光近日就得到大队部上班；如果还需要养伤，丁书记说可以准假回海连市家里休息。

金曙光把端在胸前的胳膊活动下："周主任，我的手腕子还很疼，我想回家休息。谢谢你和丁书记的关心！"

"好吧，你明天早晨去趟大队部，丁书记要找你谈话。"周庆友的微笑带着几丝神秘，临骑上车子之前，又嘱咐金曙光一遍，别让丁书记等久了。

金曙光早晨有意等柳依依一起去大队部，可是柳依依好像知道他这个心思，迟迟不出来。金曙光不能再耽误时间了，只好自己走出青年点大院。

广播室的门是敞开的，金曙光不敢扭头，眼睛的余光好像看到高春萍怏怏不乐地坐在门口。金曙光敲门进屋，丁德发示意他坐到长条木椅子上："小金，这段时间我不在大队部，你的伤养得怎么样？听庆友说，你要回海连家里休养一段时间，是吗？"

金曙光矜持地点下头："周主任说是您准假的，谢谢你丁书记！"

"啊，我要关心一下咱龙泉汤大队重点培养的知青干部。你是被坏人暗算的，这不是偶然现象，治保主任周庆友是要继续调查的，不能让破坏知识青年上山下乡，在我们龙泉汤大队得逞！"丁德发推了一下帽盖，显得异常气愤。

金曙光低下头，感觉很委屈，这没有停止的斗争怎么就体现在他的身上了。他不相信疙瘩榔和郭烙就是阶级敌人，可他不能跟书记申明。

"小金啊，你在卫生所养病这七八天里，春萍把你当作自己的亲人伺候。你看，你不但没有瘦，还胖了。这都是春萍和她母亲的功劳啊！"丁德发哈哈大笑，笑声盖过了院里的喇叭声，震得金曙光心里发毛。

"是，我要谢谢高春萍同志。"金曙光想提高点嗓门，无奈却在喉咙里转悠，别说隔壁的高春萍能不能听到，就是眼前的丁书记听没听清楚都不知道。

"怎么感谢？这种情谊是不能用语言表达的。要用实际行动来报答。小金，你是我们大队知青队伍中的优秀青年，有培养前途。大队党支部要重点培养知青队伍中的好青年，抽调回城，或是推荐到大学读书。你是重点培养对象，要积极争取入党，将来能有大好前途！"丁德发脸色深沉，语重心长。

金曙光怦然心动，他从来没有认识到自己是大队知青队伍中的优秀者，就是到大队工作，他只是感到革命分工不同，没有觉得比点里的同学们多出什么。柴笑梅已经入党了，可还是在小队干活，就算大队有什么好事，也应该先轮到她。丁书记的一席话，他有所顿悟，其实他们都在一个起跑线上。

"小金，青年人进步要靠传帮带的。前几年叫'一帮一，一对红'，这话现在也不过时。你在大队工作，我就给你介绍高春萍同志做你的'一帮一，一对红'搭档。高春萍同志思想觉悟高，积极要求进步，是党的积极分子。希望你俩共同进步嘛！高春萍的父亲在海连市工作，将来她接班也能进到海连市，也是大有前途的。啊，当然我不是说农村没有前途，对吧，你有回城的一天，小高有进城的一天，你们互相帮助，共同进步，将来……哈哈，我说话能粗点，可以生儿育女嘛！"丁德发一番话说完，爽朗地大笑起来。这笑声让金曙光胆战，的确良白衬衣的后背上像有人泼了一盆水，顺脊梁淌汗。

高春萍扭着身子进来了："啊呀，丁书记，你让我们一帮一可以，谁让我们都在大队部一个屋里工作了。可是，我们将来能不能在一起，你可别乱点鸳鸯谱。人家是城里人，能看上咱这农村人吗？"高春萍擦着粉黛的脸，像没有血色，眼里却闪动激情。

"哎，任何事物都是发展变化的。只要有革命理想，就能朝着奋斗目标前进！"丁德发可能激动了，头上那顶很少摘下来的帽子，突然摘下来，扔到桌子上。丁德发光秃的脑顶没有一丝头发，红褐色的脑瓜皮，像开水烫过似的。丁德发感觉到自己失态，赶忙又把帽子戴上。

金曙光低头瞥一眼高春萍，不知是小时候吃过的大白兔糖，还是上小学时学校组织吃的忆苦饭在嘴里，他真不知道自己咀嚼的是什么滋味。

"小金，你回家里休养一段吧。小高正好去市里看她父亲，陪你一起回海连市吧。最好让小高到你们家里走一趟。啊，让你的父母看看，有个感性认识，然后再让你父母上升到理性认识。怎么样？小金啊！按照大队党支部的要求，受组织培养的革命青年，是不准谈情说爱的。对你们俩人，可以网开一面。因为可以让那些不安心在农村锻炼的知青看到，小金是有扎根农村干革命决心的，起到榜样作用！"丁德发说得兴奋，额头的皱纹在帽檐下舒展开来。

高春萍的脸泛红。她撩起眼皮瞧眼丁德发，送去满意的一瞥。然后，羞怯地垂下眼帘，喃喃道："曙光，我去你家见你父母，需要拿什么礼物？"高春萍已经心花怒放，从柳依依要他回青年点养伤那天开始，她就感到自己走进金曙光心里的脚步太慢了。如果这样走下去，非但没有进入他的心里，反而会促使他更快地接近柳依依或者点里的其他女生。先下手为强的道理是制胜的法宝，她告诉丁德发，不要掖着藏着犹抱琵琶半遮面，直截了当挑明，就是要和他搞对象。你丁德发就是媒人。可是，丁德发绕了一个大圈子，最后才含骨头露肉地算是来个什么感性理性认识。高春萍一想，这样含蓄点也好，省得金曙光一口回绝给她难堪。

"你看看，小高就是心细，娶家去真是个好儿媳妇！没怎么地就想着你的父母。小金啊，你说说，你父母爱吃什么，只要咱们农村有的就行。"丁德发站起身子，把藏蓝色的四个兜的人民服的扣子全解开，拽着衣襟扇乎点儿风，消融脸上的细汗。

金曙光有些晕头转向了。我怎么开始谈情说爱了？还有扎根农村干革命的决心？这是怎么回事？他迷惑地看着丁书记，嘴唇颤动两下，从嗓子眼滚出一句："我也不知道他们爱吃什么。"

26　再进小石屋

柳晓飞送走栗天舒，他像甩掉了一个尾巴。栗天舒泪眼吧唧地不愿意离开柳晓飞。柳晓飞把她的行李扛到公社宣传队的女宿舍，走出门的时候，栗天舒还紧紧地拉着他的手。走到拐弯处，栗天舒搂住柳晓飞的脖子啼哭起来。柳晓飞松开她紧抱的双手，叮嘱她别天真的轻信别人的话，除了宣传队排练和演出，不要和别人乱走。大岗寨青年点遭到流氓调戏就是教训。柳晓飞吓唬她，"再有人欺负你我不在身边，你就要吃亏的。"栗天舒含着眼泪答应他不会跟谁乱走的。柳晓飞放心了，说声"我会常来看你的"，转身就走了。

其实，柳晓飞心里也觉得不是滋味。尽管他们还没有谈情说爱，只是点里两个年龄比较小的人，惺惺惜惜黏糊在一起，俩人已经如胶似漆了。柳晓飞如果不愿意让栗天舒去，栗天舒是不会离开他身边的。可柳晓飞看她成天在青年突击队出工，风吹日晒受累不说，弹得一手好琴就要荒废了。这个机会是她难得的。柳晓飞才让姐姐打听这个事情，没有想到这么快就办成了。柳晓飞轻松了，在点里和出工的时候不用处处照顾栗天舒，他走哪儿，栗天舒也不像个尾巴似的跟在后面了。另外使柳晓飞心情舒畅的是，他跟疙瘩梛、郭烙的关系缓和了。虽然没有与他们共舞，但也不像过去那样与他们格格不入。

柳依依不相信弟弟能够头脑清楚，对他们敬而远之。为了看护好弟弟不跟他们惹祸，柳依依几乎每天都要检查弟弟在不在点里，盯着他早晨出不出工。今天是大队安排青年突击队四小队去雪帽山上修路。每年这个时候，青年突击队四小队都要进山一次，顺着几十年来磨就出来的石板路上山，有倒下的树木横在路上给挪开，有滚下的石头给搬开，被山水冲出坑的石板路面给填平。把进山的路修整好，为秋天大队组织各小队上山打秋柴做准备。

进雪帽山修路，是知青们最爱干的活。从老知青们开始，每年这一天就是进山里旅游。就像他们在学校的时候，是踏着春天的阳光去郊游。柳依依告诉大沈，她要跟着青年突击队进山。大沈以为柳依依是出于好奇心跟着他们进山里玩的，犹豫半天，大山这个时候不好玩，秋天的时候去看万山红遍，层林尽染，那才能看到雪帽山的美。柳依依说她跟着进山，是看住弟弟别像野马无缰地乱跑。大沈明白了，柳依依还肩负着保姆的作用。大沈把自己用中药熬制的防毒蛇的药水，给了柳依依一小瓶。大沈告诉她，现在山上草木繁盛，时有毒蛇出没。这种药水就像烟袋油子似的，味道强烈，雪帽山的狼除外，各种有毒性的小动物、昆虫都不敢靠近身边。大沈显得十分神秘，这个宝贝药水，他是第一次给别人用。柳依依嗅闻下，直呛她的鼻子，连打了两个喷嚏。不管好不好用，柳依依收下这瓶药水。她要给进山的知青们用。

四队出辆马车，十几个人挤在马车上，慢腾腾地往山里走。车上的知青们异常兴奋。疙瘩梛从赶车的高老鞭子手接过鞭子，扯起粗哑的嗓门唱起"长鞭呀那么咿呀甩呀，啪啪地响啊，赶起大车出了庄啊。要问这大车哪里去，咱们沿着这社会主义大道进山里呀，进山里呀……"疙瘩梛改词又跑调，车上的人笑得前仰后合。

车到叶雪松的小石屋前,叶雪松迎了出来。他不知道今天青年突击队进山干活。他看到柳依依也在车上,有点意外。那天,栗天舒考取上公社宣传队,柳依依对他是十分感激。在回来的路上,柳晓飞骑车载着栗天舒一阵狂奔没有影了。他和柳依依基本上是走了十多里路回到村的。一路上他们从学校聊到青年点,又从他的爱好绘画聊到柳依依所从事的赤脚医生工作。叶雪松发现,柳依依看过不少图书馆里不能看到的书籍。她同情德伯家的苔丝,她憎恨于连的虚伪,她知道蒙娜丽莎的微笑是永恒的,她了解断臂的维纳斯是绝美的。叶雪松暗自惊叹,柳依依不仅俊秀清丽,而且是个内涵丰富的才女。叶雪松多么希望回村的路延长下去,一直延到天亮。很快就到村口了,柳依依从柳晓飞手里接过车子,去送给大沈。叶雪松望着她骑车远去的背影,盼望柳依依什么时候能够再到他的小石屋里。

现在,柳依依坐在马车上,出现在他面前,他感到惊喜和意外。王明白下车,大声冲着站在门口发愣的叶雪松喊:"叶画家,中午咱们四队的人,就在你这儿开饭了。我从家里摘了些茄子和黄瓜,你给炖锅菜。他们主食都带着玉米饼子,多添点儿汤炖菜,吃饱不闹就行了!"

叶雪松过去接过车上的人递过来的一筐菜,瞥眼柳依依,对王明白说:"王领队,我一个人做这么多人的菜够紧张的,给我安排个帮手吧。"

王明白眨动下小眼睛:"哪有闲人啊。要不小柳医生不要上山了,谁碰着磕着再来找你。要想上山玩,下午再上去吧,有时间还能到冰湖上看看。"

柳依依看一眼车前面坐的柳晓飞。弟弟似乎知道姐姐跟来的目的,冲着柳依依眨巴眼睛,说:"姐,听从领导安排啊,我也会紧跟领导屁股后面干活的!"

无奈,柳依依看着马车摇摇晃晃在一片欢声笑语中走向山里。

柳依依和叶雪松把菜和他们留下的用书包装的玉米饼子都搬到小屋里。柳依依的脸上挂满汗水。叶雪松把一条雪白的毛巾递给柳依依。

柳依依擦干脸上的汗,解开黄军装上面的两个扣子,环视下小屋,还是那样干净。只是墙上多了一个条幅,上面写的几个遒劲大字:天行健,君子以自强不息。叶雪松自勉于一九七六年仲夏。

"我临摹书法大家写的,让你见笑了。"叶雪松看到柳依依神情专注地看着那幅字,觉得她好像不是在欣赏,而是挑出了什么毛病。

柳依依粲然一笑:"我不懂书法,感到这句话很好。"

"啊,这是《周易》里面的一句话。我看过,非常深奥,是几千年中华民族智慧的结晶。"叶雪松从外屋的灶台上抬起头,看到柳依依还把眼睛停留在条幅上,说,"君子应该像天宇一样运行不息,即使颠沛流离,也不屈不挠。君子度量要像天地一样,没有任何东西不能承载!"叶雪松穿着背心,两臂的三角肌和胸肌隆起,站在小屋里的门口,一手扶住门框,像座雕像一样憨实。他声音低沉地说,"我们还年轻,应该有自己远大的理想和抱负。依依,我很敬佩你,我感觉你和别的女生有不同的地方。那天我们从镇上走回来,你的素养和知识打动了我。"

柳依依的脸唰地红了起来:"我可没有什么知识。在中学的两年是开门办学,我们班是卫生班,到爸爸的医院学打针,到中医院学望闻问切,结果什么都没有学会。毕业了在爸爸的医院当义务护士,也没有学到什么知识,其实我就是个文盲。"

"你看过不少世界名著,这在我们青年点里是很少有的。"叶雪松说。

"那是我班同学的母亲在市图书馆工作,偷着把书拿家来的。我用皮筋和头绳换书看,就是看个热闹。"柳依依翻动小桌子上的一本写生画册。都是他在雪帽山上的写生,有幅画吸引了她。一个羊倌坐在岩石上,一脸沧桑,眼睛却炯炯有神,围在他脚下的几只山羊形态各异,栩栩如生。

屋外一阵羊咩咩声传进来。

"我画的那个羊倌来了。四十多岁的人,没有照过相,没有坐过火车。他告诉我一生最大的理想是买张车票坐火车,一直坐到头儿,看火车是怎样拐弯的。"叶雪松的话没说完,羊倌就出现在门口。

"小叶,俺老婆包的菠萝叶饼,给你拿点尝尝。这……"羊倌看到柳依依在屋里,他嘴里的话就唔喽不上来了。

"这是我们点的柳依依,是大队赤脚医生。"叶雪松接过他给过来的纸包,对羊倌说。

"啊,柳医生,小叶可是好人啊!从没有看不起俺这个大字不识几个的老羊倌。"羊倌黝黑的脸上挂上憨厚的笑。

"老羊倌,你也学会拍了。哎,还没到晌午,怎么就把羊往回赶?"叶雪松问。

"我刚才看见一条大蛇爬过石板道。蛇过道,大雨到。俺看雪帽山头雾气没散,过了晌就要来场大雨。不敢远走了,在羊圈边转悠吧。"羊倌说完急忙走了,就像大雨马上要来了。

"这个羊倌的精神头挺足,眼珠子直转悠。"柳依依看出羊倌的神色很诡秘。

"啊,别看这个羊倌大字不认识几个,可有勇有谋。他放这群羊谁也数不清楚到底有多少只,大队丁书记曾经几次派人来查他的羊群数,可就是查不明白,他不用打口哨和吆喝,用鞭子摇下,做一个动作,那羊群就炸窝了。母羊生羔子,五个他能报大队三个。有找他买羊的,他就偷着卖。他告诉我,自己辛苦养大的羊,大队干部说吃就来抓只羊。逢年过节一抓就是几只去送礼。他为了堵丁书记的嘴,卖羊的钱拿出一半让他老婆送给丁书记的老婆。丁书记就睁只眼闭只眼,再没来查过他羊群的数。你看他不出山,又没文化,却会搞山外面小恩小惠那一套。"叶雪松边说边开始洗菜,切菜。

柳依依没感觉这样的人有什么好:"你画得很像,太逼真了,那眼神里的诡秘都给画了出来。"柳依依再次看一眼那张肖像画,由衷地感叹道。

"他经常来我这儿坐,我太了解他了。依依,我想给你画张肖像,你能给我个机会吗?"叶雪松恳切地看着她。

"我有什么好画的,没有你们画家需要的好形象。"柳依依不以为然地说。

叶雪松一时语塞,半天才说:"你形象……太好了。"

柳依依轻笑起来,要帮助他打下手。叶雪松不让她动手。

柳依依出屋坐到门前那棵槐树下,翻看叶雪松的一本绘画美学经典汇集。这本书是他三年前在东北师范大学图书馆,从几本名人论著中手抄下来的部分经典内容。后来在公社帮忙时,用蜡板刻下印成小册子,放在桌子上时而翻看。柳依依不是神情专注地盯在那本已经没有了墨香的专业性很强的小册子上。她时而抬头向远处望去,时而低头看几眼。两根粗辫子搭在胸前,线条清晰的脖颈,润圆而玉婷。叶雪松想起玛丽·卡萨的《花园中的年轻女郎》那幅油画。柳依依这会儿就像画中那位神情专注、体态迷人的少女一样,融在山花遍野的大自然中。叶雪松真想拿起画夹,把柳依依的娴静优美的姿态画下来。可是,他没有动。他静静地观察她,把这美好的画面,牢牢地刻在他的脑海里。灶膛的火苗蹿到他的手背上,他激灵下收回了神。

叶雪松往灶膛里添把柴,来到柳依依身边,怯生地说:"依依,你就这样坐着,我给你画张肖像啊? 你非常美。"

柳依依脸色变红:"谢谢你,以后有机会一定请你画一张。"

27　山洪中

进山的人坐着马车下来吃午饭了。疙瘩榔和郭烙在山里抠了一些鸟蛋,用疙瘩榔的老头衫包着。疙瘩榔小心翼翼拎进屋里,让叶雪松把锅里的菜汤倒出来,他要煮鸟蛋。叶雪松拿出个小铝锅,让他俩到外面支个灶煮鸟蛋。

疙瘩榔冲叶雪松瞪下眼睛,看柳依依在锅边给大家盛汤,就没好意思发火。郭烙拎着铝锅来到屋外,搬来三块石头,摆成三角,打来半锅河水,把铝锅放上去。孟大个儿拿来干柴火点着,开始煮鸟蛋。

王明白从不在家里带午饭出来干活。知青们带的干粮,他就蹭着吃,有时张罗着大家打平伙。现在大多数的知青们兜里都有几个零花钱,不像六十年代第一批知青那样,有的寒酸得连行李都是补丁摞补丁。他从不苛刻知青,知道他们都是秋天在雪帽山冰湖上歇脚的大雁,早晚有一天都要飞走的。因此,王明白在青年突击队里,当着老火车头的面,好像对他手下的知青们要求挺严,老鼠眼睛直立楞。可是背地里,他对知青们干活睁只眼闭只眼,从不较真。尤其像疙瘩榔这样的城里叫痞子,乡村叫地赖的人,他更是网开一面,任其自由活动。大家都在干活,他领着郭烙去爬山崖掏野鸽子蛋,他装作没有看到。可是,柳晓飞要跟着去山崖掏鸟蛋,他却给制止了。他知道柳依依跟着上山来,是担心弟弟跟着疙瘩榔闯祸。他把柳依依留下帮助叶雪松做午饭,他就得看着柳晓飞。他让柳晓飞帮助高老鞭子前面牵马,实际也把柳晓飞拴在马套子上了。

"我把你弟弟看住了,没有让他跟着爬山崖去。"王明白接过柳依依递过来的一碗菜汤,喝下一口说。

"谢谢王领队。"柳依依感激地说。

"哎,谢什么,你弟弟是个淘小子,没有你这个姐在身边还真不行。以后啊,我多给你看着点儿。"王明白很体谅柳依依的心情。柳依依听了很激动。

疙瘩榔喊王明白过去吃鸟蛋,王明白站在门口回应,"我吃那玩意儿过敏。"疙瘩榔又喊柳晓飞,柳晓飞回头看一眼姐姐的眼色,但他没理会,跑下坡和他们凑在一起吃鸟蛋。

有人让王明白继续讲梅花党的故事。王明白喝下碗汤,啃了半块玉米饼子,信口开始嘞嘞。只有这个时候,他才感觉自己天生聪明的脑袋有了可发挥的地方:"话说一个伸手不见五指的漆黑夜晚,一个黑影跳进玛丽蓝医院的大墙。这时一道闪电划破夜空,只见医院太平间的大门有个雪白的影子悬在半空,随风轻轻摆动。咔嚓一个霹雷,在头上炸响……"

轰隆一声沉闷的雷声随着王明白话音,从雪帽山山头传来。王明白抬头看一眼雪帽山山头:"云盖帽,山水到,雷轰轰,滚石头。下午要有大雨,赶快吃,上去把最后这点活干完就收工。"

大家很快吃完,坐上马车就进山了。柳依依也坐在马车上,跟着一起进山。叶雪松想留住柳依依,可他没有机会张口了。

疙瘩榔把包着鸟蛋的白色老头衫穿在身上。打碎的鸟蛋像鼻涕似的挂在衣服上。柳依依瞧一眼差点吐出来。疙瘩榔夺过高老鞭子手里的鞭子,耀武扬威地嚎唠着,可是三驾马车还是慢慢悠悠地往山里走。

"疙瘩榔,你喊破嗓子,这驾辕的马也不能听你的。"高老鞭子一直跟在车旁边走。这是车夫的规矩,上山的时候,车夫是不能坐在马车上的。他很担心疙瘩榔在马头上摇晃的鞭子,下去打在马的身上。

"为什么?"郭烙问。

"你上山扛着一袋子粮食,就是用鞭子抽你,你能跑起来吗?"王明白跟在车后面,没有好气地嘟囔郭烙。

"马是通人气的,不能以为它是牲畜,是哑巴,就欺负它。人对马好,马就对人好,紧要关头还能救主人。"高老鞭子说,"俺给你们讲个真事。俺爹是老车把式了,成立合作社就在队里赶车。给俺爹驾辕的是一匹枣红马。俺爹特别稀罕,从不用鞭子打马。他说手里的鞭子就是在马不听话的时候吓唬它用的。有一年秋天队里上山打秋柴,俺爹赶车往山下拉,也是走这条石板路。那时的石板路没有这么光滑平整,走在最陡的地方,就在前面叫'羊哆嗦'那块儿时,车闸失灵,满满一大车柴,靠辕马的后鞧往回坐的力量,是挡不住大车往山下冲的劲儿的。俺爹就靠在耳板边,也使劲往后坐。人和马一起用劲儿,让车慢慢下山,真是在过生死关啊!重车走下坡,越走越快,你们说奇怪不?"

"那是牛顿的第二定律,重力加速度运动。这个都不懂!"王明白在车后喊了一句。

车上的人哄的一声笑起来。有人悄声嘀咕:"没白叫明白,牛顿都知道。"

"老鞭子,快讲,后来怎么样,车停了?"疙瘩榔听得入迷了。

"还能停?车越来越快。我爹咬牙往后坐,突然绊倒。就在车轱辘马上要压在俺爹的身上时,大枣红马一回头叼起俺爹的后背衣服,一甩头把俺爹扔到道边。大枣红马救了俺爹,可是枣红马体力不支,车辆失控,枣红马可能也为了保住前面拉套的两匹马,没有让车滚下山沟里,一头撞在路边的一块大岩石上。枣红马脑浆迸裂,重重一车大柴压在枣红马身上。两个拉套的马汗毛未损,枣红马救了俺爹,还救了它的两个同伴。俺爹从那以后看到枣红色的马就哭。队长就不让他赶车了,小队也不敢养枣红马了。"高老鞭子声音低沉下来,拍拍驾辕的黑色大马。

"这个马太英雄了!我找队长,要求赶车,我喜欢上这大马了。"疙瘩榔也跟着摸摸肥圆的马腔。

"疙瘩榔,跟人跟马相处成感情,不是一朝一夕的,那是平时就要一点一点来做的。三国诸葛亮说,勿以恶小而为之,勿以善小而不为。知道是什么意思吗?"王明白趁机给疙瘩榔讲讲做人的道理,他很厌恶疙瘩榔那痞子派头。

"我知道!"柳晓飞从车上站起身,说,"别认为坏事小就去做,好事小就不去做。"

王明白笑了:"你小子念的书没有拌饭吃啊!"

车上的人都大笑起来。

疙瘩榔没有笑,鼻头像蘸了大酱似的红了起来。

雪帽山笼罩在浓雾里。一道闪电刺破天空,瞬间一声霹雳地动山摇。三匹马立刻前腿扬起嘶鸣,咆哮的余音在山谷间久久回荡。高老鞭子紧紧地抱住驾辕的大黑马的长脖子,不住地抚摸着马的鬃毛。

"不好,要来大雨,赶快下山!"王明白把手里长锯往车上一扔,"不能坐车了,山里的雷声太大了,马惊了就出危险了。"

王明白安排疙瘩榔和柳晓飞在前面牵两匹拉套的马,高老鞭子拽着辕马的缰绳,其余人跟在马车后面,开始下山。

雷声连连在头上炸响,三匹马像走在冰面上,四腿发软打战。每声雷响,那马的脖颈都伸得笔直,粗大的鼻孔发出急促的鼻息声。高老鞭子不住地喊,把住马笼头。

大雨劈头盖脸地砸下来,顷刻间,眼前已经迷蒙一片。十一二人手拉手,一步一步往下挪。石板路一侧是条不深的沟壑,也是山水下泄的自然排水沟。雪帽山的雨急,山水来得也急,不一会就听见沟里传来隆隆的山水奔涌的声音。山水大,就听到沉闷的石头在水中的滚动声。雨大得像老天爷把头上的水门打开了,成片往下泄。周围白茫茫,什么都看不清。王明白近在咫尺的喊声,没有人听清楚。前面的两匹马挣着笼头不走路了。疙瘩榔和柳晓飞任凭怎样拽着它的笼头往前走,那两匹马像商量好了似的,扬着脖子喷着重重的鼻息,不肯往前挪动半步了。

高老鞭子把车闸刹住,到前面大声对他俩喊,拽住马笼头,站着不要动。雨小了,马看清前面就敢走了。

王明白让大家都蹲在车后面。在雪帽山里遇到这样的暴雨,他还是头一次。他瞧一眼水鸭子似的这些人,尽管看不清楚他们的神色,从他们哆嗦的样子,就知道他们的恐慌。除了高老鞭子和他是社员,其他人都是知青。他后悔给三鸦鸷假,没有让他上山,要是多个本地社员,有什么危险能够心里有底。王明白将把脸上的雨水,看一下周围,笼罩在雨雾中的大山,像在海浪中飘摇。他判断下蹲在这个地方可能是三角岩。王明白起身问高老鞭子,高老鞭子告诉他刚到三角岩。

三角岩就是高老鞭子讲的救他父亲那匹马撞死的地方。那个巨大的三角形的岩石,早已经没有了。他十多岁的时候就听人讲过,从那匹马撞死在三角岩,再没有人能把马车赶进山的。再好的车夫,车走到三角岩,再老实的马也要耍脾气,或者惊恐万状,嘶鸣咆哮。后来大队民兵连长领着民兵把三角岩炸掉,马车走到这儿,马才敢往山里进。二十多年过去,前面拉套的马不肯往前走,是不是马出现什么幻觉了,重现当年的景象了?

王明白上前,撩开雨帘趴在高老鞭子耳根子嘀咕一阵。高老鞭子摇摇头,人都睁不开眼睛,马又不像人会迷糊眼,双眼闭着一步也不敢走,等雨小了再走吧。

雨持续一阵后,渐渐收敛了狂暴,山水奔泻的声音却越发沉闷作响。马和人的眼睛都可以睁开了。他们又开始往山外走。走到山口,已经看到风雨中飘摇的小石屋。大家都非常兴奋,到了小石屋就如同到了家。

柳依依一直紧绷的心,这会儿总算松了下来。她透过缠绵的雨帘,看到叶雪松站在门口,好像翘首张望他们。叶雪松看到他们的影子出现,立刻跑出来,挥手喊着不让他们往前走了。

前面的石板路已经被山水冲开,虽然不是很宽,但是水流湍急。王明白观察下,让高老鞭子把后车板上的一捆绳子卸下来,一头绑在车板上,让马车冲过去。绳子这头绑在一棵树上,拉成一道索道,他们拉着绳子就可以蹚过急流。王明白把疙瘩榔和柳晓飞喊过来,和他们站在车后面。

高老鞭子把绳子的一头牢牢地拴在车后板上。他站到车上,一手拽住辕马的缰绳,一手扬鞭,大喊一声:"驾!"三匹大马仰脖蹬蹄,冲向急流。刚冲几步,车身侧歪陷进水流下的一个深坑里,就要翻过去。疙瘩榔扑通一下跳进水里,用肩头扛住车板。

柳晓飞也要往下跳,柳依依一把拉住他的手。柳晓飞用力挣脱柳依依的手,也随之跳进水里。

高老鞭子狠狠地抽了辕马两鞭子:"驾!驾……"

大黑马一跃腾起,冲将过去。随之一股洪流扑向没有站稳的疙瘩榔,只听见疙瘩榔喊了句"完了!我的妈呀……"就倒了下去,肆虐的洪水,淹没了他的影子。

柳晓飞紧紧地扛住车后板,顺势冲出水面。

28　没有悼词的追悼会

山水来势凶猛,走得悄然。第二天傍晚暴躁的河道,又恢复了往日的涓细和柔弱,一片狼藉的河道和岸边滞留着草根、树枝、淤泥、石块。大队组织民兵沿着河道一直搜索到浮渡河,没有找到疙瘩榔的遗体。公社革委会一位副主任、知青办主任和大队丁德发书记都来到现场指挥。活要见人已经不可能了,但是死要见尸必须要做到。

公社革委会副主任下了死令,就是挖河道三尺,也要把这位舍身保护集体财产的好知青找到。丁德发对民兵连长和治保主任周庆友下死令,不吃不喝不睡也要找到疙瘩榔。

青年点除了女知青不敢上前,各个点里的男知青和各小队的民兵拉成大网,从出事的山垭口一直往下寻找,直到山水汇入的浮渡河,然后再顺着宽阔的浮渡河,找到六十里外的渤海入海口。死猪烂狗都找到好几条,疙瘩榔穿的老头衫,在沟外的河道边一堆树枝里找到了,可是疙瘩榔尸体却杳无踪影。

半夜,人们拖着疲惫的身子回家了,可王明白和三鸦鹜却仍在山垭口的地方发怔。

淡淡的月光,笼罩黑黢黢的大山,显得异常清冷。

叶雪松打着手电也下来了。

疙瘩榔倒下被洪水吞噬的地方,现出个大深坑。一潭深不可测的水,泛着幽暗的光。一人多深的坑,三鸦鹜已经下去好几次了,可他和王明白都不死心,就像疙瘩榔躲在坑底和他们捉迷藏。三鸦鹜还要往坑里蹦,下去再摸一遍。

"别下去了,肯定不能在这个坑里。当时要是这么深的坑,车就翻进去了,高老鞭子和马都得完,疙瘩榔就是跳进去也推不出马车的。"叶雪松当时看得清楚,是一股汹涌的洪水把他打倒冲走的。

"是这个理儿!画家,我有没有责任?当时你在对面,看得清楚,就得让高老鞭子赶车先过去,大家才能拽着绳子过去。"王明白从出事到现在,见谁都要讲遍事情经过,唯恐有谁让他担责任。

"你是逮谁问谁,你还号称什么都明白,这个事情你就糊涂。干吗着急过河,你在雪帽山下生活了大半辈子,还不知道吗,这山水就是小孩的一泡尿,来了憋都不憋就往外尿。雨浇也死不了人,就在那儿等着呗,雨停了,山上这泼尿也尿不多长了,河沟的水立马就见少。"三鸦鹜没有好气地说。王明白是他本家的姐夫,说话没有反正。

"我昨天在这儿犹豫的时候,就后悔怎么给你假了。你要是上山,不就好了嘛!弄个高老鞭子屁都放不响,给大家讲他爹那点事儿可来精神了。我还给疙瘩榔讲了点做人的道理,谁知这小子懂点道理就开始实践,真是立竿见影!再说了,柳晓飞也跳进去了,可他却能跟着马车冲上岸,只受点皮伤。这是对疙瘩榔的报应啊!谁叫他平时竟干坏事儿了!人家柳晓飞就没事儿。"王明白气愤地说。

"你别乱说,柳晓飞跳下去,我来了我也得跳下去。那时候谁都没有更多地考虑。柳晓飞是抓住了车压板,算是命大!刹那间的事情,也许就是终身的结果。"三鸦鹜初中没毕业就回乡干活,浑身棱角,但脑子不空,说话办事讲究用脑。

叶雪松觉得三鸦鹜说得对。当时如果他在对岸,也许也能跳下去,危急的时候,人的头脑都容易发热。

"哎,老叶,你说疙瘩榔能冲到哪块儿去?能不能顺着浮渡河进海里了。"王明白卷起一支旱烟,点着抽起来。

叶雪松也跟着下去找了一趟,可他感觉疙瘩榔不能冲到六十多里地远的渤海湾。从雪帽山流下的山水是沿着蜿蜒的沟壑流出去的,汇入舒缓的浮渡河。在这绵延十几里的沟壑中,涡水和杂物堵塞的地方很多。如果有一处出现什么挂住疙瘩榔的尸体,冲下来的泥沙和杂物就会把他埋在下面。叶雪松说出了他的判断,王明白和三鸦鹜都认为他分析得有道理。

"我想汤子和小沟叉子这两个地方应该再彻底找一下。汤子是个坑,疙瘩榔冲到那里,就沉底了,被泥沙埋在下面。小沟叉子涡水,备不住在那儿的旋涡中没有转出去就沉底了。走,咱俩现在就先到小沟叉子摸一阵,没有再到汤子去摸。"三鸦鹜拎起衣服就要走。

"下半夜了。就是找到了,也得让他吓个半死。明天多叫几个人一起去吧。"王明白眼前浮现疙瘩榔被山洪卷走的瞬间,他挣扎地喊出那最后的一句话,想起来就心惊胆战。

第二天一早,三鸦鹜没等王明白来找他,自己就来到小沟叉子。山根下一潭混浊的水面上还有小小的旋涡在搅动。岸边的柳树林已经冲得七零八落。这儿也翻了多少遍,倒下的柳树都拽到岸边。三鸦鹜脱下背心和长裤,两肩肌肉突兀,结实得像个黑塔站在岩石上。他吸口气,一个猛子扎到那汪深水下。

三鸦鹜沉到水底,闭着眼睛乱摸。他摸到一个硬邦邦的东西,感觉是树干。顺着树干往前摸,树干下面有一个肉乎乎的东西。他心骤然紧张起来,憋住呼吸,往前继续摸,摸到像人头的东西,在惊恐中他确信是个人。

三鸦鹜钻出水面,爬到大岩石上气喘吁吁。是悲悯还是恐惧,他自己都说不清楚。虽然他和疙瘩榔没有什么交往，甚至还让疙瘩榔蛮横地嗤嗤过，但他摸到他头发的一瞬间，更多是难受。不管怎样，一个大活人，离开亲人到农村来却命断于此，就是一幕悲剧。三鸦鹜鼻子一酸，难过地落下了眼泪。

王明白去找三鸦鹜，他老婆告诉王明白，一大早就走了。王明白来到小沟叉子，看到三鸦鹜在抹眼泪，马上意识到疙瘩榔就在这儿。

"宝福，找到了？快告诉周庆友啊，你怎么还哭上了！"王明白上前去拉三鸦鹜的手。

"你去告诉吧，我在这儿等着，拿条绳子来，把压在疙瘩榔身上的树干拽开，才能把他弄上来。"三鸦鹜甩开王明白的手说。

很快周庆友领着十几个人就来了。

"高宝福你立功了，今年公社的先进民兵称号给你了。"周庆友把绳子交给三鸦鹜，"还要继续努力，完成最后的任务。"

三鸦鹜把绳子系在腰上，憋了一口气，再次扎进水里。他迅速把绳子系在树干头上，又摸一下疙瘩榔整个身子，没有埋在泥沙里，只是压在树干下，而树干一头埋在泥沙下。只要把树干拽出来，疙瘩榔的尸体就会漂浮上来。

三鸦鹜上来，把情况告诉周庆友。周庆友安排几个人到下面等着打捞漂浮上来的疙瘩榔尸体。

周庆友大声吆喝，十几人猛地一用劲，沉在水里面盆一样粗的树干连根部一起拉出了水面。人们屏住呼吸，静静地盯着渐渐平静的水面。不大会儿，水面泛起浪花，面目朝下的一具雪白的裸尸浮出来。几个人抬到岸上，疙瘩榔已经面目全非，脑袋肿得像个扒皮的牛头，眼睛瞪得溜圆。

疙瘩榔的母亲和两个哥哥、一个姐姐都被接到大队来了。灵棚搭在四小队院里，上面的黑纱上写着：上山下乡知青李国忠同志追悼大会。灵棚前排放着县知青办、公社、大队送来的花圈，灵棚里一口血红的棺材散发着浓烈的油漆味。喇叭响着低垂的哀乐。院里、墙头上站满了大队召集来的全体知青和自发来看热闹的全村社员们。

疙瘩榔和柳晓飞先后跳进洪水里推马车,结果疙瘩榔淹死了,柳晓受点皮外伤。人们把目光都聚焦在死者身上,柳晓飞只是受到大队和公社知青办口头表扬。县知青办和公社革委会要把疙瘩榔抢救集体财产献出生命的事迹,树立一个典型,在全县知青中宣传教育,把追悼大会的规模再大些,让全公社的知青都参加。可是,公社宣传组下来收集他生前事迹时,却感到束手无策。没有人能说出他生前都做过什么好事。就连他的名字,点里和小队的社员大部分人都不知道。宣传事迹生编硬造连点影子都没有,是没法造出来了。但追悼大会总得开吧,李国忠同志还是舍身保财产死的,不能悄悄地埋了,他的亲人也不能允许。公社革委会主任拍板,追悼会规模在龙泉汤大队范围,悼词由公社宣传组的笔杆子亲自操刀,大队书记念悼词,下葬问题征求死者家属意见。

可是,能妙笔生花的笔杆子在写悼词时,也无从下笔了。在四队青年点的男生宿舍召开的追忆座谈会,同先前召开的李国忠生前先进事迹收集会是一样的,点里和队里的人都哑巴了。青年突击队队长老火车头长吁一声,要是他这次做好事不死,以后就能转变了世界观,成为好知青了。

柴笑梅眼睛已经哭红了。在她担任点长以来,疙瘩榔还没有当面给她难堪过。偷点里的米和油,都是背地里干的。就是和别人吵架,她去制止也非常给面子。想到他的好处,柴笑梅心里就难受。

"他帮助女生扛过行李。看到点里没有热水瓶,自己掏钱去买两个。"柴笑梅低声地说。

疙瘩榔母亲和哥姐都坐在会场上。这位刚强的母亲从见到儿子的遗体就没有掉下一滴眼泪。丈夫在十年前为救工厂大火烧死了。她拉扯四个孩子含辛茹苦度日。最让她操心的就是这个老儿子,由于他在七岁的时候得场大病,好了后鼻子就变得红肿起来。尤其心里紧张的时候,红得像个大疙瘩。伙伴们就送他个绰号"疙瘩榔"。他不敢见人,谁喊他绰号,就和谁打仗。念到中学后,他不但不怕谁喊他"疙瘩榔"了,还以这个绰号为荣。打仗斗殴,几进几出派出所。在明家街一带,谁家的孩子哭,大人都用"疙瘩榔来了"吓唬小孩子,他成了瘟神了。他没毕业就下乡。她母亲如果找到工厂，领导也能把他留在城里。可是她没有去讨脸，让他到农村锻炼下吃点苦也好。没有想到竟把命送在这儿了。她心里也非常难受，毕竟是自己的骨肉。但她抑制住悲伤，孩子不是打仗斗殴和干其他坏事断送生命，也给她这个母亲争了脸。

"我谢谢你们！他爸十年前救火死了，工厂也召开追悼大会。可他父亲老老实实干了一辈子工作，悼词念得人们都直哭。我这个老儿子，我知道怎么回事，他活了二十多年，说没有干过一件好事是委屈了他。干了这么大的好事儿，我可以说是头一回。领导就别写什么悼词了，我跟他的哥和姐都商量了，哪儿死的就埋哪儿吧。你们的心思挺好，搭个棚子搞个场面。把棚子撤了吧，把他抬出去埋了吧。"疙瘩梛母亲的话没落，点里的女生就啜泣起来。

丁德发决定追悼会照开，只是他不念悼词了改由周庆友念疙瘩梛的生平和保护集体财产的事情经过。

追悼会上，周庆友声音低沉地念道："李国忠同志是七五届下乡知青。一九五六年九月二十日生于海连市一个工人家庭，一九六四年在明家街二小读小学，一九七二年到海连市二十七中读书。一九七六年八月十五下午，到雪帽山修路，突然遇到山洪暴发，小队马车在过河时候掉进深坑里。在洪水就要冲走集体财产的危急时刻，李国忠同志奋不顾身，跳进洪水里奋力把车推出河沟。可是国忠同志却被洪水卷走，夺走年轻的生命。我们大家要向他学习这种关键时刻表现出来的一不怕苦，二不怕死的革命精神，为无产阶级革命事业做出贡献！"

青年点的女生失声痛哭起来。

最后疙瘩梛下葬到小沟叉子山上。

下葬的队伍往山上走。郭烙走到半道，腿就发软。他想起，前不久他还和疙瘩梛在这个山上往下蹬石块，吓唬柳晓飞和栗天舒。没想到他就永远地留在这个地方了。

郭烙一屁股坐到地上，全身哆嗦起来。

29　家　人

　　高春萍在海连市待了七天,已经胸有成竹地把金曙光征服了。她不但让金曙光接受了她,就是金曙光的父母和两个妹妹都对她产生了不可磨灭的好印象。高春萍不是进到城里眼花缭乱,见到陌生人脸红的村姑。她虽然生长在农村,可她与生俱来的那种城里姑娘都少见的高贵的气质和姣好的容貌,促使她的眼光一直瞄着城里的男人。她要改变自己的命运,那么,改变命运的第一步,她已经迈出去了。而且效果非常理想。她庆幸自己当初的决定,让丁德发给金曙光放假回家养伤。金曙光的意外受伤,创造了她快步接近他的机会。她甚至都暗自感谢那个破坏双杠的人,把他撂倒在地上,其实就是撂倒在她的怀抱中了。

　　丁德发电话告诉她,四队知青疙瘩榔被洪水淹死了。她不以为然。当她得知可能就是他搞的恶作剧,使金曙光遭到伤害时,高春萍才备感同情地落下几滴眼泪。她难受的是如果没有疙瘩榔的恶作剧,她是没有机会能这样快速地走进金曙光的心里。尽管他们每天都能在大队部见面,但是没有危难中的真情,他和他的家人是很难这么快接受她这个农村姑娘的。

　　那天,她和金曙光坐在火车上,金曙光是非常冷漠地对待她。一路上没说几句话。她看到金曙光一脸的愁容。从他的眼神里看出,他是满腹的无奈。

　　"曙光,你是不喜欢我跟你回海连? 怕我去你家见你的父母?"高春萍和金曙光坐着对面。从镇上的小站上车,她就看到金曙光的眼睛在飘移,似乎在躲避熟人。

　　金曙光的心里很复杂。丁书记硬是拉郎配,他感到非常反感,然而却无胆量拒绝。他知道,自己在青年点里能不能有出头之日,能不能有机会上大学,或者及早回城都捏在丁德发的手里,更确切地说全掌握在对面这个令她胆战的女人手里。他想敬而远之做不到,他想完全接受又觉得心有不安。自己就这样被强拉硬拽地把恋爱问题定下来,他真感到无所适从，难以招架。

"不是。"金曙光犹豫半天，怯懦地说，"春萍，我们还很年轻，在农村的广阔天地还大有可为。现在，我不想过早地谈恋爱，我们做个相互帮助的朋友好吗？"

高春萍白净细嫩的手捂住嘴巴，轻声笑起来。金曙光有点发蒙，不知道自己哪句话让她笑得这么开心。

邻座的人好像没有注意他们的说话。高春萍也好像没有顾及身边人的存在，笑着说："你呀，我能拖你的后腿嘛！你是怕我把你留在农村。我告诉你，我会比你先进城的。你不愿意把我领到你家里可以，我不强求。可我愿意领你去见我父亲，这个面子你应该给我吧？"

高春萍没有生金曙光的气，相反还觉得他很可爱。她已经窥察出他心里的动态，就是怕扎根农村。她知道在所有的知青中，没有一个人真正有理想要在农村安家的。她这个土生土长的农村人都想拼命往外挣脱，况且是他们城里长大的人。所以，她理解他的担心和想法。她有耐性让金曙光慢慢地从心里接受她这个非同一般的农村姑娘。

金曙光端着受伤的胳膊，渐渐走近翔南路那片成排的瓦房区，心里就紧张起来。他犹豫让不让身后的高春萍和他一起走进家门。他知道父母亲和妹妹都不会冷落来家的客人，可他怎么向父母亲交代他们的关系？他绝对相信，父母亲是不会允许他在农村搞对象的。母亲是小学教师，父亲是海钢的工程师。他们一辈子都是小心翼翼地做人，从不在外人面前直接表达自己的态度。看到金曙光临近家门，放慢了脚步，高春萍知道金曙光在迟疑不决。

"曙光，我就送到这儿吧！这个包你自己拎着吧。我去疏港路了，我爸还不知道我来了。"

高春萍落落大方，把包递给金曙光。她不想勉强让金曙光把她领到家里，那样他在父母面前不但难以启齿介绍她是什么人，更难堪的是他的父母要是当面数落自己的儿子，她都无法迈出他的家门。因此，高春萍不急于和他们的父母见面，给他一个缓冲的机会。她想好了，这次和金曙光回来必须完成的一个重要任务，就是让他的父母接受她这个农村姑娘,做他们金家的未来儿媳妇。

金曙光看到高春萍真不是讨着脸子要去他家,他的心软了下来:"你能找到疏港路吗?跟我进家里休息会儿,我陪你去吧。你一直照顾我,我也得报答你啊。"

"我不用你报答,只要你有心就行了!我去你家,你怎么对你父母介绍?"高春萍抬眼看着满脸汗水的金曙光,把一个洁白的手帕递到他的手上。

金曙光迟疑一下,接过来揩汗:"我……我说是点里的同学。"

"不行!实话实说。我就是个农村姑娘,你受伤后我怎样照顾你的,你不用添枝加叶,实话告诉你的父母就可以了。剩下的话和事情由我来做。"高春萍热辣的目光扑在金曙光的身上。金曙光感觉很不自在。

踏进金曙光的家门,见到他的父母和妹妹,高春萍更加自信了。高春萍进市的计划就是要见金曙光的父母,她着意把自己装束得朴实些。一件得体的白色碎花连衣裙,衬出她苗条的身姿,浓黑的头发盘成发卷,像个黑玫瑰挂在脑后。

这是星期天的下午,金曙光的父母都在家。小小的院落被枝叶繁茂的葡萄架遮盖,满院子荫翳。金曙光的父亲金来旭躺在一个藤椅上看报纸,金曙光的母亲曹玉敏坐在小凳子上做着针线活。

闹市中的娴静小院,随着金曙光和高春萍的进来,立刻搅得沸腾起来。

"小光,你这是怎么啦?"曹玉敏看到儿子挂彩回来,脑门上还有一道疤痕,惊呆了。她上前心疼地抚摸儿子,泪水在眼眶里打转。

金来旭摘下眼镜,端详一会儿儿子的手臂:"是在生产一线受的伤?还是私自活动造成的?"

"姨,姨夫,我是小高,大队党支部安排我护送金曙光同志回家的。他是业余时间在青年点玩双杠受伤的,双杠被坏人做了手脚。但是,大队党支部非常重视,正在认真调查有人蓄意破坏知识青年上山下乡运动。"

金曙光的父母这时好像才发现,儿子身边还有个说话清脆的姑娘。

"小高,你……你辛苦啦!你也是四队青年点的?"曹玉敏上前去接高春萍手里的包。

"姨,我家是农村的,中学毕业就回乡务农。"高春萍没有一丝做作,大方得像面对自己的父母。

"啊,坐坐,老金把外屋的小凳子拿出来,在院里坐吧,室内闷热。"曹玉敏赶忙让座,显得很忙乱。

"农村的阶级斗争还很复杂吗?是不是双杠质量不好,大家都玩,年轻人又不知道维修,发生了意外事故?这可不能随便上纲上线啊!"金来旭一反常态,直接说出看法。

高春萍尴尬笑一下,瞧一眼金曙光。平时嘎嘣溜脆的嘴,这会儿木讷了。

曹玉敏端着一盆清水过来:"跟孩子说这些干啥!小高,我给你打盆清水,擦下脸,从站点走过来是很累的。"曹玉敏给高春萍打个圆场。高春萍麻利地把毛巾投了几遍,扭干递给金曙光,让他先擦脸。

金来旭进屋把夹在粮本里的肉票找出来,拎个篮子就出去了。

"姨,我不在这儿吃。我坐会儿就走,去我父亲那儿。"高春萍看到金曙光的父亲拎筐出去,知道他们是准备晚饭了。

曹玉敏惊异地问:"你父亲在市内工作?"

高春萍平淡的口气,透着自豪:"是啊,我父亲是五三年从部队回来安排到造船厂的。本来我们家也可以进城,可是我姥爷、姥姥不让我母亲离开他们,说城里吃根葱都得去街上买,倒筐垃圾都要交钱,有什么好处。母亲孝敬老人,听老人的话,没有跟父亲进城。母亲现在后悔了,把我和两个弟弟都扔在了农村。不过我还有希望从农村走出来。父亲还有一年就可以提前退休,父亲是厂子多年劳模,还受过工伤,按照政策规定,可以安排一名子女接班进厂。"

高春萍终于把她最想说的话,一股脑儿倾吐出来。她察言观色,捕捉他们的内心反应。

"小高啊,你要是进城了,市内没有什么亲人,就把这儿当作你的家吧。那时小光要是也能回城,可有多好!"教师出身的曹玉敏听了高春萍的话,一下子就找到感觉了,热情地跟高春萍唠起来。

"姨,会的,我会把这儿当成家,把你们当成我的亲人。青年点有回城的机会,曙光就能排上。他在大队干的可好了,是大队重点培养的对象。"高春萍已经完全放松了，就像在课堂上，遇到了和蔼可亲的老师，循循善诱，思路得到充分的发挥。

曹玉敏看见脸红的儿子："小光老实，胆小，以后在农村，小高你还要多帮助、照顾一下。"

"妈，你以为我是你班级里的小孩子，总也长不大是吧？"金曙光不耐烦地说。

金曙光不愿意高春萍再和母亲围绕着他唠下去。母亲已经对高春萍有了好感。金曙光的感觉是对的，不啻母亲对高春萍这个姑娘产生好感，他的两个妹妹回来见到高春萍，也没有陌生感，高姐长高姐短的喊得比叫哥的声音都甜。大妹妹金欢欣赏她的连衣裙，说市内的姑娘都很少见把腰束得这么好看的裙子；二妹妹金畅是小学生，爱听高春萍说话，说她的腔调像播音员，没有海蛎子味。当晚的饭，虽然是高春萍第一次端起金家的饭碗，气氛却是那么热烈。俨然就是金家的一员，从很远的地方回来，感到亲切和体贴。金曙光把高春萍送到公共汽车站点，高春萍恋恋不舍地说，"你的家人真好。"

当晚金家人开始研讨他俩的关系走向问题。曹玉敏和两个妹妹倾向金曙光培养成恋人。曹玉敏认为，农村的孩子朴实无华，不矫揉造作，帮助收拾碗筷扫地擦灰就看出她是个好姑娘。两个妹妹则认为，高姐既有城市姑娘都很少有的高雅气质和容貌，又有农村女人的勤劳和干练，将来如果是他们的嫂子，屋里屋外的活她一个人就全解决了，不用母亲劳心费神了。

金来旭一脸严肃地对金曙光说："这个姑娘是不错，但是你和她在农村搞对象，大队领导对你有没有意见，影不影响你进步？这个问题很主要。青年们抽调回城，竞争是很激烈的，能不能让别人当作撒手铜背后来一刀，都要细致考虑的。"

金家户主把和风细雨的男女恋爱，说得刀光剑影，把金家高昂的气氛降了温度。

金曙光没有向家人说明，是大队书记为他们拉的红线。甚至也没有告诉他们高春萍是大队广播员，只说是大队的团支部书记。至于他为什么不详细介绍,他都说不清楚,冥冥之中感觉到,接受与不接受都不是自己说了算的事情。所以他不愿意把大队一把手抬出来,横在一生都谨小慎微的父母面前。曹玉敏思考一会儿,最后给儿子指出一招,外冷内热,若即若离。

可是,冷和热,即与离都不是站在三尺讲台上的老师所能左右了的。高春萍仅相隔一天没有来金曙光的家,第二次来见金曙光的时候,金家只有曙光在家。高春萍像到了自己家一样,开始忙乎起来。洗衣刷鞋,浇花擦玻璃,样样活干得利索。金曙光躺在他父亲的藤椅上,优哉游哉地看着高春萍。他在幻想,如果是柳依依到他家能这样任劳任怨该多好! 他想,这种奢望是难于上青天了!

高春萍端来一盆清水,把毛巾放在盆子里投了几遍,过去就给金曙光擦脸和脖子。金曙光惬意地闭着眼睛,享受清凉的滋润。金曙光的心却没有清凉。他怦然心动,突突直跳。高春萍那散发一股清香味道的身子,在他眼前晃动,几乎就要脸贴脸。高春萍的手搭在他的肩上。金曙光想站起来躲闪,却被高春萍搂住。她顺势依偎到他的胸前,紧紧地搂住金曙光。在激情爆发的瞬间,高春萍还不忘关照他受伤的左手,向右侧倾斜自己的身子。

金曙光接受了人生第一个吻。

30 点 长

公社知青办来了通知,抽调柴笑梅到公社贫宣队工作。高春萍在大队部接到这个电话的第一个反应,就是马上让金曙光回到青年点。高春萍把这个通知压了两天,直到金曙光回来,她才告诉丁德发。

"能不能换上金曙光去公社贫宣队工作? 这个没问题吧?"高春萍商量的口吻里,透着坚定。

丁德发抿下嘴,像咽下一枚酸溜溜的山枣:"这个办不到。还是把你心上人留在你眼皮底下,想用也方便。"

"你少来这个事儿！办不办？"高春萍从海连市回来，丁德发兴奋的直搓手，可是，高春萍似乎是洁身自好，不允许他的手碰到她。

丁德发绷紧了脸："真办不了。公社这次抽调的知青到贫宣队去，条件必须是党员。小金是党员吗？今年底，如果他入党，这好事儿才能轮到头上。"

高春萍想了一下，柴笑梅是学生党员，这在全公社的知青队伍里也是非常少见的，跟她不在一个档次上。她走了，点长的位置应该让出来了吧，金曙光坐上点长的位置，对他以后发展是有好处的。"柴笑梅还能把点长的位置带走吗？"高春萍没好气地问。

"那不能，柴笑梅到公社工作，恐怕就不能回来了。点长是青年点大家选，我怎么定。"丁德发有点激恼。

"不行，大队必须干涉，让金曙光当点长。"高春萍果断地说。

丁德发皱着稀疏的眉毛："大队从来也没有干涉哪个青年点选点长的事儿呀。"

"这个我不管，四点的点长必须是金曙光的。"高春萍扔下这句话，就走出丁德发的办公室。

丁德发看着高春萍扭动的腰肢，心像被她抓出来了，抓耳挠腮的烦躁。再想把高春萍揽在怀里不是件容易的事情了，他感到很失落，但又不能得罪她。好像她手里有个绳子拴在他的鼻子上，牵着他走。丁德发把支部副书记宋家祥找来，安排他去四点通知柴笑梅去公社报到。在柴笑梅走之前，把新点长确定下来。丁德发很想启发、引导宋家祥点出金曙光的名字，可是，宋家祥不知是装傻，还是真不知道金曙光与高春萍的关系，硬是不往上提。无奈，丁德发只好直言，告诉他，重点推荐金曙光。

宋家祥带着使命来到四点。

从四队青年点出了个不是英雄的英雄后，点里就开始折腾起来。三三两两的外点的知青，来到四点参观李国忠同志生前战斗过的地方。不少人知道明家街的疙瘩椰，为了救生产队的牲畜死了都感到惊奇。出于好奇心，结队来到四点一探究竟。四点已经应接不暇。有的混顿饭吃就走了，有的像出来游山玩水，看到龙泉汤的青山绿水就流连忘返，住上两三天也不愿走。知青们都是自来熟，哪个校的哪届的，住在哪个街上，见面一搭话，黏糊一阵就熟得像老同学似的。点里增添人口吃饭，弄得杜禄本焦头烂额，一天两锅玉米饼子都不够吃。他累得要摔耙子了，把锅碗瓢盆碰得叮当乱响，磕磕巴巴的一个劲儿嘟囔，"累死人不偿命啊！"

董明跟柴笑梅商量，给他安排个帮手。他俩选来选去把七六届的范红梅留了下来，给杜禄本打下手。范红梅干过几天厨房的活，有回杜禄本去镇上办事，她做午饭，把玉米饼烀得过火了。饼子煳了成黑锅巴。郭烙把黑饼子盖揭下来几个，钉到厨房的墙上，用粉笔写上小字，四点黑板报。范红梅气得趴到床上哭了一下午，摔耙子不干了。董明再次让她上厨房，答应她只管打下手。范红梅给董明面子才接受任务。

宋家祥是大队部的二号人物，主管知青工作。年龄刚过三十，性格开朗，愿意和男知青掰腕子摔跤，朴实得就是个生产队的社员，到哪个青年点都受欢迎。男女知青一个标准称呼，都喊他"五哥"，就连刚来点里的新知青，也懵懵懂懂地跟着老知青"五哥五哥"喊得亲热。

见到五哥来了，柴笑梅叫苦连天："四点成了疙瘩榔崇拜者的朝圣地儿了，大队赶快下令制止外点知青来四队青年点。"宋家祥没有表态，而是嘿嘿一笑，说："柴点长就不用操这个心了，让新点长想办法吧。"

柴笑梅惊慌了："五哥，你开玩笑吧！"她不相信自己能听错，大队怎么突然把她免职了。

宋家祥收敛笑容："我是来正式通知你，明天去公社报到的。你抽调到公社贫宣队了，点长工作就交给他人干。"

柴笑梅惊喜万分，抑制不住的喜悦挂在薄薄的嘴角："谢谢大队党支部对我的信任，我一定把党交给的新任务完成好！"

"公社抽调多少人不知道，咱大队可就你自己去公社贫宣队，代表咱大队二十名多名党员，可要把工作干好。我和丁书记都相信你一定能胜任！"宋家祥鼓励柴笑梅几句后，话题一转，问，"啊，你看看谁接任你的点长工作合适？"

柴笑梅想了片刻，说："董明。"她知道五哥和董明的关系比较好，去年夏天五哥去海连市办事，在董明家住了三天，他们在老虎滩洗海澡让二队青年点的人看到了。这个事儿属实与否没法也没必要考证，但董明那个时间确实回家待了几天，这是事实。

宋家祥含笑地摇摇头："除了董明还谁行？"

柴笑梅没有思虑："金曙光和叶雪松都行，但老叶不能干，他是不能离开茧房回点里的。"

"要是大家选，金曙光能不能选上？"宋家祥问。

"在点里，董明要比金曙光有威信，那肯定是董明了。"柴笑梅答。

"我实话告诉你，丁大爷的意见是金曙光。你做一下工作吧，都投金曙光的票。董明还干他的伙食长，我做董明的工作。"宋家祥放心不下又问，"今天就办这个事儿，有没有把握？"

"不行，不事先做好工作，投票肯定是董明的。五哥，别投票了，你提名，我领着大家一举手就完事了。"柴笑梅理解大队书记的一片苦心，是要培养金曙光。至于她听别人说大队广播员和金曙光处对象，她不相信是真的。

宋家祥没有同意柴笑梅的意见，坚持无记名投票选举。因为其他青年点将来都涉及点长的更换，不能破了规矩。他们开始分头找人做工作。

晚上，柴笑梅去小队几个有感情的社员家道别还没有回点里。柳依依和何璐躺在炕上闲聊。何璐和柴笑梅羡慕的睡衣，她们也跑到小镇上每人做了一件。何璐穿件粉色睡衣，坐在炕上，望着窗外深沉的夜色，问："依依，明天选点长，你选谁？"

柳依依知道她问话的意思，是让她选董明。这段时间，柳依依感觉到何璐和董明好像关系很密切。点里的男女知青谁和谁在一起唠嗑，甚至疯闹都是很正常的事情。柳晓飞和栗天舒在一起，就没有感到他俩是在处对象，年龄相当，趣味相投，出工的时候形影不离却没人觉得奇怪。可是何璐和董明尽管当众很少在一起，然而，点里却有人私下在悄悄传说他俩有恋情，无风不起浪，柳依依不信但也没有否认。一天半夜里何璐梦呓中喊董明，柴笑梅和她都听得非常清楚。柴笑梅趴到柳依依的耳根子轻声地说，他俩好上了。这时柳依依才确信他俩相恋的事情不是传说。从人品上讲，柳依依不认可董明。她感到董明那双骨碌碌转的眼睛里深深地隐藏着什么东西，让人琢磨不定。金曙光这个人比较诚实，这是给她最深刻的印象。昨天他从海连回来，把柳依依叫到院子里，十分懊恼和痛心地告诉她，疙瘩榔给她弄来的暖壶，是他把瓶胆给偷走了，很对不起她和疙瘩榔。柳依依感到非常吃惊，"你为什么要这样做?"金曙光愧疚地低下头说，"你刚来青年点，疙瘩榔对你献殷勤，我怕你吃亏。"柳依依听了金曙光的话，心情难过。不管疙瘩榔是出于什么心思讨好柳依依，金曙光出于什么目的暗中保护柳依依，疙瘩榔毕竟已经离世，即便对柳晓飞有过伤害，但斯者已逝就没有必要再心存怨恨了。相反她却对金曙光的做法感到反感，可她没有说什么，金曙光毕竟感到内疚了，才诚恳地把事情说出来。如果他不说，这个事儿她永远也不会知道的。柳依依躺在炕上细想一下，又为金曙光的诚实所打动。

"依依，就这点事儿你用想半天吗?"何璐瞧着柳依依，半天也没听见她吭声，又追问道。

"金曙光，我看他能胜任。"柳依依说。

窗外朦胧的月光遮住了何璐刷的一下变白的脸色，可她的口气却辛辣地刺激柳依依："依依，你是对金曙光有好感? 你知道不，他已经攀附在高枝上，能搭理你吗?"

"何璐，金曙光攀在哪个高枝上与我没有任何关系，我也不需要谁搭理不搭理! 选点长，征求我意见，我就实事求是说话。"柳依依没想到何璐怎么突然这样对她说话，她怕他们的话在静谧的夜里传到大屋，她压低声音说。

何璐没有顾忌这些，她就是要大屋里的人都听到，明天选点长都要倾向谁："金曙光是什么? 就是个花花公子! 谁要选他就是被他酸溜溜的假斯文迷惑了!"

何璐的声音有点歇斯底里了。她说完蹦下地，卷起铺盖搬到大屋睡了。从此，这个事事都咬尖的"何尖尖"，和柳依依形同陌路了。

31 丢失的牛头

金曙光如愿当上点长，董明开始暗中拆他的台了。点长职务不大，管理着点里几十号人的吃喝拉撒睡。点长没有脱产的，而点里的伙食长却是甩手二当家的。董明不满足伙食长的位置，因为好事都要排在伙食长前头的是点长。这是龙泉汤大队有了青年点以来形成的不成文的惯例。董明在看到点长的山头要比伙食长的山头高的时候，就想登上去，可是金曙光捷足先登了。他心中不平，更生嫉恨。

董明和金曙光中学的时候就是一班。在学校尤其是中学最后的一年里，金曙光在班主任面前要比董明吃香。首先从外表上，高大俊朗的金曙光就比身材单薄、脸盘鞋底儿般瘦长的董明胜过一筹。班主任老师是个三岁男孩子的母亲，可能暗中祈盼自己的儿子长大后能有金曙光的形象，开始是课余的时候叫金曙光"大胖小子"，后来在班主任老师的数学课堂上，都直呼"大胖小子"了。可想班级的什么好事是轮不到其貌不扬的董明头上的。那时董明自知量力，没有一点要和金曙光一比高下的念头。他们班级只有他俩分到一个青年点，全班级都喊的"大胖小子"昵称，董明是一次都没有在青年点里喊过。他嫉恨班主任老师对金曙光的偏爱，怎能让老师赐给金曙光的爱称在青年点里叫响，那是绝对不可能的。到了青年点，没有了老师的庇护和提携，金曙光头三脚没有踢开，董明却没用半年时间就当上了青年点的伙食长，一下子就把在学校时春风得意的金曙光落下一大步。现在金曙光又反过来一步跨在他的前面，着实让他愤恨难平。

为了制止串点，不让外点知青借口来参观疙瘩榔生前的地方，宋家祥在金曙光选为点长的全体知青会上，正式提出三条要求：一是凡是串点的知青在点里吃饭都要交饭伙钱，二是点里的人不许留串点知青住宿，三是不允许点里知青无故不出工陪串点的知青在村里闲逛。特别临近秋季的果园、葡萄园开始着色成熟的时候，不能让外来人溜到果园偷摘苹果和葡萄。

158

五哥看一眼董明,知道他心有不服,难能和金曙光配合好,含蓄地点拨他:"董伙食长,你可要重视起来,饭伙钱收不上来,你们点可就成了大车店了。关键就在你这个火头军的头儿了。"

"五哥,我就是扛小旗的。一顿饭收多少钱,饭前收还是饭后收,谁去收,由点长办吧。"董明懒洋洋的,不屑一顾的样子。

"哎,董明,这可是你伙食长的事儿。柴笑梅同志担任点长期间,你们工作配合得很好,在大队四个青年点中,四点是最团结的。大队党支部已经表示,好的青年点在招工和招生政策上给予倾斜。希望你们把四点好的传统继承下去,对你们每个人都有好处。"宋家祥的话是点拨董明。

在开会之前,宋家祥已经找董明进行个别谈话,而且这个谈话不是代表组织,纯属私人感情之间的开明教诲。尽管董明的家庭不是很富裕,但他在海连市待了三天,他们家里是竭尽全力招待他。这虽然说明不了他们感情很深厚,但终归是个人情。宋家祥见到董明噘嘴不服的样子,就大实话告诉他:你较量不了金曙光,还是乖乖地屈居老二吧。董明要从五哥的嘴里证实小队社员的传言,金曙光和广播员搞对象的真相。五哥没有把他所知道的情况如实告诉他,只是点化他:不管是谁,好事都不能一个人吞了。就算有一个回城名额是他金曙光的,要是两个,那另一个不就是你董明的嘛。可是,董明会上还是没有听五哥的话,把不满的情绪外泄出来。五哥不软不硬的话里带点儿刺,扎到董明的心里。

"五哥,我不是推卸责任,这制止外点的人来,不是我收他们的饭伙钱就能起多大作用,要点长敢于站出来横眉冷对才能更有效。"董明歪头望着房梁,眼睛眯斜着,把球踢给了金曙光。

金曙光很了解董明的。他从双杠上摔下来,董明有没有幸灾乐祸他不知道,但他当上点长,董明有没有嫉妒的心理,他还是很清楚的。在学校金曙光出头露面尽显风光的时候,董明普通得连咳嗽声都微乎其微,班级里没有人能感觉出来。下乡后,董明适应了新的环境,灵活的脑子很快就融洽了社员和点里老知青的关系,而金曙光还沉浸在学校那春风得意的回想当中而不能自拔。董明当上了点里的伙食长,他才猛醒过来,自己已经落后董明一大步了。他拼力追赶才在小队熬个记工员,算是在社员眼里有点形象。到了大队治保组，他感觉自己能够得到大队领导赏识，在大队这块阵地上能比董明有所作为。没有想到好事来得如此容易，既得到了美女的爱，又得到了地位，一步就超过了顺风顺水的董明，而且按照丁书记的设想，他会在回城前入党，这是多少知青梦寐以求的理想。所以此时金曙光显得很大度，大人不见小人怪，董明也只能发点牢骚，出个难题而已。

"行，我作为点长应该站出来面对串点的知青。五哥，我来制止串点的人，这是我的责任。饭伙钱还是饭前说明，饭后收吧。"金曙光没有畏惧董明踢过来的球，很自然地接到手果断地说。

金曙光起草了一份通告，让叶雪松用毛笔写在一张大白纸上，贴到点里大门显眼的地方。通告的内容是：

各位外点知青同学：

伟大领袖毛主席教导我们说：知识青年到农村去大有作为，可以在那里接受贫下中农的再教育。我们点李国忠同学为保护集体财产献出了宝贵的生命，这是接受贫下中农再教育的结果。鉴于我点伙食不堪重负，经大队党支部批准，从即日起，凡是在本点用餐知青，都必须交伙食费，每餐三角钱。晚上不留住宿。

特此通告，望周知。

龙泉汤大队四点

一九七六年八月十九日

叶雪松用楷书书写，板板整整，谁都能一字不落地看得明白。这张大白纸贴出去果然见效，就是玉米饼子萝卜丝汤也不是白吃了，脸皮薄的人就不来串点了。几天内串点的人就明显减少了。点里的知青感到，金曙光上任点长算是踢开了第一脚。

秋天悄然来到雪帽山下，满枝头上的瓜果梨枣都开始露红了，向人们昭示着自己的成熟。早熟的红玉、红元帅、黄元帅几个品种的苹果已经开始采摘了。今年是苹果树的大年，是个丰收年。小队长高二乐得合不上嘴，在中秋节的头一天，把队里的一头没有劳动能力的老母牛宰了。

宰牛那天，小队院里热闹极了。点里的几个男知青下午都不出工，等着看队里的高彪子杀牛。

四点分了五斤肉和一个牛头。董明领着柳晓飞、郭烙、孟大个儿把牛头和肉抬回点里。把牛头放到厨房后窗台上，老杜拿块纱布盖在上面，防备苍蝇起哄。

金曙光和董明商量明天点里过节的伙食。董明在五哥的开导下，面上和金曙光还算过得去。他知道公开较量对他没有多大好处，相反却抬举了金曙光。他们商量好，明天晚上包牛肉馅包子，牛头明天上午烀出来，剔出牛肉和牛舌头，炒两个菜，买几斤酒，让大家过个爽快的中秋节。

入夜，董明和何璐在青年点后面的果树园里约会。他们已经发展到一刻都难以分离的地步了。何璐看护的谷子地马上就要收割了，她就得回小队出工了。董明想跟小队长高二说说，给何璐再找个好活干。

月色苍白，四处静谧。何璐依偎在董明的身上，听着夜虫的低吟。忽然青年点的后墙根闪出两个人影，猫着腰走到后窗，把窗台上的牛头搬出窗外，两个人抬着就走。

董明和何璐都看出来了，其中一个人是郭烙。

"你别管！"何璐一把拽住董明，没有让他站起来。

"你回屋里吧，我跟过去看他们往哪儿拿。"董明推开何璐就悄悄地跟在那两个人的身后。

董明看得很清楚，是郭烙领着外点的人把牛头偷出来，抬到北沟里烧烤。这几个外点的知青都是疙瘩榔生前的朋友，在海连市的几个区也是小有名气的痞子。他们相互都不喊名字，都有个不雅的绰号。大盘子、马头、三老闷、钢镚。他们下乡在县的西部地区，那儿就是盐碱地，想吃苹果就得到龙泉汤来偷。往年秋天的时候，疙瘩榔招待他们吃喝一顿，半夜三更溜进果园去偷苹果，装满袋子天亮溜出村子，搭车回到点里。今天下午他们是奔郭烙来的，疙瘩榔生前没少领着郭烙到他们的点里吃吃喝喝，可是郭烙没有疙瘩榔的力度和胆量，敢领着他们在点里支上小灶吃喝。布告贴出来了，吃饭还要交钱。他们的兜里比脸都干净，就是有几毛钱也不会掏出来交给青年点。郭烙告诉他们，点里分了个牛头过节，他们就打起牛头的主意。在僻静的北沟里架起干柴，买两瓶地瓜酒，就等天黑把牛头偷出来大餐一顿。

他们把牛头架到杆子支起的三脚架上，点起干柴烧烤起来。不一会儿诱人的香味在四处弥漫，直冲董明的鼻子。董明蹲在果树下，犹豫是否过去。他想结识这些五马六混的人，也许日后还能有用得到他们的时候。

董明走了过去。黑暗中郭烙没有看出来董明，见到一个影子过来，不知道是谁，他霍地站起身想要溜走。

"郭烙，你就这点胆啊！"董明大声嚷道。

郭烙愣住："是伙食长？你……你跟着我们？"

一个头发很长的知青掏出把弹簧刀，眼皮都不眨，割下一块牛肉，蘸下郭烙带来的咸盐，大口吃了起来。

"牛头丢了，我能不找吗？郭烙，你的朋友来了，怎么不跟我说一声，好给安排一下，也不能在这荒郊野外对付喝酒啊！"董明煞有介事地说。

郭烙慌张的心安稳下来，董明不是来抓他的。郭烙讪笑道："这几位都是疙瘩榔的铁哥们儿，也是我的大哥，都是海连街上有名的大哥。来，我给你介绍下，以后有事吭一声好使。"郭烙逐个介绍。那几个人好像没有把董明当回事，贪婪的眼睛盯在烤得香味扑鼻的牛头上。

马头搭言："伙食长，哥儿几个不好意思把你们大家享用的美味给独吞了。"

董明苦笑下："谁吃都是吃，一样一样，就是郭烙要担嫌疑了。"

"董明，我不怕，金曙光要是敢说我偷的牛头，我就敢打他。他有什么证据说是我偷的！"郭烙的胆量见长，口气也有股狠劲儿。

"哎，郭烙，不用你动手，他只要回海连，我吱个声，就有人把他的腿敲断！"叫大盘子的人，梳个少见的大分头，脸盘像点里碗橱上最大尺寸的盘子，很久没用了，上面布满灰尘。

董明打个冷战，对这伙人应该敬而远之。他寒暄几句就溜了回来。

32　丁书记的偏爱

杜禄本早晨起来走进厨房，猛地发现后窗台上那个龇牙瞪眼的牛头没有了。他回到小屋，叫醒金曙光和董明。

"牛……牛头没……没有了！"杜禄本着急起来。

金曙光腾地坐起身："丢了？那牛肉丢没？"

杜禄本又跑回厨房，看到牛肉还挂在碗橱的门把手上。金曙光推一下四仰八叉躺在炕上，眼睛迷糊着的董明："走，出去看看。"

董明没有动弹，也没吭声。金曙光走出小屋，他才懒散地起来。董明到大屋里转悠一圈，郭烙光着膀子在铺位上躺着。就这么贪吃，他身上的肋骨还像搓衣板那样清晰，两条腿干柴棒子似的。走到跟前就闻到一股酒气，不知道他什么时候回来的，现在睡得像个死猪。

金曙光转到后窗外，看到零乱的脚印往北沟里去，他就码着脚印来到北沟。北沟往下是三队，往上走就是海连地区与营口地区的交界处。过了沟就是营口盖州地区的三道河村。金曙光码着脚印来到北沟上面，过了沟坡就是三道河村的大片谷子地。就在这沟里，金曙光看到还有缕缕青烟升腾的篝火堆。牛头已经是个骷髅了，酒瓶子、烟头扔了一地。金曙光马上意识到，一定是点里人干的。选择这个地方来烤牛头，说明他们对这里的情况非常熟悉，不然他们是不会到这儿来的。夜晚篝火燃起，映红山沟，势必要招来队里看果园的民兵。可是，在这个地方就给人造成错觉，沟北面的人以为是沟南的人在点火烧苞米；沟南的人会认为沟北的人在烧柴取暖。沟南沟北从土改时就为地界种下了村仇，几十年了是"鸡犬之声相闻，老死不相往来"。连儿女之间联姻都受影响。为那堆火，谁也不能好奇来查看。

金曙光回到点里，把自己判断的情况向董明和杜禄本说了，并指出重点怀疑是郭烙和柳晓飞、孟大个儿干的。疙瘩榔死后，郭烙开始围着柳晓飞转了，他们最有可能干出这事儿来。外点的人是不能跑来偷牛头的。再说了，他们怎能这么快就知道点里分了个牛头过节。董明不以为然，似乎不在乎这个事情的发生。杜禄本倒是很气愤，但他还是阻止了金曙光去找他们的行动。要查这个事情，也要等明天进行。今天不但查不出个什么结果，还搅得大家过节的心情不愉快。金曙光一想也对，就压下这口气。他叫董明去镇上买几斤猪肉，补上牛头丢了少的菜。董明摇下头,点里也没钱了,难为无米之炊。杜禄本理解金曙光的心情,想给大家节日的饭桌上弄得丰盛些。

"曙光,这点肉没让狼崽子们吃了,就给你留面子了,包……顿包子吃就……就不错了。"杜禄本相劝他。

金曙光本想把这个中秋节搞得红火些,踢开他当点长的第二脚。可是,董明不配合他的工作,有意在拆他的台。金曙光瞥一眼董明,这个小肚鸡肠的人,在青年点把他出息了,在学校的时候,坐在后排从来就没有见过他吭过声。金曙光让老杜利用点里现有的条件,把晚上的伙食安排好,然后就去大队部上班了。

金曙光解开手腕上的绷带,不用端着手臂来到大队部上班。甩开的双臂,感到十分轻松和自在,就是眼睛里隐含着一丝不悦的神色。这细微的不易觉察的黯淡神色,高春萍一见面就觉察到了。

"曙光,你怎么啦?好像心情不愉快。"高春萍知道金曙光今天是受伤后第一天上班,特意在广播室等他。一见面她就感到金曙光心里有事。

"没有啊!"金曙光的心里触动一下。

"没有?我的感觉不会错,你肯定遇到什么烦心事了,对不对?"高春萍的眼睛透着清澈的光,十分自信地看着他说。

金曙光沮丧地说:"是遇到点儿烦心的事儿。小队分给点里的牛头昨晚上丢了,不知道被谁偷走拿到北沟烤着吃了。"

"啊,四点还能出现这事儿!疙瘩榔活着搅得四点不安宁,他死了怎么还出现这缺德事儿!这不是欺负你这个新上任的点长嘛!不能就这样不声不响地完事儿。我找五哥和周庆友,非查出来这个坏蛋不可!"高春萍的声音不是和风细雨,如果丁德发在隔壁一定听得清清楚楚。

果然,隔壁响起丁德发的声音:"曙光,这个事情要上纲上线认识,不是偷个牛头的小事儿,一定要把盗窃者揪出来,在全大队示众批判!"

丁德发说完最后一句话的时候,已经站在了广播室的门口。金曙光忙迎上前,把丁德发让进屋里。丁德发倒像是来到自己的家,一屁股坐到高春萍的床上,说:"一会儿家祥和庆友来,咱们开个会。春萍说得对,不能不声不响的不了了之，一定要查个水落石出，这是给曙光树立威信，以后工作也好开展。"

"谢谢书记支持曙光的工作，晚上我请你到我家里喝酒，曙光作陪。"高春萍扬起眉眼看着丁德发。

"啊，是应该请我喝顿酒！可是，不行啊，我下午去县里，过节了，得把牛羊肉给送过去，晚上就在县里喝酒。明天晚上让你妈多弄几个下酒菜，我和曙光好好喝喝。"丁德发满面红光，就像二两酒已经下肚了。

"哎，丁书记，你去给县里领导送牛羊肉，不好给曙光弄点啊。他们点里的牛头都丢了，过节了也没有什么好吃的。那些知青远离父母，也很不容易的，每逢佳节倍思亲嘛。过节了，生活上还不得照顾一下啊。"高春萍的口气里，有些怜悯知青的味道。金曙光听了心里为之一动。

"你呀，你是给曙光争面子。好，给四点五斤牛肉，五斤羊肉。但这可要保密啊。要是那几个点的人知道了，都来找我要，我可不能安排人去宰牛羊了。再说，也不能惯成这个毛病啊。这是看在春萍的面子，破回例。"丁德发笑眯眯地看着高春萍说。

金曙光受宠若惊："谢谢丁书记对我们的关怀，我一定保守秘密。丁书记，去调查丢牛头的事情，我想提个建议。"金曙光看一下高春萍，似乎等着她的点头，他才能说。

"有什么话就说，丁书记对你多好，别有什么顾虑。"高春萍像站在课堂上的老师，在启发学生大胆地发言。

"我想，等过完中秋节再查牛头的事儿吧。别让大家跟着烦心，过不好节。"金曙光诚恳地说。

丁德发仰头大笑起来："春萍，你没有看错人啊，曙光的心眼多好，时刻想着大家！好，不差这一天，过完中秋再安排庆友去四点查这个事。"

金曙光的脸热涨起来。高春萍乜斜丁德发一眼，嘴角却露出迷人的一笑。

青年点中秋的晚饭还是很丰盛很热闹的。

高春萍给要来的牛羊肉，金曙光拎回点里，杜禄本都给一勺烩了，让大家吃了个痛快。没有人问那肉是哪儿来的，只有董明心存疑惑。为了证实是大队部破例给各个青年点分的,还是四点偏得的,他特意跑到二队青年点打听情况。二队离大队部近,大队部的一些信息知道的快。二点的伙食长刘勇和董明、金曙光都是一届的,彼此没有太多来往,却很熟。

刘勇一脸嘲讽地看着董明:"你们真不知道?还是跟我装糊涂?"

董明茫然:"我知道来问你干什么?"

"这么大的事儿,你们点里一点都不知道?谁信?这几斤肉给你们算点儿什么,确切地说是给金曙光的,你们跟着借光了。"刘勇没有顾忌他们点的人在屋里,大声说,"金曙光成了龙泉汤的女婿了,你们真是傻老帽!"

董明恍然大悟,传言金曙光和广播员搞对象的事情是事实了。怪不得五哥含骨露肉地点拨他。金曙光已经依附在一棵大树上,难怪好事频频落到他的头上。先是抽到大队部工作,接着又当上点长,以后更是好事连连。董明想不明白,金曙光真会找个农村的女人,在这儿扎根了,还是这小子耍个手腕,当作一个跳板?他虽然没有接触过大队广播员,但在小队也时常听社员嘀咕过,和大队书记丁德发好像关系暧昧。要说金曙光想利用这个女人,想耍手腕,董明了解金曙光,他还没长这个胆。董明想,既然这样,和金曙光叫板抗衡就是拿鸡蛋往石头上碰了。

董明回到点里,对金曙光的冷漠态度立刻就没有了。

皎洁的月亮挂在头上,秋风习习,山野飘香。青年点的院子里欢声笑语在静静的山村里回荡。

董明坐在金曙光的身边。他端起酒碗,站起身,大声说:"同学们,今天是中秋节,我们远离亲人在青年点过节。今晚的会餐能够吃上在家里都吃不到的牛羊肉,我们要感谢点长金曙光。他为了让我们这些同学能够吃好,不想家,费尽心血张罗这顿饭。我作为伙食长没有配合好点长工作,我在此检讨。希望点长和大家能够原谅我。我在此表示,今后一定配合好点长工作,把我们四点建成一个团结的战斗集体!我提议敬点长一杯酒。女同学喝水,男同学喝酒,来,干杯!"

大家哄地欢笑起来。唯独何璐一脸狐疑地看着董明。

33 栗天舒回点

金曙光决定要找个理由拒绝大队派人来查丢失牛头的事情。

金曙光来到大队部,高春萍把广播打开回家了。中秋节的晚饭,金曙光应该到高春萍家去吃,让准岳母相个面,也算登门认亲了。然而,高春萍还是有大局观念的。她考虑金曙光是上任点长的第一个节日,不能扔下点里的人不管,自己出来享受。那样就要引起知青们的反感,对金曙光没有什么好处。她要给金曙光树立起威信,要在全公社的知青队伍里出类拔萃。这是她的理想和追求。因而,安排中秋节后的晚上金曙光到她家吃饭,同时还邀请丁德发来作陪。

一大早高春萍就回家帮助母亲杀鸡宰鹅,收拾屋子。到了转播结束时间,她才来到大队部,看到金曙光,惊异地问:"你这么早来了,有事儿?"高春萍问。

"小高,"金曙光从认识她那天就这样称呼她,"我想,点里牛头丢了的事情就算了吧,别让周主任去查了。"

"啊,为什么?"高春萍皱下眉头。

金曙光笑了一下,说:"点里现在都很团结,查出谁,都影响大家的心情。"

"不对吧!你是怕查出的人,影响你和别人的感情吧?"高春萍心生疑团,她认为这事是柳依依的弟弟柳晓飞他们几个人干的,金曙光突然改变主张,她觉得不可思议,一定是金曙光怕得罪柳依依。

"小高,我没有那些想法,觉得为这点小事儿,伤了大家的和气不值得。牛头丢了,也没有影响大家会餐。而且大家都赞成我把节日伙食安排得非常丰盛。这要感谢你和丁书记支持我的工作了。"金曙光听出高春萍的话里有味道,忙解释说。

"我和书记支持你,不一定就能树立起你的威信。只有大家都服你,你才有威信可言。有人胆敢在你刚当上点长的时候偷走牛头,说明他们不惧怕你,必须查出来,狠狠地寒碜他们,领教一下你的厉害,才能把你的威信树立起来。必须去查,周主任一会儿来了,我就追他去四点。"高春萍薄薄的嘴唇紧绷,目光冷峻地看着金曙光。

金曙光内心打个冷战。他再坚持下去,高春萍会不会冲着他发火。金曙光感觉到,高春萍在他面前是强者,他似乎改变不了她的任何想法。

金曙光不吭声了。

"晚饭到我家吃,我妈现在就开始准备了。早点儿去啊!"高春萍眼睑一挑,瞧着金曙光。

金曙光随口答应,转身回到自己的办公室。

周庆友来到大队部,高春萍就敦促他去四点。周庆友告诉她上午姨丈母娘从鞍山来,他要到镇上去接,吃完午饭就去四点,让金曙光把男知青都留下,他要先给大家开个说服教育会,主动自首者,可以宽大处理,不搞成大队的典型,在本点内检讨检讨就行了。

中午,金曙光回点里吃饭。他犹豫半天,在厨房里,他端着饭碗的手不住地颤抖,一碗萝卜丝汤都要倾洒出来了:"下午男同学都留在点里,大队治保主任来给大家开会。"

"他又来开什么会,谁又把双杠破坏了啊?"柳晓飞嚷嚷道。

柳依依正好在厨房,过去拍了弟弟的头:"就你多嘴!"

"金点长,给不给工啊?我现在要撵工了,再耽误工,年终一分钱都拿不回来了。"郭烙迎合柳晓飞说。

"周主任来了,你去问他。"金曙光不耐烦地端着碗回到小屋里。

中午广播室播放时间结束,周庆友还没有来。点里二十几个男知青少有的休息时间,都躺在屋里睡午觉。

董明有些警觉,治保主任来给点里的男生开会,一定是查牛头的事。董明担心,一旦查出郭烙干的事,郭烙供出他那天晚上看到了,还跟着喝酒吃肉了,他脱不了干系。他问金曙光,周主任是来查牛头的事儿?金曙光告诉他,丁书记指示,非要查出来不可,在全大队知青中批判。

"这点小事儿,何必兴师动众的。就是点里几个人把牛头拿出去吃了,也算不了什么,多吃一口,少吃一口的,点里的同学们没有怨言啊。"董明心里打鼓,眼珠在转,想着对策。

"我也不想这么做,可是大队非要查个水落石出。没办法啊!"金曙光一脸沮丧,叹口气说。

"金曙光,你别当婊子还要立牌坊,你不去大队说,大队怎么能知道。一边要大队来查,一边还向点里的人讨好!"董明气恼地说。

金曙光哑口无言。此时,他内心埋怨高春萍插手点里的事情,弄不好,威信非但没有树立起来,人际关系上还要搞臭了。可是,他实在无奈,后悔不应该把这当作事向高春萍说。他暗中警告自己,点里的任何事情,都不能让高春萍知道,免得她干涉他的工作。

董明没有再理会金曙光,来到大屋,把郭烙喊到房后,告诉他,下午给男生开会就是要查牛头的事情。郭烙不以为然,"一个破牛头有什么了不起的,我不怕。"

"你不怕,我还怕呢。告诉你郭烙,你要说出我在你们烤牛头的现场,我跟你没完!"董明揪住郭烙的老头衫衣襟,睁大了那双小眼睛,恶狠狠地瞪着郭烙。

"那我也不承认,别人也没有摁到我的手,就你看到我了,你不说,没人知道。"郭烙挣开董明的手,咧嘴笑下。

"那好,一言为定! 刀摁在你脖子上也不能承认。我肯定不会说的。"董明心里坦然了。他想到何璐,再嘱咐她一下,不能让她乱说,那晚她也看清是郭烙了。

公社宣传队停止了排练和演出,栗天舒回到点里。接近两个月没有风吹日晒,栗天舒越发显得漂亮了。一套蓝色的运动服,两袖和两腿有双道白杠。浓黑的头发用红皮筋束着,头上别一个两头尖中间宽的红发卡,脚上穿着一双洁白的回力鞋,斜挎着军用黄书包,蹦跳地回到青年点。

柳晓飞昨天开始抽到大队治保组护林队,当天晚上就上夜班。早晨回来一头就扎到炕上呼呼大睡起来。

栗天舒走进院里,正赶上柳依依去大队卫生所上班。看到栗天舒惊异地问:"天舒,怎么回来了?"

"停止娱乐活动,毛主席追悼会结束后,再集中排练。依依姐,我要和晓飞哥一起回海连,你同意他回家待几天吧。"栗天舒哀求地看着柳依依。

柳依依拉起栗天舒的手,纤细的手指非常柔软:"天舒,这些天你的手就养过来了,你不能把练琴扔下啊。晓飞不能回家,他才抽调到大队治保组,看护林子和果园的任务很重。你在点里待两天吧,我妈妈的医院要送药下乡,能来龙泉汤,到时候你坐他们的车回家吧。"

栗天舒爽快地答应了。柳依依领她回到屋里,把行李中的毛毯拿出来,铺到她铺位的旁边。从何璐与柳依依怄气,搬到大屋睡,这个铺位就一直空着。尽管何璐在大屋里睡,但是屋里的女生也不敢搬到小屋里她空下来的铺位。点里的女生都不爱惹这个"何尖尖",平时处处咬尖,什么都应该是她先得到,然后再是他人的。有时莫名其妙地发火,说话像掰开的辣椒一样冲鼻子。

柳依依把栗天舒的临时铺位铺好,还没等她跟栗天舒说话,何璐在大屋的炕上蹦下来,冲到小屋,厉声喊道:"柳依依,谁让你占我的铺位了!"何璐好像根本没有看见,或是看见而根本不认识栗天舒。

栗天舒惊愕地看何璐:"何姐,是我。我回点里住两天。"

何璐斜睬一眼栗天舒:"你有什么了不起的!我的铺位谁也别想占!"

"何璐,你跟天舒耍什么脾气!哪儿写的是你的位置?"柳依依瞪一眼何璐。

何璐脸涨得通红:"写不写着也是我何璐的铺位!不经过我同意谁也别想占用!"何璐这些天心情不好,谷子地已经收割完了,她没有活干了。董明跟小队长说了,给何璐安排点轻快活,可是几天过去小队长没有动静。而更使她烦躁的是,一向很准时的月经没有按时来报到。她担心上个月董明没有听她的话,硬是把一股岩浆喷入她的腹腔。她有点担惊受怕,躺在被窝里阵阵闹心。看到柳依依领着栗天舒进来,还把她空下来的位置铺上毯子,一股怒火忽地迸发出来。

栗天舒受到了莫大的委屈,哇的一声哭起来,转身就往屋外跑。

柳晓飞似醒非醒中,听到姐姐喊"栗天舒"。他一个激灵蹦下地,穿上短裤就撵了出去。果真是姐姐在拉栗天舒。

"天舒,你什么时候回来的?这是怎么啦?"柳晓飞急切地问。

栗天舒抹着眼泪："依依姐，让我回去吧，我什么时候惹过她了，对我这样凶狠！"

"天舒，她不是对你，而是冲我发的火。你跟我去大队卫生所吧，晚上就睡在那儿。她不会把你怎么样的。"柳依依拉着她的手要往院外走。

"姐，谁欺负天舒了？是何尖尖冲她发疯了？"柳晓飞知道何璐为姐姐在选点长的问题上直言金曙光，而没有倾向董明，一直记恨在心。女宿舍里只有何璐和范红梅在，欺负栗天舒的只有何璐，没有别人能好意思这样做。

柳晓飞转身跑进女生宿舍，冲着正在梳头的何璐大声吼道："何璐，这是你家的青年点吗？栗天舒回来与你何干？吃你的了，还是用你的了！"

"哎呀，你们姐弟俩跟我叫什么？栗天舒是你什么人？动了你们的心肝宝贝似的。"何璐撇着嘴，轻蔑地看眼镜子里的柳晓飞。

柳依依跟进屋里，正好看见柳晓飞愤怒地抬起脚，踹在何璐坐的凳子上。何璐一个腚蹾坐到地上，号啕大哭："柳晓飞你打我，我跟你没完……"

柳依依上前把柳晓飞推出屋，过去搀扶何璐。一直在屋里织毛衣的范红梅扔下手里的针线，过来帮助柳依依。可是，何璐非但不起来，号叫的声音更大了。杜禄本和董明在小屋里都听得清楚，急忙跑过来。郭烙和串点来的一个叫马头的知青，也从厨房后窗跳进屋里看热闹。

何璐看到人多了，像个泼妇似的躺在地上打滚号叫。柳依依和范红梅费尽力气也没把她拽起来。杜禄本磕巴地劝了几句，没有起到任何作用。

董明向柳依依问清楚怎么回事后，大喊一声："何璐，这有意思嘛！"

何璐听到董明的一声呵斥，止住了哭声。柳依依和范红梅再上前扶起她，她顺坡下驴，起来坐到炕边。这时的何璐已经披头散发，鼻涕眼泪挂在脸上。

柳依依端起盆子去屋外打水，看到郭烙和一个不认识的脸像马脸一样长的人，站在门口看热闹，说："郭烙，没有什么好看的，出去玩吧，何璐让你看得都不好意思了。"

郭烙捅咕一下马头:"走吧,柳医生发话了,咱们就远点躲着呗。"

马头脸长眼小,笑眯眯地看着柳依依:"你是医生?能给我看看病吗?"

郭烙拽着马头,回到屋里:"你别瞎调戏啊,那是柳晓飞的姐姐。疙瘩榔活着的时候,想挂都没有挂到手,你在我们点可别乱整啊!"郭烙知道马头是太阳升青年点有名的痞子,见到漂亮的女知青就像馋猫闻到了腥味,不弄到嘴里,也要猫戏老鼠似的耍弄一番,满足他邪淫的心理。郭烙怕他在点里乱来,特别嘱咐他几句。

马头穿件蓝斜纹布喇叭裤,一件破了洞的老头衫,已经看不出什么颜色。长长的头发卷成绺,好像从来就没有洗过。他从窗前看到柳依依背着药箱走出青年点大院,忙追了出来。

"柳医生,你是哪届的?我们认识一下吧!"马头扬着脸,眯缝着小眼睛,嘴角露出淫笑。

"你有什么事?没有事,我去上班,别耽误我时间。"柳依依没有看他,也没有停下脚步。

"疙瘩榔粗鲁,我内心感情温柔,你接触我就知道了。像你这样气质高雅漂亮的女人,应该有个顶天立地的男人保护你。柳医生,我为你可以两肋插刀!"马头紧跟在柳依依身后,就差伸出手臂搂她了。

柳依依站住,双眼怒视:"请你放尊重点!不要跟着我,我根本就不认识你,也不想认识你!"

郭烙追了过来,喘着粗气,说:"柳依依,你走吧,这个马头有点精神不好,别介意。"郭烙踹了马头一脚,说,"你赶快回你们点吧,别来给我找乱来了。"

柳依依转身走了。

马头懊恼地看着柳依依的背影:"郭烙,你是真蛋啊!要是在我们点有这样的女人,我早就弄到手里了!"

"你竟然还要找柳晓飞要苹果,要是柳晓飞知道你想玩弄他姐,他不但不给你弄苹果,还能和你玩命。疙瘩榔都有点惧怕那个愣头青。"郭烙拍了马头一巴掌,说,"大盘子、钢镚他们中秋节前来点里,把牛头偷烤着吃了,大队还要来查。牛头的事儿还没完事儿,你个马头再惹点事儿来,以后你们谁也别来串点了,别怪哥们儿不够朋友!走,回屋里把袋子拿出来,找柳晓飞要袋苹果,你赶快回点吧。"

郭烙看到马头像恶皮虮子似的盯上柳依依了,他担心马头冲动起来惹出事端。没有疙瘩榔,他像断了脊梁骨,就得屈服于柳晓飞。那次他在菜园里调戏下栗天舒,被柳晓飞打了以后,就不敢招惹柳晓飞。尤其是疙瘩榔死了,他在点里基本上不敢张牙舞爪了。只有疙瘩榔在世时领他结识的外点的几个人,偶尔串点来能给他撑点门面。但是,在柳晓飞面前还不起作用。柳晓飞根本就没有把外点的哪个人放在眼里。他跟柳晓飞的关系刚刚缓和,不想把关系再搞砸了,这对他没有什么好处。

柳晓飞领着栗天舒到果园去了。栗天舒虽然刚回点里就受到委屈,可是和柳晓飞在一起,她把刚才的委屈和烦恼都忘到了脑后。柳晓飞从树上摘下一个红透了的红元帅苹果,用身上的海魂衫的衣襟擦了一遍,递给栗天舒。

栗天舒咬了一口,酸得直咧嘴:"晓飞哥,这么红的大苹果为什么还酸呢?"

"再红的苹果刚从树上摘下来,都是青涩发酸的,放到苹果笼子里捂段时间就好吃了。给你打个比喻啊,就像你吧,出落成个大姑娘也有羞涩,结婚生完孩子就没有姑娘的羞涩了。"柳晓飞说完"嘿嘿"地笑起来。

"你坏,谁结婚生孩子……"栗天舒举手要打柳晓飞。

"我说错了,天舒一辈子都不结婚生孩子,要当尼姑。"柳晓飞站起身,躲到一棵果树下。

"谁当尼姑,我要结婚生孩子就和你,不和别人!"栗天舒急得要哭,脑后的头发不住地晃动。

柳晓飞诡秘地眨巴一下眼:"这就对了嘛!"

"柳晓飞,你熊我!"栗天舒蹲下身,把脸埋在手臂上,撒娇地说。

柳晓飞过去把栗天舒揽到怀里:"天舒,我也是这么想的啊!"

郭烙的声音从果园外传过来:"晓飞,柳晓飞,你在哪儿了?"

"是郭烙,你别搭理他。"栗天舒警觉地说。那天在菜园郭烙抱住她的后身,她感觉自己的前胸好像让他触摸到了,因此看到他,她就觉得不舒服。

"没事儿,他对你得客客气气,敢有一点非分的举动,我能扒他的皮!"柳晓飞紧紧地搂住栗天舒说。

34 意 外

郑全祥病了,躺在家里有四五天没有下炕。柳依依和大沈来到老火车头的家,看到他精神萎靡,眼睛发直,灰白的头发像草窝似的支棱着。

柳依依本想打开药箱,给老火车头拿点消炎药和止咳药。大沈给郑全祥号脉:"秋天就怕伤肺,伤着肺,冬天就要遭罪了。小柳,你们西医就消炎止咳,但是治标不治本。我给老队长开副汤药,一个疗程就立马见效。"

大沈把一本药方纸从包里拿出来,放到桌子上,嘴里念叨着,往纸上写:"杏仁、桔梗、苏子、车前子三十克,一剂汤药,共七服。"大沈把方子写好,交给老火车头的老伴,让她去大队卫生所抓药。

走出郑全祥家,大沈忽然想起他开的中药方子,有一味药没有了,说:"柳医生,车前子没有了,不能让郑全祥的老伴白跑到大队去。咱俩去采些,我用瓦片给焙干就可以用了。"

柳依依问:"到哪儿采摘?"

"车前子就是车轱辘菜,往上走的路边、苞米地里就有。"大沈也不管柳依依去不去,转身就往沟里走。

柳依依也不知道什么是车轱辘菜,她犹豫一下,还是跟在大沈身后进沟里。再往上走,就要到雪帽山的山垭口,已经看到叶雪松的小石屋了。

"先到叶画家那儿,让他帮助咱俩采摘。小柳,这秋天来了,雪帽山可耐看了,哪天咱俩来采摘些药材,进山里顺便欣赏一下啊。"大沈手指远处的雪帽山,显得异常兴奋。

柳依依没有搭话。就是到山里采药材,也不能两个人来啊。一是孤单害怕,更主要的是孤男寡女进到山里太让人尴尬了。柳依依想,邀叶雪松进山采药,他一定能答应。他曾许诺有机会领她到雪帽山的冰湖看风景,这不正是机会吗?但是,柳依依没有跟大沈说这话,到时再说也不晚。

叶雪松的门上挂着锁头。大沈扯开娘娘腔喊了两嗓子,"老叶,老叶"。声音在空旷的山沟里回荡。

大沈领着柳依依在小石屋后面的一块草坡地上,采摘车前子。

这时,叶雪松正在北崖头下写生。他没有听到大沈的喊声。叶雪松坐在崖下一块大石板上,眼前支着画架,全神专注地看着崖头上那两只相互依偎嬉闹的狼。

太阳从雪帽山顶钻出来。阳光在两座山峰间斜射过来,照在崖头上的两只狼的身上。那只黄色的狼坐在崖石上,全身闪出金色的光,那只灰色的狼时而抬起前爪,搭在黄狼的脖子上,时而把头埋在黄狼的前腿下面。叶雪松断定,这是一对夫妻狼。那个黄狼是母狼,那个灰狼是公狼。它们亲密无间,情意绵绵。

叶雪松发现这两只狼,是在去年春天。那天他到山上写生,背着画夹子走到北崖头。叶雪松停下来,抬头一看,崖头下面有两条狗扬着脖子纹丝不动地注视着他。他突然感到一阵恐慌,额头立刻冒出冷汗。他感觉面前的两个动物不是狗,那竖起的三角耳朵神气活现地支棱着,那凸出的眼睛圆睁,露出凶恶的目光。叶雪松猛然意识到,自己遇到了雪帽山上的狼。大队让他进山看茧房的时候,大队副书记五哥就问他,雪帽山里可有狼时常出现,你不害怕吗?叶雪松迟疑地晃动下头,吞吐地说不害怕,可内心却十分畏惧。但他为了找到安静的地方练习绘画,必须到山里去。他来到山里,每天晚上都提心吊胆的,就怕屋外有什么动静,尤其冬天的时候,北风裹着冒烟雪,他搂着红缨枪整夜不敢眯上眼睛。一个漫长的冬天过去,他压根就没有见到过狼。胆子也开始渐渐大起来,在春暖花开的时候,他敢背着画夹往里面走一段写生。这次意外与狼第一次相遇,叶雪松双腿发软,往前不敢走,往后难逃脱。叶雪松索性把画夹打开，把画架支起来，颤抖地拿着画笔，开始对着那两只凶光毕露的狼写生。也许是叶雪松的异常冷静；也许是叶雪松拉开绘画的姿势有些夸张；也许是伴随人类进化到今天的狼，看到一个另类对它们的友好。狼，很耐心地纹丝不动地与他对峙一会儿，好像是知道叶雪松在画它俩。等他画下最后一笔的时候，两只狼无声地迅速地跃上山崖，慢慢悠悠地消失在树林里。

从那以后，叶雪松就不怕狼了。他发现，那两只狼经常出现在北崖头上，在崖下再没有遇到一回。叶雪松进山写生的时候，遇到它俩站在崖上，他就把画架支上，专心地画上一阵。那狼似乎很配合他，没有半道妥协溜走的时候。有次他来到大石板上，发现上面有凌乱的沾着泥土的爪子印。他辨别了一下，不是狗爪就是狼爪。在这山里，是没有野狗的。狼在大自然的进化中，能够在各种恶劣的环境中顽强地生存下来，是它有着坚忍的狼性。而狗在进化中，却已经走出大山、森林和草原，靠主人来维系它们的生命了。这个大山里是不能有野狗存在的。难道是谁把家狗领到山里了？他心存疑惑。他感觉还是那两只狼来到这上面。他写完生，走出山里，远远地躲在能看到这个石板的地方观察。半天，那两只狼不知从什么地方转悠过来，走到石板上停下，低头嗅闻着什么。然后扬起脑袋瞭望它们曾待过的崖头，没有五分钟就走了。叶雪松纳闷，也许是找吃的。他再来的时候，把留下的玉米饼带来，放到石板上，可那狼没有吃。青年点过节杀猪，他把骨头拿回来放到石板上，那狼还是没有动一下。从放上骨头后，叶雪松发现，那狼再就不到石板上了。它们出现在崖头的次数也不频繁了。但是，偶尔出现在崖头，叶雪松遇到了，支上画架写生，那两只狼好像明白他的举动，两腿前立，屁股坐在岩石上，宽阔的大嘴紧闭，脖颈浓密的毛竖立着。特别是那只黄狼威风凛凛，像座雕塑一样凝固在那儿。而那只灰狼就没有耐性，待上一会儿就坐卧不安烦躁起来，围绕黄狼转悠。这时候叶雪松就知道，黄狼待不上几分钟就要起身走了。叶雪松抓着规律，每次写生的时候，先把灰狼快速勾画出来，然后再细致观察黄狼的神态，一气呵成。

进入初秋，叶雪松是第一次遇到这两个狼，兴奋得有点紧张，生怕画不完那只灰狼就没有了耐心,搅得黄狼也坐卧不安。太阳已经从山峰后面露出一张耀眼的大脸,阳光洒在山梁上一片灿烂。叶雪松发现,这两只狼都比一个月前见到时毛发光泽亮丽,胸部和脖颈胖得发圆了。在雪帽山大山深处到底有多少只狼,没有人能说得清楚。可在雪帽山下,经常出没的狼,被人们时常提起的就是这一黄一灰的两只狼。山下有人见到,说得活灵活现,没有见到的人半信半疑。像叶雪松这样近距离的接触,在龙泉汤的村子里,绝无第二人。叶雪松很珍惜和这两只狼的缘分,他似乎明白,人与自然和动物这种心灵的沟通,也需要真诚和善良。

叶雪松画完最后一笔,感到非常满意。狼的那种桀骜、诡谲和凶残的神态豁然在纸上。叶雪松收拾好画架,崖头上的两只狼没有走,那只黄狼好像累了,和灰狼一起趴到地上。叶雪松打个响指,下山了。

叶雪松出了山口,就看到石屋外有两个人。他急忙走近,看清是柳依依和大沈。他觉得意外,不知道卫生所的大夫都来他的石屋干什么。尤其是柳依依来了,他是意外中有惊喜。从夏天那场大水卷走疙瘩梆的生命后,柳依依就没有再来他的小石屋。在点里几次想邀请她进山,可是没有充分理由就无法张口了。他的梦想是她依偎在一块奇特的岩石上,背景是葱郁的大山,周围有几株粉红色的映山红,衬托出她的清秀和美丽,画出最好的一幅油画,这是他为之追求的目标。可现在他和柳依依还没有发展到那个程度,但他有信心肯定能够实现这个愿望,只等时间和机遇的到来。现在也许就是个机会,大沈再帮腔,柳依依兴许会同意当一下模特,实现他的愿望。

"哎呀,画家,你再不回来,我和小柳大夫就'宰'不着你了,那可便宜你了!"大沈在大队的所有知青中,他佩服的没有几个,感到他们是一群粗莽的只是身上贴着"知识青年"标签的人。唯独另眼看待叶雪松,觉得这个人猎取知识的程度和见识与他相匹配。所以,大沈和叶雪松很谈得来。

"二位大夫到来,有失远迎。中午我请客,给你们烤苞米、烀土豆茄子、炖山鸡。"叶雪松显然兴奋,三步两步就来到面前,"你俩是来采中药车前子,这儿有的是,下午我帮你们采。"叶雪松看到门口堆放一摊车轱辘菜,知道是来采草药的。

"你也知道这是草药?"柳依依有些惊奇。在她的印象里,叶雪松好像就知道绘画。

"哎,叶画家可不一般啊,上知天文下知地理,通今博古,博览群书,就中草药识别和药性比我掌握的都多。"大沈眼睛瞪起来,怕柳依依不相信还拍着自己的胸口说。

"我说,沈大夫什么时候也会捧人啦?别把我捧到雪帽山顶摔下来没人接。"叶雪松把门锁摘下来,把他们让进屋。

大沈在前,柳依依跟在后面。大沈跨进里屋门槛,就看到墙上有幅素描画。刚走进屋里,视线不是很清楚,但大沈还是看清上面一个裸身的女人,坐在河边洗浴。线条优美的后背,侧目回望,一头秀美的黑发垂在左侧的胸前,双手在抚弄秀发。虽然是一幅素描画,但线条清晰明快,洗浴女子楚楚动人。

"哎呀,画家,这是哪位女人如此美,你画得如此传神。我……我怎么觉得面熟?"大沈转过头瞧眼柳依依,"小柳,那眼睛怎么有点像你。"

柳依依瞥一眼,感觉有点自己的影子。她脸颊发烧了,还没有说话,叶雪松一步上前,麻利地把画揭下来,叠好,脸红红地看一眼柳依依:"我瞎画的,谁也不像。"

叶雪松很尴尬。这幅画是临摹柳依依洗浴的素描画,是他那天晚上偷着看柳依依洗浴回来画的。没有人到小石屋来的时候,他就把这幅素描画挂到墙上,好像这样做,他在这个小屋里就不显得孤单。可他昨晚上挂到墙上的这幅画,早晨忘记拿下来了。让他俩进屋把这个事疏忽了,弄得他一脸窘相。

"你们坐,我给你们做午饭。"叶雪松把画夹放到小桌子上,就出去忙乎了。

大沈没有观察出他们之间神色的细微变化。他打开叶雪松的画夹,是一幅狼的素描画:"这小子和雪帽山的狼建立了感情,你看画得太逼真了,神态栩栩如生。这小子将来能在绘画上成把好手,我看人不会走眼的。"

柳依依没有搭言。她环顾一下屋里，目光落到他的窗台上，一个蓝色的圆形玻璃瓶吸住她的眼球。那个瓶子很面熟，好像是自己那天在汤子洗浴时丢失的那瓶洗发精。她偎到炕里，把窗台上的蓝瓶拿到手，正是那瓶爸爸从上海给她带回来的洗发精。

柳依依什么都清楚了，那天有个黑影在偷看她们女生洗浴，发现后慌忙跑走了，这人就是叶雪松。没有想到外表冠冕堂皇的人，背地里做出如此卑鄙龌龊的事！

"沈大夫，我们不在这吃饭了。你把草药装进袋子里先走吧，我和叶雪松谈点事儿，随后就能撵上你的。"柳依依尽量保持平静，不让大沈看出什么。

大沈觉得柳依依的决定很奇怪，一定和那张洗浴的素描画有关系。他不好意思过问，答应她："小叶人不错，画家追求美感，这个要理解啊！"

大沈把车前子装进袋子里，冲着疑惑的叶雪松轻声说："好好解释一下，小柳是通情达理的人。"

大沈拎着袋子走了。柳依依从屋里出来，伸手把蓝瓶给他看，脸露愠色："这是怎么回事？你能解释清楚吗？"

叶雪松的头嗡的一声膨胀起来。那晚柳依依她们发现有人窥看，草草洗完回点。他又返回汤子边，观察柳依依刚才赤身坐在那儿的角度，捡到这个市面上根本见不到的高级洗发精。他想通过什么方式还给她，可是总没有想出一个好办法来。昨晚他又打开瓶盖，嗅闻那股清香，就像闻到柳依依身上一股让人醉迷的味道。

叶雪松支吾了，脖颈子都是红色。

"叶雪松，我没有想到你是这样的人！"柳依依紧紧咬住薄薄的嘴唇，没有让泪水流出来。

"依依，你听我解释……"叶雪松焦急地喊道。

柳依依疾步走了，渐渐地从叶雪松的视野里消失。

35 董明的堕胎术

董明让老杜和范红梅去镇上粮站领点里下月的口粮。杜禄本觉得很意外,这是从没有过的事情。以前杜禄本要跟去镇上领粮,借机在镇上逛逛,可是董明总是以中午饭没人做为由,拒绝杜禄本的要求。今天突然开恩,他觉得蹊跷。

"你发什么呆?去不去?我有点难受,不爱动弹。"董明看到老杜嘴张着要往外磕巴什么,就抢先说。

"不做中午饭了?"杜禄本问。

"不做饭,这帮人不把你吃了!我做呗,有剩饼子,再熬锅萝卜丝汤就行了。"董明不耐烦,催促他快点走。

杜禄本换上只有回家才穿的黑皮鞋。平时没事的时候就拿出来打遍鞋油,保持得柔软而又有光泽。杜禄本在擦鞋的时候,有人在身边,他肯定要唠叨几句,这鞋十二元钱啊,是小马半月的工资。小马是杜禄本的女友,一起下乡,已经回城三年了,还在苦苦等着这个说话不利落,回城无期的男人。董明问他,大哥有什么高招,让一个回城的女人这样痴情地等你?杜禄本一咧嘴,真诚,精诚所至金石为开!这是经验之谈,大哥用八年时间得到的真经。董明明白了,杜禄本在八年"抗战"过后,胜利的曙光还没有显现的时候,仍充满乐观和信心地战斗在广阔的天地,靠的就是他心中这个"真经"。

看到杜禄本穿皮鞋那种得意和痴迷相,董明计上心来:"大哥,国庆节我放你几天假,你回趟家,我给你弄袋子苹果拿回去给马大姐,总不能耍嘴皮子不动真格的。"

"我还……还真想回去一趟,就是不好……好意思提出来,谢谢你啊,我去镇上回来给你买瓶罐头……吃。"杜禄本越是高兴越是结巴得厉害,脸都憋得通红。

董明看到杜禄本和范红梅坐着队里的拖拉机走了,他才来到点里的小仓库。他把缸盖挪开,从缸里拽出一个米袋子,里面能有二十几斤白面。又从缸后面摸出一个装满豆油的瓶子，能有三斤重。这两样东西，是董明聚少成多攒的，为的就是给小队政治队长高二送礼。这些东西藏在缸里，只有杜禄本知道，但他并不知道他是私用。刚才董明灵机一动，让杜禄本国庆节回家，就是要堵他的嘴。

董明把袋子扎好，把油瓶装进空化肥袋子里，放到厨房的碗柜旁边。董明来到女宿舍，空荡的屋子只有何璐还躺在炕上，身上盖着毯子。董明上前猛地给掀开，何璐竟然没有害怕，纹丝不动地躺在那儿。何璐穿着睡衣，蜷曲着身子。在这半年里，董明没少这样做。何璐看谷子地，经常半上午才起炕。点里的人都出工了，剩个老杜回到小屋里，不到做午饭时间不出来。董明就溜进女宿舍里，把何璐的被子一掀，摸摸索索一阵，胆子大的时候就趴到何璐的身上，何璐半推半就地允许董明占把便宜。可是，这些天他俩都闹心。董明闹心的是，高二还不给何璐安排活。而何璐闹心的是，月经快到两个月了还没有踪影。何璐知道董明一会儿能过来，掀开毯子也没有搭理董明。

"我这就去高二家，找他老婆，看他还敢拖着不办！"董明一副志在必得的样子看着何璐。

"两个月还不来，一定是有了，就怨你！"何璐在炕上打起滚来，光溜溜的大腿不住地扭动。

"我摸摸，要是有东西，下午我领你到沟里给你上堂体育课，那玩意儿立刻就没有了。"董明把手伸进何璐的腹部，温热而又柔软的小腹，像磁石似的把董明的手粘在上面。

何璐把董明的手打下去，坐起身，疑问："蹦蹦跳跳就能掉？"

"要是蹦跳，你在屋里蹦，去沟里蹦什么。"董明说着往小屋去，"柳依依肯定有这方面的书籍，找本看看，到底是怎么回事不来那个。"

何璐蹦下地，过去就把董明拽了回来："她的东西你别乱动。你翻她的东西，她肯定会发现的。"

"你啊，跟她闹什么别扭。要是处得好，问问她，咱们不就明白了嘛！"董明对何璐和柳依依关系紧张一直不满，他知道是何璐"咬尖"挑起的事端，不怨柳依依。他经常在何璐面前责怪她。

"问她什么，她就是二百五赤脚医生，抹个红药水，打个针的能耐。"何璐轻蔑地哼一声，不屑一顾。

董明辩解："柳依依接生好几个婴儿了，是一个成熟的赤脚医生。我看她对医生这行有天赋。"

何璐撇嘴："你别替她吹了！"

董明埋怨地说："反正你有点过分。都是一个点的，何苦把关系搞得这么紧张。好了，我去高二家给他送点面粉和豆油，跟二嫂说一下，你赶快出工。你在炕上一躺，我跟着闹心。你去二嫂家不？"

"我不去。"何璐又躺下。

"十点钟我要是没回来，你下地给做锅萝卜丝汤，把玉米饼子放在上面蒸一下。"董明吩咐完就走出女宿舍。

四队政治队长高二的家在上沟。路上没人，董明很顺利地把东西搬到高二家。

"哎呀，董明，这是干什么，你们都舍不得吃，还给俺家送来了。"高二嫂乐得一排黄牙露了出来，麻利儿上前接过去。

"我们是狼多肉少，吃了也不能解馋。要到国庆节了，给二嫂家吃吧。"董明经常来二嫂家，不受拘束，顺手从葡萄架上摘下一串紫红色的葡萄吃。

"就你们城里人讲究，让你们这帮城里的青年们弄得俺们农村人也知道要过国庆节。"二嫂的嘴合不拢了。

"二嫂，二哥回来给说句话，点里何璐看的谷子地收割完了，给找个活干呗。老在点里躺着，也不是那么回事呀。"董明显得亲切地看着二嫂。

"是那个看谷子地轰家雀的小何？她……你跟她搞对象了？"二嫂瞪着眼睛问。

董明嘿笑一下："搞什么对象，就是处得挺好，看我和二哥家关系好，求我给说句话。"

"你早说啊，你二哥回来叨咕了，要安排小何接替金曙光记工员的活，我没有让。一个老爷们领个丫头满山转悠，不让人说闲话嘛！"二嫂瞄一眼盆子里的白面粉,原来是为这个事来的,她嘴一撇,"要知道你和她搞对象了,俺怕啥啊!你二哥回来,俺就跟他说,让小何干记工员。"

"谢谢二嫂,就当我和小何搞对象了,你给办吧,我不会忘了二嫂的!"董明又摘下两串葡萄,高兴地离开二嫂家。

何璐趿拉着凉鞋,站在厨房的菜板子前切萝卜。

董明上前搂住何璐:"怎么感谢我?你干队里的记工员,金曙光原来的活!"

何璐把手里的菜刀咣当扔到菜板子上,转身抱住董明,在他的脸上吻了一口:"你真行!我再亲你一口。"何璐的嘴对着董明的嘴狂吻一阵。

董明把葡萄给何璐:"你洗一下吃吧,我来做饭。下午他们都出工走了,你穿上长衣服裤子,跟我去沟里,把你那个玩意儿弄掉。"

下午,到了出工时间,点里的知青该干吗都干吗去了。董明过去敲一下女宿舍的窗户。何璐穿着黄军装蓝裤子,解放黄胶鞋,脖子上系个蓝色纱巾出来了。董明在前面走,何璐远远地跟在后面。穿过一个果园,来到东沟。这儿的沟不深,杂草却很茂盛。沟里有几棵笔直的杨树,沟坎上是一溜海棠树。海棠果是夏季果,树上叶子浓密,但没有一个果子。

董明搀扶何璐下到沟里,指着一棵杨树说:"能不能爬上去?爬上去,你肚子里的那个玩意儿就能掉出来。"

"董明,谁给你出的馊主意?这么高的树,我能爬上去吗?爬上去能下来吗?还不得摔死啊!"何璐恐惧地往树上看。

董明抬头望,几棵大树是很高,就是他往上爬都很难:"是啊,有点高。哎,那海棠树不高,弯弯曲曲的还好爬,走,去爬海棠树。"董明拉着何璐的手,就往沟坎上走。

"我不爬树,谁告诉你的熊人办法,你怎么能明白这样的事儿?"何璐哭丧着脸问。

董明从容一笑:"我小学四年级放暑假,到岛里我叔叔家玩。我叔叔是公社民兵小分队队长,岛里有个钢厂,都是海连过去的工人。他们打仗斗殴,我叔叔抓伙闹事的痞子在办公室审讯,我和叔叔家的哥在屋里看热闹。我记住了叔叔问一个痞子：你把那个女人肚子搞大了，你不害怕吗？那个痞子说，害怕，他让她去爬电线杆子。"

"你坏，你是痞子，我可不是女流氓！"何璐伸手打董明。

"不是，这事儿不管是好人坏人，有了需要都要做的。做了肚子里就要有那玩意儿。要想让那玩意儿掉出来，就得爬杆子。"董明握住何璐的手，认真地说。

"后来她爬掉了吗？"何璐问。

"这我就记不得那个痞子怎么说的了。反正也不费劲儿，你先爬海棠树，不掉再往高爬。"董明挽着何璐的手臂，来到沟坎儿上。

何璐在董明的又推又拽下，费力地爬上一棵海棠树。何璐站在树丫上，双腿发颤，不住地哆嗦。

"董明，我害怕，我害怕，快把我接下来啊。"何璐颤颤巍巍地叫喊着。

董明登上树杈，扶住何璐，让她慢慢下来。爬下树干，何璐没有把住树干，一个腚蹾坐到地上。董明顺势搂住何璐一起从坎上滚落到沟里的草丛里。

他俩躺在草丛里，仰望薄云飘浮的湛蓝天空。

"我不爬了，我害怕！"何璐翻身压在董明的胸上，用一根小草撩着他的眼睛说。

36　A型血

山里的秋天格外凉，没有到霜降节气，早晨地面、草丛和树叶子上就铺上一层薄薄的白霜。太阳出来，那层薄霜渐渐地融化得无影无踪了。

这个季节，柳依依身上就会起一些过敏性的红疙瘩，而且还发痒。但是，来到农村后，没有像在市里那样，一到秋天，身上就隐约发痒。随着天气逐步变凉，她竟然没有感觉到皮肤有异样，是温泉水滋润的结果，还是山里气候的原因，她不得而知。母亲代表市卫生系统，到农村卫生所送医送药，给她带来的一些新的抗过敏药物，她还没有吃。母亲来去匆匆，但叮嘱她吃药，比嘱咐弟弟别惹祸的话要多出好几遍。柳依依感觉身上没有变化，就没有吃，可她却总想去下沟洗汤子。她无意中发现，是叶雪松偷着看她们洗浴，她的心反而还踏实了。尽管她对叶雪松的行为十分气愤，但她还是在心里暗自找点理由为叶雪松开脱，也许画家需要了解女人的胴体，他不得已而为之。她肯定自己的判断，叶雪松绝不是疙瘩榔和郭烙那样龌龊，他有素质，有理想和追求。想起和他接触的几回，柳依依感到很温馨。她也感觉到，叶雪松对她很友好，尤其是他为栗天舒报名考公社文艺宣传队那天，柳依依和叶雪松一路走来，俨然是多年的知己那样，没有半点生疏感。

然而，现在柳依依却感觉叶雪松很陌生，陌生得让她觉得从来就没有这个人在她的眼前出现过。柳依依把那蓝色的小瓶子放到箱子里，不愿再拿出来用了。她也没有声张这个事情，像什么都没有发生。

吃过晚饭，柳依依约上范红梅和几个女生到下沟去野汤子洗浴。

温泉水很热，站在里面就感觉有股热气扑面。柳依依穿着紧身的泳衣，把身子埋在温热的水里。她不由得想起叶雪松挂在墙上的那张素描画。那天，一踏进门槛，她的眼睛就落到那张素描画上，而且第一眼就感觉那个出浴抚发的女人的身上有她的影子。可是，她不能往自己的身上揽。如果没有大沈明白地喊出来，她肯定不会问叶雪松的，是大沈捅破天机，弄得叶雪松和她都挺尴尬。如果柳依依不发现那个蓝瓶洗发精在窗台上，她不会怀疑那晚的黑影就是叶雪松，也不会怒气冲天地质问他。这层神秘的面纱，谁也不会去揭开，朦胧之中也许会感到更美。

柳依依躺在温泉里泡一会儿，打开两条粗粗的辫子，把长发放到水里洗。几个伙伴说说笑笑，还撩起水珠嬉闹。柳依依洗完长发，就出来坐到汤子边那块石头上。有个女知青问，依依泡这么一会儿就出来了？柳依依似乎没有听到，她想起那张素描上那个出浴的女人，坐在这上面，回眸抚摸秀发。柳依依按照那张素描画上那个女人的姿态，坐到石块上，感到自己从没有这样的姿势坐过。叶雪松画的肯定不是自己，只是把她的眼睛和脸庞的轮廓放在那个女人的身上了。

"哎，你们看，依依这样坐着多美啊！"一个女知青喊起来。

柳依依的脸像谁泼上来一瓢温泉水，立刻发热起来。她扑腾一下躲到水里，长长的秀发漂浮在水面上。

几个女知青哈哈地笑了。有个裸身洗浴的女知青，学着柳依依的样子，坐到石块上，也把长发垂放在左胸前，回眸抚摸着。

"你没有依依姿势美，我学看像不像。"范红梅把那个女生撵下去，她坐到上面。

"你也不像，看看我怎么样。"

和柳依依来洗浴的四个女知青，都学着柳依依的姿势，坐到石块上，可是大家一致认为，还是柳依依身姿优美。她们起哄，让柳依依再坐到那上面，让她们欣赏一下。

柳依依趴在水里不出来，脸格外地发热。

"柳依依，柳依依……"远处传来急切的喊声。

"好像是点里黄大姐，她在喊你。"范红梅说。

柳依依从水里站起身，跑到汤子边拿起毛巾擦脸和头发。她看到前面的小路上，一个黑影正急匆匆地向她们这儿跑来。

"依依，不好了，何尖尖肚子疼得在炕上打滚，身下还出血。"黄大姐在点里一向稳重，从不多言多语，这样大呼大叫的从没有过。

柳依依把身上的泳衣脱下来，也没顾得擦下身子，麻利地穿好衣服，边走边把松散的头发绾个结，用卡子卡在脑后，匆忙地往沟上的青年点跑。

何璐腹部疼得在炕上直呻吟，豆大的汗珠从脸上不住地往下滚。下午董明领她在东沟爬树，虽然只爬了一棵不高的海棠树，可是回到点里肚子就隐约的疼。晚饭没吃，老杜给做的病号饭，一碗鸡蛋炸酱面。闻着香喷喷的，可就没有食欲。她勉强喝了点汤，就开始恶心了。她听到柳依依她们准备去汤子洗澡，她趴在铺位上，强忍着疼痛没有哼哼出来。董明过来看她，见她疼得都要在炕上打滚了，就说把柳依依找回来看看是怎么回事，跟她要几片止痛片吃，总不能硬挺着。何璐坚持不找柳依依，在柳依依出屋的那瞬间，她觉得柳依依好像是在嘲笑她，蔑视她。她想，和董明那点事儿，绝不能让点里人知道，更不能让柳依依知道。她和董明商量好了，小队记工员的活接到手，就请假回海连一趟，让在医院工作的姑姑领她检查下。要有那玩意儿就在家偷偷地做掉，神不知鬼不觉的，没有人知道怎么回事。点里人知道，她可就彻底完了。她下乡来不久就听老青年讲过，邻近大队一个女知青，和男生好了以后，肚子里就有了孩子，一直鼓出肚了才被别人发现，结果那个女知青跳水库里了。太可怕了！想起来身子就发抖，心里就发毛。要是没有那玩意儿，可是皆大欢喜，以后再不能让董明随便碰她了。这事太让人后怕了。当时脑子发热，天旋地转的，完事冷静下来，就开始成天提心吊胆，而男生却若无其事，别说痛苦，就是一点担心都没有。造物主有些不讲公平了，干吗不让男生担当点肉体上的痛苦，只给他们那种惬意和舒服，让他们忘情地占女生的便宜。

何璐想想就流泪后怕，这会儿疼得想撞墙。如果没有老杜和几个女生在面前，她真的能狠狠地掐一下董明。黄大姐告诉董明，还是把柳依依找回来，给拿点什么药吃。董明说只能大姐到汤子去找，男生没法去。

黄大姐已经跑不动了，被柳依依落在后面。柳依依跑到点里，气喘吁吁，满头大汗。柳依依靠在门框上稍微喘了几口，说："男生先出去一下。"

董明和杜禄本出去，把门关上。

柳依依看到何璐脸色雪白，目光呆滞，手不住地哆嗦，好像是中毒似的："你吃什么了？"

何璐摇摇头。

柳依依摸一下她的肚子，发软，很凉，又问："是来月经了吗？"

"我也不知道，两个多月没有了，下午来了。"何璐气力虚弱，"依依，别生我气啊，给我点药吃，疼得要死了。"

"尖尖，别乱想啊。里面垫的纸换下，我看一下出血量。"柳依依把卫生纸叠好，递给何璐，可她没有力气换下内裤里的卫生纸。

柳依依上炕，把她的腰带解开，把她的裤子和内裤一起趴到膝盖，她内裤的卫生纸已经湿透了。柳依依感到这不是正常的月经，也不是正常月经期腹部不适的症状。柳依依没有见到这样的情况，只觉得病情很严重。她把卫生纸叠得厚厚的，塞到何璐的身下，把裤子给她提上。跳下地,喊董明进来。

"董明,你快去小队要拖拉机送何璐去镇上医院,越快越好!"柳依依看董明瞪着疑惑的眼睛,要问什么,她一把将他推出去,"快去,耽误不得啊!"

柳依依安排屋里的几个女生,把何璐的行李和她的行李准备好。董明带着拖拉机来了。柳依依让把被子褥子铺到车斗里,让几个男生把何璐抬上车。一路上柳依依抱着何璐的头,不住地安慰何璐。

镇医院值班医生是医院副院长,认识柳依依。他简单地检查下,告诉柳依依,恐怕是宫外孕,造成流血,现在很危险,需要做手术,必须马上转院到县城医院,或是到离镇上最近的九寨硅石矿医院。院长说,转县城医院,现在车站没有过往的火车,要等两个多小时才有一趟慢车通过。患者在这两个小时里能出现什么危险,说不好;去硅石矿医院,二十里地的路程,但是医院没有血库,手术的血浆要成问题。同样会出现什么危险,也说不好,你们赶快研究一下怎么办?这可人命关天啊!

柳依依满脸汗水,身上的黄军装已经湿透了。她把董明拉到一边,目光犀利地盯着董明的眼睛:"是你的责任吧!"

董明低下头,没有吭声。

"你快决定,怎么办?"柳依依厉声说。

董明脸色煞白,嘴唇哆嗦:"我不知道怎么办好啊,依依,听……听你的。"

柳依依狠狠地瞪一眼董明,转身进屋。柳依依把杜禄本喊出来,说:"你跟院长借台自行车,快点回点里找金曙光,让他跟丁书记说,把大队的知青用解放车拉着到硅石矿医院献血,不知道何璐是什么血型,多来些人,越快越好。我送何璐马上去矿医院,手术需要血浆,先让矿上动员工人献点血。救命要紧,快找院长去!"

董明一把拉住柳依依,怯懦地说:"依依,这么弄,大队书记和知青们不就知道我和何璐的事了吗?我俩以后怎么办?"

"董明,你要脸,还是要何璐的命?"柳依依用手指着董明的鼻子,狠狠怒斥道。

拖拉机发疯地颠簸在漆黑的路上。柳依依紧紧地抱住何璐的身子,泪水滚落下来,滴落在何璐冰凉而苍白的脸上。何璐已经昏迷过去,全然不知柳依依的泪水洒在她那张渐渐安静的脸上。

何璐被抬进矿山医院的手术室，已经昏厥了，生命垂危。何璐的血型快速化验出来，是A型血。必须马上输血，否则就没有机会手术了。

"我是A型血，抽我的，多抽一些！"柳依依听到和她的血型一致，高兴得差点跳起来。

"你确定是A型血？"医生担心地问。

"医生，我爸是市中心医院医生，我还在医院做过一年护士，绝对不会差的，快抽吧！"柳依依挽起衣袖，把胳膊放到桌子上，深呼吸，放松身体。

护士拿着针管过来，找准她胳膊的动脉，一针扎下，鲜红的血液冲到粗大的针管里。

37　叶雪松发烧

叶雪松虚弱的身子无力地站起来，却难走出屋，他又扑腾一下倒在炕上。

叶雪松已经两天水米未进，身子开始虚脱。柳依依不听他的解释，愤然地走了，给他留下极度懊悔。他彻夜难眠，半夜坐在屋外，望着远处黑蒙蒙的雪帽山，好像自己坠入在深不可测的深渊之中。从没有过的孤独、失落和绝望的感觉，一下子压在他的身上。从长春市到辽南农村来，本来不是他的意愿。他们学校的毕业生是到内蒙古的科尔沁草原，他也非常向往那个地方，更愿意和同学们在一起。可他母亲却联系在辽南许屯公社担任革委会副主任的姨夫，把他办到这儿青年点。叶雪松满心不愿意，但是他没有向母亲表露出来，只有妹妹叶雪莲知道哥哥的心思。那时，他真的不能对母亲有半点违抗。父亲还在劳动改造，母亲在市实验中学教导主任的位置上，也靠边站了，每周只给五年级的学生讲两堂可有可无的农业课。母亲在单位遇到什么不顺心的事情，回到家里，在他和妹妹面前总是乐观的，根本看不出母亲在工作中的压抑和痛苦。叶雪松也不能给母亲增添烦恼，他乐呵呵地坐上南下的列车。母亲和妹妹的身影在车窗前消失了,他才委屈地掉下眼泪。

叶雪松有点渴了,口腔里像有火苗往外喷。他支撑起来,去拿暖壶,里面是空的。屋外传来一阵羊群的咩咩叫声,由近而远。他费力地喊了两声羊倌,微颤的声音被羊群的乱蹄子声淹没,羊倌肩上扛着鞭子的身影从窗前一闪而过。叶雪松又扑通一下倒在炕上。

羊倌把羊群赶到沟外的山坡上,就坐到石头上。他不敢把羊往里面赶,北崖头那边两只狼经常出没。他虽然没见到过,可是叶画家却经常见到,而且还给那两只狼画了像,活灵活现,令人毛骨悚然。叶画家可能又去北崖头画狼去了,他曾央求过叶雪松,再遇到狼,给它画画的时候,把他喊着,也要看看那两只狼。叶雪松问羊倌,"你知不知道有个成语叫'引狼入室'?"羊倌瞪着羊一样浑浊而又很小的眼睛摇摇头。叶雪松告诉他:"对你来说不用比喻,就是把真狼引到你的羊圈里,把你的羊给吃了。"羊倌不解地问:"我拿老洋炮把狼一枪崩死,还能领它到羊圈,这不胡说吗!"叶雪松用手拎起他的衣服袖子:"满身的膻味,顶风二里地都能闻到,何况嗅觉敏感的狼。要是闻到你的气味找到你的羊圈,你不就是'引狼入室'了吗?"羊倌一听害怕起来,就不敢再要求和叶雪松一起进山了。

其实,叶雪松是吓唬他,担心他跟去,一旦遇到狼,怕狼见到生人而跑掉。

羊倌望着远处的小石屋,感觉不对劲儿。他知道,叶画家没有连续两天都进山画画的习惯。两天没有见到叶画家了,是回点里了?可他刚才路过门前的时候,好像门上没有挂锁头。羊倌瞧一眼头羊,肥大的头羊没有挪窝,闷头啃草。头羊不动,羊群不会散开。羊倌拎着鞭子就跑下山坡,来到小屋前,拽门就进去。

羊倌愣住了:"画家,你怎么啦?你不是个懒人啊!"

"水,水,快点给我口水……"叶雪松无力地挥动着手,像在抓一个救命的缆绳。

羊倌拎一下暖壶是空的,到外屋的水缸里舀瓢水端进屋,把叶雪松扶起来。叶雪松咬住羊倌送到他嘴边的瓢,咕咚咕咚地喝下大半瓢水。

羊倌摸一下叶雪松的额头："妈呀,这么烫手! 俺背你去大队卫生所吧。"羊倌说着蹲下身,就要背他。

"不去,你到点里找老杜,做饭的,给我要点药,再拿点吃的回来。"叶雪松费力地说完,一头扎到炕上,"把被子给我盖上,我冷……"

羊倌把被子打开,盖在他的身上："大队卫生所那个赤脚医生不是你们点的吗? 俺那天在这见过她,俺找她去。"

"不行,别找她,找老杜要几片药吃下就好了。"叶雪松趴在炕上,摆着手,让他快去。

羊倌在叶雪松的屋里找条绳子,把头羊拴在树上。限制了头羊的活动,羊群就不会散花了。羊倌扔下羊鞭,就往山下跑。

羊倌一气跑到四点,脑门微微出汗。进到厨房说："你是杜大哥吧,叶画家病倒了,起不来炕了,跟你要几片药,再给他弄点吃的,他好几天没吃饭了。"

杜禄本皱着眉头："我说他这两天怎么没下来,有病了? 什么病就要药吃?"杜禄本把手里的活交给范红梅,说,"跟我去大队卫生所找柳依依,她也有两三天没有回点了,让她去看看是什么病,才能对症吃药啊。"

"不行,叶画家不让找柳医生。"羊倌为难地看着老杜。

"他说为什么? 没说,就别听他的,有病怕什么人,何况人家还是大夫。"杜禄本领着羊倌就往大队卫生所去。

柳依依和大沈都不在卫生所里。女会计说,沈大夫去镇上了,柳大夫去给二队队长的儿媳妇接生去了,不知道什么时候能回来。羊倌担心山上的羊群,要回山上,临走问老杜,怎么对叶画家说? 老杜说,一会儿就去大夫了,让他坚持一下。

杜禄本焦急地等了一个多小时,快到十点了,柳依依才拖着疲惫的步子回来。从抢救何璐献出二百西西的血浆,到现在三天了,柳依依就没有好好躺下休息。回来就守护在二队队长儿媳妇身边。孕妇预产期就是这几天,昨晚柳依依发现孕妇情况不对,和她接生的几例孕妇状况异样,孕妇的肚子特殊的疼。按照时间计算,已经过了临产时间。柳依依担心是难产,当晚就把孕妇送到公社医院。柳依依的决定是非常正确的,孕妇是双胞胎男婴,其中一个胎儿已经死在腹内,如果不及时送来,另一个胎儿不但难产下,孕妇的生命都难保。柳依依救了两条生命,自己也躲过一难,虽然很累,可心里还是非常喜悦。三天前救了何璐,今天又使一对母子脱离生命危险,她着实有说不出的高兴。

"杜大哥,你怎么来了? 有事儿?"柳依依疑问。

杜禄本一着急,费了很大劲儿说:"叶……老叶……病了!"

柳依依惊诧地问:"叶雪松怎么了?"

"他……病倒了,两天没……没起炕。"

柳依依听清楚了。她抓起桌子上的血压计,又打开药柜,拿出扑热息痛片和消炎药,急匆匆地往沟上走。

羊倌跑回来,看到叶雪松眼皮紧闭。羊倌告诉他,老杜去找柳大夫,一会儿就能来。叶雪松的眼皮微微睁开,干裂的嘴唇动下,羊倌没有听清他说什么。羊倌把毛巾在水盆里透湿拧干,放到叶雪松的脑门上,唠叨道,俺让大雨浇着了才发烧,老婆就把手巾弄湿了往俺脑袋上一盖,熬碗姜汤,大被一捂,出身大汗就好了。要是柳大夫治不好你,俺让俺老婆来给你喝姜汤,捂大被。

叶雪松嘴角滑过一丝笑意,又闭上眼睛。

柳依依和杜禄本急匆匆进到屋里,叶雪松高烧地睁不开眼睛。柳依依把体温计放到叶雪松的腋下,又给他测量血压,血压很低,心率跳动加速,身体虚脱,消瘦的脸上没有血色,额头冒出细汗。下巴上露出黑乎乎一圈胡茬子。

叶雪松睁开眼睛,看一眼柳依依,嘴唇动一下没有说出什么。柳依依把温度计拿出来一看,体温高烧到了三十九度。

"他烧得很厉害,体内有炎症,要送到卫生所输液。"柳依依对杜禄本说。

"这……怎么去,能不……不能在这儿输液?"杜禄本担心一折腾叶雪松,加重他的病情。

"不行,还要做过敏试验。这样烧下去,容易肺部感染。要是青霉素过敏,就要转院到镇上或是县城医院。"柳依依环顾一下屋里,曾挂着那张女子洗浴的素描像的墙上,挂上了一幅色彩明快的山水画,远山近水,层次分明,好像是窗外的雪帽山浓缩在这幅画里面。

"羊倌,咱俩背……背他走吧。"杜禄本让羊倌把叶雪松扶起来,他蹲到炕沿儿边,要背叶雪松。

"杜大哥,这样背到沟下,把叶画家不更折腾病了吗。等我一会儿。"

羊倌说完就跑出屋里,找了两个木棒子,又从外屋找出一条粗麻绳,麻利地做成一个简易担架。

"嘿,羊倌,你真有办法。"柳依依赞许地冲着羊倌笑一下。

"这棒子能……能结实吗?"杜禄本担心,用力压一下木棒说。

"没事儿,这是刺槐树干,俺弄来准备做镐把的,肯定结实。"羊倌说。

柳依依把叶雪松的褥子铺在担架上,杜禄本和羊倌把叶雪松抬到上面,柳依依把他的毯子盖到叶雪松的身上。

杜禄本在前面,羊倌在后面,柳依依在担架旁边,用手擎住叶雪松头上的毯子,不让阳光直射他的脸,又使他呼吸畅通。

叶雪松睁开眼睛,看到柳依依拉着毯子的手,眼睛湿润了。

38　画　像

叶雪松在卫生所打了两个点滴,高烧很快退了下来。叶雪松要回到山上,柳依依没有同意,让他在卫生所的值班室待上两天,要继续打点滴。大沈告诉叶雪松,这吊瓶不是谁来都能给挂的。这是市中心医院支援大队卫生所才有这输液,要不是柳依依的母亲给送来,你高烧到四十度,能打个屁股针就不错了。大沈言外之意是让叶雪松领柳依依的情,可是叶雪松还是执意下床要回山上。杜禄本最后出了个折中主意,让叶雪松回点里,正好董明送何璐回海连市,铺位是空的,有地方住,打针吃药护理也方便。柳依依想一下也可以,就同意叶雪松回到点里。

柳依依下班后来到丁德财家。丁二婶身体已经恢复过来。她一见到柳依依,就不住地感谢柳依依的父亲,是柳院长把她救了过来。柳依依跟丁二婶要几个鸡蛋,说点里一个知青重感冒,身体虚脱,需要补充营养。丁二婶拿出来半筐鸡蛋,告诉柳依依,这些鸡蛋都是给她们家攒的,等她们回市里的时候带回去。柳依依拣了十几个鸡蛋,说声谢谢就匆忙回到青年点。

杜禄本和范红梅把大锅饭做好了,正在和面给叶雪松做面条。柳依依把鸡蛋给杜禄本:"杜大哥,给叶雪松每天煮两个吃吧。"

"小柳,你给何璐献了那……那些血,也没好好休息,也吃几个鸡蛋补补身子吧,我……我也给你煮两个吃,我去社员家再要些回来。"

柳依依淡然一笑:"杜大哥,我没有事儿,叶雪松病得很重,几天不吃东西了,需要营养。"

"你也……不是铁打的。你回屋吧,红梅一会儿送……送过去。"杜禄本接过鸡蛋袋子,让柳依依进屋了。

董明送何璐回海连市,点里的伙食由杜禄本说了算。临近国庆节,点里有十多个知青回海连市了。人少了,杜禄本想给大家改善一顿。他到仓库的缸里去拿白面粉,可那半袋子白面粉没有了,缸后面的一瓶豆油也不见了。杜禄本立刻想到,是董明给拿走孝敬小队长去了。这样的事,他偷偷摸摸没少干,每次杜禄本都知道,只是装作没有看到。这个董明是满肚子猴,结果却惹了大祸,差点把何璐的命给送了。在知青中,他算是臭得不可闻了。想到这儿,杜禄本也挺怜悯董明,把这个事儿就咽到肚子里,没有向金曙光汇报点里丢了面粉和豆油的事情。点里还剩下的一点面粉,杜禄本做了两大碗混汤面,每碗放两个鸡蛋,让范红梅送给柳依依一碗。他端着一碗热面来到小屋,送到叶雪松的面前。

杜禄本神秘地看着叶雪松,会意地笑一下:"老叶,你……你挺有口福啊,小柳很……关心你啊,她给你要的鸡蛋!"

叶雪松眼望房梁,哽咽着说:"大哥,我对不起柳依依。我伤害了她!"

杜禄本惊疑,皱皱眉头,伸手摸下叶雪松的额头:"你没发……发烧啊,怎么说胡话了?"

"我真的伤害了她,她能原谅我吗?"叶雪松自言自语,像梦呓。

杜禄本疑问："你怎么伤害她了？"

叶雪松听到杜禄本的话，忽地坐起身，慌张地说："没事儿，杜大哥，我……我吃饭。"叶雪松猛然感到，他伤害柳依依这件事情，不能对任何人说。说出去就是对她更大的伤害。

杜禄本莫名其妙地看眼叶雪松："你还是高……高烧啊！吃饭吧，一会儿小柳说过来给你再量下体温。"杜禄本把饭碗端起来，递到他手里，"吃吧，别……别瞎了小柳一片心意。"

叶雪松食欲大增，大碗面条很快下肚，然后把两个鸡蛋也吞咽下去。叶雪松额头出汗，接连又打了几个饱嗝，感觉身上轻松了。他要立刻离开点里，回到山上。现在他怕见到柳依依，心里有恐慌的感觉。叶雪松从炕边杜禄本的箱盖上找到笔和纸，写道：大哥，我回山上了，麻烦你告诉柳依依，我病好了。谢谢她。

柳依依把杜大哥给她煮的一碗面条吃了，可是两个鸡蛋没舍得吃，她要留给弟弟吃。这些天，柳晓飞白天晚上守候在山上的果园里，也够辛苦的了。柳依依洗完头，用手绢把长发扎起来，拎起药箱来到小屋。

柳依依进屋看到叶雪松留下的纸条，不知怎么心里感到酸溜溜的。她隐约感到，叶雪松这次突然生病，跟她那天对他发火有关。他窥视女生洗浴，可能真是出于他练习绘画的需要。她虽然学过简单的绘画，但她没有这方面的天赋。在念小学的时候，每周都有一节图画课。老师把一只瓶子放到讲桌上，告诉学生们这叫"静物写生"。跟着老师照葫芦画瓢，画得歪歪扭扭，勉强得到及格。图画课是柳依依的弱项，可她用心学，图画本要比练习本价钱贵，而她跟爸爸要钱，一下子就买了十本图画本，放学做完算数和语文作业，就开始画画。什么苹果、座钟、自行车的，眼睛里看到什么都敢画。家里墙上那张年画，是一名解放军战士，紧握钢枪，在雪地里往前冲锋，她也照着往图画本上画。画的不管有没有点影子，也歪歪巴巴地写上"生命不息，冲锋不止"几个大字。结果班主任老师在检查学生的练习本时，无意中发现柳依依书包里的图画本，没人能看出来这个有点轮廓形状的人是解放军战士在战斗。下面的那八个字把老师吓出一身冷汗，别人看到肯定认为是丑化解放军。善良的女老师把柳依依的图画本没收了,下班后老师来到柳依依的家,把图画本交给柳依依的妈妈,并嘱咐她妈妈,不要打骂孩子,以后多注意孩子的作业,这个时候可不能出现政治问题。柳依依的母亲非常感激老师。送走老师后,母亲把她的图画本都给撕碎了,严厉地警告她,以后不准再画画。从那以后,柳依依真的不摸画笔了。

柳依依内心里原谅了叶雪松。他窥视女生的身体,可能是需要写生,才能画出女生洗浴的姿态来。他绝不是耍流氓。柳依依对自己肯定地说道。

第二天早晨上班,柳依依来到大队卫生所。和大沈忙乎一阵儿后,柳依依开出一瓶葡萄糖液,把四支青霉素兑到瓶中,从消毒柜里拿出输液针头,放到药箱里,跟大沈打个招呼就去了叶雪松的小石屋。

叶雪松不相信自己的眼睛,站在门口的是柳依依。

"没有好利索,自己就跑回来了,知道这是什么行为吗?"柳依依踏进门槛,佯装生气地说,"这是目中无人的行为!"

叶雪松慌乱地站起身:"不是不是,依依,我伤害你了,对不起你!"

柳依依抬起眼睛,瞥他一眼。她打开药箱,把输液瓶和输液管拿出来,动作娴熟地把针头插进瓶口,拴上绳扣,抬头看见墙上有个钉子:"挂到上面,输液。"

叶雪松把瓶子挂到上面,然后躺下,伸出手臂:"谢谢你!"

柳依依用皮筋勒住叶雪松的手腕,顷刻,叶雪松的手背青筋暴露。柳依依把住针头,找准血管,针头迅速扎进去,把皮筋解开,药水开始往叶雪松的血管里流。

"依依,麻烦你了,我不知道怎么感谢你!"叶雪松的声音有些激动,眼睛模糊了。

"这是我的工作职责,应该做的。"柳依依坐到凳子上,环视下小屋,那张远山近水的油彩画还挂在墙上。柳依依想了一下,她是第四次到这个小屋来,可从没有这样细致地看看。叶雪松很干净,叠在炕里面的被褥露出的被单子雪白,炕梢的木箱上放着一摞书籍,摆放得整整齐齐。只是她旁边的木桌上显得很凌乱。毛笔、画笔和纸砚撒满桌子。

"我也没有收拾,让你见笑了。"叶雪松仰面望着房梁,但他感觉到柳依依的眼睛已经落到桌子上了。

柳依依没有说话。

屋里宁静下来。叶雪松似乎都能听到自己的心跳声。叶雪松不安地动一下身子,此时,他感觉自己像躺在刑具上一样难受。柳依依能来给他打针,他是万万没有想到的事情。从他卑鄙的行径被柳依依发现后,觉得已经无脸再见她了。如果那天柳依依能够继续斥责甚至指着鼻尖骂他,不管她相不相信他的解释,他的心里都会好受些。可是,柳依依恼怒地拂袖而去,他一下子就崩溃了,感觉踏在灼热的铁板上,让他坐卧不宁。他从柳依依来到他们青年点那天起,就梦想有一天能够给她画张肖像。尽管,点里有很多女知青,可在他的眼里,唯有柳依依才能够体现出年轻女性的身姿和神态。然而,他对自己失望了,这是因为自己那晚一时的冲动而酿成的后果。现在,柳依依坐在他的陋室里,他感觉如躺在针毡上,无颜面对柳依依。

"你在学校学习的绘画?"柳依依淡淡地问。

"啊,我在读小学的时候,绘画课从来没有及格过。那时上课最讨厌的就是画画。有次学校组织我们去市文化宫看展览,我看到在大厅侧面有一个画家正站在高凳子上,画工农兵像。铺着白色画布的大画板上,用铅笔画成一个个小方格。画家手里的画稿也画成一个个小方格。我觉得好奇,就在那儿看。看会儿,我就明白了,把画像成倍数地放大,必须这样打成方格,才能准确地把画画好。我问那个画家叔叔,是不是这个道理。那个叔叔拍拍我的头说,小朋友,愿意学画画吗?我说愿意。叔叔说,回家跟你的父母说,他们愿意,就让你的爸爸妈妈领你来找我。那时学校已经不能正常上课了,我和几个同学经常到火车站,爬进客车厢里捡过滤嘴烟头和花花绿绿的烟盒。父母成天在市教育系统的学习班学习,根本顾不了我。他们一听说这事儿,非常高兴。妈妈领我到市文化宫见那个画家。妈妈见到画家竟然非常熟悉,是爸爸的同学,叫墨石,是国家有名的油画大师,从北京被下放到长春的市郊农场。市里搞游行,需要工农兵的巨幅画像,就把他找来画。从那以后,我不去学校的时候，就在老师身边，帮助打下手，老师余暇时就给我讲绘画的基本知识。他回市郊，我经常背着画夹去他那里，跟他学习绘画。老师非常爱我，对我也非常细心。我跟老师学了两年。后来老师被送到杉松岗煤矿劳动改造，一年后，有次煤矿发生透水事故，老师和十多名矿工都葬身在深深的矿井里面。"叶雪松的声音喑哑了，呆呆地望着天花板。

柳依依深深地叹口气："我在小学时还画过画。"

"你会画画？"叶雪松惊喜地坐起身。

"我不会画。图画课也总是不及格，想自己学习画，在家里看到什么都画。"柳依依说。

"依依，你爱绘画吗？如果你喜欢，我虽然不是画家，但稍微明白点，可以教你基本的知识。"叶雪松心情放松了，声音也敞亮了。

柳依依摇摇头："我可没有这个天赋！画像还要打格子吗？"

"临摹原稿，都要打格子。画人物素描就不用了。"叶雪松停住话，看一眼柳依依，"依依，我想给你画张肖像画，可以吗？"

柳依依低下头。半天，抬起眼睛看着额头已经冒出汗珠子的叶雪松："你画吧。"

39　去何璐家

何璐从回来就没有见到母亲脸上那团阴云散开。

何璐五岁的时候，父亲因病去世，母亲蔡玉莲拉扯她和哥哥过日子。母亲是从北大荒过来的，经老乡介绍认识了在海钢上班的何璐父亲。这工农户组建的家庭，从此就开始了艰辛的生活。在这个城市里，母亲没有正儿八经的工作，哪儿给的工资高，哪怕是每月多收入两元钱，不管活儿多重，母亲都要辞掉原来的，去干收入高的活儿。在房产局维修队伺候瓦匠干了十多年，听说李屯煤场推煤是按照吨数算钱，她母亲就去煤场干。一车皮六十吨煤，卸到站台上，用手推车倒到煤场堆成立方体。倒走一吨煤是七毛钱，母亲一天就能运走十吨。在煤场干活的膀大腰圆的男人都没有她母亲挣得多。哥哥年长何璐三岁，兄妹俩很小的时候，放学就到母亲干活的煤场看妈妈干活。母亲看到兄妹俩，浑身就像有使不完的劲儿。哥哥十三四岁时就帮母亲干活了。何璐十几岁就在家里给母亲和哥哥做午饭，把饭盒送到煤场。何璐有时也帮助母亲装车、推车。后来母亲就不让他们帮助干了，甚至煤场都不让兄妹俩去了。原来母亲长年累月在煤场干，脸上手上已经被细细的煤粉染黑，无论怎么洗，皮肤上细毛孔里沉淀的粉末也洗不净。母亲不能让自己的孩子那白嫩的脸上染上煤粉。就这样母亲宁可自己多受累，也不让日渐长大的儿女去帮助她干活。

母亲的年龄大了，后背也驼了。街道书记张阿姨看到何璐的母亲累了一辈子，起了恻隐之心，安排她母亲到街道的羊毛衫厂做保管员。后来羊毛衫厂黄了，张阿姨把她母亲留在街道办公室打零杂。虽然挣得不多，但可以年吃年用。用汗水攒下的两千元钱，够给儿子娶上媳妇和自己养老的了。所以，她母亲实心实意地工作，把打杂的活干得有声有色，满街道的人都叫她"快腿婆子"。何璐哥哥毕业要下乡，街道革委会破例给海钢革委会写了一封信，介绍何璐家的情况，建议海钢能够把何家的长子留城，安排去工厂上班。海钢知青办还真重视街道的来信，派人到何璐家了解情况，何璐家倒是不显得困难，甚至要比其他家庭要好些。一台三五牌座钟非常显眼地摆在柜子上，并排摆放的是红灯牌收音机。就这两件家什，在一般家庭是难能见到的。当厂里的人了解到，何璐母亲没有工作，靠干重体力活维持这个家，累得弓腰驼背，而且在丈夫去世的十年里，从没有找过海钢要一次困难补助。海钢破例把何璐的哥哥分配到钢厂的运输队上班。何璐的母亲感到，孤儿寡母地过日子，能够得到街道领导和邻里的同情和帮助，完全是自己为人处世的品行赢得大家的好感。何璐突然从青年点回来，而且是宫外孕做了手术，这对她母亲来说，无疑是个晴天霹雳。她母亲十年前丈夫去世的时候恸哭过，从那以后再怎么累，再怎么难也没有掉过眼泪。看到女儿的失身，还差点把命送了，她痛哭，流泪，打不能打，骂又不能骂，只好用眼泪来冲刷心中的愤懑和失望。她把何璐锁在屋里，不让她回青年点，也不让她出门。宁可养活她一辈子,也不让她在街坊邻居面前丢人现眼。

董明也一直待在家里,却没有敢对父母说他回家的真实原因。父母都是海钢的普通工人,都在机加车间一个班组工作。老两口一生都是老实巴交的,和工友说话都十分谨慎,不说过头话,不说闲话。他们教育自己的子女,也是以"话少说,活多干"为核心的教育。可就没有叮嘱过儿子在女人面前怎么小心翼翼地相处。董明知道,父母一定难以面对他闯下的大祸。只好说谎给大队办事待在家里,每天沿着马路跑二十多分钟,到双阳路何璐家这个瓦房小区,盯着何璐的母亲上班。见到她母亲确实走进了街道办公室,他才敢翻墙跳进院子里,进屋见何璐。临近中午的时候,他再跳墙出来回家。

这天早晨,董明看到蔡玉莲锁上院门口的木门,上班走了,他翻墙进院。何璐把门打开,董明闪进屋里。何璐只有董明来的时候,才感到心里踏实。尽管出了这么大的事情,何璐承受着心灵和肉体的痛苦,但她没有埋怨董明一句,相反倒觉得为董明付出的非常值得,也是爱的奉献。董明在青年点的时候很少抽烟,而到了何璐家,两人有时静静地坐着,董明就抽烟。九分钱一盒的辽叶烟,半上午就抽一盒。何璐躺在董明的腿上,看着他一口一口地往外吐烟圈。蔡玉莲回来感到屋里有烟味,以为自己在街道办公室成天待在烟雾里,带回家的。后来她发现厨房的炉坑里有一个烟头,她立刻警觉了。董明每次走后,何璐都要把家收拾一遍,不让母亲发现任何破绽。谁知这天董明叼着烟根出去,顺手把烟蒂弹到炉坑里,何璐没有注意,可她母亲却意外发现了。蔡玉莲不动声色。第二天半上午,蔡玉莲突然进来,把董明堵个正着。蔡玉莲把董明骂个狗血喷头,他灰溜溜地跑出门,蔡玉莲用当年推煤劲头儿喊了一句,"再来把你的腿打断!"

董明不敢去见何璐,在家里待不住,又没有脸儿回青年点。董明忧心忡忡,不知道如何处理何璐这件事。何璐的母亲真的不让何璐回青年点了,以后何璐可怎么办?董明不敢往深处想。在点里他本来可以排在前列,这下子全完了,剩下最后一个人回城才能轮到他了。董明在家里满脸愁云,父母下班回来,才勉强露出点笑容。

董明母亲杨月琴感到儿子不对劲儿,说是回来给生产队办事,可这么多天没见董明办什么事。在家一待十多天不着急往回走,董明下乡两年多来,可是头一回有这种情况。往常回家里,心里像长草了似的,就像青年点是他的家,而家里却是他歇脚的驿站了。

这天晚上,董明的父亲加班,母亲杨月琴也应该加班,但她请假回来了。吃饭的时候,杨月琴问:"小明,你回来给生产队办什么事儿?这么些天了,要是办不成早点回去,对队里好有个交代。"

董明闷头吃饭。他不敢看母亲,也不敢说话,只是哼一声算是答应她了。董明放下饭碗进里屋躺在床上。杨月琴越想越觉得儿子不对头,她断定儿子心里一定有事。

"小明,你是在青年点里跟人打架了?还是伙食账上出现差头了?"杨月琴想得多了,可就是没有往女孩子身上想。

在母亲那温和的目光中,董明的嘴硬不起来了:"妈,你别跟我爸说。我和点里的女生何璐在一起,她就宫外孕了。"

"什么?你……小明啊,你怎么能惹这么大祸呢!你知道吗,宫外孕大流血是要死人的!那个女孩子呢?"杨月琴的双手不住地颤抖,惊恐地看着董明。她是在担心那个女孩已经发生了意外。

董明激恼了:"告诉你,你就急。"

"这是要命的事,我能不急吗!是出现意外了?要么你怎么知道是宫外孕?"杨月琴抓住董明的手,"到底怎么回事?"

董明低下头:"大流血了,点里的赤脚医生柳依依发现及时,送到矿山医院抢救输血,才没有出现更大的后果。"

杨月琴松了一口气:"你还知道后果!多危险啊!你怎么能随便和女孩做出这事儿来?你随随便便,把那个女孩不坑了嘛。那个女孩子现在在哪儿了?是本市的吗?"

"住在双阳路,她妈不让她出门,也不让她回青年点了。我也没脸回青年点了。"董明忧伤地说。

杨月琴气恼地瞪眼睛,真想打儿子两下。可她没有动手,数落几句,就去收拾饭桌了。

半夜，董明父亲董连海回来，杨月琴把董明的事情告诉他。老两口难以入睡。孩子不懂事，父母不能不明白事理。那个女孩子的身心和家人都受到了伤害，男方的父母亲必须有个态度，不能装聋作哑。董连海立刻做出决定，明天让董明领着杨月琴到那个女孩子家，当着她家大人的面，承诺人家要是人家同意，董明就得娶这个姑娘为妻。两个孩子惹下丢人现眼的祸，恐怕都无脸回点了，这样孩子的前途，就因为一时失足而耽误了也太可惜了。这个时候不能责怪孩子，让他们鼓起勇气面对现实。既然村里的人都知道他们的事情了，就可以公开他们的关系。就是处对象，有什么错，顶多晚回城几年。别看董连海在外面从不多说话，摆起儿子这个突发事件来，却头头是道。

杨月琴觉得丈夫的话有道理，说给女孩子的父母听，也能理解。第二天，杨月琴到商场买了五斤鸡蛋、两盒麦乳精和五斤剔骨猪肉，让董明领着去何璐家。可是，董明不敢去，怕何璐的母亲把他和他的母亲撵出来。

杨月琴厉声说道："小明，你真是能请神不能送神。她家人就是打你两个嘴巴子，你也得受着。你能永远躲着她的父母吗？你对那个女孩子必须负起责任来！"

母亲的话，鼓起了董明的勇气。对何璐他是应该承担责任的。他们在一起的时候，何璐的脑子是非常清醒的，有自我保护的意识。可是在董明的软缠硬磨下，何璐的防线崩溃了，半推半就地委身于董明。董明自知对不起何璐，曾下定决心，何璐不回青年点了，他也不回去，宁可在市里当一个无业的游民。他只要能够和何璐在一起，什么都不顾忌了。母亲特别是父亲没有责备、训斥他一句，他感到应该去面对何璐的家人，更应该向她的家人表明，他要对何璐承担起责任来。

上午，蔡玉莲没有去街道。她要领何璐去市中心医院妇科检查一下，何璐脸色苍白，不爱吃饭。在一个矿山医院做的手术，她总归不是很放心。何璐担心董明来，看不到她着急，就偷偷写个字条，放到屋外的窗台上。

母女俩刚锁上门，董明和杨月琴就出现在她们的面前。何璐惊慌了,董明领着他妈上门来了,她担心自己的母亲没有好话给他们。

蔡玉莲看到董明,脸色立刻变得阴森了。

"姨,这是我妈妈。来看何璐的。"董明怯生生地说。

"我也不知道咱姐俩儿谁大,我就叫你大妹子吧。我是董明母亲。我昨天才知道两个孩子的事儿,今天来就是向你和孩子赔不是来了。大妹子,咱们进屋说吧。"杨月琴看出蔡玉莲不满的眼神,马上和蔼地说。

蔡玉莲听到杨月琴的话,脸色变了过来,迟疑一下,把门打开,拉起何璐的手赌气回到屋里。杨月琴和董明跟进来,董明把手里一大袋子东西放到柜子上。

"大妹子,你要是心里憋得慌,有怨恨,就打几下、骂几句我的儿子吧。我今天把他领来,就是让你出气的。我和孩子他爸都有责任,没有管教好自己的儿子,也向你和孩子赔罪来了。"杨月琴看着何璐,没有血色的脸,白得像张纸,眼睛里充满忧郁。这个孩子模样很俊,虽然经受了手术,但不是那种弱不禁风、病怏怏的女孩子身板。她这就放心了,儿子将来即使娶她也不是个病秧子,没有粘到手里。她满意能有这个儿媳妇。

蔡玉莲憋屈在心里的一股气,像刀划破了鼓囊的皮球,瞬间泄了出来。蔡玉莲无声地流下泪水,含辛茹苦地把两个孩子拉扯大,没有想到女儿这样不省心。何璐从回家后,没有见到妈妈流下一滴眼泪。现在当着外人的面哭了起来,她顿时感到对不起可怜的妈妈。何璐扑到蔡玉莲的身上,也呜呜地哭起来。杨月琴见到她们母女拥在一起哭了,她也禁不住地流出了眼泪。

三个女人都在流泪,饮泣声连成一片。董明真的傻眼了。女人的心他不懂,母亲的爱他模糊。董明扑腾一下跪到地上:"妈,姨,我对不起你们。是我坑了何璐,你们原谅我吧!"

董明的举动,惊住了三个女人。杨月琴心疼自己的儿子,麻利把董明扶起来:"大妹子,孩子是一时莽撞,原谅孩子吧。我们做家长的老去责怪孩子,他们也没有勇气面对现实啊。"

多日来,蔡玉莲的怨恨和忧伤,被刚才的泪水冲刷掉了。她拿起毛巾,揩干脸上的泪痕:"她姨啊,一个巴掌拍不响,咱家的姑娘也有错。你能领儿子来到我们家来,说明你是个明白人啊。我还能说什么。只是我这女儿的名声可无法挽回了。"

杨月琴从蔡玉莲手里接过毛巾,给何璐揩干挂在脸上的泪花:"这孩子多好啊!他们两个都不是小孩了。如果大妹子相信我们家,看董明将来能够立门头过日子,就让他们两个相处吧。我和孩子他爸都在海钢上班,没有什么大能耐,也办不了他们两个回城。在农村锻炼吧,哪天回城哪天算,我们也不着急。顶多不回城了,在农村安家,有了小孩送回来,我们家给养活。"

"她姨,我们家可是高攀了。孩子她爸走得早,命苦啊。有你这句话,我就放心了,我让两个孩子相处。小璐再养几天,我想让她回青年点。别人怎么笑话,也得面对。他们俩好好相处,就不怕别人说三道四的了!"蔡玉莲多日黯淡的眼睛闪出亮光。她的心一下子敞亮了。

"我和董明爸也是这么想的,两个孩子必须回去面对现实。两个人是处对象,不管别人怎么看,他俩好好相处,早晚都会回城的!"杨月琴看一眼董明和何璐,"你俩可不是小孩子了,以后做事不要冲动!董明,你要知道怎样爱护何璐!"

董明脸红了:"妈,姨,我知道了!"

40　狼来了

春天悄然地来到雪帽山。沟沟坎坎上开的粉红色桃花和白色的槐树花向人们昭示,明媚的春天已经行走在广袤的大地,起伏的群山,茂密的果林。走进山沟里,扑面而来的是阵阵芳香。深吸一口,沁人心脾;呼喊一声,如醉如痴。

金曙光从公社武装部开完会,赶回大队部的时候已经临近中午。他向丁德发汇报会议情况,公社武装部要举办基干民兵训练营,让每个大队派出一个民兵班,到公社集中训练。丁书记决定,每个生产小队的民兵排长领一名本小队的基干民兵参加。正好八个人一个班,不偏不倚。现在农活就开始了,哪个小队都不愿意放人走。金曙光为之挠头的事情,丁书记拍板就迎刃而解,金曙光高兴地回点吃饭。

拐过大队部后面的小河沟,金曙光看到远处有个人在河边的草丛中采花,他认出是柳依依。她慢慢地往点里走,偶尔停下,把草丛中盛开的艳丽野花采撷下来。她手里已经攥了一把花束,时而把花束举起来欣赏一番。

金曙光放慢脚步,犹豫是否追上去。金曙光担心打扰柳依依陶醉在春天里的心情。

晌饭时间,沟上沟下没人。金曙光前后望望,还是快步追了上去。

"依依,你采的这野花真好看!"金曙光赞赏地说。

柳依依没有意外,好像知道身后嚓嚓的脚步声是金曙光。她平静地继续采花。柳依依把手里的一束野花放到鼻子下嗅闻:"是吗?好看吗?"

"好看,这么普通的不引人注意的野花,拿在你的手里就显得特别好看。"金曙光站在柳依依身边,弯腰把路边一个蓝色的指甲花摘下来,拿在手里。

柳依依仍然在吸吮野花的芳香,走到前面的小石桥上,她凝视桥下潺潺的溪水,随手一丢,那束野花落到河里,顺流漂走了。

金曙光呆住了。半天缓过神来,追上柳依依:"依依,我知道你瞧不起我,点里的人都瞧不起得我。可我不在乎别人怎么看我,我在乎你!"

柳依依站住,冷漠地瞥一眼金曙光:"请你不要这么说话,自己的路自己走,不需要别人瞧不瞧起。"柳依依说完,扭头就快步走了。

金曙光撵上去,说:"依依,有个小事儿和你商量一下,柳晓飞的事儿。"

柳依依听到是弟弟的事情,站住了,望着远处,静静地等他说话。

"公社要组织骨干民兵训练,我想让晓飞参加。春天了,社员们开始下地干活,护林队也要解散了,到了秋天才能再组建。晓飞参加公社训练,回来就是民兵骨干了。大队组织民兵训练,他就不用到青年突击队干活了。"金曙光似乎在恳求柳依依，担心柳依依也不让柳晓飞靠近他。

柳依依略显激动："你是征求我的意见？晓飞干什么工作，听你们领导安排，我干涉不到！"

柳依依虽然嘴上说不干涉柳晓飞的工作，可心里却异常惦记弟弟。从去年秋天，柳晓飞开始到护林队，满山遍野的游荡，再回到青年突击队干活，肯定不能适应了。她想金曙光能听明白她的话，她说得很清楚，"听领导安排"已经完全表达了她的意思。吃饭的时候，柳依依看到金曙光把柳晓飞领到院子里，嘀咕了半天。

晚上，柳依依把柳晓飞喊出来。没等柳依依问话，柳晓飞急不可耐地告诉她，金曙光让他明天和三鸦鸶到大队集合，去镇上参加基干民兵集训，练习拼刺刀和射击，回来给大队民兵连当教官。看到弟弟兴奋的样子，柳依依也感到高兴。她嘱咐弟弟，一定要听从指挥，真枪实弹的训练，要注意安全。

柳晓飞第一次摸到真枪。一支五六式半自动步枪，把刺刀打开，拿在手里，威风凛凛。柳晓飞好像对枪有灵感似的，在实弹射击中，他每次都有十环的成绩，而参加了几年民兵训练的三鸦鸶，每次打靶都有脱靶的现象。十天训练很快结束了，集训营的民兵放假一天，准备参加县武装部在东港公社举行的大比武活动。柳晓飞和三鸦鸶把枪背了回来。三鸦鸶偷着告诉柳晓飞明天去雪帽山的砬子头打野羊。

柳晓飞乜斜三鸦鸶一眼："没有子弹，这玩意就是烧火棍！还打野羊，你吓唬都吓唬不走。"

三鸦鸶神秘地从兜里掏出四个装满子弹的弹夹："你看这是什么？"

"啊，四十发子弹！你哪来这么多子弹？"柳晓飞惊讶了。

"训练射击的时候，我每次装子弹就少装几发，我总有脱靶的——子弹都让我偷着留下来了，咱俩好上山打野羊。"三鸦鸶得意地看着柳晓飞。

"你真有道眼！你告诉我一声，我也留些子弹啊！"柳晓飞懊恼地说。

"你呀，给你一筐子弹你都能打出去，还能有心思留下来。这些子弹够咱俩玩的，明天早点上山。"三鸦鸶分给柳晓飞两个弹夹，嘱咐他别乱打枪。

第二天早上吃完饭，柳晓飞让郭烙拿几个玉米饼子，灌满两个军用水壶，装到马桶包里。柳晓飞、三鸦鹭背着枪，郭烙背着干粮往雪帽山走。

雪帽山北崖头上面是一道岩石裸露的山梁，悬崖陡峭，怪石嶙峋，星星落落的形状各异的松树，顽强地在石缝中挺立。一只山鹰在山梁上空盘旋，偶尔的几声悠长而凄厉的怪叫，在狭长的山坳回荡，使山坳显得更加空旷和寂寥。

柳晓飞他们站在山下，往山梁上望。平时进山的时候，总能看到上面有几只山羊出现。可是，今天三个人看了半天没有见到影子。柳晓飞和郭烙主张进到雪帽山里寻找，三鸦鹭不同意，大山里树林茂密，不好寻找猎物。就这么四十发子弹，一会儿就打完了，不值得往大山里进，还是往山梁上爬，一定能遇到野羊。他们开始往山梁上爬，寻找野羊。

爬到半山腰，柳晓飞抬头看到一只黑色的野羊，从前面的峭崖上蹦跳地跑。柳晓飞端起枪，瞄准。他还没有扣扳机，三鸦鹭的枪已经响起。一群野鸽子惊慌飞起，扑棱棱地掠过头顶。柳晓飞扣动扳机，"啪"的一声，子弹打在岩石上，尖厉的嗡鸣声滑向山坳里。野山羊瞬间消失得无影无踪。

"三鸦鹭，你急什么？我正在瞄准，我肯定能打到！"柳晓飞埋怨三鸦鹭，惋惜地看着山羊出现的石崖。

"那山羊贼灵巧，听到点动静，撒腿就没影了，还等你瞄准，黄花菜都凉了。走，到山梁上去追。"

三鸦鹭说完，把枪斜背在肩上，开始登山。他从小就善于登山、爬树抠鸦鹭窝，他在家排行老三，村里人送他绰号"三鸦鹭"。他登上山梁，柳晓飞和郭烙还在半山腰上爬。柳晓飞和郭烙爬上山梁，三鸦鹭已经开始搜寻猎物了。他们沿着山梁，满山寻找，到了黄昏时分，也没有再看到野山羊的影子。郭烙抠了一些野鸽子蛋，装满了两个空水壶。这就是他们一天的收获。

顺着山梁往回走，到了北坡，郭烙发现一个石洞。茂密的羊胡草遮蔽半个洞口。郭烙走过去要探头往里看的时候,忽然发现洞口的草丛中有两个狗崽子,嬉闹在一起。郭烙喊来柳晓飞和三鸦鹜,把两个虎头虎脑的小家伙抱起来,递给柳晓飞。

柳晓飞抱过来一个,抚摸着毛茸茸的小家伙,问:"三鸦鹜,这是狗崽子吗?"

三鸦鹜抱过去,看一眼:"这儿哪有野狗,一定是狼崽子。放下,咱们赶快走,大狼回来了,就能跟咱们拼命!"

"我们有枪怕什么?大狼回来就用枪打,吃狼肉也不错嘛。"郭烙看眼柳晓飞说。

"不行,我听老人说了,这野狼不能随便打。打死一只野狼,就会招来一群野狼。一群狼来了就要祸害人啦!"三鸦鹜让他把狼崽子放下,拽着柳晓飞要走。

"不,那这两个狼崽子拿回去,找个母狗喂奶,养大了就是大狼狗了!"柳晓飞和郭烙每人抱着一个狼崽子下山了。

青年点的男宿舍沸腾了。两个狼崽子瞪着黑乎乎的眼睛,惊恐地四处张望,胖乎乎的身子不住地哆嗦,晃动着圆脑袋,发出凄厉的稚嫩的"嗷嗷"声。两个狼崽子不吃不喝。郭烙领着孟大个儿去小队的马厩里,抓了几个麻雀回来,用火烤熟了,满屋飘香,可递到狼崽鼻子底下,连闻都不闻。

"这两个崽子一定还在吃妈妈的奶。郭烙,你明天到村里找找,看哪个社员家有给狗崽子喂奶的母狗,把这两个狼崽子抱过去,让它吃狗奶,长大了就是狼狗了。"柳晓飞贴到郭烙耳边,悄声又说,"答应给那个社员家点粮食,点里剩的饭菜给他家狗吃。"

郭烙兴奋地逗着狼崽子玩:"晓飞,这两个小家伙,就交给我驯养,我一定把它俩培养成能追野兔子和野羊的大狼狗!"

半夜时分,深沉宁静的山村隐约有犬吠的声音从远处传来,渐渐地像风一样刮过来,沟里的犬吠声几乎连成一片。刚刚入睡的柳晓飞,忽地坐起来,趴到窗户上往外望。漆黑的夜,没有一丝光亮。他听到一阵儿尖刻的嚎叫,在深邃的夜色里,压过嘈杂的鸡鸣狗叫声,像股邪风掀起无影的浪头,向他扑来。柳晓飞感到恐惧,额头冒出汗水。凄厉的嚎叫声由远而近,时而还有猪的挣命的嚎嘶声,就像谁家杀猪了似的。

屋里两个狼崽子挺起圆圆的脑袋,大声嚎叫起来,机敏地满地乱跑。郭烙下地把两个狼崽子抱到炕上,急切地说:"晓飞,一定是大狼来找崽子了!"

孟大个儿把灯打亮。柳晓飞大喝道:"闭灯!"

屋里的知青们胆战心惊,女宿舍知青们吓得尖叫起来。柳晓飞从墙上摘下枪,翻出兜里的子弹夹,压进弹仓十发子弹,拎枪就走到外屋厨房。柳依依披着衣服也从女宿舍出来。她感觉这凄惨的嚎叫声,跟柳晓飞从山上抱回的两个小动物有关系。柳依依阻拦弟弟。可柳晓飞的眼睛都发红了,甩开柳依依的手跑出去,爬到房子上,趴下身子,端起枪注视着周围。

夜幕中,柳晓飞看见两双闪着绿光的眼睛,在青年点后面猪圈的棚舍上晃动。一阵儿哀嚎刺耳响起,周围的犬吠、鸡鸣声立刻暗哑下来。柳晓飞托枪的手不住地抖动。他屏住呼吸,扣动扳机,清脆震耳的枪声在惶恐的山村里响起,接着就是一阵惨叫声。那晃动的绿眼睛立刻从黑夜里消失,惨叫声渐渐远去,山村也渐渐恢复深沉和宁静。

41 寂静的山谷

村里半夜闹狼,搅得人心惶惶。天刚放亮,社员们才敢出来看看究竟。两只狼从上沟下来,一路狰狞,有四个社员家的猪被咬死在猪圈里;有两家满鸡窝十多只鸡被咬的死得死残的残。

柳晓飞拎着枪和郭烙出来。金曙光知道是柳晓飞和郭烙惹的祸,把他的枪要下来,柳晓飞不愿意把枪交出来。金曙光厉声喝道:"柳晓飞,你闯下大祸了!"

柳晓飞不以为然:"打狼犯什么法?现在还不知道打没打死。"

"晓飞,你惹……惹狼患了。社员们不……不能饶了你俩的。这狼患多少年都没……没有了。"杜禄本听老社员们说过，雪帽山上的狼不好惹，惹了它们，它们想方设法要报复人的。

柳依依从屋里出来，愤愤地说："你从山上拿回来的是狼崽子？赶快送走！"

"姐，你要把我喂狼啊？点长，你把枪给我，我去看看昨晚那两只大狼打没打死。听叫声好像是打着了，不死也得伤。"柳晓飞大声地说。

这时，王明白和几个社员从沟上跑下来。一个社员拎着一把锄头，见到柳晓飞和郭烙，不由分说举起锄头就要打，嘴里不住地骂道："你们几个王八犊子，是把狼崽子抱回来了！二十多年了，雪帽山的狼，没有到村子里来祸害人了！你们敢惹它们，刚抓回来的两个猪羔子，眼睁睁地看着在圈里被狼咬死了，瞪眼不敢出屋。你给我赔！"

叶雪松也从沟上跑下来。

昨夜的狼嚎，他听得清清楚楚，继而又听到村子的方向传来隐约的几声枪响，感觉有些不对头。这种毛骨悚然的嚎叫声，他还是第一次听到。屋外漆黑，他端起扎枪静静地观察沟里的动静，一夜都没敢合眼。东方露出晨曦，他拿着扎枪，往沟外走。在沟口的河边，他影影绰绰看到前面躺着两个东西。他警觉地慢慢上前，他惊愕了，是两只狼躺在那儿。灰狼已经奄奄一息，抻着脖子，大口喘气；黄狼听到声音，敏捷地站起来，晃动着身子，一瘸一拐走几步又趴下。

叶雪松小心地靠上前，看清楚两只狼都受伤了。灰狼脖颈处往外流血，伤口处泛起红色的血沫。叶雪松迟疑一下，胆怯地上前，把外衣甩掉，脱下白色的背心，迅速撕成布条，抱住灰狼的头，把脖颈伤口包扎起来。叶雪松靠近黄狼。黄狼挣扎地站起身，拖着受伤的瘸腿，蹦了几步又倒下。黄狼抬头望着叶雪松，圆睁的眼睛，露出凶残的光，嘴巴微张，锋利的牙齿时隐时现，不住地发出噗噗的鼻息声。

叶雪松不敢靠前，大声地嘟囔道："我给你俩画过像，我们不是很熟悉吗？你受伤了，我给包扎一下，就好了。你要是让我救你，就把头低下，嘴巴紧紧闭上。"

那黄狼似乎听懂了叶雪松的话，垂下脑袋，闭上了眼睛，鼻息声也停止了。叶雪松上前,看到黄狼是中了两枪,一颗子弹打在左胯骨上,一颗子弹打在左小腿上。叶雪松迅速将黄狼受伤处包扎起来。他看到黄狼肚子上的两排乳头膨胀,还有乳汁冒出来。叶雪松以前判断黄狼是只母的,现在得到了证实。叶雪松猛然感到,母狼乳头往外溢出乳汁,证明它正是哺乳期。是没有吃的到村里寻食,还是它的狼崽子被村里人抱走了,来村里寻子? 叶雪松觉得一定是村里有人把狼崽子抱回村里了。他忽然想起,柳晓飞这几天在公社参加民兵训练,背着枪在点里耀武扬威的,一定是他打的枪。这事儿肯定跟这个淘小子有关。

叶雪松包扎完,又大声对抬眼看他的黄狼说:"要是你的狼崽子被人抱回村了,我一定给你送到北崖头。你俩能走赶快回山吧,不要再到村里来了。"叶雪松捡起外衣,就往下沟走。

叶雪松跑下来,看到一个社员正举起锄头要打柳晓飞。柳依依搂着弟弟,不让锄头落到弟弟的身上。董明、老杜拉扯那个暴躁的社员,但那个社员推开他俩,越发凶猛地往前冲。叶雪松猛地冲上去,夺下那个社员手里的锄头把,猛一下把那个社员推个趔趄。

"事情出现了,就是把晓飞打了又有什么用!"叶雪松大声吼道。

柳依依看着叶雪松,流下了眼泪。她恨弟弟惹的祸,更感激在这危急的时刻,叶雪松的挺身而出。

叶雪松扔下锄头把,来到柳依依和柳晓飞面前:"依依,没有事儿,别担心。晓飞,你是把狼崽子抱回来了? 实话告诉我!"

柳晓飞脸色煞白,知道自己闯祸了,低下头:"在点里了,两个狼崽子。"

"那两个大狼都受伤了,躺在山垭口那里。那个公狼的脖子中了一枪,流血过多,不知道能不能活下来。那个母狼腿上中了两枪,不能死,伤好了,肯定还会来村里找自己的崽子,赶快把狼崽子给送回去。"叶雪松急切地说。

"狼是记仇的,嗅觉敏锐,肯定闻到了柳晓飞身上的气味了,他可不能露面了。"王明白凑过来,满脸惧色地说。

"谁也不用去,我自己送过去。晓飞,狼洞在哪儿? 大概说出方位就行。"叶雪松瞥眼柳依依。她神色恐慌,眼噙泪水看他。叶雪松又说,"没有事儿,把狼崽子送回去,大狼就不会来村子里了。"

叶雪松把两个狼崽子装到一个土篮子里。杜禄本找来一块白纱布罩在篮子上,怕两个小家伙掉下篮子。金曙光要和三鸦鸯拿枪护送,两支枪膛里还有十多发子弹,一旦母狼兽性发作,可以当场击毙。

叶雪松望一下笼罩在晨雾中的雪帽山,忧心忡忡地说:"不能再要它们的命了,这大山里,可能就剩下这两只狼了!"

叶雪松挎着篮子,拎着半截扎枪,在点里知青们和社员们的目视下,向山里走去。他来到山垭口,惊奇地发现,那只奄奄一息的灰狼也没有了。地上留下一大摊血迹。叶雪松细心观察,山里的石板路,和山坡上都没发现一滴血迹。叶雪松心里感到慰藉,他的包扎可能起作用了。

按照柳晓飞和郭烙说的方向,狼窝是在北山梁的北侧一带。那儿山崖陡峭,没有成片的树木和草丛。山下人很少上去,就是羊倌漫山遍野地到处放羊,也从来不往北山梁上去。那儿僻静,植被稀少,更有野狼出没,没有人敢去。

叶雪松是在北崖头看到野狼次数最多的人。他站在崖下,给在崖上休闲的不避讳他的两只野狼写生的时候,他也未曾想到能有这么一天,给两只野性十足的狼包扎伤口;也未曾想到送它们的崽子到北山梁上。叶雪松有些紧张,刚才是过于逞强了。面对柳依依那惊慌失措而又无助的眼神,他油然而生一种责任感。他站在陡峭的山崖下,柳依依噙着泪水的模样出现在眼前。叶雪松鼓起勇气,一步一步攀到北山梁上。

叶雪松站在北崖头上。他站在崖下看崖上的两只狼的时候,并没有感到崖头有多高。好像那狼一个跳跃就能扑到他的面前,因而第一次面对的时候,他胆战心惊。现在站在上面往下看,感到有点眩晕。他感觉不到,那两只狼趴在这上面,看他在下面挥笔写生的时候是什么心情。那个未知的心灵世界,人类也许永远无法知晓。它们两个生灵相依为命,缠绵悱恻,绝不逊色人类那种异性情感世界里爱的表露。每次那只母狼蹲在这儿,表现出一种优雅的姿态,安静地在这大自然里享受着难得的休闲。那只公狼却趴在母狼的身边,冷眼看世界。

叶雪松身临其境,似乎感到,与那两个永远无法进行感情交流的野性动物有一种默契。这种默契的感觉刚从他心头产生，立刻就得到验证。两只狼崽子还没有从篮子里拿出来，叶雪松远远地看到山梁的西侧，柳晓飞说的狼窝的方向，那只黄狼出现了。两只小狼"嗷嗷"嘶叫。黄狼把嘴巴插到地上，发出悠长的，痛楚而又激情的嗥嗥叫声。叶雪松麻利地把篮子放下，打开布罩，把两个狼崽子捧出来，放到平坦的岩石上，拎着扎枪远远地向后面撤去。

黄狼的左腿瘸了，蹦跳地向前蹿几步停下，扬起头，发出几声柔和的叫声。两只狼崽子扭动肥胖的身子，朝着母亲的呼唤声跑去……

狼患事件过去半年，叶雪松再没有见到狼。

叶雪松每次自己来到这寂静的山谷，都油然产生一种怀念的感觉。他渴望再见到它们，可是，任他在北崖头下静静地等到日落，也没有再见到这一家老小的狼出现。他黯然地收起画夹，悻悻回去。

初秋的一天，叶雪松要到雪帽山的冰湖上写生。要开始收柞茧了，整个秋天他没有时间到山里写生。本来他邀好柳依依和何璐一起到冰湖峰的，叶雪松昨晚回点吃饭，柳依依忽然说不去了。卫生所的大沈家里有事儿，她不能离开所里。其实，叶雪松知道柳依依是找理由，不愿意去山里。从春天柳晓飞惹起狼患后，她就不愿意进山了。大队组织的进山砍秋柴活动，知青们都像出门旅游似的兴奋，争着抢着进山，可柳依依却不愿意去。大队安排卫生所跟个医生进山，她让大沈去的。而且柳依依还阻拦弟弟柳晓飞进山。叶雪松知道柳依依是一次被蛇咬，十年怕井绳的心态。叶雪松安慰地告诉她，从春天到秋天，他进山多少次，再没有发现狼的踪影。狼是有野心的，面对生存的选择，狼从来不缺乏野心。那几只狼也意识到北山梁一带已经不适于它们生存，迁徙到大山里或是更偏僻的地方了。柳依依觉得叶雪松懂的很多，在他殷切的目光中，柳依依答应和他去雪帽山的冰湖。她从到青年点以来，几次想去都没有去成的地方。都说冰湖秋光是雪帽山上最迷人的地方，她真想去看看。柳依依要把何璐带上，叶雪松没有反对。他揣摩到柳依依的心理，幽静的大山里，孤男寡女让人生疑。柳依依性格稳重，为人处世不浮躁。叶雪松不仅欣赏她外表的典雅美,更让她内在的这种气质所感染。

柳依依突然变卦,不跟他到雪帽山上的冰湖峰上去欣赏秋色,是因为她答应叶雪松的晚上,做了一个离奇的梦。梦见自己从山崖上滚落下来,掉到一棵树杈上,悬在半空,她拼命地喊,空旷寂静的大山里,只有她的喊声在悠长地回响,而没有一个人来救她。她醒了,全身出汗,不住地喘着粗气。何璐惊醒了,问柳依依怎么啦。柳依依告诉她做了一个不好的梦,明天不想跟叶雪松去冰湖峰了。何璐翻过身子嘟囔一句,她也不爱去,爬山怪累的。

叶雪松一早背着画夹,向山里走去。进了山垭口,继续往山里走。偶尔几声鸟鸣,越发显出山谷的幽静。走到北崖头下,他习惯性地抬头往上看的时候,惊奇地发现,那上面蹲着三只狼。那只大黄狼毛色发亮,身边的两只灰色的狼相互嬉闹。叶雪松远远地站住,不敢再往前走了。那只黄狼警觉地低下头,好像发出细微的声响。两只灰狼立刻停止嬉闹,把头一起转向崖下。

叶雪松感觉到,那两只灰狼就是他春天送到崖上的两只狼崽子。几个月不见,母狼已经把它俩养成大狼了。那只大灰狼不在,可能送命了。叶雪松怦然心跳,就像他当初第一次见到黄狼和灰狼在北崖头上一样紧张和恐惧。

叶雪松慢慢地向前挪动几步,摘下肩上的画夹,刚要支起来,黄狼站起身子,一瘸一拐地走了,两个灰狼蹦跳地跟在后面,消失在北山梁的深处。

叶雪松头上出汗了。心想,多亏柳依依没有来,要是她看到这个景象,吓成什么样不说,而且一定会认为他在说谎,那几只狼根本就没有迁徙别处,没有离开它们生息的雪帽山。

42　小荷才露尖尖角

柳依依在打开箱子拿毛衣的时候,放在箱子里的一张画纸掉了出来。趴在炕上的何璐眼尖,看出是柳依依的画像,立刻坐起身,要柳依依递给她看。

柳依依弯腰把画像捡起来，犹豫一下重新放到箱子里。柳依依把立领的红毛衣套进头上，穿好，说："别看了，画得好丑。"

"一定是叶画家给你画的，他还能把你画丑了？快拿给我看看，我也让他画一张。"何璐回来后对柳依依的态度，来个一百八十度的大转弯。经过这次生死折磨，她非常后悔为了选点长的一点小事，跟柳依依闹起别扭来。柳依依对她有救命之恩。如果那晚柳依依稍微疏忽，她就没有今天了。这份情谊她刻骨铭心。

"一会儿我去北草甸子给五保户送药，路过叶雪松的石屋，你跟我去沟里，找他画呗。"

柳依依的话一出口，就感觉脸颊发烧。北草甸子不路过叶雪松的小石屋，在小石屋下面不到半里路的地方岔开。北草甸子在沟口向北去，经过一片低洼的沼泽地。那儿只有五六户社员居住，一条坑洼的小毛道沿着沼泽地的边缘弯弯曲曲伸向里面。柳依依只去过一次北草甸子，非常偏僻，进到里面就像与世隔绝一样。何璐不一定去过，但她一定知道去北草甸子是不经过叶雪松门前的。柳依依担心何璐抓住她说话的漏洞，要奚落她一番。

不知何璐没有理会，还是没有注意柳依依的话有毛病，她没有搭话茬，却继续要看柳依依已经锁到箱子里的画像："依依，把箱子打开，我看看给你画得怎么样？不好让他重新画。"

柳依依一下子为难了。一张自己的肖像画没有什么，可关键是叶雪松在给她画完像后，在下面写的那首徐志摩的话，让她很难为情。那天叶雪松输完液，拔下针管，就急忙拿起画板，走出石屋。在屋后选择了一个光线好的土坡，让柳依依坐在一棵松树下的石头上，药箱放在脚下，侧身看他。柳依依穿着蓝色翻领的涤卡衣服，白衬衣的领子翻在外面，两根粗辫子搭在两肩前。柳依依不好意思看着叶雪松，就把目光投向雪帽山山顶，那儿有一片白云在悠悠飘过。柳依依想，这也是一种治病的办法，让他画一张吧，由她引起的一场急火攻心的病，也许画完这张肖像，就能彻底康复，权当自己的做法是服良药，奉献给患者了。柳依依胡思乱想一阵，叶雪松很快就画完了。柳依依接到手里看的时候，她没有把眼睛放在那轮廓清晰，线条柔和的画像上，而是盯着画下面写的徐志摩的一段话：

> 一生至少该有一次，为了某个人而忘了自己，不求有结果，不求同行，
> 不求曾经拥有，甚至不求你爱我，只求在我最美的年华里，遇到你。

柳依依面红耳赤，抬起头，和叶雪松火辣的目光相遇。柳依依立刻移开目光，不知此时该如何面对叶雪松迎上来的那份激情。

"依依，原谅我的冒昧。但那是足以表达我内心的话。真的，在我们最美好的年华里，遇到你，是我一生最难忘的！"叶雪松仰天长吁，"上帝苍天啊，感谢你把我送到千里之外的雪帽山下，遇到一位圣洁的仙女！"

叶雪松突然爆发的感情冲击波，像股热浪扑到柳依依的脸上。她不知道自己是被叶雪松的激情所震撼，还是被他忘乎所以的举动吓破了胆。她背着药箱，就往沟下跑。快要到点里，她才发现手里还紧紧攥着这张画纸。到果树林了，她再次打开画纸，才仔细看一下自己。她有点怀疑，那是她吗？看着画像，她竟然感觉到叶雪松那汹涌的激情豁然跳跃在上面。她的心怦然跳动，把画纸小心卷好，回来就放进了箱子里。

"依依，你愣什么神？有什么怕人的不给我看，要是怕人我就不看，不怕人，我非看不可！"何璐说着脱掉睡衣，把外衣穿好，下地伸手要柳依依箱子的钥匙。

柳依依瞪一眼何璐："你个何尖尖，眼神就是快。你坐炕边，我拿着给你看，不准你动手。"

"好，怕我手脏啊。我离远点，这可以了吧？"何璐站到门边，再跨一步就到大屋了。大屋里还有几个人没起炕。

柳依依赶紧摆手："好了，我的小姑奶奶，别把大屋的人招惹来了，往里来点，把门关上。"

何璐顺手把小屋的门关上。柳依依打开箱子，把肖像画的下半截叠起来，不让何璐看到叶雪松写的那几行字。

何璐的大眼睛瞪得溜圆："这个叶画家，真是用心画了，多美啊！那双黑眼睛里含着水，和你的眼睛一样。刘海给画长了，把眉毛遮了点。

啊,我看明白了,这是叶画家特意画的,这叫若隐若现,看上去让男人感到动心的美。下面是什么?打开啊!"

柳依依急忙叠起画纸:"都看了,下面是空白。"

"不对,我看到了,是写的字。我看看画家给你题的什么字。"何璐穷追不舍,非要看个究竟。

柳依依拗不过何璐了。想一下,叶雪松用草书写的字,当时她看的时候还将顺了一会儿。给何璐闪一下,她也看不出个什么。柳依依又打开画纸:"就给你五秒钟,一、二、三……"

"一生什么一次,为了……不求,不求,什么不求你爱我。"何璐吭吭呀呀地念着,愤愤不平地说,"这个傻帽,不求你爱他,他怎么这么狂!我去问问他!"

柳依依赶快收起画纸,放到箱子里:"好了,画张画,也扯不到什么爱不爱上啊。我去北草甸子,你去不去?不去我叫晓飞陪我去。"

何璐忙说:"我去啊,北草甸子可不路过叶雪松的门前。我们回来,你要陪我去找画家,让他也给我画张像。"

何璐的性格就是这样,别人有的她必须要有。看了叶雪松给柳依依的肖像画,她按捺不住要获得的欲望。如果今天得不到这张自己的肖像画,她心里一天都不会安静的。柳依依似乎已经了解了何璐的性格,就是今天不去北草甸子,何璐要她陪着去找叶雪松,柳依依也不会推辞的。在柳依依心里,她很想找机会到叶雪松的小石屋。她隐约有种感觉,愿意接近叶雪松。柳依依也想找个机会去他的小石屋,如果何璐不去找叶雪松画肖像画,她不知道自己从北草甸子出来,有没有勇气走向小石屋。

北草甸子五六户人家,掩映在茂密的山林里。山下一片低洼的平坦的山地,足有上百亩,长年山水淤积,形成了沼泽地。深秋季节,沼泽地里的一簇簇草丛,仍然葱绿。偶尔几只水鸟扑棱棱地飞起,低鸣声在空旷的草甸子上空回响。

柳依依、何璐从北草甸子出来,就往沟上走。何璐兴致很高,原来胖胖的脸蛋,明显地消瘦了。如果叶雪松照实画下来,何璐会不会产生误解?画像不是照相,画只能是像,看上去有感觉像与不像。一旦何璐看到自己消瘦的画像,会对叶雪松产生什么看法?本来叶雪松给她画像,不是偷偷摸摸的事情,但也是在没有第三个人的情况下画的。何璐找上门来而且还是她陪着来的,显然是她显摆的结果,叶雪松会对她有什么看法?柳依依看到叶雪松的小屋越来越近,她有些后悔了,不应该答应何璐,甚至自己都不应该有借此机会到这儿来的想法。柳依依决定,在叶雪松给何璐画像前,找个机会解释下。实在没有机会,也要暗示叶雪松不能照本宣科地画何璐,笔在他手里,完全可以把瘦下的轮廓画得丰满些。

叶雪松不在屋里。何璐一脸失望,柳依依稍感轻松。羊倌的喊声从屋后山坡上传过来:"柳大夫,叶画家刚往沟里走,俺去追他!"

羊倌底气十足,柳依依和何璐都听得清清楚楚。羊倌跑下山坡,不一会儿就消失在沟里。

叶雪松身背画夹,气喘吁吁地赶回来。

"何尖尖,你真是给我一个惊喜啊!你康复了!到寒舍来有何贵干?我愿效犬马之劳。"叶雪松瞥一眼柳依依,更多的惊喜投在了她的脸上。

何璐的头一歪:"我看到你给依依画的像了,把依依画得像仙女,我也请你画一张,答应不?"

叶雪松微微蹙额:"是吗,你看画得好吗?"

"何璐,你别瞎说。我不让你看,你死活缠着我要看,让你扫一眼,你就胡说!"柳依依感觉到,叶雪松是担心画上的字让何璐看到,含蓄地暗示叶雪松,何璐没有看到。

可何璐的嘴是不饶人的。她嘴一撇:"依依,你别看我只瞟了一眼,我什么都看清楚了。叶画家,你把依依画得那么美,怎么下面还写着什么'不求你爱我',你什么意思?你觉得自己挺有才的,就瞧不起依依了。你也太嚣张了,敢明目张胆地下战书。我要是依依,就把你的画给撕了!"

"何璐,你瞎说什么呀。丢三落四的,那是诗人徐志摩的话。"柳依依的脸唰一下红了,她没想到何璐会冒出这番话。这个事情是越描越黑,不能再辩下去了,"叶大哥,何璐要你给她画像,你给她画啊。她可臭美了,可要精心细致地画啊。"

叶雪松怔了一下,说:"啊,好,我一定把何尖尖画得像天女下凡似的。走,我们到山里,现在是秋天,满山红叶,可美了。"

叶雪松把柳依依的药箱放到屋里,锁上门,三个人就进山了。

走到北崖头,叶雪松突然站住:"你俩往左侧的崖头看,别惊慌啊。"

"啊,那是什么?好像是两条大狗站在那儿。"柳依依站住,抬头看一眼说。

"依依,别停下,继续跟我走。"叶雪松轻声地说。

何璐也看一眼,竟然感到自己手脚立刻冰凉,头上冒出冷飕飕的风:"叶大哥,我害怕,不敢往山里去了。依依,那不是狗,我听王明白说过,北崖头那边有狼。"

柳依依再抬眼望崖头,那三只狼清晰地站立在崖上,柔和的阳光从山头照射过来,一只狼的身上闪着金色的光。柳依依的腿迈不动步了,软得就要坐到地上。叶雪松一把拽起柳依依,一手挽着何璐的手臂,转身往沟外走。

走出沟外,柳依依的腿才有了力气,何璐的腰板才挺起来。

"看把你俩吓的。我想让你俩跟我再往崖头那边走走,轻易看不到那大黄领着两个狼孩子站在北崖头。我进十次山,能看到一次都很难。你俩来了就看到了,多幸运啊!"叶雪松已经很多天没有见到北崖头上的狼了,他现在也非常意外,那大黄狼见到人多竟然没有迅速消失,而是像他以前遇到的时候一样,沐浴在晨光里,旁若无人地静卧在崖头。他站在崖下支起画夹,好像是在和它们进行一场无声的对话。那狼两耳翘立,纹丝不动。

柳依依更显恐惧:"那是晓飞抱回的狼崽子长大了?"

叶雪松这才反应过来,柳晓飞惹的祸还在柳依依心里留下阴影。叶雪松忙嘿嘿一笑:"是的,它们已经迁徙到别的地方了,我也是第一次看到。其实没有什么,看到它们还是幸运的。"

"哎呀,叶大胆,还幸运?没把我和依依吓死。依依现在的脸色都没有缓过来,像张白纸似的。"何璐瞪一眼叶雪松,拉起柳依依的手往小屋走。

叶雪松暗暗责怪自己，怎么忘了柳依依的感受了。以后一个"狼"字都不能在她面前提起。

回到小屋里，柳依依的脸色才渐渐红润起来："叶大哥，我记得第一次来你这里，看到你画的狼的肖像挂在墙上，我就非常害怕。晓飞惹祸，给村子招来狼患，我就更害怕了！那是野生动物，毕竟是有野性的，可要多加小心啊！"柳依依的相劝，是发自内心的。她觉得叶雪松画画已经痴迷，自己跑进山里，很不安全。何璐在眼前，她又不能深说什么，委婉地点到为止。

叶雪松顿感温情，连连答应："再不去写生狼了，也不在你们面前提一个字了！"

"给我画像啊！"何璐没有忘记来找他的目的。

叶雪松选择一个光线充足的地方，让何璐坐在那儿，支起画板，开始专心画起来。

柳依依站在叶雪松的身后，悄声地说："何璐脸蛋瘦了，能不能画得像她没有手术前那样胖一点？"

叶雪松回头看一眼柳依依："明白，保证让她满意。"

何璐看到自己的画像，满意地笑了："哎，画家，下面也要给我题字啊。"

叶雪松思忖一下，欣然在画像下面写下：小荷才露尖尖角，早有蜻蜓立上头。

何璐看了一会儿："画得真好！你给我起的外号'何尖尖'，就是这么来的啊？那蜻蜓立上头，是什么意思？"

叶雪松莞尔一笑："没什么意思，是南宋诗人杨万里的一首小诗中的两句，回去给董明看一下，也许他能看明白。"

何璐琢磨一会儿，突然明白，娇滴滴地说："依依，叶画家坏，那蜻蜓是指董明，你坏……"

叶雪松嘿嘿地笑起来，笑得开心和爽快。

43　摘苹果的时候

霜降节气已经过去五天了,四队树上的苹果只摘下一半,马上就到立冬,北风一刮,满枝头的苹果都得冻在树上。四小队每年二百万斤的苹果产量,足以让这个小队的社员生活过得殷实。一半的苹果摘不下来,社员们心里都清楚,所挣的工分就要贬值了。小队政治队长高二振臂一呼,立刻,四小队是户不分南北,人不分老幼,能上树的上树摘果,不能上树的在树下装笼子。于是乎,满山遍野是摘苹果的人。为了节省时间,小队在山上的果园边垒台架锅造饭。青年点闭伙,全部上山。大队部的人、青年突击队都来支援四队抢摘苹果。

就在小队最需要人手的时候,栗天舒背着行李卷,拎着琴盒子回来了。

栗天舒是赌气回来的。她做这个决定的时候,跟谁也没有商量,因为也来不及商量。她唯一可以商量的人,就是柳晓飞和姐姐柳依依。她觉得应该跟柳晓飞说一声,但她担心跟柳晓飞说了,他会到公社文艺队闹事,所以就不说了,干脆直接打上行李卷回点里。公社文艺队就是八抬大轿请她,她都不再去的。

惹得栗天舒这样恼怒,缘于一件大事。前进歌舞团来县里招文艺兵,主要招的是乐器手,什么西洋乐器,民族乐器均可。年龄不超过二十一岁,只要公社有介绍信,都可以在第二天到县政府的大礼堂去现场考试演奏。公社文艺队乐器队,够条件的算她有三个人,那两个人都开出介绍信去县城了。栗天舒也跃跃欲试,找到文艺队队长刘开树开介绍信的时候,刘队长把手里的英雄牌钢笔往桌子上一扔,迸出一句话,像盆冷水浇到栗天舒的头上。

"谁都够条件去报名,就你不够!"

栗天舒看到他扔到桌子上那支英雄牌钢笔,笔帽的别卡上缠着红塑料绳。她恍然记起,这支钢笔是跟她一个宿舍的扬琴手吴云的。吴云那天往笔帽上缠塑料绳的时候,她还帮她系扣了。怎么在刘队长的手里了,她看得懵懂了。

半天,栗天舒才回过味来:"我为什么不够?"

刘开树拢了下一丝不乱的黑亮的头发:"你呀,下乡锻炼的时间不够!"

"吴云也是七六届下乡的,也和我一起来的文艺队,她怎么够条件?"栗天舒的心突突地跳,她从来没有用这样的口气和队长说过话。

"她表现好,破例同意去报考的。"刘开树瞪起眼睛看栗天舒。

"我怎么表现不好了? 哪次排练、演出我出问题了? 从来队里我耽误过工吗?"栗天舒的眼睛里滚动着泪花,她极力克制,不让它流出来。一旦流出来,她就一句话也说不出来了。

刘开树站起身子,踱步到窗前,突然转过身,恼怒地拍着手:"你栗天舒了不得了。进到文艺队的人,哪个不去我家帮助干点活儿,哪个我找他谈谈心,不认真对待? 就你没把我这个队长放在眼里。让你去我家,你都不去。找你谈谈心,你拿五做六的,你有什么牛的!"

栗天舒的眼泪抑制不住了,唰一下流出来。她完全明白问题出在哪里了。刘开树的老婆是中学老师,学校经常组织学生学农。他老婆不在家的时候,他就让文艺队的几个女队员到他家干活。洗衣服、收拾家,给院子里的菜地浇水。栗天舒不管别人怎样热衷于往刘队长家去,她却非常淡定,从不随波逐流,一次也不去刘开树家。吴云曾悄悄告诉她,刘队长生气了,全队的人都尊重刘队长,唯独弹琵琶的栗天舒没把队长放在眼里。栗天舒不屑一顾,尊不尊重队长,不是表现在去不去队长家,而是把自己的业务干好了,提高演出水平,才是对队长的最大尊重。栗天舒在文艺队的闲暇时间,就是在宿舍里练琴。刘开树在文艺队排练和演出中,一点儿也挑不出栗天舒的毛病。有一次刘开树要找栗天舒谈心,栗天舒来到他的办公室。刘开树却说现在没有时间,让她吃完晚饭后到公社旁边的道口等他,领她到河边散步谈心。栗天舒当时就告诉刘开树,晚上已经约好医院的张阿姨给她按摩颈椎。刘开树瞪视着她,没好气地说,你栗天舒别以为琴弹得好就什么都好了,思想不进步,一切都白费。那晚吃完饭,栗天舒去医院找张阿姨给她按摩颈椎,路过公社大门前,她看到刘开树骑着自行车,后面坐着吴云,向镇外走去。

现在,栗天舒感到了"思想不进步,一切都白费"的深刻意义了。这双小鞋终于给栗天舒穿上了。栗天舒明白,在这儿再怎么干,这双小鞋也脱不掉了,干脆卷起行李卷走人。

栗天舒气喘吁吁地走进屋里,把行李卷放到炕上,无力地靠在上面,喘口气。十多里的路程,是一股犟劲儿和期盼支撑她走回来的。又回到点里,又和晓飞哥在一起了,她心中竟然很兴奋。原来她睡的小屋里已经没有空位子了,她在大炕上找个铺位,把行李打开铺好。这时,她才感觉到点里是异常的寂静。女宿舍没有人,男宿舍也没有人,连杜禄本都不在。虽然是下午三点多钟,早已过了饭点了,可是点里不应该一个人都没有啊。栗天舒出来看到队里的马车往小队的院子里运苹果,才知道全都在山上抢摘苹果。

栗天舒找到知青卸果的园子,点里的人都愣了,小队长都把在公社的人找回来抢摘苹果,真是到了急眼门了。

"天舒,满山苹果摘不下来,把你叫回来,这苹果就能摘下来啊!"孟大个儿费力地挥动着扁担往树上打,一串苹果噼里啪啦往下掉。

"大个儿,你再这样打,让队长看到,你今天的工分都得扣下去。"何璐今天正式上任小队的记工员了,董明又给高二队长送去一条大前门过滤嘴烟,并告诉高二,何璐是他未婚妻了,这次回家定下的,何璐的活儿必须给安排了。

柳依依过来,把白色线手套摘下来,递给栗天舒:"你回来不耽误排练吗?怎么能折腾你呢?把手套戴上,你的手和我们的手不一样,刮破了就没法练琴了。"

"晓飞哥呢?"栗天舒把手套戴上问。

"他们护林队满山跑。他一会儿能过来拿大衣。"柳依依说。

果园里欢声笑语。有人高声唱起了歌,"离别三十年,今日回延安,宝塔映河山,红旗满山飘……"

天色渐渐暗了,柳晓飞才从别处转悠过来。他没有看出栗天舒。栗天舒从果树后面猛地跳出来,站在他面前。他惊愕了:"你怎么回来了?

谁把你叫回来摘苹果？"

"我自己要回来的，行李都拿回来了。"栗天舒小声地说。

"什么，文艺队黄了？"柳晓飞瞪起眼睛问。

"你喊什么，我自己不干了。"栗天舒显得很轻松，一点儿也没有沮丧。

"你自己不干的？"柳晓飞把栗天舒拽到一边，"不对，一定是有什么事儿！谁欺负你了？"

栗天舒不想实话告诉柳晓飞，迟疑片刻，想编个因由，但语无伦次起来："没有啊，我……我不愿意在那儿，没什么意思啊，回点和你在一起多开心呀！"

柳晓飞没有说话，皱着眉头，冷冷地盯着栗天舒的眼睛。栗天舒低下头，不得不说出实话："部队来县城招文艺兵，我要去报名。刘队长不给我开介绍信。"

柳晓飞依旧冷静："为什么？给别人开了吗？"

"打扬琴的吴云和我条件一样，就让她报名了。我问刘队长，为什么不让我报名，刘队长说我思想不进步。"栗天舒抬起眉头，瞥一眼柳晓飞，"晓飞哥，别生气，我真的不愿意在那儿干了。"

"你个傻丫头，你是赌气回来的！什么时候考试？"柳晓飞问。

"明天在县城政府大礼堂考试，就进行一天。"栗天舒说。

柳晓飞的眼珠子轱辘转悠一圈，咧下嘴，笑着说："天舒，没事儿，你报名考试还赶趟。我在镇上有个熟人，能跟那个刘队长说上话。我马上去镇上办这个事儿。刘队长的家在镇子哪块儿住？"

"晓飞哥，刘队长不能同意，你别去了，天都快黑了。你要去，我跟你一块去。"栗天舒焦急地说。

"我不见刘队长的面，那个朋友出面保证好使。我把信拿出来，就回来接你。咱俩半夜往县城赶。刘队长家在哪儿住？"柳晓飞又问。

"我没去过他家，听吴云说过，好像是在供销社后面的瓦房住，是把房头，不知道是把哪头。"栗天舒相信了柳晓飞的话，激动地说，"晓飞哥，谢谢你啊！但我跟你说清楚啊，考走了更好，考不走我以后也不回文艺队了。"

"以后的事儿以后说。我去找三鸦鹜借自行车。姐要是问我哪儿去了,告诉姐,我去下沟二队青年点了,在那吃晚饭。"柳晓飞说完,转身去沟里找在领着装车的三鸦鹜。

三鸦鹜把他姐夫的自行车借出来,交给柳晓飞。柳晓飞骑上先回到点里。男宿舍的炕梢有个绿色的帆布旅行包,鼓鼓囊囊地不知装着什么,也不知道是谁的。柳晓飞蹦上炕,把里面的东西倒出来,是些破鞋乱袜子。柳晓飞拿着空袋子到厨房,把杜禄本保养得轻快而雪亮的菜刀找出来,别到腰上。骑车到小队院里,打开一笼苹果,就往旅行袋子里装。装满放到自行车货架上,跨上车子,飞一般地奔向小镇。

暮色中的小镇,街上行人稀少。公社灰蒙蒙的两层办公楼还有灯光亮着,楼上的大喇叭正在唱着郭兰英的《绣金匾》,听起来让人感到情思悠悠。

柳晓飞跟一个在街上散步的老头打听,老头问清楚是公社文艺队的刘队长,嘿嘿一笑:问啥刘队长呀,你问刘大背头没有不知道的,在供销社后院那趟瓦房,西头第一家。

柳晓飞很快找到。他把车子锁上,把上身的红色棉线秋衣掖进腰带里,那把菜刀插到腰前,把黄军装的扣子全解开,菜刀在敞开的衣襟下,若隐若现。柳晓飞要的就是这个效果。他拎起沉甸甸的旅行袋,推开院子的木门,径直走进屋里。

刘开树和他妻子、儿女围坐在炕桌上吃饭。柳晓飞突然闯入,刘开树一家惊讶起来。他老婆放下饭碗,过来接柳晓飞的旅行袋。

"刘队长,对不起,打扰你们吃饭了。我是龙泉汤大队四队青年点的柳晓飞。现在正是摘苹果的时候,我给你们送袋子国光苹果。不是什么好玩意儿,给孩子们吃,略表心意!"柳晓飞嘴角掠过一丝笑容,立刻就沉下脸,冷冷地看着刘开树。

"啊,这么远的路,天又黑了,辛苦你啦,快坐下,吃饭没有?没吃和我们一起吃吧,我们刚端碗。"刘开树的老婆显得很热情。

"我吃过了,我叫你大姐吧。我说几句话就走,只耽误你们一小会儿。"柳晓飞一晃悠身子，衣襟摆动一下，菜刀已经露了出来。

"妈，刀，菜刀！"炕上的不大的男孩看见柳晓飞腰间的菜刀，害怕地喊起来。

柳晓飞看眼刘开树，他眼神慌张，忙去翻找香烟。柳晓飞坐到木椅子上，把菜刀拔出来，放到旁边的柜子上："啊，我走夜路害怕，拿着壮胆！"

刘开树拿出一盒大生产香烟，递给柳晓飞，尴尬地笑了一下："老弟来一定是有事儿，你说，需要我办什么事，我一定尽力而为。"刘开树把柳晓飞的烟卷点着。

柳晓飞深吸口烟，慢慢地吐出去："我刚才自我介绍了是龙泉汤四点的，你能知道什么事吧？"

刘开树坐到炕沿上，皱一下眉头，眼睛露出惊恐，小心翼翼地问："龙泉汤的？是栗天舒的事儿吧？"

"对，刘队长脑袋就是好使，不愧当领导啊。栗天舒和我一个点，是我的女朋友。她要参加明天部队招文艺兵考试，你看怎么办好？"柳晓飞瞪一眼刘开树，大口吸烟，往外吐烟圈。

"这个孩子就是任性。我告诉她，年底总政歌舞团来招文艺兵，比现在前进歌舞团强多了，小栗的水平肯定能被招走，要有耐心。可她不辞而别走了，我想明天就去龙泉汤找她。没想到你来了，明天让小栗回队吧。她可是台柱子呀，我想好好培养她，让她成才！"刘开树拢了一下油亮的头发，笑嘻嘻地说。

"刘队长，谢谢你的好意。明天不管哪个团招兵，就是别的公社的文艺队来招人，她都得去比量一下。走不了再回来，年底的事儿年底再说，明天必须去报名考试。你给开个介绍信吧！"柳晓飞把烟头扔到地上，狠狠捻灭。

"开树呀，青年们的前途可不能耽误了，符合条件就得让人去报名。"刘开树老婆瞪一眼刘开树，转而对柳晓飞笑着说，"你看这个小青年，不穿喇叭裤，不留长头发，比我见到的那些知青们可朴素多了，是个好知青。开树，赶快去办公室，把信给人家开了。我和孩子等你回来吃饭。"

刘开树接过老婆递给他的外衣,咧嘴苦笑一下,领着柳晓飞出去了。

44　迎接高考

恢复高考的消息,从广播里飞出来,就像一道闪电刺破雪帽山上那层厚厚的阴霾,露出的一抹霞光,照在知青们惊喜而又惶恐不安的脸上。

叶雪松几乎是屏住呼吸听完播音员的广播。他把手里的牙缸和牙刷抛到空中,蹦起了高。他做梦都未曾想到的机会,突然降临在他的头上。他感觉到,幸运之门向他打开了。他一直埋藏在心里的理想,终于可以看到实现的希望了。叶雪松环顾这个栖身两年多的小石屋,一种留恋的感情油然而生。那种感觉就像他马上就要离开这儿,再也不能回来似的。

叶雪松开始收拾行李,准备回长春复习课程。他在往箱子里装书籍的时候,看到夹在一本书里的一张写生画。他打开一看,是那次在汤子边偷看柳依依洗澡时画的人物素描。叶雪松像触电一样惊醒了,柳依依现在知不知道这个消息?她能不能参加高考?叶雪松懊恼地把卷好的行李和装好的箱子都掀倒到炕上,拍着自己的脑门,自言自语地说:"叶雪松啊,叶雪松,你还不一定就能考走,怎么这样忘情,竟然把你心中美丽的女神给丢到了脑后!"

他把小屋门锁上,外屋门敞开,让山上收茧的社员自己把挑选的茧种送进来,摆放在木架上,就急忙下山了。

这个时间,知青们都出工了。董明还没有起炕,看到叶雪松一早回点里,惊慌地起来:"老叶,有什么事儿?"

"你听到广播没有?恢复高考了!"叶雪松显得异常激动。

董明皱眉问:"高考?什么高考?早晨老杜嘟囔一句,我睡得迷迷糊糊。老杜可能就说这个事儿。怎么回事儿?"

"国家恢复高考制度了,早晨中央台广播的头条新闻!"叶雪松说完就要走。他感觉柳依依可能没有听到广播,或是听到没有引起注意。

"你别走啊,柳依依早到卫生所了。"董明明白了,叶雪松回来绝不是把这一惊人的消息告诉他,而要告诉的人是柳依依。

叶雪松没有搭理董明,几乎是小跑来到大队卫生所。柳依依在隔扇后面给一个女社员打针。大沈见叶雪松进来,客气地打招呼。见叶雪松满头冒汗,喘气急促,忙问:"你是看病吗?"

叶雪松摇摇头:"我找依依有点事儿。"

"柳医生忙完这阵就没事儿了,你稍等片刻。"大沈压低声音,神秘一笑,"美女爱英雄啊! 你敢闯狼窝去送狼崽子,不仅我们大老爷们儿佩服,美女更是敬慕啊!"

叶雪松脸有点发热:"我是什么英雄,去狼窝是不得已而为之! 在各方面我都是沈大夫的学生!"

"叶画家谦虚! 我就爱和你们这样知书达理的人说话!"大沈脸上洋溢着笑容。

柳依依看到叶雪松,怔了一下,摘下口罩:"叶大哥,你有事儿?"

"我告诉你一个特大的喜讯,今天早晨广播的头条新闻,你没有听到,国家恢复高考了!"

大沈霍地站起身:"什么? 哎呀,可惜我……我可能不符合条件了,两个孩子的爹了,完了,人生最大的理想难能实现了!"

柳依依却很平静:"我听到这个消息了。"

叶雪松愕然:"你……你什么想法? 报考不?"

"哎呀,柳医生,你们的机会多好啊,我都羡慕死你们了!"大沈的娘娘腔有些喑哑了。他急不可耐地在屋里走动起来,"柳医生,这是好机会,你们应该搏一搏! 我去公社打听一下都什么条件,要是我也符合条件,我也拼搏一把!"

"依依,沈大夫都成家立业了,还要抓住机会拼一把,我们更应该迎接挑战了。依依,你好像不大热心啊!"叶雪松兴奋的心情,被柳依依的漠然降了温度。

柳依依看眼大沈,欲言又止。大沈脱下白大褂,说:"我去公社打听一下消息,回来告诉他们。"大沈说完,匆匆走了。

228

这时,柳依依才低声地说:"我听到广播里播送这个消息时,也非常高兴。可细想一下,我没有信心了!"

"为什么?"叶雪松问。

"在学校没有学到什么。学校搞专业班,我们班级是卫生班,到爸爸的医院实习一年,文化课基本没有学到多少。"柳依依内心十分焦急。她知道,他们这一代知青的命运,可能从这一重要的新闻对外宣布后,将从此改变了。可是,面对这难得的机会,她却没有把握抓住。点里的知青们有的听到了,却没有人兴奋,好像这个消息跟自己无关。柳依依清楚,他们的心理同她一样,面对机遇而没有信心。唯独叶雪松把兴奋的心情完全写在自己的脸上。

"依依,我想你应该树立勇气和信心。你的基础好,接受能力强。你要是回海连找老师辅导一下,再根据自己复习的情况,正确报考学校和专业,一定能够考上!"叶雪松很激动,两眼紧紧地盯着柳依依。

柳依依低下头,不敢抬头面对叶雪松。在他面前,她感觉自己很渺小,这次难得的机会都不敢去应对,只感到畏缩和胆怯。柳依依不知怎么应答叶雪松的话。院子里有人喊她,大队部有她的长途电话。

叶雪松起身要走,柳依依思忖一下,说:"叶大哥,你如果没有事儿,等我一会,电话可能是我母亲打来的。"

叶雪松耐心地等在卫生所。十几分钟过去,柳依依急匆匆地回来。叶雪松看到柳依依的神色紧张,忙问:"家里有什么事儿吗?"

柳依依坐到椅子上,平静地凝视叶雪松一会儿,说:"我妈妈让我回海连复习参加高考,她给我找个辅导老师。"

"这是最好的了! 可以在老师辅导下专心复习,你一定能考上!"叶雪松感到了母爱的力量,一个电话就使没有信心的柳依依鼓起了勇气。

"我答应妈妈参加高考,但没有答应回海连复习。我不愿扔掉工作回家复习高考。一旦考不走,我怎么有脸再回来。我想参加高考,还是低调点好。就是蛮有把握做到的事情,也要留有余地。我不想张扬!"柳依依声音不高,眼神也异常平静。

叶雪松立刻觉得从听到高考的消息到现在,自己过于张扬了。早晨那阵还要收拾行李回长春复习。相形之下,柳依依想问题要比她称为大哥的他老练多了。叶雪松面呈愧色地说:"依依,我是太兴奋了,让你见笑了!"

柳依依矜持地笑下:"叶大哥,这次机会对你来说,是十分宝贵的。你一定能考上的。而我没有信心,所以,我怎么能兴奋起来呢?父母亲都让我参加高考,不听父母亲的话,他们会伤心的,我就斗胆试试。你别见笑啊!"

叶雪松冷静下来,说:"我比你早两届,在学校也没学到什么,但比你们能多学点儿。在没有从考场出来前,谁都不知道会考得如何。这样吧,你要是相信我,我们业余时间在一起复习,相互促进。你看怎么样?"

"好啊,你不怕耽误你宝贵的时间?我是愿意的,拜你为师!"柳依依这时脸上才露出淡淡的笑容。

叶雪松开始着手准备复习资料。他去了镇上的百货商店,那儿有一个图书柜台。他走进商店,就看到图书柜台前聚集了很多买书的人。高考的消息是秋天里的一股劲风,已经吹到了这代人荒芜的心里了。青年们奋力抓住这根救命的绳索,拼力地往上攀登。叶雪松没有往前挤,他远远地站在后面,感受到这场拼争的激烈和残酷。叶雪松默默地离开商店,来到车站前的邮电所,给妹妹叶雪莲打了个长途电话,让她在长春找些复习资料,给邮寄过来。

叶雪松填好长途电话单子,坐在长凳子上等待电话。叶雪莲是长春体校的花样滑冰运动员,在第五次全国运动会上,获得女子少年组花样滑冰冠军。因为有一技之长,去年毕业就没有下乡,而到体校做了专职运动员。

电话接通,对方告诉他,找叶雪莲还要等一会,她正在冰场训练。几分钟后,叶雪莲接听电话,听到哥哥的声音,声音立刻沙哑了。叶雪松的喉咙也滚出低沉的声音。叶雪松两年没有回家了,听到彼此的声音就像一根无形的纤细的绳子,牵动着心肠。叶雪松问妈妈身体好吗?妹妹告诉他,妈妈进入秋季总是咳嗽,没有大毛病。妹妹告诉他一个好消息,爸爸的问题正在落实政策,很快就能平反。叶雪松很激动,尽管父亲的问题对他还没有多大影响，但在高考前，父亲的问题得到公正解决，无疑对他高考入学是十分有益的。叶雪莲问他："哥，你给我打电话，是要我给你找复习高考的资料吧？"叶雪松感到意外地问："你怎么知道？"妹妹笑着说："不是我知道，是妈妈说的。我们听到这个消息后，妈妈就说，你哥一定能参加高考，说不定会给家里打电话要复习资料。妈妈早晨说的话，你中午就来电话，还能有什么事？"叶雪松说："妈太了解我了。我是要你帮我找一些复习资料，能准备到双份的更好，尽快邮寄过来。"叶雪莲说："邮寄多慢啊，我准备好后给你送过去。"叶雪松激动地说："越快越好。"

叶雪莲来得真快，第二天就把满满一旅行袋子复习资料送来了。叶雪莲在青年点认识了柳依依。在送叶雪莲去镇上的路上，叶雪莲坐在自行车后面，对哥哥说："我知道你多要的那份复习资料给谁了。"

叶雪松只是给妹妹介绍点里见面的几个知青。当时点里有何璐、范红梅、柳依依，还有几个女生和老杜、金曙光、董明等几个男知青。她怎么能知道那份资料是给谁准备的呢？叶雪松停下车，从车座上下来，问："你知道是给谁？"

叶雪莲并肩和哥哥走，神秘地说："是那个赤脚医生柳依依，对吧？"

"你……你怎么知道的？她告诉你的？这不可能啊！"叶雪松纳闷地看着一脸喜气的妹妹。

叶雪莲嘿嘿一笑："哥，你酷爱画画，画画的人就是到处寻找美对吧。我一个对绘画外行的人，一眼都能发现美，你个内行的人对美能熟视无睹吗？"

"你个小丫头片子，两年不见，不但个子高了，心也长大了，知道什么是美了。"叶雪松亲昵地搂了一下妹妹的肩。妹妹真的长大了，棉猴大衣，没有裹住她发育丰满的身材。

"哥，你俩考一个学校呗，将来毕业了好在一起啊！"叶雪莲说。

"我考美术学院，看她复习得怎么样，要是基础好，复习有效果，我想她能报考医学院。她父母亲都是从医的。我宁可自己考不上，也要让她考上，这是我的愿望！"

叶雪松说完骑上车子,叶雪莲跳到后座坐下。兄妹俩边聊边行,向小镇走去。

45　栗天舒参军

临近年底,知青们的心里就长了草。小队年终决算出来了,今年收成好,每一个工分折合人民币九分钱。出一天工挣十个工分,就是九角钱。青年点挣得最多的是金曙光。他一天的工分是十二分,每天挣一元多,一年挣了两千多元;最少的是郭烙,如果算上死去的疙瘩椰,他是倒数第二,刚过二百元。但是不管挣多挣少,知青们似乎并不感到多大兴趣。让他们焦躁的是,今年的日历牌快要撕到最后了,恢复招生的考试马上就要开始了,招工和招生的消息还没有在凛冽的寒风中吹进他们的耳朵里。而大队突然出现三件好事,确切地说三件好事直接和间接地都出现在四队青年点,更加搅动了四点的知青们本来就慌乱的心。

一个是栗天舒报名前进歌舞团的考试,有结果了。部队来人开始政审;第二是高考临近,报名的知青跃跃欲试,不管是谁,肯定有考走的;另一个是大队广播员高春萍接父亲的班,马上就进城报到了,间接地预示着金曙光回城的日子指日可待。

栗天舒那天没有想到,柳晓飞去找刘开树开介绍信那么顺利,很快就回来了。柳晓飞把介绍信往栗天舒眼前晃动一下:"信给开出来了,看你的了!"

栗天舒惊喜得跳了起来,勾住柳晓飞的脖子,在他满是汗水的脸上,留下个热吻。

"你别高兴得太早,考不上可别甩鼻涕。"柳晓飞稳重起来,像个大哥哥的样子。

"晓飞哥,我根本就没在意,只是吴云能报名,我为什么不能报名。我就是较这个劲儿。"栗天舒摇着头,两条辫子悠荡起来。

"这想法不对啊!我要批评你了,较劲儿是应该考走,这是目的啊!"

柳晓飞严肃起来,摸摸脸腮上火辣的热吻,盯着栗天舒的眼睛。

栗天舒垂下眼帘:"那好吧,我认真对待。可晓飞哥,你不能对点里的人说,考不走要丢人的。"

"好了,姐都不告诉。现在,你回点里把琴拿着,多穿点衣服,要在票房子里待半宿。我找三鸦鸳,让他把手扶拖拉机开出来,送我们到镇上,今晚就得赶到县城,明天可不能耽误了。"柳晓飞披上军大衣就去找三鸦鸳。

三鸦鸳已经躺下,听到柳晓飞的喊声,穿上衣服就出来了。听柳晓飞说赶车到县城,有急事,二话没说,跑到小队部,爬墙跳到院里。队里喂马兼打更的老高头,是三鸦鸳的亲二大爷,三鸦鸳有急事要开手扶拖拉机,他二大爷不由分说,就把院门打开了。

柳晓飞和栗天舒从小镇坐半夜的一趟客车,到了瓦县火车站已经是凌晨三点多了。候车室里的人不多,都围在一个大火炉边取暖。柳晓飞领着栗天舒到靠近火炉的长凳边,让栗天舒枕着琴盒睡到天亮,养足精神。栗天舒乖乖地躺下。柳晓飞把大衣盖到她身上,自己挤到火炉边取暖。

天色大亮,栗天舒睡醒了,揉着眼睛问:"晓飞哥,你一夜没睡?"

"啊,没睡,听那个人胡咧咧,讲《一只绣花鞋》,讲得满嘴冒沫子,看他的表情想打盹都舍不得。"柳晓飞说着有点困意,打个呵欠,伸个懒腰。

"你躺长凳上睡会儿吧,去报名赶趟。"栗天舒把军大衣披到柳晓飞的身上。

"不行,一定要早点去,不能起大早赶个晚集。你去卫生间洗把脸,收拾得干干净净、漂漂亮亮的,把所有来考试的姑娘们都给我镇住,非你莫属!"柳晓飞兴奋地说。

"小点儿声,我要真的考上,参军走了,你不想我啊?"栗天舒深情地看他一眼。

"当然想了,我们在一起两年了,革命友谊深似海洋。对吧?"柳晓飞一脸严肃相。

"那我不考了,咱俩永远在一起,好吗?"栗天舒笑眯眯地看着柳晓飞。

"傻丫头,机会难得,一定要好好发挥,参军多光荣啊!过了年一九七八年征兵指标来了,我就够报名条件了,我也去当兵。咱俩都是人民解放军了,都穿着军装,戴着红领章、红帽徽,走在海连市大街上多牛气啊!"柳晓飞已经眉飞色舞了。

"晓飞哥,你说话算数,我在部队等你。咱俩拉钩,来。"栗天舒把纤细的小拇指伸出来,和柳晓飞的小拇指勾在一起,轻轻地拉了起来。

柳晓飞和她在站前广场的小吃部,每人吃了一碗热乎乎的馄饨,就赶到县政府大礼堂。

大礼堂外面已经站满了人。栗天舒一眼看到吴云,过去拉住吴云。吴云一脸沮丧,告诉栗天舒,昨天来报名时,负责报名的老师先让演奏一下,然后才能决定让不让报名。吴云一首曲子没弹完,老师就叫她停住了,告诉她,回去重点练习下指法,以后有机会再来考。吴云领着栗天舒来到礼堂旁边的一个小屋里,两名穿着军装的一男一女坐在屋里。今天没有多少来报名的人了,显得很清闲。栗天舒敲门进来,把介绍信递上去。那个女军人上下打量了一下栗天舒,让她随便弹首曲子。栗天舒端坐好,抱起琵琶,立刻眼睛发亮,神情怡然,迟疑下,弹起《草原英雄小姐妹》。演奏了一小节,男军人摆摆手,栗天舒停下,心紧张地怦怦直跳。那男军人说:"你是第十九号,把这张表填好。"栗天舒下午才走进大礼堂。柳晓飞在外面不住地走。一个小时后,栗天舒抱着琵琶出来了。柳晓飞没有问发挥得怎么样,把大衣披到她身上说:"好了,什么都别想,我们吃点饭往点里赶。"

一个多月过去了,柳晓飞和栗天舒都把去县城报考军队文工团的事忘到了脑后。一天金曙光从大队部回来,带来一个惊人的消息,沈阳军区前进歌舞团来人到大队政审栗天舒。如果政审合格,栗天舒就能应征入伍,成为前进歌舞团的琵琶演奏员。全点的人都震惊了。柳依依感到意外,栗天舒从公社文艺队回来,就不愿意走了,柳依依曾问过栗天舒,怎么不回公社的文艺队了。栗天舒只是淡然一笑,告诉她不愿意回去。柳依依觉得可惜,让柳晓飞劝说她,还是回到公社文艺队,对她的发展一定有好处。柳晓飞告诉姐姐,这孩子倔强,回来干几天体力活,就得跑回去了。柳晓飞压根就没有想过,栗天舒考上文艺兵的事。因为那天,他看到满院子的人,这个雨点落到谁的头上,可不是件容易的事情。所以,他没有把栗天舒去报名考试的结果当回事,就没有跟姐姐说。柳依依再问弟弟:"栗天舒什么时候报考的,嘴巴可是够紧的了。"这时柳晓飞才把栗天舒报名考试的来龙去脉告诉姐姐。柳依依担心地问:"要是刘队长就不给开介绍信,你真能动菜刀伤人?"柳晓飞一笑,"我是虚张声势,不给开只好躺在他家软缠硬磨了。"柳依依看到弟弟天真单纯的样子,又好气又好笑,提醒他:"帮助栗天舒是好事。她的命运改变了,她才十九岁,到部队文工团眼界就宽了,你们只当兄妹处吧。"柳晓飞疑惑地看着柳依依:"姐,你不相信我和天舒的感情?"柳依依从弟弟的眼神中,看到他的自信和痴情。柳依依再没往深说,告诉他以后千万别做冒险的事了。柳晓飞舒心一笑:"天舒走了,我就不用担心了。"

栗天舒收到公社武装部的通知,让她到县城武装部报到,进行体检。栗天舒第二天赶到县城,全县只招了三个女文艺兵。栗天舒体检过关,应征入伍。栗天舒穿着崭新的军装,头戴棉军帽,两只短辫子在帽子下翘立,显得英姿飒爽。栗天舒回到点里,知青们欢呼起来。栗天舒的脸蛋像熟透的苹果一样红润,挂满笑容,飞出喜气的眼睛更加明亮。柳晓飞从二队青年点借来海鸥牌120照相机,给点里知青们欢送栗天舒的场面留影。先是点里全体知青合影,然后女知青们合影;又三三两两的好友合影。董明乘机把何璐拽到身边,一只手搂着何璐的肩,让柳晓飞拍照。董明在众目睽睽下照完相,竟觉得不好意思了,忙喊,"晓飞和天舒应该留一个纪念照啊。"栗天舒落落大方地站在青年点的门前,几个男知青把柳晓飞推过去。柳晓飞有点扭扭捏捏。栗天舒把头依偎在柳晓飞的肩上,脸上灿烂的笑容,定格在历史的瞬间。

46　广播室的风波

欢送栗天舒应征入伍的热烈气氛,在四点的知青中还没有完全消退,金曙光的未婚妻,大队广播员高春萍接父亲的班也进城了。按理说,高春萍的进城,与青年点知青回城没有多少关系。一个还乡青年接班进城,对下乡的知青来说,没有任何关系,这是井水不犯河水。各走各的,不管旱路还是水路,都是曲径通幽处。可是,高春萍却不同于其他还乡青年接班进城。她和四点是有瓜葛的。金曙光和她搞对象,已经是全大队的公开秘密了。金曙光站在她的肩膀上,有了一定的高度。她进城了,金曙光拽住这根尾巴,全大队就算有一个回城名额,只要金曙光不挑肥拣瘦的,肯定非他莫属。四点的人望尘莫及,没有人敢与他一决雌雄。董明更是哑巴悄悄,盼望来个回城指标,金曙光早点走,压在他头上的阴霾才能驱散。

高春萍的进城接班,最感到漠然的是柳依依。她觉得这件事情与她一点关系都没有。即使金曙光马上也回城了,她都不感到奇怪。一个是金曙光比她早一年,总有个先来后到,大海里是后浪推前浪,哪有后浪跃过前浪去拍打岸边礁石的;再一个就是金曙光已经在大队部红得发紫,就是天上掉下一个雨点也应该落到他的头上。柳依依没有像金曙光同届的知青们那样慌神。她平静如水,第二天背着药箱,忙碌自己的工作了。

可是,柳依依却没有想到,她平静的工作,因为高春萍的进城接班而变得不平静了。

高春萍走了,大队广播室需要广播员。这个宣传阵地是不能出现空白的。在全大队物色个广播员说难不难,可说容易也不容易。公社叫广播站,大队叫广播室,不管是站,还是室,清一色的女广播员,这是农村宣传阵地的一大特色。大队广播室里的这个女同志,既是大队宣传阵地的喉舌,又是大队的门面;既要有甜美的声音,又要有模有样。丁德发犯难了,物色个理想的广播员,真成了他的心病。一个上午,他和妇女主任高桂花、民兵连长金曙光、治保主任周庆友从下沟开始挨家捋,一直捋到四队的北草甸子,也没有找出一个合适的姑娘来。最后,金曙光建议在青年点的女知青当中物色。

可是丁德发不同意。在知青中挑个广播员是轻而易举的事情。全大队女知青能有七八十人，不乏声貌俱佳的姑娘。可丁德发从来不往她们身上想。就是柳依依到卫生所做赤脚医生，也是迫于无奈同意的。她父母对他弟媳治病有过帮助，而且他还在酒桌上对她父母承诺过。否则，他是不会同意让知青来做这样的工作，尤其是女知青，他是绝对避讳的。女知青就是花瓶里的玫瑰，虽芳香四溢，但带刺动不得。他们的同行，一个大队书记就动了带刺的玫瑰，在回城问题上，没有满足女知青的要求，女知青掉头咬了那个书记一口，结果那个书记弄得身败名裂。这是经验，是值得借鉴的。不是说身边有个女知青，就得扎手，而是人言可畏啊！打不到狐狸，惹得满身骚，这样的傻事，他是绝对不干的。

"这广播停了，社员们可不习惯啊！不如临时找一个顶几天，有合适的再安排。"高桂花迎合着侄女婿金曙光说。

丁德发思考一会儿："也行，但找个人一定要说清楚是临时的。上来人了，就要哪儿来哪儿去。"

金曙光看一眼高桂花，犹豫一下："要是这样的话，我看柳依依可以。她在卫生所上班，离大队部近，工作方便。更主要的是有合适人选上来，她不会有什么想法，来去都无所谓。要是下面的人上来，干一段时间又让回去生产队干活，讲得再怎么清楚，也会有想法的。"

"桂花你看，曙光很有头脑。柳依依的赤脚医生工作干得不错，社员们对她评价很好。她兼职干几天广播员，我看可以。桂花，你找她谈一下，眼下天黑得快，起早贪黑的放广播要给点工分。"丁德发拍板决定，由柳依依临时接手大队广播室。

柳依依一直感觉广播室非常神秘，以至于高桂花把大队部的决定告诉她，她竟然比接到让她做赤脚医生的通知还紧张。行医工作是人命关天，可她知道浅显的基本常识，做个乡村的赤脚医生，没觉得有多大难处，只要小心行医，是不会出现什么问题的。而广播员的工作，却让她担心起来。她不知道怎样面对话筒，一旦广播说走嘴了，问题就大了。柳依依真的有点担心。

高桂花看出柳依依的担心，说："转播好中央和省、县新闻就行。只要按时放广播，不把台转播错了，就没有问题。这儿肃静，你还可以在这里复习功课。"

柳依依走进广播室,屋里非常干净,没有任何主人离开时一片狼藉的样子。窗台上几盆菊花和月季开着鲜艳的花朵,一股芬芳扑鼻而来。高春萍把自己的用品拿走后,没有等新人上来交接,就匆匆进城了。金曙光对这套简单的广播设备很熟悉,高春萍平时操作的时候,金曙光都看在眼里。金曙光只示范了一遍,柳依依就掌握了开机、播放开始曲、开头语、转播、结束语、关机的程序。柳依依对每次广播的开头语和结束语,都感到怯生。过去高春萍播放广播时,柳依依没有留心听,那听起来极为平常的几句话,轮到她说的时候,就像面对一篇广播稿件似的让她心慌。金曙光把开头语和结束语写到纸上,让柳依依念几遍。柳依依对着话筒,模拟播音念道:"广大贫下中农同志们,早晨好!龙泉汤大队广播室,现在开始第一次播音。今天是十月二十一日,星期六,农历九月初二现在转播公社广播站节目。"

金曙光轻轻拍掌:"依依,你的声音很甜美,把语速放缓些,就是专业播音员了。别看高春萍是老广播员,声音里总觉得缺点儿什么味道。"

"你可别瞎说,高春萍要是知道你这么说她,你就麻烦了。金连长,你们领导抓紧研究,尽快把广播员物色好。我可不能顶到春节,回不了家啊!"柳依依不无担心地说。

"你回不去,我也不回去了,我们在青年点里过春节。"金曙光的眼里闪出激情,就像什么喜事降临在他的头上。

"我没有你的觉悟,在青年点过春节。再说了,你在哪儿都是家。高春萍春节回来,你在她家过春节,是锦上添花!"柳依依扬起眉毛,轻笑一声。

"什么锦上添花,我是不得已而为之!"金曙光热辣的目光看着柳依依。

"你不要在我面前说这些话。高春萍是真爱你的,你千万别利用人家的感情,达到自己的目的!"柳依依避开金曙光的目光,神情淡然地说,"这屋里换主人了,你以后就不要到这儿来了。"

金曙光知道自己刚才的话有点露了。尽管柳依依的影子在渐渐地远离他,但他和她单独在一起的时候,他还是难以克制隐约的萌动的爱慕。金曙光默默地走了。此后,柳依依来大队部放广播的时候,他从不进广播室。早晨和中午放完广播,柳依依就去卫生所上班,晚上回点里吃完饭,让何璐陪她到广播室放广播。转播完中央台的全国各地广播电台联播,已经八点半了,柳依依和何璐往回走。董明听到小队大喇叭里传来柳依依那句"今天第三次播音结束,明天再会",就往下沟走,迎她俩。

柳依依兼任大队广播员已经有十多天了,合适人选还没有物色好。何璐身体不好,要提前回海连市,董明送何璐走了。柳依依让柳晓飞晚上八点半去大队部接她。柳晓飞答应得挺痛快,晚上和三鸦鸳掏野鸽子窝,下套套山兔子,玩起来就把接柳依依的事忘到了脑后。

柳依依关掉广播,柳晓飞还没有来。外边夜色漆黑,繁星惨淡地眨着微弱的眼睛,看着就让赶夜路的人心慌,没有办法,那也得回点里。广播室的床上没有被褥,睡在那儿,明天得冻出病来。柳依依开门出来,看到走廊那头有灯光。她知道那屋是民兵连的办公室,她锁好广播室的门,转过身时看到,金曙光从亮着灯光的屋里出来。

"我在加班写大队年终总结材料,咱俩一起回点吧。"金曙光身穿灰色的棉猴大衣,把帽子拽过来,戴到头上,准备外出。

柳依依抬眼看他,犹豫一下,把军大衣穿上,戴上口罩,一条红线围脖缠住脖子和头部。露出黑亮的眼睛,眨动着长长的睫毛,无声地走出大院。

金曙光跟在柳依依身后,欲言又止。凛冽的寒风,无情地扎在脸上。金曙光知道,柳依依不会找其他人来陪她,因为她不好意思麻烦累了一天的女知青再陪她很晚才回点休息,柳依依只能叫柳晓飞去接她。可是,柳晓飞贪玩,说不定就把这事忘到了脑后。广播时间快要结束的时候,金曙光悄悄来到大队部,打开自己办公室的门,进去静静地等待广播时间的结束。广播结束,他听到广播室的门打开,没有其他声音,知道柳晓飞果然没来,他立刻出去,陪她一起回点。

"依依,广播员可能物色好了。"金曙光快步上前,并肩和柳依依走在一起。

柳依依站住，摘下口罩，这是她最想听到的消息："明天就可以交接吗？"

金曙光摇摇头："还要等几天。我听高桂花说，那个女的是东马屯的。三队队长没定亲的儿媳妇，办完定亲换盅酒，就能过来当广播员。丁书记已经答应了。"

"等几天啊？俩人看好了干吗换酒喝啊？"柳依依焦急地问。

"农村定亲的换盅仪式很隆重，就是双方家长坐在一起，把媒人找来，定下儿女的亲事，商量什么时候结婚，男方给多少彩礼。这些事商量妥了后，把酒盅斟满酒，双方换一下手里的酒盅，再把酒喝下。这就是定亲的换盅酒。要选择个黄道吉日，才能办这事，所以要等几天。"金曙光和柳依依保持一定距离，声音很大地说。

"你懂得很多，你入乡随俗，也得办这个仪式吗？"柳依依瞥眼金曙光，嘴角掠过一丝冷笑。

金曙光低着头："依依，你别耻笑我好吗？我们不谈这个，这两天我在大队写材料，晚上一起回来吧。天黑没有人能看到我们在一起，不会给你脸上抹黑的。"

"你说错了，是我给你抹黑。要是让高家人看到，传到你未婚妻的耳朵里，她会立刻回来找你算账。好在有人要接手了，我们别说谁给谁抹黑了，而是结伴摸黑回点吧。"

柳依依的轻笑声，在刺耳的寒风中灌进金曙光的耳朵里，显得那样的温馨和柔和。

柳依依得到确切消息，定亲换盅仪式将在今天中午举行，丁书记被特邀参加。妇女主任高桂花告诉柳依依，三队队长的儿媳妇，明天就上任大队广播员。

第三次广播时间到了，柳依依急匆匆地赶到广播室，把机器打开，然后说了她最后一次开头语，就正常转播了。柳依依坐在椅子上，拿出蓝色笔记本，写好一天的日记，然后开始复习高考课程。可她心神不定，虽然仅仅代替十几天的广播员工作，真要离开，心里觉得不是滋味。这个工作真是轻松自在，风吹不到，雨淋不着，是个养颜护心的地方，怪不得高春萍的脸蛋那么白净,那么细腻,就像窗台上的粉红色月季花一样娇艳。

柳依依看到花,想起这么多天没有给浇过水,她拿起杯子舀了一杯水去浇花。把三盆花浇完水,柳依依看到月季花中有一枝枯萎的枝,她伸手去折,不小心花秆上的刺扎进她的手指,她猛地一扬手臂,花盘被碰了下来,砸到她的脚背上。柳依依疼得"啊"的一声坐到地上。

临近广播时间结束,金曙光想到广播室坐一会。明天柳依依就结束了这段临时兼任的工作,以后他们绝不会在广播室里见面了。他有些恋恋不舍。高春萍离开这儿的时候,他竟然没有这样的感觉,而且他还在那张床上留下了他作为男人的第一次记忆。尽管他和柳依依之间什么都没有,但那个广播室由于出现了柳依依,才让他感觉说不出什么滋味的广播室,有他依恋的影子。

金曙光走出办公室,刚要锁门,就听到一声沉闷的响声和柳依依的叫声。他跑过来,看到柳依依坐在地上,表情痛楚,眼泪挂在两腮。花盆破碎,满地泥土。金曙光把柳依依抱到床上。

"花盆砸脚上了,太疼了,不敢动,啊,左脚……"柳依依蜷曲着身子,把左脚伸到床边,哭咧咧地说。

金曙光蹲下身,解开她脚上的黑布棉鞋,脱下蓝色的尼龙袜子,柳依依白净的脚背已经红肿起来。金曙光一手托住脚跟,一手轻轻地抚摸,嘴巴贴近脚背,大口地吹气。柳依依疼得呻吟起来。

高春萍从小镇下了火车就急于往家赶。接父亲的班进城,是她多年的夙愿。如果自己不先入为主,和知青金曙光恋爱,母亲绝不会同意这个班让女儿接。进了城到造船厂报到,才知道手续不全。户口本带来了,粮食关系没带来。她想让金曙光从大队部开出粮食关系介绍信,到公社粮站换张信。可是,高春萍有些发蒙,不知道到哪儿给金曙光打电话,就连金曙光的家她都找不到了。七天的入厂安全教育结束,她请假回来办粮食关系。她听说春节前办进去,春节放假还能分到大米和白面。

高春萍搭上一辆顺路马车,到了汤子边下车。漆黑的夜空,传入她耳中的是高昂的熟悉的广播声音,她一下子感到了温暖。在陌生的海连市,听不到这样的犹如空谷足音的声音。高春萍没有直接回家,而是直接向大队部走去。她不知道谁接任广播员,好奇心驱使她要看看新人,也要看看留给她很多回忆的广播室。她走进走廊。快要拽开广播室门的时候,她听到柳依依的呻吟声。她吓得没有敢拉门。

高春萍屏住呼吸,站在门口,当听到一个熟悉的男人"还疼吗?"的声音灌进她的耳鼓,她的脑子像重重挨了一棒子,有些头昏脑涨。高春萍猛地拉开门,看到金曙光捧着柳依依的脚,大口地往上吹气。

"金曙光,你在干什么!"高春萍怒吼道。

金曙光和柳依依都怔住了。半天,金曙光才缓过神来:"春萍,你怎么回来了?"

"我回来的不是时候?搅了你俩的好戏!你们两个不要脸的东西!"高春萍歇斯底里地喊道。

"春萍,你别瞎说!依依的脚被花盆砸了,你看看,都肿起来了。"金曙光的声音也很大,伸手去拉高春萍的手。

"那你就捧着她的脚丫子亲啊!我来的不是时候,你们就差脱衣服上床了!"高春萍发疯似的吼道。

"你不要侮辱人!我们才不是那种人!"柳依依起身,勉强把鞋子穿上,怒视高春萍。

"你不是那种人?谁是那种人!你和金曙光早就勾搭上了。你以为我不知道啊!"高春萍用手指着柳依依的脸大声说。

"高春萍!你太过分!"金曙光拉住高春萍的手,推她出去。

高春萍挥手扇了金曙光一个嘴巴:"你⋯⋯你向着她!"

柳依依抓起大衣,草草收拾一下自己的物品,摔门出去,一瘸一拐地消失在夜色里。

47　化蛹成蝶

高考的日子越来越近,柳依依的心却反而越加平静。她平静的不是自己能有多大把握考走，而是在高考的头两天，母亲谢玉萍来到青年点，给弟弟柳晓飞办理征兵报名手续。柳晓飞跳进洪水救生产队马车，受到大队口头表扬。谢玉萍就凭这一点，找到县武装部长，又到大队书记丁德发家走了一趟，以先进知青的名誉，在本年度征兵中，顺利帮柳晓飞报上了名字。母亲又通过行业内部关系，跟县里医院主管体检的几个医生打好招呼。柳晓飞参军的事情基本搞定，就等征兵开始了。

柳依依的心坦然了。即使自己还留在青年点，弟弟走了，她不用成天提心吊胆地担心弟弟再惹祸了；要是自己考走了，就更无牵挂了。因此，柳依依在考试的结果上，没有想得太多。在填报志愿的时候，她尊重了叶雪松的意见，填了他为她选择的学校——海连医学院。具体报哪个专业，叶雪松让她征求身为医生的父母亲意见。父亲行了一辈子医，女儿要从事这个职业，他感到非常高兴，电话里建议女儿学眼科。父亲认为外科大夫太辛苦，手里这把手术刀太沉了，女儿要拿一辈子这把刀，他不忍心。眼科是医院最洁净的诊科，适合女儿这样性格稳重、细心的人。柳依依听从了父亲的意见。

柳依依在改变人生的关键时候，选择学校听从了叶雪松，选择专业听从了父亲。在她的生活中，除了父爱之外，再接受一个男人对自己的关心，就是叶雪松了。她感觉叶雪松那种细腻的，耐心的，又非常体贴的辅导，像父爱温暖着她的心。叶雪松的基础知识非常扎实，辅导柳依依这届知青们复习，显得很轻松。不管是点里几个准备报考的知青在一起复习，还是她自己去他的小石屋里单独给她吃小灶，柳依依都感到叶雪松给了她一种难以抗拒的力量。这种力量促使她必须把她不会的数学题弄懂领会记住，把别人都能背会的题目，自己也得背得滚瓜烂熟。只有这样，她才能从叶雪松的眼神里看到赞许，才自我感觉比别人强。正是这种无形的力量，支撑着柳依依充满希望地走过复习的路程。母亲来点里见到柳依依，心疼地说女儿瘦了。柳依依鼻子一酸，差点流出眼泪。还没有到最后关头，她咬紧牙关，告诉妈妈，就是扒层皮，也得拼下去了。母亲赞叹而又伤感地说，晓飞要是有她这种精神，妈妈和爸爸能省多少心。柳依依告诉妈妈，她原来是没有信心参加高考的，是点里一位很有才华的大哥,树立起了榜样,使她鼓足了勇气,帮她有系统地复习。谢玉萍见到叶雪松,一番感谢,还邀请他到海连市家里做客。叶雪松面对柳依依母亲的热情,语言竟然迟钝起来。

叶雪松本来可以选择中央美术学院,至少可以选择鲁迅美术学院这样专业的院校,可叶雪松选择了校址在海连的省师范学院美术系。柳依依看到他填报的志愿,不解地问为什么不选择一个好的院校,你是有实力考上的。叶雪松充满激情地看一眼柳依依,笑了一下说,他爱到有大海的城市生活和工作。柳依依从他热辣的眼神里似乎看到了什么。柳依依避开他的目光,喃喃道,但愿你的理想能够实现!

五十多天的紧张复习,终于迎来了走进考场这一天。县里北片三个公社的考点,都设在许镇上十八中学。大队安排解放卡车接送大队三十多名考生。每个人都神色凝重,几个爱说话的人,也没有把车上的气氛调动起来,尤其头一天考完数理化,没有人显得轻松,第二天最后科目语文考完,大家松了一口气。董明、范红梅、黄大姐都参加了高考,考完没有回点里,直接从小镇车站坐车回海连了。

柳依依、叶雪松回到点里。

金曙光报名了,也跟着大家复习,可是到了考试那天,却不知为什么没有上车。披着大衣,站在汽车前,指挥考生们上车,董明喊他上车,他摇摇头摆摆手大声喊道,祝你们考出好成绩! 俨然是大队部领导的样子,在欢送他们奔赴战场。看到考试的人考完了,他张罗点里改善伙食。高春萍家杀年猪,从准老丈母娘给他准备的往家里拿的猪肉上,割下一大块五花肉,又把大队部小食堂的大米,偷着装了一黄书包背回来,安排杜禄本给大家做了一顿酸菜粉条肉,也算是给参加高考的人接风。

从高春萍在广播室侮辱了柳依依以后,柳依依跟金曙光没有过多说话。金曙光在吃饭的时候问柳依依,考得怎么样? 柳依依淡淡而又简单地答道,一般。其实柳依依并不是对金曙光一个人这样回答的,母亲把电话打到大队部,她也是这样回答的。叶雪松考试前告诉她,考完每一科都不要去想,迎接下一科考试。在考完后,她和他对题时,才暗暗感到自己考得还可以。也只有叶雪松问她考得怎么样,她才说,还可以。

金曙光感觉柳依依一定能考上,恭维地说,祝贺你们家今年双喜临门。柳依依明白他话里的含义,忙问,征兵开始了吗?金曙光点下头:"明天批准报名的适龄青年到县里体检。大队部是我带队。"柳依依抬眼看他说:"请你多关照晓飞了。"金曙光说:"我唯一能做的就是,把你弟弟安全地领到县城,再安全地带回来。至于能不能体检上,我帮不上什么忙。"柳依依说:"这就谢谢你了。"

第二天,金曙光带队领着参加体检的六名青年,从小镇坐火车去县里。柳依依看到弟弟坐上送站的拖拉机走了,才到卫生所上班。

大沈见到柳依依,就像她已经考上,马上就要走了似的,激动地来握柳依依的手:"考得一定非常理想,真的羡慕你们啊!"

柳依依复习一个半月,基本是脱产复习的。大沈符合条件报考,可是他老婆死活不让报名,说是他要进考场,她就把两个孩子都扔到家里,她回娘家。大沈告诉柳依依,"愚昧啊,愚昧,就怕我到城里了,把他们娘们儿扔了。"大沈不能参加考试,告诉柳依依:"我复习的时间都给你,你就不用来所里上班了。除了有接生的活儿你去,剩下的我顶着。"柳依依很感激大沈,他本应该复习的时间真的都给了她。所以,面对大沈的热情,柳依依没有简单地告诉他一般,而多说了几句。

"感觉考得较顺利,考完跟他们对题时,都认为我对得多,错得少。但我还是没有太大的把握,只好听天由命了。"柳依依少有地叹了一声,显得很无奈的样子。

大沈嚷起了娘娘腔:"哎呀,你是过河揖胡子——谦虚啊。你肯定考上了,这是板子上钉钉子的事儿。到时候你要请客啊!"

柳依依忙着整理多日不动的药箱,笑道:"我要真考上了,不但请客答谢沈医生,还要赠送你一个纪念品,纪念我们在一起工作的岁月,你对我的帮助。"

大沈的眼睛眯成一条线:"还得照个相,就咱俩啊。上面写上,龙泉汤大队卫生所医生沈复兴欢送柳依依上大学留念。我把这张照片放大一尺二,挂在这墙上。这是我一生最荣耀的事情,和女大学生合影。真像做梦一样啊!"

柳依依微微笑一下："沈医生什么时候学会幽默了。好了,别开玩笑了,这些天有什么事儿吗?"

大沈沉浸在美丽的幻想当中,半天才回过神来:"啊,没有什么大事儿,一切正常。你们四队北草甸子叫赵什么,他来找你,我看一下记录啊……"大沈打开记事本,说,"叫赵大鹏,他媳妇要临盆了,可能就在这几天。"

柳依依说:"我中午回点吃饭,下午就不过来了,我去趟北草甸子,到赵大鹏家看看孕妇。"

"那你得让点里的同学陪你去,北草甸子太偏僻了,你一个人不行。"大沈说。

柳依依答应了大沈的好意提醒。

叶雪松中午回点取些粮食和几棵白菜。他在杜禄本的小屋里看到柳依依背着药箱往沟上走,忙跑出屋喊柳依依,问她去沟上谁家。

柳依依不知道叶雪松回点里,原想进到沟里的时候,去小石屋找他,让他陪着去北草甸子。现在叶雪松出现在她眼前,她很惊喜:"我去北草甸子赵大鹏家,看下他媳妇的预产期。"

叶雪松拎着半袋子玉米碴子,和两棵大白菜疾步过来,诧异地说:"你自己敢去北草甸子? 我陪你去吧!"

北草甸子在凄厉的寒风中显得更加荒凉。星星落落的低矮的土房,孤零零地突兀在光秃秃的树林中,看上去像几座光秃的山包。

赵大鹏家的窗户没有玻璃,钉了一层灰蒙蒙的塑料布,风吹得呼啦呼啦响。赵大鹏个子很高,立在门口,像院子里那棵无叶的枣树一样单薄。

叶雪松和赵大鹏在外屋唠嗑,柳依依进屋给孕妇检查。一个火盆放在炕沿边上,炭火通红,可是柳依依感到头上还是有丝丝冷风。孕妇盖着棉被,脸色苍白,目光浑浊。柳依依询问一下孕期情况,又伸手检查她隆起的腹部,感觉孕妇胎位很正常。柳依依知道她曾生过一胎,孩子长到三岁的时候夭折了。她心理素质和身体都非常好,没有一点惊恐和慌乱的神色。

柳依依摘下长毛围巾,给孕妇的头围上,说:"屋里不严实,有冷风,这条围巾给你留下吧。"

孕妇激动地要起身说话。柳依依把住她的肩:"大嫂,这点小事儿,什么也别说了。我还有一条围巾。你这两天没有事儿,后天我早点过来。身体有什么异常,让赵大哥赶快下沟去找我。"

临走,叶雪松看到赵大鹏家碗橱里是一盆白菜帮子和玉米碴子搅在一起做的粥饭。叶雪松把半袋子粮也留给了他家。拎着两棵白菜,和柳依依走出赵大鹏家。

出了门,柳依依就感受到寒风的刺骨。冷飕飕的风,直往她的脖颈钻,她禁不住打个寒战。柳依依伸手刚捂住耳朵,叶雪松就把棉帽子扣到了她的头上。

"你别嫌弃帽子有汗味啊,现在暖和就行。"叶雪松的脸红起来,担心柳依依闻到他那股汗腻味,宁可挨冻,也不戴他的棉帽子。

柳依依站住,把帽子往脑上推一下,声音激动地说:"谢谢你,可你要挨冻了呀!"

叶雪松松了一口气:"我出生在北疆,抗冻。真的,我没有感到冷。"

柳依依说:"我们快走吧,时间长了,你就是出生在西伯利亚也要冻坏耳朵的。"

叶雪松觉得一股暖流从心底油然而生。他轻松地笑一下,挺直了腰板,和柳依依并肩走出北草甸子。

到了岔道口,大片雪花飞舞起来。柳依依摘下棉帽子,递给叶雪松,说:"叶大哥,往点里走,我不害怕了,谢谢你!"

叶雪松感到耳朵有些麻木,但他没有伸手接柳依依递过来的棉帽子,嗫嚅地说:"依依,到我的小石屋暖和一会儿吧。如果你愿意在我这儿吃晚饭,我可以给你做两个好菜,你还没品尝过我的厨艺,保准你一生都忘不了我做的菜。"

柳依依看到叶雪松的脸红得像赵大鹏家那盆炭火,不知是冻的,还是羞涩的。柳依依迟疑片刻:"什么菜,能让我一辈子都忘不了,我还真有食欲了。"

走进小石屋，一股暖气立刻扑到脸上。原来空荡的木架上已经放满乳白色的柞茧，石块砌成的火炉，还有木炭火在呼呼地燃烧。叶雪松放下手里的白菜，打开炉盖子，往炉膛里填劈柴棒子，炉膛的火呼呼燃烧起来。

柳依依没有进里屋，把药箱挂在架子上，随手拿起一个椭圆形的柞茧看。坚硬的壳子不是很光滑，有细细的蚕丝缠绕。柳依依轻轻一拉，蚕丝断了。

"依依，你不知道蚕丝是怎么抽出来的吧？"叶雪松看到她去拉柞茧上的蚕丝，说，"秋天柞茧从柞树上采摘下来，挑选好的柞茧，作为茧种留下来，剩下的大量柞茧送到缫丝厂。缫丝厂把蚕茧放到大水池里，再放些火碱，用火煮，然后在机器上抽丝。印染厂把纺好的丝线进行漂染，纺织厂再纺织成各种丝绸面料。别小看这蚕茧，它的一生可是默默奉献给人类的。蚕丝抽完了，里面的蚕蛹露了出来，也成了人们餐桌上一道美食。它含有高蛋白，低脂肪。社员们都说，吃三个就可以顶一个鸡蛋。我今晚给你做个油炸茧蛹，保证你爱吃。"

柳依依好奇地看着手里的蚕茧，说："有首古诗不是说，'春蚕到死丝方尽'吗？这蚕吐完丝就死在这里面了。"

叶雪松轮廓清晰的嘴角，露出倾心的笑容："那是晚唐诗人李商隐的诗，前四句是'相见时难别亦难，东风无力百花残。春蚕到死丝方尽，蜡炬成灰泪始干'。诗人说得'丝方尽'的'丝'与思念的'思'是谐音，'丝方尽'的意思是，除非死了，思念才会结束。这是表示一个人对所爱慕的人，一种发自内心的情感。"

柳依依羞怯的目光从叶雪松的脸上一掠而过。叶雪松那深沉的眼睛里射出炙热的光，强烈地扎在她的脸颊上。柳依依垂下眼睑，赶紧换个话题，说："这里的蚕茧最后怎么从它的房子里出来？"

叶雪松会心一笑，知道柳依依在有意避开刚才的诗情画意。他真想借题发挥，把自己对她的一片真情坦露出来。这是他想寻找的机会，终于来到了，可她有意躲闪，他刚涌动出来激情只好退却下来。什么事情也不能操之过急，水到渠成是有一定道理的。他在跟绘画老师学习时，老师就曾告诫过他。

"蚕吐丝把自己封闭在自己营造的茧壳里'冬眠'。它的冬眠和其他昆虫甚至冬眠的动物都不一样。那些有冬眠习惯的昆虫、动物，在冬眠期是醉生梦死，春天苏醒过来，还是原来的样子，有的只是脱皮、换甲。只有这个蚕茧是发生蜕变的。蚕吐丝把自己封闭后，在这个漆黑的世界里，开始炼狱和涅槃。春天到了，它吐出晶莹的唾液，润透茧壳，从里面钻出来。这时的蚕已经变成粉红色的蛾子，像蝴蝶一样满屋飞。雄雌交配，产出的卵子就放到山上的柞树林上，生长成蚕。到了秋天再吐丝成蛹。循环往复，保留下来的是不灭的种子，世世代代孕育着子子孙孙，把生命中的精华奉献给人类。这就是小小蚕茧的一生。"叶雪松的话打住了，神情专注地看着手里的蚕茧，好像柳依依不存在了。

"这是破茧成蝶啊！"柳依依自言自语地说。

叶雪松回过神："依依，对，也可以说是化蛹成蝶。"

叶雪松开始忙乎饭菜了。他把茧壳外表有毛病的蚕茧挑了二十几个，用剪刀剪开，把茧蛹拿出来，放在锅里用开水焯一下，然后纵向一切两半。用一只鸡蛋和少许面粉做糊儿，把茧蛹裹上一层糊糊。大铁锅里放点豆油，烧热后，把挂上糊的茧蛹放到锅里油炸。一股香味弥漫在小屋里。

正在屋里翻书看的柳依依，闻到这股从没闻到的诱人香味，从屋里出来："这么香啊！"

叶雪松用筷子从锅里夹起一个，伸到柳依依的嘴下："你先尝一口。"

柳依依脸红红的张开嘴，叶雪松把筷子头上的半片茧蛹送进她的嘴里。柳依依细嚼："真香啊！我不能等着吃闲饭呀，帮你干点什么吧。"

叶雪松把柳依依推进屋里："什么都不用你干。男人下厨是社会进步的体现，这个意义可重大了！"说完，叶雪松嘿嘿地笑起来，"我是在做梦呢，你别耻笑啊！"

柳依依进到里屋，感到身子燥热。叶雪松的话，像投进在心海里一个小石块，荡起层层涟漪。她翻动他在箱子上的一摞书籍，脑子里却放电影一样,过目着她和叶雪松所有的接触,尤其是复习高考。她在这个小屋里复习的几次,叶雪松就是把她当作学生一样的耐心辅导。那双深邃的目光,始终透出的是一种激励和鞭策,像老师和兄长,也更像同窗同学。只是在他填报志愿的时候,他放弃更高的院校而报考海连的高校时,她才从他满含激情的眼睛里,领悟到一种难以名状的东西在里面。她问自己,也许这就是爱情?

一张叠得非常认真的纸,从柳依依手里的书中掉了出来。柳依依打开,脸颊忽地热了起来,是她曾看到的那张女人洗浴的裸身素描画。她第一次看到的时候,没有感到他画的是谁。她无意中发现那个落在汤子边的蓝色的小玻璃瓶,才知道那天在树林里窥视她们洗澡的黑影是他。尽管柳依依相信了叶雪松的解释,但她还没有弄清楚,这个裸着上身,双手捋着长发的女人是谁。她隐约觉得是自己。

柳依依端详一阵,越发觉得是自己。她看到画下面有一行毛笔字:

我爱你,与你无关——歌德。

柳依依把画纸叠好,放回原处。

叶雪松把饭菜端进屋里,摆在书桌上。一盘煸炒茧蛹,一盘醋熘白菜片,两块烤地瓜和一钵大米粥。

"哎呀,你还有大米?"柳依依惊奇地问。

"是老杜给我的,一直不舍得吃。可能就是留给你来吃的,吃吧,保证你满意。"叶雪松说着脱掉外衣,暗红色的秋衣有些褪色,很陈旧。

柳依依也把棉衣脱下来。白色的羊毛衫,衬出她丰满的前胸。叶雪松低头给她盛好饭,把筷子递给她。柳依依爱吃烤地瓜,剥掉皮,慢慢吃起来。

柳依依抬眼看到叶雪松在看他,垂下眼睛,喃喃道:"你怎么不吃?"

"我饱了,秀色可餐!"叶雪松闷头吃起来。

柳依依真感到叶雪松做的菜很有味道。他俩把盘子里的菜都吃光了。叶雪松慰藉地笑了:"只有吃到盘子底,才能说明我的厨艺!"

柳依依羞涩地说:"我都撑着了。我收拾碗筷,活动活动。"

柳依依把碗筷捡下去。叶雪松倚靠在门框上,看着她忙碌。叶雪松看着看着，眼睛出现幻觉，那是一个温馨的家庭，漂亮可爱的妻子就是这样在厨房里收拾碗筷，丈夫就是这样陪着妻子。可能还有孩子，最好是扎着羊角辫的女儿，在屋里蹦蹦跳跳。叶雪松情不自禁地笑了，而且还溢出声音。

"你笑什么？我不会干家务活？"柳依依疑问道。

叶雪松目光深情，赧然一笑："我怎么像看到屋里一个小女孩，在你身边欢快地玩耍？"

柳依依瞥眼他："你是白日做梦呢！"

叶雪松轻声的似乎是自言自语地说："梦在，希望就在！"

柳依依很快收拾好，擦干净手进屋。叶雪松担心柳依依马上要走，从一个纸箱里拿出几个苹果，说："吃一个苹果再走吧。社员们不是说，饭后一个果，不去卫生所么！"

"都不去卫生所，我就失业了。不过我发现，这个村子的社员身体都非常健康，是不是和他们一年四季吃苹果有关系？"柳依依没有马上要走的意思，舀瓢水冲洗好几个苹果，递给叶雪松。

叶雪松沉下的心轻松起来。他感觉他俩又找到话题了，这样柳依依就不能急于回点了。叶雪松来了兴致："依依，你的发现是正确的。他们不但全年大部分时间有水果吃，还有一个温泉汤子。社员们经常泡汤子，去瘟疫，增体质。那汤子的水有股硫黄味，一定是对人体有益的。"

"是的，肯定有益。我就是受益者。本来我不应该下乡，妈妈把弟弟办到这个大队的青年点，爸爸才让我也来，就是让我洗温泉。我秋季身上有过敏毛病，洗了几次温泉，今年秋天身子就不痒了。"柳依依说完自己都感到意外，为什么把自己的隐私说给面前这个男人听了。她咬着嘴唇，有点后悔了。

叶雪松没有发觉柳依依神色的细微变化，仍然兴致不减："常洗汤子好啊，你的皮肤就非常白净，而且……"叶雪松看到柳依依的脸色，戛然而止。

"而且什么？"柳依依抬眼看他，追问道。

叶雪松静静地凝视柳依依:"非常迷人,你身姿的优美,我都无法形容⋯⋯"叶雪松抿着嘴唇,说不出话了。

柳依依的脸唰地红到耳根。她从桌子上拿起一本书,把夹在里面的那张素描画打开,说:"你说实话,那天你到汤子边偷看我们洗澡,画的是谁?"

叶雪松的心陡然紧张起来。那次柳依依在这里看到这张画,和那个洗发精,拂袖而走,害得他病了好几天。今天又纠缠这个事情,他担心重景再现,赶忙说:"依依,你别生气,我真的不是好奇去看你们洗澡,我没有流氓想法。人体美是世界上万物中最美的,学绘画,必须要画人体画,这是基本功。画家刘海粟开设人体写生课,裸体女模特第一次出现在课堂,遭到当时政府通缉,说他有损民风。女画家董玉良自己画自己的裸体素描。新中国成立后,国家各大美院都有人体模特写生课,可是后来'文革'时都停止了。我没有见过女人的身体,也没有写过生。我第一次见到你,是你来点的那天。你穿件半袖白衬衣,衬出你的身姿。我被你的美打动了,想以你为模特画张人体画,是我的梦想。所以,知道你去温泉汤洗澡,我就斗胆偷着看你,天色黑,也看不清,回来凭想象画的,看着不像你,其实,确实是以你的原型画的。我说实话了,你千万别生气,依依,我⋯⋯我对不起你,原谅我吧!"

柳依依低垂的目光落在那张素描像上,心里却是翻江倒海。脑子里突然冒出让叶雪松画张裸体画的想法。她的心开始剧烈跳动,身体发热,头在膨胀,像站在火炉边一样,脸上呼呼地冒着热气,呼吸也渐渐急促了。

"依依,你怎么啦?你别生气啊,我真的对不起你!"叶雪松的声音暗哑了,急得直搓手。

柳依依平静得有点出奇。她缓缓地抬起头,看着叶雪松的眼睛,淡淡地说:"你出去!"

叶雪松拽起炕上的棉衣,"我出去,你消消气,我再回来。"叶雪松踉跄地跑出去,蹲在门外,懊恼地叹口气,"我是自作自受啊!"

柳依依屏住呼吸,冷静地沉思一会儿。我这么做为了什么?他能不能认为我下贱？柳依依在问自己，他是很爱你的，只是嘴上不说，这么关心你，帮助你把弟弟惹的狼患事件平息了，还无私地辅导你功课参加高考，还要到海连市上大学，不就是为了和你在一起吗？他画人体，是学绘画的基本功，怎么能认为你的奉献是下贱呢？他会一辈子记住你的，在他成功的道路上，你也无私奉献给他最珍贵的东西。

柳依依一咬牙，脱掉白色的羊毛衫。柳依依又想了一会儿，暗暗告诫自己，仅仅是让他画画而已，决不让他碰到自己的身体。柳依依又脱下粉红色的圆领内衣，解下内衣扣子。她犹豫一下，站起身，像要从悬崖上纵身一跳似的，喘口粗气，解开腰带，一件一件地把裤子脱下。进行到最后一步时，她闭上眼睛，美丽光洁的身子彻底裸露出来。她好像也从来没有欣赏过自己的身体，前后上下看看，双手交叉，抚摸自己圆润的双肩。柳依依上炕，把行李上的线毯子拿起来，围在身上，又坐到凳子上。

柳依依深呼吸，缓解一下剧烈的心跳，然后大声对门外说："你进来吧！"

叶雪松开门进来，看到柳依依披着毯子，炕沿上堆着她的衣服，惊愕地瞪着眼睛，发呆了。

"发什么愣？你不要练习基本功，进行人体写生吗？把画架准备好，开始吧！"柳依依脉脉含情地看他，声音平静得像温柔的春风吹到叶雪松澎湃的心海里。

"依依，你……我……"

"你什么都不要说了，专心地画吧！"柳依依把双手松开，毯子掉到地上。

叶雪松感觉是在做梦。他紧紧闭上眼睛，又猛地睁开，柳依依那丰满的前胸，白皙柔嫩的肌肤，匀称笔直的双腿都是那么真切地呈现在他的眼前。叶雪松屏住呼吸，用报纸做成伞形的灯罩，套在白炽灯上，雪亮的灯光聚焦在柳依依的身上。

叶雪松打开画板，凝视正面坐着的柳依依，然后开始写生。叶雪松的手有些哆嗦，自己怦怦的心跳声仿佛都能听到，下身已经撑起一片天地，像有滚滚波涛在那片天地里翻腾。叶雪松紧咬嘴唇，暗自告诫，千万不能妄念，专心画好，让依依满意。

柳依依不敢直视叶雪松，把脸微微扭向一边。她纹丝不动，而心里却乱云飞渡。赤裸裸地面对一个男人，已经不是羞涩的事情了。她感觉自己似乎把最圣洁的胴体和心灵都奉献给了这个男人。她冷静了，如同记忆中在幼儿园里做找朋友游戏那样自然。"找啊找，找朋友，找到一个好朋友。行个礼，握个手，咱俩一起走。"她拉着小伙伴的手，唱着儿歌，在一圈一圈地走……

"依依，侧下身子，头转向我。"叶雪松潦草地快速地画完一张，矜持地说。

柳依依侧身，可脸没有转过来。叶雪松感到她的坐姿有些拘谨、呆板，过去把住她的肩，矫正她的姿态。可是，他的双手触摸到她细腻的肌肤，柳依依竟然全身哆嗦。

柳依依抓住叶雪松的手，倚在他的怀里。

叶雪松抱起柳依依……

那一夜，小石屋昏暗的灯光在凛冽的风雪中，在寂寥的山谷里，闪亮了整夜。

48　生　命

大雪无声地在飘落。天亮的时候，呼啸的北风开始发作。从窗户缝隙挤进来的细细的雪花，如同晶莹的银片在曼舞。柳依依躺在被窝里看得出奇，那无声无息的细小雪花，还没有从窗棂上慢慢飘落下来，就渐渐消失得无影无踪了。

屋里清冷，但柳依依的被窝很暖和。小屋里只有柳依依一个人躺在炕上。何璐和范红梅春节后才能回来。大屋里还有几个女知青，正在酣睡，不时有细微的鼾声传过来。

昨晚，点里欢送柳晓飞光荣入伍。他们闹到大半夜。几个女生喝的红果酒，被那种甜酸的味道所蒙蔽，多喝了几茶缸子，可到了半夜，酒精发作,有两个女生呕吐起来,满炕打滚,直喊脑袋疼。柳依依给俩人吃了去痛片,才安静下来。还有一个叫田静的女知青,平时真像她的名字一样,安安静静的,点里的人很少听到她大声说话。可是,她昨晚却像另一个人似的,喝了一茶缸子红酒,就开始兴奋起来,嘿嘿地发笑,敲着碗,唱起了朝鲜电影《一个护士的故事》插曲:"小夜莺啊,小夜莺,你为什么不歌唱?你为什么站在山冈,热泪盈眶想家乡……让那山中流过的泉水,为你轻声把歌唱。让那山头飘过的白云,静静地为你细思量……"凄婉、低沉的旋律,在田静口中唱出来,让人听得心情忧伤。有几个女生满腔哭音,跟着唱起来。唱完,田静一个劲儿地笑着喊,"柳晓飞,我爱你,我不让你离开我……"田静的酒后失态,惹得知青们哄堂大笑。柳依依把田静搀回女宿舍,放下她的行李,安顿她躺下。可她一个劲儿地笑,不住地喊着柳晓飞的名字。柳依依把弟弟叫到厨房,问他和田静怎么回事。柳晓飞一脸无奈,"我和她没怎的啊!平时和她说话,她脸都红。谁知她还单相思。栗天舒要是在这个场合,非得跟我翻脸不可。"柳依依相信弟弟心中只有栗天舒,不会和其他女生胡来的。田静不呕不吐,也不头疼,可就是难以安静,嘿嘿的笑声,直到半夜才停了下来,梦中还喊了几声晓飞。

柳依依从被窝里伸出胳膊,看一下腕上的手表,快到八点半了。今天是北草甸子赵大鹏妻子的预产期,外面下着大雪,进出村的路一定都不好走,应该早点过去。一旦难产,可以有充足的时间转到公社医院。柳依依感到身子很沉,已经过去两个晚上,她不敢回想那一幕。她很后怕,流下了眼泪。现在,柳依依后怕的是,她担心这次能不能意外受孕。柳依依身为赤脚医生,非常明白没有任何准备的性行为,都有百分之五十的怀孕概率。她大致算了一下,好像是处于安全时期。这使她松了一口气,暗暗地告诫自己,不管什么时候,在没有安全措施的情况下,再不能让叶雪松动自己了。

柳依依掀开被子起床,麻利地穿好衣服,到厨房打热水洗漱。杜禄本已经把饭菜做好,正要回他的小屋,看到柳依依出来,告诉她,叶雪松昨晚没有回山上,在小屋住的,去北草甸子的时候,喊他一声。叶雪松没有回山里的小石屋,柳依依似乎有所意料。柳依依让杜禄本告诉叶雪松,赶快起床洗漱,过来吃饭。

柳晓飞穿着一套灰色的棉军装,虽然军装有些宽松,但他还是显得很精神、俊朗。眯笑着眼睛,平时总是流出不安分、好奇的眼色,这会儿竟然很沉稳,像个军人。他们这批入伍的部队是海军北海舰队陆战队。柳晓飞不在乎什么兵种,而是在乎服役的部队在什么地方。他想去沈阳部队,在沈阳市服役。这样就可以经常见到在前进歌舞团的栗天舒,可是好事难遂心愿,高兴之余,略有遗憾。柳晓飞连夜给栗天舒写了一封信,主要是告诉她应征入伍的事情。把信写好,交给姐姐代寄给栗天舒。

"你怎么搞得像上战场似的,你到部队之前,还要回家一趟看看爸妈,在海连把信寄出去,天舒能早点接到你的信。"柳依依为弟弟的应征入伍松了一大口气。弟弟应该到部队的大熔炉里锻炼,她确信是绝对有好处的,最起码爸妈少操心了,她也减轻了负担。

叶雪松过来吃饭。他没有睡好,神色有些疲惫。柳依依问他是不是感冒了,叶雪松轻笑一下:"没事儿,可能昨晚没有睡好,老杜和我唠到半夜。"叶雪松其实和柳依依那晚有了肌肤之爱后,心里一直难以平静。高考完,他心情焦虑,只是表面保持平静,让柳依依觉得很平淡,不把考试结果看得过重。一旦结果有悖愿望的时候,谁都免不了失望的折磨。他感觉,自己考上的把握要比柳依依大。在对题的时候,有些题目的答案,柳依依已经记得不是十分准确。现在,他更加充满担心,同时也做好了思想准备,假设他考上,柳依依没有考上,他也不走了,要陪柳依依再复习一年,一定要帮助她考上大学。这是叶雪松辗转反侧,抱定的主意。

柳依依穿着军大衣,戴着口罩,一条红色的毛线围巾,把她的头包裹得严严实实,只露出一双黑亮的眼睛,长长的睫毛,忽闪忽闪的。现在内心所有的话,都是通过这双眼睛流露出来的。柳晓飞穿着灰色棉军装,把两个帽耳朵系在一起,护鼻罩横在鼻梁上,就差一把钢枪没有扛在肩上。叶雪松还是那件黑色的苏式棉衣,羊剪绒领子掀起来,围住了脖子。柳依依帮他系好下巴颏下的衣扣。叶雪松戴上棉帽子,拎起半截扎枪。

他们走出青年点的大院——上路了。

　　雪似乎小了,风却尖啸强劲。他们艰难地迎着凛冽呼啸的北风,一步一步向北草甸子行进。远处的雪帽山笼罩在白茫茫的银色世界里,往日巍峨、陡峭的几座山峰,在肆虐的漫无边际的风雪中时隐时现。

　　走到山垭口,柳依依和叶雪松都不约而同地向那个在风雪中飘摇的小石屋望一眼。柳依依眨动下已经沾上白霜的长睫毛,深情地看了眼叶雪松。叶雪松透着寒气的身上,涌出一股热浪,他伸手接过柳依依肩上的药箱,拉住柳依依戴着白色手套的手。

　　北草甸子的雪要比路上的雪厚,一道一道雪嶙子像横在前面的雪墙,每跨过去一个,都要费尽力气。柳晓飞走在前面,跟柳依依和叶雪松拉开了些距离。叶雪松拉着柳依依的手,在后面艰难地往前走。

　　突然,柳晓飞在前面大叫起来。那声嘶力竭的叫声,听起来让人毛骨悚然。柳依依身上立刻起了一层鸡皮疙瘩,冷汗顺脸流下来。叶雪松也感到自己的头发都竖了起来,浑身像冒出了凉水。叶雪松看到三只狼正在往柳晓飞身上扑。那只瘸腿的黄狼一蹦一跳,冲在最前面。柳晓飞跟跟跄跄,哭喊着,就要倒在雪地上。

　　叶雪松用力拉住柳依依,快步过去,把药箱挎到柳依依的身上,大声喊道:"你快领着晓飞跑,去喊赵大鹏来。狼是来报复晓飞的,我拦住它们!"

　　叶雪松冲上前,挥舞手里的半截扎枪,往狼身上打。柳依依咬起牙关,拽起弟弟,向赵大鹏家的方向跑去。

　　那只瘸腿黄狼在觅食回窝的时候,敏锐地感到一种气味在风中刺激它的神经。颈间的鬃毛像钢刷子一样站立,领着两个长大的狼崽子,在风雪中寻觅复仇。

　　叶雪松横着扎枪拦住黄狼。黄狼仰脖嗥叫。那两个狼崽子开始往叶雪松身上扑。黄狼趁机要蹦跳地向前去追柳晓飞。叶雪松闪过两条狼,挥动手里的扎枪,用力向那条瘸腿黄狼投掷过去,一下子扎在黄狼的后臀部。那黄狼一个趔趄倒在雪地上。叶雪松奋力地向前跑。那黄狼挣扎起来,继续蹦跳着去追柳晓飞。叶雪松一个鱼跃扑过去,抱住大黄狼,死死地卡住鬃毛扎手的脖颈。大黄狼拼力挣扎,扭过头,一口咬住叶雪松的手臂。叶雪松猛地一哆嗦，大黄狼挣脱出去，一瘸一拐地追赶柳晓飞。叶雪松奋力跳起来，拾起扎枪，大步追赶大黄狼。柳晓飞双腿发软。柳依依拽着他一步一步艰难地向前跑。柳依依回头看到大黄狼在身后紧追不舍，她双腿发颤，像灌铅似的沉重。叶雪松追上瘸腿大黄狼，一下子扑倒大黄狼，双手紧紧扣住狼的脖颈。叶雪松对柳依依大喊："快跑，喊社员来！"依依坚强地站起来，挽着柳晓飞的手臂往前跑，用尽力气喊："救命！救命！"

叶雪松和大黄狼在雪地里翻滚。叶雪松死死地摁住大黄狼的脖子。两个狼崽子冲过来，一起扑向叶雪松，撕咬着叶雪松。叶雪松用脚乱蹬，可是他没有力气站起来了，被两只狼崽子咬住了喉咙……

赵大鹏焦急地等待柳依依过来。他出门看到远处两个模糊的人影在踉踉跄跄，隐约听到救命的喊声，马上意识到，他们遇到了狼。赵大鹏拎着一把老洋炮，不顾一切地跑过来。柳依依让他快去救叶雪松。赵大鹏看到叶雪松被两只狼撕倒，对着上空放了一枪。那两条狼崽子扔下母狼，撒腿跑进树林中。

雪地上一大摊鲜红的血，像块红布铺在那儿。叶雪松身上的衣服被撕成碎片，脸上一道道被抓的血痕在流血，脖颈动脉被狼咬断，鲜血不住地往外流淌。叶雪松昏厥过去，双手还死死地掐着黄狼的脖子。

赵大鹏把叶雪松背回家里。柳依依快速给叶雪松包扎脖颈的伤口，抱住叶雪松的头部，大声喊叫。柳晓飞已经哆嗦得站不起来身子。

叶雪松脸无血色，缓缓地睁开眼睛，拉着柳依依的手，声音微弱地说："依依，我不行了……"

"不，你要坚持，马上送公社医院输血！"柳依依眼泪夺眶而出，但她抑制了哽咽声，对赵大鹏说，"你快叫几个人来，把他送到小队，用拖拉机送公社医院。"

赵大鹏喊来几个社员，把门板卸下来，铺上褥子，把叶雪松抬到上面。叶雪松微微睁开眼睛，目光浑浊，用尽最后一点力气，攥住柳依依的手。柳依依俯下身子，脸贴在他的嘴边，听到他微弱声音："依依，我……我爱你……"

叶雪松说完一生之中最后一句话，终因失血过多，闭上了双眼。

柳依依失声恸哭……

下午，赵大鹏的妻子顺利产下一个男婴。柳依依听到孩子的第一声哭啼，无力地瘫在地上，昏了过去……

这一天，赵大鹏家墙上的日历牌是，一九七八年一月二十日。

春天来到雪帽山，山上的冰雪已经融化，只是山头上还有没融尽的冰雪，像个帽子似的扣在山顶，白得耀眼。满山开始泛绿，困顿一冬天的鸟儿，也欢快地叽叽喳喳起来，向春天和这个世界昭示着生命的存在。

柳依依和叶雪莲来到北草甸子西侧，那儿一座新坟埋葬着叶雪松。坟丘上光秃秃的，几对花圈已经残缺不堪。把叶雪松葬在雪帽山下，是叶雪松父母的意见。公社党委和县知青办追认叶雪松为"奋勇保护人民群众的革命青年"。大队组织民兵，满山地毯式搜捕，把雪帽山最后两只刚长大的狼崽子猎杀了。随着春天的到来，雪帽山下又恢复了往日的平静。

柳依依和叶雪莲每人采了一束野山花，放在叶雪松的坟前。叶雪莲哽咽地说："哥，我和柳姐看你来了。你已经考上大学了。柳姐也考上了。你安息吧！"

柳依依跪下，从包里拿出一张大学入学通知书，哽噎地念道：

叶雪松同学：

你被我院美术系录取，务于一九七八年三月一日，持此通知书办理入学手续。

美丽的春天来了，用你手中的画笔，为祖国的春天，描绘更加灿烂的色彩。

恭候你的到来！

海连师范学院美术系

柳依依泣不成声。叶雪莲把火柴划着。柳依依把手里的入学通知书放到火焰上，不一会儿几片纸灰像黑色的蝴蝶翩翩起舞，融进了蔚蓝的天空中……

49 依依软禁在家

新生到校报到的日子越来越近,柳依依却怎么也高兴不起来。迟迟不见的经期,已经过了三个月还无踪迹,而且自己开始有了明显的妊娠反应。她确信,已经不是两个月前的惊吓所致。所担心的事情终于在她身上开始显现出来。一个无辜的生命,正在她的身体里孕育。

柳依依面临一生最痛苦的抉择。

柳鹤年和谢玉萍还以为女儿是惊魂不散,没有从那场惊心动魄的记忆中走出来。柳依依时常梦呓或睡梦中惊醒,白天的时候精神恍惚,眼神呆滞。谢玉萍跟柳鹤年商量,是不是让柳依依住院治疗。柳鹤年不同意,说是依依是惊吓,心里有阴影,找医院的精神科主任赵医生看一下,需要住院治疗再说。谢玉萍一个电话就把精神科主任叫到家里,给柳依依看病。

赵医生有临床经验,和柳依依谈了一会话,大概了解柳依依在农村的经历后,得出一个结论,柳依依没有精神障碍,只是惊吓和对恋人的思念。赵医生开了几种镇静和补充维生素的药方,让柳依依按时吃药。

谢玉萍送赵医生走出家门。赵医生悄悄地对谢玉萍说:"谢主任,我建议你的女儿应该去看一下妇科。她在农村青年点的最后时间里,可能跟恋人有过身体接触。她心里有负担。"

谢玉萍惊愕了,女儿竟然有了性行为!不可能!依依不是轻率的女孩子!

谢玉萍嘱咐赵医生:"孩子的事情,也就局限在你这儿完事了。"赵医生心领神会表示:"我明白,绝不会从我嘴里说出去的。"

谢玉萍没有马上问柳依依,也没有对柳鹤年说,而是在细心观察柳依依。这样有失声誉、丢尽脸面的事情,不仅不能让医院的同事知道,就是家里的亲人最好也不要知道。老柳知道了,只能是气愤和无奈。她暂时装作不知道,是给女儿一个机会,没有什么后果,女儿从阴影里走出来,她就不去捅破这层窗户纸。

可是，事情并没有像谢玉萍想得那么简单和平淡。柳依依出现妊娠反应，一大早忽然在卫生间呕吐起来。谢玉萍的头像被谁打了一闷棍，顿时感到头昏脑涨。

柳依依从卫生间里出来，看到谢玉萍脸色不好，忙问："妈，你怎么啦？"

谢玉萍凝视着柳依依："我倒要问你怎么啦？"

柳依依显得异常慌乱，说："我……我没怎么啊！就是胃有点难受，好像是凉着了。"

谢玉萍瞧一眼在窗外活动身体的柳鹤年，说："依依，你做过赤脚医生，你自己的事情难道不清楚吗？"

柳依依低下头，喃喃地说："妈，这事儿不怨叶雪松，是我主动的！"

谢玉萍一脸愠怒："依依，我真失望，没有想到你会这么轻率！"

柳依依抬头看着谢玉萍："我是爱他的，我没有感到轻率！"

谢玉萍诧异地看着柳依依，一向文雅娴静的女儿，今天一反常态。两年的青年点生活，别的收获没有，脾气变了，贞洁丢了。谢玉萍生气地说："依依，你知道什么是爱？知道为谁值得献出自己的身体吗？依依，你怎么能不承认自己轻率，对自己不负责呢？"

柳依依觉得委屈，泪珠在眼眶里滚动："妈，叶雪松是值得我爱的，值得我献身的。他是为了救晓飞和我才死的！我能考进大学，也是他帮助我复习的。你和爸爸是了解的！"

两行泪水从柳依依的眼角滚落下来，柳依依轻轻地抽泣起来。

谢玉萍感到很失望。她压住怒气，说："别哭了，别让你爸爸看到。上午我陪你去医院做个检查。"

柳依依无法拒绝谢玉萍的安排。她知道自己最担心的事情终归要面对家人的。如果妈妈没有发现，她不知道自己会怎么去做，可能去医院检查的勇气都没有。这样一来，她不用费心去想怎么向妈妈交代这个事情了。

谢玉萍领着柳依依到市妇女儿童医院检查。那里的医生都不认识她，依依检查的结果不会泄露出去，甚至最后要做打胎，都不会引起同事们的注意。她要千方百计地保护好女儿的声誉。

检查结果没有出乎意料,柳依依怀孕了。谢玉萍拿着检查报告,非常沮丧和失望。

柳依依一直焦灼的心,在这一时刻反而平静下来。面对母亲她无言以对。

医生告诉谢玉萍,柳依依怀孕四十来天,可以做人流手术,但是柳依依身体虚弱,需要静养一段时间。谢玉萍本想立刻让柳依依上手术台,开学还有不到半月时间,恢复依依的体力和心理素质是当务之急!无奈医嘱违反不了,这不是她手下的医生,没有商榷的余地。

柳依依被谢玉萍几乎就是软禁在家里,虽然大门没有上锁,可母亲最长不超过半小时,就往家里打个电话查岗。柳依依知道母亲的苦心,不让她出门见熟人,担心自己的"丑事"败露出去。

柳依依无心看书,客厅里那台普通人家见不到的东芝电视,她也没心情打开看。青年点带回的物品,都被妈妈藏起来了。寒冬夜,叶雪松给她画的那张肖像画,被妈妈撕得粉碎。妈妈要割断她与过去的所有瓜葛,可无论如何也割不断柳依依对叶雪松的思念。想起叶雪松,柳依依潸然泪下;想起那惊恐的一幕,她不寒而栗;想起腹中的小生命,备感凄惨。每天就这样,柳依依独自在家,以泪洗面。

这天早上,父母上班刚走,电话铃声响起来。肯定又是妈妈从医院打来的电话,柳依依不情愿地拿起话筒,不耐烦地说:"我在呢。"

对方惊疑地问:"依依吗?"

柳依依一惊,不是妈妈,声音耳熟:"你好,哪位?"

何璐啧啧:"依依,我的声音都忘了? 何璐! 你是要开学了? 我要送你去学校。"

柳依依激动:"何璐? 是你! 不用,学校就在黑石礁,离我家很近。你工作挺好吧?"

何璐爽快地说:"先说你的事儿,依依,过去的事儿就别老去想了,走进大学校门就开始你的新生活了。送你上学是一定的,我知道医科大学在黑石礁啊,你爸会用小轿车送你,开学那天我在校门口等你。依依,我明天跟董明结婚。海钢规定,谁结婚,就给谁分福利房。反正那么回事儿，早结晚不结。你一定过来给我捧场啊！在甘井子的千山饭店。"

柳依依答应，恭贺几句便放下电话。母亲能不能让她去，怎么跟母亲说？突然，电话铃声又响起来。何璐又想起什么事儿来了？

对方一声"喂"，柳依依一怔："晓飞……晓飞，是你……"柳依依禁不住哽咽了。

柳晓飞急切地问："姐，你怎么了？"

柳依依止住哭声："晓飞，姐没事儿，想你了。新兵集训完了吗？"

柳晓飞哈哈一笑："姐，你一哭，差点把我吓抽了。集训没完，我打电话是告诉你，我已经从青岛来旅顺了。"

柳依依惊喜："你调到旅顺基地了？这真好，离家近了！"

"哪有那好事儿？姐，我是请假回海连的。栗天舒跟团来旅顺基地演出，我跟部队请了两天假回来见栗天舒。今晚我俩就回家看你们！"柳晓飞兴奋地说。

柳依依问："爸妈知道吗？"

柳晓飞说："我没给他们打电话，我要给他们个惊喜！姐，你是快开学了？"

"是的，回来再说吧。"柳依依放下电话，心里更加难过。她不能恨弟弟闯下的祸事，却要让叶雪松用生命来承担；她也不能怨恨叶雪松给她埋下的恶果，却要让她用忧伤来吞咽。她只能恨自己不能从痛苦中解脱出来。

晚上，柳鹤年和谢玉萍回来，柳依依已经把晚饭做好。谢玉萍看到依依做了一桌子饭菜，奇怪地问："依依，你怎么做了这么多的菜？"

柳依依知道晓飞要给父母意外地惊喜，但她还是精心做了一桌子饭菜。栗天舒是第一次登门，弟弟任性，做姐姐的不能不明事理："妈，晓飞来电话，他今晚回来。"

柳鹤年疑问："他还在新兵连训练，部队怎么能给假呢？是不是又惹事儿跑回来了？"

柳依依忙说："爸，您别担心。栗天舒到旅顺基地演出，他请假回来的。"

柳鹤年越发糊涂："哪个栗天舒？"

谢玉萍接过话："啊，是小栗。晓飞在青年点处的女朋友。我见过，长得漂亮，文文静静的，跟晓飞很般配。"

柳鹤年失望地叹道："岂有此理！部队的纪律我是知道的。看个女朋友，部队根本就不能给一个新兵假！要是老兵还有可能。"

谢玉萍端过来一杯清水递给柳鹤年："老柳，晓飞肯定有办法请假回来的。全家团聚一下多好！一会儿晓飞回来，在客人面前别说晓飞。"

柳晓飞领着栗天舒走进家，真的是给全家一个惊喜。柳晓飞穿着一身灰色的军装。栗天舒穿着黄军装，鲜红的领章和帽徽格外显眼。两人进屋，一起敬军礼。柳晓飞看着父亲大声说："首长好！"

柳鹤年紧绷面孔，问："你是个新兵，怎么能请假回来呢？"

柳晓飞瞥一眼母亲，说："天舒，这是我妈妈，这是柳院长——首长，我爸爸。"

栗天舒甜甜地说："阿姨，叔叔好！"然后，转向柳依依，"姐姐好！"

谢玉萍上前拉住栗天舒的手："天舒，你真漂亮！快把帽子摘下来，屋里热。你姐为你们准备了一桌饭菜，洗洗上桌吧。"

栗天舒摘下帽子，齐耳的短发，显得异常精神。柳鹤年抬头看一眼，觉得栗天舒像几十年前在青龙山战斗中牺牲的小护士米香香，立刻对栗天舒有了好感。柳鹤年脸部的肌肉松弛下来，面带笑容地和栗天舒唠起嗑来。

一家人的晚餐，是在欢快的气氛中进行的。

入夜，柳依依和栗天舒依偎在床上。床头灯散发着微弱的光，屋里显得很黯淡。栗天舒一直处于兴奋之中。柳家父母认可她的出现，使她感觉非常幸福。跟柳依依躺在床上，犹如回到了青年点的岁月，禁不住地说："姐姐，我想起我们在青年点的时候，你让我睡在小屋里，为这事儿你和何璐还闹起矛盾了。"

柳依依没吭声，呆呆地看着栗天舒。尽管灯光很暗，但栗天舒看到柳依依的眼睛里滚动着泪珠。栗天舒突然反应过来，在青年点最后的岁月里，柳依依留下了深深的痛楚。

"姐姐,对不起,我不该提起青年点的事儿。"栗天舒懊恼地说。

柳依依苦笑下:"天舒,你还是那么天真。你不说,我就能忘了吗?"

栗天舒神秘地问:"姐,我知道你忘不了叶大哥,对吧?"

柳依依难过地低下头,眼泪流下来。栗天舒慌张起来,下床去拿毛巾。

柳依依一直想找个知己倾诉。可母亲几乎把她软禁起来,所有熟人都不让见。现在栗天舒提起叶雪松,她再也忍不住自己面临的痛苦抉择。

"天舒,跟你说件事情,你先不要跟晓飞说。"柳依依在朦胧的光线里,看到栗天舒瞪着眼睛看她。

"姐,你说吧。我不会告诉晓飞的。"

柳依依声音颤抖:"我怀了叶雪松的孩子。妈妈让我去流产,这是我最痛苦的时候! 我不知怎么办好了。"

栗天舒惊喜地说:"呀,姐姐和叶大哥真是罗曼蒂克啊! 这是爱情的结晶,姐,你要珍惜啊!"

柳依依苦笑:"我怎么珍惜,马上就开学了,我能挺着一天比一天大的肚子去上学? 学校就是允许,我妈妈这关也过不了。"

栗天舒咋舌:"是啊,我还忘了姐要上大学的事儿。这可怎么办?"

天真的栗天舒也沉默了,不知道怎么安慰柳依依。

第二天早晨,柳晓飞陪栗天舒回家看望父母,然后他们就要回部队了。栗天舒泪眼汪汪地跟柳依依道别。柳晓飞开玩笑地说:"天舒,咱俩分别的时候,你也没有这样恋恋不舍啊!"

柳依依瞧眼柳晓飞:"你还没有事了? 爸爸是看到天舒,没有再追问你从部队回来的事儿。爸爸怀疑你是没请假跑回来的。"

柳晓飞一愣:"姐,你不说我差点忘了。部队要是往家里来电话,询问柳鹤年同志的病,你就说好多了,不用柳晓飞挂念,安心在新兵连训练吧。"

柳依依惊讶:"你撒谎爸爸有病了?"

柳晓飞不以为然:"这有什么? 我让一个哥们发电报,我才有充分的理由请假回来。咱爸也不能因为我撒谎就病了。"

栗天舒生气地打了柳晓飞一下："你骗我是正常请的假。我再回来不告诉你了！"

柳晓飞拉着栗天舒的手，嬉嬉闹闹地走了。

柳依依羡慕地看着他们远去的身影。

50 抉 择

柳依依走进千山饭店大厅。何璐上前拥抱柳依依，滚下热泪："依依，我真想你！"

柳依依眼圈湿润看着何璐，头发烫成大卷，开领的紫红色的羊毛衫，红底黑格裙子，红色高跟鞋。白净的脖颈上挂着一串乳白色的珍珠项链。"何璐，你真漂亮，恭喜你！"

董明站在旁边，说："依依，我们也恭喜你考上了理想大学！快开学了吧？"

柳依依说："谢谢！三月一日开学。"

柳依依抬头看见金曙光和高春萍走进来。柳依依这才猛然想到，何璐通知她参加婚礼，同样也会请别人来参加。柳依依立刻后悔了，母亲不让她出门是有道理的。这个时候真不该遇到这样的熟人。柳依依看到高春萍，显得尴尬。在龙泉汤大队广播室发生矛盾后，她再没有见过高春萍。

金曙光显得很惊喜："依依，祝贺你考上了大学，你是我们青年点的光荣！"

高春萍打扮时尚，一件鲜亮的宝蓝色短身风衣，笔直的黑色筒裤，长发披肩，一副盛气凌人的样子："依依，曙光成天羡慕你这个大学生！你进了大学校门后，有机会你们见面就给他讲大学生的事儿。"

高春萍的画外音谁都听得出。何璐忙说："依依进了大学门，可不是随随便便的我们说见到就见到。"

高春萍撇嘴："大学生有什么啊！我们化验室的大姐说，她妹妹也考上大学了，还有吃奶的孩子，只好办休学，孩子断奶了才能回去上学。这也是大学生，这叫妈妈大学生，跟我们有什么不同！"

何璐瞪一眼高春萍："依依就是跟我们不同，我们在她面前就是大老粗！"

董明忙说："大老粗不大老粗的，都是一个锅里吃过饭喝过汤的同学，对吧，依依，友谊万岁！"

柳依依淡淡地笑一下："是啊，但愿我们大家友谊长存！"

柳依依没有后悔见到高春萍，而是暗中感谢高春萍对大学生的讽刺。从她的话里得到一个重要信息，哺乳期的妈妈可以办休学。柳依依觉得高春萍说的不是瞎话，中断十年的高考恢复了，妈妈大学生肯定是有的。柳依依为保留腹中的小生命看到了一丝希望。

柳依依平静地躺在床上，这些天她在犹豫的是，留下孩子，就不能上大学，上大学就要打掉胎儿。如果可以办理休学，这可谓是两全其美的事情。父亲和母亲一定会极力反对她这么做。可她不能顾及了。叶雪松的身影，永远也不会在她心里消失。这个无辜的小生命，她一定要抚养成人！

柳依依感觉腹中的小生命在蠕动，每一时刻都感到揪心的疼痛。开学在即，母亲是不能让她身怀六甲进校门的，更不能让她把一个没有父亲的小生命带到人间。母亲领她去医院堕胎的事，越发不可逃避。

谢玉萍翻开台历，和蔼地说："依依，离开学还有十二天了，你的事儿也要赶快处理了。这些天你恢复得很好。明天你爸要开全院大会，我不能缺席。后天我们就去妇儿医院，十天恢复期，一点都不耽误你上学。"

柳依依在厨房收拾饭桌。谢玉萍的话像扎在她的心上，手一哆嗦，一只盘子滑落在地上摔碎。柳依依忙蹲下身用手收拾碎片。

谢玉萍过来帮助柳依依收拾，埋怨地说："依依，你是心神不定。踏进大学校园就开始新的生活了，不要纠结过去，那页就翻过去了！"

柳依依垂下眼睑："我知道了。"

柳依依彻夜难眠。命运给她的机会只有一天了，选择留下这个小生命,将预示着她以后的路势必充满艰辛。听从母亲的决定,一生都要受到心灵的折磨。她放不下对叶雪松的思念,更不忍心弃掉这个无辜的小生命。

柳依依睁开眼睛,父母上班走了。柳依依迅速起床,梳洗打扮吃早餐。早春二月,寒气袭人。柳依依穿着军大衣,感觉冷风从脖颈子灌进来。她忙把围脖围好,戴上口罩,急匆匆地向公共汽车站点走去。

海连医科学院大门上挂着一条醒目的标语,上面写着:欢迎来自全国各地的新生到校报到! 校门大开,背着行李,拿着箱子的人聚集在门前广场。柳依依看到这场面竟然激动起来,这是一代人新的命运开始。融入求知的海洋里,她感到自己是个幸运儿。柳依依想起叶雪松,眼睛又模糊了。他要在,这个校门口会经常出现他的身影……

柳依依呆呆地站了一会儿,擦干眼角的泪花,走进校门。

学生处的王处长接待了柳依依。王处长的年龄看上去跟柳依依的母亲谢玉萍仿佛,留着短发,戴着眼镜。柳依依把高校录取通知书递给王处长。

王处长认真地看一下:"柳依依同学,你有什么需要学生处帮助的吗?"

王处长不像母亲那样说话的语气中带着强势,感觉温馨和蔼。柳依依又把孕检报告递给王处长:"老师,我想办理休学,产后来上学。"

王处长轻轻地叹口气:"你们这批学生真不容易。有成家立业的,有刚结婚生子的。结婚怀孕的来办休学的已经有一个了,你是第二个。"

柳依依惊喜:"老师,可以办理休学?"

王处长同情地说:"你们很幸运是恢复高考的第一批新生,能不照顾你们来之不易的机会吗? 需要提供本人申请、结婚登记证、孕检报告,就可以了。"

柳依依愣住了,结婚登记证,她都没看过是什么样的。

王处长把通知书和孕检报告还给柳依依:"开学前来办理吧。"

柳依依神色紧张,避开王处长的眼睛,低下头。

王处长疑问:"同学,你还有其他事情吗?"

柳依依为难地说:"老师,我的结婚证丢了。"

王处长惊异:"丢了?那到你爱人单位开个证明吧。"

柳依依低声地说:"老师,我爱人没有单位,他也是知青……"

王处长打断柳依依的话:"啊,回城还没分配工作。我同情你们知青。国家政策不变的话,我的孩子明年中学毕业也要下乡了。你结婚登记是街道开的信吧?你去街道开个证明来,证明你们登记结婚了就可以。手续不全,是不能办休学的。"

柳依依走出校园,悬着的心才放松下来。多亏那个老师打断她的话,差一点她就实话实说了。说出实情就不知道是什么结果了。老师让街道开证明,她立刻就想到了何璐。她的母亲在街道工作,这个忙何璐是能够帮的。

柳依依把何璐约到金南路一个刚开张的小饭店。

何璐急匆匆地赶来,见到柳依依就急问:"依依,怎么了?你跑到这儿来约我吃什么饭?"

柳依依默然一笑:"中午了,请你吃饭。我有事儿跟你说。"

柳依依去窗口,选了两个最贵的菜。红烧鱼块和宫保鸡丁,两碗米饭。

何璐惊叹:"呀,我结婚宴席上也没有这两个菜啊!"

柳依依把筷子递给何璐:"这是很普通的菜,你婚宴上有清蒸鱼、锅包肉,好几个菜我都不知道菜名。"

何璐无奈地说:"妈妈要面子,怕别人瞧不起。"何璐吃了几口菜问,"依依,到底什么事儿?神神秘秘的。"

柳依依没有心情吃饭,看着何璐,情绪低落地说:"何璐,我遇到麻烦事儿了,需要你帮忙!"

何璐放下碗,惊诧地问:"什么麻烦事儿?"

柳依依平静片刻,说:"我怀孕了。"

何璐瞪大眼睛:"叶雪松的!"

柳依依点头:"那天我在山上的小石屋住的,没想到就有了。妈妈现在知道了,让我明天去做掉。"

何璐叹气:"咳,我以为什么事儿,你让我去做你妈妈工作,把孩子留下来? 依依,你就要上大学了,能抱着孩子去上课吗? 不是我有工作了可以休产假。再说,叶大哥也不在了,你……"何璐看到柳依依的眼角流下泪水,忙说,"依依,我乱说,你别往心里去啊!"

柳依依轻轻地擦去眼角的泪,坚定地说:"你说得对,可我放不下!我要把孩子生下来。我爱叶雪松,他是为了救我和弟弟死的。他的根我必须留下来!"

何璐惊疑:"你不上大学了?"

柳依依心情平静下来:"我不能失学,上学的机会对我同样重要。我去学校问清楚了,可以办休学。但是,要有结婚证。你知道,我跟叶雪松根本就没有这个证。我说结婚证丢了,老师让我去街道开证明。"

何璐凝视着柳依依,熟悉的柳依依突然变得陌生了。她真没想到柳依依这么坚强和勇敢。何璐伸出大拇指:"依依,你真伟大! 我真敬佩你!"

柳依依焦急地问:"说别的没用,你帮不帮我?"

何璐说:"我妈善良,要是知道你的事儿,一定会同情你的。她会想办法帮助你把街道证明开出来的。依依,你放心吧!"

柳依依异常激动:"何璐,谢谢你理解我! 明天我妈就要领我去医院,我想今晚就离开家里,你能帮我租间房子吗? 我不知道哪儿能租到房子。"

何璐嘿嘿地笑:"你个大小姐,要离家出走,独立生活了! 你真敢走出这一步?"

柳依依望着窗外,陷入沉思。半天才转过头看着何璐:"我不知道前面的路有多少艰辛,但我也要走下去。我不该下乡,可我执意要去;我从没想在青年点谈恋爱,可偏偏遇到叶雪松,又赶上恢复高考。更没有想到经历恐怖的风雪天,叶雪松命丧狼口。一切不应该在我身上出现的事情都出现了,也许这就是命运的安排! 何璐,我希望你能理解我,以后不能少麻烦你。"

何璐收敛笑容,认真地说:"依依,我比你大,咱俩像亲姐妹一样处。

我一定像姐姐一样关心你！你的决定，我无法阻止你。这样吧，今晚你就到我妈家住，我妈自己在家，我妈肯定喜欢你。"

柳依依眼睛模糊了："谢谢你，我的好姐姐！"

柳依依回到家里，紧张地收拾行李。

临走，柳依依趴在桌子上，写给父母一封信：

爸爸妈妈：

女儿在父母的怀抱里温暖地生活了二十二年。在我的记忆中，爸爸妈妈从来没批评过女儿，更没对女儿发过一次火。我也一直听父母的话。可是，当我的命运处在十字路口的时候，我选择了背叛你们，尤其是妈妈。女儿这么做，是因为腹中的胎儿，是我生命的寄托！妈妈，您不会理解女儿的。当一个人为你付出了生命，你还有什么为他舍不得的！也许我选择的路充满荆棘，但我有信心把小生命抚养长大，让那个永远消失的宝贵生命得以延续！

我已经办理了休学。抚养孩子和求学，我都会努力做好的。请爸爸妈妈放心！

爸爸妈妈，请你们原谅和理解不孝的女儿！

女儿：依依

一九七八年二月十九日

柳依依放下笔，深深地叹口气，好像把压在肩头的沉重包袱卸了下去，心情那么轻松和愉悦。

柳依依拎着旅行包，走出了家门。

下篇

51　困　惑

　　柳依依和女儿柳叶子从龙泉汤回到海连的第一件事情,就是给大沈和赵大嫂寄药。

　　离开龙泉汤的时候,大沈一大早就来到赵大鹏家。他不是来送柳依依母女回海连的,而是要挽留柳依依多住几天。开始柳依依以为大沈是一番盛情,柳依依说,请了两天假,明天必须上班。大沈商量说,你能不能坐下午那趟车晚一会儿回家,村里有几个病人,听说柳医生回来了,都想让你看看病。柳依依答应大沈,来到卫生所,给患者看病。一走进屋里,柳依依惊呆了,满屋子有十多位上了年岁的老年人。柳依依一眼认出两个人,一个是丁德财,一个是当年青年突击队副队长李细枝。他们都老了。丁德财握住柳依依的手,"你婶走了五年了。你大叔丁德发搬到镇上住,也有病在身,不能走远路了。听说你回来了,我怎么也得看你一眼。"李细枝摘下眼镜,伤感地说:"也看不清楚你了,当年你姐弟俩到青年突击队第一天的场景我还记得,你弟弟调皮啊!"

　　柳依依跟他们寒暄一阵,逐个给看病。李细枝和另外两个人是眼睛患白内障。李细枝很严重,再不手术有失明危险。柳依依让他尽快到县医院或海连市医院做进一步诊断。柳依依也给他留下联系电话,去海连市看病她可以亲自给他做白内障手术。李细枝摇头,哪也去不了,知道自己的眼睛犯啥毛病了就行了。这么大年纪了,瞎就瞎吧,也没有条件看病啊!柳依依心里一阵难过,提起看病都是一种无奈,只能硬挺着,任其病情发展。作为一名医生,她感到自己的责任和无助。柳依依逐个看了一遍。她对痛风、高血压、风湿几个她专业外的疾病,只能简单地指导如何治疗和注意事项。这些患者,听柳依依的话,似乎得到神医的指点,个个兴高采烈。他们越是对柳依依赞佩,她越感到心情沉重。

　　在回海连的列车上,柳依依问女儿:"妈妈领你到农村走一趟,你有什么感触？"

柳叶子望着车窗外，想起自己高考报志愿的一幕。她的成绩可以报北大最好的学科——中国语言文学，她爱好文学，想成为作家。可是妈妈却不同意，和姥爷一样坚持让她报医学部。妈妈说，当作家不用专业学习，生活是最好的大学。医学必须专业学习，当医生可以兼职当作家，而没有学过医的作家却不能兼职当医生。

柳叶子从车窗外收回目光，静静地看着妈妈，说："妈妈，我理解了你和姥爷为什么坚持让我继承你们的专业学医。我一定像你和姥爷那样敬业！"

柳依依一路上沉重压抑的心情，也只有女儿的话使她感到宽慰。她也意识到，也只有女儿的成长，她才能对得起自己付出的心血。

柳叶子回到家里，告诉姥爷："妈妈在龙泉汤可有威信了。病人听了妈妈的话，就好像吃了药，脸上立刻绽放出笑容，没有了痛苦的表情。"

谢玉萍嗤之以鼻："你妈的话要是灵丹妙药，就不用到医院了！"

柳鹤年多少年来，不管什么事情，总是站在女儿和外孙女这边："老谢，你没明白叶子的话，她的意思是她妈妈在农村老百姓心里，是有信任感的。医生的话不顶药用，可医生的责任心是比药值钱的。叶子，我不用到现场，就知道那些病人把你妈围住了，你妈非常有耐心地逐个看，耐性地讲解、安慰，对不？"

柳叶子扒开一个香蕉，送到柳鹤年的嘴边："还是姥爷了解妈妈。妈妈看了一天，病人越来越多。妈妈不紧不慢，我都担心耽误回家的车了。最后剩半小时了，妈妈才坐车去小镇。"

柳依依看到母亲谢玉萍的脸阴沉起来，知道柳叶子给姥爷送到嘴里一口香蕉，而冷落了姥姥。柳依依忙倒杯水，端给母亲："叶子，姥姥也了解你妈，姥姥是特意那么说。"

谢玉萍接过水杯，瞥一眼柳依依："我可不了解你啊！"

柳叶子又给谢玉萍扒根香蕉，接过话："姥姥，你是不了解妈妈。你知道吗？妈妈要给龙泉汤的病人寄药。姥姥、姥爷你们都赞助一下吧，我捐献妈妈压岁钱三百元。"

谢玉萍哼了一声说:"二十年前我就几次送药到龙泉汤,给他们送药下乡,也是我争取来的。"

柳鹤年笑着说:"你还不是为了依依和晓飞,跟大队拉好关系。过去的事儿咱不提了。叶子,姥爷和姥姥拿出一千元。我们要支持你妈妈的善举啊!"

柳依依也拿出一千元,领着柳叶子到大药房买了两箱子药,寄给大沈,让他分给那天她看过的所有病人。赵大嫂的药,柳依依单独寄出去的。

何璐知道柳叶子快要上大学了,她打电话给柳依依,请他们全家出来吃饭。柳依依婉言谢绝。何璐在一家民营企业做会计,每天很忙碌。双胞胎的儿子又要中考。董明在海钢附属企业运输公司上班,半死不活,面临下岗。她家境拮据,柳依依不能让何璐破费。可何璐就是这样的性格,说要做的事情,就必须做到,必须做得最好。

本来何璐的工作和会计一点边都沾不上,她也在海钢运输公司上班。她上班就穿上厚厚的工作服,跟着男人一样跟车装矿渣、铁粉。运输队女职工都累跑了,最后剩下她自己在坚持。运输公司跟一家小公司合并,需要增加一名会计。何璐知道这个信息后,去找公司王经理,要求做会计工作。王经理说,他们需要的是有会计工作经历的人,上岗就能把活儿拿起来。何璐告诉王经理,她做过会计。王经理问她,你在哪儿做过会计。何璐说下乡在生产队做过记工员。王经理嘿嘿笑了,"生产队的记工员要是会计,我六八届下乡,在青年点还当过伙食长,记过豆腐账呢,那我就是会计师了!"

何璐没有被王经理的话吓住,她换个话题进攻。何璐惊异地说:"我家老董也在青年点当伙食长,你也当过伙食长,简直没法相比。你已经是处级经理了,管着上百人。我家老董吊儿郎当,一点要求进步的思想都没有。同在广阔天地锻炼,结果真是不一样。王经理你是大有前途啊!"王经理不知是被何璐捧得晕乎了,还是想到运输公司在一线干活的女工人就剩她自己了而发善心,最后同意何璐做现金出纳员。何璐抓住这次机会,把会计工作做得风生水起。

柳依依知道何璐不能因为她婉言谢绝，而改变自己的主意。果然，何璐没有告诉柳依依，直接来到柳依依父亲家。

柳叶子自己在家，一见到何璐，高兴地搂着何璐，说："何姨，你在青年点时候也那么霸道！小舅妈要住你和妈妈的屋里，你还跟妈妈吵起来，有这事儿吧？"

何璐一怔："你妈妈领你回龙泉汤了？"

柳叶子嘻嘻笑："妈妈答应我的，大学通知书下来，就领我去祭奠爸爸的。在你们的青年点住了一夜。"

何璐瞪起眼睛，悄声地问："妈妈还跟你讲什么事儿了？"

柳叶子垂下眼睑："什么也不讲，等我大学毕业回去祭奠爸爸的时候再讲。"

何璐心里有数了，叶雪松被狼咬死的事情还是守口如瓶。她理解柳依依的心情，那噩梦般的一幕，不能过早地植入到孩子的记忆中。何璐笑了："其实也没有什么新鲜事儿，一群无知的青年人凑到一起了，成天瞎闹。哪像你们现在，一心要考好大学，找好工作。"

柳叶子反驳："我们那叫志存高远，是理想！"

何璐摆手："好了叶子，我说不过你。姥姥和姥爷呢？我今晚请你们吃饭，是祝贺你实现了理想。你小时候就说上北大和清华，还真实现了！阿姨佩服你，有梦想就要把它实现！"

柳叶子看下手表，说："何姨，姥爷今天没有去医院，和姥姥去社区交党费。妈妈也快下班了。利用这时间，我跟你谈点事儿。"

何璐看到柳叶子一本正经的表情，笑着说："呦，小大人，你要跟我谈什么？说吧。"

柳叶子急了："何姨，我跟你谈正经事儿，你要认真对待！"

"叶子，你说吧，要何姨做什么？"何璐看到柳叶子急切的样子，她认真起来。

柳叶子看一眼何璐，低下头："何姨，这么多年妈妈为了我，一直没有组建家庭。我上大学了，我希望妈妈能考虑一下自己的事情。妈妈刚到四十岁，有自己的事业，更应该有自己的爱情。"柳叶子抬起头，泪眼汪汪地说，"何姨，你是妈妈最好的姐妹，我永远也忘不了，妈妈领我在外面生活那些年，得到你和姨夫的照顾。妈妈的事儿，你再帮帮她。妈妈这方面情商低，总想着工作，你常开导开导妈妈。"

何璐一把搂住柳叶子，激动地眼泪在打转："叶子，你真的长大了！你妈妈的辛苦没有白付出！"

何璐的眼睛模糊了。柳依依顶着巨大压力，四处躲着母亲的逼迫，硬是把孩子生了下来。今天柳叶子也真给她母亲柳依依争脸了，考上了名牌大学不说，还这么体谅自己的妈妈。何璐猛然感到，叶子不是一个书呆子，知道爱惜自己的妈妈。相比之下，她的两个儿子就不知道心疼自己的妈妈。

柳叶子总想找机会跟何璐说一下妈妈的事情，没想到机会就来了。柳叶子心里不能对妈妈说的话，都对何璐说出来了。

"何姨，我知道，现在有两个人在追求妈妈，我有看法。你要给她当好参谋！"柳叶子神情凝重地看着何璐。

何璐笑了："小大人，你有什么看法？"

柳叶子一脸严肃："何姨，我不是小孩，我说的话，你要认真对待！妈妈医院那个陈医生，太书生气，走路像个猫似的连点动静都没有。他又不是天龙八部里的段誉凌波微步，一个男人踏地无声，就没有气概。我看不惯这样的男人。金曙光叔叔倒是有男人魄力，但他有家庭，他摆脱不了那个蛮横的妻子，妈妈不能涉足这个泥潭，充当第三者！"

何璐惊疑地看着柳叶子，平时两耳不闻窗外事的叶子，竟然对妈妈最烦躁的事情这么了解："叶子，你真不是我印象中的黄毛丫头了！我替你妈妈为你的成长而高兴！"

柳依依进屋，看到何璐没有感到惊奇："我就知道，你不能听我的话，肯定过来。"

何璐对柳叶子会意地笑着说："我必须来看看叶子，这可是未来的国家栋梁啊！"

柳叶子蹙眉："何姨，你怎么跟姥姥说话一样，上北大就是国家栋梁了，没有这么容易吧？妈妈医院有好几个医生都是名牌，并没成为什么栋梁啊！姥爷没有上过名牌大学，只在奉天医学专科上了两年学就参军了，可姥爷却是享受国务院津贴的专家。"

柳依依看一眼女儿，散披着头发，穿着睡衣，一副邋遢相："叶子，何姨来了还不收拾下，太懒散了。姥姥和何姨说你将来是国家栋梁之材，是在鞭策你。姥爷一生工作兢兢业业，积累丰富经验，所以才是专家。如果你在学习上和以后的工作中就这样懒散，再好的名牌大学毕业也是一事无成。"

何璐咯咯笑："依依，你还教育叶子？叶子可不是黄嘴丫子没退的小孩子了。她是当代大学生，有自己的思想了！好了，叶子，你去换衣服，等姥姥姥爷回来，咱们就去楼外楼酒店。"

柳依依说："何璐，我们别去外面吃了。爸妈不愿意去酒店吃饭。这样吧，在家里包饺子，叶子爱吃你包的三鲜饺子。"

柳叶子高兴地说："呀，我好长时间没有吃何姨包的饺子了。就听妈妈的，在家吃饺子！"

柳依依和何璐去超市。在她俩要迈出房门的时候，柳叶子在身后说："何姨，我说的事儿，你别跟妈妈唠起别的嗑儿给忘了啊！"

出了门，柳依依问："叶子跟你说什么事儿？"

何璐站住："叶子不是个书呆子！她一本正经地跟我说，她上大学走了，让妈妈早点组建个家庭，而且对你目前的追求者提出了自己的看法。"

柳依依嗔怪："这个孩子，什么都说！她怎么说的？"

何璐撇嘴："呦，你高兴去吧！叶子多懂事儿啊！说你医院那个陈医生，没有男人气概，他走路像猫似的；金曙光叔叔倒是有男人魄力，可他摆脱不了蛮横的妻子，妈妈不能涉足这个泥潭！你看叶子的话不多，说得多到位！"

柳依依没有想到女儿竟然心中这么有数，也许女儿平时忙于学习，从来不跟她谈这事。今天突然跟何璐说起这些话，柳依依感到女儿不是小孩子了，应该让她有一个完整的家庭了。可她又不情愿往前走这步，还没有哪个男人占据她心里的位置。

柳依依淡笑:"那么紧张的学习,她还有精力想这些事儿! 何璐,我领叶子回龙泉汤了,到她爸爸的墓地看了看。"

"叶子跟我说了。"何璐问,"你都看到谁了? 你能认出他们吗?"

柳依依感叹:"都老了,大沈、李队长、丁二叔,也都有病了。农村缺医少药很严重,卫生所只有沈大夫,一点西药都没有。村民有病输液、打针都做不了。我真想在那儿多住几天,给村里人看看病。"

何璐站住,从柳依依的眼神里看出,她是真的动情了:"好了,就此打住! 你就是住上一年,也改变不了那里缺医少药的现状。还是用心研究你自己的事儿吧。柳叶子放假回来,要有个交代。你女儿说了,妈妈有自己的事业,更应该有自己的爱情。看看你女儿多么懂事!"

柳依依默默地往前走,心里却感到困惑和迷茫。

52 不曾忘记

柳叶子明天晚上要乘海连直达北京的特快去大学报到,而她却没有显得兴奋。在雪帽山下的父亲坟前,她告慰长眠于此的父亲,她考上了北京大学,了却了母亲多年的心愿。那个在她记忆中没有一丝影子的父亲,让她承担了成长的痛苦,更让母亲受尽了困苦和磨难。就要离开母亲的时候,柳叶子忽然懂得,自己来到这个世上,就是要报母亲恩的。

柳叶子陪着母亲去药店买药,到邮局把药寄给龙泉汤的几个患者,几乎忙乎一天。母女俩轻松地回到家里,柳叶子略显深沉地说:"妈妈,我陪你把你惦记的事情做完了,你应该陪陪我了。"

柳依依莞尔一笑:"明天晚上就离开妈妈了,妈妈再忙也要陪你啊! 我请好假了,送你到学校。"

母亲送她到北京,她没有感到意外。她知道母亲的心情,除了不放心她第一次离开家人远行,更多的是割舍不了母女的感情。如果不是柳叶子以优异的成绩考上北大,柳依依是不会让女儿到外地上大学的。十八年来,柳叶子从来没有离开过母亲。真正的远行即将开始,柳叶子没有去憧憬未来的学习生活,却陷入往事的纠结中。从她懂事的时候开始,就记得自己不能去姥姥家,直到她十岁的时候,经历了一场磨难后,才得到姥姥的认可踏进家门。现在想起这些,越发感到妈妈的伟大。

"妈妈,我请你陪陪我,不是陪我在家消磨时间等待我离开家。我要去两个地方看看,你要陪我去!"柳叶子声音很轻,好像提出的要求有些过分。

柳依依猛然一惊,从女儿恍惚的眼神里,她感觉柳叶子又想起那段无法抹去的记忆。在这个时候,柳叶子心里的阴影仍然存在,这让柳依依感到痛苦和难受。这么多年,女儿在繁重的学习竞争中,没有把过去的事情忘掉。

"叶子,妈妈知道你要去的地方。我想就不去了吧。"柳依依用商量的口吻说。

柳叶子不置可否地说:"不,我一定要去看看!"

柳依依无奈地说:"那好吧。但妈妈有个要求,你能做到吗?"

柳叶子惊疑地问:"什么要求?"

柳依依沉默了一会儿,说:"以后再不要想那些事情了!"

柳叶子轻轻地笑起来:"妈妈,你还担心我像小时候那样把自己禁闭起来吗?那是绝不会再出现的事情了!"柳叶子收敛笑声,说,"妈妈,我为什么执意要去看一下?我现在真正体会到,您把我带到这世上的不容易!"

柳依依鼻子发酸。女儿从来没有说过这样的话,现在说出来,一下子就唤起她记忆深处的那段往事……

柳依依离家出走后,一直住在何璐家。何璐的母亲蔡玉莲像对待自己的亲生女儿一样,照顾柳依依。何璐和董明都在海钢的运输公司当装卸工,每天轮着大板锹装矿渣。董明累得晚上"妈呀妈呀"直叫唤,而何璐却像钢铁战士一样从不叫苦。柳依依没有经济来源,每月只有父亲暗中让弟弟柳晓飞送来二十元生活费。柳依依知道,父亲的工资都在母亲手里,这二十元生活费是父亲的岗位津贴。柳依依每月交给何璐母亲蔡玉莲十元生活费。蔡玉莲百般不要,对柳依依说:"在我家吃不着山珍海味,但肯定不会饿着你。你生完孩子还要上学,各种花销也不少,阿姨经济上贴补不上你，生活上好吃赖吃的，我一定照顾好你，把健康的小宝宝生下来。"蔡玉莲执意不要柳依依的生活费，柳依依也每月拿出十元钱，往家里买菜。何璐每周日休息回来看柳依依，柳依依看到何璐累得黑瘦，一脸倦容，心里就感到难受，想方设法去给何璐买猪肉包饺子。可那时猪肉凭票供应，柳依依就到副食品市场的售猪肉的窗口排队。轮到她的时候，她哀求卖肉的师傅说："我没有肉票，想买二斤猪肉给干体力活的妹妹吃。师傅，卖给我吧！"那师傅拎着大砍刀，看似凶狠的模样。听了柳依依的话，他皱起眉头，嘿嘿一笑："走后门也不能这么明目张胆啊！你到旁边等一会儿，我倒开空找你。"

柳依依等了半上午，那个师傅真从柜台里出来找柳依依。卖肉师傅说："难得你这个好姐姐，体谅妹妹干重活需要营养，不然你不会舍脸来走后门。这样吧，我亲戚有两个肉票，一个票两毛钱，你给我四毛钱。你把钱准备好，我去那边的厕所，出来的时候你迎过去，咱俩一手钱一手票。"柳依依准备好四毛钱，紧紧地攥在手里。看到那人从厕所出来，柳依依迎上去，擦肩而过的时候，他们像间谍一样秘密交换完毕，柳依依再到窗口去排队买猪肉。猪肉八毛钱一斤，柳依依每月买两次猪肉，花掉四元钱。剩下六元钱，就买些蔬菜和海鲜。蔡玉莲和何璐惊疑地问柳依依："你从哪儿弄的肉票？"柳依依没有说实话，告诉他们是弟弟晓飞给要的。

蔡玉莲上班走了，柳依依在家看看书，还学着织毛衣。柳依依的肚子一天天变大，惊喜和恐慌也越来越强烈。蔡玉莲找出家里的旧衣服，裁开做成婴儿用的裤子。蔡玉莲说要多做一些，将来何璐生孩子了也要用。国庆节那天，柳依依住进了妇产医院。两天后的拂晓，一声啼哭，粉嫩的女婴呱呱坠地。柳依依禁不住流下热泪，何璐和蔡玉莲、栗天舒都流下欣喜的眼泪。柳依依感激地看着他们，说："这个孩子就叫柳叶子吧！"

柳叶子出生不到一周岁，何璐的双胞胎儿子出生了。董明父母还在岗位上，何璐只好搬回来，让母亲一起伺候。伺候一个孩子，每天都没有闲着的时候。一下子又多两个，尽管何璐休产假和母亲一起伺候，但三个嗷嗷待哺的襁褓婴儿，就是一个小团队，让母女俩每天忙得不可开交。柳依依停止休学，也停止给孩子喂母乳，每天紧张地往返学校和家之间。柳依依决定搬出何璐母亲家，到学校周边租房子。

蔡玉莲不同意柳依依搬走，说："一只羊是放，两只羊也是放，三个小家伙我一遭都伺候了！你上学就别天天往回跑了。在我手里他们三个小家伙谁都不会掉队，一起长大！"

柳依依在这儿住了快两年了，真切地感到是自己的家。蔡玉莲是从内心可怜她，真心实意帮助她。可柳依依不能再拖累他们了。柳依依执意搬出来，在学校不远的向阳小区，租了两居室的房子。柳叶子的奶奶和姑姑叶雪莲从长春来，看望柳依依母子。叶雪莲有工作，不能耽误工作护理孩子，柳叶子的奶奶身体不好，能走出来到千里之外的海连市来看看自己的孙女，已经很不容易了。柳叶子的奶奶拿出六千元钱，交给柳依依，说："这是家里的全部积蓄，本来留着给雪松回城结婚用的。留给你抚养孩子吧。"

柳依依留下三千元，剩下一部分留给叶子的爷爷奶奶养老。柳晓飞和栗天舒帮助姐姐找了一个保姆，每月三十元钱，只负责白天柳依依上学时照顾孩子，柳依依放学回来，保姆就下班回家。保姆年龄较大，干活笨手笨脚，但心地善良。知道柳依依母女俩的情况，想一想就流眼泪。有几次柳叶子发病的时候，她晚上不走留下来照顾孩子。柳依依要给她加钱，保姆说什么也不要。原本是奔钱来的，现在是冲感情做事。柳叶子进了幼儿园，保姆接送。柳叶子三岁那年，一天早晨保姆的女儿来到柳依依家，告诉柳依依她母亲早晨突然中风，不能起床了。柳依依这时已经在市附属一院实习了，通过老师在脑内科安排了一张病床让保姆住院。由于治疗及时，保姆没有留下后遗症。柳依依尽最大的努力照顾病床上的保姆，也算对保姆三年来帮她度过艰难岁月的报答。

"妈妈，你在想什么？"柳叶子看到母亲呆呆地望着窗外问。

柳依依平静地问："叶子，我不知道你记住多少小时候的事情？有些事情该忘记的，是让你不要去嫉恨任何人。宽容对待过去，就是对自己负责任。"

柳叶子一下子搂住柳依依的肩,说:"妈妈,我懂,您放心吧!"

柳依依和女儿柳叶子来到伊春路上的春蕾小学。暑假没有结束,学校门前清冷,不锈钢伸缩门紧闭,偶尔有人从校门出入。这所小学是市重点学校,柳叶子到了入学年龄,柳依依看好这所小学,离她单位也不算远。那时还没有学区房的说法,附近很少有出租房屋的。柳依依只好让柳晓飞出面,通过伊春街派出所帮忙,才找到一户老两口闲置的两居室。柳依依把房子租下,简单地收拾收拾就搬进去了。学校开学那天,柳依依把女儿打扮得漂漂亮亮的送去学校。

"妈妈,我第一天上学的情景,还历历在目。我记得那天学校老师都出来,站在这大门两边,欢迎新生入学。旁边一个黑板报,上面是一年级新生分班名单。"柳叶子望着原来立黑板报的地方,黑板报早已没了踪影。

柳依依也清楚记得那天的情景,说:"你自己去看黑板报上的分班名单。人家都是家长在黑板报前,你根本看不到。我在后面观察你,看你怎么败下阵回头找我。不一会儿你回来告诉我,你分在一年级六班。我问你,黑板报前挤满了家长,你怎么看到的?你说,你是请一位叔叔帮助看的。我说你既然要求叔叔帮助,你干吗不让妈妈去看。你说,以后妈妈不在身边的时候,就要自己做事情。当时我真感动了,我的女儿太懂事了!"

柳叶子笑了:"妈妈,那时候您也真放心,把钥匙往我脖子上一挂,放学了,我就自己回家。"

柳依依愧疚地叹气:"有时候我赶上急诊做手术,回家很晚,你做完作业,捧着书蜷曲在床上睡着了。有一次妈妈忙得忘了买食品了,家里什么都没有。你在练习本上写了一句话,'妈妈,我饿!'然后就睡着了。我回来看到后,抱着你哭了半天。现在想起来心里还难受。"

柳依依说着,眼泪无声地滚落下来。想起往事,柳依依心里很不是滋味。不知道有多少次把女儿扔在家里,面包就着开水对付一顿饭。

柳叶子忙说:"妈妈,那时候我们这茬'七〇'后孩子不都是这样吗?自己上学,大部分同学的胸前都挂着一串钥匙。很少有家长接送上学的。有的同学回家做完作业,还帮助妈妈干家务活。那时候家长都忙于工作,没有谁家对孩子娇生惯养的。"

柳依依擦下眼睛,说:"是啊,也锻炼了你们的自立精神!"

大门口出现一个保安。柳叶子走过去,问保安:"我进校园看看可以吗?"

保安上下打量柳叶子,迟疑地问:"你也不像来报到的老师啊?"

柳叶子笑着解释:"这是我的母校,我想看一下。"

保安很年轻,却说出非常老成的话:"这是不忘本,有感恩的心啊!校长知道了不会批评的,请进!"

学校操场已经铺上塑胶,四层楼的教学楼依旧北侧一栋,东侧一栋,外墙粉刷一新。操场南侧的那棵香椿树枝繁叶茂,粗壮的树干上疤痕累累,留下岁月的沧桑。柳叶子记得上学的时候,老师说过,五十年代建这所小学的时候,这棵香椿树有一百多岁了。从校园里走出的每一届学生都是她的孩子!

柳叶子默默地凝视一会,说:"妈妈,那天就是在这树下,那个叫陶波的同学,突然骂我是野种!同学们都跟着起哄,我当时一下子就蒙了,脑子里一片空白!"

柳依依不愿意让柳叶子回想那段痛苦的记忆。

那天柳依依回家很晚,柳叶子趴在床上睡着了。可柳依依感到异常,已经念四年级的女儿从来没有不做作业的时候。作业本上只写两个字:"爸爸"。字迹被泪水浸湿,变得模糊。女儿的枕头上也有湿痕。柳依依警觉地感到,女儿不是盼望妈妈快回来急哭的。以前回来晚的时候,女儿都能把作业完成,然后才睡觉。而这次却没有做作业,柳依依下意识地感到在女儿身上发生了什么事情,为什么只写了"爸爸"两个字。好像是受到了莫大的委屈。

柳依依急忙抱起女儿,轻轻地呼唤:"叶子,妈妈回来了,你醒醒!"

柳叶子缓慢地睁开惺忪的眼睛,看到妈妈"哇"一声大哭起来。柳依依不知所措,一个劲儿地哄女儿:"叶子,跟妈妈说谁欺负你了?"

柳叶子哽咽着说:"同学骂我是野种,我没有爸爸……妈妈,我要爸爸……"

柳依依惊呆了,一时不知说什么,紧紧地搂住女儿也失声哭泣起来。多少年咽在心里的泪水,憋在肚子里的苦水,一涌而出。

柳依依哭了一阵,还是冷静下来。她忍住哭泣,用湿毛巾揩干女儿脸上的泪珠,轻声地说:"叶子,咱不哭了。告诉妈妈到底怎么回事?"

柳叶子还在抽泣,说不出来话;抽泣几声又闭上眼睛。柳依依急忙唤醒女儿,不能让女儿在悲泣中睡觉。

柳叶子从校门出来,一直哭泣着回家。哭泣着把作业本从书包里拿出来,抽抽搭搭地伏案写作业。可是握笔的手怎么也不听使唤,不住地颤抖。写下"爸爸"便扔下了铅笔,大声号啕起来。从她记事时候起,看到其他小朋友都有爸爸,而她却没有。她就问妈妈:"我的爸爸哪去了?我也要爸爸!"柳依依心里有所准备,女儿大了一定要问她的爸爸。她回避不了这个现实问题,必须对女儿有个说法。柳依依告诉女儿:"我们也有爸爸。爸爸去了很远很远的地方,不能回来了。但爸爸能看到你,你每天学习啊,听不听妈妈的话啊,爸爸都知道。"女儿又问为什么爸爸不回来?柳依依掩饰住痛苦,微笑着告诉女儿:"你长大了就知道了。"从那以后,女儿再没有跟她要爸爸。

现在,女儿突然受了莫大的委屈,竟然有同学骂她是"野种"!柳依依感到问题的严重性,这不是孩子受到的屈辱,而是她付出的心血和爱所遭受到的骂名。柳依依觉得蹊跷,在每年期末开家长会的时候,柳依依特别注意,没有她熟悉的同事和青年点的同学。而且参加家长会也有是妈妈自己来的。柳叶子在班里是学习委员,学习成绩一直名列前茅。班主任张老师十分喜爱柳叶子的聪明伶俐,观察出柳叶子性格有点孤僻,不喜欢跟同学们在一起,张老师以为柳叶子因为学习好,表现出一种清高。张老师跟柳依依沟通柳叶子的情况,点出柳叶子的性格缺陷,让家长配合老师逐渐改变柳叶子性格上的缺陷。柳依依知道柳叶子性格缺陷的根源在哪儿,但她不能把单亲家庭的情况如实对老师说。隐瞒的原因是,因为柳叶子不是家庭解体而失去父亲。难言隐情,还是不让外人知道为好。可突如其来的"野种"的骂名像一颗炸弹扔到了女儿的头上,柳依依此时此刻也有些晕头了。是谁这么卑鄙!不顾及她的感受,对一个无辜的孩子恶语相加!

柳叶子在柳依依的怀里渐渐平静下来,带着委屈的抽泣声渐渐睡着了。柳依依抱着女儿,在静谧的夜里,孤独地坐着,无声的泪水不住地滴落。

第二天早晨,柳叶子睡得深沉,没有像往常那样自己醒过来。柳依依做好早餐,叫醒女儿。柳叶子睁开眼睛,像梦呓似的问:"妈妈,爸爸呢?"

柳依依的心无比难受。柳依依冷静地哄着女儿,把衣服穿上,领她到卫生间洗漱。过去柳叶子是不会让妈妈帮助做的,这会儿她机械地任凭妈妈给她洗脸梳头。柳依依把牙刷挤上牙膏,可柳叶子却没有反应。柳依依急切地喊:"叶子,你自己刷牙啊。快到点了,你要上学,我要上班啊!"

柳叶子无声地刷牙。柳依依发现女儿清澈的大眼睛,缺少往日那种天真和明亮,显得呆滞和迟钝。柳依依心里一阵紧张,可又不能提及昨晚上的事情。柳依依给她讲平时爱听的童话故事,可女儿没有反应。柳依依把书包背到女儿身上,拉着她的手送她去学校。平时柳依依送女儿上学,走到公共汽车站点,女儿就不用妈妈送了。柳依依在站点坐车上班,女儿自己欢快地去不远处的学校。可是这天早晨,柳叶子没有反应,柳依依特意提醒她:"妈妈到了站点了,还要妈妈送你上学吗?"

柳叶子似乎没有听到妈妈说的话。柳依依感觉不好,女儿精神恍惚,显然受到了刺激。柳依依站住,蹲下身问女儿:"叶子,你有什么话跟妈妈说。"

柳叶子"哇"一声哭起来:"妈妈,我不去上学了,我害怕!"

柳依依惊愕了,女儿的心里已经留下阴影。柳依依立刻答应女儿:"好,今天不去上学了,妈妈也不上班了,领你去动物园玩一天。但妈妈要去老师那儿给你请假。"

柳依依把女儿送回家,来到学校见到张老师。柳依依把柳叶子昨天发生的事情跟张老师说了。柳叶子没有说是哪个同学骂她,张老师说能查出是哪个学生滋事。张老师让柳依依在办公室等一会儿,她回教室了解一下。十几分钟张老师回来了,领来一名男生叫陶波。陶波知道自己惹祸了,满脑门汗珠子。柳依依问他:"告诉阿姨,你怎么突然骂柳叶子这样的话呢?"陶波怯生生地说:"是高阿姨说的。"柳依依警觉地问:"高阿姨叫什么名字?她做什么工作?"陶波摸了一把额头上的汗:"跟我妈妈是工友,在船厂上班。高阿姨叫什么名字我不知道,妈妈管她叫春萍。"柳依依气得身上发抖,这么偌大的城市,怎么又能遇到像魔影一样的人!柳依依问清楚,高春萍经常去陶波家。高春萍无意间在陶波班级参加学校运动会的照片上,看到一个坐在老师身边的穿裙子的女学生,长得很漂亮,就好奇地问这女孩叫什么名字。陶波告诉她叫柳叶子,她妈是医生。高春萍一下子就想到是柳依依的女儿。高春萍没有避讳陶波,把柳依依未婚生育的事情向陶波的妈妈抖搂出来……

柳叶子看到柳依依一直沉默不语,知道妈妈想起了她不敢上学的那段经历。

"妈妈,我不该提起那天的事情,让您陷入痛苦的回忆中。"柳叶子挽住柳依依的手臂,往校外走。

柳依依轻轻地叹气:"那时妈妈真担心你精神失常。最艰难的时候总算熬过去了,你不要忘记姥爷和姥姥,是他们成天陪你,你才重新走进了学校。"

那年,柳叶子拒绝上学后,不愿意见到同学和其他小朋友。柳依依感到问题的严重性,女儿这样下去容易患上自闭症。柳依依请假在家陪了女儿几天,领她到公园、海边去溜达,不提上学的事。几天后的星期一早晨,吃完早餐,柳依依给女儿穿上校服,把书包背到她肩上说:"叶子快乐地去上学,期末还是三好学生。"可柳叶子突然一声惊恐地尖叫:"啊,妈妈我不去上学!"

柳叶子号啕大哭。柳依依感到女儿厌恶上学,不愿意看到她的同学,对周围熟悉的人和事,产生了心理障碍。柳依依当即决定,给女儿转学,换一所新学校。柳依依选择了青云街的青云小学。柳依依在学校附近租好房子,然后办理转学入学。家搬过来了,入学手续也办好了,可柳叶子还是一听"学校"就号啕大哭,说什么也不去上学。柳依依耐心开导教育都无济于事,柳叶子低头不语,只要不提学校,她还很平静。柳依依认识到女儿已经患上严重的心理障碍病,不及时治疗后果会越来越重。柳依依领女儿去医院看心理门诊。

柳依依的家庭情况,本院同事没有谁了解。柳依依认识本院心理医生田大姐,她只好把自己的情况如实跟田大姐说了。田大姐听后顿时发火:"依依啊,大姐要批评你!假设叶子的同学没有骂她,她可以顺利地小学升入初中、高中到大学毕业,可她的性格是有缺陷的。人生道路没有一帆风顺的,一旦遇到点挫折,尤其是在爱情婚姻方面,她的性格缺陷就会暴露出来。抑郁症、自闭症,各种心理疾病都可能在她身上发生。依依,我不是危言耸听。我是学心理学的,就像你的专业,看到眼疾就了解了病因和不医治的后果一样。"

柳依依惊惶地问:"大姐,我知道女儿没有父爱,这是她的缺陷,可现在无法弥补啊!"

田大姐沉思一会儿,说:"依依,没有父爱是叶子性格缺陷的一个主要原因。但是,如果父爱没有,亲情也没有,这就是雪上加霜!你的父亲,叶子的姥爷经常来看看你们;而你的母亲,叶子的姥姥十年不允许你们母女进家门,这给孩子幼小的心里投下很大的阴影,所以外界受到刺激,她心里就难以承受了。"

柳依依痛心疾首。从她离家出走生下女儿后,母亲基本就跟她断了亲情了。女儿已经十岁了,只见过姥姥几次,而且姥姥冷若冰霜,对外孙女没有一丝慈爱。柳叶子瞪着怯生生的大眼睛看看姥姥,却不敢靠近姥姥身边。女儿曾问妈妈,姥姥为什么不喜欢她?柳依依强忍住泪水,跟女儿说谎话,姥姥怕影响她学习,她学习好了,姥姥高兴了,就喜欢她了。柳依依的善意谎言,一直延续到现在。田大姐的话,猛然惊醒了她,不能再用谎言欺骗女儿了。

"田大姐,现在怎样挽救我的女儿?为了她我什么都可以做到!"柳依依无奈地哭起来。

田大姐安慰柳依依:"依依,你别着急。叶子现在年龄小,性格还没有完全形成,初现的心理障碍可以彻底治愈。现在你不能着急让她去上学,越着急效果越不好。现在要对孩子做的事情,就是让她尽情享受亲情。姥姥、姥爷和舅舅、舅妈要经常来看她。尤其是姥姥要给孩子爱,不能把自己的亲外孙女拒之门外了!你的亲朋好友中有年龄相仿的小孩儿,要经常和他们接触,常在一起玩,不要让叶子感到孤独,慢慢地叶子的心理障碍就能有所改变。"

田大姐跟柳依依谈了很长时间,也开导柳依依鼓起勇气,自己既然选择了爱,选择了自己的生活,就不怕别人说三道四。柳依依本想找高春萍痛斥她的卑鄙行为,田大姐的话打消了她的念头。别人的嘴是堵不住的,关键是自己和女儿要坚强地昂起头,好好地生活,不能让生活的艰难压倒。

柳依依望着已经熟睡的女儿,泪水止不住地流下来。这苦涩的泪水,让她品味出生活的酸甜苦辣。但她不后悔当初的选择,聪明漂亮的女儿,一定会渡过难关,茁壮成长起来!

柳依依把叶子的情况如实告诉了父亲和弟弟、弟媳。他们都万分焦急和痛心。父亲柳鹤年看到外孙女失去了往日的活泼,两眼呆滞,难过地流下一行老泪。柳鹤年愤怒了:"你妈如果再不接受叶子,我就搬出来和你们一起住。"柳依依安慰父亲,以前母亲不原谅她和柳叶子,是自己从来没有对母亲承认过错,无形中在跟母亲较劲儿。为了叶子的成长,柳依依可以去求母亲,原谅她所走过的路,从心里接受柳叶子,让柳叶子生活在亲情圈里,弥补缺少的父爱。

柳依依回到父母家。柳依依把柳叶子的情况和心理医生的诊断,向母亲谢玉萍详细地说了一遍。柳依依"扑通"跪在谢玉萍面前,泪水夺眶而出,呜呜地哭诉:"妈,原谅我吧!我知道当初您是为我好。柳叶子已经十岁了,聪明伶俐,多么可爱!她的出生不是她的错。这么多年过去了,您就接受她吧,给孩子一点儿亲情。妈妈,我求求您了……"

谢玉萍脸色苍白,尽管这么多年她没有从心里原谅柳依依违背她意愿的选择,也没有从心里接受逐渐长大的柳叶子。可此时此刻她的心一下子就软了,再大的过错都已经过去十年了。依依说得对,孩子没有错。谢玉萍拉起跪在地上的柳依依。柳依依扑进妈妈的怀里,失声痛哭……

这段经历,柳依依始终没有跟柳叶子说。那些日子,姥姥和姥爷天天陪她,姥姥不再那样可怕了。柳叶子悄悄地问:"妈妈,姥姥为什么突然这样喜欢我了?"柳依依马上引导她:"姥姥是希望你到学校学习,还是第一名!"柳叶子瞪大眼睛,第一次听到"学校"两个字没有表现出厌烦的感觉。

柳叶子在母亲柳依依的陪同下,仿佛穿越了一次童年的时光。在等车的时候,柳叶子买了一瓶矿泉水递给柳依依。

柳依依幸福感油然而生:"谢谢女儿!"

柳叶子嫣然一笑:"哪有妈妈谢女儿的,女儿要永远感谢妈妈!"

53　金曙光求救

柳叶子上学走了。柳依依送到北京,把女儿入学手续办好,立刻返回海连市。柳依依回到自己在欢胜街的家里。这是一栋老式六层楼住宅。柳依依住在三楼,两居室,不足八十平方米。屋里摆设简单,两个书橱摆放在北屋,也是她和女儿的书房。书桌上有一台电脑,桌角堆集一摞子书籍,都是女儿高中的学习资料。南屋是她和女儿的寝室,一张木床铺着白底蓝格的床单。女儿的熊猫卡通枕头和她的鹅绒枕并放在床头。乳白色的梳妆台靠在床头边,乳白色衣柜靠在墙边。客厅又是餐厅,正对门口墙边安放一对黑色人造革沙发,里面是条型小餐桌,厨房在阳台里。沙发斜对角是电视柜,摆放一台长虹电视机。屏幕布满灰尘,已经好长时间没有打开电视机了。

柳依依把背包放到沙发上,脱下裙子和半袖上衣,打了一盆清水,开始清扫屋子。从女儿高考结束后,她们就回到妈家住了。四十多天没有回来住,中间回来一次收拾女儿上学的东西,也没有在家里住。

柳依依首先擦拭挂在沙发后面墙上的一米长、一尺宽的长条玻璃框,里面镶嵌四个遒劲大字:志存高远。这是叶雪松留下的墨宝,没有署名,也没有日期。那年在收拾叶雪松遗物时,她只留下几幅书画。满满一箱子书画稿都让叶雪莲带回家保管。柳依依留下的几幅画稿,都被谢玉萍处理掉了,说是斩断她对过去的一切瓜葛。在撕这个条幅时,柳依依含泪哀求妈妈给她留下来这幅没有名字的条幅。父亲柳鹤年在一边帮腔:这四个大字不但写得浑厚有力、气势磅礴,内容也意境深远啊!没有日期,没有名字,老谢,给依依留下吧。这样这幅字才得以保存下来。柳依依领着女儿搬了多次家,这幅字就跟着她走过多次家。

柳依依把屋子清扫一遍,心里亮堂了。从女儿进入高考倒计时,柳依依的心就一直紧绷着。尽管她一再告诫自己,女儿就是考不上理想的大学,考到本市的最好的理工大还是有把握的,所以不要去想了。考到本市大学也有好处,想了随时都能见到。可成绩下来了,女儿以优异的成绩考进北大,给了所有关心她们母女的亲人和朋友一个惊喜。柳依依捧着入学通知书默默地流泪。这么多年,她拉扯女儿的酸甜苦辣,在收到女儿入学通知书的时候忽地涌到心头。含辛茹苦地抚养了有希望的下一代,无论吃了多大的苦,心灵受到怎样地煎熬,柳依依在那一刻都觉得值得。

屋里清亮起来,柳依依却感到屋子里空落了。她抬头看见门框边那排歪歪扭扭的一排彩笔写的小字"一九九〇年十月国庆",是那年搬进这个家的时候,女儿欢快地留下的记忆。屈指一算,差一个月就满六年了。这个房子是单位分给她的。原来是院里一名副院长居住,院里给调剂了大平方的住宅,倒下这所房子,院里有很多人都在争着。院里最后决定按照条件分给柳依依。院领导问其他需求者,院里有哪个主任医师领着孩子到处去租房的?大家左右环顾无言语。再者,柳依依是院里的业务骨干,她在国际上有名的医学刊物上发表过论文,在学科发展上进行了有价值的探索。你们有谁做到了?大家面面相觑,无声地散去。

柳依依到书房整理女儿留下的复习资料。女儿用过的东西,她都不愿扔掉。至今衣柜里还保存着她褪褓里穿的衣物。柳依依把女儿的课本和复习的卷纸,都装进一个纸壳箱里。然后,把自己下架的一些业务书籍又摆到书橱里。

收拾完,柳依依感觉疲倦。午饭没吃,也感到饿了。家里什么也没有,冰箱电源已经断了多日,也应该买点食品放进去。明天周一,上午是她去住院部巡诊的时间,下午有两个白内障手术,好好休息一晚上,明天以饱满的精神状态上手术台。

柳依依穿衣下楼去超市买食品。她刚要锁门,背包里传出手机的铃声。柳依依回到屋里接电话。号码不熟悉,显示是本市电话。

"依依吗?我是金曙光啊,你在哪儿了?"金曙光急促地问。

柳依依惊疑,她和金曙光有半年不联系了,今天怎么突然来电话:"你好,我在家休息。有事儿吗?"

金曙光松了一口气:"依依,你有时间吗?我们见个面,我有事儿求你帮忙办一下。"

柳依依不冷不热地说:"什么事儿?电话里说吧。"

金曙光像有准备,知道柳依依一定会这样答复他。他立刻说:"依依,我知道你不愿意见到我。可今天无论如何我们都要见面,这件事只有你能帮上我,不然我可能要进监狱!"

柳依依愕然。她知道金曙光和高春萍现在感情不和,她不愿踏入这摊烂泥中。柳依依早就告诉金曙光,以后不要联系她。高春萍不近情理的胡搅蛮缠,她真的受不了。仅仅半年时间,事情就发展到要进监狱的地步?难道金曙光做了什么违法的事?而我一个医生又能帮上什么忙?柳依依想了很多,在犹豫如何答复金曙光。

"依依,我现在就往你家方向走。在你家见面,还是在外见面,你决定。"金曙光的语气十分坚定。

柳依依立刻决定不能让他进家门,说:"这样吧,你到物美大超市东侧的米兰西点等我。"

金曙光找个僻静的角落坐下,要了两杯绿茶。他知道柳依依喜欢喝绿茶。记得在回城十年后的一次青年点同学聚会上,酒店给准备了各种茶饮,柳依依喝的是绿茶。那是他们唯一一次聚会,费用是他和郭烙出的。那时他是海钢附属企业北岭建材总厂副总经理,郭烙是海连铁路分局房产处副处长。又八年过去,他们再没有聚过。他现在是北岭建材集团总经理,郭烙是海连市物资局物流集团总经理。他俩再赞助多少钱,却难把大家聚拢在一起了。在经济高速发展的时下，人情味变得越来越淡了。可他对柳依依那种眷恋始终没有改变，尽管柳依依避讳他，不愿意跟他见面，但他还是保持时断时续地联系她。没想到这种不断线的联系，在他处于关键的时刻，还能起到作用。

柳依依走进来，步子还那样轻盈，身姿还是那样曼妙，气质还是那样优雅。怎么看她都不像是一个十八岁女儿的妈妈。金曙光站起身，准备握手。柳依依扭头把肩包摘下，放到桌角。金曙光尴尬地挪一下椅子。

金曙光坐下，把茶杯往柳依依面前轻轻地推一下："依依，对不起，打扰你休息了。你去送叶子上学了？"

柳依依瞟一眼金曙光，半年前他们在医院见了一面。那是金曙光主动去找柳依依的，叶子要高考了，他拿出一万元钱给叶子，说是奖励给叶子的，柳依依没有收。金曙光想强行扔下，可看到柳依依坚定的眼神，他没有勇气了，说了一句"考上后我给她实物奖励"。今天再见，金曙光明显消瘦了，两鬓也出现几丝白发。

"什么事儿让我帮你？你是找错人了！"柳依依好奇地问。

金曙光从包里拿出两个手机盒子，说："依依，这是摩托罗拉新款手机，给你和叶子的。你一定要收下！"

柳依依露出一丝嘲讽的笑："你这个总经理是习惯了办事先送礼？我没有任何实权，办不了什么事儿！"

金曙光急了："依依，我知道你瞧不起我。但给叶子的手机，你必须收下。我答应给孩子礼物的，不能失信！"

柳依依轻蔑地哼了一声："这跟瞧不瞧得起没有关系。我有手机。叶子上学，我不准她用手机。有事就用公用电话联系我。所以，我不能接受你的礼物。谢谢你！还是说事儿吧，看看我能不能帮上你。"

金曙光买手机的时候，心里就有所准备，柳依依的性格他是了解的，肯定不会愉快地接受他的礼物，但他也必须这样做。感情和托请之意都包含在这里，当场不接受，事后要想办法让她收下。

"好吧，我先保管。叶子放假回来，我当面送给她。你过后没收了，我就不管了。"金曙光把两个盒子装进包里，露出惶恐的目光，说："依依，我被骗了,弄不好要进监狱!"

柳依依疑问:"被谁骗了?多少钱?是单位的钱,还是你自己的?"

"三百万,单位的钱。"

柳依依吃惊:"三百万?谁骗的?"

金曙光喝口茶水,缓慢地说:"年初的时候,我在富丽华酒店和一个香港老板谈生意,中间人是青岛的个体户,长年采购我们公司的防水材料。她牵线这个港商,要跟我们公司合作生产矿渣超细粉,在海连港装船出口新加坡。共同出资一千万购置设备,我们公司出场地,我们公司百分之六十五股份。达成意向后,开始办理注册手续的时候,那个中间人和外商又找我,让我把设备款三百万划到他的账户。他们再拿出五百万,交付设备制作订金。设备报关的时候,我再出剩下的二百万。当时我没有多考虑,有中间人作保和合同,不会出现差错。打完款之后,一切都正常。两个月后突然失联。我先后去香港和青岛找他们,可没有找到,港商提供的地址和身份证号都是假的。他们是有预谋地在行骗。公司班子里有人举报我,说我是贪污。区检察院已经介入,查出我安排会计打款的账户是私人账户。这下我是有口难辩了。"

柳依依明白金曙光找她的目的:"你没报案吗?"

金曙光焦急地说:"报区公安局,他们找我和会计做个笔录就完事了。检察院认定我是贪污,有这样明目张胆的贪污吗?可我又拿不出什么证据。办案的检察官说,汇款给私人账户,就是有预谋和合伙贪污。依依,我想你跟晓飞说说,他们市局经侦支队要侦破这个案子肯定有力度。"

柳依依看到金曙光焦急的神态,起了恻隐之心,这毕竟不是小事儿。她相信金曙光没有胆量敢贪污这笔巨款。柳依依说:"你可以向他们报案啊!"

金曙光无奈地说:"区公安局受理了,再报案他们也不会受理了。晓飞是市局经侦支队大队长,他接手这个案子,一定会有力度,把这两个骗子抓到,才能洗清我的罪名。"

柳依依怜悯地看着金曙光:"你直接跟晓飞说,他会帮助你的。"

金曙光叹气:"依依,高春萍对你那个样子,晓飞和青年点的人是看不起我的。我现在跟高春萍分居了。我如果进去了,她马上就会跟我离婚的!"

柳依依瞪一眼金曙光:"你不要跟我说你老婆的事儿。这样吧,我跟晓飞说一下。我不懂他们办案的程序和管辖,只要他可以接手这个案子,他不会推脱的。"

柳依依回到家里,给柳晓飞打电话。半天不接电话。柳依依给弟媳栗天舒打电话。柳依依问:"晓飞在家吗?"

栗天舒满腔怨气:"姐啊,在他的脑子里,没有这个家了! 我也不知道他在哪儿了。"

柳依依心里一惊,听出栗天舒满腹怨气,忙替弟弟解释:"天舒,晓飞每天忙,他不会在外面胡来的。我说说他,抽空多回家!"

栗天舒懒散地说:"好吧,姐,我困了,要睡觉了。"

柳依依放下电话,感觉栗天舒的情绪变化很大。以往栗天舒只要和柳依依见面或是通电话,总是有说不完的话。柳叶子去北京上学,她没有跟柳依依一起去北京送叶子,柳依依就觉得有点奇怪。按照栗天舒的性格,她肯定会主动陪着柳依依去送叶子上学的。柳叶子问了,"舅妈怎么没来送我?"她搪塞叶子:"你舅妈最近可能忙。"栗天舒在西山区文化馆做着群众文化推广工作,轻松自在,没有多大压力。十二岁的儿子是她父母带大的。栗天舒的父母家住在红枫街,附近有全市最好的中小学。孩子的爷爷柳鹤年和奶奶谢玉萍都理解,孩子能够上个好学校,就赢在起跑线上了。柳晓飞在市公安局工作,一年四季的忙。他俩是一个忙得不可开交,一个闲得百无聊赖。忙的势必要受到闲的不理解和埋怨。但他们俩感情基础好,在青年点里是金童玉女,先后参军,又在同年转业,工作固定后就结婚生子。多少年来,在柳依依的印象中,他们从没有吵闹过。柳晓飞性格虽然急躁,但对栗天舒还是很有耐心的。栗天舒去商场买衣服,看哪件衣服都好。柳晓飞怕她乱买,不管怎么忙,都陪着她挑选定夺,给她付款拎包。柳依依相信,自己的弟弟不会在感情上出问题,只是工作忙而顾及不到让栗天舒孤独了。

柳依依看一下墙上的时钟,快到十点了。她准备洗漱休息,明天再找弟弟。柳依依换上睡衣，打开发卷，到卫生间洗漱。洗完后上床，打开床头灯，随手拿起一本《国际眼科杂志》看。女儿高考复习的时候，这个时间是她给女儿做补充营养餐的时间。玉米羹、海胆鸡蛋羹、小米粥，换着样给女儿做吃的。想起女儿，她看一眼床柜上女儿十六岁生日时的照片，捧着一束金黄色的郁金香，笑得那么灿烂。

放在客厅茶几上的手机响起铃声，柳依依下床去接听。

"姐，你打电话了？我刚才开会关机。"柳晓飞说。

柳依依："散会了？你现在回家吗？"

柳晓飞："姐，你有事儿？说吧，我正开车回家。"

柳依依迟疑一下："啊，你回家吧，几天没回家了，天舒等你呢。明天上午你有时间给我打电话，下午我有手术。"

柳晓飞："姐，你是有事儿？我马上过去。"

没等柳依依再回话，柳晓飞把电话放下了。

柳依依把散落的头发扎起来，沏一壶茶，等弟弟的到来。

柳晓飞敲门进来。柳依依猛眼一看，弟弟瘦了。短短的头发也明显稀疏了，星星点点地露出了头皮。白色的半袖T恤，也有点儿脏了。柳依依心疼地看着弟弟。

柳晓飞一屁股坐到沙发上，疲倦地靠在沙发背："姐，什么事儿？咱爸咱妈好吗？我前天给妈打电话，说你回去住了。叶子上学走，我也没有时间送，她想小舅没？"

柳依依斟茶："叶子知道你忙。让我告诉你，你要出差到北京，不去请她吃饭，回来非找你算账。"

柳晓飞笑了："那是必须的！吃饭是小事儿，我要看看北京大学，进校园里走一圈，沾点喜气，让我儿子也往那里奔！"

柳依依瞧一眼柳晓飞，说："你呀不管怎么样忙，要和天舒常回她妈家看看强强。天舒说你好几天都没回家了。单位要是有事儿回不去，给天舒打个电话，多关心她点儿。"

柳晓飞一脸怒色："姐，你不知道天舒变成什么样了，现在嫌我不能挣大钱了，他们单位谁又买宝马了，她上班还骑自行车，都没有脸去单位。谁家又换大房子了。我一个小警察能挣什么大钱！又说同样从青年点回来的,金曙光和郭烙就当上大公司的董事长了,人家老婆哪个不穿金戴银开好车? 姐,你看看她变成什么样了!"

柳依依伤感地说:"天舒在青年点的时候多么天真可爱啊！咳,现在社会发展了,人的思想观念和生活方式都在变啊!"柳依依看到弟弟激愤的样子,又说,"晓飞,你呀别跟她一样的。她看到同事有车有钱买名牌服装,心里不平衡,就跟你磨叨一下。你就洗耳恭听,哄哄她就过去了。以后你没事儿早点回家,现在你就回家吧。"

柳晓飞抬头问:"姐,你找我就这事儿?"

柳依依轻轻地拍下额头:"说你和天舒,我要说的事就忘了。刚才提起金曙光,就是他的事儿。"

柳晓飞怔一下:"他找你了? 什么事儿?"

柳依依说:"金曙光下午找的我。他说,他年初跟港商合作一个项目,项目谈好了,他们公司先出资三百万交设备订金。结果钱打走了,港商和中间人却联系不上了。他被举报了,区检察院立案调查,三百万是打在私人账户。如果这个骗子抓不到,他可能就定为贪污罪。他已经到区公安局报案了。他想到市局经侦支队报案,请你帮助侦破。我不懂你们办案的程序,我答应他,跟你说说。"

柳晓飞沉静了片刻:"现在企业被骗的案子很多,他是被公司班子知道情况的人举报了。最后不定为贪污罪,也是签订、履行合同失职被骗罪,因为他是法人。这样吧,我明天找区局主管领导协调一下。可以的话,我接手这个案子。"

柳晓飞临出门,柳依依嘱咐一句,千万别勉强,违反原则的事情不能做。

54 找院长

医院总务处副处长房宝丰一大早开车来到柳依依家的楼下,然后给柳依依打电话。

柳依依感到奇怪,房处长这么早给她打电话。柳依依犹豫一下接通。

"柳姐,我是小房,我在你的楼下了,你住几楼?我上去一趟有点儿事儿。"房宝丰以前见面称呼柳医生,今天突然喊声姐,他都觉得生硬了点。

柳依依疑惑,医院行政党群部门十几个,大小处长几十人,柳依依虽然都认识,基本能对上号,但大多她都没有更深的交往。谁有患者介绍过来了,柳依依都热情对待。其实对待患者,医生都是一视同仁的,只不过在患者自诉病情的时候,能有点儿耐心而已。院里对柳依依普遍的印象是,善良、和蔼、亲切。对房处长,也没有更多的接触。柳依依忽然想起,今天下午两个手术,好像有一位是他的什么亲属,他曾打电话跟她提过这事儿。

"房处长,我知道了。你放心,手术一定认真做。请你转告你的亲戚,别有什么负担,很平常的手术,没有问题。"柳依依拒绝房宝丰要进家的要求。

房宝丰笑说:"柳姐,这个我知道,我亲戚那个白内障手术,对你来说是小菜一碟,十几分钟的事儿,我们一点儿都不担心。我是有别的事情,几句话我就走。"

柳依依不好再拒绝了:"三楼,你上来吧。"

柳依依麻利地脱下睡衣,穿上裙子和半袖衣服,顺手把卧室门带上。

房宝丰下车,打开车后备厢,拎出两个白色泡沫保温箱,腾腾地大步上楼。

柳依依愣住:"房处长,你这是干什么?"

房宝丰抬腿跨进门里,把箱子放到门旁,说:"柳姐,我亲戚一大早从小山岛过来,拿了两箱海货。一箱是飞蟹,一箱是黄鱼。亲戚这点儿心意,你无论如何要收下。"

柳依依拒绝:"房处长,你拿回去吧。我不能收患者的东西!再说我也吃不了,别浪费了。你拿家里吃吧。"

房宝丰仍然笑容可掬:"柳姐,这不是患者的红包。违反院规的事儿,我也不能做!这点海鲜无所谓。权当我给姐买的,放冰箱里冷冻,想什么时候吃,拿出来缓一下就可以了。姐,我帮你放冰箱里吧!"

柳依依瞅着两个箱子："我收下，但我必须给你亲戚钱。这多少钱我也不知道，这样吧，我给一百元，多少就这些。"柳依依说完，就去包里拿钱，拿出一百元递给房宝丰，"收下，不然你马上拿走！"

房宝丰接过钱，坐到沙发上，说："我收下。"

柳依依看他坐下，没有马上走的意思，立刻说："房处长，我还没有收拾，要到上班时间了。"

房宝丰听到了逐客令，不好意思地站起来："柳姐，院里安排计划，把主任级家的木窗都换成塑钢的，到时候我安排几个干活干净的工人来给你换窗。"

柳依依忙说："谢谢院领导对我们医生的关心，也谢谢你辛苦了。"

房宝丰故意打岔："对了，柳姐，我跟你说个事儿。市卫生局和铁路分局要搞送医下乡光明行活动。铁路局出战备用的医疗车厢和机车牵引，市卫生局组织医务人员，沿着铁路沿线，进行老年人白内障医疗活动。咱们院分到一个眼科医生名额。那天我正好替田院长司机顶班，主管业务院长老李电话汇报，李院长推荐你去。田院长也同意了。后来我跟田院长说，柳医生是个女的，光明行活动要一个多月，洗个澡都不方便。再说柳医生的父亲是中心医院的老院长，他老人家也需要女儿在身边照顾啊。田院长听我这么一说，觉得有道理，准备安排别的医生去。"

柳依依心里猛然一怔，表面微笑，没有说话。

房宝丰讨好地冲着柳依依笑："柳姐，你别一口一个房处长，在你面前我就是你的小弟。我把你当成我的亲姐姐，你呀也把我当成亲弟弟。"

柳依依感觉不舒服，怎么一下子就成了亲姐弟了。柳依依勉强一笑："你走到天涯也是处长，叫你处长顺口。好了，我谢谢你们领导对我的照顾。"

房宝丰跨出门槛，嘿嘿地笑着说："柳姐，我们感情在于相处。以后有需要小弟帮助的，姐不要客气，吱声好使！"

柳依依回头看到给他的海货钱放在茶几上，她拿起钱，跑下楼，房宝丰已不见踪影。

柳依依下午给一位患者做了角膜移植术,白内障超声乳化摘除术,非常顺利。柳依依稍作休息,换上衣服就去找田院长。

房宝丰为了让柳依依更好地把他的亲戚的手术做好,表现出的是关心还是殷勤,柳依依没有细想。而房宝丰帮她说情,不让她参加光明行活动,她却记在心里。她认为房宝丰是好心,可好心却帮了她倒忙。五年前,全市组织一次大型综合送医到偏远农村活动,她因为女儿学习的原因,没有报名参加。而现在她没有负担,父母亲也不用她总在身边。更主要的是这次组织的眼科送医下乡,她必须参加,因为她想到在龙泉汤,看过的几位患有严重白内障的乡亲,利用送医到农村的机会,把他们的白内障摘除手术做了。

行政办公部门都在主楼后面的副楼里,柳依依很少过来。记得她上次走进这个楼里的时候,是她申请要房子。她把申请书交给房管处长,出来后犹豫是否上楼再跟主管院长重复一下申请理由,最后没有勇气,心事重重地回到诊室。

走进大厅,保安看到是院内的医生,没有吭声。柳依依上前问,田院长在几楼?

保安伸出手掌:"五楼,五〇一房间。电梯在右侧。"

走廊里静悄悄,柳依依似乎都能听到自己的心跳。面对手术台上的患者,她从来都没有感觉心在怦怦地跳,而见领导却异常紧张。柳依依暗自责怪自己,真没有出息!站在院长室门前,柳依依稍作平静,敲门进去。

田院长认识柳依依。全院五千多职工,七百多具有高级职称的医生,他能准确知道名字的很少,但他对柳依依还是很熟的。田院长是普外科专家教授,市中心医院院长柳鹤年是他尊重的老前辈。三年前他从医大副校长的位置调到附属一院担任院长。在一次院长工作会议上,跟老前辈柳院长唠嗑,知道他的女儿在附属一院眼科。他回来后专门到眼科去见柳依依,告诉柳依依,在院里有什么事情需要他帮助,尽管来找他。这么多年,柳依依从来没有找过他。见到柳依依进来,田院长起身迎上前。

"依依啊,你好!"田院长热情地握手。

田院长的热情，更让柳依依紧张。柳依依羞怯地说："打扰院长了，不好意思！"

田院长笑着说："我到这里三年多了，没记错的话，你第一次来我的办公室。你父亲身体好吧？我有两年没有见到老爷子了。总想找个时间去家里拜访一下老院长，可我忙得不可开交啊！"

柳依依异常激动："您这么忙还惦记我父亲！我父亲身体很好，经常去院里，闲不住，我替我父亲谢谢您！"

田院长给柳依依沏茶。柳依依忙把热水壶接过来，走到办公桌前，给田院长的茶杯斟满水。

田院长坐到沙发上，示意柳依依也坐下："你的教授职称还没有下来吧？"

柳依依："是啊，年初报上去的。谢谢田院长，您还记得。"

田院长点头："啊，你来有什么事儿？"

柳依依稍作平静："田院长，我听说市卫生局和铁路局要搞光明行活动……"

田院长打断柳依依的话："有这个事儿，院里刚接到通知。这个我考虑到了，你参加不方便，还要照顾你父母。我告诉李院长，安排别的医生去了。"

柳依依显得急躁："田院长，我找您是要求去！"

田院长疑惑地说："一个多月时间，在车厢里吃住，条件很艰苦啊。再说你父母也需要你常回去照顾啊。"

柳依依立刻说："田院长，我有思想准备，吃点儿苦不算什么。父母家有保姆，也无须我照顾。我前些日回到我下乡的农村，看到那里缺医少药，不少患有眼疾的老人不能及时看病。有这次机会，专门为患有白内障的老人治疗，我确诊的急需手术的几个患者，他们没有钱到市里医院来治病，宁可眼睛瞎了也在家挨着。我想利用这次免费的机会，把那几个患有严重白内障的患者手术给做了。"

田院长站起身，在屋子里踱步。屋子里只有田院长轻缓的脚步声。田院长站住，看着柳依依说："依依，难得你有这样的责任心和爱心啊！我同意你代表医院参加这次光明行活动。院里也无偿贡献一些医治眼疾的药品和材料。不过这次活动是列车医院,沿着铁路线进行的。列车停靠哪个站点,都是铁路部门安排的。铁路机车停车可不是小汽车,走哪儿都可以停的。这个我可说了不算啊!"

柳依依抑制不住兴奋:"田院长,谢谢您同意我去。医疗车停不停那儿,我打听一下。不停我也没有办法。只要到农村给老人看病都一样,我一定尽心竭力做好我的工作!"

55 光明使者

柳依依走出院长室,有些茫然。许屯那个小车站不停留,给龙泉汤几个患者治病的想法就化为泡影了。她回头看一眼医院行政办公大楼,田院长都不清楚列车能否停在那个车站,这个大楼里还有谁清楚?她想起早晨给她送海鲜的房处长,请他给打听一下市卫生局谁管这个事。柳依依也听说,房处长原来是老局长的司机,老局长退休前,给伺候他多年的司机找个稳定的吃饭地儿,就安排到附属一院当个总务副处长。他肯定见多识广,能把尚未成行的光明行活动细节打听得清清楚楚。

可柳依依想起早晨房处长的话,他们要像亲姐弟一样相处,就立刻打消了这个念头。她感觉房处长是油嘴滑舌的人,尽量少接触。柳依依想起陈医生,他曾说过他们同学属他无能,迄今畏缩在医院里。他的同学最大的官是副部级,厅局级一抓一把。他一个电话也许就能打听地明明白白。柳依依这个念头刚冒出来,立马删除。陈医生已经感到她的冷漠,不再黏黏糊糊地出现在她的眼前了,如果再求他办事,极易产生误导。

柳依依回到办公室,只有徐医生坐在电脑前,觑觑眼看资料。徐医生是老大姐,五十年代的中国医大毕业生,现在功成名就,只有每周三下午出专家门诊的时候,才来科室走走。她是柳依依的老师。柳依依正式站在手术台上,就是徐大姐站在身边指导她。

柳依依惊喜地问:"大姐,今天不是你门诊的日子啊,你怎么来了?"

徐医生缓缓地抬起头,摘下眼镜:"啊,是依依呀!手术刚下来?我来找个资料。家里电脑被孙子霸占了。再说咱家你姐夫也不让我看电脑了。"

柳依依给徐大姐的水杯斟满水:"大姐夫是关心你! 大姐最近身体怎么样?"

徐医生上下打量柳依依:"我很好。依依,我挂着你啊! 叶子给你争气了,考上了北大。你呀也该想想自己的事了。陈医生人品挺好的,孩子也结婚了,没有什么负担。在一个单位工作,知根知底。现在的男人不了解底细,千万别接触,有花花心的人太多了!"

柳依依笑了一下:"大姐,我不会上当的。我还没考虑自己的事儿,等以后再说吧。"

徐大姐感叹:"依依啊,人生的好时候就是你现在这个年龄段,刚到四十岁,工作要干好,个人的事也不能错过啊!"

柳依依不想跟徐医生过多地谈及自己的事情,一会儿不知哪个医生回来。她避讳在同事之间谈论家庭的事,这也许是她家庭的缺陷,也许是她心里不能触摸的疼处。柳依依岔开话题,把她要参加送医下乡的事情,告诉了徐医生。

徐医生竟然激动了:"依依,我支持你参加! 我年轻的时候,也积极要求去农村送医下乡。不到农村看看病人,就不知道那些人的疾苦。我们这些走出大学校门就进到医院工作的年轻人,都应该到农村去看看,受受教育,对医生工作有好处!"

柳依依得到老前辈徐医生的支持,更加坚定了她参加活动的信心,一定要把她诊断的那几个患者的眼睛治好。

柳依依细想一下,其实事情很简单,不需要托人去打听光明行活动的站点,她自己就可以办到这个事情。柳依依第二天上午来到位于人民路上的市卫生局。

柳依依直接来到局办公室,打听组织光明行活动是哪个部门。办公室里三个年轻人正在忙碌,听到柳依依的问话,一起抬头看她。看得柳依依不好意思,又补充一句:"对不起,打扰你们了!"

一个年轻的工作人员,迎过来问:"你好! 请问,你有什么事儿? 我是张慧，是我负责这次活动的人员组织工作。"

柳依依平静地说："我是附属一院的眼科医生柳依依，我在院里报名参加这次活动，我想打听一下活动细节。"

张慧问："细节？老师指的细节是活动时间还是医治病人的名额？"

柳依依说："我想了解一下，光明行活动有哪些站点？我下乡的农村，在许屯火车站不远的地方。前不久我因事回去一趟，顺便给村里几个患眼疾的老人看病。他们病情很严重，有两位老人面临失明。可他们没有钱，宁可失明也不出去医治。我想能在那儿停留，把他们白内障的手术做了。"

张慧赞许地点头："难得老师这么有责任心！可停留站点是铁路安排的，我们只负责医务人员的组织。列车停靠的车站，站内一定要有辅线。一个站点只能停留四天，具体停靠哪些站点，这由铁路部门安排，我们不知道。"

柳依依问："铁路哪个部门负责站点安排，我想去问问。"

张慧想了一下："老师，这样吧，你自己别去跑了。我们下午同铁路部门要开协调会，对这次光明行活动做最后安排。我在会上把你的想法提一下。那个车站叫什么名字？把你的电话留给我，协调结果我通知你。"

柳依依拿起桌上的笔，写下车站名和她的手机号码。

当天下午三点，张慧给柳依依来电话，许屯车站是海连市境内最北的车站，光明行活动在海连市境内最后的停靠点改设到许屯车站。柳依依终于松了一口气，连声感谢。

柳依依接到通知，光明行活动定于明天上午九点在海连车站举行启动仪式。柳依依回了趟家，告诉父母要参加送医下乡活动。柳鹤年竖起拇指，激动地说，这是大好事啊！过去送医下乡是医生用听诊器在患者胸前听听，完事开点儿药，不解决大问题。这次是出动列车医院，而且是专门治疗老年白内障的，非常讲究实效。这是上级领导工作作风的转变啊！

谢玉萍不冷不热地看眼女儿柳依依说："依依，你们院眼科医生有二十多人，副主任医师以上也有十多人，送医下乡这样艰苦的活，怎么就落到你头上了？我就知道，你肯定自己要求去的！四十多天，吃住在车上，那是很苦的！"

柳依依没有隐瞒母亲，告诉谢玉萍是她找田院长争取的。"龙泉汤有几个白内障很严重的患者，我如果没有看到，我不会为他们着急，我看到了就不能眼睁睁地让他们失去光明！"柳鹤年浑浊的眼睛露出赞许的目光："依依，做医生的准则就是要有良知啊！你妈是心疼你，你呢也要理解！"柳鹤年环顾一下屋子继续说，"依依，四十多天你回来后，就进不了这个屋子了！"

柳依依惊疑地问："真的要动迁了？"

柳鹤年感叹地说："我们从部队大院搬过来的时候，你三岁，一晃三十六年过去了！"

谢玉萍不满地瞪一眼柳鹤年："还有脸说，政府不动迁，我跟你住一辈子旧房子。人家享受副省级待遇的老干部，哪个不住进宽敞明亮的新房子了。赶上凤鸣街要建设日欧风情街，我们才借光住进新房，你还有什么舍不得的？"

柳依依挽着父亲的手臂，疼爱地说："爸爸不是舍不得，而是留恋我和弟弟在这房子里的成长！妈妈，你到底选哪个地点的房子啊？是海岸线的老干区，还是南山别墅区？"

谢玉萍埋怨："选哪儿？想让你们帮助参谋一下吧，你一走四十多天，晓飞成天就是忙，多少天也见不到面，天舒腿也懒了，往她妈家跑得倒勤快，强强上个周末也没有回来！"

柳依依没有想到，母亲从岗位上退下来后，性格变得婆婆妈妈的，为些小事烦恼。细想一下，又理解母亲的心情，选房子搬家是大事，可自己确实顾不了家里的事情。晓飞和天舒必须回家来帮助父母。她安慰一下父母，嘱咐保姆曹姨几句，就离开了母亲家。

柳依依在路上就给柳晓飞打电话，告诉他，她要送医下乡。家里的房子要动迁，抽空回家，帮爸爸妈妈去政府指定的回迁地点选一下新房。

晓飞匆匆地答应。

柳依依放下电话,忽然想起金曙光的事。她想再给柳晓飞打电话问一下,可柳晓飞匆忙中都没有问她下乡多少天,想必一定是在忙。柳依依给金曙光打电话。

金曙光异常惊喜。柳依依告诉他,她要公差出门,晓飞已经答应接手他的案子,有什么事情,可直接联系晓飞。金曙光问柳依依去哪里?多少天?柳依依简单回应,很远,不少天,就把电话放下了。

柳依依提前一小时来到车站。她拖着拉杆箱走进二楼大厅,看到右侧一个检票口上面的牌子上写:"光明行"人员进站口。

在第五站台,六节绿色车厢停靠在站台边。大幅横额上的大字非常醒目:海连铁路分局、海连市卫生局"光明行"送医下乡活动启动仪式。

仪式上,卫生局副局长讲话:市卫生局从全市各大医院选配二十名具有副主任医师以上职称眼科医生,三十名经验丰富的护士参加为期四十天的光明行活动。铁路部门配备六节专用战备医疗车厢,作为流动医院。前面第一节车厢是发电车厢和仓库,第二节车厢是餐车,第三节车厢是医务人员的休息室,第四节车厢是配备最新医疗设备,可同时做十四例手术的手术室,第五节车厢是有四十张床位的患者休息室,第六节车厢是门诊和候诊区。这是海连市最大规模的一次专科送医下乡活动,得到市委、市政府领导的重视,得到铁路局领导的大力支持,希望参加活动的医务人员尽职尽责工作,让更多失去光明的人,重新见到光明!

列车缓缓驶出海连车站,一路向北疾驰而去。第一站是松树车站,四天后是万岭车站,十天后,列车停靠到许屯车站复线上,牵引机车甩下六节"光明行"车厢,拉着其余车厢,轰隆隆地离开了车站。

柳依依和本院住院部来的护士金桂子住一个房间。她对金桂子并不太熟悉。在安排房间的时候,柳依依特意让她过来住。

"柳医生,我三年前第一次值夜班,值班的医生正是你。以后你不常来病房值班了,很少再见到您了,您还是这么年轻!"金桂子欢快地说。

柳依依含笑:"和你相比,我不年轻了! 小金,你是朝鲜族?"

金桂子笑了:"不是,不少人看到我的名字,都以为我是朝鲜族。我父亲是桂林人,当兵在东北就没有回老家,给我起名桂子,小妹妹叫林子。"

柳依依想起金曙光也有两个妹妹,随口问:"你有哥哥下乡吗?"

金桂子摇头:"我没有哥哥。"

柳依依暗自嘲笑自己,这是问的傻话啊!金曙光要是有妹妹在她身边工作,他不会隐瞒的。柳依依把金桂子找过来住一个寝室,是想让她到了许屯车站停留的时候,帮助她完成几位患者的治疗。沿途乡镇,知道这次"光明行"活动是义务的,都积极组织有疾病的患者来就医。看病的人多了就要排号,四天时间,不能所有来就医的患者都得到治疗。金桂子在诊室工作,有机会把柳依依的患者排在前面。

柳依依掏出笔,在本子上写下:龙泉汤村四位患者:李细枝、沈复兴。柳依依写完,撕下这张纸,递给金桂子:"小金,我下乡的村子有几个患者,眼疾很严重。我只记住这两个患者的名字了,都是龙泉汤村的人。门诊的人一定很多,在这儿四天时间,你安排一下,我把他们的手术做了。"

金桂子把纸条收好:"明白,一定安排好!"

56　摊　牌

高春萍在机场把葛总送到安检门,直到葛总身影消失在候机大厅深处,她才恋恋不舍地离开候机大厅。在停车场,她准备给金曙光打电话。犹豫片刻,收起手机,开车直奔家里。

前天下午,她跟葛总在香格里拉酒店云雨之事刚结束,她脸上的红润还没有消退,微微的呻吟声还不由自主地在喉咙间颤动的时候,区检察院的电话瞬间摧毁了她的舒坦。男检察官的声音低沉地问:"你是高春萍,金曙光的妻子吗?"高春萍感觉这声音有点威严,她一把推下还压在身上的葛总,答应对方是她。检察官以不可反驳的口气说:"你明天上午到区检察院二〇三室,有些情况需要核实。"

高春萍警觉到,检察院忽然找她核实情况,一定是金曙光出事了。

她自己的小公司,没有被检察院找谈话的理由。葛总是南方的私企老板,他们之间的风花雪月,与检察院的业务扯不到一块儿去。唯有金曙光是国企的法人代表,他们在法律上还是夫妻关系。高春萍在葛总面前隐瞒了她和金曙光分居的事儿,高春萍担心让他过早地知道她的婚姻现状,他在交往中会有心理障碍。葛总操着南方口音说:"你爱人是国企了有钱了,就要被人家找喽。钱要是在你腰包里,最好是转移走了喽。"高春萍恼怒地说:"他肯定出事儿了! 不然怎么会惊动检察院。"葛总光着膀子坐起来惊讶说:"那你要把钱快快转移啊,我给你提供一个户头,把现金存进去,检察院很厉害的喽。"高春萍愤恨地说:"我没见到他的钱! 不知道他把钱给哪个野女人了!"

　　高春萍来到检察院。检察院的人没有问她金曙光的事情,甚至连一个钱字都没提。只是简单地问她,什么时间跟金曙光分居生活的? 为什么分居? 什么时候自己开的公司? 高春萍在回答为什么分居的时候,竟然语塞了。他们没打没闹,却裂痕越来越大。为婚后一直她没有生育? 为柳依依一直在他们生活中若隐若现? 好像都不是,又好像都是。高春萍也简单地答一句,感情不和。至于她的公司,她也简单地告诉他们,开业时间和注册资金记不清楚了。检察官拿出她公司营业执照复印件,递给高春萍。高春萍看一眼,一点不差。检察官问她,注册资金五十万元是谁的钱? 高春萍脸一扬,"我跟金曙光没有经济往来! 钱是我自己的一部分,借的一部分。你们可以调查。"检察院没有再细问什么。高春萍在笔录上签下自己的名字,检察院的人就让她走了。

　　离开家快一个月了,他们相互谁也没有给谁打电话。这是他们婚后二十年的时间里从来没有过的事情。当年他们相爱是在她精心策划下进行的,她借助金曙光这块跳板从农村走进了城市,而他沐浴着她的春光,在农村捞到了政治资本,到了工作岗位才有崭露头角的机会。然而这一切,他们渐渐都感到那是早已埋在各自心里的痛点。如果高春萍没有接父亲的班进城,他们不会成为夫妻;如果金曙光没有在农村带光环走到工作岗位,他不会比其他回城知青有多大出息。婚姻不是友情,谁借助于谁,都是人情;婚姻不讲人情世故,谁对谁做什么都是应该的。正是存在这样的心理,今天婚姻降温的时候,当初的婚姻基础,就是触及他们疼痛的隐患。

高春萍慢慢地往五楼上走去。振兴路上这一片灰色的住宅楼,是造船厂的职工家属区。他们结婚的时候没有住房,在他父母家附近租了一间房,高春萍每天辛苦地跑通勤。那时她在造船厂后勤部门做仓库保管员,负责劳保用品的发放。她进厂就留心,她能接触上的人员中,哪个将来能对她有用。时间长了,她注意到,总务处的会计焦大姐是个能人。老职工悄悄告诉她说,处长都让她三分。高春萍问为什么?老职工说,她男人是公司副总,主管后勤。高春萍寻找机会主动接触焦大姐。从开始把家乡的苹果送给焦大姐,发展到去焦大姐家像去自己姐姐家一样的关系,也就用了大半年的时间。而她得到的收获是,比同期结婚的青年职工早分到一处房子。也许是高春萍打扮的时髦,也许是副总姐夫在她面前时而殷勤和谄媚,焦会计有引狼入室的感觉,对高春萍冷淡了。公司在北部郊区有一个农场,焦会计跟处长打个招呼,高春萍就离开造船厂大院,到农场去担任什么驻场巡视员。高春萍清楚,她是被流放了。五年后,她办了停薪留职,应聘到一家贸易公司做陶瓷销售员。干了两年,掌握了市场情况,自己成立一家小公司。生意不温不火,没有赚到大钱,总比岗位上靠几个死钱强,经济完全独立,来去自由。她几年间一连串的人生起伏,和生意上的事情,金曙光都不闻不问,像什么都没有发生。高春萍想起这些,越接近家门,越发伤心。

高春萍开门进去,金曙光在家,光着上身躺在沙发上看电视。

金曙光眼睛没有离开电视屏幕,不冷不热地问:"回来了?"

高春萍闻到一股发霉的味道。金曙光是爱收拾家的,不会把几天的垃圾留在家里。高春萍换上拖鞋,进到厨房,一大袋子垃圾放在地上,散发着臭味。

高春萍想发火,控制住了。他们再吵或是无声抵抗已经没有任何意义了。她打开窗户,把背包扔到餐桌上,一只空瓶子晃晃悠悠倒下,滚落桌下,啪的一声摔得粉碎。

金曙光霍地站起身,穿上衣服,要离开家。他被停止工作十多天了,心烦意乱。高春萍忽然回来是找他吵闹的,他已经没有精力应对了。

高春萍冷冷地说:"检察院找我了,怎么回事?"

这在金曙光意料之中,检察院一定会找她的,"问你什么了?"

高春萍抬起眉眼,轻蔑地哼一声:"你犯什么事儿了? 把我们私生活都扯出来了! 我告诉你,你贪污了多少钱,与我一点关系都没有! 鹏莱花园那处房子都是我的钱买的!"

金曙光脱下外衣,回头坐到沙发上。高春萍回来是跟他算账的。夫妻本是同林鸟,大难临头各自飞。况且他们的夫妻关系已经处在崩溃的边缘。

"我没有贪污钱,我是被骗了! 检察院是要以签订、履行合同失职被骗罪起诉我。这个我认了。找你可能是要核实我们有没有灰色经济来源。"高春萍开公司金曙光给她十万元,这个她心里有数,嘴上说一点经济关系没有,那是说给外人听的。

高春萍平和地问:"你说了给我十万元开公司了吗?"

金曙光在高春萍的身上掠过一眼,一个多月没见面,就是一年没见,她仍然是那样的化妆和衣着。头发棕黑色,散披在肩上。眉毛细得像根火柴棍横在眼眶上,脖颈上的金项链项坠吊在胸前的乳沟上。黑色的短裙子紧箍着身子,光着笔直大腿。KTV包房里二十多岁小姑娘是这样的打扮,一个快到四十岁的女人还要装嫩,金曙光看到就厌恶。

高春萍看到金曙光扭过头,追问:"我问你话呢,你回答!"

金曙光起身去卫生间:"没说! 他们没问我。"

高春萍说:"问也不能说!"

金曙光反感:"说了怕什么? 难道我一个国企厂长有点积蓄都是贪污的? 我身正不怕影子斜!"

金曙光放在茶几上的手机响了。高春萍拿起来看,来电显示的名字是柳依依。金曙光拿起电话到寝室接听。

高春萍脸色陡变。金曙光接完电话出来,高春萍狠狠地瞪一眼金曙光:"我在外一个多月了,你连一个电话都不打。原来你跟柳依依还有联系! 她到今天不找男人,就是在等你! 你们是商量好了,就等你离婚!

我让给你们！"

金曙光愤恨："我找柳依依办事。那个骗我的人抓不到，我就说不清楚三百万被骗的事儿。我让柳依依跟晓飞说一声，看市局经侦支队能不能接手这个案子。柳依依刚才来电话，是告诉我，她出门，有事直接给晓飞打电话。我们没有你想的那么卑鄙！"

高春萍恼怒："我卑鄙？这么多年你对我越来越冷淡，不就是柳依依始终在心里吗！你成天想着谁？跟我在床上，你都是幻想在你身下的是柳依依！"

金曙光深叹一声："你太龌龊了！我们关系不好的总归原因是什么，你不知道吗？人家的孩子都上大学了！我们的孩子呢？我都不愿意回家见我的父母了！"

高春萍知道金曙光说的"人家的孩子都上大学了"，就是指的柳依依的女儿考上了北大。他一直都在羡慕柳依依的孩子，暗恋着柳依依，期待有朝一日能够走到一起。他们的婚姻好像有一层隔膜，总是不能融合在一起。即便是夫妻间那点床笫之事，也渐渐地索然无味，以至于发酵到厌恶。这一切的根源就是柳依依在金曙光的心目中始终没有消失，一棵不倒的柳树矗立在他们中间，挡住了和煦的春风，遮住了温暖的阳光。高春萍听了金曙光的话，心中的怒火油然而生。

"你不就是说柳依依的孩子考上大学了吗？那是个野种，有什么好羡慕的！"

金曙光震怒。柳叶子念小学的时候，高春萍告诉柳叶子的同学，她是个野种。柳叶子受到伤害，差点儿得病，害得柳依依吃尽了苦头。现在她又口无遮拦地骂柳叶子是"野种"，金曙光上前捆了她一耳光："你连野种也生不出来！"

高春萍捂着嘴巴，惊愕地看着金曙光。结婚二十年，无论他们吵闹到什么程度，他都没伸手打过她。高春萍的眼泪唰唰地流下来："你为柳依依打我……"

57　找　病

　　酷热多日的天气,在不紧不慢的一夜风雨洗涤后,早晨格外的清爽。可高春萍的烦躁并没有被清凉的晨风吹走,依然烦躁不安,坐卧不宁。金曙光一巴掌下来,终结了他们二十年的婚姻。

　　夫妻感情不和,维系家庭继续下去,很大程度是纠结在孩子身上。而他们的家庭从十年前出现危机,维系到今天是为了脸面。高春萍婚后一直不孕,她到医院去看病。一阵检查过后,医生问她,你流过几次产?高春萍低声地说三次。医生在她的病历上写下,反复流产可能导致子宫内膜以及输卵管堵塞,对妊娠产生影响,建议进一步诊疗。她走出医院大门,就把病历撕了。两次流产都是她偷偷跑到县城医院做的。跟金曙光那次是在她进城后,金曙光还没有回城,她不能刚接父亲的班进厂,就挺着日渐隆起的大肚子上班。她拿不出单位介绍信,无法去正规医院做人流。那时街头已经出现地下诊所。高春萍留意街头的小广告,利用周日休息,找到一家私人诊所,躺在冰凉的床上做了第三次人流。现在她悔不当初,这个苦果她只能自己吞下。

　　高春萍躺在床上,给葛总打电话。她跟金曙光的婚姻走到尽头,她不得不考虑自己以后的婚姻生活。在她接触的男人中,唯有葛总是她感觉最好的,条件也是上乘的。葛总老婆在国外陪孩子上学,长年不回来。葛总说他们的夫妻关系也是名存实亡,妻子在国外有自己的经济来源,他一分钱都不出。葛总是做金银首饰生意的,具体他的生意有多大,他一直很谦虚地告诉高春萍"小本生意啦"。高春萍接触的生意场上的人,个个都是把羊说成骆驼的吹牛高手。高春萍跟葛总结识在一个朋友的宴会上。她第一眼见到他的印象是,个头虽然矮了点,但透着精明。一身名牌,身边两个拎包的年轻随从,言谈举止,不失风流倜傥。酒过三巡,葛总来给高春萍敬酒,一句话就把高春萍的心抓得紧紧的。葛总稳重而亲昵,像他们早已是熟人了。"高总,我有上千种样式新颖的饰品,总有一件是你心仪的。请你赏脸,我的最珍贵的饰品,愿为你这朵艳丽的玫瑰增添色彩。"高春萍陶醉了，一直陶醉在葛总的甜言蜜语中。

葛总接听电话，拉着长音说："高总啊，这么早就来电话，一定是想我啦。"

高春萍娇滴滴地说："葛总啊，我想不想你还不知道吗？我要去深圳办事，你在深圳吗？"

葛纯建迟疑一下说："我现在没有在深圳啦。你要过来的话，我可以飞回去啦。我要好好招待你喽。"

高春萍定好，明天中午飞到深圳。高春萍要眼见为实，看看葛总到底有什么实力，有没有可能跟他走在一起。到南方发展，离开海连市也是不错的选择。

高春萍收拾完，准备去公司。公司原来有五个业务员，最近离职了两个。生意没有做得风生水起，主要是流动资金短缺。银行贷款，又没有抵押物，准备用现在居住的这套房子抵押，可需要金曙光到场签字。现在面临离婚，在他们分割财产的时候，这属于夫妻共同财产。这个时候把房子抵押出去贷款，金曙光无论如何也不会签字的。她恨金曙光，结婚二十年，竟然为了柳依依伸手打她。她恨柳依依，为什么他们总是藕断丝连？

高春萍忽然产生了要见柳依依的想法。金曙光辩解，柳依依给他打电话，是她要出远门，有事找柳晓飞。她要去医院，看看金曙光是不是撒谎，再核实一下金曙光的事情，真是柳晓飞在帮他吗？

高春萍在大厅公示板上看到柳依依穿着白大褂的半身照片。下面简介是：柳依依，女，主任医师，副教授，毕业于海连医科大学医疗系，获得眼科硕士学位。高春萍凝视半天，她不得不佩服柳依依。一个女人能坚强地敢把没有父亲的孩子生下来，抚养长大，考上名牌大学，自己工作上也成就斐然。她站在柳依依面前，自惭形秽，除了一身珠光宝气，还有什么？

高春萍转身默默地向外走去。在前脚迈出大门的一瞬间，她猛然间觉得，自己不是败在柳依依的手里，应该让柳依依感到，她和金曙光离婚的罪魁祸首是你柳依依这个第三者。她要让柳依依的同事都知道道貌岸然的柳医生是个什么货色！

高春萍到挂号窗口，挂了眼科门诊。

三楼的眼科四个门诊室,都有患者排队。高春萍没有耐心等待,开门进到一个门诊室。女护士看一下她的挂号单,请她到外面等叫号。

高春萍说:"我不是来看病的,我找柳依依有事儿。"

女护士和蔼地说:"柳医生参加送医下乡活动,没有回来。您有事儿可以给她打电话。"

高春萍没吭声,坐到出诊许医生对面,似笑非笑地看着医生。

女护士轻声地说:"阿姨,您不看病还是出去吧,别影响医生工作。"

高春萍瞪一眼女护士,把挂号单扔到桌子上:"你怎么知道我不看病?你们医院柳医生做见不得人的事,你们怎么也跟她一样!"

许医生觉察到眼前打扮妖气的女人不是来看病,而是来找病的。医患关系紧张,时有发生患者到医院来无理取闹的现象。许医生不相信,在柳依依的工作中,绝对不会出现紧张的医患关系。这个女人为什么突然冲着柳依依来劲儿呢?

许医生对女护士摆下手,不让她说话。然后对高春萍说:"请问你眼睛怎么了?"

高春萍霍地站起来气哼哼地说:"我眼睛没有病,我就是要找柳依依!问问她,干吗要做第三者,缠着我的男人不放!"

许医生是部队医生,随丈夫转业到地方医院。她到这医院工作一年多,对柳依依的印象非常好。可个人隐私的事情,突然冒出来,她一时不知道说什么。走廊里候诊的患者都挤到门口看热闹。许医生向女护士使个眼色,女护士心领神会,立刻去找保安。

许医生劝慰:"这是医院,是公共场所,请不要在这儿说你们个人的事情!"

高春萍脸色通红,像憋了一肚子的气,忽然找到发泄的地方。她环视眼前,已有几个穿白大褂的医务人员站在门口。她把声音提高八度:"我就是要在医院来说柳依依见不得人的事!"

陈一清在口腔科做专家门诊,听到隔壁眼科诊室有吵闹声,而且听到"柳依依见不得人的事"。他立即来到眼科诊室,挤进屋里。上下打量高春萍,年龄跟柳依依差不多,打扮得却十分妖艳。短的不能再短的上衣和裙子,把她该露的地方都露的十分耀眼。陈一清想,柳依依怎么能跟这样的女人有来往呢?

"这位女同志,请你保留自尊! 不要干扰我们医生的正常工作。柳医生没有做任何见不得人的事儿,你不要乱说啊!"

陈一清平时说话声音就轻,在这样吵闹的场合,他的话更像和风细雨,但高春萍听得清楚。高春萍看着个头还没有她高的医生,在为柳依依说话,大声地问:"你是她什么人? 是她的男人? 还是她的姘头? 你怎么知道她没有做任何见不得人的事儿?"

陈一清吓得连连后退,不敢再搭言了。保卫处处长和总务处副处长房宝丰领着几个保安跑进来。

高春萍连珠炮似的对陈一清吼叫:"你什么都不知道,你蹦出来干吗! 柳依依下乡在青年点就乱搞,她的女儿是个野种! 你们知道什么?"

保卫处处长大声喝道:"你赶快离开这里,不走我就报警了!"

高春萍轻蔑地哼了一声,扭动着身子走了。

58 烦恼的电话

陈一清不知道柳依依参加送医下乡活动,几天不见柳依依,他还以为她在学校里做科研或者讲课。昨天那个女人一阵闹腾,他惊异地发现柳依依的私生活不是一潭净水。他忽然有了自信,好像柳依依一下子比他矮了一截。他暗自庆幸,那个女人把一盆脏水泼到柳依依的头上,会让这个清高的女人低下头。不管柳依依是不是这个女人说的那样,但柳依依的婚姻生活一直是个谜。医院的同事只知道她领着一个女儿生活,至于为什么是单亲家庭,没有谁说得清楚。陈一清夫人前年不幸去世,他开始关注被医院男人背后称为冷美人的柳依依。三年多来,他主动在她面前献殷勤,柳依依不买账。他托人说媒,被柳依依婉言拒绝。陈一清就是想不明白,柳依依有什么高傲的。一个人到中年的女人,能有多少风光再现。他陈一清教授虽然年近五十岁,身体硬朗不说,虽谈不上伟岸高大，但不失男人的气魄。尤其家庭条件，儿子在美国安家，女儿在本市政府部门上班。要不是顾及女儿的感受，他完全可以找一个年轻的未婚女人。之所以倾慕柳依依，是看他们年龄相当，他比柳依依大了九岁，又是同行有共同语言。更主要的是，陈一清被柳依依那种优雅的气质所吸引，被她那种高傲的、自信的美所迷惑。在她面前，他却没有自信心，感觉融进她的心里比登天还难。

折腾一夜，陈一清决定给柳依依打电话，把那个女人到医院闹腾的事告诉她。他想如果他不对柳依依说这件事情，没有谁会告诉她。这既显出他对她的关心和亲近，又让她知道，如果她柳依依真的像那女人说的，在农村乱搞生的孩子，那么她不光彩的过去已经露馅了。在他面前别装什么圣洁，也没有什么可高傲的，也是食人间烟火的凡夫俗子。

陈一清考虑还是晚上六点以后再给柳依依打电话。那正是他们的休息时间。劳累了一天，柳依依接到他的电话，心情不知有多烦躁。增加柳依依的烦躁，似乎对他的亲近能起到推波助澜的作用。从心理学上解释就是，当人的情绪处于低落、失意的时候，对生活失去控制感，于是安全感也受影响。一个缺乏安全感的人，心里的依赖性会大大增强，受暗示性就比平时更强了。他相信这个时候柳依依能体会到他对她的关心和爱护，更能感到身边有个男人是多么的安全。

柳依依一直都处在高度的紧张工作中。医疗车停靠六个站点了，每个站点来看眼疾的老年患者都排成长队。门诊确诊可以在医疗车上进行白内障超声乳化手术的患者，他们都要给做完。在许屯车站，头一天柳依依给李细枝做了左眼超声乳化手术，李细枝在住院车上休息了两天，柳依依又把他的右眼给做完了。沈复兴在门诊确诊的跟柳依依的诊断结果吻合，双眼视力下降，看物体模糊不是屈光不正引起的，是早期白内障引起的，可以做手术。但门诊患者多，沈复兴没有排上。门诊护士金桂子按照柳依依的安排，把沈复兴带到柳依依的手术室。大沈激动地要握柳依依的手。柳依依戴着消毒手套的手高高擎起说："消毒了不要握了。"大沈含泪声音喃喃地说："真没有想到，二十年后借了柳医生的光,把眼病治了。"柳依依给他做了右眼,左眼视力可以,就没有做。另外两位龙泉汤村的患者,是由别的医生做的。柳依依的心总算放下了。医疗车按照计划在许屯停靠四天后,一列货车进站,机车头把医疗车挂到货车前部,缓缓地离开车站。柳依依看到那些没有排上号的患者,眼睛里流出渴求的目光,深深地感到遗憾。可她没有能力解决这些人的痛苦,只能恋恋不舍离开这个曾留下她青春足迹的地方。

医疗车到了大石桥北的分水车站,这是光明行活动的最后一站。站了一天手术台,柳依依晚饭后没有跟大家到车外去散步。上午父亲柳鹤年给她打来个电话。护士接听告诉柳鹤年,柳医生正在做手术。柳鹤年没有说什么就挂了。一整天她都没有时间给父亲回电话,这会儿她躺在床上,拿出手机给父亲回话。柳鹤年是想女儿了,听到柳依依的声音,显得十分高兴。他告诉柳依依,昨天家里从凤鸣街搬出来了,她妈选择了海岸线小区,说每天都能看到大海。柳依依说,只要妈高兴就行。柳鹤年还说,晓飞和天舒领着强强今晚回来吃饭,就差她和叶子,要不就团圆了。柳依依听出父亲疼爱的心声,不由得也难受起来。她想起女儿柳叶子。柳依依匆忙和父亲结束通话,再说下去她不知道为什么就要哭了。

其实,前天在列车行进的时候,柳依依看一下时间,正是学校午休时间,她跟柳叶子通了十分钟电话。叶子说学习很紧张,班里的新同学都很好,没有高中同学之间那种相互鄙视的关系。她欣慰地告诉叶子,在龙泉汤看的几个患者的手术都给做了。叶子嘱咐她不要太劳累了。

柳依依还想把姥姥搬家的事儿告诉叶子。这时,陈一清的电话打了进来。

柳依依看着电话的显示,犹豫是否接听。对这个男医生,业务上没有来往,只是一个医院的同事而已,但她却觉得自己好像总在一个旋涡边转悠,如果稍不留心,就会被一种力量拉进这个旋涡了。有同事给她牵线,说陈教授本人条件、家庭条件怎么怎么好,柳依依婉言谢绝。理由是孩子考大学之前,她不能考虑自己的事情。现在孩子已经上大学了,多日没有联系的陈医生,突然给她来电话,她不由得感到焦躁不安。

"喂,小柳你好啊!"陈一清耐心地等音乐铃声唱了一遍又一遍,终于等到柳依依接听了电话。

柳依依平淡地说："你好,是陈医生?"

陈一清的声音显得亲切:"小柳啊,你参加送医下乡,我一点儿也不知道啊。要知道,应该给你饯行啊,一路辛苦了!"

柳依依应道:"谢谢陈医生! 走了六个站点,还可以,不怎么辛苦。陈医生,您有事儿吗?"

陈医生犹豫的龇牙声,像是很难为情:"啊,我没有什么大事儿。跟你有关的一点点小事情,我想我不跟你说,恐怕医院里没有谁会跟你说的。我不知我做得对不对。小柳啊,既然我打电话,主动跟你说这个事儿,不管你怎么认为我,我就是一个想法,我感觉你在我心目中,跟别人不一样,我是非常敬佩你的。任何泼到你头上的脏水,我都不在乎! 你是圣洁的,我……"

柳依依越听越觉得有点儿离谱,打断陈一清的话,问:"陈医生,你有什么事儿请直接说,我就是个普通医生,什么圣洁的,我不喜欢听!"

陈一清声音有点儿激动:"对不起,我有点气愤。昨天? 啊,对,就是昨天上午,我看一下记录啊,昨天上午十时八分,我正在坐诊。你是知道啊,我的专家门诊患者是非常多的。正当我专心给患者看的时候,眼科,就是紧挨我诊室,你们眼科的四诊室,突然传来吵闹声,我听到有人喊你的名字'柳依依'。告诉你,有人叫你的名字,就是在多少分贝干扰下,我也非常敏感地听出来了! 我立刻扔下患者,去眼科四诊室。是许医生坐诊,一个女患者在号叫。我用号叫来形容,一点儿都不过分! 这个女人啊,穿的有点儿扎眼,一看就是不安分的女人。这女人一化妆,看似年轻,实际年龄我还真看不准。小柳,你在听吗?"

柳依依耐着性子:"嗯,听呢。"

陈一清轻咳下:"那女人说,'我就是要在医院来说柳依依见不得人的事!'屋里人很多,我挤进去,大胆上前阻止这个女人胡说八道。那女人看我为你说话了,发疯地问我,'你是她什么人? 是丈夫,还是……'咳,那话就难听了,我不重复。她说,'你什么都不是,你蹦出来算老几? 你们知道柳依依过去在青年点就……就乱搞,有了孩子。孩子是个……

野种！'"

柳依依的手已经哆嗦起来，脑子一片混乱。

"小柳，我不知道你跟这个女人有什么恩怨。你别生气啊，这个女人就是一条疯狗。许医生让护士去找保卫处的人。保卫处长和总务处房处长都来了。要报警，那个女人走了。"陈一清继续说。

柳依依已经把电话放下了。

59　谢绝接风宴

四十天的光明行活动终于结束。当列车在海连车站缓缓停下，所有的人都欢天喜地地下车，柳依依竟然呆呆地坐在铺位上。金桂子喊她一声，"柳姐，到站了。"柳依依恍惚的眼神，向车窗外看了一眼。金桂子又问："姐夫来接你吗？没来你坐我对象的车吧，顺道送你回家。"柳依依搪塞一句："不用，有车接我。"

柳依依拖着拉杆箱，在车站广场前站了好一会儿。九月初的海连，闷热的空气里，偶尔有一丝凉爽的清风飘过。有轨电车哐当哐当的声音由远而近，夹杂着熙熙攘攘的声音，在耳边弥漫。远处的大厦在强烈的阳光照射下，升腾着丝丝热气。

熟悉的城市，竟然感到很陌生。柳依依默默地走在人行道上，她似乎不知道自己要往哪里走。路口音像店门外的音箱在播放《追梦人》歌曲，凤飞飞那凄婉的余韵悠长的声音，在空中回荡：

让青春吹动了你的长发，让它牵引你的梦，
不知不觉这城市的历史已记取了你的笑容。
红红心中蓝蓝的天是个生命的开始，
春雨不眠隔夜的你曾空独眠的日子，
让青春娇艳的花朵绽开了深藏的红颜，
飞来飞去满天的飞絮是幻想你的笑脸。
秋来春去红尘中谁在宿命里安排，
冰雪不语寒夜的你那难隐藏的光彩。

看我一眼吧,莫让红颜守空枕,

青春无悔不死,永远的爱人。

……

柳依依放慢脚步,有意听听这首歌。她记得,叶子曾经向她推荐过这首歌,她一直都没有听。现在听了有一种酸楚的感觉。她疾步离开,余音还在身后萦绕……

陈一清的电话彻底搅乱了她的心。她一直都在想,多年没有见到高春萍,也没有跟她有过任何联系,没有跟她的丈夫金曙光有超出一般同志的来往,为什么她像梦魇一样出现在平静的生活中。在叶子上小学的时候,高春萍口无遮拦害了她一次,女儿差点儿得病。全家人费尽心血,柳叶子才从阴影里走出来。

现在高春萍又一次搅乱她平静的生活,她真感到无力应对了。柳依依几天来在琢磨,让高春萍到医院去伤害她的原因,一定与金曙光求她办事这个事有关。她想不明白,金曙光是在求她,她是在帮他们家办事,怎么不领情反而以怨报德？难道他们的夫妻关系真的像金曙光说的那样出现了危机？难道高春萍认为他们夫妻的危机关系是她造成的？柳依依几次想给金曙光打电话,问问他到底是怎么回事,可她没有这个勇气,不能再联系金曙光了,远离他就是远离是非。

柳依依拦住一辆出租车。司机问她到哪儿,她犹豫一下说海岸线。司机又问:"哪个门?"

柳依依说:"你先走吧,我马上问。"

柳依依给父亲柳鹤年打电话没通,又给柳晓飞打电话。柳晓飞接听,告诉姐姐楼号单元,然后说今晚他和天舒都回妈家吃饭。

柳鹤年见到女儿回来,满脸喜气,接过女儿手里的拉杆箱,心疼地说瘦了瘦了。而母亲谢玉萍却很平淡,像柳依依昨天离开家今天又回来似的。柳鹤年把箱子拉到北屋,告诉柳依依,这是她和叶子的房间。书桌上放着她跟女儿在北大校门的合影,整齐摆放着柳叶子没有带走的书籍。柳鹤年领着女儿挨个房间看。房子南北通透,宽敞明亮,四室两卫,客厅的落地大窗正对大海,远处的海之韵广场清晰可见。

走进厨房,柳鹤年悄声告诉柳依依:"你妈生晓飞和栗天舒的气了。"柳依依问:"为什么?"柳鹤年瞧一眼在客厅的谢玉萍说,"天舒回来要动拆迁费,要买什么宝马车。"柳依依惊疑地问:"晓飞知道吗?"柳鹤年说:"搬家当天晚上他们全家回来,在饭桌上正吃饭,栗天舒突然提出来,要我们给她五十万买车。晓飞当时发愣,我看不是他们事先商量好的。你妈没有答应,那晚本来很快乐的聚餐不欢而散了。"柳依依安慰父亲:"别着急,一会儿晓飞回来吃饭我问问他。"

　　柳鹤年让保姆曹姨去买菜,说晓飞回来吃饭。谢玉萍生气地说:"回来干什么?气我啊!"柳依依对谢玉萍说:"妈,晓飞肯定事先不知道天舒要钱买车的事。他回来我说说他。"

　　谢玉萍不经意地看一眼柳依依嘟囔:"没有一个听话的。"

　　柳依依的心似乎被扎了一下。在母亲的心里,柳依依已经永远不是一个乖女儿了。柳依依坐到母亲身边,亲切地说:"妈,我们都听你的话!"

　　谢玉萍眼里流露出疼爱的目光:"要听话就早点找个男人成个家。叶子也大了,你还等什么?我和你爸往耄耋年奔了。你自己不提不念的,我们走那天能闭上眼睛吗?"

　　柳鹤年趁机说:"依依,你妈说的有道理。你都四十岁了,真要认真考虑一下自己的事情。我听何璐说,叶子还让她何姨劝劝你考虑自己的婚事。你看这孩子多懂事儿啊!"

　　这么多年,父母同时劝她尽快成家的场面,今天是头一回。柳依依不敢有一点逆反表现。正当她不知道如何向父母表态的时候,柳晓飞的电话给她解了围。

　　"姐,爸妈都在吗?我晚饭不能回去吃了,支队有事儿。天舒回她妈家看强强去了。姐,咱妈可能会对你说天舒要钱买车的事儿,你安慰一下咱妈,回头我再跟你解释怎么回事。"柳晓飞急匆匆地放下电话。

　　晚饭中,柳鹤年惋惜地说,就这么几口人,团圆饭却很难凑齐。柳依依本想晚饭后回自己的家,可她没好意思张口。夜幕降临,柳依依陪着父母在小区广场散步。小区不是很大,庭院花草芬芳,树木遮蔽,非常静谧,曲径通幽,像远离闹市区。柳鹤年说,住在这个小区的业主,几乎都是有级别的。前天散步的时候，在位的张副市长还摇下车窗跟他打招呼。柳鹤年背着双手，挺着笔直的腰板，很有成就感。

第二天一早，柳依依走进办公室。在同事的问候声中，她感觉同事的目光有点异样。柳依依大大方方，没有一丝畏惧感，就像她根本不知道在她身后发生了什么事情。人们探秘个人隐私的兴趣，远比业务学习要热心。柳依依已经想好，自己的女儿都上大学了，还在乎别人背后说什么吗？

医政处来电话，让柳依依到主管副院长办公室汇报送医下乡活动情况。柳依依来到李院长办公室，负责对外联络工作的处室负责人都在，柳依依汇报参加四十天送医下乡活动的情况，介绍了她所见到的农村患者盼望救治的急切心情。李院长对柳依依的工作很满意，称赞她给第一附属医院争光了。

柳依依走到办公室门口。门半开，陈一清的声音从里面传出来："我给柳医生接风，你们眼科的全体都去作陪啊！"

绰号"老干妈"的男医生奇怪地问："我们眼科的人，你口腔科来给接什么风？"

一个女医生咋舌："呦，陈医生是想娶我们科室的美人啊！你不怕她的清高把你晒在一边啊！"

"老干妈"男医生变了声调："怎么清高也掩饰不了过去的污点，真没想到，咱们的柳美人也有风花雪月的时候！"

陈一清："在我眼中那不是污点！你们可别乱说啊！一会儿柳医生回来，大家要一起为我给她接风鼓掌啊！大家多捧场，后会有期！"

柳依依感到一阵眩晕，转身走了。

60　在法庭

柳晓飞明显消瘦了，双眼深陷，目光疲惫。浅蓝色夹克衫一身皱褶，是很长时间没有洗了。柳依依看到弟弟这副模样，心里一阵难受。

"姐,你怎么了?"柳晓飞接连啃了半个西瓜,嘴边沾着西瓜子。他刚下飞机,就来到柳依依家。

柳依依递给晓飞一条毛巾:"你把外衣脱下来,我给你洗洗,一会儿就甩干了。"

柳晓飞解渴了,惬意地一抹嘴:"不用,一回家,天舒就洗了。姐,咱妈没跟你说天舒要钱买车的事儿?"

柳依依说:"咱爸只是悄声地告诉我,天舒跟咱妈要钱买宝马车。我对爸说,晓飞肯定事先不知道这事儿。吃饭的时候,妈不提,爸也不敢提这事儿。到底是怎么回事?"

柳晓飞气恼地说:"姐,你最了解我了!咱爸咱妈都以为我跟天舒商量好了,回家来跟他们要钱的。我真不知道天舒有这心事。她知道要事先跟我说,我一定制止她。吃饭的时候,突然来这么一句。强强还帮腔说,'奶奶,你就给妈妈钱买台车吧。同学妈妈都开车去学校接孩子,妈妈没有车,不愿意去学校接我,就得姥姥接我徒步回家。'强强的话,都是天舒授意说的。"

柳依依问:"咱妈怎么说的?"

柳晓飞嘻嘻笑一下:"咱妈立刻驳斥强强的话说,'强强,咱可不能瞪眼说胡话啊!姥姥接你,是因为学校离姥姥家近。你要是在奶奶家附近上学,奶奶也是徒步接你。这跟妈妈有没有车没有多大联系啊!'强强马上反驳:'奶奶,妈妈要是有车,可以天天回姥姥家看我。'咱妈脸色阴沉了,瞪我一眼。我忙解围,把话题转到房子上。爸妈都没吃好饭,我回家把天舒说了,天舒还跟我吵了一阵。"

柳依依说:"妈家得到的三百万动迁费,回迁新房子花了二百多万,妈手里还能剩点钱,天舒是想要这个钱。"

柳晓飞恼火地说:"妈就是同意用这个钱给她买车,我也不会同意。这几个钱要留着给他们养老。爸妈靠工资手里能攒几个钱,这都是他们的养老钱。我们小的怎么好意思去要!"

柳依依相信弟弟是真心话。

柳依依想了一下,说:"现在不管实不实用,都相互攀比买车。我们院里一些人也是这样的。晓飞,现在环境就是这样,人家男人有钱,哪个不大把大把给老婆花钱。你成天在单位忙,也该暖暖天舒的心。这样吧,我给你拿十万元。我再跟妈说,让妈也拿出十万元,买台二十万以内的车也不错,别买宝马了。"

柳晓飞急忙摆手:"姐,不行!我怎么会拿你的钱!这样吧,你跟妈说,先借给我们十万元,我们也攒了几万块,添个三五万,给天舒买台十几万元的经济型小车。天舒现在学坏了,就羡慕哪个女人有名包了,戴名表了,穿名牌了,又要辞职去做生意,又要跟谁去对缝。姐,你说她是做生意的料吗?把她卖了,她还帮人家数钱。"

柳依依深沉地说:"你别埋怨天舒,大环境就是这样,追求享乐盛行。我有时间和天舒唠唠,不能好高骛远去做不现实的事情。对了,金曙光的事情怎么样了?"

柳晓飞打个哈欠,说:"现在有点线索,是利用合同诈骗的团伙。金曙光被检察院立案了,检察院恐怕要以签订、履行合同失职被骗罪起诉他。"

柳依依为之一惊:"晓飞,不管怎样,你要帮他一下,毕竟我们都是一个青年点的。早点把骗子抓到,减轻他的罪过。"

柳依依真的为金曙光捏了一把汗。尽管他妻子高春萍一再伤害她,可她还是免不了对他涌起恻隐之心。青春岁月难以抹掉的往事,时常在她眼前出现,她对每个人都抱有难舍的心情。

柳晓飞无奈地说:"姐,我就是明天把骗子抓到,他也在劫难逃。只是追回损失,在量刑上能够从轻考虑。可是,在他被起诉之前,这案子是难终结的。涉及面大,并且案子侦破是需要时间的。"

柳依依伤感地说:"你尽力了就行了,没想到他能坐牢。"

柳依依接到何璐电话。

柳依依正在专家门诊坐诊,一上午连口水都没喝。她让护士把水杯里已经凉透的水换掉,顺手掏出兜里的手机看一眼。手机是振动模式,何璐三个未接电话打进来。这个时间,是她最忙的时候,何璐是知道的,一定有急事。柳依依忙回复电话。

何璐没显得很急迫,却神秘兮兮地说:"依依,我告诉你一个事儿。"

柳依依叹口气:"我正在门诊,我以为你有什么急事。好了,有时间我再听你絮叨吧。"

柳依依说完把手机放下,继续给患者看病。中午休息,柳依依想起何璐神秘的电话,给何璐回电话。

何璐嘿嘿一笑:"你也有好奇心啊!告诉你一个不幸的消息,咱们金点长犯法了,明天上午在区法院进行审判。"

柳依依尽管知道金曙光的事情,但还是感到震惊。

"依依,怎么把你吓着了?不敢说话了?"何璐问。

柳依依顺口说:"是吗?这么快吗!"

何璐惊讶:"呀,你是知道他的事儿,还是你会算他有坐牢的这一天?这么快,是什么意思啊?"

柳依依突然感到自己不加思考的话,引起了何璐的怀疑,马上说:"你的嘴就是不饶人!我可不会诅咒谁会去蹲监狱。"柳依依要继续解释,问,"何璐,你知道金曙光犯什么罪了吗?"

何璐:"是什么合同被骗罪,三百万被人骗走。明天区里组织国有企业法人去法庭现场听审判,说是案例教育。咱单位老总有事儿,让我替他去。所以我才知道那个受审判的人是金曙光。"

柳依依说:"是签订合同失职被骗罪。上个月金曙光找我,让我跟晓飞说一声,能不能市局来侦破他被骗这个案子,所以我知道这个情况。"

何璐问:"侦破没?要是把骗子抓回来,钱没有损失就不能判了吧?"

柳依依说:"我问晓飞了,还没有抓到骗子。法律我不懂,他说是签订合作合同,把资金打到对方私人账户上,这肯定是失职了。一个企业领导这么疏忽大意,真不应该啊!政府领导真会安排,让你们听听有好处!"

何璐轻笑:"你倒像个领导似的。哎,你要有时间,陪我一起听听。"

"我又不是法人,又不是会计的,我去听什么!没事儿我放下电话了。"

"哎,依依,还有事儿!明天你休息不?"何璐焦急地问。

"休息啊。让我请你吃饭?"

"明天我们一起去法庭吧,金曙光挺可怜的。我听董明说,高春萍和他离婚了。"何璐声音低下来。

柳依依平淡地问:"董明怎么知道?"

"金曙光的大妹夫跟董明是一个单位的,最近才知道他大舅哥是金曙光。他问董明,你们是一个青年点的,大舅哥怎么没在青年点里搞一个市里的姑娘,搞个农村的广播员,进城了了不起了,瞧不起大舅哥了。董明告诉他,你大舅哥攀附高枝,为了出人头地早回城。"何璐说着笑了起来,"董明这个虎子,不怕把话传到金曙光耳朵里,什么都敢嘞嘞!"

柳依依沉默了,半天没有吭声。

何璐笑过,说:"依依,我知道你烦恶高春萍。他们离婚了,她不能到场了。我们旁听一下,不是为他站脚助威,也是对他的关心,毕竟是一个青年点出来的。"

柳依依感到何璐的话有点情理:"好吧,我陪你去。"

上午九点,区法院三号审判庭座无虚席。柳依依和何璐坐在后排。柳依依戴着深色墨镜,望着前面的法官座席,心里一阵紧张。庄严肃穆的法庭,透着一种威严。当审判长宣布把犯罪嫌疑人带进来的时刻,柳依依不敢目视前方了,缓缓地低下头。

金曙光在两个法警押解下,站在被告席。

公诉人宣读起诉书:……被告人金曙光身为国有企业直接负责的主管人员,轻信客户介绍,与D省S市贸易公司签订合作合同。没有详细了解掌握对方经济实力,在对方股本资金没有到位的情况下,轻信对方的设备订制合同,先行打款订制设备。在企业其他负责人多次提醒下,仍拒不接受停止合作的意见,自作主张,把三百万设备订金打入私人账户。由于金曙光严重不负责任,致使国家利益遭受重大损失。被骗款至今没有追回。其行为已构成签订、履行合同失职被骗罪,提请依法判处。

辩护人辩护:起诉书指控被告人金曙光轻信客户介绍,没有详细了解掌握对方经济实力。这一说法违背事实。合作方出具的营业执照、税务登记、企业法人代码都是原件,企业班子集体开会研究同意。留下的注册复印件证件都是工商登记机关认可的合法证件。不能指控被告人严重不负责任,应当从轻或免于刑事责任。

法官大声地问:"被告人金曙光有什么要说的?"

金曙光抬起头,缓缓地说:"我承认是我的失职,造成企业三百万资金损失。企业处于产品更新换代时期,如果不抓紧时间上新产品,很快就要被市场淘汰,一千多名职工面临下岗。在研究考察这个项目时,企业班子成员都一致赞同。在汇设备预付款上,我也事先同党委书记沟通了。我的心情是急于企业上新产品生产线,占领市场,使企业立于不败之地,没有想到欲速则不达,给企业造成严重损失。我的教训,能给更多的企业法人以警醒!请求法院能够考虑我的出发点,请求宽大处理。"

法庭短暂休庭。

何璐惊讶地说:"咱们的点长管着一千多人呢!怪不得高春萍趾高气扬的!看他不行了立马离婚。这是什么人啊!"

柳依依没有说话。她远远地看着金曙光的背影感到迷茫。

法官敲响法槌,宣布重新开庭。法官宣读判决书:⋯⋯刑法第三百九十七条规定,国家机关工作人员滥用职权或玩忽职守,致使公共财产、国家和人民利益遭受重大损失的,处三年以下有期徒刑或者拘役;情节特别严重的,处三年以上七年以下有期徒刑。综上所述,起诉书指控的事实清楚,举证充分确实,指控罪名成立,应予确认。辩护人的辩护意见不足以否定严重不负责任的事实,故不予采纳。被告人金曙光在庭审后,认识到自己行为的危害性,诚恳表示认罪,并请求宽大处理。根据金曙光犯罪情节和悔罪态度,根据刑法第三百九十七条之规定,判决如下:被告人金曙光犯国有公司人员失职罪,判处有期徒刑一年三个月。

法官话音未落,前排突然传出一声女人的凄厉的喊叫声:"我的儿啊!你怎么蹲监狱了!"

金曙光的母亲和家人都来旁听审判。法官的宣判,一下子击溃了金曙光母亲的心理承受能力,心脏病发作,昏厥过去。法庭一阵慌乱。金曙光要上前去抱母亲,被法警摁住。有法官大喊:"快打120!"

柳依依猛地站起来,摘下墨镜,连包一起扔给何璐,跑到前面喊道:"我是医生,让开!"

柳依依把金曙光母亲平稳地放到地上，双手按压胸膛，然后伏下身进行人工呼吸。一阵紧张有序的忙碌，在救护车赶到的时候，金曙光母亲终于呼出一口气。

柳依依满头是汗，转头正遇到金曙光呆滞的目光。

金曙光突然哽咽起来："依依，谢谢你……"

61　橄榄枝

柳晓飞下班特意绕道去南山公园附近一家日本料理餐馆，打包了一份蒲烧鳗鱼盖饭。然后到包子铺，打包一笼牛肉包子，匆忙往家走。到家楼下，把车停在水果店门前，进去又称了五斤金橘。水果店老板娘，跟他们非常熟。水果店门前，就是柳晓飞那台捷达车的停车位。老板娘边称橘子边说："你媳妇也刚回来，她没进店里，我就知道你要回来肯定能来。小柳啊，你对媳妇是没的说的！"

柳晓飞淡淡一笑："谢谢大姨夸奖。"

栗天舒并没有为爱吃的蒲烧鳗鱼盖饭和橘子放在餐桌上而露出笑容，却冷冰冰地问一句："你今天怎么回来这么早？"

柳晓飞像做错了事，赔着笑脸："队里这两天整理案卷，我的活干完了。大姨说你也刚回来，洗洗趁热吃有味道。我去南山那家日本料理买的。"

栗天舒责怪："大姨嘴就是快！"

柳晓飞幽默地逗她："我买橘子了，大姨高兴地顺嘴这么一说，别生气啊！你也不是往家领人了，她向我举报了。"

栗天舒脱掉裙子和半袖外衣，露的坦荡。柳晓飞多少天没有这么早回家。半夜回来，栗天舒已经熟睡，他只好悄悄地到小北屋睡。多少日子没有跟媳妇亲昵了，这会儿柳晓飞心潮澎湃起来。

栗天舒娇滴滴地说："我就是领人也不能让这个嘴尖舌快的人看到啊！"

柳晓飞上前搂住栗天舒："宝贝，你可别的！"

栗天舒推开柳晓飞："大白天的，你干吗？晚上又要走吗？"

柳晓飞嘿嘿笑了："我想了,晚上哪也不去了,在家陪老婆。"

白天的燥热,夜晚悄然消退。街心花园消夏的人还是不少。一伙跳广场舞的大妈们,在欢快的音乐鼓噪下,东摇西晃地跳动。做文化馆群众艺术推广工作的栗天舒,看出来家门口这些大妈们跳的广场舞已经落伍了。可她兴趣索然,没有那份热心去指导她们的活动了。刚参加工作时,她真热爱自己这份工作,组织培训各社区的群众文化骨干,推广各种文化活动,一干就是十多年。当她环顾左右的时候,才知道自己除了成天傻乐呵外,什么都没有。身边发生的变化,她好像才感觉出来。各种琳琅满目的品牌店,她不敢进。进去看到哪个女人出手大方买走品牌包、名牌手表、高档服装的时候,她为自己囊中羞涩而感到耻辱。女人的心,男人真是永远不懂。她虽然挽着自己男人的手臂,徜徉在温馨的花园里,可她感觉却是生疏的,没有了过去那种激情。

柳晓飞精神不集中,机械地随着栗天舒在散步。栗天舒轻声地问:"你去妈家了吗?"

柳晓飞没有听见。栗天舒甩开手臂,赌气往回走。柳晓飞一愣,才反应过来,急忙追上前,一把拉住栗天舒:"天舒,你又怎么啦?"

栗天舒气恼:"我怎么了?你是身子在家,心不知道在哪儿了。不愿意在家,你现在就走!"

栗天舒转身往家走。柳晓飞紧跟在后,极力回想刚才栗天舒说了一句什么话,好像是问他回家没有。

柳晓飞跟着栗天舒进到屋里,说:"给你买车的事儿,我想跟你商量一下。"

栗天舒怨气未消:"你有钱了?跟我商量!"

柳晓飞笑呵呵地看着栗天舒:"你张嘴就是钱啊!"

"废话!没钱你跟我商量什么?"

柳晓飞把栗天舒拉到沙发上坐下,给她剥了一个橘子,送到她嘴边。栗天舒瞪一眼柳晓飞,张口把一瓣橘子含进嘴里。

柳晓飞和蔼地说:"天舒,咱量力而行,别去攀比那些富婆,买台经济型小车,你上班和回你妈家看儿子,方便就行了嘛。"

栗天舒细细的眉毛凝成一团:"夏利还是捷达?富康还是奥拓?"

柳晓飞:"嘿,你对车型还挺了解的,我想在二十万元之内的车吧。"

栗天舒疑问:"你有钱?"

柳晓飞苦笑一下:"我哪儿有钱啊!"

栗天舒斜眼看他:"没钱你吹什么?"

柳晓飞说:"我跟姐说了,她要给咱拿十万。姐要跟妈说,让妈也拿十万,买台中档车用呗。我没同意拿姐的钱。咱不是攒了十多万元嘛,添上不就买台像样的车了吗。"

栗天舒脸色唰地变了:"柳晓飞,亏你想得出,这几个钱你也敢惦记!儿子以后用钱的地方多着呢,我不能动!"

柳晓飞指着栗天舒头:"你真傻! 爸妈留钱干什么? 能不疼爱他们的孙子吗?"

"那我也不用自己的钱。姐都能给咱拿钱,妈怎么就不动心呢? 我过去是不孝敬的儿媳妇吗? 对你妈,比对我妈都好。哪年不给她买件衣服,把你妈打扮得比我妈都年轻。我一提拿钱买车,你妈的脸立刻变得像紫茄子色。"栗天舒想起那场面,就怨气十足。

柳晓飞还是面带笑容哄着栗天舒,就像那时他们在青年点,他总是把她当作不懂事的女孩一样处处让着她:"你张嘴要五十万买宝马,别说妈的脸变色了,我都吓一跳。车的事就这么定吧,我和姐去跟妈说,尽量让妈拿全款买一台二十万以内的车。好了,洗洗睡觉。"

栗天舒心里微微产生一点满足。不管怎么样,丈夫和大姑姐都在为她说话,这说明她跟婆婆要钱并不是过分的事。虽然她的标准降低了,细想一下丈夫的话,也是有道理的。老人手里的钱,最后还不是落到他们的爱孙的头上。

栗天舒洗完,躺到床上,柳晓飞迫不及待地要往身上爬。栗天舒推开他说:"还有件事儿,你能不能办?"

柳晓飞扫兴地问:"又有什么事儿了?"

栗天舒说:"我妹妹天楚要下岗了,你能不能找人给安排工作?"

柳晓飞叹气:"咳,我找谁啊? 让她上什么班,去做小买卖得了。"

"你拿本钱吗?"

"又是钱！我没有钱,也找不到谁去安排天楚工作。"

"你就是窝囊废!"

"你有能耐就找呗。"柳晓飞呆呆地望着光亮斑斓的房顶。

栗天舒用脚碰一下柳晓飞:"你还等什么?"

柳晓飞搂着栗天舒,等待冲动的到来。

郭烙接到栗天舒的电话,感到十分惊喜。

十年前他们四队青年点聚会的时候,他见过栗天舒和柳晓飞。那时栗天舒和柳晓飞已经从部队回来地方工作了,栗天舒分配在区文化馆,柳晓飞分配到市公安局。他是铁路分局房管处副处长。那次聚会让他这个小副处长赚足了面子,没人敢用斜眼瞧他这个"郭烙"了。回头瞧瞧他们青年点的人,真正出息点儿模样的不就是这么几个人嘛!柴笑梅踏入社会就是政治宠儿,用现在的话说,那是"大姐大"。别说四队青年点,就是许屯公社所有下乡青年中也是出类拔萃的,跟她没有可比性。剩下的没有谁比他郭德江更有出息的。金曙光借助媳妇的力量,在龙泉汤混得不错,点长、民兵连长,又是党员。借这股东风,他回城的奋斗中熬上了海钢下面的一个附属企业的党委副书记,一个无职无权的角色。伙食长董明和何璐两口子,就是普通的工人。董明当伙食长时,没把自己吃胖了,回城当工人倒是发福起来,一看就是上班混,无所事事的傻子;柳晓飞是公务员,一名普通的干警而已;栗天舒是事业编制,也就是成天蹦蹦跳跳的小科员。孟大个给做生意的亲戚看摊,回来聚会的往返机票都舍不得花的茬儿。"杜鲁门"在营口市工作,能端好吃饭的碗就不错了。范红梅、田静和其他那些人都是董明何璐一样的大众货。倒是柳依依是个令人钦佩的知识分子,领着一个没有父亲的孩子生活,在事业上不会有什么大发展,仅是一个专业水平还可以的医生罢了。

又是十年过去,他现在是物流集团的老总,级别副局级,统领近万人。现在再环顾左右,金曙光算是有点光彩,是一个企业的老总。现在他有种"会当凌绝顶,一览众山小"的感觉。这么多年,他无暇也无心情顾及已经不是一个圈子里的人了。栗天舒的电话,一下子勾起他极大兴趣,他想起二十年前,菜园子里他抱住栗天舒的那一时刻。要不是柳晓飞突然出现,把他踹倒,他狼狈地逃走,摘走那朵鲜花的人,不一定就是柳晓飞。没有记错的话,那年栗天舒是十七岁,点里年龄最小的知青。而今也快到不惑之年了,花肯定是不鲜艳了,少妇的边儿也沾不上了,但她青春靓丽的身影,他记忆犹新。就凭这记忆,韵味肯定不会清汤寡水的。

甜甜的声音,他没有听出来是栗天舒,还以为他圈子里的哪个小妹在逗他玩。当对方说她是栗天舒的时候,他猛地从老板椅上站了起来,说:"呀,天舒,想不到你能来电话!你是怎么知道我的手机号的?"

栗天舒嗔怪地说:"怎么当官发财了,我就不能给你打电话了?号码是我在铁路部门的战友告诉我的。"

郭烙忙说:"我可不是那个意思啊!在别人面前是个当官的,在你面前就是大哥!小妹今天怎么有空给我打电话?"

栗天舒按照事先想好的预案,抛出第一个橄榄枝:"郭总,好长时间我们都没有见面了,你不想大家啊?"

郭烙哈哈大笑:"想是想,可大家想我郭烙吗?他们不想我,我何必去费心思想他们。但是,你例外啊,大哥真的挺想你的!"

栗天舒接着抛出第二个橄榄枝:"郭总言过其实。这么多年,你也知道我在哪儿工作,从来都不联系,说明你心目中根本没有我这个小妹儿。"

郭烙冷笑:"在青年点的时候,我就逗逗你,柳晓飞拳脚都上来了。我是一朝被蛇咬,十年怕井绳啊!大哥是有色心没有色胆啊!晓飞是警察,我敢乱联系吗?"

栗天舒预案中没有想到郭烙会提及二十年前在菜园子的一幕。第二个橄榄枝引出一只乌鸦。她赶忙解释:"郭总,年轻时候的事儿就像小孩子过家家玩,那算什么啊!我们正常相处,晓飞是警察怎么就干涉我个人生活了?他是成天不着家,我从来没干涉过他。夫妻就是那么回事儿,看上去挺和谐,同床异梦的有的是!"

郭烙抑制不住兴奋:"对,对,小妹说的太对了!咱俩是英雄所见略同啊!小妹,我请你吃饭,赏给大哥一个面子啊!"

栗天舒惬意地笑了，前面出现的是可以乘凉的一棵大树。

62　新生农场

远离城区一百公里的咸水湾海边，有上千亩稻田，这儿是海连市有名的咸水湾新生农场。在这里服刑的犯人有近千人，他们都是被判处有期徒刑的犯人。每天都有刑满释放重获自由的人出去，有判刑失去自由进来的罪犯。那个巨大的黑色铁门前，每天都上演着人间的悲喜剧。

金曙光被送进来的时候，是临近晚饭时间。他像一件物品，在运输皮带上不住地倒换运行。押解他的警车把他卸下去，在法警的押解下，来到一个大厅。各县区和市法院同一天判刑的犯人，五六个垂头丧气的人在等待办理手续。验明正身后，法警办理了移交手续，金曙光就被转到另一条皮带上继续运转。他被分到十七大队。十七大队验明正身，转到五中队。在五中队领了蓝白相间的劳改服，身上所有的东西都被卸下后，送到四小队。在四小队经过简单的一番入队须知教育后，送到二十一号房间。

一进房间，一股刺鼻的怪味扑面而来，金曙光下意识地捂住鼻子，寻找空地坐下。突然，蹿过来一个人，照着他的头就是一拳。金曙光一愣，一床恶臭的被子盖住他的头。有人在喊："你以为这是五星级宾馆呢？你闻不了这里的味吗，让你好好闻闻！"同时，一顿拳脚像雨点一样落在他的身上。

金曙光挣脱开。屋里十个人，都安静地坐在墙边，像刚才什么也没有发生。他都不知道是谁打了他一拳，也不知道是谁把被子捂在他的头上。

房门边上一个光头的人，两眼露出凶狠的目光："还嫌这屋里的味吗？"

金曙光认识到，传说中的号霸就在眼前。金曙光没说话，只是摇摇头。

这一夜，金曙光饿着肚子，忍着疼痛，回想着法庭上柳依依给他母亲做人工呼吸的场景，流下的是悔恨还是感激的眼泪，他自己都不清楚。

他艰难地熬到天亮。在排队去食堂的路上，那个光头的号霸一把拽住他,死死地盯着金曙光的脸,问:"我怎么看你面熟? 你叫什么名字?"

金曙光怔住,他怎么会在这里遇见熟人? 可他对眼前这个号霸没有一丝印象,他是在耍什么花招。金曙光怯生生地告诉他名字。

那光头上下打量金曙光:"你是哪届的? 下过乡吗?"

金曙光:"七五届的,下乡在许屯的龙泉汤。"

光头兴奋地大喊:"我就看你面熟。你是四点的点长,大队民兵连长,对不?"

金曙光惊愕:"你也是龙泉汤青年点的? 你叫什么名字?"

光头拍着金曙光的肩膀,眯起眼睛说:"咱俩算有缘分,监狱里面来相见。我不是龙泉汤青年点的,可你们点我去过。郭烙和柳晓飞都是我的朋友。我外号马头,想起没?"

金曙光想了半天,也没有想起来。疙瘩梆在的时候,串点的知青很多,他一个都不认识。疙瘩梆淹死后,郭烙招来的外点知青,他也不接触。金曙光只好点头,含糊地说:"有印象。你是什么原因进来的?"

马头自嘲地一笑:"我这辈子就犯一个毛病,爱玩女人,玩扎手了,弄个破坏军婚罪。祸不单行,税务部门又来赶热闹,查我偷税漏税。两个罪加一起,判了四年,现在已经在这里两年七个月了。你犯什么事了?"

金曙光仔细看一眼马头,要不是这套短袖的劳改服穿在他身上,根本不会相信他在这里已经服刑两年多了。脑门闪着油光,敞开的衣服露出圆滚的肚子,一脸消遣得意的神态。金曙光消沉地说:"被骗了,失职罪,判了一年三个月。"

马头嘲讽地笑了:"你这是犯的傻子罪。还能被人骗了? 多少钱?"

金曙光没吭声,伸出三个手指。

马头:"三十万? 判得有点重。你肯定得罪你身边的小人了,盯着你不放。没事儿兄弟,从今以后,没人敢动你一根毫毛了。干活就干轻快活,一晃就混到刑满了。哎,我知道郭烙在铁路当个小官,柳晓飞当兵回来分到哪儿去了?"

金曙光说:"柳晓飞在市公安局经侦支队,是大队长。"

马头惊讶:"警察? 跟警察交不了朋友,他们是翻脸不认人啊。"马头细眯的眼睛睁大,"哎,他姐姐柳依依现在干什么?那年我在你们点看到她了,那可真是海连的美女,那时候的美女可不是现在化妆出来的,那纯是原装的!白嫩的皮肤,丰满的身姿,一双水汪汪的大眼睛,看你一眼都受不了。要不是郭烙阻止我,说是柳晓飞的姐,我非把她弄到手。牡丹花下死,做鬼也风流嘛!不知道她老没老,我想肯定风韵犹存。"

说完,马头淫笑了两声。

金曙光猛地一惊,这个流氓,二十年了还在惦记柳依依。金曙光神秘地说:"柳依依也在市公安局工作,是法医。"

马头点头:"啊,我知道了,柳晓飞当警察,肯定他姐给办的。柳依依在哪个领导面前说句话,不都要给面子。她对象要是警察,也肯定是个当官的。"

金曙光微笑地赞同马头的分析。

下午,金曙光正在中队部房后拔草,这是马头在队长面前给他争取来的轻快活,一个干警过来,把他领到大门一侧的会见室。

会见室不大,中间隔着镀锌管做的隔离区。来见他的人是高春萍委托的律师,那人戴着一副眼镜,坐在隔离区的外面。见到金曙光,露出友好的微笑,示意金曙光坐下。然后打开黑色文件包,抽出几页文件,拿出第一页,向金曙光展示一下:"我姓武,这是高总签名的委托书,委托我来全权办理你们的离婚事宜。"

金曙光默然。

武律师把几页文件从隔离区窗口送进来:"这是离婚协议书,高总已经签好名字了。财产就是两处房,振兴路的房子归你,鹏莱花园那处房子归高总。我听说,那处房子都是高总全款买的。你们没有共同积蓄,谁手里有多少钱,也不去计较了。你看一下,要是可以,你就在协议书上签名,不同意可以到法院起诉。我多说几句,你们没有孩子,不涉及抚养问题……"

金曙光看都没看那几页文件,拿起笔翻到最后一页,签下自己的名字,把文件递出来。

武律师小心翼翼地把文件装进包里，抬头对金曙光微微一笑："你也别上火，夫妻本是同林鸟，大难临头各自飞。女人嘛，尤其像高总这样事业有成的女人，可以理解。一年多的刑期，转眼就到。现在这社会，男人有钱，什么样的女人都能找到。你也做过国企法人，手头有点儿钱，找个年轻漂亮的女人不难。再说了，你也有男人魅力啊！"

金曙光一句话没说，转身离开会见室。

一星期后，金曙光到新生农场的第一个亲属会见日，他的两个妹妹来看他。金欢和金畅见到哥哥穿着劳改服坐在她们面前，呜呜地哭了起来，金曙光也忍不住流下了泪水。

金曙光擦干眼泪："咱妈还在住院吗？"

金欢忍住哽咽："出院了，挺好。多亏在法庭那个女医生的抢救，不然咱妈就过去了！"

金曙光埋怨："你俩怎能让咱爸咱妈去现场呢！这是好事吗？让他们去看！"

金欢委屈的眼泪流下来："我跟畅畅怎么阻拦都不行，非要去看你。"金欢抬眼看着金曙光说："我去法院找那个医生，法院说他们没有安排医生到现场，也不知道怎么进来个医生看开庭。"

金曙光低下头。在法院宣布判决书的那一刻，他几乎就要崩溃了。当柳依依匆忙跑过来抱住他母亲的一刹那，他以为自己是幻觉，他以为自己是在做梦，妹妹的哭喊声惊醒了他。柳依依难以抹去的身影，真的在这一关键的时刻出现了。

金欢见哥哥低头不语，惊疑地问："哥，你认识那个医生？"

金曙光疑惑地说："青年点的同学，附属一院的眼科医生。我也不知道她怎么出现在法庭上的。"

金畅有点兴奋："哥，她叫什么名字？妈叫我们找到这个医生，一定要当面感谢她！"

金曙光忧心忡忡地说："她叫柳依依。告诉妈，不要送什么锦旗。别去打扰她的生活。我出狱后再还她的人情吧。还有件事别对爸妈说，我进来的第二天，你嫂子委托律师来把离婚协议签了。振兴路的房子归我,你俩去收拾一下,把她的衣物都装到箱子里。她会找你们的。"

金畅激愤地说:"她是谁嫂子！高春萍就是这样的人,有几个破钱,就瞧不起我哥了！连孩子都生不出来,有什么可炫耀的！"

金曙光大声说:"金畅,不准这么说话！我跟她走到这一步,也有我的问题。你们先不要告诉爸妈。"

临别,金欢喊住走到门口的金曙光:"哥,有件事忘告诉你了,爸申请的模具专利批下来了,专利证书前几天寄到家。有厂家要买,爸妈想卖了,把钱还给你们公司,换回你的减刑。"

金曙光惊喜:"祝贺爸爸！我这案子已经市局接手了。案子破了,钱能追回来。告诉爸,我的意见是从长远看,找一家有发展潜力的好企业,不要卖给他们,要技术入股。"

63 苦涩的锦旗

曹玉敏身体虚弱,儿子的牢狱之灾一下子把她击倒了,她几乎是一只脚踏进了死神的门槛。事后还是感到万幸,如果法庭没有那个女医生,她恐怕就永远也睁不开眼睛了。她从心里感激那位从死神门槛上把她拉了回来的女医生。女儿从新生农场回来,带回来一个让她慰藉的消息,那个女医生是儿子青年点同学。

可她细想一下,感觉哪块有点儿不对劲儿。她教了一辈子书,都是循规蹈矩地做事。可这件事她有些懵懂,曙光从来都没有提过的一个青年点女同学,怎么会出现在审判儿子的法庭上。她是去看热闹,还是在为他站脚助威？不管是哪个心理状态,都足以说明,曙光和这个女医生有联系。曙光摊上这么大的事儿,高春萍都不到场,这是否与这个女医生有关？儿子不让她去医院打扰她。这话是什么意思？曹玉敏决定,要亲自去见这个女医生,一是感谢她的相救,二是探探她和曙光是什么关系。

金来旭反对老伴曹玉敏去给那个女医生送锦旗。理由是儿子曙光已经嘱咐，不要去打扰那个女医生的生活，说明曙光对那个女医生还是了解的。至于曙光和高春萍关系紧张，他认为，问题主要出在高春萍不生育上。同龄人的孩子都已经读到初中、高中了，尽管父母想得开，没有给他们压力，顺其自然，可曙光心里一定有障碍。另外，高春萍开了公司，有了自己独立的经济地位，在曙光面前有意无意地表现出强势来。这些都是造成他们关系紧张的原因。

老两口围绕着女医生到法庭观看金曙光受审，到抢救曹玉敏进行深入探讨。金来旭最后没有阻止了，曹玉敏要去见那个女医生，并执意要送一面锦旗以示谢恩。金来旭找个广告制作门点，定制了一面锦旗，上面写着：感谢附属一院柳医生，救患者于危难，展现高尚医德。西岭区退休教师曹玉敏。一九九六年九月七日。

金来旭把锦旗卷好，放在电动车的前框上，顺便去西岭高新区的精密模具公司，洽谈他的模具专利转让的事。这是他退休两年间不辞辛苦终于搞出来的技术专利。老板姓周，年龄比金来旭小五岁，十五年前从机械局下海创业。打眼一看就是憨厚诚实、不声不响干事业的企业家。经过认真研究，认为这项耐高温的精密模具技术，是处于同行业的领先地位，一旦形成生产能力，会给企业带来巨大的经济效益。周老板开出两个选项，让金来旭选择。一是现金转让，给价三百万，一次性付款；二是技术入股，公司成立专门生产该技术产品的分公司，给技术股份百分之十五，并要求金来旭担任技术副总，年薪十二万。金来旭惋惜地叹了一口气，要是儿子没有判刑，他非要现金换回儿子的自由。他选择了第二项，这也是儿子的意愿。

金来旭签订了协议，心情格外敞亮。儿子失去自由，也失去了工作，他的专利技术可以为儿子出狱后的生活提供保障。他就是和老伴闭上眼睛，也无后顾之忧了。

金来旭夹着锦旗上楼进门，猛然怔住。高春萍坐在沙发上，正和曹玉敏唠嗑。茶几上放着一个红本。

高春萍站起身："爸回来了。"

金来旭把锦旗放到电视柜上面："春萍，你坐。好长时间没有回来了,是挺忙吧。"

高春萍淡然笑一下:"是,我准备在南方开家分公司。爸,刚才我跟妈说了,你们也别上火。"

金来旭瞧一眼曹玉敏,脸色苍白,眼睛直勾勾盯着茶几上的红本。金来旭上前拾起来,"离婚证"三个字像团火球刺激他的眼睛。

"这是怎回事儿?"金来旭愕然地问。

曹玉敏哽咽起来:"小高,你们怎么能走到这一步啊!你从农村进城接班那天起,我们就把你当作亲女儿一样对待。你们没有孩子,我们老人也没有任何想法。曙光也不是道德品质败坏犯的罪,而是工作失职触犯了法律,你有什么不可原谅他的?"

高春萍赧然地低下头,在这二老面前,她确实感到无法辩解。是的,从她第一次进到这个家门,善良的父母从来没有把她当作外人。婆媳之间,从来没有红过脸。他们一直没有孩子,老人无意间流露出急盼的心情,可他们知道是她的毛病,他们立刻保持了平静,还不住地安慰她,有没有孩子都一样,我们老人想开了。面对他们,她确实无言以对。

"妈,我们分开原因很多。再一起走下去,我们都很痛苦。原谅我们吧!"高春萍缓缓地说。

金来旭脸色苍白,感到高春萍是在落井下石,激愤地说:"小高,你们能不能在一起过了,我们老人干涉不了,但我认为你不应该这个时候跟曙光离婚。他人生道路上栽个大跟头,蹲监狱失去自由,这是人生中的一大劫啊!审判的时候,你没有在场,你妈在法庭上都昏过去了!如果没有那个女医生抢救,你妈就没有今天了!这个时候你应该这样做吗?"

高春萍泪眼蒙蒙:"妈,爸,对不起你们!开庭那天我准备去,可我经受不起那样的打击,所以我没有勇气去。"

高春萍站起身,走到电视柜前,顺手打开锦旗:"这是给抢救妈的医生送的?"

曹玉敏有点警觉,瞪一眼金来旭,不应该把话引到他们还没有弄清楚的女医生身上。金来旭看懂了曹玉敏的眼神,可是,一切都来不及了。

高春萍把锦旗打开,自言自语:"附属一院柳医生?我就知道一定是她!"

高春萍把锦旗卷起来，冷冷地说："妈，爸，在你们二老面前，我什么都不说了。这个锦旗应该送给这个女人。她不但救了你的命，也成功地拆散了你儿子的家庭！金曙光就是为了这个女人打我。好了，我再在这个家待下去没有什么意义了。您二老保重吧！"

高春萍把离婚证装进包里，悻悻地走了。

金来旭麻利地给曹玉敏吃下几粒救心丸。曹玉敏平稳下来，怨恨地说："问题还是出在那个女医生的身上。她是救了我的命，可也不能把曙光的家搅散了！"

金来旭不住地拍脑门："我当时怎么就没有反应过来，前几天还在纠结那个女医生怎么出现在法庭上。在高春萍面前就应该避讳这件事儿啊！我是老了，脑子不好用了啊！"

金欢晚上领着孩子回来，进屋就感觉气氛不对。她看到那卷锦旗，立刻想到问题肯定出现在这上面。

金欢无奈地看着父母："爸，妈，我哥说不用去给那个医生送锦旗，你们就听哥的吧。哥出来了，人情他去还！"

曹玉敏忧伤的眼睛噙满泪水："送不送这锦旗是小事儿啊！你嫂子下午回来了，她和你哥离婚了。"

金欢没有想到高春萍这么迅速地回来告诉父母。高春萍一直表现出孝敬公婆的样子，不甜甜地叫一声爸妈不说话，每次回家不空手，每年春节前都要领着公婆去商场买服装，在关心孝敬父母方面，做女儿的没有做好，高春萍却做得很完美。这样的儿媳妇突然离开这个家，母亲是无法接受的。可母亲并没有看到高春萍转过身的又一副面孔，冷漠、猜疑和嫉妒。

"妈，你也别伤心了。你不知道，嫂子自从自己开了公司后，就瞧不起我哥了。他们又没有孩子这一亲情的纽带，分手是迟早的事儿，早分比晚分强！"

金来旭问金欢："你哥是不是还有做得不对的地方？你嫂子看到锦旗说，这个锦旗应该送给这个女人，她不但救了你妈的命，也成功地拆散了他们的家庭！你哥还为这个人打了你嫂子。我觉得这话不是你嫂子瞪眼编造的。"

没等金欢说话，曹玉敏立刻说："明天我要去医院，见那个女医生。"

金欢苦笑："妈，你还能去当面质问她，你干吗拆散了我儿子的家庭吗？人家救了你，你还能以怨报德吗？"

曹玉敏打起精神，说："我是那样的人吗？我去感谢人家，这是情理之中。接触一下，大致也可以了解这个人的情况，最起码能知道她为什么去法庭旁听审判。你哥从来都不说过去青年点的事情，也许他们真没有什么来往。"

第二天上午，金欢陪着母亲曹玉敏去附属一院见柳依依。

柳依依上午九点有一例手术，不到八点就来到七楼的眼科手术室。每次手术前，她都早早做好准备，对患者的病志和手术方案再进行审核。这是她多年养成的习惯。护士进来，轻声告诉她："有一对母女找你，送来一面锦旗。"

柳依依忙问："什么锦旗？"

护士："我也不知道什么锦旗。"

柳依依："人在哪儿？"

护士："走廊里。"

柳依依站起身问："她们怎么能找到这儿来？"

柳依依让护士把那对母女让到医生会议室，她一会儿过去。柳依依一直在回想，是哪个患者家属来给她送锦旗，在近期她没有治疗过特殊的患者，即使做的几例手术也是极其平常的。柳依依疑心重重地来到医生会议室。

那天在法庭上曹玉敏昏厥过去的时候，金欢只顾忙乎母亲，无暇顾及抢救母亲的医生。当柳依依出现在她面前，她怔住了，不相信这个女医生跟哥哥是同龄人，好像跟她的年龄仿佛。站在她面前，不由地感到自己身上缺点什么，她明白，那是与生俱来的气质。

柳依依含笑："我是柳依依，请问你们是找我吗？什么事儿？"

曹玉敏凝视柳依依。她一生教书都在小学，并做过多年的班主任老师。那些小学生像鸟巢里嗷嗷待哺的小鸟，黄嘴丫子退了，羽毛丰满了就飞走了。他们初中高中大学一路成长起来，不管哪个学生来看她这个启蒙老师的时候，她都能想起他们每个人在童年、少年时代的影子。看到柳依依，就好像是她某一年送到初中的学生，那么熟悉，那么亲切，甚至她童年少年的身影都历历在目。曹玉敏闭了下眼睛，不让幻觉模糊她的视线。

"我是金曙光的母亲曹玉敏。我和女儿来感谢你的救命之恩！"曹玉敏的眼睛一刻都没有离开过柳依依的脸上。

柳依依感到意外，热情地说："您好，大姨！看气色您身体恢复得挺好！"

曹玉敏眼神显得局促不安："啊，这要感谢你救了我！那天你如果不去旁听对曙光的审判，我真的没有今天了！"

柳依依想到那天的场面，感觉是在做梦。何璐事后说，儿子受审，老妈病危，祸不单行，是她给金家破了这个魔咒。根据当时患者情况，如果不是处置及时，金曙光的母亲可能就会发生猝死。现在他母亲来感谢她，这才真切地感到自己挽救了一个鲜活的生命。

"应该做的！大姨，你要多休息，不要为金曙光的事儿上火。事情既然发生了，就要想开！我九点钟有个手术，您没有什么事儿，就回去吧。我不能接受这面锦旗。你们的心情我理解！"柳依依看一下墙上的钟，已经八点四十分了。

曹玉敏忙问："我不知道该不该问，你别介意，审判曙光那天，你怎么知道的？还去现场旁听！"

柳依依不知道曹玉敏问话的意思，微笑着说："我们青年点的何璐是企业主管会计，通知他们参加旁听。正好我休息，她让我陪她去的。大姨，我们和金曙光过去都在一个青年点，为他工作上的失误感到惋惜和痛心！"

护士进来："柳医生，快到时间了。"

金欢把锦旗递给柳依依："柳姐，这是我们全家的心意，你一定要收下！"

护士笑了："哪有这样送锦旗的啊？要送就送到医院宣传部门去，自己怎么能收下表扬自己的锦旗呢？"

曹玉敏连忙道歉："对不起，我们不明白。我们这就去把锦旗送给医院的宣传部门。"

柳依依伸手接过锦旗:"大姨,不用了,我收下。谢谢你们!"

64 醉翁之意

再进柳依依的家门,房宝丰最充分的理由就是给她更换窗户。

国庆节三天假,眼科医生值班表上显示,柳依依是二号值班。房宝丰一切准备妥当,定于柳依依值班那天,给她换塑钢窗。

房宝丰打电话,把柳依依约到他的办公室。柳依依不知道房处长找她干什么,急匆匆地来到总务处。

房宝丰每次见到柳依依,都有一种心旌摇曳的感觉。

他曾是卫生局局长的司机,跟着局长几乎各大医院都关顾过。局长忙着开会考察、出席院长的宴席。他闲着没事,就爱往医生办公室、护士工作站里面钻。跟这些白衣天使们在一起,他有优越感,给管着院长的局长开车,就是他头上炫耀的光环。他出生在海边一个小渔村。中学毕业就回渔村,跟着打鱼为生的父亲出海。在海上漂泊了一个月才回到岸上,他一踏上岸边,像重新活过来一回。第二天,他就离开父母,到海连市打工。他暗中发誓,不在海连市混出个人样,就不回老家见父母。可走进城里什么都不会,只能去干苦力活,跟货车做装卸工。他一米七五的个头,身体敦实。别人扛一袋水泥包,他扛两袋子。装卸工是每天结账,半月下来,他挣够了学驾驶的费用,立刻去驾校学驾驶。有了驾驶证,他开始找开车的活。可新手谁都不愿意用,没办法又去做装修工。粉刷工是装修最简单易学的工种,他就做起粉刷工,一干就是三年,还娶了个打工妹,在市里安了家。机会来了,来得那么不经意,来得那么幸运。他们干活这个新建厂房的老板是卫生局副局长的弟弟,院里一台小货车司机有事没来,他们的涂料不能及时拉进厂里。房宝丰毛遂自荐,把驾驶证给老板看,老板同意他开车去拉涂料。一天活儿下来,老板看好房宝丰,农村来的,在市里无亲无故,正适合他哥哥寻找司机的要求,就把房宝丰推荐给了他当副局长的哥哥。开着红色的桑塔纳,每天接送副局长,总感觉自己是在做梦。他珍惜这一片祥云,要让这片祥云永远笼罩在他的头上。伺候了副局长两年,局长调走,副局长扶正。桑塔纳换成奥迪,他的身价随着主人地位提高而飙升,找他办事的人也逐渐多起来。最让他得到实惠的是,他帮助市职业病防治院副院长顺利地去掉了副字。这个院长给他的回报是,把他还在打工的媳妇,安排到职防院食堂做了保管员。他伺候局长近十年,局长退休前,把他安排到附属一院后勤坐到副处长位置上。

房宝丰工作上是顺风顺水,官不大,掌握着大医院的吃喝拉撒睡。交际广了,求他办事的人多了。在整个卫生系统,他是个大能人。他出面办事,没有不给面子的。饱暖思淫欲,饥寒有盗心。酒足饭饱之后,就想找点刺激事儿,来满足膨胀的淫欲。全院不乏年轻漂亮的女医生和护士,也不乏往他身边靠的年轻漂亮的女人。可他都没有对谁产生过一种非你莫属的感觉,唯独注意到柳依依后,他是欲望难忍。特别是社会上那个女人到医院找柳依依大闹,揭开了柳依依的老底,柳依依青春时代还那么风流,生下一个没有父亲的孩子,这种具有诱惑力的经历,强烈地刺激着他的占有欲。

房宝丰听到敲门声,急忙整理下仪容,正襟危坐:"请进!"

柳依依穿着半袖白大褂,露出浑圆的两臂,头发绾在脑后,上面插个黑色发卡。柳依依轻声地问:"房处长,您找我?"

房宝丰站起身,迎上前,热情握手:"柳姐,在你面前我是什么处长,叫我老弟好了。"

柳依依微笑:"领导就是领导,怎敢叫小弟? 房处长,有什么事儿?"

房宝丰回手在桌子上文件夹里抽出一张纸:"柳姐,院里统一给副主任职称以上的医生家里换窗的工程开始了,我给你排在第一批。二号到你家换窗,你什么都不用准备,把屋里的东西简单地拾掇起来。我替你在家照看,你放心,不会把家里弄脏了。"

"谢谢处长,先换别人家的,我家的换窗往后排吧。"

"柳姐,我看到你家的木窗已经掉漆腐烂。早换晚换都是院里统一安排的工程,也没有对你搞特殊。"

柳依依迟疑下："好吧，谢谢房处长！2号我值班，能不能改一下时间。"

房宝丰翻一下桌子上的台历。在跟柳依依的两次接触中，他感觉这个女医生骨子里有些清高和固执。要想她接受他，不是一蹴而就的事情。

房宝丰语气坚定，不容柳依依再推辞："那好，柳姐，3号吧！活都排好了，再改动影响整个工程。"

上午十点，房宝丰还没有领着人来到柳依依家。原定他们八点钟就过来，不知为什么还没来。在柳依依急切期盼中，房宝丰的电话打了进来。房宝丰告诉柳依依，上午工程队要撵一批活，只能下午一点钟过去。他让柳依依放心，今天再晚也要把窗换好。

下午一点，房宝丰领着四个工人来到柳依依的家。他们把做好的三扇铝合金窗一股脑儿都搬到家里，摆满客厅。

房宝丰肩挎一个黑色背包，满脸汗水，愧疚地一笑："柳姐，不好意思，院里临时有点急活儿，撵完活儿就过来了。你放心，耽误不了，一定保质保量完成任务！"

柳依依忙说："你们辛苦了，房处长，你应该休息，还亲自到场，我谢谢你！"

房宝丰一挥手："柳姐，你别跟我客气了！每家都要到场监督，你们都是院里的骨干，活儿必须干得干净利落！"

房宝丰开始安排工人干活，叮嘱他们，这是他亲姐姐家的活，保证质量，手脚利索点，不要碰坏屋里的东西。两个工人到主卧室，两个工人到厨房换窗。哐哐哐窗的声音在屋里响起。柳依依到衣橱里拿出两条新毛巾，又打了一盆清水，放在客厅的茶几上。柳依依又去烧水，给他们沏茶。

然后，柳依依拿起钱包，下楼去给他们买西瓜。

房宝丰看到柳依依身影消失在楼梯里，他立刻拎起黑包进到卫生间，把门反锁上。房宝丰很紧张，手有些发抖。他观察一下卫生间，热水器在墙角，水管用塑料花装饰，正好掩饰袖珍监控镜头和导线。无线发射机放在热水器后面，神不知鬼不觉。房宝丰深呼一口气，喃喃道，一定要冷静稳重,必须一次成功! 房宝丰从包里掏出设备和工具,一阵忙碌,满头大汗。安装完,房宝丰上下检查,没有一丝纰漏,才打开卫生间门出来。

柳依依拎着两个西瓜上楼。房宝丰忙迎上前,把西瓜接到手里。进到厨房,从厨具架上拿下水果刀,麻利地把西瓜切成片,又打开碗橱,拿出一个盘子,装进切好的西瓜,端到客厅,然后招呼工人们过来吃西瓜。柳依依在一边看呆了,好像她是客人,房宝丰是主人。她的家从来没有过男人忙碌的身影,有个男人在身边转来转去,可是生活中的另一种情景,她感到那么陌生。

房宝丰把西瓜皮装进垃圾袋,又拿起抹布把茶几上的污迹擦得干干净净,动作娴熟,没有做作。房宝丰拎起垃圾袋噔噔下楼,半天不见他回来。两个窗换完,四人开始换北屋书房的窗。

这时已经接近下午六点钟了,西斜的太阳从马路对面的高楼间的空隙中,照射在淡蓝色的玻璃窗上,折射着晶莹剔透的光洒在屋里。屋里明亮了,柳依依的心也悠然亮堂起来。活儿已经接近尾声,可房宝丰还没有回来。柳依依焦急地等待,好像他不在身边,自己就没有主心骨了。

房宝丰回来了,手里拎着鼓囊囊的塑料袋子。进屋就来到厨房,把袋子里的东西拿出来。有两条黄花鱼,有熟食酱牛肉,有青菜黄瓜和青椒,还有一块瘦肉和一包馒头。

柳依依惊异地问:"房处长,你去市场了? 晚上我请你们到饭店去吃饭啊!"

房宝丰:"姐,在家做点儿吃吧,去饭店破费了。这些干活人,不在乎吃什么,有酒喝就满足了。我做,简单,你不用伸手!"

柳依依完全不知所措,好像这个家来了新主人。房宝丰知道菜刀在哪儿藏着,柳依依每次用完菜刀,都不放在明面,藏到橱柜下面的一个抽屉里,可房宝丰伸手拽开抽屉,就把明亮的菜刀拿出来;他知道鸡蛋在冰箱里面放的,毫不犹豫地打开冰箱,在冷藏箱的塑料袋里,他伸手就把袋子拎出来;他知道蒜头和大葱、生姜在厨房阳台的一个纸壳箱里,一把就抓出来。然后,把蒜头送给坐在沙发发愣的柳依依:"姐,为了节省时间,你帮我剥两个蒜头。"

柳依依极力回忆,甚至都怀疑自己的记忆力,房处长来过她家几回?她凝视他忙碌的背影,后背宽阔,脖颈短粗,缩在肩头里。豆绿色的短衫,掖在淡蓝色牛仔裤裤腰里,衬托出粗壮的腰部,虎背熊腰的成语在他身上得到最好的显现。

"姐,蒜头扒好没?"房宝丰回头问。

柳依依一惊,手里的蒜头仅扒下一层外皮。房宝丰嘻嘻一笑:"姐的手不能干这样的粗活,不用你扒蒜了,我用刀拍吧。"

柳依依试探地问:"房处长在家经常做厨房的活吧?"

房宝丰嘿嘿笑了:"是啊,我烦我老婆干活不利索,我家都是我收拾。姐,你别笑话我啊!看你这里哪儿都干净利索。东西放置得井井有条,跟我的习惯差不多,什么东西在哪儿,非常有规矩,我就像在自己的家,伸手就拿。"

柳依依疑团获释,他就来过她家两次。柳依依望着房宝丰,禁不住轻笑起来。房宝丰怔住:"姐,我哪儿说错了?"

柳依依摇头:"我看你用什么东西,都能自己找到,我还在怀疑你到我家多少次了。"

房宝丰听了这话,欣喜若狂。这是难得的幻觉。房宝丰抑制兴奋,显得自然地说:"姐,我烧一手好口味的菜,你愿意的话,我可以常来给你做饭。"

柳依依脸色唰地红了:"房处长,我不是那个意思!"

房宝丰立刻解释:"姐,我是说你请客的时候,我可以来给做菜,保证不会和饭店的差味。一会儿你就可以吃到我做的菜。"

房宝丰转身专心做菜。柳依依把饭桌收拾好。房宝丰炒好一盘菜就端过来,交给她,她就端过来摆到桌子上。最后是一盘家炖黄花鱼,盛在一只船型大盘子里,房宝丰直接端到桌子上。他瞥一眼柳依依,目光相遇,似乎谦虚地一笑。这时,四个工人已经把拆下的旧窗户送到楼下,每人叼着烟卷上楼。

房宝丰厉声地说:"都把烟掐了,洗洗手吃饭。"

柳依依拿起手包找钱,想去买酒。房宝丰看出柳依依的意思:"姐,我带来了两瓶酒。"

房宝丰从黑包里拿出两瓶茅台,放到桌子上。家里没有酒杯,房宝丰也没问柳依依,拿小饭碗做酒杯。四个工人年龄不大,好像头次跟领导在一个酒桌上喝酒,眼神恍惚,拘谨地不敢伸筷。柳依依歉意地说:"你们受累了,一定吃饱啊!"

房宝丰让柳依依上桌一起吃。柳依依摆手:"你们吃吧,我在厨房吃一口就可以了。"

柳依依草草地吃了半块馒头,就躲到北屋的书房里。她看下表,七点多了,街上路灯已经亮起来,马路对面的沃尔玛商场的霓虹灯闪烁,斑斓的色彩在她的脸上跳动。女儿在屋里学习的时候,她都要把窗帘拉上。从女儿上大学后,这屋的窗帘就没有拉过。柳依依想起女儿,就感觉自己孤独。如果自己有个男人,这样的事情能用她操心吗?想到自己的苦处,眼睛渐渐湿润了。

房宝丰越喝声音越大。房宝丰口若悬河,讲述自己从小渔村进城打拼,到当上大医院的后勤处长的人生经历,讲得绘声绘色。柳依依似听非听,也大概知道了他闯到今天的经历。

柳依依焦躁不安,盼望他们快点结束。快到十一点了,房宝丰突然没有声音,趴在桌上睡着了。四个工人起身,拿着工具包,跟柳依依打下招呼走了。

桌子上一片狼藉,满屋酒气。柳依依一阵恶心。房宝丰趴在桌子上,轻微地打起呼噜。

柳依依束手无策,懊恼地在客厅里徘徊。她想给柳晓飞打电话,让他过来处理,转念一想,不能这么做。房宝丰是帮助她换窗,喝多了也不是犯法。让栗天舒来陪她,她不能和一个醉汉单独待在屋里。可栗天舒关机了。想找董明,让他过来,陪房宝丰待到天亮。已经半夜了,董明住在千山街,折腾过来要一个多小时。柳依依又打消了念头。

柳依依胆怯地上前,轻轻地摇着房宝丰的肩头:"房处长,你醒醒!"

房宝丰缓缓地抬起头,睁开迷糊的眼睛,含糊不清地嘟囔:"我……给我拿酒来!老六,我在哪儿了?"

房宝丰说着晃荡地站起身，一个趔趄差点栽倒，柳依依忙扶住他。房宝丰一把搂住柳依依："老六，陪我睡觉，我……我没喝多。你知道吗？我最……最爱的是柳……医生。我就是……跟打工妹离婚了，也不娶……你，我要娶柳医生。"

柳依依惊慌失措，猛地用力把房宝丰推到沙发上。房宝丰躺在沙发上死猪一样睡过去。

柳依依躲在自己的卧室，把门反锁上。这一夜，柳依依未眠。

65　栗天舒下水

栗天舒一直在盼望郭烙的电话，可是半个月过去，仍没有他的电话打进来。这个当年浑身上下龌龊的郭烙，在当今的社会中却混得风生水起，要云有云，要雨得雨。而她和柳晓飞在部队四五年，回来到地方十多年，尤其柳晓飞没白天没黑夜地在岗位上，才混到副科级，既无权又无钱。想起这些，她就觉得自己在这个社会活得有点儿憋屈。单位女同事相互都有一个攀比的心态，从化妆品到服装，从手包到小车，似乎都在显示自己的经济实力和品位。头几年栗天舒并不介入同事之间这种无聊的攀比中，每天做着自己喜欢的工作，每年她都被单位评为先进工作者，电饭锅、被罩和奖状没少往家拿。可她渐渐地感到自己落伍了，这不仅体现在穿戴上，而且更痛心的是，她好像被这个社会淘汰了。一切高档的名贵的东西都与她无关，一切高档的享受场所，她都是陌生的。眨眼也快到不惑之年，与生俱来的那点女人的妩媚，也将像盛开过的鲜花，日渐枯萎。她暗中发誓，她要追着青春渐远的脚步，去享受人生。

"天舒，你的电话！"同事喊她。

栗天舒知道，办公室座机电话，一般都是社区文化站或是强强的爷爷打过来的。她很不满意柳鹤年打座机电话找她，好像是在查她的岗。可柳鹤年却说，单位电话号码就在家里座机电话存储里，拿起来一摁回拨键立刻就通。栗天舒不好意思再叮嘱他，要找她就打手机。可偏巧，每次电话打进来,都能找到她。栗天舒拿起话筒:"你好,我是天舒。"

柳鹤年:"天舒,晚上回家吃饭啊。我已经告诉你姐了,晓飞我也告诉了,晓飞说忙就不回来了。"

栗天舒:"爸,我也不回去了。最近有点儿累,想下班了早点回家休息。"

柳鹤年显得神秘地说:"今天晚上必须回来。天舒,你妈给你钱买车!"

栗天舒没有一丝惊喜,淡淡地说:"那好吧。"

栗天舒知道谢玉萍不会满足她的要求,给她五十万去买宝马车。欲望没有达到,仅仅应付她一下子,有什么可兴奋的。

栗天舒的手机响起优美的铃声。一看来电显示,脸上的阴云立刻散去。

栗天舒两颊绯红:"郭总,你好!"

郭烙轻松的话音,像动听的彩铃在继续:"天舒,最近好吗? 我去广州出差,昨天才回到海连。刚把单位的事处理完,马上给你打电话。"

栗天舒瞟一眼,没有谁注意她,嗔怪地说:"才想起给我打电话,人家以为你怎么了!"

郭烙哈哈地笑了两声:"有你挂在心中足矣! 天舒,晚上有时间吗?我请你逛逛商场,去吃日本料理。"

栗天舒惋惜地叹气:"咳,老柳头儿刚给我来电话,让我晚上回去吃饭,我姐也回去。你要先联系我,我就不能答应老柳头儿回家了。"

栗天舒没有把回家干什么说出来。话到嘴边,她咽了下去。不想让他知道家里给钱买车的事。至于为什么,她也说不清楚,就是不愿让这个似乎是陌生人的郭烙,知道她家太多的事情。

郭烙马上问:"你下午有时间吗? 我请你喝茶可以吗?"

栗天舒痛快答应了。

上班路上,抬头可以辨别出远处富丽华大酒店的灰色的楼顶。可她却从没踏进这个豪华的门。一走进来,栗天舒感到富丽堂皇也会让人窒息。她想起儿子小时候,她趴在被窝里,给儿子讲灰姑娘城堡,那种神秘把儿子的好奇心牢牢地吸引住了。而现在她仿佛也走进了一座神秘的城堡,好像有谁也在跟她讲一个神秘的童话故事。

正在栗天舒迷惑之中,郭烙的电话打进来:"天舒,你到大厅了吗?"

栗天舒四处寻摸,不见郭烙的影子:"我在大厅了。"

郭烙:"我在8117房间,你直接上楼!"

栗天舒一阵发慌:"郭总,我们不是在茶座喝茶吗?"

郭烙坦然一笑:"上来吧,我吃不了你!这是我办公的房间,也有茶座。"

栗天舒感觉腿像什么东西坠着,每迈一步都很沉重。电梯上升,梯厢里几个年轻人相互开着玩笑。栗天舒低下头,不敢看他们,就像有谁认识她。到了八楼,栗天舒没有反应。一个男人喊声,八楼到了,栗天舒在关门的瞬间,跨出电梯。栗天舒双手捂着胸口,仿佛心随时都要跳出来。

走廊铺着金黄色印花地毯,松软得像踩在云朵上。静悄悄的走廊,弥漫着一股淡淡的清香。栗天舒站在房间门前,伸手又缩回来。

门,忽然打开。郭烙握住栗天舒的手,把栗天舒拉进房间。

"天舒,十多年前,我们青年点聚会,见了一次面,转眼十多年了。你还是这么年轻漂亮!"郭烙紧紧地握住栗天舒的手,笑眯眯地看着栗天舒。

多少年没见,一下子就颠覆了栗天舒记忆中的郭烙形象。尖嘴猴腮的脸已经圆得像个皮球;单薄瘦削的身子,如同吹进了气鼓囊起来。大腹便便,脖颈子粗短。如果栗天舒记忆里没有清晰地记住那双三角眼,她不会相信眼前这个人是当年的郭烙。

郭烙看到栗天舒的发怔神态,嬉笑说:"怎么,我不是你脑子里的郭烙了?"

栗天舒惊醒过来:"不不,郭总,你发福了!"

郭烙瞪起眼睛:"什么郭总郭总的!咱俩之间你不准这么叫,不认我这个大哥,你叫郭烙也行!"

栗天舒腼腆地说:"我叫大哥吧。"

郭烙拉着栗天舒的手,在房间边转悠边说:"这是总统房,里间是卧室,这是客厅,这是浴房。"

栗天舒惊呆了,奢华得难以想象。那宽阔的大床要比她家的卧室大,那几乎透明的浴房,顶她家的一个客厅。栗天舒坐到茶座的藤木椅子上。郭烙从衣橱里拿出一个盒子,慢慢地打开包装。栗天舒一眼认出是LV女式挎包,这是她梦寐以求的名包。

"我在香港专卖店给你带回来的，喜欢吗？"郭烙满脸洋溢着得意的笑容。他蛮有把握，在这种金钱诱惑下，没有几个女人能抵挡得了。

栗天舒怯生生地说："郭大哥，太贵重了，我不能接受！"

郭烙拉开拉链，从包里拿出一盒精美的长条小盒，打开盒盖，是一条铂金项链，项坠是晶莹剔透的翡翠："这是香港周大福的。红花还需绿叶配，这样精美的项链，只能由你来佩戴！"

栗天舒脸颊像火烤一样炙热，没勇气拒绝，也没有勇气接受，甚至都不敢抬头看闪着银光的项链。

郭烙站起身，在厚实的地毯上缓慢地踱步。他不认为栗天舒会装傻，不知道他们见面的最终目的是干什么。如果没有二十年前青年点菜园子里那次经历，他不会这么痴迷栗天舒。不管她怎么样显得年轻活泼，也毕竟快到四十岁的女人了，尽管风韵犹存，但却不那么鲜亮了。可对栗天舒他却情有独钟。他的手第一次触摸的女人就是栗天舒，虽然只是一瞬间，然而留给他的感觉却是永远的。

"天舒，你不要难为情！我们是有感情基础的。你如果没有忘记，那年我就深深地表达了对你的爱！我们青年点那么多女生，而我却偏偏敢去亲热你，你说这不是缘分吗？这么多年，我一直爱你，就是珍惜我对你的初恋！到今天，我才知道我在事业上奋斗成功是为了谁，是为了你啊！"郭烙激动地张开两臂，像是要拥抱栗天舒。

栗天舒仍然低着头，心突突地猛烈地跳动。她记得第一次跟柳晓飞的时候，就是这种心跳。那年冬天，柳晓飞在新兵连集训的时候，她跟文工团到旅顺基地演出，柳晓飞撒谎回来看她。他们在她家，父母和妹妹都走了，屋里就剩下他们俩。柳晓飞三小时后也要坐船回青岛。他们炙热的目光相对，她从柳晓飞的眼睛里看出他要做什么，她的心剧烈地跳，索性闭上眼睛。

郭烙握住她的手，把她从椅子上拉起来，撩起她披在肩上的头发，露出白皙脖颈，把铂金项链戴上。他紧紧地搂住栗天舒……

案件分析会开到半夜，一个以合资合作项目为诱饵的诈骗团伙浮出水面,收网行动就要展开。柳晓飞回到家已经是午夜一点,屋里没有一丝光亮。平时客厅的一盏台灯会亮着,这是栗天舒多年的习惯,给回家晚的柳晓飞留着亮光,避免他黑灯瞎火进屋。可今晚却是抹黑进屋,柳晓飞有点不习惯。

柳晓飞打开卫生间的灯,进去草草地洗漱。朦胧的灯光下,大屋床上的栗天舒没有活动身子,就没有暗示他可以上床,甚至舒展一下心情,柳晓飞悄悄地到北屋,脱下衣服蜷曲在小床上,很快睡着了。

清晨,栗天舒起得很早。她找出几件换洗的衣服,装进拉杆箱里,然后洗漱。柳晓飞感觉栗天舒不是在厨房做早饭,迷瞪着眼睛走出来。

"天舒,昨晚去妈家把买车钱拿回来了吗?"

栗天舒对着镜子打眼影抹口红,忙乎一阵,说:"卡在屋里床头柜上,你收起来吧。"

柳晓飞看到敞开的拉杆箱,里面有衣服和化妆品,知道她要出门,但他装糊涂:"今天上午我陪你去华北路的丰田四S店把车提回来吧。昨天我电话订好了。"

栗天舒瞥一眼柳晓飞:"我今天出差,市文化局组织县区文化站去南方考察。"

柳晓飞疑问:"之前没有听你说过啊,这么突然?"

栗天舒毕竟第一次在柳晓飞面前说谎,心里未免有点儿紧张。郭烙要领她去深圳、香港玩几天。栗天舒犹豫片刻,第一步已经迈出来了,第二步还有什么可怕的,她答应了郭烙。栗天舒用急躁、不耐烦来掩饰她的紧张:"早就有计划的事儿,之前主任让我去,我不想去。现在我要出去散散心,把同事换下来了,有什么突然的!"

柳晓飞忙表态:"好,机会难得,出去开开眼界。几点飞机? 我送你。"

栗天舒把箱子盖拉上,拉起箱子:"九点飞机,我先回我妈家,看看儿子,从那打车就去机场了。"

栗天舒走出门,感觉自己有点慌张,她又转身回到屋里,站在门口,张开双臂,做出一个拥抱的姿势。柳晓飞上前抱住栗天舒。结婚十三年了,柳晓飞每次出远门,临走前都要站在门口,和栗天舒拥抱一下。栗天舒贴在他耳边，像燕子呢喃地说，注意安全，早点回来。柳晓飞每次都备感温馨。这是栗天舒第一次出远门，柳晓飞轻吻她的脸颊说，别单独出去，注意安全！栗天舒鼻子发酸，"嗯"一声，转身下楼。

柳晓飞按照昨晚案情分析会上部署，带领二大队开始搜捕诈骗团伙重要嫌疑人，排查到富丽华大酒店。柳晓飞到监控室调取监控资料，在回放中，他好像花眼了，大厅里怎么出现栗天舒的身影。柳晓飞把图像定格放大，栗天舒穿着红格裙子，上身是浅蓝色半袖衫，齐肩的短发别着发卡。虽然栗天舒去往电梯口，没有正面图像，但柳晓飞完全可以肯定，栗天舒出现在海连最高档的酒店大厅里，而且还上了电梯。

柳晓飞继续调出楼层监控。调到第七层，监控没有回放图像，第八层也没有。柳晓飞问监控室保安，保安说，七层以上监控已经坏了一周了，正在更换新设备。

柳晓飞满腹狐疑，栗天舒怎么会出现在五星级的酒店呢？

66　非笑最后

董明要给柳依依当红娘，男的是董明车间主任的小舅子，在一家私企做会计，年龄五十岁，其妻子病亡，一个儿子在北京工作，有房有车有存款。可何璐一听鼻眼拧到一块，断然否决，这个人在她这儿就过不了关！

董明为这事，两天没有去北山公园门前打"滚子"，下班就往家赶。何璐下班回来，他已经把饭菜都做好了。何璐眼睛一瞪："你这是太阳从西边出来了！是不是打扑克输没钱了？要钱没门！"董明诣笑："你就答应柳依依的事儿吧。"何璐一脸懵懂："柳依依的婚事儿，是我答应不答应的事儿吗？"董明急得拍大腿说："你就告诉柳依依给她介绍对象，去相个面就行，成不成无所谓。"何璐哭笑不得："这是车间主任给你的承包任务，不完成没有奖金吗？"董明竖起拇指："还是我当会计的老婆，一下子就想到了与奖金挂钩！告诉你，这可比奖金重要。老主任要提拔我当维修班长，当班长就不用干活了，也不用担心迟到早退有人给记工票扣奖金了。"何璐嗤之以鼻:"瞧你那点出息,不惑之年了,为了熬到个小班长,就屁颠屁颠地给主任卖命了。"董明叹气:"要是柳依依不跟主任小舅子相回面,这个小班长也落不到他的头上。"何璐又气又可怜董明,家里的事一点儿不操心,全是何璐一人担着;班上的工作干得一塌糊涂,混了十几年了,当个车间的小班长都要有先决条件。

何璐问董明:"你是怎么跟车间主任说的。"董明说:"我说,我有个小姨子是附属一院大夫,人长得特漂亮。家里条件也好,谁娶她做老婆谁有福!老主任回家把话传给他老伴了。他老伴到车间找我,非要我给她弟弟牵线,能不能看上她弟弟不说,先打个对面。她弟弟情绪低落,思念亡妻不能自拔。介绍个漂亮女人,打个对面,就像给他打一针强心剂。"何璐气得指着董明的脑袋:"你是傻!柳依依能看上这样的男人吗?别的不说,这年龄就不行。主任的小舅子见到柳依依,肯定要得相思病。成天找你要人,你怎么办?"董明急辩:"我说了,我小姨子清高,一般人看不上。主任老伴却说,'你就让我弟弟跟你小姨子打个对面,单相思活的,比单相思死的强!'"

何璐为难了。她没法跟柳依依说这事,柳依依肯定不会去跟这样的男人见面的。何璐对董明说:"你是破车好揽载,没办法,就得我先去打个对面。要是我这关过了,我再跟依依说这个事。"

董明告诉车间主任:"我小姨子她姐,就是我老婆先打头阵,然后再决定我小姨子出不出场。老主任一挥手,可别整这么麻烦事了,我也听明白了,你小姨子眼高,根本就看不上我那个有点发儒的小舅子。你让老婆就当是你小姨子,打个对面就完事了。我照样让你当维修班长。"董明兴奋地跳上车子,箭射似的奔回家,让何璐出场。何璐特意把自己打扮得老一点,土一些,头发用皮套拢住,扎在脑后。他们见面地点在北山公园的转角亭里,时间是下午五点。何璐正好下班,骑车就过去,不耽误工作时间。董明回家做饭,半小时包括见面和回家路程。平时回家是二十分钟,见面时间也就是十分钟。

公园大门西侧一个九十度角造型的凉亭,非常显眼。下午西斜的太阳光,满堂堂地覆盖着整个凉亭。这个时候的凉亭就是个蒸锅,没有谁在这里面待着了。董明几乎每天都在这里打扑克，这个时候的凉亭里肯定没有人。何璐走进大门，就看见转角亭里有个人，手里好像拿着扇子在不停地舞动。

何璐走到亭前站住。一个中等身材，显得消瘦的男人，身穿白色绸缎衫，头发黑亮倒向一侧。看到何璐在凉亭前驻足，他"啪"一声把扇子收回，上前谦恭地问："请问，您是柳女士？"

何璐愣一下，马上反应过来："啊，是，我姓柳。"

那人伸手过来，何璐也伸出手，礼貌地轻碰一下收回。那人眼睛上下扫一遍何璐："我叫王少先。您姐夫和我姐夫都在一个单位，咱俩也就不是外人了。我的情况您都了解了吧？您的情况，我姐和姐夫介绍得太笼统了。我们找个阴凉的地儿，深入交谈一下可以吗？"

何璐紧皱眉头，看样子十分钟摆脱不了。何璐看着大门口，那有一排柳树："我们去门口站一会吧，我还有事儿。"

王少先露出一丝惋惜的笑意："好吧！"

何璐感到别扭，瞥一眼王少先，尖下巴，窄脸，眼窝深陷，脸上布满红色的小疙瘩。长相比实际年龄还要大。

"柳医生，您在附属一院是眼科医生？您家在这儿住？"

何璐点头："嗯。"

王少先惊讶龇牙："呦，上班够远的。每天很辛苦啦。我们要是能在一起生活，我可以在您的医院附近买套房子。我来回跑通勤……"

何璐惊慌地忙摆手，尴尬地笑了："别，你不了解我。我们在一起不合适，我有事先走了！"

何璐匆忙走到停放自行车的地方，推出自行车，飞身上去，一溜烟没影了。

董明和何璐原以为事情到此结束了，可他们万万没有想到，王少先去医院找柳依依了。

王少先见了何璐，并不是看好了何璐的外貌，甚至对何璐臃肿的身段有点反感，但他看好了医生这个职业。经历了妻子病亡的过程，深知医生的神圣。虽然医生拯救不了病入膏肓患者的生命，却能让患者减轻痛苦,有尊严地离开亲人,离开这个世界。可他对这个柳医生产生了怀疑,不是个假医生,就是附近哪个诊所的江湖医大夫。疑点是,打扮不利索,像一个家妇;二是骑自行车动作粗野,像跑市场的小商贩去抢降价东西;三是一听他要在她工作的医院附近买房子,吓得马上拒绝,立刻离开,这有悖常理。王少先要去附属一院看看,到底有没有这个柳医生。

王少先在医院大厅看到全院医生公示板上,确实有眼科医生柳依依的名字和照片,可怎么看都不是昨天见面那个女人。也许墙上的照片是年轻时候的,可眼睛和脸形差异太大。王少先完全断定,昨天那个女人是冒牌的。而他想不明白的是,为什么要骗他。他的姐姐和姐夫都被她欺骗!王少先问导诊台,柳医生在眼科四诊室出专家诊。王少先挂个专家号,来到眼科四诊室。

柳依依整理好上一个患者的资料,抬头看见面前的患者,两眼直勾勾地看她。柳依依淡淡地问:"你的眼睛有什么问题?"

王少先竟然结巴起来:"我……我眼睛总淌眼泪。"

柳依依问:"在什么时间淌眼泪?"

王少先咧咧嘴,怯生生地问:"柳医生,我……我不是来看病的,我是来看你的。"

柳依依怔住:"我不认识您。"

王少先镇静一下紧张的心情:"你是有个姐夫在海钢机加车间上班?"

柳依依愣住,怎么出来个姐夫在海钢?只是青年点的几个同学在海钢工作。柳依依摇摇头,问:"您有什么事儿?"

王少先激愤了:"骗子!都是骗子!我回去找他们算账!"

室内没有其他患者,柳依依让护士先别叫号。柳依依感觉有人打着她的旗号,在这个男人面前许诺了什么。柳依依平静地说:"您先冷静,说一下是怎么回事。"

王少先其实并没有抬起屁股立刻走的意思。既然有人冒充柳医生跟他打对面,这说明眼前这位戳破他魂魄的女人是独身一人。这是个绝佳的机会,也许是天赐良缘。

王少先抑制住激动,声音却有点颤抖:"昨天有人冒充附属一院眼科柳医生，在北岭公园跟我打对面。我打眼就看出那个胖乎乎的女人不像个医生。我姐夫是她姐夫的车间主任。他们骗我，可能是为了在我姐夫和我姐面前讨好。嗯，这个事儿我就不去计较了。认识你非常高兴！柳医生，我叫王少先，是会计师，家里条件好，有钱有房有小车。你也看到，我身体一点毛病没有，咱俩有缘分啊！我在外面等你，你下班了，我请你吃饭，咱俩好好谈谈！"

柳依依顿时省悟，这个姐夫是董明，那个胖乎乎的女人是何璐。董明整的事，何璐出面抵挡。柳依依抑制笑声，和蔼而又坚定地对眼前的陌生人说："对不起，我才想起来，昨天跟你见面的人，是我姐，我姑家的姐。我姐夫是在海钢运输公司的，后来到机加车间上班。我跟他们好长时间没有联系了，他们不知道我已经找到男朋友，最近准备结婚了。还有患者在等我，您请回吧！"

王少先恋恋不舍地站起身，长叹一声："哎呀，我迟来一步啊！他们早点儿骗我啊！"

柳依依抽空给何璐打了个电话，何璐忍不住一阵笑。然后说："依依，下班过来啊，我给你包饺子吃。"

柳依依打车来到何璐家。董明也下班回来了，柳依依进屋就喊："姐夫，这么多年，我真没有跟你叫过姐夫。"

董明嘻嘻地笑："我认你这个小姨子了，从今天开始改口了，不叫姐夫不说话啊！"

何璐已经把饺子馅拌好，正在和面，说："董明为了给你张罗介绍男朋友，这几天下班准时回家，给我做饭，溜须我跟你说。我一听，这男人就不是依依的档次！"

柳依依洗手帮助何璐忙乎："姐夫，谢谢你啊！我自己生活挺好的！"

董明歪在塌陷的沙发里，摆弄一只烟卷。他斜睐柳依依一眼，柳依依站在饭桌前擀饺子皮。董明不相信柳依依说的是真心话，他感觉柳依依心里仍没有放下金曙光。董明眉头一皱，计上心来，何不试探下柳依依心里有没有金曙光？

董明站起来，抻个懒腰，像忽然想起个事，说："依依，我准备下周休息,去新生农场看看金曙光。他落难了,我怎么也得去看望一下。你有没有什么事儿,需要我帮助做的。"

何璐抢白董明:"废话!依依跟他能有什么事做的。依依把他妈救了,他们家连个言语都没有!"

柳依依停住擀面:"我告诉你,他母亲和妹妹到医院给我送锦旗,多亏护士把他母亲领到我办公室了,我把锦旗收下藏起来了。"

董明:"这肯定是金曙光安排的。依依,我说要做的事儿是,你给不给金曙光捎去点好吃的或是生活用品什么的,最次一句安慰话也行嘛!"

柳依依果断地说:"什么都没有!"

金曙光没有想到董明能来看他。

金曙光其实心里很反感董明来看他。人落魄的时候,不愿意见到熟人,尤其不愿意见到跟自己大半生有过恩恩怨怨的人。这也许是人的共性和本能。董明和金曙光从上学到下乡再回城,一直是形影不离。他们之间没有大矛盾,可也不是知心朋友。似友非友,若即若离。董明突然造访,金曙光想到的是他不是怀着什么好意,是来看他的落魄相,来释放他三十多年心中的一种压抑。

董明看到金曙光身穿白底蓝条的劳改服,脑袋剃的铮亮,不由地心里涌起一阵酸楚。从小到大,从下乡到回城工作,不管哪个阶段都要胜过他一筹的人,沦为阶下囚,他不是为之惋惜,而是感慨人生真是充满变数。不管你过去有多么风光,也不管你曾经拥有多么大的光环,最终都在这变数之中。尽管他俩都是小人物,没有风起云涌的仕途,但命运的历程是相同的。

金曙光惨淡一笑:"没想到,你能来看我,谢谢!"

董明把手伸过栏杆,紧紧握住金曙光的手,声音低沉:"老金,咱哥俩你说什么谢!车间的事儿多,要不我早就来看你了。"

金曙光问:"你现在是车间主任了?"

董明叹气,摇头:"老金,你现在还把名誉地位看这么重?我不像你,从小在班级就爱当官,在青年点是点长,回城了又当总经理。结果怎么样,当多大官担多大责任。最近车间主任让我当维修班长,我真不愿意干。你看我现在多好,上班没大活儿,早一会儿晚一会儿,没人管,奖金一分不少。下班北山公园打滚子,多么自由啊!"

董明此时此刻说自由,无疑是在刺激金曙光。金曙光冷冷地一笑:"是啊,人生最大的幸福是自由!你我一个栏杆之隔,就是两个世界!但我不后悔,如果我出去,还有机会做事儿,我绝不会去蹲在马路边打滚子,所以咱俩的追求不同,还是选择别的话题吧。"

董明尴尬地嘿嘿两声:"还是党员觉悟高啊!"

金曙光抬眼凝视董明,问:"在青年点的时候,有一个绰号叫马头的知青,经常来串点,你记得吗?"

董明皱着眉头,想了半天摇头:"想不起来了,怎么回事?"

金曙光嘴角划过一丝冷笑:"我再提醒你一下,有一年八月十五,小队宰牛,队长把牛头给咱们点里了。杜大哥把牛头挂在后窗上,第二天早上发现丢了。这个事儿你记得吧?"

董明猛然想起来,那天晚上他和何璐在屋后的果园,看到郭烙领个人从后窗把牛头偷走,他跟到他们烤牛头的沟里,看到有三四个外点的知青围在篝火边烤牛头喝酒。郭烙还给他介绍外点的知青,他还喝了半杯酒。金曙光突然提起二十年前的事,是什么意思?

金曙光轻笑:"想起了吗?牛头丢了,大队安排治保主任来破案,结果和点里发生的事情一样不了了之。可没有想到,二十多年后,牛头怎么丢的,谁偷的,谁在场,现在我都清楚了。那天晚上烤牛头喝酒的知青中,叫马头的知青现在跟我一个寝室。他记忆力非常好,我一进来就认出我。他提起你,说那晚烤牛头的时候,你也到场了,还喝了一杯酒就走了。"

董明明白了金曙光提及此事的意思,无非是说那时他是点长,他这个伙食长不配合他的工作。时过境迁,提起陈糠烂谷子的事有何用。董明轻蔑地说:"多少年的事儿了。谁是马头驴头的,我真记不住了。我记得发现牛头丢了,跟你说过是郭烙招来串点知青干的,你不相信。"

金曙光看着董明说:"你说过吗?你要说过,说明那时你是支持我这个点长工作的。今天提起二十年前的事情,确实没有任何意思了!何璐好吗？那天多亏何璐和柳依依去法庭了,我母亲出现意外,柳依依及时抢救,才保住了我母亲的生命。我出去后真要好好感谢她们!"

董明:"别,何璐没做什么,要谢就好好谢谢柳依依。"

金曙光垂下眼睛,低声地说:"没有何璐,柳依依是不会去法庭旁听审判的。这个我清楚。柳依依好吗?"

董明兴奋起来:"柳依依前天还在我家跟何璐包饺子。我给她介绍个对象,是会计师。那个男的一眼就看上咱们的柳美人了!"

金曙光像木椅子上冒出根针扎了他,禁不住动下身子。金曙光苦笑一下:"祝她幸福!"

67　雨　夜

秋雨绵绵,冷风萧瑟。柳依依最后一个走出医生办公室的时候,整个城市笼罩在风雨飘摇的暮色之中。柳依依打起折叠伞,把风衣的扣子系上,疾步穿过空荡荡的医院后院,往前院走。这天气不能去挤公交了,打车也不是举手就来的事。

刚走到大门口,身后一辆小车驶来,一道雪亮的灯光照射在柳依依的前面。小车无声地停在柳依依身边,车窗摇下,露出一张亲切的笑脸:"姐,上车!"

柳依依一愣,是房处长把车停到她身边。从国庆节房宝丰醉宿在柳依依家后,房宝丰一大早走了,他们再没有见面。一个多月了,柳依依似乎已经忘记了那一幕。看到房宝丰,柳依依的心突突地跳,她想起房宝丰的醉话。

柳依依俯身说:"房处长,我坐公共汽车回去,很方便,不麻烦你了。"

房宝丰忽地下车,打开后车门,没等柳依依反应过来,就被房宝丰推进车里了。

房宝丰一脚油门,车冲出大门,汇入车流中。房宝丰从后视镜瞧一眼柳依依,一缕头发沾满雨水,垂在眉前。柳依依轻轻地扶上去,一抬头跟他的眼睛在后视镜里相遇。柳依依立刻扭头看着窗外。

房宝丰的眼睛依旧扫视着后视镜："姐，你干吗总跟我客气！那天在你家喝多了，我一直想找个机会向你解释。可我又怕见到你，今天老天给了我机会，姐，我请你吃饭。"

柳依依忙说："房处长，不用，我回家还有事儿要做。"

房宝丰没有说话。车上了五一路，没有拐进海明路，而是直接驶进碧海大街，向北奔去。柳依依感觉不是回家的路线，焦急地问："房处长，这是去哪儿？我要回家，真的有事儿！"

房宝丰稍微侧下头："姐，前面有家小餐馆，非常有特色。吃完就送你回家，你放心，什么都不会耽误的。"

柳依依不能再说什么了，而脑子却在翻江倒海。细想一下，她从大学毕业就到第一附属医院工作，已经十五年了，没有一次单独跟单位的哪个男同志出来吃饭。尤其是夜晚，除了加班或在学校实验室搞实验，她没有夜不归宿的时候。在女儿叶子上学的各个时期，她没有一天晚上离开过女儿的身边。现在女儿远在北京，自己怎么突然遇到男人请她出来吃饭的事？柳依依安慰自己，这是天气的原因，偶遇热心的房处长，顺其自然，应付一下早点回家。

车停到一家西餐馆门前，霓虹灯闪烁着"爱琴海之恋"几个大字映入柳依依的眼里。

"房处长，我们还是到别的小饭店吃点吧，这地方不是我来的地方！"柳依依没有下车的意思。

房宝丰下车拉开后车门，俯身对柳依依说："姐，别看名字又爱又恋的，其实就是一个普通的小餐馆。下车吧，你不下车，我就在雨中站着。姐，你就看着我患感冒？这可是有悖医生的职业道德啊！"

柳依依感觉被绑架，无奈下车。

黯淡柔和的光线，低回温柔的轻音乐，仿佛置身在梦幻般的环境中。大部分座位上都坐着一对年轻的男女，桌子上点着蜡烛。他们或在窃窃私语，或在举杯共饮。偌大的空间，没有一丝嘈杂的声音。

女服务员把他们让到边角座位上。柳依依迟迟不愿坐下，总感觉在这里十分别扭。这样的场所，真不是她涉足的。

房宝丰笑吟吟地说："姐，把风衣脱下来。这儿的环境非常幽静。累了一天了，在这儿放松放松。"

柳依依很不情愿地脱下风衣，房宝丰马上接在手里，挂到身后的衣架上。房宝丰挥下手，女服务员过来，把菜单递给柳依依。房宝丰轻声地说："姐，你喜爱什么饮品？"

柳依依推掉菜单："随便，简单点儿就行。"

房宝丰眉眼眯成一条线："嘿，我就做主了啊！一杯芒果榴梿冰沙，一杯冰拿铁咖啡。一份法式鹅肝，一份顶级安格斯牛柳，一份意大利牛排，一份蔬菜沙拉，一瓶拉菲红酒。"

柳依依看到房宝丰驾轻就熟，小声地问："房处长是经常来这样的场所？"

房宝丰异常兴奋，可以说是老天给了他这次机会。多少天来，他彻夜难眠，心里像有把火在烤着他，使他火烧火燎地难受。从他窥视到柳依依第一个裸体洗浴的镜头，他就深陷在痴迷之中而不能自拔。几天来，他都在寻找机会接触柳依依，可是始终没有绝佳的机会。他感觉柳依依对男人好像十分避讳，这也许跟她过去的经历有关。他仅从闹事女人嘴里，知道柳依依的过去，尽管星星点点，但他似乎看到了突破柳依依心理防线的希望。他一再告诫自己，在这样清高而且心灵受过创伤的漂亮女人面前，不能操之过急。首先要得到她的好感，今晚等到这个机会，就是要留给她一个好印象。

"姐，这样的场合我还真是头一回见！能把姐请出来坐一会，是我最幸福的事儿了！"房宝丰炽热的目光定格在柳依依的脸上。

柳依依望着窗外。淅淅沥沥的雨滴，不住地敲打玻璃，留下一道道弯曲的痕迹。旧的痕迹没有消失，新的痕迹又在玻璃上划过。

女服务员把饮品端上来，轻轻地放到桌子上。

"姐，这杯芒果榴梿冰沙非常爽，是女士的喜爱！"

柳依依转过头，轻笑一下："谢谢！房处长，你太讲究了！"

房宝丰端起冰拿铁咖啡，眼睛盯着柳依依："姐，我有个要求。咱俩在一起的时候，你不要叫我处长！你愿意就叫我小弟，不愿意就叫我小房,或者老房都可以。"

柳依依轻笑："你要是老房,我就是老太太了!"

房宝丰心里亮堂,终于将话题引到她身上了:"姐,你可不是老女人!同龄中你要年轻十岁。我说的是真话!"

柳依依不知道对面前这个男人怎么称呼了,嘴唇微微动下,没有说出话。

房宝丰的眼睛一直没有离开柳依依的脸上,显得异常感动:"姐,叫我一声小弟就这么难吗?姐,我不知道那天晚上在你家喝醉后都说了什么话。如果说了一些醉话,那也是我的心声!姐,我今天没喝酒,我想跟你说说心里话可以吗?"

柳依依像触电似的,猛地战栗一下。那晚房宝丰的醉话,想起来让她脸颊发热。一个男人那样露骨地喊"我爱你",柳依依感到无地自容,尤其是她熟悉和了解要比她小的男人,她有如同被戏弄的感觉。

女服务员把菜品盘子端上来,刀叉都摆放在桌上。柳依依在大学时,海连第一家西餐馆在天津街开业,她的上海籍同学曾请她们几个要好女生吃过几次西餐,知道吃西餐的讲究。可柳依依此时却不敢伸手,好像伸出手就要被摁住。

房宝丰左手握叉,右手拿刀,动作轻缓地切下一小块牛排,放到嘴边,没有往嘴里送。他是示范给柳依依看:"姐,我们边吃边聊,好吗?"

柳依依无奈拿起刀叉,小心翼翼地叉一块水果,放进嘴里咀嚼。房宝丰这才把小块牛排吃下去。

俩人默默地吃了几口,房宝丰端起酒杯:"姐,来,为我们的未来干杯!"

柳依依放下刀叉,用湿巾擦下嘴角:"我吃饱了,不会喝酒,你自己喝吧!"

房宝丰喝干杯中酒,然后又斟满大半杯,一仰头喝干。房宝丰欲望难忍,眼前的柳依依好像是赤身裸体站在水帘中洗浴。他每每在偷偷安装在她家的监控录像中,看到柳依依站在卫生间冲凉的时候,都无法控制自己。房宝丰的心在突突地跳,他放下酒杯,猛地握住柳依依的手。

柳依依触电似的想抽回手,但房宝丰紧紧地握着。房宝丰压低声音,颤抖地说:"姐,你嫁给我吧!你嫁给我吧!我近期就跟我老婆离婚！"

柳依依用力挣脱房宝丰的双手,忽地站起身,声音低沉而坚定地说:
"你不要胡思乱想!这是根本不可能的事情!你还年轻,你好自为之吧!"

柳依依说完,拎起风衣和挎包,急匆匆地走出餐馆。

房宝丰追出来,柳依依已经坐上出租车走了。

房宝丰独自在西餐馆里饮酒。一瓶拉菲酒很快见底,房宝丰晃晃悠
悠地走出餐馆,回头瞧一眼闪烁的"爱琴海之恋"的霓虹灯,嘲讽地大笑:
"什么海之恋,都是假的!"

房宝丰坐进车里,从副驾驶前面的储物箱拿出柳依依的照片,打开
头上小灯,端详着柳依依洗浴的照片。这是他安装在柳依依家卫生间的
针孔摄像头录下的画面。房宝丰脑袋在膨胀,眼睛渐渐模糊,幻想柳依
依依偎在他的怀抱里。

房宝丰猛然惊醒,刚打了一个盹,头还有点晕,全身燥热,黑色的鳄
鱼牌T恤衫,都被汗水湿透了。房宝丰开着车,沿着大街漫无目的地往前
走。宽阔的大街,车辆稀少,疾驰而过的车辆,溅起的雨水打在他的车
上。房宝丰不知不觉把车开到欢胜街柳依依的楼下。

柳依依的屋里还亮着灯光,卧室的窗户挂着浅色的窗帘。房宝丰
紧紧握着手机,他不是犹豫给不给柳依依打电话,而是在猜测她能不能
接电话。如果不接他电话,或者关机怎么办?这个雨夜注定他要跟柳
依依的命运相连在一起!他宁可碰得头破血流,也要把这个女人揽到
他的怀里!

房宝丰给柳依依打电话,让他欣喜的是柳依依没有关机。电话铃声
响了半天,柳依依没有接听,直至手机铃声自动终止。房宝丰知道柳依
依是在犹豫,他再打电话,柳依依接听电话。

柳依依的声音显得不耐烦:"房处长,我一直是尊重你的,我们之间就
是同志关系。我不是你想象中的那种女人,请你以后不要再打扰我了!"

尽管柳依依的话里有怨恨有警告,但房宝丰仍然感到兴奋,就像柳
依依给了他什么暗示或承诺,再往前一步,就能把柳依依搂在怀里。

"姐，我要跟你好好谈谈，不然我一生都不会放下你！姐，请你相信我，我绝不会在你面前做出冲动的事儿！我上楼，还是你下楼，我听你的！今夜不见面，我就在楼下待到天亮！"房宝丰恳请的语气里透出坚定，大有不到黄河心不死的劲头。

柳依依沉默了。她极力回想在跟房宝丰接触中，自己哪儿有让他误解的地方。有限的几次接触，柳依依记得非常清楚，自己的言行举止都是谨慎和矜持的，甚至房宝丰一直让她称为他弟弟，她始终都没有答应。自己没有过错，错的是他。他不该对一个经历坎坷的女人存有非分之想！柳依依决定下楼去见房宝丰，必须做出一个了断，不能让他再无理地纠缠。

柳依依换上长衣长裤下楼。雨还在没完没了的下，时而裹挟阵阵凉风扑打过来。柳依依紧紧地撑住雨伞，向房宝丰停在路边的车走过去。

房宝丰看到柳依依的身影，在雨中跟跄地走过来，立刻下车跑上去，帮她撑着雨伞。柳依依坐到车后座，一脸愠色看着房宝丰。

房宝丰也挤进后座，惬意地笑了："姐，折腾你冒雨出来，真不好意思！"

柳依依愤激地说："房处长，我们之间没有任何瓜葛。我感谢你对我的帮助，我尊重你，请你也尊重我！"

房宝丰嬉笑着说："姐，我何止是尊重你啊！你是我心中的女神，我愿意为你而死！"

柳依依怒斥："房处长，你不要说这样的话！我就是一个普通的医生，一个普通的女人。你很年轻，有完美的家庭，你要珍惜，不要在外面想入非非！那样会影响你们夫妻感情的！"

房宝丰异常激动，眼睛紧紧地盯在柳依依的脸上："我跟她生活在一起就不知道什么是感情！姐，从我见到你那天开始，我才知道自己的妻子应该是谁！姐，现在姐弟恋很多，不是什么新鲜事儿。如果你觉得我们同在一个医院，姐弟恋碍于情面，我可以调出医院。全市卫生系统除了公务员系列进不去和专业性岗位干不了，其他任何单位和工作我可以任意挑选。姐，你答应我吧，我真的爱你！"

房宝丰已经热血沸腾，脸呼呼发热。柳依依身上的那种淡淡的香气,扰乱了他的思维。他一把搂住柳依依,这是真真切切地搂在怀里。柳依依奋力挣脱,猛地用力一推,房宝丰一闪身,撞到车门,车子轻轻地晃荡一下。一张照片从放在车座后窗平台上的包里滑落出来,落到柳依依的脚下。柳依依捡起一看,惊愕住了,是她裸身洗浴的照片。

柳依依一眼看出照片背景是她家的卫生间。房宝丰伸手过来抢,柳依依闪身,愤然地问:"这是怎么回事儿?你是在我家安装了监视器?你犯法了!我要报警!"

柳依依打开车门,冒雨往楼里跑。

房宝丰好像从梦中惊醒,推开车门就去追柳依依。柳依依进到屋里,发现卫生间隐藏的摄像头,肯定要报警,他立刻就身败名裂了!房宝丰发疯地追上去,抱住柳依依,扑腾跪下去。

"姐,我错了,你不要报警。"房宝丰仰起脸,头上的雨水淌到他的脸上。

柳依依全身被雨水淋湿,愤恨、委屈的眼泪和雨水顺着脸颊往下流:"你太龌龊卑鄙了!"

房宝丰颤抖地说:"姐,我真的爱你!"

柳依依赫然而怒:"不,你是在耍流氓!我要报警!"

房宝丰大声哭泣:"姐,我求求你,不要报警。我从一个小渔村里走出来,混到今天的地步,是吃尽了苦头换来了的。你一报警我什么都完了!姐,你饶了我吧!"

柳依依抹一把脸上的眼泪和雨水,镇静了一会问:"卫生间的摄像头,是你给我换窗时安装的吗?你偷录了多少?手里还有多少照片?把你手里所有的录像和照片都交给我,有一张在你手里,我都不会原谅你的!"

房宝丰没有站起身,垂下脑袋,呜呜失声痛哭。他似乎才意识到已经触到了法律这根红线。这种爱已经变味了,是玩火自焚!房宝丰趴在地上给柳依依磕头。

柳依依抑制不住的悲泣和愤恨啜泣声,在哗哗的雨打声中显得那么微弱。

68 露了马脚

屏幕中那个胖子是郭烙！尽管郭烙发福得完全变了形象，但柳晓飞还是准确地辨认出是他。这是富丽华大酒店正厅，在出出进进的客人中，一个穿着西裤白衬衣，像个华侨商人的中年男子，不紧不慢地从大厅侧门走进来，直奔电梯。在完全没有正面图像的情况下，柳晓飞从侧影就可以认出，这个形态臃肿，步履懈怠的男人就是物流集团总经理郭德江，他们青年点时期的郭烙。

继续观看安监录像机的录像带回放，接近中午时分，栗天舒走进大厅，径直奔向电梯。柳晓飞虽然有心理准备，上次在监控中无意发现栗天舒出现在富丽华大酒店，但柳晓飞不愿往她出轨这方面想。继续调出楼层监控，上次七层以上没有监控，判断不出栗天舒到了哪层哪个房间。这次记录的十分清楚，栗天舒到了八楼，轻车熟路，推门就进了8117房间。

柳晓飞把屏幕上出现的栗天舒的画面用相机照下来，又查看房间登记，8117房间是物流集团长期包租的房间。柳晓飞让前台服务生，把8117房间登记复印下来，叮嘱酒店保卫处干部，不是公安局人员，不准任何人查看。

柳晓飞回到办公室，已经无心工作了。后院起火，现在是扑救这股突如其来的大火，还是任其燃烧，直至把这个家烧落架子？柳晓飞在犹豫怎么处理这件事情。他不能去跟姐姐说，更不能让父母知道。

柳晓飞打开抽屉，从笔记本中拿出一张发黄的照片。这张照片是二十年前，欢送栗天舒当兵，他俩在青年点门前的合影。照片上栗天舒穿着棉军装，站在柳晓飞身边，棉军帽拿在手里，扎着两个短辫子的头，倾斜地靠在柳晓飞的肩上，满脸灿烂的笑，柳晓飞却一脸的矜持。

柳晓飞的眼睛模糊了。走廊里有同事的说话声，他麻利把照片揣进衣兜里，跟同事打下招呼，换下警服，穿上便装，下楼开车走出公安局大院。

这是初秋的下午，路两边的梧桐树依旧枝繁叶茂，没有秋的一点儿颜色。柳晓飞心绪烦乱,不知道自己要干什么。去找郭烙,警告他不准再联系栗天舒!在青年点的时候,郭烙在菜园子里就骚扰过栗天舒,被他堵住一顿打,今天再揍他一顿,可是能起多大作用。郭烙现在是社会上有地位,腰包里有钱的成功人士。栗天舒能投入他的怀抱,看中的是他的金钱和权利。社会发展了,人们的虚荣心也越发强烈了。栗天舒看不上柳晓飞,因为他是靠薪金吃饭,满足不了她的虚荣心。苍蝇不叮无缝的鸡蛋,问题在自己的妻子身上。今非昔比,不是在青年点的时候,郭烙看着柳晓飞的眼色说话。今天即使你是个警察,就把你老婆睡了,你还敢怎么着?敢动刀,还是敢动枪?就是动手,你都是个输家。

柳晓飞打转方向盘,向栗天舒单位开去。区文化站和区老干部活动中心在一个小楼里,栗天舒在这工作了十多年,柳晓飞没有来过几次,进到楼里忘了栗天舒在几楼了。柳晓飞直接往楼上走,一个下楼的女孩在他面前站着,亲切的叫声姐夫,然后说:"栗姐没在办公室,在劳动公园组织排练呢。"

柳晓飞不认识这个女孩,说声谢谢,疾步出楼,开车急忙赶往劳动公园。

走进公园就听见远处传来大合唱的歌声。在强强五岁的时候,他们全家在五一节来公园春游了半天,一晃快十年了,节假日再没有闲暇时间陪着老婆孩子游玩。见景生情,想起来愧对老婆和孩子。

柳晓飞来到公园的小广场。合唱的队伍有上百人,大部分是老年人,都穿着红色的短衫。围观的人也有百人之多。柳晓飞挤到前面,看到栗天舒身穿白色长裙,肩上披着蓝色纱巾,站在中间的指挥台上,接过送来的麦克风,说:

"刚才的合唱非常好!乐队的小号……哒哒哒……要高昂,提高一度。好了,下面合唱《红军不怕远征难》。"

栗天舒挺直站立,左脚在前,形成丁字形,抬起双手,指挥乐队前奏。嘹亮的歌声响起,栗天舒娴熟地有节奏地打着节拍,时缓时急,像溪水涓涓,似云卷云舒。优美的动作,高雅的气质,甜美而传神的表情,吸引着每位围观者。柳晓飞从来没有看过栗天舒指挥合唱,只知道她从部队文工团回来,到文化站做社区群众文化推广工作。柳晓飞的眼睛模糊了,他想起在青年点的时候,栗天舒抱着琵琶给他弹曲子听,忽然一块大石头从山上飞下来,砸到前面的水湾里,栗天舒惊吓地扑倒他的怀里。他又想起了他去公社文艺队队长家,去给栗天舒开介绍信报名考部队文工团。折腾一夜到了县城,栗天舒没费多大劲儿就考进前进文工团。在她离开青年点的那个最后的夜晚,他第一次吻了她。

柳晓飞擦去眼角的泪花,内心一阵难受。想起他们往日的一幕幕,想起儿子强强,柳晓飞不忍心失去栗天舒。柳晓飞在这一刻决定,如果栗天舒有悔意,他可以原谅她。

曲终人散。栗天舒在打开同事的车门的一瞬间,看到柳晓飞站在不远处。栗天舒以为眼花了,用力眨巴一下眼睛,没有错,褶巴的米色T恤,退了颜色的牛仔裤。这身衣服已经穿了一个月了,她不给他找换洗衣服,他就一直穿着。栗天舒猛然间想到,今晚他要回家,应该给他找换洗衣服了。

栗天舒让同事先走了。柳晓飞走过去,凝视栗天舒。

栗天舒觉得柳晓飞眼神异样,淡淡地问:"你怎么走这儿来了?"

柳晓飞冷冷地说:"来接你!"

栗天舒嘴角划过一丝嘲讽的笑:"我可承受不起?什么事儿?"

柳晓飞接过栗天舒手里的包,握住她的手:"回家吃,还是外面吃?"

栗天舒的心忽地一惊,那只包是郭烙给买的,还没在柳晓飞面前露过脸呢。柳晓飞似乎没有留意拎在手里过万元的包包有多重,拉着栗天舒径直走到公园外的停车场。

栗天舒上车,把包拿到身边,压在裙摆下,说:"你愿意去哪儿吃都可以,回家你做饭,我太累了,在外面吃你消费!"

柳晓飞:"好吧,很长时间没有给你做顿饭吃了。你爱吃我做的西红柿鸡蛋打卤面,回家给你做!"

到了家楼下,柳晓飞让栗天舒先上楼,他去超市买菜和面条。栗天舒进门,就把那个名牌包藏到衣柜里。栗天舒感觉柳晓飞今天的举动好像有什么事儿,难道他感觉出来什么了?栗天舒的心怦怦地跳,默默地告诫自己,郭烙再约她出去,一定把握自己不能答应他了。做了亏心事,真的无法面对自己的丈夫!

柳晓飞做的西红柿鸡蛋卤一绝,在于他放生抽,颜色淡红,滴几滴小磨香油,拌在不软不硬的面条里,格外生香。栗天舒过生日的时候,就爱吃柳晓飞这碗打卤面。柳晓飞把面捞到碗里,又炒了一个栗天舒爱吃的葱油海螺,端到饭桌上。柳晓飞用羹匙把卤浇到面碗里,把筷子送到发呆的栗天舒手里。

"吃啊,发什么愣?"柳晓飞轻笑一下,端起碗,两筷头儿半碗面条进到肚里。抬头怔住,栗天舒眼睛里滚动着泪花。

柳晓飞放慢筷头子:"我做顿饭不至于感动得你热泪盈眶吧?"

栗天舒不知为什么就想哭出来,但她抑制住了。她端起饭碗,离开饭桌,站到阳台上,望着窗外,许久才吃下一口面条。柳晓飞再没有说话,也没有让栗天舒回到饭桌。他俩沉闷地把这顿不顺溜的面条吃完,柳晓飞把碗筷收拾好,一盘没有动的葱油海螺放到冰箱里。

栗天舒默默地看着柳晓飞在忙乎,她不知说什么做什么,心里在嘀咕,他今天举动反常,肯定是有什么事情。莫不是柳晓飞知道她什么了?一想到自己和郭烙的事儿,她心里就发慌。

"晓飞,我去妈家看看强强。不用你送,我打车去。"栗天舒不能再待在屋里一分钟了,她觉得屋里有一种压抑感。过去企盼柳晓飞按时下班,回家陪伴她。可现在她没有了这种心情,突然回家早了,在一起却觉得不自在、别扭,甚至是恐慌。

柳晓飞双手抱着脑袋,像他的脑袋剧烈地疼痛,双手从头顶渐渐下滑,抚摸到脸颊,无奈地叹口气:"天舒,今晚就不去吧。我想跟你好好谈谈。"

栗天舒脸色煞白,无力地坐到沙发上,喃喃自语:"谈……谈什么?"

柳晓飞冷峻的目光紧紧地盯在栗天舒的脸上,极力保持平静:"天舒,我工作确实很忙,这么多年陪伴你的时间也确实少了。谢谢你对我工作的支持和理解!"

栗天舒疑惑而又惊慌地看着柳晓飞:"你今天怎么突然说这话?"

柳晓飞声音不大,但非常果断:"是的,我有很多话要说。你先回答我,你两次去富丽华大酒店干什么?"

栗天舒立刻感到头重脚轻,柳晓飞的身影在眼前左右摇摆。当栗天舒依偎在郭烙怀里,一阵激情过后,她也想过一旦柳晓飞知道怎么办?她不敢去想,可在这一瞬间,她犹如被赤裸裸地摁在床上,已经不是羞愧的事情了,她不得不想怎样来收场。栗天舒低下头,无法抑制的泪水像断了线似的唰唰地往下掉。

半天,栗天舒缓缓地抬起头,泪眼蒙蒙地说:"晓飞,我对不起你!咱俩分手吧!"

柳晓飞霍地一步跨到栗天舒面前,举起的巴掌停在半空,落下后,打在自己的脸上:"栗天舒啊,你怎么堕落到这个地步?郭烙就是个流氓!在青年点他就对你耍流氓,被我打了,你都忘记了?他现在有钱,用钱就把你的贞洁买去了!几件衣服和名包,领你出去旅游,就把你哄上床了!你不顾及我,孩子你也忍心不管了吗?"

栗天舒发疯地喊:"你别说了!我对不起你和儿子……柳晓飞,我告诉你,都是我主动的,你不要去找他!"

柳晓飞惊愕了:"栗天舒,你不思悔改,还袒护郭烙这个流氓!"

栗天舒从衣柜里拿出拉杆箱和挎包,装了几件衣服,哽咽地说:"柳晓飞,你要去找郭烙,我就死在你面前!"

栗天舒说完,拽着拉杆箱走出屋。柳晓飞愤恨地一脚踹倒门边的花盆架,开着淡蓝色小花朵的勿忘我花盆跌落地上摔得粉碎。

栗天舒走出家门,原以为柳晓飞会出来追她,不能让她出走。可是,她流着泪走过漫长的街道,昏暗的路灯光拉长了她孤单的身影,像一片树叶在漫无目的地飘零。

栗天舒彻底失望了,柳晓飞不会原谅她了,在他眼里,这个污点永远也不会洗掉了。与其在他面前抬不起头地生活,还不如离开他开始新的生活。栗天舒咽下泪水,自言自语地说,"也许这就是命运的安排!"

街上的行人渐渐稀少,栗天舒此时真不知道去哪儿。妈家是不能回了,去富丽华郭烙包的房间,她没有钥匙,而且郭烙曾嘱咐过,晚上千万别给他打电话,白天任何时候都可以。栗天舒在街上转悠半天,抬头看见前面有个七天连锁酒店，便走进去办理了住宿。

一夜未眠。既然出来了，就不能觍着脸再回去了。她和柳晓飞的缘分已尽，唯一舍不下的是儿子强强。想到儿子，栗天舒啜泣起来。

栗天舒迷迷糊糊地睁开眼睛，天已大亮。她看一下手表已经七点半了。栗天舒先给单位主任打电话请假，请假理由是陪母亲去医院检查，并留下伏笔，如果母亲检查结果需要住院，她要多请几天假。主任老大姐平时就对栗天舒不错，告诉栗天舒，检查结果告诉她，要是住院了，她必须去医院探望。栗天舒感动了，自责不该对这么善良的主任大姐撒谎。可没办法，这是她后半人生路的关键时刻，必须有个说法，她心里才能有底。

栗天舒化妆品都没有带出来，简单梳洗完，就给郭烙打电话。郭烙没接电话，发来短信：开会稍等。

接近中午，郭烙终于来电话了。栗天舒像久别重逢，话没有出口，泪水夺眶而出。郭烙听到栗天舒的抽泣声，惊疑地问："天舒，谁给你气受了？"

栗天舒问："你有时间吗？我想马上见你！"

郭烙感觉栗天舒急迫地要见面，而且还哭了，肯定是遇到什么难事了。郭烙安慰地说："你别急，我中午有客人，陪他们吃完饭就给你打电话，你再去富丽华酒店。"

栗天舒忙说："别去富丽华，我在光华路的七天连锁酒店开个房等你。"

郭烙警觉地问："怎么回事？柳晓飞知道了？"

栗天舒："嗯，我们见面再说吧！"

郭烙已经没心思在办公室工作了。他推掉中饭的饭局，从抽屉里拿出一张银行卡放到包里，迅速下楼开车出来。郭烙有点发慌，他每次跟栗天舒约会的时候，都担心被柳晓飞撞到。城市这么大，人海茫茫，遇到的机遇像抓彩票一样的渺茫，可是偶然的事情不是不会发生。他揣度柳晓飞发觉他们的事情，肯定是在他给栗天舒买的名包上露出了马脚。当时他就问栗天舒，柳晓飞见到这个包能不能产生疑问。栗天舒反问他，难道她连一个包都买不起了？郭烙一想也是，自己的媳妇买个名包不是太正常的事了嘛。可郭烙想不明白的是，他和栗天舒的关系刚刚开始，就被柳晓飞发现了,他感到十分可惜。这个柳晓飞不是好惹的,二十年前就尝到了他巴掌和腿脚的厉害。现在他又是警察,睡了他的媳妇,不是自找麻烦吗?郭烙一路想来,越想越害怕,进了酒店大厅双腿有点发颤,好像柳晓飞在等着他。

郭烙进了房间,栗天舒没有像往常约会那样亲近他。栗天舒坐在床边,眼睛红肿,抬头看他,眼泪滚落下来。

郭烙急切地问:"天舒,怎么回事儿?你先别哭!"

栗天舒抽出纸巾,擦下眼睛:"我昨天下午在劳动公园组织排练大合唱,柳晓飞突然去接我,回家给我做打卤面又刷碗的。我看他反常是有什么事儿。柳晓飞严肃地问我:'你两次去富丽华大酒店干什么?'"

郭烙问:"你怎么说的?"

栗天舒泪眼蒙蒙地看着郭烙:"我还能怎么说!他都说准了我两次去富丽华大酒店,他是什么都知道了。我说,我对不起他,咱们分手吧!"

郭烙长叹一声:"完了,你是不打自招啊!柳晓飞可能是在诈你!鞭子还没举起来,你就招供了!"

栗天舒急了:"不是,我太了解柳晓飞了,他绝不是诈我。他都说了,几件衣服和名包,领你出去旅游,就把你哄上床了!"

郭烙眨巴眨巴眼睛,无力地坐到椅子上。这么说,柳晓飞已对他们的事情了如指掌,说不定什么时候,柳晓飞真的会出现在他的面前,他怎么面对?他后悔,不该对栗天舒贼心不死。二十年前动不得,现在虽然黄花已逝,但也不能动。他现在感到自己犯了大忌,朋友妻不能欺,不管怎么样在一个青年点待了几年,这叫兔子不吃窝边草。况且柳晓飞还是个警察,怎么能睡他的老婆呢?

"你害怕了?"栗天舒问。

郭烙苦笑:"我能不害怕吗?二十年前为了你,我已经尝到柳晓飞拳头厉害!现在他是警察,找到理由把我弄进监狱里是很容易的事儿。"

栗天舒看到郭烙真的害怕了,安慰他:"你放心,晓飞不会去找你的。我告诉他,你要去找郭烙,我就死在你面前!"

郭烙惊恐的眼神看着栗天舒,这可真玩大了!已经投入进来的栗天舒,说的也许不是假话。再继续下去,肯定要出大事的!

"天舒,我们都冷静冷静。柳晓飞的脾气你是最了解的。他肯定不会饶我的。我们还是先不要联系了,等……"

栗天舒忽地站起身,打断郭烙的话"你就给我这个答复?"

郭烙惊异地问:"你要什么答复?"

栗天舒痴情地看着郭烙:"我要你名正言顺地娶我!"

郭烙暗中一惊,栗天舒真把玩玩而已当作一回事了!郭烙立刻想到,此时此刻不能激怒栗天舒,她破罐子破摔对他没有好处。

郭烙搂住栗天舒,温柔地轻吻着她:"你要给我时间啊!听我的话,你先回家,不要跟柳晓飞打闹。"

栗天舒一把推开郭烙,气恼地说:"我不回去! 你要尽快离婚,尽快娶我!"

郭烙从包里拿出银行卡:"天舒,你不管在哪儿住,我不联系你,你千万不要联系我。我尽快处理家里的事儿。这里面的钱够你用的了,密码是你的电话后六位数。"

栗天舒把卡放到桌子上,去拉郭烙的手。郭烙急忙躲闪。栗天舒气恼地问:"你怎么了?"

郭烙慌乱地说:"嗨,让柳晓飞吓得!"

69 柳晓飞的度量

医院通知,让各科室推荐参加"三下乡"活动医务人员名单。今年附属一院定点乡镇是海连市北部的瓦县。"三下乡"活动是市里最有影响力的大型公益活动,今年是进行的第二年。去年组织活动是在春节前,卫生、文化、科技三部门的大篷车浩浩荡荡地开进当地的农村大集,在集市上像商贩一样摆上摊位。科技部门的给讲解种地、养牲畜的科技知识,文化口来的大多是书法家,挥毫泼墨,书写对联。卫生口的给村民测量血压、讲解一些防病治病常识。这种活动过于流于形式,表面热热闹闹,实质没有多大效果。今年主管部门要求，卫生口下乡主要任务是帮助建设乡镇卫生院，培训乡镇卫生院医务人员，提高医疗水平。

这样离家多天的活动，到生活条件艰苦的农村一待就是半个多月时间，各科室的医生没有谁争着去。眼科室主任老范明年就要退休了，他一直在物色接班人。全科室二十七人，去掉年龄大的和年龄小的医生，只有十八位医生在中年范围之内。而技术水平和人品在一个水准上的医生，不乏其人，但老主任更看重的是柳依依。他们共事多年，柳依依为人处世虽然低调，但是掩饰不了她的清高，给同事的感觉是不太好接触，尤其是她的家庭，没有谁了解。上次一个女患者在门诊闹腾，把柳依依过去的事情抖搂出来。表面上医院里谁也没有在意，可背地里柳依依那些不知真假的花边新闻，却在医院里逐步扩散，给柳依依带来负面影响。范主任想，要把科室主任的位置让给柳依依，就要在业务之外，让柳依依多付出一些，才能弥补她的负面名声。上次柳依依主动要求参加"光明行"活动，按理说这次不应该是她了。他的一片苦心不知道柳依依能不能理解。

柳依依没等范主任绕弯圈子，已经听明白了，主任是想让她多表现一下，在他退下来的时候，举荐她担任科室主任。柳依依望着老主任雪白的两鬓，感到他像父亲一样慈爱。柳依依爽快地说："范主任，谢谢你对我的信任。你的班我接不了，我没有那个能力。我代表科室参加'三下乡'活动，可不是为了树立形象。你不安排我去，我也会主动要求去的。我对农村比较熟悉，我愿意下乡为农民服务。"

柳依依说的不是冠冕堂皇的话。她知道这次"三下乡"活动，是到她曾下乡的许屯镇，这真是又给她机会回到触及她神经的地方。从房宝丰骚扰她的事情发生后，她就想自己出去走走。在自己抚养柳叶子的时候，就感到做一个女人的难。把孩子抚养大了，自己也能轻松地面对生活，可是烦恼继续，一个单身女人的生活为什么这么难？

柳依依没有回妈家。她知道，母亲如果听到她又回那个地方就要生气，说不准还要阻止她。她和母亲的关系多年来有些隔阂，问题就是在她没有听母亲的话，而一路走来坎坎坷坷。

电话是父亲柳鹤年接的。柳依依问父亲："妈妈在家吗？"

柳鹤年听到是女儿的声音，高兴地马上说："依依，今晚回家吃饭吧！十一天没有回来了！"

柳依依鼻子发酸，眨眼又十多天没有回家，父亲记得这么准，每天都在盼望她回家。不知自己忙碌了什么，真后悔自己的腿脚这么懒："爸，我有点儿懒了！您不生气吧？好了，以后我腿勤快些往家里跑。爸，跟您说个事儿，不要告诉妈妈。我参加'三下乡'活动，到许屯镇。妈妈知道了不能让我去，而且还要生气。"

柳鹤年疑问："上次你不是参加了'光明行'活动吗？怎么又让你参加了？"

柳依依解释："爸，是我主动要求去的。这次活动主要是帮助乡镇卫生院建设。我对那里熟悉，那儿的卫生医疗条件太落后了，趁这机会我去帮助一下。"

柳鹤年叹气："你呀，就是难以忘记那个地方！去吧，我不告你妈。依依，你最近也没有联系晓飞和天舒吧？我听强强说，他妈妈回姥姥家住了。他爸爸一次也不去姥姥家。强强打电话让爸爸去姥姥家都没有回去。"

柳依依一惊，天舒可能为妈妈没有给她买宝马车还在跟晓飞怄气。柳依依安慰父亲："爸，你别担心，他俩没有事儿，天舒要小性子，我给晓飞和天舒打个电话。我走之前有时间，把他俩找一起说说。"

柳依依放下电话，立刻给柳晓飞打电话。如果栗天舒真的回她妈家住，晓飞还不去，他们的分歧可能升级了，不是以往在怄气的层面上了。柳晓飞接到柳依依的电话，像意料之中的事情。柳依依直接问天舒怎么回她妈家去住了，柳晓飞说，电话里一半句话说不清楚，他现在青岛，明天回去见面再说。柳依依说："我后天就要'三下乡'了，明天你务必回来。"柳晓飞转而显得兴奋地说："姐，局政治部主任找我谈话了，局党委研究决定任命我担任西岭区公安局副局长。这次出差回去就上任了。"柳依依惊喜地说："领导还是看到了你的工作，但家不能不顾啊！工作干好，家庭也要稳定，这才是具备完整的领导能力！"

柳依依知道弟弟提干了，抑制不住自己兴奋的心情，这么多年晓飞没黑没白地工作,辛勤的汗水没有白流。柳依依给栗天舒打电话,想把这个消息告诉她,也鼓励她一下,没有她的支持,晓飞工作是不能取得成绩的。可是栗天舒没有接她的电话,响了半天铃声,是侄儿强强接听的。强强问,姑姑你有什么事?妈妈出去了,手机放在家里。柳依依简单地问了一下强强的学习情况,然后告诉强强,妈妈回来给姑姑回个电话。

可是,柳依依一直没有接到栗天舒的电话。

柳晓飞下飞机就直接往姐姐家奔。深秋季节的六点多钟,天色就已黯淡下来。街边路灯散发着淡淡的橘黄色的光。柳晓飞驾车疾驶在高架桥上,感觉心里堵得慌,这么多天,一直憋在心里的话无处倾诉。如果姐姐不打电话问他,不知道他如何对自己的亲人去说这件事情。他如果不是亲眼见到栗天舒两次出现在富丽华大酒店,而且第二次清楚地看到她进了郭烙的房间,别人如何说,他都不会相信。他真没有想到,栗天舒堕落到这个地步!

柳依依已经把饭菜做好,柳晓飞饿了,进屋洗完手就狼吞虎咽地吃起来。柳依依看到弟弟不修边幅的样子,心里一阵发酸,感到自己的弟弟像一个飘零在外无家可归的流浪汉。柳依依转过身,擦下眼角的泪珠。

"姐,你怎么了?你也快吃吧!"柳晓飞咀嚼着食物说。

柳依依:"你慢点儿吃,我在单位食堂吃了。"

柳晓飞把柳依依炒的一盘木须肉和虾仁瓜片吃得净光,放下饭碗:"姐,这是我这些天吃的最饱的一顿饭!"

柳依依边收拾碗筷边问:"你和天舒到底怎么回事?"

柳晓飞打着饱嗝问:"姐,你是怎么知道的?是爸跟你说的?"

柳依依埋怨柳晓飞:"你想瞒着家里?是你对天舒动手了?不然天舒不能回她妈家住这么多天!"

柳晓飞神色凝重,似乎在犹豫。虽然是家丑,也必须对自己的姐姐说实话:"姐,天舒她背叛了我!"

柳依依疑惑:"背叛了你?什么意思?"

柳晓飞呼出一口长气:"她跟郭烙上床了!"

柳依依愕然："你别胡说！这事儿不是道听途说的。再说了天舒不是那种女人，你别不相信自己的妻子！"

柳晓飞知道说栗天舒在外面有男人这个事情，谁都不会相信。柳晓飞没有再跟柳依依解释。他来到北屋，让柳依依把电脑打开，从包里拿出U盘，插到机箱上。屏幕出现栗天舒走进酒店大厅的画面，随后栗天舒换了套裙子又出现在酒店大厅，在楼层走廊走动，敲门进了一个房间。

柳依依似乎明白了，但她问："这能说明什么？她也许去酒店找谁办什么事儿吧？"

柳晓飞平静一下激愤的心情："我也不愿相信这是真的！二十天前，我去富丽华酒店查案子，调取监控的时候，意外看到栗天舒出现在大厅，随后上楼。当时酒店七层以上监控升级，没有看到栗天舒去几层楼，进了哪个房间。我也没有在意，也想是单位来客人了，她去见客人。过了十天，诈骗金曙光的嫌疑人出现在富丽华大酒店，我再次去调监控，又发现栗天舒出现在酒店，并且上了八楼，进了8117房间。我查下房间，是物流集团包租的房间。郭烙是物流集团的老总，这个房间还能是别人在里面吗？孤男寡女在酒店的房间里能做什么？"

柳依依想了一下，责怪弟弟："天舒不是去找郭烙给她妹妹办工作吗？这事儿你是知道的。你不要瞎想！"

柳晓飞激愤地说："姐，我要把他俩摁到床上才能相信自己的眼睛？郭烙是什么人，在青年点的时候，他就调戏、骚扰栗天舒，曾经被我一顿打。"

柳依依诧异地看着柳晓飞："还有这事儿？我怎么不知道？"

柳晓飞气恼地说："那天吃完晚饭，栗天舒去练琴，我去小屋里跟杜大哥、金曙光、董明玩扑克。我隐约听到栗天舒的哭喊声，立刻跑出去。栗天舒的声音是从菜园子方向传过来的，我跑过去看到郭烙楼着栗天舒，我上去揪住郭烙就是一顿打。郭烙给我跪下了，发誓再也不敢欺负栗天舒了。那时疙瘩槨还没有去世，郭烙也没敢告诉疙瘩槨，还把军帽给我了。从那以后，郭烙在我面前规规矩矩的。没想到二十年后，他出息了，有权有钱，肆意妄为，流氓竟然耍到我老婆身上了，我真咽不下这口气！"

柳依依愤恨地骂了一声："这个臭流氓！"

弟弟的脾气，做姐姐的最了解。当年发生这样的事情，柳晓飞不跟
她说，是怕姐姐担心他惹祸。而现在又不同往年，柳晓飞是警察，如果忍
不住就会出性命攸关的大事。柳依依心急如焚，不知道怎么安慰弟弟。
一个男人最大的羞辱，莫过于自己的老婆不守贞洁。尽管现在人们的思
想观念随着社会发展进步，也在逐步更新，但是传统观念并没有丢失。
一个血气方刚的男人，面对奇耻大辱的挑战，怎么去面对呢？柳依依真
担心弟弟一时冲动而走向极端。

"晓飞，我不知道你是怎么想的。你不能去找郭烙，如果天舒能把握
住自己，郭烙再流氓也不能得逞的！是天舒被他的金钱所迷惑了，一步
走错了！"

柳晓飞脸色铁青："姐，更让我失望和气愤的是，我问她两次到富丽
华大酒店干什么，她承认对不起我了，马上提出要跟我离婚。我还没对
她说什么，她却拿包就走了！"

柳依依警觉地问："她是真要跟你离婚？他们的关系能发展到要组
建家庭的地步了？"

柳晓飞平静一会，说："我朋友了解了一下郭烙。郭烙今天坐到佳美
物流集团老总的位置上，主要是靠他岳父。佳美物流集团是改制的民营
企业，郭烙岳父原来是物资局长，下海经商打下这片天地。现在他岳父
把管理集团的权利交给他。他不敢跟老婆离婚的。他离婚了，什么都没
有了！郭烙就是玩弄栗天舒而已。"

柳依依愤恨地说："郭烙的品行太肮脏、卑鄙了！"

柳依依又问，"晓飞，你想怎么处理天舒的事情？时间长了，爸妈一
定会起疑心的，他们二老要是知道实情，非上火不可。他们年岁大了，经
不起波折。强强也大了，别给孩子心里留下创伤！"

柳晓飞低头不语，端起茶杯呷了一口茶，缓慢地抬起头，低沉地说：
"姐，说心里话，我一想到儿子如果没有妈了，那个可怜样儿心里就难受，
我真不忍心散了这个家。这么多年我们是有感情的。在青年点我和她

都是年龄最小的，我们自然而然地就走到一起，几乎没有从朋友到恋人的过程。好像老天早就给我们安排好了似的，今生今世都不能分开。这个事儿出现在天舒身上，我真想不明白，也接受不了。这个物欲横流的时代，真是什么人都可以学坏了！"

柳依依看出弟弟内心十分痛苦，也明白了弟弟的选择。她劝慰："天舒真不是水性杨花的女人，一时没有把握好自己。再说你工作忙，对她关心也不够。以后你无论工作怎么忙，也要多关心关心天舒。"

柳晓飞忧心忡忡："姐，天舒现在不会有悔意，还对郭烙抱着幻想。天舒现在的名包、衣服都是郭烙给买的。上次她说单位去南方考察，我没去核实，我想她也是假借这个名义，跟郭烙出去旅游了。"

柳依依想了一下，说："晓飞，过去的事儿别较真了。我明天参加'三下乡'活动到许屯镇，一个星期后回来。你到新的岗位担任领导了，要安心工作。给天舒几天时间，让她好好想一想。我回来后，找她谈，给她一次机会。如果天舒还对郭烙抱有幻想，你再做决定。"

柳晓飞点头："好吧，我先去上任，把头三脚工作局面打开。还有十天爸就要过生日了，天舒要是不回家给爸过生日，爸妈可什么都明白了。"

柳依依看下墙上的挂历："还有十二天，叶子是回不来给姥爷过生日了！"

柳晓飞看一眼柳依依，叹气："姐，我也说你几句，你是总也忘不了那个地方？都二十年了，你该从那个阴影中走出来了。叶子都十八岁了，你还为叶雪松守着什么？叶子没有上大学之前，你为了叶子，现在你也把孩子培养成人了，也该想想自己的事儿了，爸妈也在为你担心发愁！"

柳依依微笑："行了，我的事儿不用你们操心了！自己过也挺好的。等过几年退休了再说吧。"

70 喝下这杯酒

柳依依站在院子里，怎么也不会相信这就是二十多年前，她参加赤脚医生培训班的公社医院，用残垣断壁来形容一点儿都不过分。原来他们住的后院宿舍的房子已面目全非,变成了鸡舍;西侧的一排病房已经倒塌,像电视画面出现的地震灾区。院子里堆放着乌黑的煤块,旁边一个台秤,上面放个大框,两个满脸黑灰的工人正往大框里装煤块。过完磅,俩人抬起大框,往马车上装,一个女人在开票收钱。整个后院已经没有医院的一点影子了。

陪同"三下乡"医疗组的镇医院院长佟丙柱,看出柳依依的疑惑和失望,无奈地说:"院里都出租了,租费贴补医院费用啊!"

佟院长五十多岁,身材细高,套在身上的已经发黄的白大褂,像个围裙吊在身上。他一见到柳依依就说没大变化,还是那么年轻漂亮。柳依依不认识他,几乎一点印象都没有。佟院长从柳依依怔怔的眼神里,看懂了她的陌生,忙说,当年赤脚医生在这个医院培训的时候,他在骨科,跟龙泉汤大队卫生所的大沈非常熟。在医院里,谁都认识龙泉汤大队的赤脚医生。大沈没少跟他说,柳依依是干部家庭出身的知青,却没有娇滴滴的性格,虚心好学,平易近人,赤脚医生工作做的非常认真,深受大队社员喜爱。

"二十年了,柳医生已经是教授了,可你还是这样平易近人。大沈告诉我,没有你的帮助,他就成瞎子了!"佟丙柱不擅言谈,这是他们见面后,说得最长的一次话。

柳依依淡然一笑:"上次正赶上'光明行'活动,有这个机会,我应该做的!沈大夫现在很好吧?"

佟丙柱忙说:"前天还到医院来了,要我开个中医门诊,承包给他。他身体挺好,眼病也好了。"

柳依依这次来,很想回龙泉汤一趟,去雪帽山下的叶雪松墓地看一眼,去赵大鹏家看看,再看下大沈。可是,现在她打消了这个念头。她没有想到镇上的医院已经落魄到这个地步。他们这次"三下乡"的任务是培训当地的医务人员,虽然不是系统的培训,但一边开展义诊,一边有针对性地讲解常见病的基础知识,对没有进入正规学校学习的乡村医务人员能起到事半功倍的作用。可这个名为镇医院的医院,其实就是个小诊所。临街的一排房子,把走廊隔断,直接对大街开门,变成一个个单间房屋。大部分都出租了,有的开了小吃部,有的开了水果店、麻将馆。只有三间屋子是诊所,一间是药房。医务人员算上药房的药剂师,才五个人,年龄都很大,都是过去公社医院时的医生,现在退休了,家住在附近,返聘回来支撑着这个名存实亡的医院。

柳依依一行五人,是附属一院普内科、普外科、眼科、儿科、妇科派出的医生。领队的是外科张主任。张主任年龄跟佟丙柱差不多,俩人性格也很相近,不爱多说话。张主任看着直摇头,埋怨地说:"这不是在浪费我们的时间吗!匆忙下乡搞培训,搞个什么培训啊!"

佟丙柱赔着笑脸:"张主任,各位医生,一会镇里主管副镇长来,他会向你们解释情况的。我的医院就这个现实,几位老医生虽然没有上过正规大学,但有几十年的经验,在这个小地方维持还算可以,不用培训,搞下义诊吧。"

张主任严肃地说:"义诊也只是流于形式,连简单的器具都没有,怎么给人看病。我们还是回去,别耽误时间了!"

柳依依看到佟丙柱为难的神态,对张主任说:"主任,还是等见到镇上的领导再说吧。"

张主任瞧一眼另四位医生,他们都点头同意柳依依的意见:"那好,佟院长麻烦你转告镇领导,我们今天不见到镇领导,明天就回去。"

佟丙柱答应着,去镇上找领导汇报去了。

柳依依在屋里坐不住,走在这个熟悉而又陌生的街道上,不由地感到一阵悲凉。她领着女儿柳叶子回来的时候,小镇上街两边还有摊贩,摆着各种小商品出售,街上的行人来来往往,显得很热闹。可是,仅仅过去半年时间,街上却冷冷清清,一片凄凉。也许是临近冬季的原因,人们猫在家里不爱逛街。可是,街两边的门市房不应该关门歇业,街道的垃圾不应该堆积如山,街上的行人也不该寥寥无几。

柳依依走到车站。这个小车站曾是小镇的中心,不大的站前广场,更显清冷。柳依依这次回来是医院安排中巴车送来的,半年前,她和女儿柳叶子回来下火车走出站台,拉脚的吆喝声不绝于耳,卖水果、山货的小商贩争抢着围住客人,推销他们的商品。柳叶子从没有到过农村小镇,看到这一切感到十分惊奇。而现在柳依依却产生了人去楼空的感觉。

候车室的门挂着锁头,门外也没有等车的旅客,甚至车站门前都没有一个人影。出站口的"许屯车站"几个依稀可辨的红色大字斑驳陆离,尽显岁月的沧桑。二十年前他们这些知青,回家的唯一交通工具就是绿皮列车。每次在这个小站等车的时候,那种归心似箭的心情,都洋溢在脸上。那年她在公社卫生院的培训班学习结束,自己就回家一趟。由于是自作主张,没有跟谁请假,在小站候车室等车的时候,生怕大队的熟人看见,躲在角落里,像个逃犯似的不敢抬头。她又想起,那天金曙光在公社参加报道员培训,到医院找她,他俩散步在小站广场,卖水果的小商贩见到他俩过来拎筐都跑了。当时柳依依不明白怎么回事,金曙光告诉她,公社不让摆摊。他们以为他俩是公社干部,都吓跑了。一个中年妇女胆怯地回来,金曙光买了二斤水果,那个女的问金曙光,那个女的是你媳妇吗?金曙光看着远处的柳依依摇摇头。那女的声音很大,好像特意说给柳依依听,你俩真般配,早晚是你的媳妇。柳依依听得清楚,现在想起来,也觉得那个女人的话太荒谬!

柳依依不愿在这儿见景生情,转身回到医院。

屋里头戴黑色呢子帽的老年人,正在跟柳依依的同事唠嗑。见柳依依进来,缓慢地站起身,一双老眼紧紧地盯在柳依依的脸上。柳依依怔住了,没认出眼前这位老者是谁。

张主任笑呵呵地说:"柳主任,你认不出你的老领导了?老领导刚才还自信地说,柳依依一定能认出我!"

柳依依端详了半天,试探地问:"您是丁书记吗?"

丁德发伸手握住柳依依的手,惊喜而自信地说:"我就说过,不管多少年不见面,只要见面,下乡在龙泉汤的知青,都能认出我!尤其柳依依,她就是当上他父亲那样的大院长,也不会忘记我的!"

柳依依异常激动地看着丁德发。帽子下露出花白的两鬓,说话时露出的门牙,也已经残缺不全。二十多年了,昔日威风凛凛的神态已经荡然无存,一副老态龙钟的模样,让人感到岁月的无情。柳依依搀扶着丁德发坐到椅子上,说:"丁书记,您的身体真硬朗!精神也不错!"

丁德发做个手势:"七十三了! 你们在我的手下的时候,我五十二岁,多快啊,一晃我都到坎子年了! 完了,七十三、八十四,阎王不找自己去!"

张主任笑着说:"老爷子,您的身板硬实,阎王不能来找您的!"

丁德发见到柳依依很兴奋,听了城里来的医生对他健康的肯定,他越加兴奋,满是皱纹的脸,堆起舒心的笑容:"你们医生对我身体如此的评价,我很有信心跨过这道坎!"

大家笑过之后,柳依依问:"丁书记,您什么时候来的镇上?"

丁德发说:"我就在镇上住。我儿子在供销社上班,那年生产队解散了,我就不干了,搬到镇上和儿子在一起过。每天没事就过来玩玩麻将。老佟说你来了,我就过来看看你!"

柳依依跟丁德发寒暄一阵后,问:"丁书记,镇上这么萧条,车站也变得冷冷清清的,改革开放这么多年了,镇上应该越发展越繁荣啊!"

丁德发立刻脸色陡变,充满怨气地说:"这是人为造成的啊! 你们是坐车来的,在进入镇子时,是从铁路线下面一个涵洞进来的。那应该是一座公铁立交桥,设计图纸都出来了,在实施的时候,地方和铁路部门为自身利益互不相让,最后公铁立交桥改设计,由镇东挪到镇南边去建设,一座公铁立交桥两次横跨复渡河,据说都是很少有的现象。结果进镇上唯一通道就是一个小涵洞,大货车根本进不来,货运不进来,谁还在这儿做生意。镇上没有人了,火车还能在这停吗? 这个镇上就是个死胡同了! 中学搬走了,到铁路西靠近复渡河边建校,中心小学也搬走了,到离镇十多里的山咀村建校。镇政府的新办公楼也在靠近龙泉汤,对面是周屯的北山根底下开建了。镇医院也要搬到龙泉汤了。龙泉汤现在是镇上发展的重点了,来洗温泉的城里人也越来越多。我也要搬回老家了。这个过去热热闹闹的小镇,就是一个死湾子了! 小柳,我听老佟说,你们是来培训医生的,你看,你们培训谁啊? 培训这几天是改变不了农村缺医少药的现象的!"

不知为什么,柳依依听了丁德发的一番话,心里瞬间涌起一阵失落感。为颓废的小镇? 可这跟她有什么关系! 既不是故乡,又不是生活之地。为农村的缺医少药？这又跟她有什么关系，自己又不能解决什么问题。柳依依抬头瞥一眼丁德发，淡然一笑："国家经济发展了就会改变的！"

丁德发玩世不恭地说："小柳，你们在大医院工作是不清楚农村的现实，就是把农村医院建的再好，没有你们这样专业的人才也是白费！"

躺在里屋床上输液的一个老年妇女，忽然呛咳一声，说："这个兔子不拉屎的地方，城里哪个人才能爱来！"

丁德发起身往屋里瞧眼："是老沙婆子啊！你是最盼城里来的医生给你看病了。这屋就来了好几个大医院的大夫，你怎么不让他们看看呢？"

老沙婆子叹气："佟院长说，他们是来培训医生的，不让我给他们添麻烦。"

内科医生老田走进里屋，说："还有个病人？我给看一下吧。"

丁德发看着柳依依，问："小柳，你们这茬青年，我培养了两个人都成才了。一个你是专家了，一个金曙光是大企业的董事长。我没白费心血啊！"

柳依依微笑着说："丁书记，我就是一名普通的医生。在青年点的两年里，丁书记为我和弟弟没少费心，真的感激你！"

丁德发突然问："小柳，你跟金曙光和春萍他们常见面吗？我听说春萍自己也当老板了，生意做得怎么样？春萍可是有心计的人啊，适合在生意场上混！"

柳依依摇摇头，淡淡地说："我不清楚。"

镇党委书记吕勇在龙泉汤会见"三下乡"活动的医务人员，地点在龙泉汤的龙腾山庄酒店。柳依依没有听错，佟丙柱说的地点是龙泉汤。在车上，柳依依问佟丙柱，龙泉汤那个偏僻的山村怎么会有酒店？

佟丙柱显得很兴奋："龙泉汤这几年可有点变化。城里有钱的人在路边买块地，开始建温泉洗浴和酒店了。这个龙腾山庄就是镇政府招商来的第一家投资酒店。吕书记亲自在这儿招待你们，可见镇领导对你们的重视啊！"

龙腾山庄酒店建在路边一个半山坡上。正门大院中心是一座高屋脊的日式建筑,几座新颖别致的别墅围绕在主建筑周围。站在酒店的大门口,可以看到远处的雪帽山。在这个偏远的山沟里,有这高档的建筑群点缀,景象似乎有了活力。

吕书记年轻时是省队篮球队员,退役后到县体育局工作几年,然后下派到乡镇镀金,担任党委书记。从他充满自信的笑容里,可以看出他的前途无量。他长得人高马大,说话声音洪亮。他披灰色风衣,站在院子里,居高临下,一览无余,兴致高昂地介绍他谋划的宏伟蓝图,挥手指着山坡下:利用龙泉汤天然的温泉水,在沿路两侧打造温泉旅游度假胜地。围绕山泉林开发旅游项目。雪帽山巍峨挺俊,城里人可以到这儿来游山赏景,春天的鲜花,夏天的凉爽,秋天的红叶,冬天的雪,四季都是美景!温泉水舒筋活血,滋润健康,泡泡温泉,吃点农家饭菜,其乐无穷!在漫山遍野的葡萄园、果树林里体会果农收获果实的心情和采摘的乐趣。

柳依依听了吕书记的一番激情的描绘,顿时感到自己付出了爱,叶雪松付出生命的地方,竟然这么美好!她望一眼远处的雪帽山,安息在山脚下的叶雪松能听到吗?

吕书记口若悬河地描绘龙泉汤的未来,而他的才华在酒桌上更是表现得淋漓尽致。一桌丰盛的农家风味的佳肴,柳依依的同行们感到新鲜,而对柳依依来说并不陌生。她望着满满一桌菜,想起了二十年前父母亲送她和弟弟来这儿的情景。大队丁书记热情地招待他们,她和弟弟第一次吃到农家饭菜。虽然没有今天这样的排场和讲究,但那种味道几十年没有忘掉。

吕书记环视一圈,诚恳地说:"各位专家,我代表镇党委,对你们到许屯镇'三下乡'活动表示热烈的欢迎!各位辛苦了!为了表示我的诚意,我敬大家一杯酒!"

吕书记让服务员把晶莹剔透的小酒杯都斟满。酒桌上只有柳依依和妇科医生焦大姐是女同志,还没等柳依依说话,焦大姐摆手拒绝。吕书记站起身,像球场上的裁判员发出指令,都满上,喝不喝再说。焦大姐向柳依依使个眼色,让柳依依帮腔。柳依依轻轻地拉下焦大姐的手臂,不让焦大姐再言语了。

吕书记端起酒杯,像几杯酒已经下肚,显得很兴奋地说:"这杯酒我先干了,这是我的赔罪酒! 为什么要对各位专家赔罪呢? 因为你们的时间是极其宝贵的。'三下乡'能到我们僻远的农村来,实属不易啊! 可是我们的医院已经名存实亡,你们的培训、义诊计划不能落实了。"

　　说完,吕书记一仰脖,满满的一杯酒几乎就是射进嘴里的,动作干净利落,气势咄咄逼人。柳依依第一次见到这么豪爽的喝酒人,瞄一眼自己面前的满杯酒,她不由地胆怯起来。

　　再陌生的人,在酒杯面前,不管相距多么遥远,此时也就是一个酒杯的距离了。张主任也是个爱酒的人,大有和吕书记一见如故的感觉。张主任坐在吕书记左侧,礼貌地站起身,端起酒杯,声音虽然没有吕书记的气势,但显然也在一定档次的酒席上厮杀过。

　　"吕书记,您的诚恳使我深受感动! 我们一行五人虽然没有完成任务,可我们不枉此行,认识了有开拓精神的吕书记,看到这个偏远农村发展的未来。我借用吕书记的酒,敬一下才华横溢的吕书记,祝你前途似锦,飞黄腾达! 我先喝为敬!"张主任右手端杯,左手遮挡在酒杯前,文绉绉地把杯中酒喝下去。

　　吕书记爽朗地笑了:"知识分子就是不一样,喝酒都讲究文明啊! 来,大家吃菜,这都是地道的农家菜!"

　　吕书记举起第三杯酒,眼睛落在柳依依的脸上:"这第三杯酒,我敬给柳医生! 为什么要单独敬柳医生,这我要说明一下。龙泉汤是柳医生的第二故乡,当年柳医生是龙泉汤大队的赤脚医生。我了解到,柳医生在大队卫生所担任赤脚医生期间,全心全意为人民服务,深得龙泉汤社员的好评。前不久,柳医生在'光明行'活动中,还心系龙泉汤的百姓,为几个老人做了白内障手术,使他们看到了光明! 可见你对龙泉汤这个第二故乡是有感情的,所以我要单独敬你一杯酒!"

　　柳依依受宠若惊,一时不知该怎么面对这突如其来的热忱和评价。柳依依支支吾吾地说:"谢谢吕书记,可……可我不会喝酒,我用水代替吧!"

　　吕书记嬉笑着摇头:"酒桌上是有这话,只要感情有,喝什么都是酒! 可是,今天却不行。因为柳医生回到第二故乡,怎么地也要表现出一点诚意来。这可是给你留下深刻记忆的地方！"

柳依依垂下眼睑，望着桌上的那杯酒。她感觉出吕书记含蓄的劝酒话，透出对她过去是了解的。这杯酒似乎就是她在这走过的路所酿造而成的，不管酸甜苦辣她都要喝下去。柳依依端起酒杯，心突突地跳，手不由地颤抖起来。柳依依放下杯，看眼吕书记，苦笑一下："我一定喝下去，让我平静一会儿好吗？"

吕书记摆手叫来服务员："给柳医生换个三钱小杯。这一杯是半两酒，一口下去真有点难为柳医生了。"

服务员把一只小杯拿来，斟满递给柳依依。

吕书记眼里露出惬意的笑容："柳医生，镇党委研究决定，镇医院要在龙泉汤这儿选址新建。由于公铁立交桥的改建，许屯镇里已经失去了发展基础。镇党委决定围绕龙泉汤的温泉，打造一个新的农村小镇。到时候柳医生一定要为你的第二故乡建设贡献一分力量啊！医院建的再好，没有人才不行，还是改变不了缺医少药的现象。柳医生和诸位医生都是医学院的教授，多为这儿推荐专业人才。我们争取县政府的支持，把这座医院打造成县北部乃至是海连市北部的二级医院，彻底解决方圆百公里缺医少药的现象。柳医生，你要是愿意为第二故乡做点贡献，就干了这杯酒！"

柳依依听到吕书记的话，非常感动。不管他的计划能不能实现，他想到了如何改变农村缺医少药的现象。柳依依由衷地敬佩这位领导："谢谢吕书记对我的信任，我一定尽其所能。这杯酒，我喝下去！"

柳依依小心翼翼地抿了抿，随即喝下。

吕书记兴奋地说："好啊！佟院长，交给你个任务，你保持跟柳医生和这几位专家联系，请他们多多指导！"

佟丙柱站起身，诚惶诚恐地说："吕书记交给我的任务一定完成好，来，我敬各位专家一杯酒！"

71　海无边

栗天舒彻底绝望了。郭烙的手机已经停机,办公室座机无人接听。无奈,栗天舒不顾郭烙对她的禁令,准备去他的办公室找他。

强强要上学走,栗天舒破天荒地去送。强强闷头走路,不爱跟妈妈说话。这些天,强强已经看出来了,妈妈住在姥姥家,不是为了陪他。他感觉妈妈和爸爸是吵架了,在他的记忆里,还没有看到他们吵架是什么样子的。他问姥姥,他们是不是吵架了?姥姥却说,小孩别操那份心,安心学习。到了校门口,强强抬头问:"妈,你和爸爸是吵架了?这么多天爸不来,你们还不联系,你有时候抹眼泪,我都看出来了。"栗天舒苦笑着掩饰说:"没有啊,你爸工作忙不着家,我这些天组织演出也很累,所以就住在姥姥家。"栗天舒强忍泪水,掏出二百元钱,递给强强说:"妈要出差几天,这是你这几天的零花钱。强强,妈妈爱你!一定要好好学习,像叶子姐一样,考个好大学!"强强惊疑地看着栗天舒说:"妈妈,你骗我!你出差穿羽绒服,不拿箱子啊,一定是跟爸爸吵架了!"栗天舒沉默片刻说:"是,你不要记恨妈妈,见到爸爸后,告诉他,妈妈错了!"栗天舒一把搂住强强,泪水夺眶而出。栗天舒恋恋不舍地和强强分手后,直接到了单位。

栗天舒打开抽屉,拿出工作日记本,撕下一页纸写道:

晓飞:

　　你见到这封信的时候,我已经离开了你和孩子。从青年点我们相处以来,你一直像个哥哥一样爱护我。结婚后,我们还是那样相爱。自从你当了干警后,你越来越冷落我。我在你的生活中,没有你的工作重要!看到同事的丈夫那么有钱,那么爱自己的妻子,我羡慕又嫉恨。我羡慕人家有钱,夫贵妻荣;我恨你拼命工作,给妻子却买不起名牌服装、手表和小车。正是受这样虚荣的折磨,我做了错事。我对不起你!我只有选择以死来请求你的原谅!我爱你和我们的儿子!请求你不要把真相告诉儿子,就告诉儿子,妈妈是被病魔折磨的厌世了。

　　晓飞,如果有来世,如果还来青年点,我还跟你在一起,就在农村居住不回城了！

爱你的天舒,永别了！

一九九六年十一月七日

栗天舒咬住嘴唇,没有让眼眶里打转的泪水流下来。栗天舒走出办公室,进了一家超市,买了一把水果刀放进包里。打车来到胜利桥北海洋博物馆附近的物流大厦。桥北一带,栗天舒很少过来。记得还是在小学五年级的时候,学校组织到博物馆参观。当时是国家最大的海洋生物博物馆,每天都有外地和本市的参观者。那时还没有兴起旅游,但来海连的人,必到两个地方,一个是老虎滩,一个是海洋博物馆。强强小学一年级暑假的时候,栗天舒和柳晓飞商量,准备领儿子去海洋博物馆,可柳晓飞立即回绝,说没有时间,她只好自己领着儿子来到这里。

多少年没有过桥北了,似乎没有看出多大变化。显眼的是一座高楼,在海洋博物馆后面耸立,楼顶上竖立着醒目的六个大字:佳美物流集团。

栗天舒往大门里进被保安拦下。栗天舒告诉保安:"我跟郭总联系好了,他在办公室等我。"保安用警觉地眼神看着栗天舒说:"你在说谎,郭总根本没在办公室。"栗天舒急了:"我跟郭总是青年点同学,找他有急事,让我进去吧。"保安狐疑地问:"你真是老总的同学?"栗天舒诚恳地点头。保安小声地告诉她:"一会儿就来了,你到外边等,他的车直接开到门口。"

栗天舒没有站在正门口,躲到台阶下花坛边上,正对大门口。她认识郭烙的车,在他下车的时候,突然站在他面前,他想躲也来不及。栗天舒感激那个保安,把郭烙的行踪告诉了她。今天必须和他做个了断,或生或死就看他给她一个什么说法了。

楼前的停车场摆满了车辆,进出大楼的人不是密集成流,但稀稀拉拉也没间断过。栗天舒想已经过了上班时间,这些出出进进的人,肯定都是客户。栗天舒真希望她站在他面前的时候,他态度恶劣,发生争吵后,围观的都是郭总手下的员工。

一辆黑色奔驰驶到大门口。栗天舒一眼就认出是郭烙的车,她快步上台阶,奔驰停到楼门口,栗天舒正好站在车边。郭烙惊诧而又惶恐地问："你怎么到这儿来了？我不是告诉过你不要到单位找我嘛！"

栗天舒怒气十足，大声地说："你不接我电话，我就来找你！"

郭烙忙四处看一眼，悄声地说："天舒，我这几天特忙，过两天我们好好谈谈，我安排车送你回去。"

栗天舒厉声地说："我不回去！你别忽悠我了，今天必须有个了断！"

郭烙看出栗天舒是顶气来的，哄是不起任何作用了。他板紧面孔："那好，我们不能在这儿谈，你去找个酒店订个房间，我处理完手头的事儿就过去！"

栗天舒果断反驳："哪儿也不去，就在你的办公室！"

郭烙无奈低声地说："好吧，你别阴沉着脸，让人看到我怎么领个什么女人来单位了！"

郭烙抬脚进了门里，栗天舒低头跟在身后。他们像陌生人，直到乘电梯，到走进郭烙的办公室，谁都没有说一句话。郭总的办公室很气派，宽敞明亮。棕色的宽大的办公桌后面是一排书橱，一棵茂盛的马拉巴栗树立在墙角。沙发旁边是一个楠木底座的金色地球仪，十分显眼。他们刚进屋，一位年轻的女秘书随即跟进来，毕恭毕敬地说："郭总，长江集团客人下午一点半来公司。"

女秘书的话，让郭烙得到脱身的机会。郭烙对女秘书说："你马上把会谈的资料，数据弄准确了。这是我青年点同学，我们谈点业务事儿，来人找我，先让到会客室等我。"

女秘书给郭烙水杯沏完茶，又给栗天舒沏了一杯茶，放到茶几上，对冷眼的栗天舒微笑谦让下，然后走出去。

郭烙露出一丝微笑："天舒，我不是撒谎吧，下午的客人很重要，关系公司下一步业务的拓展。咱俩的事情好说，你要什么我都答应你！"

栗天舒冷冷地看着郭烙："我什么都不要，只要你离婚娶我！"

郭烙脸色煞白，栗天舒真的跟他动感情了。原以为逢场作戏，满足一下二十年前对一个黄花少女的欲望。没承想竟然成了烫手的山芋，黏在手里了。郭烙看出栗天舒是顶着气来的，不能跟她来硬的，女人是怕哄的，哄她走出这个办公楼，一切就好办了。郭烙端起茶杯，显得很平静地吹了一口气，又慢慢地喝了一口，放下杯子，走到栗天舒面前，拉起她的手。栗天舒猛然一甩手，厉声地说："少来这事儿！说话！"

郭烙脸色一变："栗天舒，我什么时候答应要娶你了吗？"

栗天舒目瞪口呆："你反悔了？"

郭烙转身去书橱找什么东西，栗天舒的手伸进包里，握住水果刀，真想一步上去，可她放下了刀，手从包里抽出来。

郭烙回头看到栗天舒的脸色发红，立刻嬉笑起来："天舒，别生气啊！我可不喜欢你现在这个样子，像个没素质的泼妇！"

栗天舒的脸呼呼发热，心跳加剧。如果郭烙还搪塞她，她真的要跟他同归于尽！

"我家都没有了，还要什么素质！你不给我答复，你什么客人也别去见！"栗天舒满眼仇恨，眼角挂着血丝。

郭烙禁不住打个冷战，栗天舒今天真是抱着破釜沉舟的心态来的。大闹起来，不仅仅影响他的工作，而且他的妻子和岳父知道了，他可就完蛋了！这么多年，他如同活在如来佛的手心里，岳父一翻手掌，他就一无所有。岳父对他工作干得怎么样一点都不感兴趣，感兴趣的是对他的女儿忠不忠。能把位置让给他坐，也能把他从位置上立马拉下来。他的命运就掌握在他们父女的股掌之间。

"天舒，你不要急于求成！我实话跟你说，现在我不能离婚。如果现在离婚，我什么都没有了！这么多年，我单纯地靠自己去奋斗，什么都奋斗不出来。"郭烙一脸苦相，祈求地看着栗天舒。

栗天舒低头沉静一会儿，说："现在你还要什么？有钱够我们生活就行了！"

郭烙哈哈大笑起来："天舒啊，你真天真！你看我为你花钱这么大方，以为我非常有钱了。不瞒你说，这是家族企业，钱都在我妻子和岳父手里了，我花的是小钱。等机会成熟了，我自己偷开一家公司，把业务分出一块，我才能赚到属于我自己的钱！"

栗天舒眨巴眨巴眼睛，觉得郭烙说的有道理，可又感觉他在应付她，一时间有点晕乎。郭烙看出栗天舒对他的话半信半疑，又继续说：

"天舒,你有多长时间没有见到柳晓飞了？我希望你暂时回家,不要跟柳晓飞闹得太大了,闹大了对我们没有好处!"

栗天舒怪罪地说:"我还能回家吗？柳晓飞还能要我吗？你怕他什么?"

郭烙长吁一声:"咳,我怕他什么？柳晓飞现在可不是一个小警察了,你是不知道,他现在是西岭区公安局副局长了! 我就在他的辖区内,他找个什么理由都能把我收拾了!"

栗天舒幽怨的目光落在郭烙的脸上,眼泪唰唰地流下来:"家我是回不去了! 你看着办吧!"

海风阵阵袭来,透心的凉意袭遍栗天舒全身。初冬季节,太阳早早就沉到海平线下,海鸟归巢,四处寂静。礁石不高,涌过来的海水溅起的浪花,能扑到鞋面上。

栗天舒站在岩石上,望着苍茫的大海,一种绝望的心情,压在心头。栗天舒没有想到,自己的人生路就这么走到了尽头。回想自己所走过的路,一阵揪心的难受。她十七岁从艺校毕业的时候,班级一名女生跟外校男生搞出孩子,领导一怒之下,把他们这届艺校生全部打发到农村青年点去,从那时起,她的心里就避讳与男生的接触,好像男生是天然的祸根,必须远离。母亲也嘱咐她,不要随便跟男孩子接触。到了青年点结识了柳晓飞,那时她不懂什么叫一见钟情,只是感到柳晓飞潇洒、大度、讲义气,像个男子汉,跟他在一起,有一种幸福感和踏实感。参军后乃至转业到地方工作,再没有一个男人闯入她的心里,顺其自然的结婚生子,一晃十五年过去了。真没想到,孩子都十二岁了,竟然背叛了自己的丈夫。栗天舒泪眼蒙蒙,真是应了那句老话,一失足成千古恨! 她后悔不该一时贪图虚荣,误入歧途。人到了绝望的份上,才知道失去的是多么的宝贵,昔日一家人在一起的美好时光,一去不复返了。

栗天舒从包里掏出水果刀,摁在自己的右手腕上,用力一割,一股鲜血流出来。她仰天大喊一声:"柳晓飞,来世再见!"

然后纵身跳进了大海。

72　四方台

　　柳依依接到柳晓飞的电话时,栗天舒正在四方台镇医院抢救。柳依依惊愕地问弟弟:"天舒怎么了?"柳晓飞愤恨地说:"她割腕跳海自杀!"

　　柳依依半天没有缓过神来。她没有想到,柳晓飞和栗天舒夫妻间的问题如此严重。本来她想找栗天舒谈谈,可是她又感到无法劝慰栗天舒。她一直把栗天舒当作自己的妹妹一样,可在她背叛自己弟弟的事情上,不由地感到栗天舒确实过分了。尽管柳晓飞没有像过去那样宠她哄她随她任性,可柳晓飞不是移情别恋把她冷落了,晓飞是为了工作,把精力放在工作上,作为妻子应该理解和支持丈夫的工作。而她不但不理解和支持,反而嫌弃柳晓飞没有能耐赚钱,满足不了她爱慕虚荣的欲望。想起这些,柳依依心中不免感到栗天舒变得不可思议。可怜之人必有可恨之处,她走到绝路上,柳依依对她既恨又怜悯!

　　四方台镇距离市区四十公里。柳依依在大三的时候,曾跟随学校组织的社会实践活动,到过这个地方。山后是军港,山前是镇政府所在地四方台村,整个村子靠山面海,环绕在海岸边。他们住在渔民家,晚上能听到海浪拍打堤岸的声音。在她的记忆里,小渔村很穷,靠打鱼为生。最近市内的海滨浴场水质每况愈下,城里人玩海的兴致转移到城边,那儿海水没有污染,还有农家小院休闲。一到夏季,城里人蜂拥到城外的海滨浴场玩。四方台虽然离城里远点,但来过的人都说这儿的海水湛清瓦蓝。柳依依从没有来过,栗天舒跑到这么远的地方来跳海,肯定她以前是来过。

　　柳依依在出租车上,给同事打电话,把栗天舒转院的事情安排好了。一个镇医院只能作为生命急救的驿站。柳依依下车,却惊奇地发现,和她想象中的镇医院完全不一样。出于职业的敏感,她看出这是一家甲级医院。

　　走进大厅,宽敞明亮。大厅中央是导医台,两位护士微笑地面对来咨询的人。柳依依上前问了急救室位置,快步走过去。

柳晓飞低头坐在急救室门外,看见姐姐,泪水滚落下来。在柳依依的记忆里,弟弟很少有落泪的时候。记得刚到青年点,疙瘩榔和郭烙在山上干活的时候欺负他,把他的军帽抢走了,柳依依搂着弟弟失声痛哭,而受了欺辱的弟弟却一个眼泪都没有掉。

　　柳依依急切地问:"没有脱离危险?"

　　柳晓飞痛心地望一眼急救室:"正在输血,流了很多血!"

　　柳依依惊讶问:"哪来的血源?这个医院有血库?"

　　柳晓飞点头:"有急救血浆,市血站的车在路上。"

　　柳依依松了一口气,镇医院有急救血浆,这在一个乡镇医院是很少见的。柳依依不由地感叹,这个正规的医院救了栗天舒的命!

　　"天舒怎么做出这样愚蠢的事儿?谁救的她?"柳依依问。

　　柳晓飞疲惫地坐到墙边的椅子上,痛楚地抱着头低沉地哽咽几声,缓缓地抬起头:"一小时前,当地派出所打电话,我立刻就赶来了。救天舒那个男人,他姓陈,老陈是这个镇的渔民,中午和妻子到海边抠蛎蝗。看到一个女人在海边转悠,他们感到很奇怪,大冷的天,又不是洗海澡的时候。他们在附近边抠蛎蝗边观察天舒。栗天舒在海边足足待上两个多小时后突然跳海,老陈立刻赶过去,跳进海里救她,救上来后才发现,天舒已经割腕,鲜血直流。老陈和他妻子用绳扎住栗天舒的胳膊,简单止血后就送到这里了。到医院已经昏迷过去了,我来时已经给输血了,医生说还没有苏醒。"

　　柳依依深深地叹口气:"多亏遇到了好人,抢救及时,稍微耽误就完了!可能是动脉血管割破,流血是非常严重的!一定要感谢人家!"

　　这时急救室的门突然打开,一位护士匆忙出来,没等柳晓飞问话,护士急忙地说:"血浆告急,送血浆的车还要半个小时才到,患者还没有苏醒。"

　　柳依依忙问:"患者是什么血型?"

　　柳晓飞焦虑地说:"O型!姐,咱俩都不行!"

　　护士急匆匆地边走边说:"我们医院有应急义务献血志愿者队伍,你们家属不用着急!"

柳依依跟着护士来到化验室，献血的志愿者有十多人，排队献血。柳依依一下子震惊了，她看出医院的管理井井有条，甚至比大医院更注重细节的管理。

　　经过三个多小时的抢救，栗天舒终于脱离了生命危险。为了让她病情稳定，医生建议家属不要马上见面，柳依依劝慰柳晓飞听从医嘱。天舒的生命挽回来了，但意识没有恢复正常。柳依依嘱咐柳晓飞，这个事情不要对天舒的父母说，也不要让强强知道，更不能让爸妈知道。

　　柳晓飞心领神会，对她说："天舒单位和我单位的人都不能知道。我原谅她了。在她用生命忏悔自己的过错的时候，还有什么不可以原谅她的！姐，我你放心，我会像过去那样爱她！"

　　柳晓飞一直等到医生准许，才匆匆地跟栗天舒见上一面。栗天舒躺在病床上，全身无力，哭泣的声音都难以从喉咙里发出来了，只有泪水从眼角无声地流下来。柳晓飞躬身紧紧握住栗天舒的手，深情地说："天舒，那一页翻过去了！我依然爱你！"

　　柳依依在四方台镇医院陪护栗天舒一个晚上。医院院长是抢救栗天舒的主治医生，柳依依见到这位院长，详细询问了栗天舒当时的状况。

　　院长姓戚，五十多岁，头发灰白凌乱，白大褂的上兜口沾着一块瓶盖大蓝色的墨迹，胸前还少了一颗纽扣，线头挂在胸口，打眼一看就是不拘小节的男人。这样一个粗心的人竟然把医院管理的这么好，她觉得很奇怪。

　　院长室不是她想象中那样气派亮丽，甚至有些简陋。办公室在一层走廊最东头，房间只有十几平方米，没有装修，白色粉墙，米色地砖，满墙站立书橱。办公桌后面是一张床，床上的行李非常规整，像电视中看到的军队战士的床铺一样，行李叠得棱角分明。

　　柳依依："您好院长，我是患者栗天舒的亲属，想问一下她的情况。"

　　戚院长笑容满面，转而严肃地说："很危险啊！左手动脉割破了，又跳进冰凉的海水里浸泡。你的亲戚可是抱着必死无疑的意志轻生的。如果那位渔民不及时跳海抢救，如果他不做简单的止血处置，恐怕你这个亲人就没命了！简单的处置，送到医院来也失血了一千多西西！生命危在旦夕啊！她能活过来是她的造化！"

柳依依眼睛湿润了，栗天舒真是捡回了一条命。戚院长说的两个如果，柳依依心里清楚，如果四方台镇没有这个像样的医院，等到送进市内医院抢救，她也是命断路上。

"谢谢戚院长，如果没有这么好的医院，没有您全力以赴的抢救，没有管理细致的应急保障，我的亲人也难保性命啊！戚院长，我代表全家衷心地感谢您！"柳依依心情激动，这是她第一次以患者家属的身份，面对有救命之恩的医生。以往她都是面对患者家属的感谢，身份的转换，让她更感到作为一名医生的责任真是重于泰山。

戚院长惊讶，他组织应急献血志愿者队伍的两年里，已经有三次在患者生命的关键时刻，发挥了最关键的作用，得到了患者家属的感谢和好评，而从面前的女人简单的话里，感到她是一个内行的人。戚院长马上问："请问您是做什么工作的？"

柳依依笑一下："我也是医生，在市附属一院工作，我姓柳。"

戚院长兴奋地拍下手："哦，我一听你说话，就感觉你是内行人！原来我们是一家人啊！我原来在市中心医院工作，普外科的，我叫戚长波。"

柳依依暗自惊叹，是父亲手下的医生。他要是知道抢救的轻生者是柳院长的儿媳妇，再通过他的嘴传到中心医院，大家对老院长的家庭会是什么看法。柳依依决定要对戚院长保密身份。柳依依问："戚院长怎么到乡镇医院来工作了？是原单位不好吗？"

戚院长探口气："说起来很复杂，简单地说吧，我想干点儿事，不愿在大医院成天混日子！市中心医院是市内所有医院待遇最好的，你们附属院是赶不上的。……哎，"戚院长停下话，打量柳依依，说，"柳院长的女儿也在你们附属一院了，是眼科医生。叫柳……什么来着，我一时想不起来了，莫不是你吧？"

柳依依脸唰地红了，忙说："我不是，柳院长的女儿叫柳依依，是眼科医生。我是妇科的。我叫柳青，副主治医师。"

柳依依从来没有说过谎话，感觉十分不自在，想寻找机会离开院长室。戚院长却像是遇到了知音，把话匣子打开，讲起他的经历。

"我是一九八五年部队大裁员时，从兰州军区医院转业到老家的市中心医院的。柳鹤年老院长也是部队出来的，对我们回地方的军医同志非常好。同时分到中心院的三名军医，都分到房子，房改后自己出点钱，变为私有财产。妻子在市园林处工作，儿子在部队已经正营级了。按理说我应该满足，在医院安逸地工作到退休，然后告老回家，颐养天年。可是，一次机会再次改变了我的命运。那是前年夏天，我的高中同学到四方台镇当镇长，我们几个同学来喝酒。在镇长办公室闲聊的时候，院子里忽然进来一伙人，吹着哀乐，抬着一口大棺材，像出殡走错了路走进了镇政府大院。原来这是一起久拖不决的上访案子。三年前一位渔民的妻子患病到镇医院就医，医生诊断是急性阑尾炎，并进行了手术。手术进行三小时，没有找到阑尾，结果发现腹部包块，手术医生又做了四小时，进行不下去的时候，去市内大医院请手术医生，患者家属等不得，非要转院，家属把患者抬下手术台，往市里送，结果半路患者死在车上。这是一起医院负主要责任的医疗事故，家属要求巨额赔偿，镇政府一直没有解决。新镇长上任，患者家属抬着空棺材，来镇政府向新上任的镇长发难。"

戚院长可能讲的口干舌燥，停下话，喝了一口水。柳依依起身端起暖壶，给他的水杯斟满水。柳依依忽然对他来镇医院的经历感兴趣了，她想起龙泉汤昌书记的话，要建设一座二级镇医院，让她做点贡献的事情，也许从中能借鉴点什么。

"戚院长，后来你的同学镇长就聘你到这当院长了？"柳依依直接地问。

戚院长哈哈一笑："柳医生对我经历有兴趣？我向你介绍我们医院的发展，有好感的话，可以聘你为我们医院兼职的妇科专家。"

柳依依慌忙地说："我不是那个意思，我看戚院长能到乡镇医院来，肯定有不寻常的经历。"

戚院长脸上的笑容消失了，变得严肃起来："是啊，首先是我所在的中心医院这一关怎么过？当时镇长主张把镇医院承包给我，我断然拒绝。我要到乡镇医院来，真不是完全为了钱。我看到当时这个医院，医务人员和设备都不行，不出医疗事故才怪呢！当时就想帮助老同学在这个地方干出点政绩来。可是中心医院不放我啊，辞职可以，但要保留身份下海不可以。我这个人做事就是要做就必须成功，必须做好。单位人事部门给我这个答复，我不服，就找到柳院长。那时柳院长要退居二线，老院长一听我要到乡镇工作，马上表态，这是好事啊！农村缺医少药现象，需要专业人才去建设和改造。老院长把准备接班的新院长叫到办公室，向他交代说：'我退居二线之前要办的一件事情，就是普外科戚主任停薪留职去乡镇医院工作。他不属于辞职下海自己创业，是支持乡镇医院发展。可以保留身份。'在老院长的支持下，我保留了身份，无后顾之忧地来到这里。三年时间把一个落后的医疗事故频出的末流小医院，发展成为有病床二百张的正规医院，吸引来市里有高级职称的退休专家十多人，每天出诊的专家不少三人。三年来利用盈利的利润购置新设备五十多台套，现在疑难杂病进市大医院，一般常见病在我这里就可以治愈。"

柳依依听得激动，父亲太开明了，支持一个人才，救活一家医院，保一方平安。可她不能告诉他，那个老院长就是自己的父亲。

戚院长看到柳依依眼圈红了，打住了话头，愣愣地看着柳依依："柳医生，我是耽误你时间去照顾患者了？"

柳依依摇头："不是，我受感动了！你真是人才！"

戚院长露出胜利者的微笑："没有老院长这个伯乐，就不会有我今天的成就！柳医生，我再次邀请你加入我的团队，待遇肯定比附属一院的高。你可以兼职，多挣一份工资。现在这样做的医生有很多，领导都是睁只眼闭只眼的。我这儿有位外聘的妇科主任医师，年龄大了，需要你这样年轻的专家。"

"谢谢院长的好意，我在外面已经有兼职了。"柳依依的脸发烧，再次说谎让她感到面红耳赤。

73　无影灯下

春天的海滩泛起的白色盐花，远远看去像未融化的雪，残留在沟沟壑壑上。二月春风似剪刀，这锋利的剪刀，已经剪开了料峭的春寒裹着的大地，三月份的百里盐滩已经有了春的气息。一大群北归的大雁，在滩头栖息，大群白色的海鸟，像朵洁白的云彩在远处的海边飘荡。金欢开着丰田吉普车，急速行驶在去往新生农场的路上。她无心观望百里寂寞的盐滩悄悄到来的春意景象，一门心思想早点把哥哥金曙光接回家。

金曙光的刑期已过大半，由于表现积极，获得减刑，今天是他出狱的日子。金欢按照哥哥的嘱咐，买了一些男士内衣和食品，急匆匆地来到新生农场。她真希望哥哥出来能够振作精神，从头再来。哥哥事业上的挫折和婚姻的失败，对他都是沉重的打击。尤其是婚姻的失败，哥哥受到的创伤远比事业上受到的挫折要深要重。原来的饭碗丢了，哥哥可以继承父业干自己的事情，而婚姻却是他绕不去的坎儿。父母亲逐年老去，虽嘴上不说，可心里总是放不下，渴望见到孙辈的人。哥哥能不能满足老人的期望，关键在他能不能尽快地从失败的婚姻阴影中走出来。哥哥也到了不惑之年，生儿育女的事儿不能再拖了。

想到这儿，金欢感觉哥哥对附属一院的柳医生好像有一种莫名的牵挂。她和母亲曾去医院送锦旗感谢柳医生在法庭的相救，可当在探视哥哥的时候，把这件事情告诉了他，没有想到哥哥竟不顾场面有人，对她大发雷霆："不让你们去打扰她，你们到底去了！高春萍肯定跟你们说了什么，把我和她离婚的原因，都推到了柳依依的头上。"金欢辩解，不是那么回事，完全是出于感激的心情去见她的。金曙光生气了，为这事儿都拒绝她和妹妹去探视他。

十点整，黑色厚重的大门，咣当一声打开。金曙光拎着一个旅行袋走了出来。他深深地呼出一口气，情不自禁地说："我自由了！"

金欢看到哥哥眼圈发黑，脸色苍白，清瘦，明显地营养不良。她的眼泪唰地流下来："哥，你受苦了！"

金曙光爽朗一笑:"没事儿,这一劫就算走过去了,我开始新的生活了!"

金曙光把金欢买来的一大箱子男人内衣和食品送到门卫。金曙光告诉金欢,这里的男人从不换内衣,他答应出去后,给中队每人买一套内衣。金曙光坐进车里问金欢:"我身上也有一股怪味吧?"

金欢嗅闻着:"嗯,酸溜溜的。哥,给你买的衣服都在车上,你是先洗澡,还是先回家看爸妈? 妈让我先把你拉回家,他们太想你了!"

金曙光想了一下:"我也想他们,可我不想这样邋遢地见父母,他们看到我狼狈相会难受,我还是先去洗澡吧!"

金欢:"好吧,我回家跟妈包饺子,我几点来接你?"

金曙光:"不用你接了,现在中午了,我想泡完澡睡一会儿,醒了我自己回去。我就想吃妈包的三鲜馅饺子,晚上跟爸喝点酒。"

金欢开车来到渤海路上一家高档洗浴中心门前,从后备厢拿出一袋衣服,又从包里拿出一沓钱,递给金曙光:"哥,休息好了就早点回来,我们都等你呢。"

金曙光点头答应,接过包走进门里。

赤条条地站在镜子前,金曙光为自己这般模样难受了,虽然没有达到瘦骨嶙峋的地步,但两侧肋骨一条一条地整齐地排列得清清楚楚;两臂三角肌消失殆尽,只剩几条模糊的皱纹,显示曾经有过的力量;两条粗壮的腿也瘦了一圈,膝盖下好像已经弯曲了;再细看自己的脸,两鬓露出几缕白发,腮帮上布满毛茸茸的黑胡须,眼角现出细微的鱼尾纹;左眉头的一道细细的疤痕隐约可见,两只黯淡无光的眼睛,透露出身心的疲惫。

金曙光不忍心再看镜子里那个变形的躯体,迅速躺在温热的浴池里,感觉全身像散了架,身躯埋在水里,只露出头部仰望穹顶。那上面是油画飞天图,一位仕女飞舞长袖在湛蓝的天空中,俯瞰苍穹之下赤身的男人们。金曙光闭上眼睛,他不知道设计师用飞天来窥视人间赤裸的男人出于什么理念,但他却感觉那个仕女好像是柳依依,在高傲地蔑视他丑陋的身躯和灵魂。

金曙光怎么也克制不了自己曼舞的思绪,眼前总是出现柳依依的身影。躺在洗浴中心楼上幽静的休息室,金曙光怎么也睡不着,他的脑海里总在萦绕一个问题,董明和何璐给柳依依介绍的会计师,不知道结果怎么样了?也许已经结婚在一起生活了。自从董明去监狱看他,向他透露这个消息后,每当夜深人静的时候,他都在幻想柳依依组建家庭后的生活场景。身陷囹圄,也只能靠幻想思念自己深深爱着的女人,而现在躺在这高档洗浴场所,看着给他专心做着足疗的年轻女子,他确切地感到身子自由了,心也自由了!一切都不再靠幻想度日了。他猛然决定,立刻去见柳依依,迟早他要跟柳依依见面的,那么何尝不早一点相见。如果柳依依已经组建家庭,他就像风一样从她身边吹过去,不留痕迹地消失,永远地消失。

金曙光换上洁白的衬衣和米色夹克衫,黑色西服裤和皮鞋,感觉自己去掉一身的污垢后,有了一点自信。他带着这种自信,走出洗浴中心的大门,这时是下午三点钟。

金曙光打车来到附属一院,在医院大厅,金曙光站在公示板前,望着柳依依的标准工作照,她那深邃的眼神,好像在说,你落魄到这个地步,我不想见你!金曙光低下头,没有勇气再往前走一步了,默默地转身走出医院。

金曙光漫无目的地走在繁华的大街上。面对熟悉的城市,他却感到陌生,曾经匆忙走过的街路,似乎感到恍惚。不知不觉走到一家西餐馆,金曙光突然觉得这个地方很熟悉。他猛然想起,去年夏天他曾与柳依依在这儿见面,为自己的案子请柳晓飞帮忙。那个诈骗犯抓没抓到,对他已经无所谓了,可人情不能忘,当时送她一部手机,柳依依当场拒绝了。想到人情,他猛然想起更大的人情还没偿还!母亲在法庭听到对他的判决当场昏厥,是柳依依的出现,才挽救了母亲的生命!这么大的人情,最起码也应该当面道声谢,可在他走进医院大厅的时候,却因自己的不自信而却步。这可能是天意,他不知不觉中竟然走到曾经和柳依依见面的地方。柳依依的家就在这附近,等柳依依下班一定要见上一面!此时,金曙光心中一股勇气和自信油然而生,不要去想她怎么样,她结不结婚与我金曙光没有半点关系,在她面前要做的就是真诚地感谢她!

金曙光知道柳依依住的楼房位置,他找到一个既隐蔽又视线较好的角落，在花坛一角坐下，直视楼前的马路，不管是坐公共汽车，还是坐小车来，都要在道口下车，经过花坛进院。花坛里是一簇簇低矮的夹竹桃和槭树，和不知名的枝叶繁茂的灌木杂生在一起。缺少修剪，枝叶疯长。

金曙光没有手表和手机，不知道此时是什么时间。极目所望，阳光已经消失，黄昏悄然降临，路边公交车站过往的车辆下车的人明显增多。金曙光紧紧地寻觅那个熟悉的身影。

花坛的另一侧传来一个女孩子的叫声。金曙光并没在意，透过浓密的枝叶，隐约看到好像是一对男女在亲昵。金曙光有点不自在，想起身离开，到楼角暗处等柳依依。

忽然，女孩大声惊叫："救命啊！"女孩喊出一声，嘴就被捂住了。

金曙光跑过去，看到两个男人把一个女孩摁在花坛的灌木中，在凌辱女孩。

"住手！"金曙光上前拽开一个男人，用力一推，那男人踉跄地倒在地上。他又抬起脚，猛地踹开另一个压在女孩身上的男人，一把拉起躺在花坛上的女孩。那女孩哆哆嗦嗦地依偎在金曙光的怀里，忙用衣服遮住袒露的前胸。

两个人从地上爬起来，向金曙光扑来，厮打在一起。金曙光为了保护女孩，一直后退，退到街面的时候，金曙光把女孩推出去："快跑，报警！"一个男人疯狂地喊叫，"整死他！"一把锋利的匕首，向金曙光的腰部刺来。另一个人抄起一块砖头，向金曙光脸部砸过来。金曙光眼前一片漆黑，倒了下去……

柳依依刚做完一个角膜裂伤手术，走进休息室，换下衣服准备洗漱的时候，急诊室主任的电话打了进来。一位患者的眼部和腹部都受到意外伤害，让她马上到十五号手术室。躺在手术床台上的患者左眼血肉模糊，身上一片血迹，急救医生和护士正抢救昏迷中的患者。

柳依依戴着口罩和无菌手套，上前观察患者受伤的眼部。无影灯下，患者紧闭双眼，呼吸微弱。监视屏的脉搏曲线趋于平缓，血压急剧下降，紧张的抢救正有条不紊地进行。柳依依用消毒棉球轻轻地擦去眼部血迹,患者眼睑皮肤严重撕裂,并累及上睑提肌、眶隔、睑板、睑缘受伤,急需进行手术缝合。

患者腹部受到致命的两刀,一刀刺进左腹部,小肠被刺破,一刀刺进右侧肝区,造成大出血。外科医生紧急输血和手术。柳依依精心地进行患者眼部手术。这样特殊的在一个手术台上同时进行两个部位的手术,在柳依依从医生涯中还是第一次遇到。患者的脸部被白布遮挡住,只露出受伤的左眼和嘴部。柳依依看到患者左眼眉处有一道细微的疤痕,看出这个患者曾经受过伤,也只是差那么一点点就伤到眼部了。柳依依心中涌起怜悯,尽管不知道他是什么原因受的伤,也默默地祈祷这位患者能苏醒过来,毕竟这是一条生命。每个人的生命都应该得到尊重和敬畏。柳依依也期盼自己的手术,能使这位患者的视力没有大的损害。

柳依依做完眼睑皮肤裂伤缝合,处理完角膜深层异物,稍微松了一口气。看到外科医生紧张的神色,她感到这个生命在他们的手中徘徊,而医生们在拼命地从死亡线上往回拉。柳依依处理好他的眼部创伤,加压包扎好了患者的眼部,感到他如果能战胜死神重新站起来,虽然左眼视力不会达到未伤前的程度,但保证不会失明。

三小时过去,柳依依瞧一眼监视屏,患者的血压在逐步上升,脉搏的曲线也明显出现波浪状,于是她提前退出手术室,来到隔壁的医生办公室。

柳依依一进门,猛然怔住,柳晓飞和两个穿警服的警察坐在屋里。

"晓飞,你怎么来这儿,有事儿吗?"柳依依惊疑地看着柳晓飞。

柳晓飞忙问:"金曙光怎么样?"

"谁?金曙光?手术台上那个人是金曙光?"柳依依惊愕地问。

柳晓飞点头:"是他!他脱离危险了吗?"

柳依依惊呆了,眼前浮现出那个血肉模糊的患者。竟然是个熟悉的人躺在手术台上,却一点没有看出来。她想起他左眉头的细微疤痕,曾经也是她给包扎的。

"姐,金曙光到底怎么样了?"柳晓飞追问。

柳依依缓过神来:"脉搏、血压基本恢复正常了。眼部创伤处理完了，视力可能受到点影响。晓飞，金曙光怎么遭受这样的伤害？他不是在新生农场服刑吗？"

柳晓飞似乎松了一口气："今天上午金曙光提前出狱。下午六点多钟，一名初中女生遭到两名歹徒猥亵，金曙光为了救她被歹徒伤害的。现在已经抓到一名歹徒，另一名正在搜捕中。我们核实了被害者的身份，才知道是金曙光。"

柳依依无力地坐到椅子上，心中涌起一阵酸楚。抛开他们曾经的恩恩怨怨，就是一个陌生的人为了救一个女学生，挺身而出遭到危及生命的伤害，也值得赞佩和同情，况且他们之间还有永远抹不掉的记忆。柳依依想着想着，泪水悄然滚落下来，滑到嘴角，竟是那么苦涩，她立即擦去。

柳晓飞对两个干警说："你俩去手术室外，安慰一下患者家属，告诉他们另一个犯罪嫌疑人一定能抓捕归案！"

两个干警走了，柳晓飞这才对柳依依说："姐，金曙光是在你家楼下的花坛边，遇到两个歹徒欺凌女生，他去解救遭到伤害的。"

柳依依诧异地看着柳晓飞："他怎么会在那儿？"

柳晓飞略有所思说："我了解到的情况是，金曙光在农场表现好，获得减刑，提前释放。今天上午十点，他的大妹妹金欢去新生农场接他。回到市里，金曙光要去洗澡换衣服。金欢把她送到渤海路上叫皇家园林的洗浴中心洗澡。据她大妹妹说，要在他洗完澡开车来接他，可金曙光不让，说要睡一觉，醒后自己回家。姐，从渤海路到你家，不是金曙光回家经过的路线。渤海路到金曙光的家是往北走，坐公交车、出租车或是自驾车，都不会往西走欢胜街的。"

柳依依皱起眉头，问："金曙光是有意去的我家楼下？"

柳晓飞点头，沉稳地说："对，金曙光从洗浴中心出来，具体什么时间不清楚，都去哪儿了也不清楚，但他肯定没有回家，有意到欢胜街来到你家楼下。目的可能是等你，没想到遇到歹徒对一个女学生施暴，他挺身而出受到严重伤害。"

柳依依的心陡然紧张起来，好像金曙光是为了她才受到伤害。上次在法庭急救他母亲后,他母亲和妹妹来医院送锦旗,他母亲有意探问她的家庭情况,好像她和金曙光有什么瓜葛似的。这次金曙光从监狱释放回来,不首先回家看望父母,而是跑到她家楼下。谁都能听明白,这是来找她柳依依才受到的伤害。柳依依是委屈的泪还是同情的泪,她此时自己都说不清楚,唰唰地流下来。

柳晓飞沉默一会儿,说:"姐,金曙光其实很不幸,我听说他跟高春萍离婚了。"

柳依依泪眼蒙蒙地看着弟弟,无奈地说:"他的事情跟我没有关系,可为什么总牵扯到我呢?"

74　丽人行

佟丙柱打来电话,柳依依一时没有反应过来这个陌生的电话对面是谁。佟丙柱听出柳依依的声音迟疑,应该是没有想起他是谁,马上自我介绍:"柳医生,我是许屯医院佟丙柱,你想起来没有?"

柳依依想了起来:"啊,想起了,是佟院长!您好!"

佟院长简单地问候几句后,转入正题:"柳医生,我今天跟你通话,是吕书记特意安排的。吕书记让我问你一下,你在酒桌上答应的话,还算数吗?"

柳依依愣住,不记得自己在酒桌上答应过谁什么事情。

佟丙柱马上解释:"柳医生,吕书记是开玩笑的,酒桌上的话不算数。吕书记不是安排我和你保持联系嘛,所以我今天给你打电话的意思是告诉你,吕书记想请你帮忙,能不能推荐几位医生到我们医院兼职工作。医院项目有眉目了。"

柳依依想起来了,那天在吕书记敬酒的时候,她是答应了吕书记,要帮助第二故乡做点贡献。柳依依觉得奇怪,一个二级医院不是那么容易就建成的。柳依依半信半疑地问:"新建的医院落实了?"

佟丙柱显然异常兴奋:"是啊,柳医生,县政府已经批准,县发改委下放了红头文件,在龙泉汤建一座综合性医院,标准为二级医院,一百二十张床位,县政府投资百分之八十,其余百分之二十由镇里解决。现在建的差不多了!吕书记邀请你有时间回到许屯,请你指教医院的建设。"

只是那么一面之交,吕书记竟然就这么信任她,柳依依有点受宠若惊:"谢谢吕书记的信任!最近我没有时间,我尽快找时间去许屯,我们电话联系吧。"

柳依依放下电话,觉得自己刚才的话有点不假思索了。尽快是什么时间?她意识到对那里的人说话要算数,就像在酒桌上答应他们帮忙,人家就惦记在心里,到时候就来找你兑现。柳依依翻了一下桌子上的台历,金曙光还在外科病房住院,眼部加压包扎还没有解开。一周后才能拆线,在这一周里她是不会离开医院的。柳依依初步定在金曙光受伤的眼睛拆线后,确定不用二次手术了,再抽空跑一趟许屯。

外科住院部在主楼十五层,柳依依很少到这来。金曙光下了手术台住进病房后,柳依依两天时间已经来过三次了。她手术处置的眼部加压包扎,四十八小时才能拆开,一周后看伤口愈合情况才能拆线。柳依依每次到金曙光面前,都平静得如同对待她的所有患者一样,除了询问患者的病情,再没有一句闲谈。金曙光的家人都在场,从他们焦灼、忧戚的眼神中看出,对她是充满感激和敬畏的。金曙光的母亲激动地握住柳依依的手,双眼含泪不住地感谢她。柳依依平淡地说这是医生应该做的。这句貌似冠冕堂皇的话,金家人听起来肯定不是滋味,但他们彼此都心照不宣,在金曙光没有完全恢复意识之前,谁也不会有更多的交谈。

柳依依领着护士来到十五楼住院部,金曙光的病房外放着一排花篮,这是一些爱心人士送来的。金曙光救人被伤害的消息,在电视台播放后,不少爱心人士和记者都到医院来探望和采访,被主治医生拒绝了。市精神文明办的领导也来到医院,就金曙光的治疗问题做出安排,金曙光住进了条件好的特需病房。

柳依依进屋,昨晚陪护金曙光的是他大妹妹金欢。金欢在给哥哥喂鸡蛋羹,看到柳依依进来,站起身要说话,柳依依摆手制止。

金曙光左眼包扎,右眼戴着眼罩。经过两天两夜,金曙光一直模糊不清的意识,逐渐清晰起来,伤口在剧烈阵痛,感觉整个躯体都不是自己的,只有无形的疼痛在折磨他。他苏醒后,眼前一片漆黑,说话的力气不足,却很清楚。他问:"我的眼睛怎么了?这是哪个医院?"金欢告诉他,这是附属一院,左眼和腹部都进行了手术。金曙光身子禁不住动起来,想要起身。金欢忙摁住他说:"医生说伤口没有愈合不能动。"金曙光有气无力地又问:"我的眼睛是哪个医生做的?"金欢知道哥哥的心思,如果是柳依依给他做的手术,他会感觉受到的肉体创伤是值得的。金欢没有说实话,"两个做手术的医生都不认识。"金曙光听后安静下来,再一句话不说了,甚至一阵一阵疼痛,他都不吭声。

金欢突然停下喂他,金曙光感觉有人进屋里了。他听到轻轻的脚步声走到床边,声音微弱地问:"是医生来了吗?"

柳依依示意金欢可以告诉他。金欢轻声地说:"是医生来看你来了!"

护士问:"你眼睛有什么感觉?"

金曙光不说话。护士瞧一眼柳依依,又说:"一会儿眼睛拆包,如果有什么不适,要说出来。"

金曙光声音低沉地问:"你们医院眼科的柳医生今天在班上吗?"

柳依依点头,护士继续说:"在啊,你找她有事吗?"

金曙光沉默一会儿:"我眼睛拆包后,我想见她,医生,麻烦请你转告一下。"

金欢忍住笑:"哥,柳医生非常忙,你先安心养病吧,我想她会来看你的!"

柳依依赞许地点头,没想到金欢能从她的眼神中领会她的意思。她不想金曙光在眼睛拆包前知道是她给做的手术,如果他知道了情绪波动,对身体康复有影响。柳依依从上衣兜里掏出笔,护士立刻把本夹子递过去。柳依依翻开夹子,在一页空白处写下:下午三点拆眼包,告诉你哥哥,很简单不用紧张。

金欢接过柳依依的纸条,说不出的一股滋味涌上来。她看一眼病床上的哥哥,又转头看柳依依,为命运多舛的哥哥感到可怜,又为哥哥命运中遇到这样一位女人感到庆幸。她庆幸的不是这位女医生救了母亲，又给哥哥做了眼部手术，而是感到她和他们家有一种缘分。她想起一句歌词：五百次的回眸换来今生的擦肩。这是多么大的缘分，他们家的两次危机，都因为她的出现化解了。她绝不相信高春萍的指责，是柳医生破坏了哥哥的婚姻。金欢理解哥哥此时的心情，如果哥哥睁开眼睛，看见是柳依依站在面前，她相信哥哥的精神状态会陡然好转。

金欢用充满感激的目光看着柳依依，欲言又止。柳依依回敬一笑，这个场合她们谁都不能说话。

柳依依收起笔，要离开病房的时候，房门打开，一个身着红色风衣戴着墨镜的女人走进来。柳依依正迎面对着她，愣一下，一眼看出是高春萍。柳依依闪下身子径直走出门。高春萍把墨镜摘下来，追出门看着柳依依的身影，轻蔑地哼一声说："别说你戴口罩，就是扒了衣服我也能认出你！"

高春萍转身进屋问："小欢，刚才那个戴口罩的医生是不是姓柳？"

金欢心存愤懑，这个时候高春萍装模作样地来看哥哥，就是给他们家添堵。金欢冷冷地说："不认识！"

金曙光听到高春萍的问话，忍着疼痛问："柳医生？是柳依依吗？"

高春萍看到金曙光一只眼包扎，一只眼戴着眼罩，揶揄地说："都伤成这样了，一听到是她，就像打了一针强心剂！刚才是柳依依来看你了，你眼睛看不到，听说话也听不出来？"

金欢气愤地说："嫂子，你能不能少说几句，我哥还没有恢复健康，需要静养！"

金曙光有气无力地说："小欢，她不是你嫂子！高春萍，谢谢你来看我，我要休息了，你走吧！"

高春萍讥讽地笑："我可是好心来看你的。你现在是名人了，我都感到光荣！不管怎么地，我们夫妻一场，在你有难的时候，我不能袖手旁观。"

高春萍从包里掏出一万元，放到桌子上："你哥是见义勇为，政府能为他免费治疗，我这点意思，给他买点营养品吃，补补身子。"

金曙光费力地说："谢谢你,我不能花你的钱！小欢不能收,让她拿走！"

高春萍冷冷一笑："金曙光,你无情,我不能无义！如果你觉得愧对我高春萍,你就不要接受我的好意！"

金欢接过钱："好,我替我哥收下,谢谢你,你请回吧,我哥要休息了！"

高春萍扬扬得意地走了。金曙光埋怨金欢不该收下她的钱。金欢无奈地说："如果不收,她还要磨叨,说不定冒出什么话气你。我收下,我负责再还给她！"

金曙光嘱咐一句,一定要把钱还给她,又问："小欢,那个医生说话不是柳依依的声音啊,高春萍怎么说是柳依依呢？奇怪,高春萍是故意气我！"

金欢自言自语说："下午眼睛睁开了,你就知道了！"

下午,金曙光躺在移动病床上,被送到四楼的眼科手术室。金曙光的父母亲都来到了医院,在手术室外耐心地等待。

手术室里柔和的灯光下,柳依依准备操作的时候说话了："不要紧张,没有疼痛,少说话。"

金曙光听到柳依依的声音为之一动,几日来的痛苦似乎瞬间消失。柳依依摘下他右眼眼罩,右眼下划破的一道伤口,出现细细的黑线,已经开始愈合。左眼加压眼包拆开后,缝合的伤口湿润,没有出现干裂现象,但眼皮红肿。

"慢慢地睁下眼睛。"柳依依轻轻地说。

金曙光左眼皮像粘连在一起,要睁开很难受。尽管睁开的右眼,已经看到那双熟悉的眼睛,但金曙光不能让这只左眼睁不开,给她一种残缺的感觉。金曙光用力将眼皮睁开,但有些模糊。

柳依依仔细检查一下,问："视力模糊吗？"

金曙光："嗯。"

柳依依平静地说："左眼有些红肿,继续消炎。一周后拆线就能好些。情绪稳定,对你恢复健康最重要！"

金曙光感觉一股暖流涌遍全身,双眼更加模糊。他忽然觉得自己无形中遭受的痛苦,还是值得的！

一周后，金曙光眼伤缝合拆线后，左眼虽然还有点红肿，但视力已明显恢复。尽管没有达到受伤之前的程度，也达到了主治医生柳依依的预期效果。柳依依松了一口气，患者免遭二次手术的痛苦了。她也可以抽时间，应邀回一趟龙泉汤了。

　　吕书记热情地握着柳依依的手："柳医生，真不好意思，让你亲自跑一趟！本来我想借去海连办事的机会见你，可最近忙，也没有机会去海连，只好辛苦你了！"

　　吕勇从上次见到柳依依后，就了解了柳依依在龙泉汤下乡期间工作生活的情况。他感到柳依依对这个地方还是有深厚感情的，那个魂断雪帽山下的初恋男知青，一直是她割不断的思念。他知道他们的女儿非常优秀，是北京大学医学院的学生。在了解这些情况后，他忽然产生了一个想法——能不能说服柳依依到镇医院来工作，聘任她担任院长。这个想法一冒出来，吕勇竟然兴奋不已。一个乡镇医院要聘大城市医院的专家来担任院长，这是破天荒的事情，也是一个大胆的计划。聘任者敢想，被聘者未必敢做，但他要尝试，即使碰一鼻子灰，也是值得的。最起码她可以时常来医院做业务指导，对医院发展肯定是有帮助的。

　　吕勇把县发改委的批复文件拿出来，递给柳依依，兴奋地说："这可是县委、县政府批准的第一家乡镇医院的建设啊！"

　　柳依依认真地看了一遍，红头文件上明确指出，批准在许屯镇建一所二级医院，是为了彻底解决县北部地区缺医少药，群众看病难的问题。医务工作者可以在社会招聘，医院管理有充分的自主权。

　　柳依依抬起头，把文件放到吕书记桌子上："政府真是为老百姓办了件大好事啊！吕书记，需要我帮助做什么，我一定尽力而为！"

　　吕勇会意地笑了："柳医生，为了让你对医院有更好的了解，我先介绍一下目前医院进展的情况。老佟，去工程办把规划图拿来。"

　　佟丙柱立马出去把一卷图纸拿来，铺到桌子上。

　　吕勇指着图纸说："这栋楼原来是按照镇政府办公楼设计的，为了节省资金，加快医院建设，镇党委决定改建成医院。建筑面积原来不到三千平方米,现在增加到接近一万平方米。按照二级医院标准,设一百二十张床位,科室预计设十个以上。医疗设备按照二级医院要求配置,而且购置设备的资金完全可以保证。现在硬件基本都可以做到,就是另一个主要问题没有把握做好。"

吕勇眼睛离开图纸,看着柳依依。柳依依抬头和吕勇的目光相遇,柳依依含蓄地笑下:"吕书记,剩下的就是专业人才的问题了!"

吕勇伸出大拇指:"柳医生说得对,人才是我们面临的最主要问题。尤其是这个医院掌舵人啊!老佟是肯定不能胜任,能胜任的人才都在市里大医院,他们肯定不愿意来这个乡镇医院工作。柳医生,我请你来就是想听听你的建议,如何解决这个问题。"

柳依依沉静片刻:"吕书记,这个医院院长可以在社会上招聘,也可以定向招聘,比如在大医院担任院长、副院长的退休人员,只要身体素质好的,能够离开家的就可以胜任。"

吕书记笑了:"柳医生的提议非常好啊!我们可以定向聘任人才来担任院长工作。比如我想聘任你到这儿来担任医院院长工作,怎么样?"

柳依依似乎没有听清吕书记的话,试探性地问:"吕书记,您说是聘我?"

吕勇收敛了笑意,显得很严肃:"是,今天我代表镇党委,跟柳医生谈谈我们的想法。你不要说自己不能胜任,我先说说为什么选择你。"

吕勇停下话,示意佟丙柱把图纸收起来。佟丙柱立刻卷好图纸出屋。

吕勇沉默一会儿,继续说:"首先你具备专业条件,是眼科主任医师,职称是正教授,正是经验丰富,年富力强的时候;二是你下乡时,从赤脚医生干起,然后考入大学,对农村缺医少药有深刻的了解和同情。我了解到,你多次参加'三下乡'活动,尤其是到海连市北部地区的活动,你都是积极要求参加的;三是更主要的,龙泉汤这里的山水牵动你的感情。你的初恋在这雪帽山下,你的初恋男友长眠在雪帽山下,所以你对这里的山山水水有着割舍不了的缱绻情怀。你重回农村,是一种感情的回归,生活一定充满希望和快乐!"

柳依依愕然地看着吕书记,眼睛渐渐模糊起来。

"当然,这个决心不是那么容易下的,我理解。我也考虑了你的不利因素,首先是你父母不会同意你这么做,你女儿的态度也许更是你下决心的阻力。再一个就是现在的人才流动制度的制约,你的身份问题是个难题。尽管市场经济越来越广泛深入,有停薪留职下海经商的先例,可这个观念的转变要经历一番痛苦的抉择。我再说一下到这儿来的好处。这是一个崭新的医院,就像一张白纸,你可以描绘美好的图画。在大医院按部就班工作,尽职尽责完成工作任务,而到这里工作却是对自己的一个挑战,现在是改革开放的时代,也是给个人提供实现自我价值的一个机会。我们这里山清水秀,将来利用地下温泉的优势,大力发展旅游项目,山村面貌一定会发生巨大变化。生活在秀美的山村和生活在繁华的都市是完全不同的概念,这个你一定是有体会的!"

吕勇说的兴奋起来,从椅子上站起身,在柳依依前面来回走动。高大的身躯,像堵墙似的立在柳依依面前。柳依依仰脸看着吕勇,不知道他为什么这样了解自己,有些话说到点子上了。

柳依依沉静一会儿,轻轻地问:"吕书记,你这么了解我?"

吕勇坦诚地笑了:"我曾经是县男子篮球队队长。我们的男队只要发现下面有好队员,队长和教练就不惜血本挖人,先去了解这个队员的基本情况,然后对症下药,这个队员就会心悦诚服地加入我们的团队。至于对你的了解,其实很简单,通过我在市卫生局工作的朋友就了解了,你在龙泉汤当赤脚医生那段时间,老村民们对你的评价都非常好。柳依依,也请你原谅我去了解了你在青年点的感情生活。"

柳依依面露赧色地说:"吕书记,我做本职工作可以,但没有担任领导的能力!"

吕勇摆手:"不,柳医生,你先不要说有没有能力,也不要立刻答应我。我们的谈话到此结束,你回去认真地考虑一下,再给我答复。医院正在建设,下午我领你去工地转转,晚上住在新开业的一家温泉酒店,洗洗温泉,明天早上我去海连办事,你坐我车回去。"

柳依依答应吕勇的安排。晚饭前,吕勇临时有事回县城了。佟丙柱和办公室一位女主任陪同柳依依吃完晚饭,安排她住进山坡下面一家新建的温泉宾馆。走进宾馆,发现来这里洗温泉住宿的人很多,都是海连市和县城里的人。陪同她的女主任告诉她，今天是周末，来洗温泉的人很多，现在交通方便了，每天市内都有游客组团过来泡温泉，尤其是周末，酒店的床位都紧张。

柳依依深入其中，才感觉龙泉汤这个昔日的寂寞山村，正悄然发生着变化。直到柳依依住进房间，陪同的女主任才告辞。柳依依换上泳衣，披上白色的棉质浴服，到酒店后面的露天温泉池泡温泉。露天浴池是一个个小浴池，有的是在雕梁画栋的凉亭下面，有的在假山石旁边。几个浴池都有一圈男女围坐在升腾着热气的池子里，脸上洋溢着舒服的笑意。唠嗑、嬉闹、偶尔一声惬意的喊叫，像灯光映照中的滚滚热气在四处弥漫。

柳依依找到一个没有人洗浴的小池子，把披在身上的浴服脱下，花色紧身的泳衣衬出她窈窕的身姿。柳依依猛然感觉自己还没老，一股激情像池子里的温泉水一样，在柳依依身上升腾。多少年没有舒服惬意地躺在温泉水池里享受肉体和精神上放松，现在才感觉到青春的影子还没有消失殆尽。成天的忙忙碌碌，已经把自己的激情和活力泯灭在日复一日的岁月里。谁不是这样活着？柳依依问自己，可人一生之中能遇到几次改变命运的良机？她猛然觉得过去的日子，都是在等待，等待着什么，是不是等待着再回到她青春留痕的雪帽山下，她也不知道。但她感觉不能碌碌无为地等待下去了，应该开始自己全新的生活。即使是错，也不后悔。就像她当年执意留下叶子一样，女儿最终给她的是希望，是心灵的慰藉，是爱的继续和寄托。

想起女儿柳叶子，柳依依匆匆从温泉池里起身，披上浴服回到房间。冲洗完，躺到床上给女儿打电话。

"妈妈，你好几天没有给我打电话了。下午六点的时候，我给姥爷打电话了，姥爷说，你好几天没有回家了，忙什么呢？"柳叶子甜甜的声音，柳依依听了心里暖洋洋的。

"姥爷姥姥说我了吧？"柳依依想象得到他们爷俩通话时的情景，姥姥肯定在旁边说几天不见你妈妈的影子。

"姥爷说你忙，姥姥说你瞎忙。妈妈，你今年没有科研项目了，怎么还忙啊?"柳叶子知道妈妈今年没有申报科研项目,不带学生了。

柳依依轻松地笑了:"像你姥姥说我一样,我也不知道瞎忙什么了。叶子,你猜我现在在哪儿给你打的电话?"

"我这也没有卫星定位,海连市那么大,我怎么猜啊。肯定没在家,没在姥姥家。"

柳依依神秘地说:"我在龙泉汤了!"

柳叶子诧异地问:"妈妈,你回去有事儿吗?"

柳依依心里有点紧张。吕勇在分析她走出来的难点时指出,女儿的态度是她下决心的阻力,她把这事情告诉女儿,如果女儿反对,她该怎么办?

"妈妈,我知道,没有事儿你不会回去的,姥姥也不会让你回去的。"

柳依依显得很平静:"叶子,这个镇要建一个二级医院,现在土建工程快完成了。镇党委吕书记跟我谈了,有意要聘我担任院长。吕书记让我考虑一段时间再答复他。"

柳叶子一下子兴奋起来,声音也大起来:"妈妈,这是好事儿啊! 你可以实现自我的价值啊! 现在是体现自我价值的年代,我支持妈妈!"

柳依依惊喜:"你真的支持我?"

"真的! 可是,姥姥肯定反对。妈妈,姥姥这关不好过。"柳叶子降低了声音。

柳依依无奈地说:"我想到了。"

75　荣耀来袭

金曙光出院这天,柳依依一上班就领着护士,来给金曙光做例行检查。柳依依像对待所有病人家属一样,不冷不热,旁若无人。柳依依让金曙光仰卧在床上,她掏出小手电筒,一道雪白的光线落到金曙光的左眼上。柳依依轻轻地扒开他的眼皮,仔细观察一下。留下医嘱,"回家注意饮食,不能长时间看电视",一句话没浪费就走了。

"哥,看不出你和柳医生是熟人。她怎么这样清高?"金畅不屑一顾地说。她跟柳依依见过两次面，第一次在医生办公室，金欢向柳依依介绍，这是小妹金畅，柳依依微微点下头，而今天见到却像不认识。

金欢更加直截了当地说："哥，我怎么觉得你和柳医生的关系有点莫名其妙？说是熟人吧，又觉得陌生，说是生人吧，又觉得你们有种默契。哥，我看你是单相思，获得自由了首先要见的是她，而且在她家附近被伤了，她却一点感觉都没有。哥，你别劳心费神了，她高傲的目空一切！"

金畅接话："哥，我姐说得对。再说了，她这么漂亮又有气质，为什么还是单身？我嫂子说，她一直插足你们的家庭，这个我不相信，柳医生冷若冰霜，不可能对你有好感！"

两个妹妹毫无忌惮地当着哥哥的面议论柳依依，金曙光有点吃不消。他从来没有在家人面前谈论过柳依依，他们也只是在她给母亲实施紧急救治后，才知道金曙光的生活中还有一位女医生若即若离，高春萍再把他们离婚的责任都推到柳依依身上，家人对柳依依可能有些偏见，金曙光不想跟家人解释。通过这次意外受伤，他感到柳依依对他还是那种敬而远之的态度。他知道是高春萍对她伤害的太深了，这不是他受到的外伤，缝了了就好了，内心的伤害是难以缝合的。金曙光想对两个妹妹发火，可他没有这个力气，更没有这个必要。让她们随便去说，可能就没有兴趣了，而不让她们去说，会感到更好奇。金曙光索性就不去说了。

"可以了吧，马上办理出院。爸妈还在家里等着呢！"金曙光催促她俩。

金畅去办手续，金欢收拾物品。金曙光换好衣服，准备先下楼，门口突然进来两个年轻男女。那女的自我介绍："您好，金先生，我们是半岛晚报记者。广大读者都非常关心您的健康，我们知道您今天康复出院，特意来采访您。耽误您一会儿时间，可以吗？"

金曙光住院期间，他和家人已经拒绝了好几拨采访的记者。金曙光从心里不愿让报纸电台来宣传他那点事儿。挨了两刀和一砖头没有死，他已经感到万幸了。要说当时挺身而出是什么想法，他什么也没有想。在倒下的那一刻，他想起了柳依依，好像柳依依正好下班看到了他倒在血泊里，他微笑着闭上了眼睛。当他睁开眼睛的时候，果然柳依依站在他的面前，那一刻，他感到在死亡线上走一趟是值得的。今天出院心情格外好，见到两个记者，金曙光异常热情，伸手相握。

"可以，可以，谢谢关心我的记者和读者！"金曙光对记者并不陌生，当企业领导的时候，曾经面对过记者的采访。

女记者开门见山："您曾担任过海钢下属企业的主要领导，我还是叫您金书记吧。"

金曙光为之一动，记者了解了他的过去。这帮记者是见缝就钻，想拒绝采访已经来不及了。金曙光尴尬地笑下："那都是过去的事儿了，叫我老金吧。"

男记者手里拿着一个微型录音机，示意下女记者可以了。

女记者："金书记，我们了解到，您见义勇为那天，您刚从新生农场出来，还没有进家门就遇到歹徒对一个女学生施暴，您奋不顾身冲上去与歹徒拼搏，您当时是怎么想的？"

金曙光心有不悦。自己肉体上的伤疤还没有完全愈合，记者又来捅他心灵上的伤痛。金曙光脸色沉下来："我没有什么想法，真的，当时听到了女学生的喊叫声，我就过去了，就这么简单。"

女记者犹豫下又问："有的读者知道金书记是在获得自由的第一天，不到几个小时，就见义勇为，这种高尚的品质是金书记平常就具备，还是经过劳动改造教育的结果？"

金欢忽然接过话："我哥做了多年的企业党委书记和法人，他又不是偷盗、腐败、嫖娼被判刑的。怎么能是劳动改造才教育出来的呢？"

女记者："是，我们认为金书记是一个有觉悟有素质的人。金书记，您的人生好像坐过山车一样，因为工作失职，失去自由近两年，现在又是见义勇为的英雄，您是怎么认识自己从人生低谷到英雄这个事情的？"

金曙光冷漠一笑："我是什么英雄？你们可别这样认为，工作失职，受到法律制裁，成为阶下囚，我接受，说我是个英雄，我可不接受。我就是我，还要找工作活命。谢谢你们，我有点累了，需要休息一下还要办理出院。"

金曙光下了逐客令，记者无奈地走了。

金曙光问金欢，他们知道的怎么这么详细？金欢曾是海钢宣传部宣传干事,跟记者打过交道,前年才和丈夫一起下海做服装生意。金欢告诉他,记者肯定去过海钢了解情况,知道了他的事情。如果只报道见义勇为,被歹徒刺伤不能引起读者多大兴趣,而写一个刑满出狱的人,刚迈出监狱大门,见到一个女孩被流氓猥亵,见义勇为,跟流氓搏斗受伤,这新闻价值立刻就提升了。金曙光觉得金欢说的有道理,当即决定,以后不再接受记者采访。越宣传,他越感到自己所走过的路是失败的。见义勇为不后悔,而偏偏是在出狱这一天,又是在柳依依家附近,等待柳依依的时候遇到,这让金曙光既感晦气又觉得幸运。晦气自不必说了,获得自由却挨刀,幸运的是他没有死,而且又是在柳依依楼前发生的事情,更幸运的是柳依依是他给眼睛做手术的医生,这使他心灵和肉体都饱受痛苦的时候,得到一些慰藉。尽管柳依依不知道他是在她家楼前等她发生的事情,但他以后一定有机会告诉她。不管她怎么认为,他出狱没有在第一时间回家见父母,而是要见她,这是不可改变的事实。

金曙光回到家里,看到儿子苍白的脸色,瘦弱的身子,想到儿子不幸的婚姻,四十多岁了膝下无子,母亲曹玉敏忍不住流下心酸的泪水。

在媒体的广泛宣传后,让金家人欣慰的是,政府没有让见义勇为者流血又流泪。市精神文明办、市见义勇为基金会的领导来慰问金曙光。基金会承担了金曙光治疗期间的医药费,市精神文明办准备材料,上报政府授予金曙光见义勇为先进个人称号。市司法局宣传部门的领导也来到金曙光家,他们总结金曙光见义勇为的事迹,作为重新做人的典型材料在服刑人员中宣讲。海钢工会的副主席和海钢党委组织部的副部长的到来,给金曙光带来了更实惠的好消息。

工会副主席老姚认识金曙光父子,徐副部长认识金曙光,他们寒暄几句后,话题转入正题。

“曙光,我和徐部长来,一是代表公司党委和工会来慰问你,更主要的是,传达公司党委的决定。根据劳动法规定和公司有关规定,被依法追究刑事责任人员,企业是要解除劳动关系的。公司党委研究决定,曙光同志与公司的劳动关系不解除,这是对你见义勇为精神的奖励!”老姚微胖的脸闪出激动的神情,含笑地环视着金家人。

金家人都有点懵,似乎才知道金曙光自服刑那天起,就已经失去了饭碗。

"谢谢领导! 我们还真没想到他回来后工作的事儿,组织上就考虑到了,真要谢谢你们!"金来旭说的是实话,至少他还没有考虑儿子恢复健康后,能不能回原单位上班。

曹玉敏更显得激动:"谢谢你们! 组织对曙光还是相信的!"

徐部长推了一下鼻梁上的眼镜,严肃地说:"金曙光同志是工作失误,触犯了法律。服刑期间表现良好提前释放,出狱后不抱怨,见到邪恶现象挺身而出,这都是他具有良好素质的体现。工作失误被诈骗的钱,已经追回来了。更主要的是,公司审计、纪委部门对金曙光担任法人代表的建材总公司进行了审计,没有发现违法、违纪现象。这在经济搞活开放年代,作为一个企业法人很不容易啊! 因此,我们认为金曙光同志是思想过硬、品质优秀的中层干部。曙光同志安心休息,身体恢复健康了,再到组织部报到,至于分配做什么工作,届时会有安排的。"

金曙光面对记者和市里有关部门的褒奖都没有太激动,觉得流于形式成分太多,仅仅是不假思索的一次本能的举动,竟然受到这么高奖励,他感到他们更多的是利用这些见义勇为的人,来向社会弘扬一种精神,对本人来讲,是盛名之下其实难副。听了徐部长的一番评价,却让金曙光心中涌起一股暖流,这是对他最公正的评价。

金曙光缓缓地抬头,看着徐部长和工会姚副主席,欲言又止,只是微微地点了下头。

一个月后,金曙光感觉身体很好,一直不敢挺直的腰挺起来了,腹部的伤口没有疼痛感了,左眼角缝合的伤口完全愈合了,只留下浅显的细细疤痕。金曙光沉闷寡言,家人谁也不知道他在想什么。柳依依一次电话都没有打来,他每次拿起手机想给柳依依打电话,都因没有自信而把电话放下。倒是高春萍几次给金曙光的母亲曹玉敏打来电话,询问金曙光的情况。曹玉敏支支吾吾的,金曙光一听就知道母亲是在跟高春萍通电话。曹玉敏放下电话,犹豫一下告诉金曙光是高春萍的电话。金曙光不温不火地对母亲说,"她的事情不要告诉我,我已经跟她没有任何关系了"。曹玉敏说:"春萍打听你的情况,关心你的健康状况,是人之常情,这跟是不是夫妻没有关系。"金曙光知道,高春萍那套花言巧语已经把母亲绕迷糊了。话里话外总是倾向高春萍,对高春萍指责他们的离婚是柳依依从中插足深信不疑。尽管曹玉敏没有在他面前提及柳依依,可他也感觉到,在他住院期间,母亲见到柳依依时那感激的眼神里,掩饰着一种责怪,好像金曙光倒霉的事情都与柳依依有关系。金曙光不想跟家人更多地解释,他要尽快康复回到自己的家,要尽快开始投入工作。

这天晚饭后,金曙光正准备回自己的家,被父母留住谈他工作的事。金来旭几天来一直想问儿子工作的事,但他跟曹玉敏的意见发生了冲突。金来旭主张金曙光去他的公司,毕竟自己老了,股份公司发展迅速,让儿子参入进来,他就可以安心回家颐养天年了。可是,曹玉敏反对老金这么做,认为金曙光应该回到海钢工作。儿子受到这么大挫折,海钢领导能公正地评价他,他就应该在哪儿跌倒,在哪儿爬起来证实自己。民营股份公司无法与国有大企业相比,现在家里在公司的股份逐年增值,不需要儿子去为挣钱而奋斗,要的是荣誉和前途。金曙光在父母为他的选择上,没有立刻做出决定。

"爸、妈,我是回海钢,还是去爸的股份公司,我要考虑下。这两年来你们为我担惊受怕已经够多了,工作的事儿你们就不要操心了。这两天我出去散散心,回来就决定去哪儿上班。"金曙光看着二位老人,自己已过了而立之年,却还要让父母劳心费神,他感到很难受。

金曙光开着父亲给他的帕萨特,回到自己的家。两个妹妹两天前就找来家政公司清扫了,可是进来还闻到点霉味。他打开窗户,一股燥热的风吹进来,吹得他更加心绪烦躁,涌起一股"天苍苍,水茫茫,无处话凄凉"的感觉。一种失落感像窗外浓浓的夜色,袭上心头。金曙光现在感到孤独和寂寞,不是因为这个屋子里的空荡,更不是因为他跟高春萍的分道扬镳,而是觉得自己没有能力去见喜欢的人,在她面前直抒胸臆。这个人就是在他的脑子里不时出现的柳依依。这次意外,柳依依虽然是他眼伤的主治医生,可他感觉就算柳依依在他身边的时候,也像距离很远。天地都可以丈量,唯有两颗心是无法丈量的。这就是此时金曙光的无名烦恼。

金曙光醒来已经是半上午了,阳光铺满房间,窗外一座吊塔在忙碌着,长长的大臂转到窗口的时候,像要伸进来抓他似的。金曙光看到建筑工地,猛然想起马头。马头让他去公司找他老婆,如果愿意的话,可以到他的公司担任总经理。金曙光通过一年半的接触,对这个流氓习气遍身的马头有了新的认识,他除了酷爱拈花惹草外,还有一大爱好,那就是赚钱。不知马头是吹,还是真实情况,他的第一桶金就是耍流氓耍来的。马头眯起小眼睛,扬扬得意地告诉金曙光,他现在的"压寨夫人"就是他最破落的时候遇到的。这个女人的身世,马头没有告诉金曙光,可金曙光听出来她当年是吃青春饭的,马头算是遇到了知己。当初那女人把辛苦攒下的两万元贡献出来,俩人开始做生意,至今资产已经有几千万。马头讲了很多创业经过,金曙光理解得很简单,他们是在对的时间遇到对的人做成了对的事。

金曙光按照马头给他的地址来到西岭区虹山街308号。这是南山北侧很偏僻的地方,山脚下一个大院,院里摆放着几台大型载重汽车和挖掘机。马头说自己有千万元资产,金曙光打眼一看,他真没有吹牛。重型工程车辆不算,就这块上万平方米的土地,闹市中的一块世外桃源,也值个几千万元。金曙光把车开到大门口,门卫让他登记后才放他进去。

办公楼是二层小楼,显得很简朴。金曙光直接走进挂着董事长牌子的办公室。

如果马头不事先给他介绍自己和妻子创业的经过,他见到这个女人,无论如何也不会相信他们是艰苦创业的患难夫妻。这位叫朴双的女人,目测年龄要比马头小十岁,个头高挑,眉目清秀,一套时尚的黑色套装,像个走台的服装模特。金曙光心里暗骂马头,艳福这么深,还去打野食,真是个浑蛋!

"您是金总?云峰已经捎信来了,说金大哥能来,快两个月了没有见大哥来,我正准备探视的时候问下云峰,大哥什么时候过来?"朴双像见到老熟人一样热情大方地跟金曙光握手。

金曙光礼貌地把墨镜摘下来,指着左眼角:"出来那天晚上意外碰伤了,眼睛差点瞎了。缝了四十多针,肝脏和肠子都伤到了,命大活过来了。"

朴双惊愕:"金大哥,是谁下手这么狠?用不用我们的人去给你出出气?"

金曙光看出这个女人要比马头办事干练,马上说:"谢谢朴总,我是见到俩流氓调戏一个女学生,上前阻止挨的刀。那两人已经被抓到了。"

朴总咋舌:"哎呀,金大哥是见义勇为啊!大哥的心真好!"

金曙光叹气:"赶上了,能看着那女孩受欺负吗?"

金曙光在跟朴双的谈话中,一点也没有感到朴双对马头因流氓罪入狱的怨恨,张嘴闭嘴"云峰"叫的情切,像是马头在服兵役一样。这女人就是怪,她们认可的男人,可能缺点都是优点,流氓都是特长,平庸也是伟大。马头几乎是流氓成性,这个能力和长相绝不庸俗的女人,怎么能接受他?为了钱?可他们的财富是他们共同创造的,并且第一笔投入是这个女人出的。即使这个女人身世有污点,可在当下,这污点在人们的眼里已经不算什么丢人现眼的事了。

朴双在探视丈夫马云峰的时候,他就告诉她,金曙光是有素质的人,在青年点就是点长、大队干部。如果能把他聘到公司担任总经理,对外接待的形象立马就会得到提升。今天见到,果然让朴双感到眼前一亮,金曙光的举手投足有种风度。

"金大哥,云峰请你到公司来担任总经理的事儿,大哥你考虑一下。我们的公司不大,主要是土石方工程。每年工程量上百万立方。在这个行业干的,都是大鱼吃小鱼,靠欺行霸市抢活。现在不行了,投标竞标逐渐走向正规,云峰登不上大堂,我一个女人抛头露面,有的政府官员避讳,金大哥来应付官场上的事是绰绰有余。至于报酬,这个请大哥放心,我和云峰都不是小气的人。"朴双说话时,眼睛一直落在金曙光的脸上,金曙光有些不自然,把目光投向墙上的一幅字画:观海听涛。四个大字遒劲有力,落款是本市一名副市长。这位副市长题字的牌匾,几乎哪条街上都能看到,见他的字不新鲜,而是那四个字的韵味,却让金曙光感到新鲜。做生意的人不将发财、腾飞之类的条幅挂在墙上,竟弄得像茶座似的风雅起来。

金曙光本来就没有心思给马头打工，他再怎么银装素裹，生意再大，财富再多，也改变不了他本质的龌龊。金曙光是不会与这样的人为伍的。但金曙光此时又不好意思当面回绝，只能委婉地说："朴总，我现在身体还有些不适，想再休息一段时间。等身体完全康复了，我考虑一下。"

朴双略感失意，已经听明白了金曙光的意思。她从保险柜里拿出一捆百元大钞，装进一个纸袋里："大哥，这十万元你拿着，多吃点营养品，把身体恢复好。大哥你来不来公司，我们都是朋友！"

金曙光显得很局促："这个我现在不需要，需要的时候我来拿！谢谢朴总！"

朴双迟疑下，目光热辣："那好吧，大哥什么时候来都可以！在大哥面前我是什么朴总，叫我妹妹，或者叫我小双。"

金曙光离开马头的公司，忽然觉得自己一贫如洗。朴双慷慨地拿出十万元给他，不管是真是假，但随手就可以从保险柜里拿出一捆钱，这让他暗羡不已。他担任过企业法人，没有挣到大钱，可手里也没有断过小钱。至于这么大方，出手就拿出巨款送人，他想都不敢想，甚至有机会得到钱的时候，自己都没有往兜里揣的想法。跟朴双的见面，他好像经历了一次洗礼。这个洗礼就是让他看明白了在金钱面前不能清高，应该做自己的事情了。金曙光果断决定，去父亲的股份公司，这个时候不能回国企图虚名了。

金来旭就知道儿子金曙光一定会来的。金来旭领着金曙光在厂子里转悠一圈，厂子没有想象中那么高大上，位于靠近郊区一个僻静的地方，原来是一所小学，标准厂房是新建的，办公室却是由教室改建的。厂房里的数控车床和加工机器都是精密高端设备，生产出的产品也是高大上，大部分出口，国内市场需提前一年订货。

金曙光看得咋舌："爸，这就是你的专利产品？"

金来旭沉稳的眼神中流出自豪感："是啊，几年的辛苦，终于结了丰硕的果实。明年准备在中小企业板块上市。"

金曙光看着父亲斑白的两鬓，退休后一直钻研技术，当时家人都以为他退休了闲不住，成天忙忙叨叨，没承想搞出这么好的产品，创造出几千万元的价值。相比父亲，金曙光感到自惭形秽，父亲工作中从来不争名利，脚踏实地干活。退休后竟然发出这么大的余热，金曙光从心里敬佩自己的老爸。

"爸，我来这能干什么？我也不懂技术！"金曙光动心了。这个企业不是他曾干过的建材企业，高耗能低产出，属于夕阳产业，这是科技含量高的精密产品，是绩优股。

金来旭瞧一眼儿子："我也是这么说的，可老周却说，'老金，我们都是六十多岁的人了，公司再上一个台阶，不是我们懂技术的人能做的事情了。我们需要的是管理者，你儿子管理过几千人的国企，还是有一定能力的。只要他肯学，没有什么难的。'周董在办公室等你，见面你会说吧？"

金曙光嘿嘿一笑："老爸，你是瞧不起我？"

金来旭也报之一笑："是骡子是马，那就出来遛遛！"

76　何错之有

柳依依写了两份辞职报告，内容截然不同。确切地说，是做了两个方案。一个是停薪留职报告，一个是辞职报告。停薪留职，就是现在非常流行的通俗称为下海。柳依依了解，在海连医科大学第一附属医院，六千余名医务人员和员工中还没有这个先例，但柳依依心里有底，她可以打破这个先例。原因是四方台医院的戚院长，给了她说服领导的理由，尽管那是父亲所在的中心医院的事例，但完全可以复制借鉴。也许院领导会找出一百个不准许本院医生下海的理由，不批准她的报告，那么，她就递上第二份辞职报告。自己不干了还不行吗？这总该可以吧。从大学毕业分到附属一院工作，屈指一算已经十五年了。想到就要离开这儿，未免心里一阵发酸。十几年来，她虽然没有做出什么大成绩，但也从没在业务上出现过差错。自己暗中总结一下——尽职尽责地工作，总归对得起自己的良心。这一点让她感到很满意。

去年夏天来院长室，要求参加市里组织的"光明行"活动。时隔一年多，再来院长室，却物是人非。田院长半年前调到了市疗养院，新来的唐院长只在全院大会上露面讲话时见过。按理说，她面对的是陌生的院长，应该有所顾及，而走进院长室的柳依依却没像上次见田院长那么紧张，显得异常冷静。

唐院长很热情，恍惚的眼神显然不认识柳依依。柳依依没有穿工作服，唐院长以为是院外人来拜访他。

柳依依自我介绍，是本院眼科医生。唐院长恍然大悟，不好意思地说："早就想抽空下到各科室转转，跟你们这些在一线的医生们见见面，可就是脱不开身。"

柳依依心里涌起一阵激动，听说话感觉出来院长是平易近人的。唐院长人到中年，身体微微发福，眼镜片后的微笑中透着威严。柳依依与他对视一眼，立刻把目光移开，迎合着说："院长忙，我们都理解。"

唐院长看一下手腕上的表："柳医生，有什么事儿吗？"

柳依依果断地说："唐院长，我想办理停薪留职。"

唐院长怔住了："你的意思是下海？"

柳依依微微点一下头："是的，可以这么理解。"

唐院长脸色沉下来："我虽然来附属一院担任院长工作时间不长，但我知道这个医院还没有这样的先例。你是第一个吧？现在政府鼓励各行各业那些机构臃肿，无所事事的人下海经商。我们的医院不是这样吧，需要你们这样有经验年富力强的医务人员开展工作。私人诊所或私营医院，是那些退休的医务工作者去的地方。我正准备在本院实施新的薪酬分配方案，鼓励多劳多得，提高一线医务人员待遇，增加收入。"

柳依依平静地说："唐院长，我是回到农村，到乡镇医院工作。"

唐院长惊讶："离开城市，到农村医院工作？他们给你多少薪水？"

柳依依仍是不急不慢地说："我不是为了钱。我曾下乡的许屯镇，要建一个二级医院，需要专业人员帮助做起来。建好一个医院，能改变那里缺医少药的现象。我想做自己的一点贡献！"

唐院长摘下眼睛，习惯性地擦下镜片，又戴上，像才看清楚柳依依：

"啊,你的思想境界很高,这个我赞赏!可是,建一个二级医院,一定是政府项目。它包括管理团队、人才招聘、设备采购等一系列问题。我不知道,你是招聘去的专业技术人员还是管理人员?"

柳依依迟疑片刻,实话实说:"聘我担任医院管理者,对我寄予很大希望,我也有信心把医院搞好!"

唐院长突然轻笑一声:"柳医生,我非常敬佩你的高尚品质和勇气!如果我没说错的话,你是七七年恢复高考从青年点考入医科大学,毕业后一直在从事专业工作,对吧?"

柳依依似乎明白了唐院长的弦外之音,她没有担任过领导,没做过管理工作。

唐院长没有等柳依依回答,继续说:"我没有别的意思,管理一个医院,要比企业家管理一个企业有难度。企业家管理企业是要降低产品成本,追求利润最大化,他难在如何加强管理,降低产品成本上,而我们医院是追求精益求精,又要有创收。这就是非常矛盾的事情。一边要精益求精,救死扶伤,一边还要考虑医院的收入,没有收入,靠财政给的几个钱,医院什么事情都办不了,设备更新、医务人员待遇等都是难题。乱收胡收还不行,百姓怨声高,物价部门还要监督检查。所以要当好一个医院管理者很不容易啊!"

柳依依冷静地说:"唐院长,我没有想那么多,只能在实践中学习了!请院长批准我的申请吧。"

唐院长想了一下:"这样吧,你把申请交给人事部门,由他们提交到院长办公会议上研究。开了这个口子,要是出现连锁反应,我可承担不了这个责任。所以,柳医生你要理解我!"

柳依依听明白了,显然唐院长不同意。柳依依心怦怦地剧烈跳动,像站在悬崖上,就要纵身跳下那样紧张和绝望。柳依依抑制不住的眼泪,唰地流下来,她急忙低头擦拭,紧咬嘴唇,不让泪水再流下来。

唐院长愣住了:"柳医生,我说错了什么?"

柳依依平静一会儿,缓缓地抬起头,目光直视唐院长:"唐院长,我恳请您批准我的申请。我不是为了挣钱办理停薪留职,我对曾经下乡的农村有感情。看到那里缺医少药，我很着急，帮助不了什么。那儿建医院，是解决缺医少药最好的平台，我可以尽我能力去工作，我做不了管理人员，我可以做个好医生。咱们医院人才济济，缺我不会有丝毫影响，医院对医生待遇非常好，不会有人捧着金饭碗去自找苦吃。唐院长，我决心已定，如果不批准我停薪留职，我就辞职！"

唐院长摘下眼镜，又擦擦镜片，重新戴上，凝视着柳依依："你把申请交给人事部门，会上研究吧。"

柳依依出了院长室，直接去人事处，把两份申请一并交给汪处长。汪处长熟悉柳依依，在附属一院，海连医学院的校友最多，而汪处长和柳依依是一个专业的校友。汪处长是工农兵大学生，毕业后分到附属一院，柳依依来医院报到那天，汪处长还是个人事处干事，负责登记工作。当时汪处长非常羡慕新分配来的大学生，报到就分到科室去，而她来了就做行政工作，并抱怨医院领导瞧不起工农兵大学生。十几年过去，当年的汪办事员，已经成长为汪处长了。

汪处长看了柳依依的辞职申请，惊讶地看着柳依依："依依，遇到什么事儿了？跟姐说。干吗赌这么大的气！"

柳依依认真地跟汪处长解释了一番，汪处长用异样的目光看着柳依依，好像一下子陌生了。凝视辞职报告好一会，汪处长看向柳依依，激动地说："我是北山里农村出来的，每年回家都要给有慢性病的亲戚们买点儿药。他们看病太难了，真需要你这样有理想抱负的专业人员去改变。我支持你的决定！开会研究的时候，我要为你说话。我们医院需要人才，可医院再多的人才，却没有有志向敢辞职到农村去工作的人才。医院应该支持你的决定，给你保留院籍，让你放心地去工作！"

柳依依真没想到汪处长这么理解她，态度这么明朗。柳依依充满信心，人事处长的意见，院长和其他领导不得不认真考虑。

一星期后，汪处长正式通知柳依依，经院长办公会议研究决定，同意柳依依同志停薪留职，到乡镇医院工作。

柳依依只是松了半口气，对家里人怎么说，困扰了她两天。她相信父亲和弟弟了解了情况后,会理解和支持她的,而母亲这关却难过。二十年前,柳依依下乡的时候,母亲就不同意,有了叶子后,母亲又不让她留下来。事情虽然过去这么多年,柳叶子已经出落成一个亭亭玉立的少女了,可母亲心里总有一个阴影存在,不经意间就会流露出一丝抱怨和指责。这顶"不听妈妈的话"的帽子戴在柳依依的头上,就算母亲活到百岁,只要还有记忆,这顶帽子就难从母亲的心里摘下去。这次母亲要是知道她停薪留职回到农村医院工作,不知道会出现什么反应。阻拦是不可避免的,想说服母亲是不可能的。但这个火焰山一定要过,她离开年迈的父母就已经不孝了,再一声不吭地走了,更让老人伤心。柳依依考虑到,自己离开这个城市,不能常回家,父母一定感到失落和孤单。为了弥补这一缺陷,她想起了栗天舒,栗天舒和父母住在一起,能够淡化她离开父母的失落感。栗天舒在四方台医院住院十多天里,柳依依不管怎么忙,每天都要往返市区看望她,和晓飞轮流陪护她。栗天舒很感动,如果没有这个通情达理的好姐姐,柳晓飞可能不会原谅她了,他们的婚姻也无法回归正常。而且闹出这么大的事情,双方父母都不知道,这也是柳依依帮助隐瞒、打圆场的结果。

柳依依打电话给栗天舒,邀她晚上没事儿的话来她家坐会儿。栗天舒好多天没有见到柳依依,也很想见她。栗天舒给柳晓飞发短信,让他下班后去姐家接她。

从栗天舒恢复健康上班后,他们再没见面。柳依依打开房门的一瞬间,她仿佛看到了二十多年前在青年点时期的栗天舒,一脸天真的笑容,满眼闪动着喜悦。经历了世间这么多风风雨雨,当心里敞亮了的时候,音容笑貌就会出现惊喜地转变。相由心生,境由心转。一场磨难过后,栗天舒似乎更加成熟了,见到柳依依显得异常亲切。她买了一袋水果,进门就去厨房洗水果,像在自己家里一样随意。

"天舒,我忙得都忘买水果了。你干吗买这么贵的大樱桃!"柳依依这两天下班后都在家收拾行李。两箱子书籍已经装在纸箱里,还没有捆扎。看到栗天舒端上来一大盘紫红色的大樱桃,想起回家的时候,一定要给母亲买几斤,母亲最爱吃这紫色大樱桃。

栗天舒应一句"吃着新鲜",抬眼看见北屋门口摞着两个纸箱,敞开的箱口露出书籍,问:"姐,你要给叶子寄这么多书?"

柳依依不知为什么,当要面对家人说出自己的决定的时候,心情却很不平静。是恋恋不舍,还是自己狠心要离开家人,她也说不清楚。现在面对的是弟媳妇,她就感到难受,要是面对父母亲,她怀疑自己有没有勇气说出来。

"姐,你怎么了?"栗天舒看到柳依依像是难过地低下头。

柳依依含泪地说:"天舒,我离开医院,准备回龙泉汤了!"

栗天舒愕然地看着柳依依,她知道这么多年柳依依没有从那段生活记忆里走出来。自己始终不成家,就说明她的心思所在:"姐,为什么?这么多年了,你该忘掉了,开始新的生活,别折磨你自己了!"

柳依依含泪微笑:"天舒,我是开始了新的生活!"

栗天舒急切地说:"姐,你别糊涂了,回农村就是开始了新生活?这是错误的决定!"

柳依依看到栗天舒焦急的样子,轻笑出声:"看把你吓的,我说清楚了,你一定会支持我的。"

柳依依把许屯建镇医院,聘她去管理这个医院的事情,详细地说了一遍。栗天舒惊讶地看着柳依依,没想到柳依依有这么大的勇气选择这条路。她从柳依依坚定的眼神里看出,她的选择已经无法阻拦了。

"姐,我没办法阻止你!我……我能帮助你做什么?去说服晓飞?"栗天舒突然心酸起来,柳依依的举动好像很悲壮,即刻要远离家乡,远离亲人。

柳依依轻轻地叹了口气,显得很为难地说:"天舒,晓飞会理解支持我的,爸爸这关也可以过,只是妈这关不好过。为了不让爸妈感到孤单,给他们一些安慰,我在外面也安心,我想让你和晓飞搬回家,和爸妈住在一起。我也知道,现在最难的就是强强上学的事儿,他不能转学,要在姥姥家住,你们母子不能天天见面了,所以我很纠结这件事儿。"

栗天舒立刻说:"姐,这算什么事儿,你还用纠结?我明天就搬回妈家住。强强在姥姥家,上学也不用我接送。姐,你放心,我一定照顾好父母!"

柳依依眼含热泪，拉住栗天舒的手："天舒，有你这句话，姐就放心了。晓飞工作忙，你就多担当点儿吧！"

栗天舒猛地拥抱柳依依，啜泣道："我的好姐姐，我真舍不得你离开我们！"

栗天舒动情的哭声，触动了柳依依多日来一直压抑的心。尽管事情都按照她的想法逐步实现了，可内心总有一种感觉，不知道是失去什么，或者得到什么。柳依依也哽咽起来。

柳晓飞有姐姐家的钥匙，直接开门进来。看到她俩相拥在一起哭泣，惊讶地大声问："出什么事儿了？"

柳依依给栗天舒擦一下脸上的泪珠，又擦干自己眼角的泪水。

栗天舒泪眼蒙蒙地看着柳晓飞，说："晓飞，姐要回龙泉汤了！"

柳晓飞撇嘴一笑："哎呀，回趟老地方至于这么悲情吗？姐，你什么时候回去，这两天我要去瓦县办案子，顺道把你送到龙泉汤。"

栗天舒急了："什么呀，姐是去那里的医院工作。"然后，栗天舒把柳依依的事情讲了一遍。

柳晓飞低头沉默了半天，抬起头看着柳依依："姐，你已经决定了？"

柳依依平静地说："单位停薪留职手续已经办完了，我跟你们商量，想让你们先搬回家住，然后我就跟爸妈说了。"

柳晓飞沉默一会儿，抬头看着柳依依："姐，你既然已经决定了，我就不说什么了。我想你也能有思想准备，什么事情都不能一帆风顺，遇到失败或者不如意的情况，姐，你心里都要承受住！"

"晓飞，你做领导了，成熟了。"柳依依粲然一笑，然后深沉地说，"我想过了，再大的困难我都可以克服。我现在最难的是妈的不理解和不支持！"

柳晓飞想了一下："姐，事情到这个份上了，就不能顾及妈的态度了。我想，你是一步到位跟爸妈说，还是说单位派你去许屯镇医院帮助工作一段时候。你看怎么说合适？"

柳晓飞的提议，柳依依曾想过。告诉父母，她去参加"三下乡"活动，去支援农村乡镇医院工作，时间在一年之内。如果这么说，母亲是不会相信的，她在医院做过管理工作，就是有这样的活动，医院领导也不会安排一个女医生去。这样的理由不但骗不了母亲，"不听话的女儿"又要贴上一个说谎话的标签。柳依依想好了，一步到位，实话实说。

最后，他们商定三天后栗天舒和柳晓飞搬回家，全家人吃完晚饭，柳依依直接对父母说，晓飞和天舒在一边顺情说好话。

第三天的下午，柳依依在焦急等待中接到父亲的电话。父亲告诉她，天舒搬回来了，母亲让她晚上回家一起吃饭，柳依依痛快答应。柳依依特意到海鲜市场买了几斤渤海湾飞蟹和大樱桃，这是父母最爱吃的。

栗天舒突然搬回家住，柳鹤年是最高兴的，他可以经常看到孙子了，而谢玉萍却不以为然，她想的不是孙子，却是儿子柳晓飞。她没想到柳晓飞还挺有出息，大小当上个局长，在老同事面前算是有点面子。老同事相遇，除了唠点身体情况，就是自家儿女的工作和家庭生活。女儿柳依依的工作就那样了，平平淡淡的一个普通医生，家庭的事儿是豆腐穿马尾提不起。只有儿子晓飞不管是家庭还是工作，都值得她在老同事面前炫耀一下。

谢玉萍掰开飞蟹，满盖的蟹黄，一团晶莹剔透白嫩的蟹腿肉，她没有吃，而是放到坐在她身边的柳晓飞的盘子里。

"妈，晓飞的嘴还能亏了？不用管他！"柳依依坐在柳鹤年身边，正给父亲扒蟹肉，为了讨好母亲，起身把蟹肉送到谢玉萍的盘子里。

柳晓飞嬉笑："妈偏向我，姐你是嫉妒了？"

栗天舒坐在姐弟俩中间，看一眼柳晓飞啧啧地说："妈是看你懒！"

柳鹤年认真地说："强强和叶子要是在家，没有晓飞的份儿。"

柳晓飞吐下舌头："老爸说得对，我的位置在老爸心里永远都是最后一名，只有在老妈心里是名列前茅。对吧？妈！"

谢玉萍疼爱地瞧一眼柳晓飞："不对，我对谁都是一视同仁！"

大家禁不住笑起来。

一家人在轻松的气氛中吃完饭。保姆收拾饭桌，柳依依去沏茶水。按照计划，这个时候柳晓飞和父亲喝过一泡茶，就应该起身说有事要回单位，这时柳依依拦阻他，说有事要跟家人说一下。利用这个桥段，转入主题。可是,柳晓飞像定在沙发上,给父母讲起他前两天负责侦破的一起刑事案件。柳晓飞陶醉在侦破案件的喜悦中,忘了今晚团聚的主题了。

栗天舒瞪了他两眼,没有起作用。她回到房间,佯装收拾屋子,喊柳晓飞过来帮她拿东西。

柳晓飞不情愿地进屋,栗天舒低声地说:"你穷白话什么,姐的事儿你忘了?"

柳晓飞一咧嘴:"呀,回家兴奋了,把这茬儿忘了!"

柳晓飞回到厅里,把半杯茶喝进去,放下茶杯:"妈,我有点事儿出去一下。"

柳依依刚才并没有着急,她希望越晚点越好,家里这种欢快的气氛,也许会因为被她捅破的这层窗户纸而消失了。但现在剧情发展到该她出场了,柳依依的心突突地跳起来。

"晓飞,你先别走。"柳依依看一眼父母说,"爸、妈,我有事儿要跟你们说!"

柳晓飞幽默一下:"好啊,是给我找到姐夫了?"

栗天舒急了,这是触动谢玉萍神经的话题,不能随便牵扯出来。栗天舒赶快打圆场:"你瞎说什么,姐是说别的事儿!"

柳晓飞反应过来,这一幽默变成了药引子,跟姐的话题联系在一起,更要引起母亲的激愤。柳晓飞又跟进一句:"怎么是瞎说了,追姐的人用车拉,早晚的事儿!对吧?姐!"

柳依依淡笑:"那是以后的事儿。"

柳鹤年看着柳依依,感到她的神色有点儿慌乱,好像心事重重,一定是工作中遇到了什么难事。可柳鹤年又感到不对劲儿,他知道女儿的性格,工作和生活上的困难从来不回家跟父母说。柳鹤年忙说:"依依,什么事儿,我们会支持你的!"

父亲就是这么爽快,不管什么事儿,只要女儿张口肯定是支持。

"你知道什么事儿,张嘴就支持!"谢玉萍数落柳鹤年。她从柳依依的眼神里感觉到有点异样。

柳依依沉默一会儿，抬起头，声音低沉，但非常清楚："我的工作变动了。我到乡镇医院去了。"

柳依依说不下去了。她开始想从头说起，可一张嘴，就说不出来了，显得语塞。

柳鹤年似乎明白了，瞧一眼谢玉萍，稳稳地说："让孩子说完，我们仔细听。"

谢玉萍一脸不悦："我说话了吗？她突兀来一句，我听个稀里糊涂的。干吗去乡镇医院工作？谁安排的？"

柳鹤年感到女儿真遇到了难事，怎么突然工作变动了。柳鹤年慈爱地看着柳依依："依依，有什么事儿尽管说，看看我们有没有什么好办法解决！"

柳依依从父亲鼓励的目光中，获得了勇气。她提高声音说："爸、妈，我到许屯镇医院工作了！在单位，我办理了停薪留职。这是我自愿去的，请爸妈理解我的选择！"

顷刻间，像一片深沉的阴云笼罩在柳家这宽敞明亮的房间里。柳晓飞看到母亲的脸色阴沉下来，向柳依依眨巴眼睛，示意她别说话了。

"姐，现在时兴下海，叫实现自我价值嘛！我支持！"柳晓飞打破沉默，站出来帮腔。

栗天舒接过话："姐，家里的事儿，你放心，我会照顾好爸妈的。"

柳鹤年猛然间明白了，他们突然搬回来住，是为柳依依的事做铺垫的。他都看出来了，谢玉萍不更是一目了然吗？关键时刻，他要为女儿站脚助威。

"依依，你详细点儿说，我和你妈都没听明白。"

谢玉萍沉着脸，嗔怒地说："不用说了，我听明白了！依依，你真让我失望！四十岁的人了，还让父母操心。当年下乡的时候，我就不让你去，你就不听我的话。一时糊涂，结果受到伤害，不让你留孩子，你留下，这么多年你吃了多大苦！孩子倒是为你争口气。可婚姻受到影响，高不成，低不就！现在刚刚好，该找个合适的男人，像个家庭样，可你又自作主张，跑回农村医院工作。你真让我伤心，你要继续错下去，错到你老了那天后悔为止吗?"

柳依依眼泪流了出来,多少年了,母亲始终不忘她的过错。她感到委屈,自己走过的路并没有错,可她不想跟母亲说什么了,委屈的泪水,自己咽下去。

柳鹤年心疼地看了一眼女儿,无奈地摇摇头:"依依啊,现在的农村乡镇医院就是个诊所,你的心情我理解,因为你在农村做过赤脚医生,看到那里缺医少药心里着急,可是,巧妇难为无米之炊啊。你是眼科医生,你能知道,在那里恐怕连个白内障手术都不能做。你去了能发挥多大作用?就给患者输液、包扎干赤脚医生的活?这是大材小用啊!国家培养你,不是让你再回去做赤脚医生的!"

柳晓飞显得自豪地说:"老爸,我姐已经是正高了,还能走回头路当个赤脚医生?告诉二老吧,那里建二级医院,我姐是应聘当院长的!"

柳鹤年诧异地问:"一个乡镇要建二级医院?这可是利民的大好事儿啊!依依,确实是这么回事儿?"

柳依依抹了一下眼角,露出一丝浅笑:"是,县政府投资在北部建一座二级医院,覆盖海连市北部几个乡镇,改变缺医少药现象。现在医院主体工程快要完工了。有关部门对我的考核已经通过了,要求我尽快到位,筹备医院组建工作。爸、妈,你们一直为我操心,做女儿的深感愧疚。过去的路对和错,妈,您就别放在心上了。我现在选择这条路,我有充分的思想准备,我会正确面对的,请爸妈放心!"

柳鹤年端起茶杯,呷了一口,放下杯子,紧锁眉头,长叹一口气,说:"老谢,依依没有错!我相信她能有所作为。我想起我在退休的时候,中心医院一位主治医师戚医生。他是部队回来的胸外科医生,在医院干得很好,突然提出要停薪留职到郊区四方台工作。医院没有这个先例,我是极力支持这名医生的,农村就缺这样有志向有抱负的医生去改变缺医少药的现象。我听说戚医生干得不错,四方台医院在本地很有名望,解决了当地渔民看病难的问题。依依,我支持你的选择!看来你到农村青年点的两年没有错,你了解农村,知道农民的疾苦,对那儿有感情,所以才大胆选择走这条路!现在全国各行各业有多少是知青成长起来的人在挑重担。上至国家领导人、省市高级干部,下至医院的医生、企业家和技术工人,他们的成长都和那段艰苦的磨炼有关系。依依和晓飞在农村时间不长,可我感觉对他们今天的成长起到了作用。晓飞能吃苦,工作兢兢业业,从小干警成长为区公安局副局长,这是我没有想到的。依依如果不下乡,就是一株温室里的花,弱不禁风,经不起风雨的洗礼。依依在生活上、工作中克服了多少困难,我是看在眼里,心疼她,但不能溺爱她!老谢,依依过去和现在何错之有?我明确表态,支持依依的选择!"

柳鹤年的话,像在室内投放了一枚炸弹,震耳欲聋。这些年,父亲只是默默地关爱她,从没有评价她过去的对错。母亲指责她的时候,父亲只是顺从母亲,做个和事佬。现在听了父亲"何错之有"的问声,柳依依感动得热泪盈眶,再也抑制不住的泪水,无声地滚落下来。

谢玉萍瞪一眼柳鹤年:"你是官迷,也希望女儿跟你一样也是官迷。一个乡镇医院的院长就这么大的诱惑力?她去了就能改变整个农村缺医少药的现象?依依,叶子知道你的事儿吗?"

柳依依抬起泪眼:"妈,叶子支持我!"

谢玉萍一脸怒色:"全家都支持你,好吧,我也说不了你了,你就一路错下去吧!"

说完,谢玉萍转身回房间了。

77　机　会

金曙光在腾达公司头衔是常务副总经理,负责公司对外联系工作,主要是企业主管部门及市内的各种会议和应酬。总经理由周志财董事长兼任,他也是第一股东,是他独具慧眼,看好了金来旭的专利产品,果断引进企业,两年时间实现腾飞,现在正准备中小企业板块上市。金曙光来公司,周志财就让金曙光担任总经理,金曙光没有接受,因为他不懂技术,公司要上市,必须要聘一位懂技术会管理的专业人员来担任总经理。周志财摆手说："外聘的人，还比我和你爸更懂技术吗！暂时就这样，以后你熟悉了，再把担子挑过去。"

金曙光忙碌完了，每每坐在办公室里，就想起柳依依。他到公司的第二天，就打电话给柳依依。柳依依每次接他的电话，都要铃声响一阵后，才能接听，金曙光知道她是在犹豫，而每次犹豫一会，电话总能接通。听到柳依依清甜的声音，心情总感到惬意和愉悦。多少天没有联系了，他从不奢望柳依依主动来电话，如果每次都能接他的电话，他就满足了。他已了解了，董明去新生农场看他时说何璐给柳依依介绍的会计师，其实是董明介绍的，被何璐否决了。金曙光听了异常兴奋，不舍弃追求，是他既定的目标。

金曙光用座机摁下柳依依的手机号，关机提示。一定是正在给患者做手术，不能打扰她了。金曙光下班把父亲送回家，没有像往常那样在家吃完晚饭，闲聊半天再回自己的家。他没有下车，对父亲说一声有事就走了。

金曙光要请柳依依出来吃饭。车开到她家楼下，打她手机，还是关机。金曙光想给柳晓飞打电话，犹豫了一下却没有勇气联系他。当初柳依依说情，柳晓飞接手了他的案子，抓到了诈骗犯，钱也追缴回来了，他出来后应该还上这个人情，可是他病好了，又上班这么多天都没有打个电话以示感谢，现在找不到他姐了，才想起找他，这有失礼节。金曙光看着无言的手机，心情沮丧，像丢失了什么似的。他抬手用力拍打方向盘，今晚必须找到！哪怕电话打通不接听，也感到心安了。

金曙光想起董明，他和何璐一定能联系上柳依依，立刻给董明打电话，接电话的是何璐。

何璐惊讶："是点长啊！你的伤好了吗？上班了吗？董明去公园打扑克了，什么事儿？回来我告诉他。"

金曙光焦急地说："好了，在一家私营企业上班，快一个月了。何璐，我联系不上依依了，你能联系上吗？"

何璐逗趣地说："金曙光，你是装糊涂，还是真不知道依依去哪儿了？依依辞职了，回到龙泉汤已经半个多月了！你也忒不关心咱依依了！"

金曙光猛然一惊："什么？依依还能回去当赤脚医生吗？你别开玩笑了！"

何璐认真地说："许屯公社，现在叫许屯镇了，要建一座像样的医院，依依去当院长了。老金，我告诉你啊，你家的高总不弄明白，你就别给依依添乱了！"

金曙光回应："何璐，高春萍跟我一点关系都没有了。你在依依面前，替我说点好话，不管怎么地，在青年点一个大锅里喝了好几年稀粥，还有点感情吧！"

金曙光放下电话，对何璐的话半信半疑。柳依依不可能这样做，即使她留恋那个地方，眷恋那一段感情，她的家庭不是一般的家庭，她的父母是不能允许她任性的。

金曙光为了证实何璐的话，来到市附属一院。医院门诊都已经下班，只有急诊值班医生和护士在紧张地忙碌。金曙光转到大厅，看到医院公示板上柳依依的照片仍然在上面。也许医院没有及时更换公示板的内容；也许柳依依根本就没有离开医院。金曙光想，必须把这事情弄清楚，不然他今夜难熬。

金曙光朝住院部走去，那里的医生多，肯定有熟悉柳依依的。他刚拐过走廊尽头，一个穿白大褂的医生迎面走来，金曙光迎上前问："柳医生还在医院上班吗？"

男医生年龄很大，摘下眼镜，警觉的眼神上下打量金曙光："你问的是柳依依？你是她什么人？"

金曙光指下自己的左眼："我是她的患者，这个眼睛的手术就是她做的。我听说她离开了医院，是真的吗？"

男医生重新把眼镜戴上，点头说："是，小柳是很好的医生。她要求停薪留职，到农村医院去工作。具体哪个地方，我不知道，明天你可以去人事部门打听下。"

金曙光道声"谢谢"，立刻离开医院。

金曙光证实了柳依依真的离职回到龙泉汤，心情更加沉重起来。他不相信柳依依真心愿意到乡镇医院工作，定是她难以割舍那段感情。二十多年过去,柳依依还活在往事里。这是可悲的,他必须把她拯救出来,接受他的爱!

金曙光决定今晚就赶到龙泉汤,见柳依依。

金曙光到商场买了一些保鲜食品,装到车后备厢,开车上路。这个时候正是车流高峰时段,通往沈海高速的华北路,车流缓慢。金曙光上高速时,天色黑了下来,这条号称神州第一路的高速开通后,每逢节假日,高春萍都让他开车拉她回家。从高春萍有驾照买车后,他就很少跟高春萍回龙泉汤,想起来已有两年没回来了。

下了高速,通往龙泉汤的路简称为龙李路。原来的土路铺成了柏油路,两侧还有路灯,一直延伸到龙泉汤。金曙光惊奇,乡路的变化这么大,农村变化可见一斑。建设一个像样的医院,完全有这个可能,金曙光怀疑自己对柳依依的认识,也许不是寻觅那段陈旧的记忆,而是重新开始新的生活!

金曙光开车进到镇里,原来人民公社时期的二层楼仍然耸立,没有光亮,车灯照在楼前,牌子上写着“爱心农资商店”。灯光下,金曙光看到一个骑自行车的人迎面过来,金曙光下车拦住那人询问,那人说,镇政府早搬到龙泉汤北岭了。金曙光又问,新建的医院在哪儿?那人说,还没有建成,也在龙泉汤附近。

一幢未完工的大楼在夜色中朦胧可见。楼下亮着一盏昏暗的灯,周围一片漆黑。金曙光顺路开进去,楼前广场不大,水泥地面平整光亮,中间一个花坛存放着大堆土。亮灯的是楼外面的简易房,从房里走出更夫,问金曙光找谁。

金曙光说找柳医生,更夫哈哈地笑了两声:“医院还没开张,哪来的医生啊?”更夫突然又问,“你说的柳医生,是不是海连市来的柳院长?……啊,柳院长,她住在温泉宾馆,医院筹备处都在那儿办公。”

金曙光来到温泉宾馆,四层小楼,有十多个窗口亮着灯光。金曙光站在楼前,凝望那些明亮的窗口,不知道柳依依在哪个房间。金曙光兴奋的心情又笼罩上惆怅,柳依依见到他是热情还是冷漠,他不得而知。

金曙光到宾馆前台办理住宿。问清楚了,医院筹备处在一楼,柳依依住在二楼的二一一房间。

金曙光住在二三二房间。他没有直接回到房间，来到二一一房间，举手准备敲门，可他犹豫了。他看看腕上的手表，已经十点了。金曙光转身回到自己的房间。

尽管没有见到柳依依，可夜宿在柳依依同一个楼层，犹如回到了当年青年点，男女宿舍一壁之隔。这一夜，金曙光睡得很香。

一抹晨曦透过薄纱窗帘映入房间，金曙光迅速起床洗漱完走出宾馆。远处的雪帽山在晨曦中显得高耸巍峨，山脚下的村庄被一层薄雾笼罩，或浓或淡，像一幅水墨画呈现在眼前。金曙光感到陌生，像置身在从没有来过的地方。令他感到陌生的不是晨曦中的村庄，而是村庄外的发展变化。原来村口处小河沟边上露天的野汤子，早已不见踪影，河沟经过修整，扩展得很宽，两侧用花岗岩石块砌筑。河岸两边建起风格各异的度假场所，顺着河边有不少建筑正在施工，昨晚见到的医院大楼，外墙贴砖已经完工，一栋乳白色的漂亮大楼格外显眼。

金曙光走到白色大楼前，更夫迎出来，金曙光觉得眼熟。更夫看金曙光对这个正在建设的医院感兴趣，说："你要是医生，想到这工作，赶快去筹备组报名。最近这几天来考察应聘的县城里的医生护士不少，他们都看好了这里的环境，住在县城，上下班大客通勤一小时路程不远。"

更夫做起广告，金曙光觉得好笑，问："你是龙泉汤村人？"

更夫指着雪帽山："碾盘沟的。小柳原来就下乡在咱小队。我儿子就是她那年接生的。"金曙光猛然认出来："你叫赵大鹏！"

赵大鹏惊疑地问："你……也是四点的知青？"

"我是金曙光，你记得吗？"金曙光握住赵大鹏的手。

赵大鹏惊喜地说："认识，还有过去的模样。你媳妇不是三队老高家的姑娘吗，你回老丈人家串门来了？你小舅子可出息了，现在是镇长了！"

金曙光兴致正高，忽然像一盆凉水泼到头上："高震江不是镇民政助理吗？"

赵大鹏讪笑："你看你这姐夫当的，你小舅子一年前就是副镇长了，今年当上镇长了。镇上的事除了吕书记，就是他说话算数了。咱这搞旅游开发，他是主管。"

金曙光暗中一惊，问："柳院长知道高镇长是高春萍的弟弟吗？"

赵大鹏想了一下："这个我可不知道。高镇长和吕书记倒来过工地，柳院长还陪着介绍情况了。"

金曙光走进一楼大厅，宽敞的大厅和走廊两侧的房间还没有抹灰，整个工程只是完成一半。金曙光折回楼外，问赵大鹏："准备什么时候开业？"

赵大鹏说："还有老了事儿要做，我听说县里要求装修工程三个月完成，国庆节要求开业。柳院长忙得不可开交，她的担子太重了。"

金曙光沉默了，柳依依在经历一次人生中的重大考验，在这时候，自己不能助她一臂之力，觉得愧疚，甚至打消了去见柳依依的念头。

金曙光看到大楼西侧一块土地已经平整完，能有三千多平方米。金曙光问："那块地要建什么？"

赵大鹏："说是海连市里一家旅游公司要建酒店，后来这儿建医院了，那家就不建酒店了，一直晒在那儿。"

金曙光感叹："两年时间变化这么大，看来老天给的温泉资源，给当地老百姓带来了福音啊！"

赵大鹏满是皱纹的脸，堆满笑容："可不是嘛！我听说，以后这要建成新镇子了。

金曙光犹豫了一下，说："赵大哥，有个事儿我想跟你说一下。我和柳依依是一个青年点的，对她是了解的。过去涉及青年点的事儿，尤其是关于你儿子出生时，叶雪松遇到的不幸，最好避讳点儿。我没有别的意思，柳依依想起来会内心痛苦的。"

赵大鹏恍然大悟："小金，我懂了。有恩记在心里，不要在嘴上老唠叨。听说小柳还一个人过，你劝劝她别想着过去，有合适的人，早点儿成个家！"

金曙光忽然觉得这个憨厚的赵大鹏可以成为朋友。金曙光要他的手机号，想着以后通过他可以了解柳依依的情况。赵大鹏憨笑一声："我哪有那玩意儿，我儿子赵冬生有，可我也不知道号码。"

金曙光回到宾馆，看一眼前台的挂钟，已经六点半了。金曙光决定见见柳依依，连夜跑来，不能无声退却。即使为她做不了什么，也要让她知道，拴在心中的这根红丝线是挣不断的！

　　金曙光缓步登上楼梯，柳依依急速下楼。金曙光一抬头，他们都怔住了。

　　柳依依穿一身蓝色运动装，白色运动鞋，一副晨练打扮。

　　"依依！"金曙光惊喜他们的邂逅。

　　柳依依诧异地问："你怎么来了？啊，是回你岳母家？"

　　金曙光收敛笑容："我说过，现在跟她没有任何关系。我是昨晚到的，特意来看你。"

　　柳依依走下楼梯，近乎冷淡地问："来看我？看我什么？"

　　金曙光一时不知说什么。柳依依没有停步，走到室外，伸展一下手臂，深呼吸，神情专注，旁若无人，俨然没有金曙光的存在。

　　柳依依做了几个简单的舒展动作，转身问金曙光："你还没有回答我，来看我什么？"

　　金曙光沉稳地说："依依，我非常佩服你的选择！我早晨起来就去医院工地看了，没有想到乡镇能建设这么大的医院！你在这里一定有所作为！"

　　柳依依凝视远处的雪帽山："我的选择不知道是对是错，既然选择了，我就有信心做好！"

　　金曙光想鼓励她，可又觉得自己语言苍白。他迟疑一会说："依依，你一定能做好！我能帮你做点儿什么吗？"

　　柳依依淡然一笑："谢谢你！我今早不晨练了，陪你看下这儿的变化！"

　　金曙光仿佛回到了二十年前，她和柳依依从青年点出来，一起去大队部上班的情景。那时金曙光对未来充满憧憬，他记得在那条路上，他们谈过理想。如今同样肩并肩走在一起，却感到很陌生。清风拂动柳依依耳边的秀发，眼角挂着一丝淡笑，尽管他们走了一段路程，谁也没有说话，可内心感受都好像回到了青春岁月。

　　柳依依打破沉默，抬头看一眼金曙光："你是经常回这儿吧？"

"不经常，两年没有回来了。"金曙光马上回答。

路两边有正在建设的酒店、度假村和购物商场。柳依依站住，似乎自言自语地说："没想到我们下乡的农村这么美，要开发成一个旅游特色的乡村小镇了！"

金曙光感叹："这两年变化真大啊！"

柳依依望着不远处外部装饰完的医院大楼，深情地说："这儿缺医少药问题解决了，百姓生活富裕了，山清水秀的环境更好了，城里人来旅游度假的会越来越多。"

金曙光赞叹："依依，我真佩服你的勇气！"随即，他感伤地说，"可惜我做不了什么！"

柳依依像想起了什么，说："社会发展，养老、康复产业势必要兴起，这儿缺少这样的产业。这儿山清水秀，又有温泉和二级医院，最适合办这样的产业。你在市内有人脉，有这样投资意向的老板可以介绍一下。再说了，你小舅子是这儿的负责人，你介绍来肯定能支持啊！"

金曙光尽管心里扫兴，还是露出笑容，说："我一定上心想着这个事儿！依依，以后不要再提岳母、小舅子之类的话了！"

柳依依没说话，向医院走去，金曙光呆呆地站了一会儿，随之跟过去。

金曙光从龙泉汤回来一个多星期了，柳依依的话始终在他脑子里萦绕。他从心里敬佩柳依依的远见，养老产业，确实是社会发展的新兴产业。柳依依要找一个有投资意向的民营企业家，去龙泉汤投资养老产业，也许不用找，有这样眼光的民营企业家一定会出现。

金曙光懊恼，自己没有那么多资金来做这件事。当初他担任企业法人的时候，并没有把钱看得那么重，也幸好没有贪占，如果有一笔资金说不清楚，他不只是失职罪入狱，还要罪加一等——贪污罪，假设有这个罪名在身，他还有什么颜面见柳依依。不是自己的不要往兜里揣，这话还是正确的。

金曙光估算了一下，建一座两千平方米的中等规模养老康复中心，至少也要一千多万元。这个天文数字，真是把他难倒了。金曙光忽然想起父亲的股份,利用股本来资本运作不就筹到现金了嘛!

想到这儿,金曙光几乎要蹦起来。他看到了希望,这个资本运作是绝对可行的。父亲的股份一下子退不出来,可以分步骤操作。现在关键的是要说服父亲和母亲,为什么要到农村去建养老康复中心?为了博得柳依依的爱,为了要娶柳依依,这个理由不足以说服父母,这个代价太大了!是为了事业,那么在公司干也是事业,何必去冒那么大的风险去开创新事业?金曙光费尽心思寻找各种能说服父母的理由,可都不是充满激情的理由,觉得十分乏力。只有实话实说,才能打动父母,那就是这么多年来他一直爱着柳依依,为了支持她的工作,也是为自己和家人抓住商机,干一番属于自己的事业。

金曙光胸有成竹地回到家里,把自己的想法说了出来。父亲金来旭低头喝茶,半天没有吭声。母亲曹玉敏目光深沉地看着金曙光,她知道儿子心里一直有这个女医生。从劳改农场出来第一天,不急于回家而是到柳医生的住处,等待她下班回来见一面,就可想而知。通过几次接触,她对这个女医生有了好印象,女医生并不是高春萍说的那样,跟儿子金曙光有扯不完拉不断的关系,相反在金曙光住院期间,女医生非常注意跟他们的距离,若即若离,不冷不热。曹玉敏细想一下,这个女医生跟金家还是有点缘分的。不管女医生出于什么目的到法庭去看金曙光的公开审判,结果都是救了她;金曙光受到伤害,到附属一院抢救,又是这个女医生给金曙光做的眼部手术。曹玉敏是教师出身,不相信命中注定的事儿,可在儿子金曙光和女医生的关系上,她相信了缘分。二十年前在青年点的时候,如果没有高春萍的出现,也许儿子会跟她谈一场轰轰烈烈的恋爱,金曙光的命运或许不会这样多舛。作为母亲已经从儿子渴望的目光中,读懂了他的信心。

"老金,你这么打拼挣钱,不就是为了留给子孙嘛!我看曙光要做的事儿是个好事儿,应该支持他。"曹玉敏也知道老伴的心,自己辛苦创业下来的财富,不想让儿子去做没有把握的事情。

金来旭没有想到曹玉敏会明确表态支持儿子,他感到非常纠结。金来旭不是心疼自己创造的财富,用老伴的话讲,挣钱还不是为了给子孙嘛。可是，儿子要干的事情儿，有很大程度上是感情用事，为了得到那个女医生的芳心，不惜代价搞项目投资，用这种方式去表达，去争取，未免有些过分。

"曙光，我考虑的是项目的可行性。你也做过企业领导，在投资上也吃过亏，有过教训。我不是说这个项目谁在骗你。而是说这么大的投资额，需要考察市场，搞个调研，不能盲目进行。如果是想和那个女医生相处，可以采取其他方式，给她买房子买车都可以。股票市场常说的一句话可以借鉴，入市有风险，投资要谨慎。我想你还是冷静考虑考虑吧！"金来旭没有顾及曹玉敏的态度，毫不隐晦地说出自己的看法。

金曙光心里有准备，知道父亲肯定要提出一些问题，但他没有想到父亲完全曲解了他投资养老产业的意义，言外之意是自己要花巨款投其所好。金曙光看到父亲松弛的眼睑，下垂的嘴角，内心涌起一阵复杂的情绪。父亲这把年纪了凭借自己的智慧，创造出这么大的财富，作为儿子不应该把手伸向父亲的口袋，可他这第一桶金又向何处淘呢？金曙光几乎失去希望，但他要向两位老人再次说明白自己的真实想法。

"爸，您说的有道理。投资项目是要考察市场，做下调研。可我是这么想的，现在龙泉汤那地方依靠天然资源温泉水，已经开始投资旅游休闲项目了。随着经济发展，那地方很快就能成为投资热土。县里在那建一个二级医院，改变那里缺医少药的现象，也是改变农村落后面貌的举措。随着社会发展，老龄化越来越严重，养老康复要有多种选择，国家也鼓励民间投资这一产业。退一步讲，就是不成功，有地有房子在那儿，钱也不会损失多少。所以我认为不用搞什么调研，土地肯定有升值空间。至于我和柳依依的关系，不是跟这个项目连在一起的，没有这个项目存在，我也是要追求柳依依，直至结成夫妻！爸、妈，我和高春萍的婚变，绝不是高春萍所说的那样，是柳依依插足的结果。柳依依从来没有涉足我们家庭一点儿事情，是高春萍的狭隘自私，造成我们分道扬镳的。柳依依心地善良、知书达理，在青年点的时候，我就想追求她，由于自己那时不懂什么是真正的爱，一心要捞取政治资本早回城，选择了高春萍。结果是个悲剧！妈、爸，我经历人生波折，再次抉择不会错的，请二老放心！

父亲在公司的股份不动了,把我那套房子处理了,先把那块地买下来。然后再拆借资金投项目!"金曙光语气坚定,说完站起身要走。

曹玉敏焦急地看着金来旭,儿子已经表明了决心,难道还没有听出来吗?

金来旭摆下手,缓慢地说:"曙光,你先坐下。你说的有一定道理,土地是增值的。你要干的事儿也靠谱。这样吧,我明天到公司跟老周商量下,我退出部分股份。公司要上市,正好可以吸收大股东进来。但咱家的股份不能都退出,留小部分股份在里面滚动增值。多少钱将来都是你们的,我和你妈也带不走!"

金曙光鼻子一酸:"谢谢爸、妈!"

78 波 折

腾达股份公司董事会同意金来旭的百分之三十股份退股百分之二十五,余下百分之五继续参股。退股折合人民币一千二百万,分三次支付。第一笔资金三百三十万五天后到了金来旭的账户上。周志财个人股退出百分之十五,吸收三三重工集团百分之四十股份,成为腾达第一股东。

金曙光感觉自己是在做梦。当父亲把存有三百万元的银行卡递给他的时候,金曙光流下了泪水。父母的恩泽,一辈子都无法还清。到了不惑之年,还要借助父亲的力量去创业,未免感到愧疚。金曙光向父母保证,一定把事情做好,回报父母的恩情。

母亲曹玉敏显得忧虑,好像儿子要奔赴战场,依依难舍。金曙光安慰母亲,现在有高速公路非常快捷,不到三个小时,就可以回来,不像过去下乡时候,一年才能回家一趟。"下次回来,请你们去龙泉汤看看。"曹玉敏眼睛模糊了,语重心长地说:"曙光,这可不是你下乡的年龄了。都四十岁了,年龄不小了,再不成家,错过了时间,可就再没有机会生育后代了!"

金曙光安慰道："妈你别操心了，一切顺其自然吧！"

金曙光离开家，径直上了沈海高速。他在确定有了资金后，通过关系查到许屯镇党委吕书记办公室电话，直接把电话打过去，谈了投资意向。吕书记听出了金曙光的诚意，欢迎他来镇政府面谈。简单的电话交谈中，金曙光感觉吕书记是个爽快人。见了面一见如故，几句话就拉近了距离。

吕书记说："你很有商业眼光啊！这儿将来是养老、康复、旅游的高地。城里人会越来越多地来这山清水秀的地方养老度假。你这是第二次回乡创业啊！比你先来一步的柳依依院长，也是毫不迟疑地离开大城市的优渥环境，回到第二故乡工作。"

金曙光愉悦地说："我和柳依依是一个青年点的，来这投资还是她介绍的。"

吕书记赞赏地点头："好啊，养老康复和医院服务应该是配套的，你们一定能合作好！"

吕书记拿起电话："震江啊，市里来了位客商，有投资意向，在我办公室了，你来接待下。"吕书记放下电话说，"震江镇长是龙泉汤人，负责镇上的招商工作。具体操作的事儿由他们定，有什么问题我来解决。"

金曙光听到这个名字，立刻感到不舒服。高春萍的大弟弟，他曾经的小舅子。别人嘴里说他是镇长，金曙光过去觉得乡镇的官衔几乎没有多大差别。一个民政助理，两年时间坐到镇长的位置上，这个升迁速度不知是慢是快。而在吕书记称呼下，他感到昔日的小舅子绝不是两年前民政助理的分量了。

高震江进门一眼就看到金曙光，猛然怔住。

吕书记热情地相互介绍，两人心照不宣，谁也没有开口在吕书记面前捅破这层窗户纸。

高震江扫了金曙光一眼，对吕书记说："吕书记，我和金先生到我办公室谈，您先忙。然后我向您汇报。"

金曙光跟在高震江身后，有犯罪了被执法人员带走的感觉。望着高震江宽厚的脊背，真想不到，昔日顽皮的小子竟然出息了，自己还要俯首在他的门下。金曙光心里有点不是滋味。

高震江很有气度，从他微笑的脸上，看不出他们之间有什么隔阂。金曙光倒觉得自己小心眼了。

"刚才在吕书记面前，我不想说明我们的关系，因为涉及工作上的事儿，容易产生错觉。我们配合挺默契啊！"高震江显得很亲热，又不失领导的风度，示意金曙光到桌前的沙发上坐，"我还是叫你姐夫吧。至于你跟我姐分手，我作为弟弟不能说什么，也不能评论谁的对错。但你来投资养老产业的事儿，我必须说清楚，这是为投资者负责，也是我工作的要求，更何况你曾经是我的姐夫。"

金曙光暗叹，高震江很成熟，真得刮目相看："谢谢你能理解我和你姐的情况！震江，我非常佩服你，你大有前途啊！"

高震江会意地笑了："这要感谢你啊！二十年前如果你不跟我姐恋爱，进城接班的肯定是我了。人啊，适合在哪儿生存，就能在那儿活得更好。我就适合这农村，所以我不会水土不服，我能一步一步成长起来。你在城市生活工作这么多年，转了一圈又回到农村搞投资兴业了，这叫山不转水转！没想到你我坐在一起，谈起投资的事情！说说你的意向吧。"

金曙光觉得一下子拉近了与高震江的距离，刚才心里不舒服，只是自我感觉。金曙光说："我准备在医院旁边那块地儿建一个养老康复中心，利用温泉做水疗，进行绿色养生，跟新建的医院形成治疗、康复、养老服务配套。"

高震江嘴角划过一丝讥笑："姐夫，你不是来感情投资的吧？我记得你和柳依依是一个青年点的。现在你要在龙泉汤投资，这不是巧合吧？"

金曙光脸颊发热，如鲠在喉，自我感觉良好的心情，突然笼罩了一层阴影。金曙光勉强笑下，冷静地说："实话说不是巧合！柳依依重新回到农村，她的行动感动了我。所以我看好这个龙泉汤未来的发展，想抓住这个商机干点儿事业！"

高震江轻轻地拍了一下手："好，我代表镇党委镇政府欢迎你来投资！我简单介绍一下我们招商的政策。首先是第三产业，你的投资符合这个目录；第二，投资额在一千万元以上。你投资建这个养老康复中心，要达到这个最低的限额。我不知道你的投资额度是多少?"

金曙光肯定地点了一下头:"可以达到政府要求的最低额度。"

高震江诡异一笑:"姐夫是挣到大钱了!好吧,需要的资料是,个人投资的要有身份证明,单位投资要有营业执照复印件、税务登记证、法人代码证,这都是基本材料。更主要的要有项目可研报告,有资质的中介机构做的,还有就是会计师事务所做的验资报告,和银行出具的资金证明。这些材料准备好了,我们再进行下一步,研究立项,项目审批。姐夫,请你放心,陌生人来办事,我都支持。你和我姐的事儿,不影响我的工作!"

高震江的话没有毛病,可听起来让金曙光有点不舒服。他们的谈话不过半小时,而多次涉及他和他姐的事情。说是不影响他的工作,可金曙光觉得他弦外有音。

金曙光从镇政府出来,心情并没有像明媚的阳光一样敞亮。他站在车门边,瞧一眼大楼,高震江一定在窗口看着他,他姐很快就会知道这件事情,金曙光冷冷地自语,这跟高春萍没有一丝关系!

金曙光来到医院筹备处,柳依依正在忙碌,抬头看见金曙光站在门前,没有感到意外,像他们已经约好时间似的。

柳依依说:"来了,我去开个小会,你稍等一会儿吧!"

金曙光独自坐在柳依依的办公室。这是一间客房,临时改为办公场所,室内没有什么装饰,没有书橱,没有文件柜,办公桌后边是一张临时休息的床。白色床单,一条淡蓝色纱巾覆盖在叠整齐的米色毛毯上。墙上挂着的一幅镶玻璃镜框的四个草书大字却很显眼:志存高远,金曙光观摩一阵,觉得这墨宝是叶雪松留下的。

柳依依回来,看到金曙光站在字前发怔,犹豫地问:"想什么呢?"

金曙光感叹地说:"叶雪松的字在今天也不逊色那些市里有名的书画家!"

柳依依看一眼墙上的字,低声说:"可惜,我只留下这一幅字,大部分都让他妹妹雪莲拿走了。"

金曙光凝视半天,说:"雪松的妹妹一定能保存好他哥留下的珍贵东西!"

柳依依好像不愿跟金曙光多谈这个话题,迟疑片刻:"当时雪松的东西我不敢留在家里,我母亲是不允许的。现在无所谓了,可我又没有时间去长春。将来叶子有家了,让她保存吧……啊,不谈这些了,你怎么有时间回来了?"

金曙光兴奋地说:"我这次回来,是你委托我招商的事儿有眉目了!"

柳依依疑惑地问:"我委托你招商?什么时候的事儿?"

显然,柳依依只是随意说的话,根本没往心里去。金曙光神秘地说:"你不说我如果认识搞养老康复产业的老板,介绍到龙泉汤来嘛。想起来没有?"

柳依依猛然想起,轻笑道:"我只是说说而已,没认真啊。"

"我可认真去办了!今天投资商跟镇政府领导见面了!"金曙光望着窗外,远处的雪帽山映入眼帘,一片黛色。金曙光心想,这样的景象,以后不会陌生了。

柳依依眼睛一亮:"没想到你这么当回事儿,中午我请你去农家院吃饭!"

"依依,你不想知道这个投资人是谁吗?"

"我认识吗?"

金曙光点头:"你非常熟悉!"

"谁?"

"金曙光!"

柳依依愕然:"你?"

"我自筹资金一千万,在这建一个养老康复中心。"

柳依依吃惊:"你能筹到这么多钱?"

金曙光肯定地点头:"已经筹措到了。跟吕书记见面,又跟高震江谈了。我要准备一些基础材料,再来办理相关手续。"

柳依依问:"吕书记接待你的?我听说吕书记最近工作要变动,调到海连市体育局工作。"

金曙光怔住:"难怪吕书记跟我谈了几句,就安排高震江接待。高震江一副装腔作势的样子。我预感这个事情不会顺利!"

柳依依沉默了。金曙光来这投资,仅仅是因为她一句话,她感到这动静太大,一旦这个项目没有预想的好,千万元巨款打了水漂,她会有负罪感的。柳依依瞥一眼金曙光,目光转到窗外,雪帽山头朦朦胧胧,时远时近,半山腰一道淡淡的薄雾像条白色的长纱巾在飘浮。

"你不要听我简单地那么一说就冒险投资,最好深入考察一下再做决定。我想,你有点冲动!"柳依依转身看向金曙光说。

金曙光莞尔一笑:"依依,我已经认定了要做这个项目。你提供了一个商机,做好做不好是我的事情。你不要有任何顾虑。我现在是担心,吕书记调走,新来的书记不了解情况,高震江会不会刁难我?"

柳依依皱下眉头:"不会吧!如果心胸这么狭窄,他怎么会年纪轻轻的就当上镇长。我接触过几次,他还是很有工作能力的。"

金曙光轻叹一口气:"但愿能顺利!依依,中午你不要请我吃饭吗?"

柳依依无声地笑了:"可以。"

高春萍接到弟弟高震江的电话,立刻想到,金曙光隐瞒了巨额财产。高春萍告诉高震江,一定阻止金曙光在龙泉汤投资,她要到法院起诉重新分割他们夫妻共同财产。高春萍放下电话,轻叹一声:"真是老天有眼啊!"

高春萍最近最愤懑和忧郁的事情,就是她被南方那个葛总骗得遍体鳞伤。她相信了葛总的话,转行做起金银首饰生意。三百万元的货款只收到三十万的货,葛总就失联了。高春萍几次往返南方某城去找葛总,结果人去楼空。她虽然在当地报案,可哪天能抓到骗子,钱能不能追回来,这都是个未知数。高春萍在海连市的建材生意惨淡,新租赁的柜台又开不了张,正是她资金链断掉的时候,金曙光突然拿出上千万元去龙泉汤搞投资,她既兴奋又愤恨!柳依依到镇上担任新建的医院院长,金曙光就回到龙泉汤投资千万元搞项目,这说明他们在往一起走,像二十年前在青年点那样如影相随。高春萍对他们除了愤恨,再无任何阻拦的权利和能力了。但金曙光突然冒出这么多钱,肯定是他担任企业总经理的时候,利用职权便利吃回扣、对缝、贪污所获得的。她必须拿起法律武器,至少争回她被骗走的三百万,弥补她的损失,这样心里才能得到平衡。

高春萍约好她的律师老甄,到长江路上白云茶庄见面。甄律师听完高春萍的叙述,沉默了半天。光秃的脑袋,在高春萍面前不住地晃荡,左晃右晃像是接到了一个很棘手的案子。

"甄律师,胜诉后,您的费用我付双倍!"高春萍看出这个律师界颇有名望的老油条在无声地给她开单子,便爽快地开出高价。

甄律师抿了一口茶,很有风度地耸了耸肩:"我是接案子必胜,没有把握,我是不会接的。你这案子难度挺大,不是费用多少的事儿!"

高春萍看出甄律师不是在忽悠,急切地问:"难在哪儿?"

甄律师习惯性地抬手捋一下鬓角上几根珍贵的头发,说:"婚姻法规定了,离婚时,一方隐藏、转移、变卖、毁损夫妻共同财产,或伪造债务企图侵占另一方财产的,分割夫妻共同财产时,对隐藏、转移、变卖、毁损夫妻共同财产或伪造债务的一方,可以少分或不分。离婚后,另一方发现有上述行为的,可以向人民法院提起诉讼,请求再次分割夫妻共同财产。你们是协议离婚,你发现前夫隐藏巨额财产,要求法院分割财产,这符合法律规定。首先要有确凿证据证明他有隐藏的资产。一般情况下,收集这样的证据比较难。假设他是股票赚的钱,那么是哪只股票分的红利?如果是做生意赚的钱,钱存在哪个银行账户? 这都要有证据。"

高春萍疑心重重地说:"甄律师,他一下子拿出上千万,你考虑他是哪儿来的钱? 他做过国企厂长,他没有自己的厂子。他买股票了,可我从来没有看到过他关注股市情况。他也不是富二代,父亲是个工程师,母亲是老师,都退休在家。两个妹妹也不是大款,我了解他家的亲友,也没有富豪。这钱是哪儿来的? 真是个谜啊!"

甄律师抬起眼皮,奇怪的目光盯在高春萍的脸上,高春萍下意识地端起茶杯,挡在胸口处,呷了一口茶。甄律师冷笑一下:"高总,我想出一个方案,你可以一试。"

高春萍放下茶杯:"什么方案?"

甄律师慢慢地品起茶,咂砸嘴:"这正山小种很纯正啊!"

高春萍知道甄律师在卖关子，爽快地说："甄律师，请你开个价吧！"

甄律师晃一下红润的脑门："高总就是爽快！法院起诉是强攻，你给他来个智取！智取不成再强攻！既节省了诉讼费用，又节省了时间，少了麻烦。你看我这点子值多少钱？"

高春萍想了一下，果断地说："这样吧，按照要回的总额百分之五提成给你，三百万给你十五万，这个数额可以吧？"

甄律师嘴角露出一丝得意的笑："可以可以！咱们草签个协议吧。"

高春萍心里骂道，这个老油条是在敲诈！她脸上却挂着笑容："律师办事是要按照法律程序走的。好吧，你起草吧。"

甄律师从包里掏出纸笔："啊，职业习惯，办事要严谨，请你理解。"

甄律师驾轻就熟，很快写完协议，递给高春萍。高春萍扫了一眼，签上名字。甄律师把协议放到材料夹子里，表情严肃起来："按照我的步骤走，肯定不费周折他就得把钱给你一半。第一步，你弟弟是镇政府领导，又主管项目，马上代表镇政府跟他草签一个投资意向书。意向书基本内容都写明，投资项目和金额，项目建成后的大概税收和效益。这个投资意向书就证明他手里有资金。现在我们来分析他资金的来源。他没有生意，没有股票，家庭也是普通家庭，但他做过国企法人，你说他的钱是从哪儿来的？"

高春萍恍然："你是说他贪污来的钱？"

甄律师轻蔑地哼一声："不排除这种可能！所以你要智取，主动找他，向他挑明，这笔财产属于夫妻关系存续期间的共同财产。他如果拒绝，你可以告诉她，对不起了，材料我已经准备好，那就检察院见！巨额财产来源不明，他曾是国有企业法人构成犯罪主体。如果他的钱不是好来的，他必然怕你去检察院举报，要封住你的嘴，就得拿钱，这时你该要多少钱再跟他讨价还价。如果他不给，说明他心里没有鬼。钱是由别的渠道来的，下一步就进行强攻，走法律程序。证据链完整了，你肯定胜诉！"

高春萍呆住了，好像没有注意到甄律师已经停止了说话。

"高总，你在想什么？"甄律师问。

高春萍一惊,回过神来:"甄律师,我怎么也不会相信金曙光能有手腕贪污到这么多钱!我还是了解他的,就是有人给他钱,他都不敢往兜里揣。何况上千万,借他一个胆子也不敢啊!"

甄律师哈哈地笑了两声:"高总过于自信了!你怎么知道他见钱不敢伸手呢?钱的诱惑力对谁都一样,就看有没有机会。有机会了就没有胆大胆小、好人坏人之分了。"

高春萍神色紧张:"真贪污了上千万,犯事了还不得判重刑吗?"

甄律师又笑了:"夫妻本是同林鸟,你们都各自飞了,还顾及什么呢?看孩子面子,是不应该把事情做绝了……"

"我们没有孩子!"高春萍痛苦地垂下眼睛,打断甄律师的话。

"那更没有什么顾忌的了!你只是敲山震虎,他心中有鬼,就会答应你的要求;钱是正道来的,你也知道了来路,剩下事儿我来做!"甄律师语气坚定,志在必得。

高春萍按照甄律师的要求,给弟弟高震江打电话,让他赶快跟金曙光草签一个投资协议,证实他有巨额资金。高震江说,这很容易,金曙光恨不得马上签正式协议。高春萍让高震江把签好的协议传真过来,高震江说:"老爸老妈直念叨你,几个月不回来了,趁这机会回来走一趟。"高春萍从离婚后,就不愿回龙泉汤,柳依依和金曙光又回到了龙泉汤,她感觉生她养她的故乡成了她的伤心之地。二十年前的拼力争取,结果得到的是自己酿造的一杯苦酒。想起这些,高春萍一阵揪心地难受。她问弟弟,能不能让金曙光的项目做不成,能不能把柳依依的院长辞退了,让她心里得到平衡。高震江无奈地笑着说:"姐,你弟的官太小了。吕书记调走,我只是暂时负责。新来的书记到位后,要是对这个项目感兴趣,谁也阻挡不了的。柳依依的院长,别说我动不了,就是吕书记聘她反悔了也辞退不了了。医院快要建成,形成挺大的规模,县政府决定收归县卫生局直接管理了。柳依依可能是主管业务的副院长了。"高震江劝说高春萍:"过去的事情不要纠缠不休了,该放下就放下吧。姐,能争取让金曙光给点更好,不给也别争了,你也不缺钱。他的钱就算不是正道来的,也通过地下钱庄把钱洗干净了。别听律师的,律师巴不得所有人都去法院打官司！去法院起诉有用吗？费钱费时间费精力，还成仇人了！不做夫妻了，也不要成为劲敌啊！"

高春萍的眼睛湿润了，弟弟的话触动了她的心。一路走来，遍体鳞伤。这一时刻感到都是自己的错！

高震江继续说："姐，给爸妈在海连买套房子。他们都老了，进城享受享受城市生活吧。我在镇上也不想干时间长了，有机会你找到接洽领导，把我也调到市里工作吧。"高春萍答应弟弟，选好合适的房子就给他们买。调动工作的事儿，遇到机会一定办。

两天后，高春萍接到高震江发过来的传真件，熟悉的签名，不熟悉甚至惊愕的数字，高春萍惊呆了。她感到同枕共眠快有二十年的金曙光是那么陌生，那么诡秘，好像她这么多年的生活都是在谎言中过的。高春萍越想越愤懑，非亲即仇。爱和恨是同根生的两根枝杈，当爱那根枝杈折断了，恨就会疯狂地生长！

高春萍把办公室的门关上，用座机给金曙光打电话。过了半天，金曙光才接听。

"你好，哪位？"

高春萍尽显亲昵："曙光，听不来出我是谁了？"

沉寂一会儿。金曙光说："啊，有什么事儿？"

高春萍微笑道："曙光，我想请你吃晚饭。餐馆我都订好了，你爱吃的霍家鲍鱼馆。"

金曙光冷冷地说："谢谢，我没有时间。如果是想了解我投资龙泉汤养老产业项目的话，我可以把有关资料传给你。要是其他事情，对不起，我什么也办不了！"

高春萍冷静地说："曙光，我们见个面吧，有些话还是当面说为好。"

金曙光轻笑下："我们之间的话，当面和电话说都一样，说吧，我洗耳恭听！"

高春萍脸忽地发热，金曙光真是一点颜面都不给她。"好吧，你投资上千万，好大的项目啊！我很羡慕，但我不清楚你的钱是哪来的？属于我们夫妻时期的共同资产，法院会有说法；属于其他道上来的钱，检察院会有说法！"

金曙光哈哈大笑："我想到了，你一定会为这事儿来找我的。因为我太了解你了！这样吧，你给我个传真号。我把准备好的资料传给你看下，你再找我！"

高春萍接到传真件，一眼看到的是刺激眼球的标题：金来旭退股协议书。

高春萍看完，一阵眩晕。她靠到沙发上，沉思片刻，猛地把传真件撕得粉碎，抛向空中。

79　也无风雨也无晴

金曙光把投资所需要的文件资料都准备好，专程去许屯镇政府报送。高震江要去县里开会，让他把资料送到项目办。金曙光问他，什么时候能有消息？高震江说，研究再说吧。金曙光追问一句，什么时候能研究？能不能给个准信！高震江满嘴官腔："这大小也是一级政府，不是你们企业，喊一声就开会了。你要是上亿元的项目，县委书记就出面了，就不用我主持研究了。既然我是主管，你也只能听我的。等着吧！"

金曙光清楚，高震江是在刁难他。金曙光轻蔑地自语，"这不是你高家的天下！"决定先忍耐几天再找他，如果还继续刁难他，就直接去找县政府！

金曙光想好了下一步对策，心情觉得舒畅了。他开车来到医院找柳依依。医院门前停着两台集装箱车，正往下卸设备和办公用具。医院开始安装医疗设备，进入了最后冲刺阶段。金曙光没有停车，柳依依正忙，没有大事就不打扰她了。这些天，他不准备来回跑了，金曙光到柳依依住的酒店，开了一个房间，办好手续，又开车出来，去雪帽山。

金曙光费了很大劲儿找到叶雪松的坟墓。坟草青青，墓碑上字迹已经模糊不清。

金曙光默默地站在坟前，思绪万千：老叶，你的生命泯灭二十多年了，爱你的人仍在默默地思念你，并且还有一个鲜活的生命在延续你的血脉。老叶，这么多年你在柳依依的心里一直占据着位置，我金曙光怎么也挤不进去。这次我们都回来了，柳依依继续为百姓行医看病，不过今非昔比了，柳依依是医院院长，医院是二级医院。我来这投资建养老康复产业，说实话，也是为了能跟柳依依在一起。老叶，你放心，我会像你一样呵护好我们的依依，我爱她一辈子，向雪帽山发誓，海枯石烂心不变！你在地下应该瞑目了！

金曙光眼睛湿润了：老叶，你很有才华，留下的字画，虽然在别人眼里不是珍品，可在柳依依眼里比什么都珍贵。哎，老叶，我突发奇想，把保存在你妹妹手里的字画整理出来，出版一个纪念册，可以装裱的字画都装裱起来，交给柳依依和你女儿柳叶子保存。你看怎么样？你要是感谢我，就在天堂祝福我和依依永远幸福吧！

金曙光感到兴奋，这好像是叶雪松冥冥之中给他的灵感，做一件让柳依依母女终生难忘的事情。金曙光迅速下山，拿出手机要给柳依依打电话，问叶雪莲的电话，想了一会儿又犹豫着把手机放下，如果现在告诉柳依依，她不但不能告诉叶雪莲的电话，还有可能阻止他。柳依依是不会同意他出钱做这件事的，要做也必须是她来做。金曙光要给柳依依一个惊喜，只能先斩后奏了。

以前听说叶雪莲在长春市体育局工作，金曙光决定到长春再说，找不到再给柳依依打电话。上了高速，一直北上。五个多小时后，金曙光下了高速，进到市里，很快就找到了位于朝阳区的长春体育局。已经下午两点了，金曙光午饭没有吃，感到有点饿了，在附近找了一家小饭店，吃了一碗馄饨。然后走进体育局办公楼。

守门的女保安一听找叶雪莲，紧绷的脸立刻绽出笑容："你找叶副局长啊，我马上打电话汇报。"

金曙光来到叶雪莲的办公室。叶雪莲前后两次去过龙泉汤四队青年点，第一次是给哥哥叶雪松送高考复习资料。相隔三个月后，叶雪莲再次来到青年点，来参加哥哥的葬礼，收拾哥哥的遗物。金曙光对叶雪莲有深刻印象的是她第二次来青年点，在哥哥坟前悲恸欲绝，哭成泪人，点里女生搀扶叶雪莲离开坟前,去小石屋收拾哥哥的遗物。叶雪莲回长春的时候,金曙光送她到许屯车站。

现在,金曙光站在叶雪莲面前,相互间还有点儿印象。叶雪莲感到惊喜,金曙光说明来意,叶雪莲显得异常感动。

"哥哥的东西都封存在箱子里,这些年想看又不敢看,揪心地难受啊!我想了,等叶子大学毕业后,成家了就交给她。"叶雪莲提起叶子,掩饰不住的自豪感挂在脸上。

金曙光赞赏地说:"柳叶子是个懂事儿的孩子,柳依依的心血没有白付出啊!"

叶雪莲同情地说:"是,柳姐受了不少累,我们也没帮上什么。柳姐现在还一个人过,也苦了自己!"

金曙光深沉地叹了一口气:"依依这么多年不考虑自己的婚姻,主要是把精力都放在女儿的身上和工作上了。雪莲,话说到这儿,我就告诉你实话吧。我的家庭发生了变故,我现在是单身。我正在追求依依,我能给她下半辈子的幸福!"

叶雪莲先是一怔,眼里闪动泪花:"金大哥,我相信你能照顾好柳姐!我们叶家谢谢你!"

金曙光没有更多的表白,他相信叶雪莲的话是发自内心的。无形中给了他勇气,金曙光感激地说:"雪莲妹妹,你放心,我会对叶子像自己的女儿一样,让她们母女生活愉快幸福!"

叶雪莲哽咽了:"我相信你,哥哥在天有灵,也会感到高兴的!"

叶雪莲在家里招待金曙光吃饭。叶雪莲的丈夫是中学老师,儿子刚上初三,正是中考冲刺阶段。他们更多的是谈论柳叶子,叶雪莲夫妇特意让儿子多听听柳叶子学习的事儿,可惜金曙光知道的并不多,叶雪莲对侄女的学习情况只有星星点点的了解,可叶雪莲借题发挥,教育儿子。儿子告诉父母,叶子姐早就是他心中的偶像,他们已经约定,在北大相聚。晚餐气氛轻松,他们把金曙光当作亲戚。吃完饭,把叶雪松留下的满箱子画稿搬到车上,金曙光就告辞了。

金曙光原定在酒店住下,第二天早晨再走。可是他走到预订的酒店门前,突然改变主意,辞掉预订,连夜返回海连市。

走到服务区,小憩一会儿就上路了。清晨,金曙光披着晨曦走进市里,到家后躺到床上就睡着了,醒来已经是中午时分,煮碗面条草草吃完,开始整理叶雪松的书画稿。

金曙光越整理越感到震撼,在青年点的时候,他只知道叶雪松爱好绘画和看书,并没有实质的接触,也没有更多地看到他的书画,就以为他是难耐寂寞,写写画画打发时间。现在看到这些素描、水彩画和书法作品,他仿佛看到一个孑然的身影踟蹰在大山间,迷恋于雪帽山旖旎的风光;也仿佛看见昏暗的小石屋,彻夜摇曳的灯光下,孤独的他在孜孜不倦地学习。金曙光豁然明白,柳依依为什么那样爱叶雪松,这是一个才华横溢的男人,博得女人的爱是理所当然的。

叶雪松的遗稿分为三部分,大量的是写生稿,有雪帽山的远景和局部,有树木和花草,有人物和动物;第二部分是书法,有临摹稿和书法稿;第三部分是水墨画和水彩画,还有一些油画。在动物写生和素描画中,有三十多张是两只狼的画,尤其是水彩画的狼,栩栩如生,看了让人毛骨悚然。金曙光决定把所有狼的画,都装订一个独立的画册,不让柳依依看到。

金曙光继续整理。在人物写生的稿子中,忽然发现几张折叠的画纸夹在其他画稿中。金曙光打开,是几幅人物写生素描画和两张裸体女人水彩画,他一眼看出那个女人是柳依依。

画面上,柳依依裸体侧身坐在木凳上,双眼含情,略带一丝羞涩。浓黑的秀发从左侧前胸下垂,浑圆的双肩,纤细的腰肢,微曲的秀美双腿,迷人的身姿展示在面前。落款一行草书小字写着:一九七八年一月二十一日风雪夜。金曙光的心剧烈跳动起来,仿佛他面对的是活生生的柳依依。他不敢触摸,不敢呼吸,好像一碰或者发出一点声音,她就立刻离他而去。

凝视半天,他渐渐地平静下来,小心翼翼地把柳依依裸体的水彩画、素描画挑选在一起。这些画不能跟对外公开的书画稿放在一起,要独立装订成册。

金曙光用了一天半时间，把五百多份书画稿分门别类整理好。挑选出三十多张书法稿送到专业公司进行装裱，挑选出一百多张写生和素描画稿送到出版社。由于不是公开发行，不用申请书号，只印刷二十册，其中有柳依依肖像的画册影印两册。出版社提出两次排版，印刷册数又少，成本固然要高了。金曙光问多少钱，出版社负责人伸出一个巴掌，至少五万，他欣然同意，商定好封面设计方案，签好合同。金曙光当即支付一半现金，一周后取画册，没有质量问题，付清余款。

　　办完这件事，金曙光觉得一种感情得到升华，得到释放，身心立刻轻松了许多。他设想，如果早在几年前做这件事情，他也许能跟柳依依走的更近一些。这个想法刚冒出来，金曙光立即否定，不可能，高春萍这个绊脚石是无法绕过去的。现在他已经从婚姻的枷锁中挣脱出来，开始新的生活了。这种生活就是他要跟柳依依牵手走到老。他曾在哪儿看到一句话：生命中出现的每个人，都是必然的。既然柳依依在他的生命中已经存在了二十多年，为什么不能必然地走在一起？金曙光感到这个责任在自身！在于自己的怯懦和不自信。想到这些，金曙光心头涌上一股热血，恨不得马上见到柳依依。

　　也许是心有灵犀，这个念头刚冒出来，柳依依的电话就打了进来："你好，你现在在哪儿？"

　　尽管柳依依的声音显得很平静，金曙光还是觉察出有点儿异样，急切地问："依依，什么事儿？"

　　柳依依反问："你的项目走到哪步了？"

　　金曙光恍然一愣，似乎忘记了这个事情："啊，按照要求我把资料都送到镇政府项目办了。高震江让我听信儿。"

　　柳依依又问："没有具体时间吗？"

　　金曙光忽然觉得柳依依话里有话："依依，没有具体时间。我想是高震江在故意刁难我。我再忍耐几天，还没有消息，我就去县政府上访。这件事情是任何人都阻止不了的，依依，你放心！"

　　柳依依淡然地说："你自己的事情，我有什么不放心的？我只是问一下，因为有个人能帮助你。"

"谁？"

"柴笑梅。"

金曙光赶到瓦县县城，去往西山县委办公地点的路正进行临时交通管制，他把车停到路口的储蓄所门前，拎起包向前面走去。二十年前，金曙光回城的时候，来过县委办理组织关系转移手续。坐落在红色围墙里的灰色四层楼，楼顶飘扬着鲜艳的国旗，踏进院里感觉那么庄严和神秘。现在四层办公楼依旧，在周围高楼的衬托下，显得沧桑和简陋。大墙前面遍布彩旗，大门口两个悬空彩球在风中飘荡，彩球下面挂着两条大幅标语：热烈庆祝瓦县撤县设市！抓改革促发展壮大经济！扩音器里传出一个女领导慷慨激昂的讲话声音，金曙光仔细品味，是十分熟悉的老点长柴笑梅的声音。

金曙光被挡在大门外。今天是瓦县撤县设立县级市的挂牌仪式，新上任的市委书记柴笑梅代表市委、市政府发表热情洋溢的讲话。柳依依告诉他，柴笑梅从省妇联宣传处长的位置，调到瓦市担任设市后的第一任市委书记了。金曙光兴奋得一夜难眠，有老点长这棵大树，自己的生意何愁不顺利？更让金曙光兴奋的是，柳依依主动联系柴笑梅，向她汇报了他投资项目的事情。柴笑梅坦率地告诉柳依依，让她转告金曙光，这件事情，她要亲自过问。金曙光心里有底了，高震江不可能不知道柴笑梅的出处。他相信，不等柴笑梅亲自过问，高震江就能找他，官场的游戏规则，这个年轻的镇长一定非常清楚。而更让金曙光兴奋的是，柳依依在默默地关心支持他的事业。这让金曙光心里充满温馨和希望，这要比千言万语更能体现出柳依依的内心世界。

一个多小时后，庆祝大会散场。金曙光拨打柴笑梅的手机，接电话的是个男人，对方十分礼貌地问："您好，请问您找谁？"金曙光一愣，以为打错了，忙说："对不起，我找柴笑梅。"对方马上说："柴书记在接待客人，请问您是哪一位？我可以汇报给柴书记。"

金曙光马上报号："我叫金曙光，和柴书记是青年点同学。我现在在市委门前了，要拜访柴书记。麻烦您给转告一下！"

对方答应,放下电话。不到五分钟,金曙光的手机响了,还是那个男人的声音:"您好,柴书记在办公室等您。她只有十分钟的时间见您,请您进院,我在楼前迎接您。"

金曙光快步走进大院,一个年轻的男人迎接他,陪他来到三楼的书记室。

柴笑梅惊喜地握住金曙光的手:"曙光,你还是那样,在路上邂逅,我肯定能认出你!"

金曙光随口说:"点长,你好!我应该称呼柴书记。"

柴笑梅轻轻地挥下手:"我们在一起不讲官场上的规矩,依依就叫我大姐,这多亲切啊!"

柴笑梅和金曙光坐到沙发上。金曙光仔细瞧一眼坐在对面的柴笑梅,如果他没有思想准备,没有人介绍,他肯定认不出眼前的人是当年的柴点长。齐肩烫过的短发,蓬松而又规矩。戴着一副金丝眼镜,显得文静和优雅。脸色红润,肌肤白净细腻。翻领的浅灰色套装,典雅而不落俗套。如果说人越活越年轻是个传说,那么在柴笑梅身上却是现实。这形象足以说明,她不仅当领导有方,保养自己也是行家里手。

柴笑梅微笑着说:"曙光,你的事情依依都跟我说了。我非常赞成你和依依的实际行动!依依为了改变农村缺医少药的现象,毅然决然地离开条件优渥的城市大医院,到新建的农村医院工作。你是富裕了不忘乡亲,回到农村搞温泉养老康复项目,带动龙泉汤温泉经济发展。这是大好事啊!曙光,告诉你个好消息,政府经过组织专家论证,提出以许屯镇龙泉汤温泉资源、雪帽山风光为主题,打造旅游、养老特色小镇,近期内市委准备开会研究这个规划。你的项目跟政府的规划正好吻合,一定会取得经济效益和社会效益双丰收的!"

金曙光异常激动:"我到龙泉汤搞项目,还是依依介绍的。这是我人生走的最关键一步,有大姐的支持,我一定能成功!大姐,你什么时候能回龙泉汤看看?"

柴笑梅说:"我现在定不下来,肯定有机会去的!二十多年了,我也一直牵肠挂肚。你的项目我会尽快安排政府负责项目的同志过问一下。

你放心,我们市的经济发展观念和招商环境都会改变的!"

那个年轻人进来,轻声地说:"柴书记,时间到了,客人也到齐了。"

柴笑梅歉意地说:"曙光,我不能留你吃午饭了,省市客人在等我。"

金曙光从包里拿出一本影印集,递给柴笑梅:"大姐,这是叶雪松的画稿,我整理成集子了,送给你一本。"

柴笑梅接过来,翻动一下,动情地说:"想起叶雪松,心里挺难受,可惜了这个有才华的人! 谢谢你,我一定存好,留作怀念!"

金曙光走出市委大院,回头望望,真没想到,昔日的点长成了这个庄严、神秘大院里的主人。岁月的风雨,让每个人都经历一番洗涤,才走到应该走到的地方。金曙光把住方向盘,一直奔向龙泉汤,他对自己说:"这就是我应该去的地方!"

金曙光急于见到柳依依。他想象得出,当他把叶雪松的画稿影印集展示在她面前的时候,她一定会感动,一定会悲喜交加,一定会热泪盈眶……

金曙光下了高速口,接到高震江电话。金曙光嗤之以鼻,果然不出所料,见风使舵,讨好来了!

"姐夫,我是震江,你的项目头几天就研究完了,我已经签字同意了。这几天我事儿特别多,忙乎忘了。你现在要是在龙泉汤,下午来镇政府把投资协议签了。晚上我请你吃饭。"高震江异常得近乎。金曙光记得从做他姐夫那天开始,就没得到他的吃请。

金曙光淡淡地说:"谢谢! 我在海连了。我不着急,等有时间再过去。"

高震江急了:"别,姐夫,明天上午你一定过来把协议签了。"

金曙光应付一句,放下电话,直奔柳依依在山庄酒店的临时办公室。

金曙光看一下时间,正是中午休息的时候,柳依依可能在自己的房间里休息。他回到自己的房间,泡了一碗方便面吃,然后洗个热水澡,躺倒在床上,翻翻带有柳依依画像的影印集。这本他要随身带着,另一本保存在家里。可以公开的影印集都放在车里,要一起交给柳依依。

金曙光来到柳依依的房间,摁响门铃,里面传出柳依依的问话:"谁?"

金曙光轻声答:"依依,是我,金曙光。"

房门打开,柳依依穿着白色睡衣,头发散落披在肩上。

柳依依一手扶着门,问:"你什么时候回来的?"

金曙光兴奋地说:"我刚回来。依依,见到柴笑梅了,我进屋详细跟你说吧。"

柳依依异常平静地说:"我快到上班时间了。这样吧,你下午四点钟去医院办公室。"柳依依看到金曙光手里拎本大开本的书籍,问,"这是什么书?"

金曙光神秘地笑一下:"留点儿悬念,下午到办公室再给你看。"

午后四点,金曙光来到医院。走进医院楼里,装修的刺鼻味呛得金曙光打了一个喷嚏。大厅装饰一新,门诊挂号、药房的窗口,红色大字非常显眼。工程队工人和穿白大褂的医务人员,混杂在一起忙碌。金曙光被一名保安拦住,问他找谁,金曙光说找柳依依,那人又问了金曙光的名字,然后进收发室,用内部电话联系柳依依。保安出来说,柳院长在开会,让你到附楼三楼等她。

附楼在主楼的东侧,二楼走廊尽头便可上楼。办公区域非常静,每个门前都挂有门牌。金曙光看到院长室在里面,走过去站在门前耐心等待。

柳依依轻盈地走过来,金曙光毫无知觉,仍然呆呆地望着窗外。

"在想什么呢?"柳依依站在他身后问。

金曙光转身:"啊,没想什么! 散会了?"

柳依依说声"过来吧",就往挂着副院长门牌的房间走去。金曙光愣一下跟过去。

柳依依看出金曙光眼神中的疑惑,笑着说:"奇怪吗? 医院的隶属关系变了,是瓦市中心医院分院,中心医院院长兼任分院院长,我是主管业务的副院长。我感觉挺好的,行政上的事儿我真没能力去管。"

金曙光环视办公室,宽敞明亮而又简朴。暗红色办公桌子上有台电脑和红色的电话机,墙边是两个空荡的书橱,窗台上摆放了一盆盆绿萝,窗户都打开着,清风徐徐,冲淡了室内的油漆味道,办公桌左后侧是个套间,房门半开,露出床的一角。

"只要自己愿意去做,工作就会愉快!"金曙光应酬一句。

柳依依问了金曙光见到柴笑梅的情况,然后问:"你留了什么悬念给我?"

金曙光从包里拿出画集,递给柳依依。

柳依依惊呆了。她从头翻到最后一页,抬起头凝视金曙光,那眼神充满忧伤:"这是怎么回事?"

金曙光歉意地笑笑:"依依,对不起,我没有征求你的意见,自作主张去长春了。从雪莲那儿把雪松所有的书画稿都拿出来了。画稿影印了二十册,书稿挑选了三十多幅送去装裱。这些画集都交给你吧。"

柳依依显得很激动:"谢谢你!费用是多少钱,我不能让你花这钱!"

柳依依的话把金曙光置于窘地。他要向她表白,不能再错过机会了。金曙光的心怦怦怦地跳,他一把握住柳依依的手,激动地说:"依依,我为你做事儿是心甘情愿的!你别拿我当外人!依依,我……"

没等金曙光的话说完,柳依依抽回手,打断他的话:"你别说了,让我们都冷静冷静。"

柳依依的话音刚落,电话机铃声大作。柳依依迅速拿起话筒,是大厅保安的电话。

"柳院长,有位叫高春萍的人要见您。"

柳依依愕然,仿佛没听清:"谁?"

"是我,高春萍。依依,我们见个面吧。今天我回我妈家,顺便来看看你。"没等柳依依反应过来,高春萍就把电话放下了。

柳依依脸色煞白,多年来,她几乎一听到高春萍的名字,就有畏惧感。现在又撵到这里来,这个抹不掉的影子,像噩梦一样缠在身上。

"金曙光,我真的不希望你出现在我面前!总是给我带来麻烦!"柳依依恼怒地说。

金曙光沉思片刻,说:"依依,高春萍这个人我了解,她这个时候来见你,肯定不是来找麻烦的。我了解她,柴笑梅是市委书记,她为了高震江的仕途,来缓和关系来了。我到里屋,如果她是来找麻烦的,我出来保护你!你不要怕她!"

不等柳依依反应,金曙光已经走进里屋。这时敲门声响起。

柳依依镇静一下,顺手整理下衣服,轻声地说:"请进!"

高春萍走进来,落落大方,伸出手跟柳依依握手。柳依依显得拘谨,眼神慌乱而游离。

"依依,你对我的到来感到奇怪吧？甚至还厌恶我,是吧？我是特意从海连回来的,家都没回就来见你。不管你对我高春萍有什么看法,那都是过去了。我今天要跟你好好谈谈,相逢一笑泯恩仇。咱俩倒是没有什么仇恨,但心存芥蒂是肯定的了。"高春萍轻笑一下,似乎笑得很勉强。

听起来高春萍的话挺有诚意,是不是真话,柳依依感到怀疑。柳依依镇静下来,不管她的诚意有几分,都要陪她把这台戏演下去。

"谢谢你,能来看我！这么多年来,我们之间只是你有误会,我从来没有伤害过你。你应该清楚！"柳依依不冷不热,话语中含着坚定的口吻。

高春萍苦涩地笑下,低声说:"依依,你生我的气,我可以理解。实话说吧,二十年前你父母送你下乡,丁书记在大队部招待你们全家吃饭的时候,我第一次见到你就嫉妒你！我们同样是女人,你的命运为什么这么好？生长在大城市,长得又那么漂亮,父母又是当官的。我长得不比你差,我的穿着打扮比你们城里姑娘要时髦,可我为什么要在农村生活？好在我父亲在海连工作,我可以接班进城。但农村的传统观念,儿子是传宗接代的,这样的好事轮不到我。我想实现理想,就要找个男知青恋爱,母亲就阻止不了了。我承认,如果没有我的出现,金曙光肯定追求的是你,至于你爱不爱他是另一码事儿。我和他从恋爱到回城结婚,我知道,金曙光的心里一直装着你。我观察出来,他只要见到你或是听到你的名字,脸上就是晴天,要么就是一句话没有,阴沉着脸,像谁欠他钱似的。他越这样,我越恨你。所以有的时候我不冷静,做的一些事情伤害了你,也伤害了你女儿幼小的心。依依,我真诚地向你道歉！"

高春萍的话,勾起柳依依对女儿那段厌学经历的回忆。她想起女儿叶子哭喊着问妈妈:"同学们为什么骂我是野种,爸爸到底在哪儿？"

柳依依的眼泪唰地流下来。

"依依,我对不起你,请你原谅我吧！"高春萍愧疚地低下头。

柳依依擦干眼泪,凝视高春萍问:"你今天为什么突然这么做？"

高春萍嘴角划过一丝歉意地笑："我还给你一样东西吧。"说完，她从包里拿出一个蓝皮本，放到柳依依面前，"你记得这个笔记本吧？"

柳依依疑惑地拿起打开，扉页上是柳依依的签名，落款日期是：一九七六年八月二十八日。柳依依猛然想起来，这是二十年前弟弟晓飞给她的日记本，在青年点回城的时候丢了，怎么在她手里？

高春萍面露赧色："那年冬天，我接班进城，你顶替广播员工作。那天晚上我从海连回来，直接到大队部。一进广播室，看到金曙光给你揉脚，我们吵起来，你走了，这个笔记本落在广播室。这么多年，我一直保管着。我没有毁掉这个笔记本，就希望能有一天还给你！"

柳依依捧起蓝色的笔记本，里面记载了她在大队卫生所给人看病的日记。病人是谁，什么症状，开的什么药，效果怎么样，都写得清清楚楚。她翻开一页，记录金曙光在双杠上摔下来，她急救包扎，转到镇医院伤口缝针。她迅速翻过这页，又看到叶雪松高烧，小羊倌到卫生所找她，她去小石屋给叶雪松输液……

柳依依潸然泪下："谢谢你保管这么多年！"

高春萍面露愧色，低声说："依依，我谢谢你的宽容！我看了，金曙光两次受伤，你记录得都非常详细。我们都是女人，直觉都是一样的，不承认就是欺骗自己。我和金曙光的缘分已尽，辩解谁对谁错都没有用了。说实话，他这个人心眼挺好的，他的家人也都很善良。好了，我说这些都是多余的话。依依，我求你一件事可以吗？"

柳依依眼噙泪花："你说吧，只要我能做到的。"

高春萍犹豫一下，说："金曙光来投资的事儿，如果说震江有故意为难他的话，那都是我小心眼让弟弟去做的。柴笑梅已经安排人来镇上调查了。弟弟很年轻，干到这一步，完全是自己拼搏出来的，为这点事儿让弟弟受到处分，我做姐姐的对不起他。我知道，你跟柴书记关系非常好。请你在柴书记面前说句话，不要追究震江的责任。其实也没有耽误金曙光的事儿，金曙光答应震江，明天上午就来签协议。依依，你一定给解释一下，我求你了。"

这么多年，柳依依第一次见到高春萍的泪水从她的眼眶中滚落出来。

柳依依怜悯地看着她："我答应你！"

高春萍半信半疑，但又不能再说什么了，只好告辞。

高春萍前脚出门，金曙光立刻就从里屋走出来。

柳依依瞥一眼金曙光，轻叹口气："你真了解她！"

金曙光看了一眼桌子上那个蓝皮本，说："也许通过这个事儿，她真的是良心发现了。不然这个本她不会还给你的。"

柳依依明亮的眸子里充满忧郁："她是不是真心，我不在乎。我倒是感到，女人有时都很可怜，相互同情吧！"

80　雨　蝶

柳依依打算这个周末回趟海连市。父亲隔三岔五就打来电话，询问她的情况，父亲的牵挂中，更多的是期望她有空回家看看。父亲告诉她，你妈也总念叨，怎么一个多月不回来了。柳依依来到这儿已经三个多月了，只回过家一次。医院筹备工作进入关键的人员招聘、定岗定员阶段。主要科室的医师招聘完成大部分，其他医务人员定员已经完成，但生活配套设施正在建设，暂时还不能到岗培训。计划国庆节开业，还有一个多月时间，柳依依感到肩上的担子也越来越重了。好在医院班子搭建完成，各负其责都在努力工作。柳依依想休息一天，回海连看看父母，放松下心情。

早晨起来，柳依依却改变了主意。天气预报说，这两天海连地区有大到暴雨，尤其是北部地区有较强对流天气。柳依依当即决定，这个周末不回海连了，父母一定会理解的。

天色灰蒙蒙的，远处的雪帽山笼罩在晨雾中。山区清新凉爽的怡人空气，吸引了越来越多的城里人到这儿度假，营业中的十多家度假村或是酒店，客人爆满。柳依依从山庄出来，看到金曙光的车停在那儿，知道他昨晚从海连回来了。这些天他一直在跑自己的项目，也不知道进展如何。柳依依到医院把工程队队长和带班的一名科长找到一起开了个短会,强调了一下防洪工作,又在医院检查一遍,才放心回酒店。

半上午,阴霾的天空渐渐透出光亮,竟然没有了云雨将至的迹象。从云层中射出来的强烈光线,把远处的雪帽山头照的格外耀眼鲜亮。柳依依站在路边凝视着,忽然产生要去山脚下叶雪松的墓地看看的心思。平静的时候,一看到雪帽山,不由地就想起长眠在山脚下的叶雪松。这种思念是不由自主的,虽然可以不去想,但不可能忘却。一想起来,就是撕心裂肺的,思念盘绕在脑海里,久久不愿散去。

柳依依要独自去雪帽山脚下。没走多远,一辆轿车在她身边忽然停下,柳依依没有回头,就感觉到是金曙光。

"依依,上车!"金曙光伸手把副驾驶车门打开。

柳依依犹豫一下,把前车门关上,打开后门上车。

金曙光问:"依依,你是要去雪帽山?"

柳依依望着车外:"是啊,今天休息,没什么事儿,去山上走走。"

车缓缓往前走,金曙光说:"我今天也没有事儿,陪你去可以吧? 二十年前,我曾陪你去许屯镇后面的青龙山烈士墓,你还记得吗?"

柳依依没有说话,那一幕她没有忘记。时光荏苒,二十年后,他又陪她去山上看望她的亲人,这是偶然还是舍不去的继续? 柳依依不愿去多想,岔开话题。

"你的事情办得怎么样了?"

金曙光一手把住方向盘,身子微微向后侧一下:"柴笑梅引见,我认识了政府项目负责人。政府对龙泉汤温泉旅游区的整体规划,还要等些日子才能做出来。我的项目符合规划目录,跟镇上签的协议也有效。所以我就不着急了。"

走到四队青年点房子处,金曙光把车停下,问:"依依,下去看一眼?"

柳依依瞧一眼:"不下去了。医院工程队撤了,赵大鹏的打更活也结束了。你需要打更的,可以考虑下用他,他很认真。"

金曙光笑了:"你说话了,还考虑什么?"

车到山垭口,柳依依让金曙光把车停下。柳依依下车,前面山坡上的小石屋被枝叶葳蕤的小树和青草遮住,露出的残垣断壁,显得沧桑和悲凉。柳依依久久凝视,一直沉默着……

金曙光站在身后,默默地看着柳依依的背影。浅蓝碎花圆领短袖衫,藏蓝色裙子,裙角在微风中摆动。黑色半高跟鞋,踏在一块光滑的石板上。头发绾在脑后,露出白皙纤细的颈部,一条白金细项链挂在上面。一个女人窈窕的身姿,完美地呈现在金曙光的眼里,可他从那娇媚柔弱的身躯中却看到了坚强。他不知道在这个废墟中曾发生过什么故事,但他看到了柳依依一路走过来的艰辛。

远处传来沉闷的雷声,大片云朵向雪帽山头飘来。山涧中刮起阵阵凉风,茂密的树林被风摇得飒飒作响。再往前的路,不能开车了。柳依依走在前面,金曙光紧随其后。前面坡上的一座青草覆盖的孤坟出现在眼前,可柳依依突然站住。

"不去了,回去!"柳依依转过身对金曙光说。

金曙光看一下,漫天乱云飞渡,雪帽山头已是一片云海:"依依,一时半会儿不能下雨的,就差几步了,采束花献上吧!"

柳依依瞥一眼金曙光,目光立刻转向远处,轻声地说:"你去吧,替我献上一束花,我先下去等你。"

金曙光把车钥匙递给柳依依,让她上车等着。金曙光疾步向山坡走去,到灌木丛中采了一束粉色的锦带花和杜鹃花,走到叶雪松墓前,把鲜花放到墓前。

大滴大滴的雨点洒落下来,雪帽山笼罩在云雾中。

"老叶,我又来看你了。这束花是依依让我献给你的。她在远处看着你。至于她为什么突然改变主意不来墓前,可能是因为我来了,不知道怎么向你说吧。这应该理解。我上次已经向你发誓,一定要娶她为妻,爱她一辈子,然后你给我灵感,把你的书画稿汇成影印集,我已经做到了。今天我再次向你发誓,我对柳依依海枯石烂心不变!"金曙说完,连鞠三躬。

金曙光抬头,这时两只蝴蝶在墓前的鲜花上翩翩起舞,然后落到鲜花间。忽然,一道闪电在眼前划过,随之震耳欲聋的雷声在头顶炸响。大雨倾盆而下,两只蝴蝶被雨水淋湿,飞不起来了。金曙光好奇地上前,是两只带有红色斑点的蝴蝶。金曙光伸手轻轻一捉,将两只蝴蝶放在手心里,两个手掌隆起捂住。金曙光怕把蝴蝶捂死,手指微张,透进空气,两只蝴蝶在狭小的空间里不住地跳动。

金曙光两手端在胸前,冒着大雨快步下坡。

柳依依心急如焚,疾风暴雨唤起了她二十年前的记忆。那年他们上山修路,突然暴雨来袭,山洪暴发。生产队马车要被洪水卷走的一刹那,疙瘩榔和柳晓飞跳进洪水中,把马车推出水坑,疙瘩榔却被洪水卷走了。山洪的凶猛,她领略过,想起这些,心惊胆战。柳依依下车,全身立刻被急雨打湿,她看到前面一个模糊的身影,踉踉跄跄地晃动,她急忙往前迎。

金曙光几乎寸步难行,脚下一滑跌倒在地,可他两只手掌仍然捂在一起,艰难地站起来,继续踉踉跄跄往山下走。他隐约看到前面一个身影在移动。金曙光想到是柳依依来找他。

"依依,别过来,山坡滑!"金曙光高声大喊。

柳依依脱掉高跟鞋,继续往前走。突然,她一个趔趄摔倒,手里拎的皮鞋滚下了山坡。柳依依爬起来,一瘸一拐的,走几步又摔倒,爬起来继续走。她顽强地走到金曙光面前,挽起金曙光的手臂往下走。

金曙光双手仍然捧在胸前,激动地说:"依依,你擦一下我的眼睛,我看不清路了。"

柳依依看到他双手紧紧地端在胸前,惊恐地问:"你的手臂摔伤了?"

金曙光笑了:"没有,手里有两个宝贝,到车上给你看!"

柳依依伸手擦一下金曙光的眼睛,挽着他的手臂走下山坡。

终于走到车前。他们上车后,金曙光双手打开,两只蝴蝶从他的手上飞起来。

柳依依惊喜地说:"蝴蝶!"

两只斑斓的蝴蝶翩跹飞舞。

二〇一一年四月—二〇一二年一月初稿

二〇一七年九月—二〇一八年五月二稿

二〇一八年七月—二〇一八年八月三稿于鲅鱼圈